GOLDMANN

Autorin

Mary Margaret Kaye wurde in Simmla, einer Stadt im Vorhimalaja geboren. Ihre Familie ist fest in Indien verwurzelt: Schon ihr Großvater war in Kolonialdiensten dort. Den größten Teil ihrer Kindheit verlebte sie in Indien, heute ist sie in ihre Heimat England zurückgekehrt. Spätestens seit dem »Palast der Winde« gehört M. M. Kaye zu den erfolgreichsten Schriftstellerinnen unserer Zeit. Auch ihr zweites Buch »Inseln im Sturm« war ein Beweis dafür, daß hier eine Erzählerin schreibt, die in einem Atemzug mit Margaret Mitchells »Vom Winde verweht« zu nennen ist.

Von M. M. Kaye sind außerdem als
Goldmann-Taschenbücher erschienen:

Die Spur führt nach Berlin. Roman (8352)
Es geschah auf Zypern. Roman (6749)
Mein Ruyard Kipling-Buch. Die schönsten Erzählungen
vom Autor des »Dschungelbuchs« (9767)
Nacht über der Insel. Roman (9106)
Tod in Kenia. Roman (6682)

M.M.KAYE

Vollmond über Kaschmir

TOD IN SANSIBAR

Zwei Romane in einem Band

GOLDMANN VERLAG

Der Goldmann Verlag
ist ein Unternehmen der Verlagsgruppe Bertelsmann

Made in Germany · 10/91 · 1. Auflage

Vollmond über Kaschmir

Tod in Sansibar

Umschlaggestaltung: Design Team München
Druck: Elsnerdruck, Berlin
Verlagsnummer: 11996
SD · Herstellung: Felicitas Hübner
ISBN 3-442-11996-0

Vollmond über Kaschmir

Aus dem Englischen
von Ursula Kopsch-Langhein

Titel der Originalausgabe: Death in Kashmir

Zum ersten Mal erschienen unter dem Titel:
»Death walked in Kashmir«

Die überarbeitete Neuausgabe erschien 1983
im Verlag Allen Lane, London

Für
GOFF
und jenes reizende Tal

In herzlicher
Zuneigung

Vorbemerkung der Autorin

Als ich meine ersten Mordgeschichten oder »Thriller« schrieb, versuchte ich, jeden Tag mindestens zweitausend Wörter zu schreiben – Sonntage ausgenommen. Gelang es mir, diese Zahl zu übertreffen, so wollte ich mir den Überschuß für jene Tage gutschreiben, von denen ich wußte, daß mich irgendeine unumgängliche Verpflichtung oder eine gesellschaftliche Verbindlichkeit völlig vom Schreiben abhalten würde. Das war ein Teil meiner Methode, die Länge der einzelnen Kapitel einzuschränken und so die Gesamtlänge des Buches unter Kontrolle zu halten. Am Ende eines jeden Tages machte ich mir also eine Notiz über die Anzahl der geschriebenen und für gut befundenen Wörter. Aus diesem Grunde habe ich auch den Tag und den Anlaß genau registriert, an welchem ich das erste Mal meinem zukünftigen Mann, Goff Hamilton – damals Leutnant bei dem berühmten Grenzschutz-Regiment, dem Corps of Guides – begegnete.

Es war an einem Montagmorgen – das Datum war der 2. Juni 1941 –, und ich lebte zu jener Zeit in Srinagar, der Hauptstadt von Kaschmir, einem der entzückendsten Länder dieser Erde. Goff, der auf Kurzurlaub war und zum Angeln ging, war vorbeigekommen, um mir einen Brief zu übergeben, was er einem gemeinsamen Freunde versprochen hatte. Ich muß wohl auch an jenem Tage etwas geschrieben haben, denn ich arbeitete tatsächlich an meinem täglichen Pensum, als er ankam. Aber es gibt keinerlei Eintragung unter jenem Datum – beziehungsweise unter einer ganzen Reihe von Daten, die folgten.

Das Manuskript endete mitten in einem Kapitel. Denn nachdem ich geheiratet hatte, Mutter zweier Kinder geworden war, für das WVS und gleichzeitig für eine Propagandazeitung arbeitete und dabei in einem Zustand ständiger Angst leben mußte, weil ich fürchtete, Goff würde nicht lebend aus Burma zurückkehren, blieb mir keine Zeit mehr dazu, Romane zu schreiben. Erst als der Krieg vorüber war und die Briten Indien verlassen hatten, die Radschas nur noch eine Erinnerung waren, als Goff, die Kinder und ich in einem Armeequartier in Glasgow lebten und kaum mit unserem Geld auskommen konnten, erinnerte ich mich, daß ich schreiben konnte, und fand, daß es höchste Zeit sei, das Familienbudget damit aufzubessern.

So grub ich eselsohrige, eingerissene Schulhefte wieder aus, in denen ich damals ein Buch mit dem vorläufigen Titel »There's a Moon Tonight« begonnen hatte.

Die zweieinhalb Kapitel, die in dem lange zurückliegenden Frühling in Kaschmir geschrieben worden waren, lasen sich gar nicht so schlecht, und schließlich verlegte ich die Handlung auf die letzten Monate der Kolonialzeit anstelle des ersten Kriegsjahres und schickte das fertige Manuskript mit einigem Bangen an einen bekannten Verleger in London; zu meinem Glück fand es Gefallen. Ich wurde nach London bestellt, wo ich jemandem von der Schriftleitung, einem gewissen Mr. Scott, vorgestellt wurde. Er galt als sachkundigste Person für mein Werk, da er, wie es hieß, »selbst ein wenig über Indien wußte«. Es stellte sich heraus, daß es eben der Paul Scott war, der schon drei Bücher über indische Themen geschrieben hatte und eines Tages »The Raj Quartet« und »Staying On« schreiben sollte, und schon, weil er einer meiner besten Freunde werden sollte, war mir das Glück an jenem Tage hold. Ich hoffe, daß es anhält und die Leser an dieser Geschichte Gefallen finden: einer Geschichte aus einer Welt, die längst vergangen ist und von einem Land, das unaussprechlich schön bleibt trotz der zwanghaften und unermüdlichen Anstrengungen der Menschheit, alles Schöne zu zerstören!

Teil 1

GULMARG

»Die weißen Gipfel bewachen die Pässe wie ehedem,
Der Wind fegt über die Wüsten von Khorasan; –
Aber du und ich werden dort nimmermehr weilen.«

Laurence Hope, Yasin Khan

1

Später war Sarah nicht ganz sicher, ob es das Mondlicht oder das leise, flüchtige Geräusch gewesen war, das sie geweckt hatte. Das Zimmer, das außer dem matten und behaglichen Geflacker eines sterbenden Feuers dunkel gewesen war, als sie einschlief, war jetzt erfüllt von einem kalt schimmernden Licht. Und plötzlich war sie hellwach . . . und lauschte.

Es war kaum mehr als der Hauch eines Geräuschs, das von irgendwo außerhalb der Kiefernholzwände kam, die den isolierten Flügel des weitläufigen Hotels in separate Zimmerfluchten trennte. Ein schwaches, unregelmäßiges Kratzen, nur vernehmbar durch die intensive eiskalte Stille der Mondscheinnacht.

Eine Ratte, dachte Sarah, und entspannte sich mit einem kleinen Seufzer der Erleichterung. Es war widersinnig, daß ein so kleines Etwas sie aus dem Schlaf gerissen und in eine derart angespannte Wachsamkeit versetzt haben sollte. Ihre Nerven mußten außer Kontrolle geraten sein. Oder hatte vielleicht die Höhe etwas damit zu tun? Das Hotel stand mehr als achttausend Fuß über dem Meeresspiegel, und Mrs. Matthews hatte gesagt –

Mrs. Matthews! Als sei sie im Dunkeln gegen eine Steinmauer gelaufen, hielten Sarahs kreisende Gedanken mit einem schmerzhaften Ruck inne.

Wie hatte sie selbst beim Erwachen in jener kalten Nacht auch nur minutenlang die Sache mit Mrs. Matthews vergessen können!

Vor knapp einer Woche, in den ersten Januartagen, waren Sarah und an die dreißig begeisterte Skiläufer aus allen Teilen Indiens in Gulmarg eingetroffen, jener Handvoll Blockhäuser, die in einer grünen Mulde zwischen den Bergen des Pir Panjal liegt, mehr als dreitausend Fuß über dem legendären Tal von Kaschmir. Sie waren gekommen, um – wie die meisten glaubten – an der letzten Veranstaltung des Skiklubs von Indien teilzunehmen. Denn es war 1947, und das Datum für Indiens Unabhängigkeit – das Ende der Radschas und der Abzug der Briten – war auf das folgende Jahr festgesetzt worden.

Das schöne, von Bergen umschlossene Kaschmir war eines von Indiens vielen halb-unabhängigen Fürstentümern, die in Wirklichkeit »Protektorate« der indischen Regierung waren, beherrscht von erblichen Maharadschas, Nabobs, Radschas oder Ranas, die von einem britischen Gesandten »beraten« wurden. Obgleich dieser autonome Staat ringsum von hohen Bergen umgeben und damit relativ unzugänglich war, wurde er seit Jahrhunderten als ideale Heißwetter-Zuflucht vor den hitzeglühenden Ebenen angesehen. Die Großmoguln reisten zu ihrer Zeit auf Elefanten und Pferden oder in Sänften.

Die Briten taten es den Moguln gleich und machten es zu einem ihrer bevorzugten Tummelplätze. Weil der Staat ihnen aber nicht erlaubt hätte, eigenes Land in Kaschmir zu kaufen, pflegten sie dort ihre Ferien in Hausbooten auf einem seiner lieblichen Seen zu verbringen, in Zelten zwischen Kiefern und Deofars oder in gemieteten Blockhäusern von Gulmarg, das kaum mehr als eine grasbewachsene Mulde zwischen den Bergen ist, die das Tal überragt. Eine Mulde, die irgendein heimwehkranker Brite (möglicherweise ein Schotte?) in einen Platz mit einer Anzahl vortrefflicher Golfanlagen umgewandelt hatte, der im Winter und im Vorfrühling unter einer dichten Schneedecke lag.

Alljährlich während der letztgenannten Jahreszeit hielt der Skiklub von Indien eine oder mehrere seiner Zusammenkünfte in Gulmarg ab. Bei diesen Gelegenheiten war das weitläufige, eingeschneite Sommerhotel für die Mitglieder und ihre Freunde geöffnet. Wer immer es irgendwie einrichten konnte, hatte auch in diesem Jahr keine Ausnahme gemacht. Das Wetter war vortrefflich und die Gesellschaft überaus fröhlich gewesen – bis mit erschreckender Plötzlichkeit die Tragödie hereingebrochen war.

Mrs. Matthews – grauhaarig, gesellig, reizend – war zwischen den schneebedeckten Geröllblöcken am Fuße des Blue Run tot aufgefunden worden.
Bis zum späten Nachmittag des vorangegangenen Tages war sie nicht vermißt worden. Als die Dämmerung anbrach, fuhren die Skiläufer auf die einladenden Lichter des Hotels zu – stapften von den Idiotenhügeln herauf oder jagten herunter von den Schneefeldern des Khilanmarg, der hoch über Gulmarg liegt, wo die Kiefernwälder enden. Da hatte man noch angenommen, sie befände sich auf ihrem Zimmer.
Dort war sie jetzt. Sie hatten sie dorthin zurückgebracht und auf das Bett gelegt, und Sarah hatte sich verunsichert gefragt, ob die geringe Wärme des schmalen Zimmerchens genügen würde, um die furchtbare Steifheit aus diesen gefrorenen, verzerrten Gliedern fortzutauen.
Ein erschrockener Kuli, der Feuerholz zum Hotel brachte, war in der Dämmerung über die ausgestreckte Gestalt gestolpert, und Sarah hatte gesehen, wie man sie hereintrug: ein groteskes Durcheinander verrenkter Arme und Beine, die nicht mehr gebogen oder ordentlich gerichtet werden konnten.
Sarah hatte Mrs. Matthews gemocht – jeder mochte Mrs. Matthews – und der unerwartete Anblick ihres gefrorenen Leichnams hatte sie mit schaudernder Übelkeit erfüllt. Sie hatte sich dann frühzeitig zurückgezogen und war ohne Abendessen zu Bett gegangen, wo sie lange nicht hatte einschlafen können. Jäh wurde ihr dies alles wieder bewußt; ohne große Aussicht wieder in Schlaf zu sinken, solange das Zimmer im hellen Mondschein verblieb, lag sie da, und das leise kratzende Geräusch zerrte an ihren Nerven.
Seltsam, daß hier oben im Winter Ratten sein sollten, wo die Hütten so viele Monate lang verlassen und eingeschneit waren. Hatte sie nicht einmal irgendwo gelesen, daß sie extreme Kälte nicht vertrugen? Vielleicht waren die Ratten von Kaschmir anders ...! Sarah hustete, wälzte sich unruhig hin und her und fragte sich gereizt, was sie getrieben hatte, die Vorhänge zurückzuziehen. Vorher erschien es ihr ange-

nehm, nur so dazuliegen, in den Schnee und den nächtlichen Himmel hinauszuschauen. Aber sie hätte bedenken müssen, daß früher oder später der Mond auf die Veranda und in ihr Zimmerfenster scheinen würde.

Früher am Abend, als ihr die Atmosphäre des kleinen Schlafzimmers nach der frischen Nachtluft draußen eng und stickig vorkam, hatte sie ihre Badezimmertür weit geöffnet und die Verbindungstür zwischen beiden Räumen weit offengelassen. Aber die Scheite, die vor einigen Stunden im Kamin gelodert hatten, waren jetzt nur noch eine Handvoll grauer Asche, und es war sehr kalt im Zimmer.

Die Aussicht, aus dem Bett zu steigen, die Vorhänge zuzuziehen und das Badezimmerfenster zu schließen, war nicht angenehm, und Sarah erschauerte bei dem Gedanken. Doch jetzt begann sie, außer Kälte auch Hunger zu fühlen, und bedauerte, auf ihr Abendessen verzichtet zu haben. Aber da stand noch eine Dose Kekse auf dem Badezimmerbord. Sie konnte sich eine Handvoll davon nehmen, gleichzeitig das Fenster schließen und die Vorhänge zuziehen. Sie streckte eine widerstrebende Hand nach dem Pelzmantel aus, der ihr als Extradecke diente, wickelte ihn um ihre Schultern und schlüpfte aus dem Bett. Ihre weichen Lammfellhausschuhe waren eiskalt an den zusammengezogenen Zehen, aber sie machten kein Geräusch, als sie den Raum durchquerte und durch den offenen Eingang in das Badezimmer ging.

Die kleinen, holzverschalten Appartements in diesem Flügel des Hotels waren alle gleich. Jedes bestand aus einem Wohn-Schlafzimmer und einem schmalen, primitiven Bad, dessen Hintertür auf zwei oder drei flache hölzerne Stufen hinausging. Sie führten zu dem Weg hinunter, der von jenen Hotelangestellten benutzt wurde, die die Badezimmer zu reinigen oder heißes Wasser für die kleinen Zinkbadewannen hinaufzutragen hatten.

Sarah machte sich nicht die Mühe, das Licht einzuschalten, denn der Schnee reflektierte den kalten Mondschein und erfüllte so das kleine Bad mit hinreichender Helligkeit. Aber sie hatte kaum zwei Schritte getan, als sie kurz innehielt und auf das kaum wahrnehmbare Geräusch, das sie für das Nagen einer Ratte hielt, horchte. Es hörte sich jetzt näher an – und es konnte unmöglich eine Ratte sein, denn Ratten nagten kein Metall. Sarah stand ganz still, hielt den Atem an und lauschte angestrengt. Da war es wieder! Ein so leises Geräusch, das sie nie gehört hätte, wenn Tür und Fenster nicht offengestanden hätten. Das verstohlene Raspeln einer Feile auf Metall. Diesmal gefolgt von dem schwachen Geklapper eines Fensterrahmens, obgleich kein Windhauch war. Und plötzlich wurde ihr klar, was es bedeutete: Irgend jemand draußen versuchte mit unendlicher Behutsamkeit einen Fensterriegel durchzufeilen. Nicht den ihres eigenen Fensters, denn das stand offen. Wessen dann?

Das Zimmer zu ihrer Linken war unbelegt, und das direkt daneben gelegene gehörte Major McKay vom indischen Gesundheitsdienst. Dieser hegte strenge Ansichten über den Wert frischer Luft und rühmte sich, bei jedem Wetter bei weit geöffneten Fenstern zu schlafen. Jene konnten es also nicht sein. Das Zimmer zu ihrer Rechten wurde von einer Miß Rushton bewohnt, einem Mädchen in den Mittzwanzigern. Zwischen Miß Rushtons und einem von Colonel Gidney belegten Appartement lag das Zimmer mit der Leiche von Mrs. Matthews.

Bei dem Gedanken an den verschlossenen Raum mit seiner stummen Bewohnerin schauderte Sarah. Sie biß die Zähne zusammen, um sie am Klappern zu hindern, und bewegte sich vorsichtig voran, bis sie flach an der Wand stand, von wo aus sie schräg durch das halboffene Fenster spähen konnte. Ein breiter Schattenstreifen lag auf dem Hang gegenüber und dem Pfad darunter, aber jenseits davon glitzerte strahlend der Schnee im Mondlicht, verdünnte die Schatten mit seinem Widerschein, so daß sie ganz deutlich die wackligen Holzstufen sehen konnte, die zu Janet Rushtons Badezimmertür führten.

Genau hinter jenen Stufen stand jemand: eine schattenlose Figur, deren Hände gegen das wettergebleichte Holzwerk schwarz erschienen und sich in der Höhe von Miß Rushtons

Fenster zu schaffen machten. Da lag auch ein metallenes Objekt auf dem Fenstersims – sie konnte es im Widerschein des Mondlichts glänzen sehen. Vielleicht eine Brechstange? Oder ein improvisiertes Einbruchswerkzeug?

Sarahs spontane Reaktion war blanke Wut. Nun war Mrs. Matthews keine zwölf Stunden tot, und schon brach so ein Unhold von Kuli aus dem Dorf oder ein unehrenhafter Hotelbediensteter ein, um die Habe der toten Frau zu stehlen! Denn natürlich handelte es sich darum, und der mutmaßliche Dieb hatte sich nur im Fenster geirrt. Miß Janet Rushton, das junge Mädchen nebenan, trug keinerlei Schmuck und schien kaum mehr als eine Garnitur Skibekleidung zum Wechseln mitgebracht zu haben; dies machte es höchst unwahrscheinlich, daß ein Gelegenheitsdieb die Mühe auf sich nehmen würde, ihre Fensterschließe durchzufeilen. Insbesondere da sie selbst, Sarah, – ein sichtlich gewinnbringenderes Opfer – ihr Fenster einladend offenstehen ließ!

Sie beschloß zu schreien und gegen das Fenster zu schlagen, überzeugt, daß dies mehr als genügen würde, den Dieb zu vertreiben. Doch als sie den Mund auftat, um diese lobenswerte Absicht auszuführen, drehte die Gestalt den Kopf, und ihr Schrei erstarb unausgestoßen: denn das Wesen hatte kein Gesicht . . .

Für einen Augenblick war es Sarah, als setze ihr Herzschlag aus. In der nächsten Sekunde wußte sie, daß sie jemanden erblickt hatte, der eine Maske trug: eine Kappe aus graugelbem Stoff, die Kopf und Nacken des Trägers vollkommen bedeckte und ausgeschnittene Löcher für die Augen hatte. In fast demselben Augenblick erkannte sie, daß das auf dem Fenstersims liegende Objekt, jenen zielbewußten Händen so nahe, eine Waffe war. Und auf einmal hatte sie Angst. Angst wie nie zuvor in ihrem zweiundzwanzigjährigen Leben.

Das war kein gewöhnlicher Dieb. Kein klauender Kaschmiri würde eine Maske oder Feuerwaffen tragen. Im übrigen, welchen Nutzen hätten solche Vorsichtsmaßnahmen gegenüber einer toten Frau? Demnach *mußte* Miß Rushtons Zimmer sein Ziel sein.

Sarah zog sich Schritt für Schritt vom Fenster zurück und erreichte wieder ihr Schlafzimmer. Ihr Atem ging heftig, als sei sie gelaufen, und es kam ihr so vor, als müsse man ihr Herzklopfen wie Trommelschläge in der Stille vernehmen. Janet Rushton ... sie mußte Janet warnen ... Ihre kalten Finger fummelten am Knopf der Verandatür und brachten es fertig, ihn umzudrehen. Ich darf nicht rennen, dachte sie, ich muß ruhig gehen. Ich darf kein Geräusch machen ... Sie zwang sich, die Tür so langsam zu öffnen, daß es kein Geräusch verursachte.

Die schmale hölzerne Veranda, die an der Seite des Flügels entlanglief, erglänzte im Mondlicht. Draußen glitzerte ein Meer von Schnee wie poliertes Silber, gefleckt von der schwarzen Masse der Hauptgebäude des Hotels. An der Vorderseite fiel das Grundstück steil ab, bis es das mehr oder minder ebene Gelände der Golfanlagen und des *maidan* (ein offener Platz in oder nahe einer Stadt, eine Paradefläche) erreichte, hinter dem es wieder aufwärts strebte, um an die tintenschwarzen Schatten der Deodar-Wälder und den kalten Glanz des Nachthimmels zu stoßen.

Früher in der Nacht hatte es eine halbe Stunde geschneit. Auf den Verandageländern lag dicker Schnee, und eine Puderschicht verwehter Kristalle bedeckte die hölzernen Bodenbretter mit einem dünnen, zerbrechlichen Teppich, der unter Sarahs Hausschuhen knirschte. Das schwache Geräusch wirkte furchterregend laut in der gefrorenen Stille dieser schweigsamen, schlafenden Welt: »Laut genug, um Tote zu erwecken« ... die Phrase schlüpfte ungebeten in ihren Kopf, und das Bild, das sie heraufbeschwor, war nicht angetan, ihre Spannung zu mildern.

Sie erreichte Janet Rushtons Tür und drehte an dem Griff – nur, um festzustellen, daß die Tür verschlossen war. Aber entweder war Miß Rushton schon wach, oder sie war eine außergewöhnlich leichte Schläferin, denn Sarah vernahm innerhalb des Zimmers ein kurzes Geraschel, wie wenn sich jemand im Bett plötzlich aufgerichtet hätte. Leise, aber drängend, klopfte sie gegen die rohe Holzfüllung der Tür. Es kam keine Antwort; doch wie gestört durch das Geräusch, löste sich vom Dachrand eine überhängende Schneemasse und fiel mit einem sachten Plumps auf den Boden unterhalb des Verandageländers und versetzte ihr Herz erneut ins Rasen. In einem neuerlichen Anfall von Panik packte sie den Türgriff und rüttelte heftig an ihm.

Aus dem Inneren des Zimmers war eine flüchtige Bewegung zu vernehmen und nach einem Augenblick eine atemlose Stimme: »Wer ist da?«

»Ich bin's – Sarah Parrish!« wisperte Sarah rasend vor Angst. »Öffnen Sie die Tür. Rasch! Beeilen Sie sich!«

Sie hörte einen Riegel, der zurückgeschoben, und einen Schlüssel, der im Schloß bewegt wurde. Die Tür ging um wenige Zentimeter auf; ein schmaler Spalt der Schwärze in der mondüberfluteten Veranda. Janet Rushtons Stimme, neugierig gespannt und atemlos, sagte: »Was ist los? Was wollen Sie?«

»Pssst!« flehte Sarah eindringlich. »Machen Sie keinen Lärm! Da versucht jemand, durch Ihr Badezimmerfenster einzusteigen. Sie müssen da heraus. Schnell! Er kann inzwischen drinnen sein! Ich sah ihn – es . . .«

Janet Rushton sagte immer noch nichts, und Sarah, deren Panik sich plötzlich mit Gereiztheit mischte, stieß mit aller Kraft gegen die zugehaltene Tür und trat über die Schwelle.

Eine Hand ergriff ihren Arm und zerrte sie in die Finsternis hinein. Sie hörte, wie die Tür hinter ihr geschlossen wurde und das Raspeln eines zugeschobenen Riegels. »Bewegen Sie sich nicht!« raunte eine Stimme neben ihr – eine Stimme, die sie nie als die der fröhlichen und geselligen Miß Rushton erkannt haben würde, und im nächsten Augenblick wurde ihr etwas Kaltes, Hartes seitlich gegen den Hals gedrückt. Ein kleiner, eiskalter Metallring.

Sarah stand ganz still, vor Entsetzen starr, indes in der Dunkelheit mit rascher, aber erschreckender Gründlichkeit eine Hand über ihren Körper fuhr. Dann kam ein knappes Keuchen, fast wie vor Erleichterung. »Jetzt sagen Sie mir, was Sie wollen«, wisperte die rauhe Stimme.

Sarah berührte ihre trockenen Lippen mit der Zunge. »Ich hab's Ihnen doch gesagt. Da versucht jemand, durch Ihr Badezimmerfenster einzusteigen. Um Christi willen, hören Sie auf, den Narren zu spielen, und lassen Sie uns von hier verschwinden!«

Der kalte Metallring bewegte sich nicht, doch in der folgenden Stille kam von irgendwo außerhalb des Gebäudes ein schwaches und nicht identifizierbares Geräusch, und plötzlich ließ der kalte Druck nach. Es gab eine flüchtige Bewegung in der Dunkelheit neben ihr – und Sarah war allein. Sie hörte eine Tür aufgehen und irgend jemanden in dem dunklen Badezimmer gegen einen Stuhl stolpern. Sie drehte sich um, fand den Weg zum elektrischen Schalter und drückte ihn herunter.

Das spärliche gelbe Licht einer einzelnen abgeschirmten Glühbirne erhellte das Gegenstück zu den nackten Holzwänden und schäbigen Gebrauchsmöbeln ihres eigenen Zimmers. Es schien herab auf ein schmales, zerwühltes Bett, erzeugte ein Aufblitzen der Kufen von einem Paar Schlittschuhen, die auf dem Fußboden lagen, erhellte die dünnen Umrisse der Skier, die am Schrank lehnten, und blitzte schwach an dem matt polierten Lauf der Waffe in Janet Rushtons Hand.

Sarahs Augen, verengt durch das plötzliche Licht, hoben sich langsam von der kleinen, häßlichen Waffe zu dem Gesicht des Mädchens, das im Badezimmereingang stand und sie beobachtete.

Janet Rushton war ein attraktives Mädchen, ein Freilufttyp, deren gutes Aussehen mehr in frischen Farben und reichgelocktem Blondhaar als in der Regelmäßigkeit der Gesichtszüge lag. Jedoch war keine Spur von Niedlichkeit in dem Gesicht, das über dem schimmernden Lauf der kleinen Automatik Sarah entgegenstarrte. Die blauen Augen waren hart und unerschütterlich in einem Antlitz, so weiß und hager, so voller Furcht und Verzweiflung, daß es fast unkenntlich war.

Sie kam ins Zimmer herein, zog mit der freien Hand, ohne den Blick von Sarah abzuwenden, die Tür hinter sich zu und sagte gedämpft: »Es *war* jemand da. Der Fensterriegel war durchgefeilt, und es waren Spuren im Schnee. Doch wer es auch war, er muß uns gehört haben und ist verschwunden. Was ist passiert? Wer war es?«

»Wie, zum Henker, soll ich das wissen?« fragte Sarah hitzig. Sie war erschütterter, als sie es je für möglich gehalten hätte, und ihre Panik wich rasch dem Zorn. »Ich ging in mein Badezimmer, um Kekse zu holen, und hörte draußen ein Geräusch. Ich hatte es schon vorher gehört und dachte zuerst, es sei eine Ratte; doch es war jemand, der Ihr Fenster zu öffnen versuchte, und ...«

»*Wer* war es?« unterbrach sie Miß Rushton mit hartem Flüstern.

»Ich hab's Ihnen schon gesagt! Ich habe keine Ahnung!«

»War es ein Mann oder eine Frau?«

»Warum, äh –« Sarah überlegte, runzelte die Brauen, und nach einem Augenblick des Nachdenkens sagte sie langsam: »Ein Mann – glaube ich. Ich weiß es nicht genau!«

»Sie *wissen* es nicht? Aber das ist absurd! Draußen ist es fast taghell.«

»Ja, ich weiß. Aber sehen Sie, er – es – war im Schatten und eng an der Mauer. Dennoch kam es mir nicht so vor, als ob es eine Frau gewesen sei. Ich dachte, es sei irgendein Kuli oder ein Hoteldieb, der die Absicht habe, Mrs. Matthews Zimmer auszurauben, und sich im Fenster irrte.«

»Warum nehmen Sie gerade das an?« Die Frage war ätzend vor Argwohn.

»Was sollte ich sonst annehmen?« zischte Sarah gereizt. »Niemand wird wahrscheinlich viel Aufhebens machen, wenn die Hälfte von Mrs. Matthews Besitztümern gestohlen ist, weil bestimmt niemand in der Lage ist, zu sagen, was vermißt wird. Sie können mir nicht erzählen, irgendein Gelegenheitsdieb würde sich die Mühe machen, Ihr Fenster aufzubrechen, wenn das meine bereits offensteht. Natürlich dachte ich, es sei Mrs. Matthews Zimmer, auf das er es abgesehen hat! Ich wollte gerade schreien und ihn verjagen, als ... als ...« Sarah erschauerte so heftig, daß ihre Zähne aufeinanderstießen.

»Als was? Warum haben Sie es nicht getan?«
»Er – es – drehte den Kopf, und es hatte kein Gesicht.« Sarah überkam erneut ein Schaudern. »Ich meine, es trug eine Art von dicht sitzender Kappe mit Schlitzen für die Augen, und es hatte eine Waffe. Ich – da wußte ich, daß es kein gewöhnlicher kleiner Dieb sein konnte, und war vor Schreck fast von Sinnen. Alles, was ich denken konnte, war, Sie aus Ihrem Zimmer rauszuholen, bevor das Subjekt hineinkam. Und«, schloß sie stürmisch, während Erbitterung und Zorn sie erneut übermannten, »alles, was ich für meine Mühe erhielt, war eine gegen mich gerichtete Pistole!«
Janet Rushton stieß hörbar den Atem aus und ließ die Pistole in die Tasche des Mantels gleiten, den sie über dem Pyjama trug. Unsicher sagte sie: »Ich – es tut mir entsetzlich leid. Es war schrecklich dumm von mir. Ich fürchte, ich habe den Kopf verloren. Aber ich . . . Sie haben mich erschreckt. Ich bin in diesem Lande immer nervös – insbesondere in einem Hotel. Ich fühle mich sicherer, wenn ich eine Pistole bei mir habe, und ich –«
»Blödsinn!« unterbrach Sarah knapp. »Sie gehören nicht zu dem nervösen Typ. Ich habe Sie Ski laufen sehen! Hinter alldem hier steckt etwas sehr Merkwürdiges, und es gefällt mir nicht. Was geht hier vor?« Miß Rushton wurde abwechselnd rot und blaß, vielleicht noch blasser, als sie zuvor schon gewesen war. Sarah wurde jäh von Gewissensbissen heimgesucht: das Mädchen sah so erschöpft und verzweifelt aus. Ihr Zorn verebbte, und sie lächelte unerwartet in das mitgenommene Gesicht: »Tut mir leid. Ich hab's nicht bös gemeint, und ich wollte auch nicht wie ein Elefant in den Porzellanladen platzen – aber irgendwie habe ich den Eindruck, daß Sie in der Klemme stecken. Stimmt's? Also, wenn Sie Hilfe brauchen, hier bin ich. Weinen Sie sich ruhig an meiner Schulter aus, und nebenan habe ich Aspirin und ein Fläschchen Riechsalz. Das steht alles zu Ihrer Verfügung. Wir wollen versuchen, das Beste zu tun.«
Sie war erleichtert, zu sehen, wie ein Lächeln als Antwort den gespannten Ausdruck auf Miß Rushtons Gesicht ver-

trieb. »Das ist nett von Ihnen – in Anbetracht des hysterischen Empfangs, den ich Ihnen bereitet habe«, räumte Janet ein. »Vielen Dank, daß Sie gekommen sind. Ich kann mich nicht genug dafür entschuldigen, Sie so behandelt zu haben, aber schauen Sie, ich hatte – ich hatte letzthin allerlei Aufregung. Oh, es ist nur eine rein persönliche Angelegenheit – aber . . . Also, vermutlich hatte ich ein wenig die Nerven verloren. Ich war noch halb im Schlaf, als ich aus dem Bett kam, und ich merkte nicht, wer Sie waren, als Sie im Dunkeln in mein Zimmer platzten. Es war ein bißchen entnervend, wissen Sie. Ich . . . ich weiß nicht, was Sie von mir denken müssen.«

Die Stimme schien ihr zu versagen. Sie machte ein paar ruckartige Schritte zum nächsten Stuhl und sank abrupt darauf nieder, als trügen ihre Beine sie nicht mehr. Dann nahm sie sich eine Zigarette aus einer Schachtel, die neben ihr auf dem Tisch stand und sah sich suchend nach einem Streichholz um.

Sarah reichte ihr die Streichholzschachtel, die auf dem Kaminsims stand, und sagte leichthin: »Sie lügen sehr schlecht, wissen Sie. Trotzdem, wenn das Ihre Geschichte ist, bleiben Sie dabei. Ich mache jetzt Feuer und warte, bis Sie Ihre Zigarette geraucht haben. Anschließend, wenn Sie sich wieder besser fühlen, gehe ich auf mein Zimmer zurück.«

Sie begann, Tannenscheite und Kiefernzapfen auf die noch leise glimmende Asche im Kamin zu häufen und blies sie zu einer Flamme an, während Miß Rushton mit unsicheren Fingern die Zigarette ansteckte und schweigend rauchte.

Sarah legte noch ein paar trockene, aromatische Deodarscheite auf das Feuer und hockte sich davor. »So, das wär's. In ein oder zwei Minuten gibt das ein wunderhübsches Feuer. Schade, daß wir keinen Kessel haben. Sonst würde ich uns ganz romantisch eine Tasse Tee machen.«

Janet gab keinen Kommentar. Sie hatte Sarah beim Feuermachen beobachtet: sie intensiv studiert. Jetzt zerdrückte sie das Ende ihrer Zigarette im Aschenbecher, kam auf die Beine, ging zur Feuerstelle hinüber, stand gegen den Kaminsims gelehnt und starrte in die hell lodernden Flammen. Gleich darauf sagte sie abrupt: »Warum glauben Sie, daß ich lüge?«

Sarah lehnte sich gegen die Armlehne eines Sessels und blickte mit entwaffnendem Lächeln zu ihr hoch. »Ich glaube es nicht, ich weiß es.«

»Was meinen Sie?«

»Wollen Sie es wirklich wissen?«

»Ja, gewiß.«

»Nun, ich bin keine komplette Idiotin, und wie Sie bereits feststellten, ist es draußen fast taghell – und Sie haben durch den Türschlitz einen ausgiebigen Blick auf mich geworfen! Halb im Schlaf – wer's glaubt! Sie wußten ganz genau, in wen Sie Ihren Revolver hineinstießen, und – na ja, ich bin halt neugierig. Das ist alles.«

Das blasse Gesicht über ihr errötete schmerzvoll im glänzenden Feuerschein, und Sarah sagte zerknirscht: »Das war roh von mir. Verzeihen Sie. Sie brauchen mir nichts zu erzählen, wenn Sie nicht wollen, und falls Sie sich jetzt besser fühlen, gehe ich wieder zu Bett. Wenigstens sollte diese Geschichte beim Frühstück jedem was zu lachen geben!«

Sie stand auf und streckte ihre Hand aus: »Gute Nacht.«

Janet Rushton blickte von der ausgestreckten Rechten zu Sarahs Gesicht und wandte sich ab, um den kleinen chintzbezogenen Armsessel heranzuziehen. Sie setzte sich wieder und sagte stockend: »Gehen Sie jetzt noch nicht . . . bitte! Ich – ich wäre Ihnen sehr dankbar, wenn Sie noch ein wenig länger blieben und nur . . . nur mit mir sprächen, bis ich mich ein bißchen beruhigt habe. Sie wissen nicht, was für eine Erleichterung es bedeutet, sich zurückzulehnen und jemand anderem zuzuhören, anstatt hier allein zu sitzen – und darüber nachzudenken . . . Übrigens, auf den Schreck mit dem Dieb könnte ich jetzt alles andere als schlafen. Also, falls Sie noch ein wenig bleiben könnten . . .?«

»Natürlich«, stimmte Sarah fröhlich zu, nahm ihren Platz am Fußboden wieder ein und schlang die Arme um ihre Knie. »Was hätten Sie gerne von mir gehört?«

»Etwas über Sie, glaube ich.« Janets Stimme klang wieder völlig ruhig.
»Meine Lebensgeschichte? ›Ich über mich‹: das bevorzugte Thema der Menschheit. Ich fürchte, sie ist nicht gerade fesselnd, doch Sie sollen sie hören wie sie ist. Also um den Anfang zu machen – ich bin, wie die meisten von uns, eine englisch-irisch-schottisch-walisische Promenadenmischung. Heutzutage faßt man das ja – um Zeit zu sparen – als ›Britisch‹ zusammen. Aber zunächst wurde ich in Kairo geboren, denn Papa war im Auswärtigen Dienst, und er und Mutter waren damals eben dort. Ich habe sogar eine vage Erinnerung, wie ich – auf dem Rücken eines Kamels vor meiner Mutter sitzend – um die Pyramiden geschaukelt wurde. Ich glaube, ich war damals drei, und . . . Aber vielleicht sind Sie selbst schon in Ägypten gewesen?«
»Noch nicht, aber es gehört zu den Ländern, die ich immer schon besuchen wollte – seit ich von Tut-ench-Amuns Grab gehört habe, als ich auf der Grundschule war.«
»Ich habe ebenfalls die Absicht, eines Tages dorthin zurückzukehren. Um all die Dinge zu sehen, die ich versäumte. Ich erinnere mich weit besser an Rom, weil ich schon älter war, als mein Vater dorthin versetzt wurde, und ich habe auch noch nicht all mein Italienisch vergessen – und alle die anderen Sprachen, die ich in den verschiedenen Schulen für ›Außenministeriums-Kinder‹ gelernt habe. Es war ein wunderbares Leben für ein Kind. Ich könnte mir kein besseres denken, und ich wünschte nur . . . Nun gut, ich nehme an, daß keiner der Orte, an die ich mich erinnere, noch so ist, wie er vor dem Kriege war. Wie ja auch Wien nach dem Ersten Weltkrieg nicht mehr dieselbe Stadt gewesen ist! ›Babylon, die Große, ist gefallen, ist gefallen . . .‹« Sarah seufzte und senkte ihr Kinn auf die gefalteten Hände.
»Sie hatten Glück«, stellte Janet fest. »Mein Vater war bei der Indischen Armee, und so wurden meine Brüder und ich wie die meisten ›Kinder der Radschas‹ sehr früh nach Hause verschifft, um ›erzogen‹ zu werden. Tony, John und Jamie sehr viel eher als ich. Danach sahen wir unsere Eltern nur

ungefähr alle zwei Jahre, bis die Schulzeit zu Ende war und wir hierher zurückkamen. Sind Sie niemals auf eine Internatsschule in England gegangen?«

»Doch, aber nicht bevor ich vierzehn war. Das war, weil ... Nun, meine Eltern wurden verpflichtet, nach Amerika zu gehen, und sie nahmen mich mit, wie sie es immer taten. Aber es – es war das Jahr, in dem der Krieg ausbrach. Wir waren in jenem Sommer auf Urlaub in England gewesen und segelten zu Beginn des September auf der *Athenia.*«

»Die *Athenia*? Aber wurde sie nicht –« Janet stockte abrupt, und Sarah nickte.

»Ja. Sie wurde am Tage, nachdem der Krieg erklärt worden war, torpediert, und – meine Eltern gingen mit ihr unter. Es waren nicht genügend Rettungsboote vorhanden, wissen Sie.«

Ein Holzscheit zerbarst zur Flamme, das Feuer loderte und prasselte fröhlich.

Janet sagte: »Es tut mir leid«, und Sarah stieß einen kleinen Seufzer aus.

»Mir auch. Es schien solch eine ... solch eine sinnlose Vergeudung. Sie waren beide so ... Na ja, hiermit hatte ich meine Schulzeit in einem Internat in Hampshire beendet, denn Papa war es gelungen, mich mit einer Menge anderer Kinder in ein Rettungsboot zu werfen, und wir kamen alle gerettet und seekrank nach England zurück, wo ich von meinen Großeltern aufgenommen und schließlich zu Großpapas alter Schule geschickt wurde. Während ich dort war, wurde sie zweimal bombardiert. Das erste Mal wurden wir in zwei Flügeln irgendeines staatlichen Heims untergebracht, und, als dies auch zerstört wurde, in einer Brutstätte von Nissenhütten (halbrunde Wellblechbaracken), wo es sehr viel wärmer war. Dann, als ich knapp siebzehn war, ging ich von dort weg und trat in die WRAF (Women's Royal Army Forces), den weiblichen Armeedienst, ein. Letztes Jahr wurde ich demobilisiert, und da ich unser Empire sehen wollte, bevor es endgültig verschwunden ist, nahm ich die Gelegenheit wahr, hierherzukommen, als meine Tante Alice vorschlug, ein paar Monate bei ihnen zu verbringen.«

»Was hat Sie veranlaßt, nach Gulmarg heraufzukommen?«
»Was? Natürlich das Skilaufen. Was sonst? Vor dem Krieg gingen wir während der Winter- und Frühjahrsferien immer Skilaufen, und ich bekam meine ersten Paar Skier, bevor ich fünf war. Als die Creeds mir von diesem Treffen erzählten und mir anboten, mich hin und zurück in ihrem Wagen mitzunehmen, konnte ich nicht widerstehen. Ich hatte Angst, ich könnte das Skilaufen verlernt haben, aber Gott sei Dank scheint es zu den Dingen zu gehören, die man nicht vergißt – wie das Fahrradfahren.«
»Wer sind Ihre Tante und Ihr Onkel?« fragte Janet.
»Die Addingtons. Tante Alice ist Mutters älteste Schwester, und Onkel Jack hat im Augenblick das Kommando der Peshawar-Brigade. Sie haben sie vermutlich schon mal gesehen?«
»Ja«, sagte Janet langsam, »sie waren letztes Jahr hier oben. Ich wunderte mich schon, woran mich Ihr Name erinnert – es war natürlich Ihr Onkel. Ich saß letztes Jahr bei einer Dinner-Party neben ihm und er erwähnte Sie. Sie haben sich im Krieg anscheinend recht verdient gemacht.«
»Nicht mehr als sonst jemand im weiblichen Armeedienst«, sagte Sarah mit einem Lachen. »Das ist nur Onkel Jack, der die Familientrompete bläst. Er war seinerseits nicht allzu schlecht, was mit einer Spange zu seinem DSO (. . . Orden) nach El-Alamein und einer weiteren nach Burma dekoriert wurde. Ich erhielt nur die gewöhnliche Dienstmedaille.«
»Plus einem Offizierspatent in Rekordzeit«, merkte Janet nachdenklich an.
Sarah errötete lebhaft. »Nun . . . ja. Und da dies mehr oder weniger unsere Sendung von Radio Parrish abschließt, gehe ich jetzt lieber. Das heißt, falls Sie sich nun etwas weniger angegriffen fühlen.«
»Ich denke schon«, gestand Janet zu, »aber falls es Ihnen nichts ausmacht, noch etwas länger zu bleiben, möchte ich Ihnen gerne etwas erzählen. Vermutlich sollte ich das nicht, aber so, wie die Dinge jetzt liegen, ist es wohl besser, Sie etwas neugierig werden zu lassen – und möglicherweise jedem ›was zu lachen zu geben‹ mit der Geschichte von heute

nacht. Übrigens, Gott weiß, daß ich Hilfe brauche – in dieser Beziehung hatten Sie recht.«

Sarah warf ihr einen verwirrten Blick zu, gab ihre Absicht zu gehen auf und lehnte sich mit einer sonderbaren Mischung aus Erwartung und Besorgnis zurück. Janet schien indes keine Eile zu haben, anzufangen. Dafür wendete sie den Kopf und sah sich forschend um, wie um sicherzustellen, daß keine dritte Person im Zimmer anwesend sei. Sarah folgte ihrem Blick, verweilte an der Tür, die in das dunkle Badezimmer führte, dem gegenüber die langen Schatten der hohen, gewachsten Skier lagen. Die schweren Vorhänge vor den Fenstern hingen still und weich im Feuerschein, und der bedruckte Pergament-Lampenschirm warf einen runden Schatten zur holzverschalten Decke hinauf. Die unvermittelte Stille in dem kleinen Raum war bedrückend. Sarah hatte die spontane und beunruhigende Vorstellung, daß die kalte, schweigende Nacht und die vereisten Schneehänge näher an die Außenwände herangekrochen waren, um zu lauschen.

Die Flammen wisperten und flackerten in der Stille, und ein Tropfen Feuchtigkeit fiel vom Schornstein herunter und ließ die glühenden Scheite aufzischen.

Miß Rushton erhob sich steif, ging zur Badezimmertür hinüber, langte hinein und schaltete das Licht an. Als sie sie wieder schloß, stand sie einen Augenblick da und sah sie nachdenklich an. Sarah, die sie beobachtete, entsann sich, daß ihre eigene Badezimmertür, mit einer Senkklinke an lockerem Griff befestigt, nur von der Schlafzimmerseite her geöffnet werden konnte, wohingegen die entgegengesetzte Seite mit einem Riegel versehen war. Janet ließ die Klinke ins Schloß fallen und kam zu ihrem Sessel zurück: »Ich sage Ihnen dies«, sagte sie leise, »weil – nun, zum einen, weil ich mich veranlaßt fühle, Ihnen etwas mitzuteilen, und zu hundemüde bin, um mir eine Lüge auszudenken, die wasserdicht wäre. Und zum andern, weil ich es gerne jemanden wissen lassen möchte für den Fall, daß mir etwas passiert.«

Sie hielt inne, als habe sie alles erklärt, und Sarah sagte scharf: »Was meinen Sie? Was könnte Ihnen passieren?«

»Ich könnte sterben – wie Cousine Hilda.«
»Cousine Hilda? . . . Oh, Sie meinen Mrs. Matthews. Ich vergaß, sie war eine Verwandte von Ihnen. Kein Wunder, daß Sie verstört sind. Es war wirklich gräßlich. Aber das ist kein Grund, sterbenskrank zu werden. Schließlich war es ein Unfall, der nur alle Jubeljahre einmal passiert.«
»Es war kein Unfall«, sagte Janet Rushton ruhig und sehr bestimmt.
»Was, um alles in der Welt, meinen Sie?«
»Ich will damit sagen, daß Mrs. Matthews ermordet wurde.«
Die Nacht, die Stille und die schneebedeckten Hänge schienen einen sachten Schritt näher gekommen zu sein und atmeten um den isolierten Flügel des dunklen Hotels, und die kleinen Flammen, die um die Deodar-Scheite raschelten, flüsterten . . . »ermordet« . . . »ermordet« . . . »ermordet«.
»Das ist lachhaft«, ereiferte sich Sarah entrüstet. »Major McKay ist Arzt, und er hat gesagt, es war ein Unfall. Er sagte, sie muß auf dem matschigen Schnee ausgeglitten und im Fallen mit dem Kopf gegen jene Felsbrocken gestoßen sein.«
Dennoch, unerklärlicherweise glaubte sie ihren eigenen Worten nicht. Irgend etwas an Janet Rushtons unglaublicher, nüchterner Feststellung hatte allem gesunden Urteilsvermögen entgegen – etwas Überzeugendes gehabt.
»Ich weiß, was er sagte. Aber er hat unrecht. Ich weiß, daß sie ermordet worden ist. Schauen Sie, wir hatten schon seit einiger Zeit Angst davor.«
»*Wir?*«
»Mrs. Matthews und ich.«
»Aber – aber . . . Oh, ich weiß, sie war Ihre Cousine, aber wirklich, Janet!«
»In Wirklichkeit war sie keineswegs mit mir verwandt. Das war nur Tarnung.«
Sarah kam mit einer raschen Bewegung auf die Füße. »Ich glaube«, sagte sie ruhig, »an Phantasie mangelt es Ihnen nicht.«
Janet Rushton lächelte etwas gequält. »Warum sagen Sie

nicht gleich, daß meine Phantasie mit mir durchgeht?« fragte sie. »Das wollten Sie doch eigentlich sagen, nicht wahr? Nein, ich phantasiere nicht. Bei Gott, ich wünschte, es wäre so!« Bei den letzten Worten brach ihre Stimme, und ihre Finger krampften sich konvulsivisch zusammen. »Entschuldigen Sie, ich dachte, Sie wollten mir helfen. Aber ich sehe genau, wie weit hergeholt und absurd Ihnen das alles vorkommen muß. Wenn es für Sie ein Trost ist, für mich klingt's genauso verrückt. Ich weiß wahrhaftig nicht, warum ich erwarten sollte, daß Sie mir glauben. Ich hätte mehr Verstand haben müssen.«

»Aber ich habe – ich meine, ich kann nicht . . . zum Teufel!« seufzte Sarah verzweifelt und sank erneut auf den Kaminvorleger. »Ich bin diejenige, die ›Entschuldigen Sie‹ sagen sollte, nicht Sie. Und ich muß mich wirklich entschuldigen. Vermutlich dachte ich einen Augenblick lang, Sie wollten mich auf die Schippe nehmen. Nur, um zu sehen, wie ich es schlucke. Und ich reagierte mit der typischen Queen-Victoria-Attitüde ›Es hat uns nicht amüsiert‹. Kann ich das wettmachen, indem ich sage: ›Fahren Sie fort, überzeugen Sie mich?‹ Bitte, Janet. Ich meine es ehrlich.«

Janets Versuch eines Lächelns war nicht sonderlich erfolgreich, aber das Nicken, das es begleitete, stellte Sarah zufrieden und sie lächelte herzlich zurück. Anscheinend hatte aber jene kurze Kontrolle dazu gedient, die Wachsamkeit der Älteren erneut zu wecken, denn eine beachtliche Pause lang saß sie ganz still und offenbar lauschend da, obwohl, soweit Sarah feststellen konnte, außerhalb des Zimmers kein Geräusch zu hören war und das Flattern und Puffen der Flammen sowie das gelegentliche Krachen der Scheite von drinnen kam. Nichtsdestoweniger fuhr Miß Rushton fort zu lauschen. Kurz darauf ging sie zur Außentür hinüber, schaltete das Licht aus, zog den Riegel mit der linken Hand zurück (die rechte, die die Pistole hielt, blieb in der Tasche versteckt, wie Sarah bemerkte) und öffnete ungezwungen die Tür.

Das Mondlicht, das vorher die Veranda überflutete, hatte abgenommen, weil der Mond am Himmel höher gestiegen war, und die lange, schneebepuderte Arkade mit ihrem Rand glitzernder Eiszapfen, die von der Dachrinne herunterhingen, lag schweigend und verlassen. Die einzigen Spuren auf ihr waren die Abdrücke von Sarahs Fußstapfen.

Ein oder zwei Augenblicke stand Janet im Eingang, sah sich um und lauschte in die Stille. Dann, zurücktretend, schloß und verriegelte sie die Tür, schaltete das Licht wieder an, und nachdem sie die Fensterhaken geprüft und sich vergewissert hatte, daß die Vorhänge dicht geschlossen waren, kehrte sie zu Sarah zurück und sagte sehr leise: »Sie haben doch nichts dagegen, wenn ich das Radio anstelle, nein? Cousine Hilda und ich pflegten es zu benutzen, wenn wir uns an einem Ort unterhalten wollten, wo wir abgehört werden konnten. Deshalb kann ich alle Sender rückwärts aufsagen. Einer von ihnen bringt um diese Nachtzeit eine Diskussionsrunde – oder zumindest klingt es danach. Ich habe keine Ahnung, woher sie kommt oder was für eine Sprache sie sprechen, aber Stimmen geben eine bessere Deckung ab als Musik. Also, wenn Sie nichts dagegen haben . . .«

Sie bückte sich und holte aus einer Kommode, die an der Holzwand zwischen Tür und Fenster stand, ein kleines batteriebetriebenes Radiogerät heraus, stellte es auf volle Lautstärke, suchte den Sender und schaltete ein. Das nun folgende aufgeregte Stimmengewirr hätte einer neapolitanischen Fischerfamilie, die sich bei einer häuslichen Schlägerei amüsierte, zur Ehre gereicht.

Die Lautstärke reichte vielleicht nicht, um den Schlummer eines Hotelgastes in den Nachbarzimmern zu stören, genügte aber völlig, um jemand außerhalb des Raums daran zu hindern, die gedämpften Stimmen Miß Rushtons und ihrer Besucherin von dem Gemisch des männlichen und weiblichen Geschnatters und dem unaufhörlichen Plärren und Krachen der atmosphärischen Störungen zu unterscheiden.

»Jetzt verstehe ich, was Sie meinen!« bemerkte Sarah und senkte automatisch ihre Stimme unter die Lautstärke der unsichtbaren Disputanten: »Also, fahren Sie fort mit dem, was Sie mir sagen wollten. Ich bin ganz Ohr.«

Janet kehrte zu ihrem Sessel zurück, beugte sich, die Ellbogen auf den Knien, vor, um ihre Hände am Feuer zu wärmen, sagte vorsichtig, als wäge sie ihre Worte: »Sie werden vom Nachrichtendienst gehört haben, obgleich ich mir denken kann, daß es Ihnen seltsam vorkommen muß, daß ganz gewöhnliche Leute wie Cousine Hilda – Mrs. Matthews – und ich dazugehören können.« Sarah machte eine erschrokkene Bewegung und schien etwas sagen zu wollen, aber Janet fuhr fort: »Lassen Sie mich aussprechen. Leute wie wir – wie ich – sind nur kleine Fische. Unser Job ist nur das Sammeln von Informationen: widersprüchliche Gerüchte, Klatsch und Tratsch, was für sich genommen bedeutungslos sein kann; fügt man aber andere Fakten hinzu, von anderen Leuten zusammengetragen, so kann es – möglicherweise – eine Menge bedeuten. Nun, vor einigen Monaten deckte das Ministerium, für das wir arbeiten, etwas auf. Eine . . .«
Sie machte eine Pause, suchte anscheinend nach einem Wort, das sie nicht zu sehr bloßstellte, und wählte endlich ein vieldeutiges: »Eine Spur –«

2

Während sie am Feuer saß und die empfindsamen, schulmädchenhaften Hände den Flammen entgegenstreckte, erzählte Janet Rushton mit sorgsam kontrollierter Stimme, die für keine anderen als Sarahs Ohren bestimmt war, wie sie nach Kaschmir gesandt worden war, um Kontakt zu einer Mrs. Matthews herzustellen und von derselben Aufträge entgegenzunehmen. Damit es kein Gerede gäbe, wenn sie als unverheiratetes Mädchen alleine lebte, sollte letztere als Verwandte fungieren, so daß das kleine Hausboot auf dem Dāl-See bei Srinagar, das schon auf Janets Namen gemietet worden war, neben Mrs. Matthews größerem vertäut werden konnte. Wie sie beide später herausfanden, waren sie hinausgeschickt worden, um etwas herauszufinden: nur um mit Entsetzen festzustellen, daß es nicht mehr als die Spitze eines

tödlichen Eisbergs war, von dessen Gegenwart keiner auch nur das mindeste ahnte . . .
Für die Situation, mit der sie sich zu befassen hatten, waren sie nicht ausgerüstet, und das Ausmaß der lauernden Bedrohung hatte es notwendig gemacht, daß sie die Einzelheiten ihrer Entdeckung an jemanden von höherer Amtsgewalt weiterzugeben hatten. Dennoch verboten ihre Spezialaufträge ihnen, ohne Bewilligung ihres Ministeriums irgendeine Maßnahme zum Verlassen des Staates zu ergreifen. Da keiner ihrer diversen Kaschmiri-Kontakte auf genügend hohem Niveau operierte, um mit solch möglicherweise tödlichem und explosivem Wissen betraut zu werden, hatte Mrs. Matthews mit einem SOS-Ruf um Hilfe gebeten – obgleich sie wußte, daß es für niemanden ihrer eigenen Nationalität oder für irgendeinen Nicht-Kaschmiri leicht sein würde, in dieser Angelegenheit nach Srinagar zu reisen und sich unbemerkt mit ihnen in Verbindung zu setzen: schon aus dem einfachen Grunde, daß sich das Jahr inzwischen seinem Ende näherte.
Die Horden von Sommergästen waren alle vor langer Zeit abgezogen. Nur wegen ihrer talentierten Aquarellmalerei konnten sie beide zurückbleiben, ohne allzusehr aufzufallen. Der November gehörte zu den lieblichsten Monaten des Tals, wenn sich die Schneegrenze herabsenkte, um den Wäldern zu begegnen. Die Chenarbäume trugen jede Schattierung von Rot, vom Zinnober bis Karmesin. Weiden, Pappeln und Kastanien bildeten gelbe und goldene Flammen.
Als Malerinnen hatte ihnen die jährliche Verwandlungsszene einen einwandfreien Grund zum Bleiben geliefert, nachdem alle anderen Gäste abgereist waren. Genau, wie es ihnen zuvor einen vortrefflichen Vorwand verschaffte, nicht nur auszufahren, zu reiten, spazierenzugehen oder in einer *shikara* (ein flach gebauter Stakkahn mit Baldachin) zu einem interessanten Fleck zu rudern, sondern auch viele beiläufige Unterhaltungen mit zahllosen Fremden zu führen, die stehenblieben, um den Künstlerinnen bei der Arbeit zuzuschauen, Fragen stellten, Ratschläge erteilten und sich schließlich zum Schwatzen neben sie hockten. Ein Ergebnis,

das laut Janet keine kleine Rolle bei ihrer Auswahl für diesen Auftrag gespielt hatte.
Während dieser Zeit, als die letzten Herbstblätter fielen, hatte Mrs. Matthews ihren »SOS-Ruf« abgesandt, dagesessen und auf Hilfe gewartet, die in Kürze eintreffen würde, wie sie der verängstigten Janet versicherte. Aber vier Tage später hatte die *Zivil- und Militärzeitschrift*, eine der bekanntesten Tageszeitungen, eine kleine Pressenotiz über den Unfalltod eines Major Brett gebracht, der anscheinend aus seinem Abteil im Grenzexpreßzug auf der Route nach Rawalpindi gestürzt war: »Ein Verbrechen wird nicht ausgeschlossen. Die Polizei geht davon aus, daß der unglückliche Mann irgendwann in der Nacht, noch halb im Schlaf, versehentlich die Abteiltür geöffnet hat, die er für die Waschraumtür hielt . . .«
Der Unglücksfall wurde offenbar nicht für wichtig genug erachtet, um auf der Titelseite zu erscheinen, und wurde auf eine Innenseite zwischen ein Sammelsurium diverser Kurznachrichten gerückt. Aber nach Janets Aussage hatte Mrs. Matthews die Notiz wieder und wieder gelesen, ungewohnt geschockt und aufgeregt.
»Ich habe sie vorher niemals so erlebt«, fuhr Janet fort. »Sie war stets so ruhig und gutgelaunt . . . selbst in schlimmsten Zeiten. Ich fragte sie, ob er ein Freund von ihr gewesen sei, und sie sagte, nein, er sei ihr nur einmal begegnet: er war mit im Raum, als sie ihre Befehle entgegennahm. Jetzt fragte sie sich, ob er auf dem Weg zu uns gewesen sei, denn sie glaubte nicht an die Unfallversion. Er zählte nicht zu den Leuten, die einen derart törichten Irrtum begehen könnten.«
»Aber wenn die Polizei festgestellt hat –«, begann Sarah atemlos.
»Wenn einer von – von unseren Leuten bei einem Unfall stirbt, so lassen wir es dabei bewenden. Jedenfalls offiziell. Das mag herzlos klingen, doch es ist rundherum sicherer, als einen Haufen Fragen zu stellen, die nur zu verwirrenden Antworten führen können. Cousine Hilda – Mrs. Matthews – sagte, wir hätten nichts zu befürchten, denn wenn er

derjenige war, und auf dem Wege zu uns, so würde statt seiner ein anderer geschickt werden. Aber – aber ich war beunruhigt. Ich konnte nicht umhin, zu denken, daß, wenn es kein Unfall war und er getötet wurde, um am Herkommen gehindert zu werden, daß dann die Leute, die ihn töteten, über uns Bescheid wissen mußten. Und falls uns jetzt etwas passierte, würde niemand je erfahren, was wir wußten.«

Als die letzten Blätter gefallen waren und sich auf den Seen das erste dünne Eis zu bilden begann, hatten die beiden ihre Hausboote verlassen, waren in das Hotel Nedou in Srinagar umgezogen und warteten mit wachsender Sorge auf die Antwort ihres dringenden Hilferufs. Sie wußten nur zu gut, daß es mit jedem Tag gefährlicher wurde, Antwort zu geben, weil die Jahreszeit jeden vernünftigen Touristen davon abhalten würde, die lange, kalte und häufig abenteuerliche Reise auf gewundenen Gebirgswegen, die in das Tal führten, zu unternehmen. Es sei denn, er hatte einen sehr guten Grund, dies zu tun. Einen, der ins Auge springt oder leicht erklärbar ist! Wenngleich selbst solch ein seltener Vogel geeignet ist, aufzufallen.

Einen solchen Grund fanden Mrs. Matthews und ihre junge Cousine. Ohne auch nur die geringste Aufmerksamkeit zu erregen, quartierten sie sich in dem fast leeren Hotel ein, in dem, abgesehen von den belegten Suiten einiger älterer Dauerbewohner, die von ihren Pensionen lebten, nur wenige Zimmer für gelegentliche Gäste bereitgehalten wurden. Der Grund war die Tatsache, daß beide Frauen begeisterte Skiläuferinnen waren.

Wie die Aquarellmalerei war auch dies ein Punkt gewesen, der von ihren Auftraggebern nicht übersehen worden war; und Gulmarg, ein kleiner Sommererholungsort und einer der bevorzugten Tummelplätze der Radschas sowie Haupttreffpunkt des indischen Skiklubs, lag in der näheren Umgebung von Srinagar. Es war nur eine Autofahrt von fünfundzwanzig Meilen zum Dorf von Tanmarg auf dem Gebirgspaß, gefolgt von einem Vier-Meilen-Ritt auf dem Rücken eines sicher schreitenden Gebirgsponys über den steilen und steinigen

Reitpfad, der im Zickzack durch den Wald führte, um den Besucher zu der flachen Mulde von Gulmarg zu bringen, die im Schoß des hohen Kamms des Apharwat liegt.

Beide Frauen hatten ihre Skier mitgebracht. Im Hotel wurde jeder bald gewahr, daß sie schon vor dem Krieg in Europa Ski gelaufen waren und auch danach bei diversen Gelegenheiten: immer wenn der indische Skiklub in Gulmarg seine Treffen veranstaltete und sobald genügend Mitglieder sich eingefunden hatten, daß es sich lohnte, das verschneite Hotel für etwa zehn Tage zu öffnen. »Man findet keine Leute, die alleine zum Skilaufen hier heraufkommen«, erklärte Janet, »weil es sich nicht lohnt, für zwei oder drei Gäste zu öffnen. Und Skilaufen auf ebenem Grund im Tal ist nicht sehr sportlich.«

Zwei Tage später waren sie in das Hotel in Srinagar eingezogen, und während sie ernstlich besorgt über das Ausbleiben der Antwort auf ihr »SOS-Signal« waren, kam von Norden her ein heftiger Schneesturm angefegt; blockierte die Pässe, die Banihal-Route und beide Wege ins Tal, den Murree und Abbottabad, und sorgte darüber hinaus dafür, daß kein Flugzeug die Berge überfliegen konnte, um auf Srinagars noch ziemlich behelfsmäßigen Flugplatz zu landen. Telefon, Telegrafen- und Starkstromleitungen fielen aus, bevor der Angriff von Wind und Schnee ganz Kaschmir verdunkelte und länger als eine Woche von der Außenwelt abschnitt. Selbst als dies vorüber war, blieb der Himmel weiterhin dunkel und bedrohlich, mit Sturmwolken, die die hohen Gipfel verbargen und das Flugfeld mit zehn bis zwanzig Fuß tiefen Schneewehen zudeckten. Die Stadt war eingeschneit. Lawinengefahr drohte den schwer arbeitenden Trupps der Kulis, die darum kämpften, die Serpentinen durch die Berge hinter Baramulla freizuräumen. Die Banihal-Route konnte nicht einmal versuchsweise begangen werden und mußte mehrere Wochen geschlossen bleiben.

Der erste Bus, der sich durchquälte, brachte Säcke von Post. Janet und Mrs. Matthews mußten auf Skiern hinüber zum Postamt, um ihre Briefe abzuholen. Sie hatten sich auch freiwillig erboten, den Rest der Hotelpost mitzunehmen, und erst nachdem sie diese verteilt hatten, fanden sie Zeit, ihre eigene zu öffnen, die hauptsächlich aus Weihnachtskarten bestand. Der Rest war nicht von Interesse, aber ein Umschlag – unversiegelt wie ein gedruckter Werbeprospekt – enthielt einen zehnseitigen Weihnachtskatalog von einem bekannten Kaufhaus in Rawalpindi.

Mrs. Matthews, an den er adressiert war, sah ihn flüchtig durch und ließ ihn für den Rest des Tages auf dem Schreibtisch ihres Zimmers liegen, wo sie selbst und jeder Hotelangestellte, dessen Pflichten ihn dorthin führten – ganz zu schweigen von Besuchern, die auf einen Drink und ein Schwätzchen hereinschneiten –, ausreichend Gelegenheit finden mußten, ihn zu sehen und durchzublättern, wenn sie wollten. Aber später in der Nacht, als die Mehrzahl der Gäste sicher im Bett und die Vorhänge zugezogen waren, entnahm sie ihrer kleinen Taschenbuchbibliothek mit Lieblingsbüchern, die sie überallhin begleiteten, Stella Gibbons *Kalte Luxusfarm* und entschlüsselte damit die Botschaft, die der Weihnachtskatalog enthielt.

»Sie erzählte es mir, als wir am nächsten Morgen auf dem Takht Ski liefen«, sagte Janet. »Der Mann, der aus dem Grenzexpreß gefallen war, *war* auf dem Weg zu uns gewesen. Aber das bedeutete nicht unbedingt, daß die Gegenseite ihn mit uns in Verbindung brachte, also brauchten wir uns nicht zu sorgen. Jemand anders würde so rasch wie möglich eintreffen und sich in der üblichen Weise zu erkennen geben. Cousine Hilda sagte, er müsse noch am selben Tag kommen, denn da der Postbus gerade durch sei, hieß das, daß die Murree-Baramulla-Straße passierbar war, und dem Datum des Poststempels auf dem Umschlag nach war der Katalog vor genau einer Woche in Rawalpindi aufgegeben worden. Der Agent war wohl in irgendeinem Dāk-Bungalow eingeschneit gewesen.«

Sie stockte und versank für eine Weile in Schweigen, starrte finster in die hüpfenden Flammen, bis Sarah endlich mit unsicherem Flüstern sagte: »Kam er nicht?«

Janet lenkte ihre Aufmerksamkeit, die auf unangenehme Pfade abgeschweift war, zurück und sagte: »Doch. Er kam. Sein Name war Ajit Dulab, und er war einer der besten Jäger des Landes. Zugleich einer der besten Polospieler. Er war angeblich heraufgekommen, um einen Schneeleoparden zu erlegen – bei schlechtem Wetter lassen sie sich zu den niedrigeren Bergen hinuntertreiben. Der Staat brachte ihn in einem der Gästehäuser des Maharadschas unter, und ein älterer Beamter gab eine Cocktailparty für ihn, zu der wir alle eingeladen waren. Um es kurz zu machen: Es gelang ihm, ein Treffen mit Cousine Hilda zu vereinbaren – sie gab ihm Ski-Unterricht –, und sie berichtete ihm alles. Am nächsten Tage sagte er, das Wetter sei zu schlecht zum Jagen, kaufte dafür ein paar Schneeleoparden-Felle und reiste ab.«

»Worüber sind Sie dann beunruhigt?« fragte Sarah. »Es ist doch jetzt sein Problem, nicht das Ihre!«

»Er kehrte nie zurück«, sagte Janet mit rauhem Flüstern.

»Sie . . . Sie wollen sagen, er wurde *ermordet*?« ächzte Sarah.

»Ich weiß es nicht! Ich glaube, es könnte ein Unfall gewesen sein. Vielleicht – vielleicht hatte er nur Pech. Die Straße kann sehr gefährlich sein; Autos, Busse und Lastwagen fahren immer über den Paß. Es gibt da viele Stellen, wo die Talseite etliche hundert Fuß tief steil in die Schlucht abfällt – und dort kommt niemand lebend heraus. Angeblich wurde sein Auto von einer Lawine mitgerissen.«

Sarah hatte vor Spannung den Atem angehalten und stieß nun einen hörbaren Seufzer der Erleichterung aus und sagte: »Dann *muß* es ein Unfall gewesen sein!«

»Vielleicht. Aber Lawinen können durch Menschen ausgelöst werden. Jemand könnte gewartet haben . . . es könnte mit Vorsatz geschehen sein. Wären wir nur sicher gewesen, daß es ein Unfall war, wir hätten . . . nun ja, wir hätten uns besser gefühlt, nehme ich an. Aber wir waren nicht sicher. Wir wußten hinterher nicht einmal, ob noch jemand heraufgeschickt worden war oder nicht. Vielleicht wurde einer geschickt, und es ist ihm ebenfalls mißglückt . . . wie – wie den anderen beiden.«

»Wollen Sie sagen, Sie hätten hier gesessen und gewartet und nichts getan?« fragte Sarah erstaunt. »Haben Sie keine Funkausrüstung oder etwas dergleichen bekommen? Ich hätte gedacht –«

»Kleine, tragbare Sendegeräte«, unterbrach Janet kurz, »funktionieren nicht nur schlecht zwischen den Bergen, sondern die Sendungen können auch von Leuten aufgefangen werden, für die sie nicht bestimmt sind. Und noch schlimmer, aufgespürt! Es wäre im Handumdrehen bekannt gewesen, daß jemand verschlüsselte Sendungen vom Tal aus sendet, und dann wäre die Jagd losgegangen – und das Spiel aufgeflogen!«

»Oh. Ja, ich verstehe. Aber Sie hätten doch bestimmt telefonieren können?« sagte Sarah – neugierig geworden durch den Einblick in die Mechanismen der Spionage, aber irritiert durch die Langsamkeit und sorgfältige Ausarbeitung. »Die Leitungen mußten inzwischen repariert gewesen sein. Oder warum sandten Sie nicht einfach ein Telegramm?«

»In Indien?« sagte Janet verächtlich. »Wie lange sind Sie jetzt hier?«

»Nur einen Monat und ein bißchen«, gestand Sarah. »Warum?«

»Dann nur zu Ihrer Information: In ganz Indien existiert so was wie ein sicheres Telefon nicht – geschweige denn in Kaschmir. Der Vizekönig und der Direktor der Zentralauskunft und ein oder zwei andere hohe Tiere haben möglicherweise so ein wertvolles Stück; aber niemand sonst könnte an so etwas herankommen. Schon gar nicht in einem Eingeborenenstaat! Die Leitungen laufen über endlose Wechseldrähte und können fast überall von jedem zweijährigen Kind angezapft werden. Und was Telegramme anbelangt, so gehen sie von Hand zu Hand, und jedermann liest sie – siehe *Kim!*«

»Aber wenn sie im Code abgefaßt sind?«

»Codes«, erwiderte Janet ungeduldig, »sind die schlimmsten Verräter überhaupt, denn ausgenommen für sehr kurze Botschaften, die verständlich klingen und entsprechend nichtssagende Bedeutungen haben, erregt eine Nachricht im Code augenblicklich konzentrierte Aufmerksamkeit und Neugier sowie jede Menge Argwohn bezüglich des Senders wie des Empfängers. In unserem Geschäft hält niemand etwas schriftlich fest. Es sei denn . . .«, sie zögerte, und für eine kurze Pause schien ihr Blick Sarah zu verlassen und sich erneut nach innen zu kehren, zu einigen beunruhigenden Bildern, die ihre Worte heraufbeschworen hatten; als sie den Satz beendete, geschah es in einem völlig veränderten Tonfall und fast unhörbar: ». . . es sei denn, wir *müssen* es tun – wenn dazu Zeit vorhanden ist.«

Sarah bekam eine Gänsehaut und sagte etwas patzig: »Aber die Botschaft, die Mrs. Matthews in Srinagar erhielt, muß im Code gewesen sein. Der Weihnachtskatalog.«

»Ja, das ist wahr. Aber da er per Post kam, wurde er viele wertvolle Tage durch den Sturm aufgehalten – wie der Mann, der zu uns heraufkam. Und niemand hätte etwas anderes darin lesen können, oder überhaupt gemerkt, daß da etwas anderes zu lesen stand, außer der Person, an die er adressiert war. Denn nur jene Person besitzt den Schlüssel dazu. Jedesmal ein anderer Schlüssel! Es ist fast der einzige Code der Welt, der nicht zu knacken ist, weil nichts niedergeschrieben wird. Sie gehen nach Zahlen vor – und die Wörter sind in einem anderen Buch. Aber leider funktioniert es nur bei recht kurzen Botschaften, weil die Zahlen nicht x-beliebig sind. Und was wir zu sagen hatten, bedurfte einer Menge Worte und Erläuterungen.«

»Das klingt alles erschreckend kompliziert für mich«, bemerkte Sarah mißbilligend.

»Schließlich erhielten wir eine neue Botschaft, auf ungefähr dieselbe Weise wie die andere. Sie besagte, daß wir zum Skiklub-Treffen nach Gulmarg aufbrechen sollten. Der Agent, der hier Fühlung mit uns aufnähme, würde ein Skiläufer sein. Es wurde auch angegeben, wie wir uns unbemerkt mit ihm treffen könnten.«

Es hatte wie eine ausgezeichnete Idee geklungen, sagte Janet. Skilaufen in Gulmarg war ihrer Meinung nach ein besserer Grund, im Winter nach Kaschmir zu reisen, als der Versuch, einen Schneeleoparden zu erlegen. Aber die kurze Botschaft endete mit einem einzigen grauenhaften Wort, das in ihrem Spezialwörterbuch für ›Vorsicht – anscheinend sind Sie enttarnt!‹ stand. Es hatte Janet entsetzlich erschüttert, denn trotz des Argwohns, den der Tod der beiden Agenten hervorgerufen hatte, hatte sie sich selbst eingeredet, daß der zweite fast mit an Sicherheit grenzender Wahrscheinlichkeit das Opfer eines Unfalls war. Traf dies auch auf den ersten nicht zu, so brauchte man doch nicht unbedingt zu fürchten, der Mörder hege irgendeinen Verdacht, zu wem das Opfer reisen wollte. Jetzt aber hatte ein einziges Wort all' das zerstört . . .

»Ich war so überzeugt, daß wir sicher sein würden«, flüsterte Janet. »Ich glaubte, niemand könne eine geschwätzige Witwe in mittleren Jahren, die gern malte und strickte, zu Kaffeegesellschaften ging und Whist spielte, verdächtigen, oder ein Mädchen, das Golf und Tennis spielte und eislief oder mit Unteroffizieren auf Urlaub tanzen oder picknicken ging. Aber ich vermute, wir müssen irgendwo einen Fehler gemacht haben . . . Oder aber es wurde jemand zum Verräter umgedreht: so etwas – so etwas kommt vor . . .«

Ihre Stimme brach und erstarb. Sie schluckte krampfhaft, als sei ihr Mund plötzlich trocken geworden. Wiederum glitt ihr gehetzter Blick rasch und flüchtig in dem kleinen Raum umher – zu dem knackenden Radio, den geschlossenen blanken Türen, den Fenstern, an denen die verblichenen Vorhänge noch still und unverändert hingen. Als sie wieder zu sprechen anhub, war es nur mehr ein Raunen.

»Nachdem die Botschaft kam, hatte ich Angst . . . schreckliche Angst. Mrs. Matthews nicht. Sie war wundervoll. Aber sie traf besondere Vorsichtsmaßnahmen. Sie trug ständig eine Pistole und veranlaßte auch mich, eine zu tragen. Sie gab acht, daß unsere Türen und Fenster nachts verschlossen und verriegelt waren und daß wir nichts aus einer Schüssel oder aus einem Krug aßen oder tranken, von dem ein anderer nicht zuerst genommen hatte. Aber wir hatten auf den, der uns hier treffen sollte, zu warten. Wir *mußten* warten. Doch er ist nicht gekommen, und jetzt ist Hilda tot; und ich habe Angst . . . *ich habe Angst!*«

Sarah streckte eine ruhige Hand aus und versuchte, Vernunft und Ausgeglichenheit walten zu lassen, wovon sie in Wahrheit weit entfernt war: »Sie wissen, daß Sie das nicht meinen. Das ist nur Hysterie.«

Janet Rushton schnellte in ihrem Sessel zurück und sagte zornig: »Sie glauben mir nicht! Sie denken, ich bin entweder verrückt oder bilde mir alles ein, nicht wahr? Das denken Sie doch?«

»Ehrlich gesagt«, entgegnete Sarah langsam, »ich denke es nicht. Obwohl der Himmel wissen mag, warum ich es nicht denke. Ich glaube jedoch, daß Sie die Situation ein wenig übertreiben. Major McKay ist Militärarzt, und sowohl er als auch Dr. Leonard sagen, daß Mrs. Matthews' Tod ein Unfall war. Also, nach allem, was wir wissen, *könnte* er genau das gewesen sein. Ein unseliger Unglücksfall.«

Janet Rushtons Lachen klang nicht angenehm, als sie Sarahs Hand von ihrem Knie beiseite schob: »Hören Sie, mein armer Unschuldsengel, ich mag Angst haben, aber ich bin kein Idiot. Meine Nerven mögen ein bißchen angeknackst sein, aber mein Verstand ist es nicht – noch nicht! Ich habe Ihnen bereits gesagt, daß Mrs. Matthews immer eine Waffe trug. Nun, sie hatte keine, als sie gefunden wurde. Es konnte nur einen Grund dafür geben, sie zu entfernen: Der Mörder mußte es wie einen Unfall aussehen lassen. Hätte man eine geladene Pistole bei ihr gefunden, hätte es selbst bei den geistesabwesendsten Gemütern Zweifel geweckt; nicht zu erwähnen die Menge lästiger Fragen, die es hervorgerufen hätte. Leute, schon gar Witwen mittleren Alters, pflegen für gewöhnlich keine geladenen Waffen herumzutragen. Es sei denn, sie fürchten sich vor irgend etwas.«

Sarah sagte: »Könnte die Pistole nicht in den Schnee gefallen sein, als sie stürzte? Oder vielleicht hat der Kuli, der sie fand, sie gestohlen?«

»Sie trug sie in einem kleinen Pistolenhalfter unter dem Arm – so, wie ich es tagsüber tue –, und jemand muß den Körper abgetastet haben, um sie zu finden. Kein Kuli würde einen unter diesen Umständen gefundenen Leichnam anrühren, weil er zu sehr fürchtete, beschuldigt zu werden, etwas mit ihrem Tod zu tun zu haben. Und selbst angenommen, ein Kuli hätte versucht, den Leichnam zu berauben, glauben Sie auch nur eine Sekunde, er würde sich die Mühe gemacht haben, den Halfter gleichfalls zu entfernen? Es wäre einfach genug gewesen, die Waffe herauszuziehen, doch es ist nicht so leicht, Halfter und Schlinge zu entfernen. Man hätte sie entweder abschneiden oder ihr den Ski-Anorak aus- und wieder anziehen müssen. Das konnte aber nur geschehen, solange der Körper noch warm war, denn später war sie – er –«

»Ich weiß«, sagte Sarah hastig. »Ich sah, wie sie sie hereinbrachten. Aber woher wollen Sie wissen, daß die Waffe nicht da war, als man sie fand? Major McKay mag sie in Verwahrung genommen haben.«

»Weil«, Janets Stimme war wiederum kaum vernehmlich, und sie erschauerte unbewußt, »ich sie gegen vier Uhr fand. Bevor der Kuli es tat.«

»*Sie?*«

»Ja. Ich – ich machte mir Sorgen. Ich hatte sie seit dem Essen am Abend davor nicht mehr gesehen, denn als ich nach dem Frühstück zu ihrem Zimmer ging, war sie schon fort, und der Zimmerdiener sagte, sie sei mit der Khilanmarg-Gruppe aufgebrochen. Aber erst als Sie und Reggie Craddock und die Coply-Zwillinge vom Khilan zurückkamen und sagten, sie hätten sie nicht gesehen, begann ich wirklich unruhig zu werden. Ich weiß nicht, warum ich sofort zur Schlucht ging . . . außer, daß Reggie uns gewarnt hatte, der Schnee sei dort gefährlich –«. Janet ließ den Satz offen, dann schloß sie abrupt: »Jedenfalls fand ich sie.«

»Aber –« flüsterte Sarah atemlos, »aber das muß lange bevor der Kuli sie fand gewesen sein! Warum haben Sie niemanden geholt?«

»Was hätte das genützt? Sie war tot. Sie war seit Stunden tot. Sogar ich konnte das sehen. Nebenbei konnte ich es mir nicht leisten, meinen Namen darin verwickelt zu sehen. Also kam ich aus einer anderen Richtung zum Hotel zurück und

sagte nichts. Es hatte schon wieder zu schneien angefangen, so wußte ich, daß meine Spuren verdeckt sein würden.«
Sarah sagte deutlich: »Was wollen Sie jetzt tun? Warum gehen Sie nicht zur Polizei?«
»Die Polizei?« versetzte Janet verächtlich. »Natürlich kann ich nicht zur Polizei gehen! Was sollte ich denen erzählen? Die Ergebnisse monatelanger Arbeit und Planungen weggeben? Oder sagen ›ich hatte nur das Gefühl‹, daß es kein Unfall war – und mir für meine Bemühungen sagen lassen, daß ich ein hysterisches Weibsbild sei? Nein, es gibt nichts, was ich tun kann, außer zu warten.«
»Warten?« wiederholte Sarah ungläubig. »Warten auf was, um des Himmels willen?«
»Ich hab's Ihnen schon gesagt. Wir sollen uns hier mit jemandem treffen. Ich kann nicht gehen, bevor er dagewesen ist. Mrs. Matthews ist tot, aber ich weiß alles, was sie wußte. Und ich habe es an die richtige Person weiterzugeben. Danach, wie Sie bereits bemerkten, ist es anderer Leute Angelegenheit und nicht mehr die unsere – meine.«
Sarah wollte sagen, ›gesetzt den Fall, er kommt nicht?‹ hielt sich aber rechtzeitig zurück: Es schien eine unnötige Grausamkeit angesichts der verzweifelten Angst des Mädchens. Statt dessen sagte sie:
»Warum nehmen Sie nicht die Gelegenheit wahr und schreiben es ausnahmsweise nieder – den wichtigen Teil – und riskieren es, es per Post abzusenden? Ja, ich weiß. Sie sagten, die Agenten Ihres Ministeriums hinterlegen nichts Schriftliches, da es abhanden kommen oder gestohlen werden kann und die Ziffern entschlüsselt werden können. Aber es scheint auch«, schloß sie lebhaft, »daß Agenten getötet werden können!«
»Ja«, sagte Janet Rushton langsam, »Agenten können getötet werden. Das war, weshalb ich Ihnen nicht glaubte, als Sie heute nacht an meine Tür kamen. Ich dachte, es sei eine Falle. Daß Sie gekommen seien, mich zu töten.«
»Sie *was*?«
»Warum nicht? Wenn Ihnen jemand ein paar Stunden früher

erzählt hätte, ich sei Geheimdienstagentin, würden Sie ihm geglaubt haben?«
»Nun . . .«
»Natürlich nicht! Denn ich sehe nicht aus wie Ihre Vorstellung von einer Geheimdienstagentin.«
»Ja, das ist anzunehmen. Verstehe. Kein Wunder, daß Sie eine Waffe auf mich gerichtet hatten! Ich dachte, Sie müßten verrückt geworden sein; oder ich sollte es jeden Augenblick werden.«
»Ich weiß«, sagte Janet erschöpft. »Ich war mir darüber klar, daß, wären Sie eine von *ihnen* gewesen, ich etwas hätte tun müssen, was entsetzlich schwer zu erklären gewesen wäre. Aber ich hätte es tun müssen, denn das andere Risiko war größer.«
»Was meinen Sie? Welches andere Risiko?«
»Wären Sie eine von ihnen gewesen und ich hätte aus Angst, daß Sie es nicht sind, gezögert, hätte ich keine zweite Chance erhalten. Es war besser, zu riskieren, sich auf eine Menge unangenehmer Fragen und komplizierter Lügen einzulassen, als jenes andere Risiko einzugehen. Schauen Sie, es ist nicht nur mein Leben, das hier auf dem Spiele steht. Es ist weitaus wichtiger als das. Nun, da Mrs. Matthews tot ist, bin ich die einzige Person, die weiß, was sie wußte. Ich war niemals mehr als eine Art zweiter Draht zu ihr. Sie gab mir all' meine Befehle. Aber jetzt bin ich auf mich selbst gestellt und muß sehen, daß ich am Leben bleibe. Ich habe die Pflicht. Ich kann sie nicht im Stich lassen. Ich kann nicht alles verloren geben.«
Die müde, leidenschaftliche Stimme kratzte eigenartig bei den letzten Worten, und nach einem Augenblick fragte Sarah neugierig: »Was brachte Sie zu der Erkenntnis, ich sei aufrichtig?«
Janet Rushton lächelte dünn. »Oh, teilweise vermutlich Intuition, aber hauptsächlich reine Arithmetik.«
»Ich verstehe nicht.«
»Nein? Es ist ganz einfach. Sie hatten keine Waffe bei sich, und Sie hatten mir die Wahrheit gesagt – da ›war‹ jemand am Fenster: irgend jemand muß dort eine ganze Weile gewe-

sen sein, denn er hat gründliche Arbeit geleistet, diese Schließe durchzufeilen. Wären Sie also nicht aufrichtig gewesen, hätten Sie mich nicht gewarnt.«

»Oh, ich weiß nicht recht«, sagte Sarah mit einem Lächeln. »Ich könnte dort auch jemanden als Lockvogel aufgestellt haben.«

»Ja, daran hatte ich auch gedacht. Man lernt in diesem Gewerbe, über eine Menge Dinge nachzudenken. Aber das hätte auch keinen Sinn ergeben. Hätten Sie am Fenster jemanden postiert, so konnten Sie es nur getan haben, um sich ein Alibi zu verschaffen: einen Vorwand, um hereinzukommen oder mich herauskommen zu lassen, hätte ich mich geweigert, Ihnen die Tür zu öffnen. Ihre Überlegung hätte sein können, daß ich zum Badezimmer laufen würde, um zu prüfen, ob Sie die Wahrheit gesagt hätten, bevor ich Sie hereinlasse. Durch den Anblick des Lockvogels von Ihren guten Absichten überzeugt, hätte ich Ihnen natürlich die Tür geöffnet.«

»Was ließ Sie demnach glauben –« begann Sarah.

»Ich ging nicht als erstes zum Fenster«, unterbrach Janet, »sondern stellte zunächst sicher, daß Sie keine Waffe bei sich tragen; als ich dann zum Fenster ging, hatte die Person, die sich dort aufgehalten hatte, uns gehört und war verschwunden. Da erst fiel mir ein, daß es möglicherweise ein Komplott sein könnte. Nicht, um mich zu töten, sondern um mein Vertrauen zu gewinnen. Aber falls es dies war, so war es eine völlig witzlose Vergoldung der Lilie für Ihren Köder, an meinem Fenster eine lange, kalte, überaus knifflige Manipulation vorzunehmen, um sich ein Alibi zu verschaffen, wenn die kürzeste Demonstration genügt hätte, den gleichen guten Zweck zu erfüllen.«

»Ich begreife«, sagte Sarah langsam und erschauerte. »Sie scheinen alles bedacht zu haben. Und – nur, um es zu unterstreichen – ich bin aufrichtig, wissen Sie.«

»Ich weiß«, sagte Janet mit seltsamer Betonung in der Stimme. Sie hob ihre müden, gehetzten Augen vom Anblick der glühenden Scheite in dem kleinen Backsteinkamin und

schenkte Sarah einen langen, merkwürdig abschätzenden Blick.
Die Scheite fielen mit einem kleinen Krachen und einer plötzlich aufspringenden Flamme zusammen. Sarah stand langsam auf und sagte: »Was kann ich für Sie tun?«
Irgend etwas Starres und Wachsames in Janet Rushtons Gesicht entspannte sich. »Sie sind bestimmt nicht dumm.«
»Nicht unbedingt. Sie würden mir dies alles kaum in der Absicht erzählt haben, um mich am Frühstückstisch vom Schwatzen abzuhalten. Wäre das alles gewesen, worauf Sie aus sind, würden Sie auf die komplizierten Lügen zurückgekommen sein. Sie haben es die ganze Zeit abgewogen, während ich Ihnen meine Lebensgeschichte erzählte. Ist es nicht so? Ich bin felsenfest überzeugt davon, daß Sie sich eine überzeugendere Erklärung für mich ausgedacht hätten. Statt dessen entschlossen Sie sich, die Wahrheit zu sagen. Dafür muß es einen Grund geben.«
»Den gibt es. Der Grund ist der, daß ich – daß ich verzweifelt bin. Ich stehe mit dem Rücken an der Wand, und so muß ich die Gelegenheit wahrnehmen.«
»Und Sie wenden sich an mich? Ist es so?«
»Ja. Sie scheinen recht intelligent zu sein, und Sie hätten sich in der WRAF nicht so gut behauptet haben können und wären keine so gute Skiläuferin ohne eine gehörige Portion physischer Courage. Und ich brauche Hilfe. Werden Sie mir helfen?«
Sarah hielt ihre Hand hin. »Abgemacht«, sagte sie feierlich und lächelte.
Die Finger des Mädchens, kalt und straff, umschlossen für einen kurzen Moment fest die ihren. »Ich danke Ihnen«, sagte sie mit ehrlicher Dankbarkeit, stand von ihrem Sessel auf, ging zum Schreibtisch hinüber, zog eine Schublade auf, entnahm ihr einen Umschlag und eine Füllfeder und kehrte damit zu Sarah zurück.
»Falls das Glück mir hold ist, haben Sie überhaupt nichts zu tun«, sagte sie. »Wahrlich, ich hoffe zu Gott, daß Sie es nicht brauchen. Aber nur – nur für den Fall, würde ich gerne Ihre

Adresse hierauf haben und wissen, daß Sie etwas damit anfangen werden, sollten Sie es je erhalten. Ich bin nicht sicher, was, aber das werde ich Ihnen überlassen müssen, und ich habe das Gefühl, Sie würden mich nicht im Stich lassen.«

»Ich werde versuchen, es nicht zu tun«, antwortete Sarah sachlich. »Aber warum *mein* Name? Sicher –«

»Ich wage nicht, mich an jemand anderen zu wenden. Ich wage es nicht! Denn ich könnte die Person verraten. Bei Ihnen ist es etwas anderes. Sie sind keine der Unseren, und Sie wissen überhaupt nichts. Sie sind nur jemand, den ich beim Skilaufen getroffen habe, und so ist es durchaus möglich, daß es ohne Schwierigkeiten zu Ihnen gelangt, falls – falls mir etwas zustoßen sollte.«

»Nichts wird Ihnen zustoßen«, sagte Sarah entschieden. Sie nahm den angebotenen Umschlag, bemerkte, daß er verschlossen war, und obgleich nicht leer, schien er nicht sehr viel zu enthalten – gewiß nicht mehr als ein oder zwei Bogen dünnes Schreibpapier. Den Füller entgegennehmend, kritzelte sie ihren Namen und Adresse auf das Kuvert und reichte es zurück.

Janet stand da und wog es gedankenvoll in der Hand. Als sie wieder sprach, geschah es so leise, daß Sarah ihre Worte kaum verstehen konnte und den Eindruck gewann, als spräche sie zu sich selbst:

»Das nächste Problem ist, dies hier sicher zu verwahren, wenn keiner um einen herumwimmelt. Das ist nicht einfach, falls ich beobachtet werde. Es sei denn . . . Ja, das würde gehen. Ich kann es morgen mit hinunternehmen –« Sie nickte knapp und lebhaft wie zur Bestätigung eines gewissen Entschlusses und stopfte den verschlossenen Umschlag in ihre Tasche. »Und jetzt«, sagte Janet wieder in ihrem Normalton, »denke ich, Sie gehen besser auf Ihr Zimmer zurück.«

»Sind Sie ganz sicher, daß Sie in guter Verfassung sind?« fragte Sarah besorgt. »Schließlich ist das Fenster jetzt unversperrt, und ein Kind könnte mit dem Türdrücker fertigwer-

den. Ich würde bleiben, wenn Sie es wollen. Gesetzt den Fall, er – es – wer immer es war – kommt zurück?«
»Keine Sorge«, versetzte Janet. »Niemand wird sich darum reißen, heute nacht einen zweiten Versuch zu unternehmen. Das eingeschaltete Licht genügt, um die Tatsache, daß ich wach und gewappnet bin, anzuzeigen. Ich lasse das Licht im Badezimmer brennen und schiebe einen Stuhl unter die Türklinke.«
»Gut, falls Sie davon überzeugt sind, ist es okay«, sagte Sarah zweifelnd. »Auf jeden Fall versprechen Sie mir, gegen die Wand zu klopfen und zu schreien, falls Sie irgendwelche ungewohnten Geräusche hören.«
»Ich verspreche es«, sagte Janet mit einem blassen Lächeln. Sie ging zur Tür hinüber, zog den Riegel zurück, öffnete vorsichtig und spähte flink zu beiden Seiten der verlassenen Veranda, bevor sie zu Sarah zurückkehrte. »Es war nett von Ihnen, zu kommen«, sagte sie unbeholfen. »Ich – ich kann Ihnen nicht sagen, wie dankbar ich bin.«
»Unsinn«, sagte Sarah leichthin. »Es war mir bestimmt, zu kommen. Vorsehung oder wie immer man es nennen will. Schicksal, vermute ich: ›Es gibt eine Gottheit, die über unser Ende waltet. Zerschlagen wir sie rasch, sofern wir können‹ und so weiter. Gute Nacht, Liebe.«
Die Tür wurde sachte hinter ihr geschlossen. Wieder hörte sie das Klicken des Schlüssels und das gedämpfte Schnappen der Riegel, als sie an die richtige Stelle gerückt wurden. Ein paar Sekunden später war das Radio ausgeschaltet, und die Nacht war wieder still.
Mit dem Rücken zur Tür stand Sarah einen Augenblick da und sah sich um. Nach der Wärme des vom Feuerschein erhellten Zimmers war die Veranda eine Eishöhle voll bleicher Schatten, die sich an verschlossenen, geheimnisvollen Türen und Fensterläden entlang erstreckte. Die weiße, glitzernde Schneewüste lag um die rohen Holzwände hochgetürmt, hing dick und schwer auf den niedrigen Dächern, tilgte die scharfen Ecken der Gebäude und zog sanft gerundete Linien gegen den frostigen Himmel.

Weit entfernt, jenseits des *marg* (Eine Wiese. In diesem Fall wurden alle offenen, grasbewachsenen Flächen der drei Golfplätze zusammen als »marg« bezeichnet und der Poloplatz als »maidan«), knackte ein Baum wie ein ferner Pistolenschuß, als sein Saft im Inneren der rauhen Borke gefror. Das dünne Geräusch, ein Nadelstich in der Stille, echote schwach rund um die Mulde des schlafenden *marg*, und Sarah, die sich auf ihre eigene Tür zubewegte, registrierte es deutlich. Allein, es war nicht das ferne Geräusch, das ihren Fuß stocken ließ.

Der Mond war am Himmel höher gestiegen, und die Hälfte der Veranda lag jetzt im Schatten. Nur ein schmaler Streifen seines kalten weißen Lichts blieb an ihrem Rande hängen, warf sich auf das geschnitzte Gitterwerk des Verandageländers. Aber im Widerschein des Lichts von den Schneewüsten jenseits des Geländers konnte Sarah ganz deutlich auf dem Film weißer Schneeflocken, der auf dem Verandaboden lag, die Abdrücke ihrer fellgesäumten Hausschuhe erkennen.

Doch da war jetzt eine weitere Serie von Fußstapfen auf dem blassen, zerbrechlichen Teppich – Fußstapfen von jemandem, der auf Zehenspitzen die verlassene Veranda entlanggegangen war und vor Janet Rushtons Tür verweilt hatte . . .

3

Der Anblick jener Fußstapfen war für Sarah beunruhigender als alles, was Janet ihr erzählt hatte. Als sie darauf hinunterstarrte, hatte sie das Gefühl, als sei sie abrupt und heftig aus einer Scheinwelt in die eisige Realität getrieben worden. Es wäre nicht richtig, zu behaupten, daß sie Janet nicht geglaubt hatte. Sie hatte jedoch bewußt berücksichtigt, daß ein Teil davon Übertreibung war, die aus der Nachwirkung von Trauer, Angst und Entsetzen herrührte. Nun war es plötzlich real geworden. Weil der Beweis hierfür vor ihren Augen lag.

Ihre erste instinktive Regung war, Janet zu warnen. Doch gerade als sie schon ihre Hand ausstreckte, um erneut an ihre

Tür zu klopfen, hielt sie inne, drehte sich um und starrte erneut auf jene verräterischen Fußspuren. Wer immer sie hinterließ, er hatte offenbar nicht lange dagestanden und gehorcht; das hieß, daß er nicht in der Lage gewesen war, etwas zu verstehen und gezwungenermaßen enttäuscht den Rückzug antreten mußte. Da Janet schon befürchtet hatte, daß sie belauscht werden könne, und sich rechtzeitig dagegen abgeschirmt hatte – und nach Sarahs Meinung für eine Nacht genug ertragen hatte –, schien wenig Sinn darin zu liegen, ein zweites Mal bei ihr hereinzuplatzen, um ihr zu sagen, wie recht sie hatte.

Es gab natürlich etwas weitaus Nützlicheres, was sie tun konnte: der Richtung der Abdrücke folgen und herausfinden, wohin sie führten! Aber selbst von hier aus konnte sie verfolgen, daß man die Veranda über die drei Steinstufen am Außenende betreten und auf demselben Wege wieder verlassen hatte. Und da die Möglichkeit, daß der, von dem die Spuren stammten, noch irgendwo zwischen den schwarzen Schatten, die sich gegen das Ende des Hotelflügels warfen, lauern konnte, um festzustellen, ob ihm jemand folgte, floh Sarah auf ihr Zimmer zurück. Einmal sicher drinnen, schloß und riegelte sie sich ein.

Nach all' den Aufregungen der letzten Stunde hatte sie nicht angenommen, wieder einschlafen zu können. Hier aber kam ihr die Erfahrung zugute, die sie im Krieg gewonnen hatte, als sie Gebrauch davon machen lernte, bei jeder Gelegenheit, zwischen Luftangriffen, Ankunft und Abflug heimstationierter Bomber und Kampfflugzeuge soviel Schlaf zu ergattern, wie sie konnte.

Ihre Augen waren schon geschlossen, und sie war fast eingeschlafen, als ihr einfiel, daß die zweite Spur der Fußabdrücke auch von einer Frau stammen könnte ...

Es war beim Frühstück am nächsten Morgen, als Reggie Craddock, der Sekretär des Skiklubs, seine Ansage machte. Er nahm kurz Stellung zu dem tragischen Tod von Mrs. Matthews und zu seiner eigenen vorherigen Warnung, daß der Blue Run unsicher zum Skifahren sei. Der Schnee, sagte

Reggie Craddock, sei an manchen Stellen matschig, und durch das Auftauen eines Stroms seien die meisten Pisten vereist und sehr gefährlich. Niemand solle während der verbleibenden vier Tage des Skitreffs auf oder in der Nähe des Run Ski laufen, und falls jemand dabei angetroffen wurde, würde er automatisch von der Mitgliedschaft des Klubs suspendiert. Er fügte die dürftige Information hinzu, daß Mrs. Matthews' Leiche heute zum Begräbnis nach Srinagar hinuntergeschafft würde, und nahm mit sichtlicher Erleichterung wieder Platz. Ringsherum an den Tischen setzte ein Gemurmel gedämpfter Unterhaltung ein.

Sarah warf einen Blick durch den Frühstücksraum, dorthin, wo Janet Rushtons Blondkopf im strahlenden Morgensonnenlicht, das durch die schneegesäumten Fensterrahmen strömte, aufglänzte. Janets Gesicht zeigte keine sichtbaren Spuren ihrer Panik während der vergangenen Nacht. Sarah registrierte, daß sie anstelle ihrer gewohnten Skibekleidung eine dunkle Tweedjacke und einen Rock trug; wahrscheinlich, weil sie den Sarg ihrer »Cousine« nach Srinagar hinunterbegleiten und dort dem Begräbnis beiwohnen würde. Im Augenblick sprach sie mit Hugo Creed – einem hochgewachsenen lustigen Typ von großzügiger Lebensart, der auf Grund eines unvorhergesehenen Zusammentreffens mit einem Baum auf dem Blue Run vorübergehend auf der Liste der Nicht-Skiläufer stand.

Janet hatte ihn bemitleidet, und Major Creed hatte anscheinend etwas Erheiterndes zu ihr gesagt, denn ihr Gelächter drang durch den ganzen Raum. Als Sarah es wahrnahm, war sie versucht, sich zu fragen, ob die Geschehnisse der vergangenen Nacht ein besonders lebhafter Alptraum oder das Produkt einer Fieberphantasie gewesen waren. Aber obgleich sie womöglich fähig war, Janets Geschichte mit Abstand zu betrachten, so konnte sie doch die deutlichen, verräterischen Fußabdrücke auf dem schneebestäubten Verandaboden nicht vergessen.

Später, am Morgen, mit einem Brief an Tante Alice auf dem Weg zum Postamt, war sie stehengeblieben, um mehr als einmal hinter sich zu schauen, denn sie hatte ständig das unangenehme Gefühl, verfolgt zu werden. Aber außer einigen entfernten Gestalten, die auf dem Idiotenhügel herumstolperten, war der schimmernde Schwung des schneebedeckten *marg* leer und glitzerte im klaren Sonnenschein, der den Schnee unter ihren Skiern zu weichem Matsch taute. Es waren nur wenige Skiläufer zu sehen, da etliche der älteren Mitglieder Janet nach Srinagar hinunterbegleiteten, von wo aus sie von einem Gabelfrühstück in *Nedou's Hotel* nach der Beerdigung zurückkehren würden.

Sie kam gerade vom Postamt zurück, als sie die Creeds erblickte, die einem Anfängerkursus auf dem Idiotenhügel zuschauten. Sie lief hinüber, um sich zu ihnen zu gesellen. Trotz des beträchtlichen Altersunterschieds war Mrs. Creed (sie hieß Antonia mit Taufnamen, doch ihre zahlreichen Freunde nannten sie stets »Fudge«) eine besonders enge Freundin von ihr geworden.

»Hallo, Hugo«, rief Sarah und blieb neben den beiden stehen: »Warum schiebt Fudge dich nicht im Rollstuhl herum? Ich dachte, daß du wegen deiner Verletzungen das Bett hüten mußt.«

»Nicht ganz, mein Kind«, sagte Hugo und schloß die Augen gegen das grelle Sonnenlicht. »Knochen sind keine gebrochen. Es sind nur ein paar blaue Flecke, und ich bin steif wie ein alter Stiefel. Fudge hat mich eimerweise mit Salbe eingerieben, mit dem Resultat, daß ich jetzt wie ein Abwasserkanal stinke. Du kannst mich fünf Meilen gegen den Wind riechen, jedoch fühle ich mich stündlich geschmeidiger.«

Er fegte etwas geschmolzenen Schnee von der Bank, auf der er saß, und machte für Sarah einen Platz frei. »Komm und setz dich. Ich kenne eine ganze Menge anregenderen Zeitvertreib, als einem Sportskameraden dabei zuzuschauen, wie er sich ernstlich müht, aufrecht zu stehen, während er einen ein Meter hohen Abhang mit stramm geschnallten Brettern an den Stiefeln abwärts rutscht. Schau den da zum Beispiel: Beachte die übertriebene Vorsicht seiner Vorlage. Jetzt ist er ab – das ist echt Spitze! – nun gewinnt er Fahrt – seine Skier überkreuzen sich – jetzt verliert er einen Stock – warte, jetzt geschieht's! . . . Herrlich! Der lebenslängliche Hinfaller. Ich habe keinen Zweifel, daß die Herren Metro-Goldwyn-Mayer ihm Tausende zahlen würden, wenn sie ihn für eine Tortenschlachtkomödie auf die Leinwand bannen könnten, und wir kriegen hier alles umsonst. Bravo, Sir! Bravo! Fabelhaft!«

»Hör auf, Hugo!« bat Fudge. »Lach nicht über ihn, Sarah! Es ermutigt ihn nur. – Das ist Major McKay. Reggie sagt, er wird nie ein Skiläufer, aber er will es probieren; er verbringt Stunden auf den Übungshügeln. Er sieht richtig wütend aus, der arme Kerl, und spuckt jetzt Schnee.«

»Und zweifellos auch ein paar Zähne«, sagte Hugo interessiert. »Sah *ich* je so aus, als ich Skilaufen lernte, Fudge?«

»Schlimmer«, erwiderte Fudge, »weitaus schlimmer. Wie Heinrich VIII. beim Spagat.«

»Diesen Vergleich nehme ich dir übel«, sagte Hugo mit Würde. »Ohnehin hast du die Zahlen verwechselt. Heinrich stimmt, aber nicht der Achte. Der Fünfte, würde ich sagen, oder wen immer Laurence Olivier dem Publikum kürzlich präsentierte. Viele Leute haben mich daraufhin jedenfalls auf seine starke Ähnlichkeit mit mir angesprochen. ›War das nun der alte Larry‹, sagten sie, ›oder sollte das Hugo sein?‹ Es brachte einen direkt in Verlegenheit. Hör auf zu kichern, Sarah. Es steht dir nicht.«

»Entschuldige«, sagte Sarah lachend, »aber ich habe mich oft gefragt, an wen du mich erinnerst, und natürlich ist es Heinrich VIII.«

»Bitte sehr!« sagte Fudge triumphierend. »Was hab' ich dir gesagt? Vielen Dank, Sarah.«

»Das ist ein Komplott«, seufzte Hugo. »Aber ich vergebe dir. Du bist so hübsch. Wenn ich diese alte Vettel zum Richtblock geschickt habe, darf ich dann hoffen, daß du die freigewordene Stellung einnimmst? Natürlich ohne Anspruch auf Sicherheit.«

»Ich werd's mir überlegen«, versprach Sarah. »Seid ihr beiden morgen bei der Khilan-Gruppe dabei?«

»Ich komme«, sagte Fudge. »Hugo wird es wohl leider nicht schaffen, aber ich verlasse ihn für eine Nacht. Ich möchte auf keinen Fall die letzte Chance verpassen, die Nacht auf der Skihütte zu verbringen.«

»Das nennt man nun weibliche Hingabe«, bemerkte Hugo traurig. »Setzt sie etwa ihre selbstsüchtigen Vergnügungen hintan, um meine knarrenden Scharniere weiter salben und massieren zu können? Mitnichten! Sie verläßt mich kaltherzig und rauscht ab, um mit Grasschlangen wie dem alten Reggie Ski zu laufen. Hallo, Reggie. Hast du deine Zahl für die Hütte morgen voll beisammen?«

»Ja«, sagte Reggie Craddock, den Hang unter ihnen heraufkeuchend, während seine Skier auf der matschigen Oberfläche abglitten. »Hölle, nimm diese Sonne weg! Der ganze Platz ist ein einziger Morast. Wenn das Tauwetter anhält, dann gute Nacht für unsere letzten vier Skilauftage.«

»Macht nichts«, tröstete Hugo. »Du kannst dir ein paar vergnügte Stunden bereiten, indem du auf den Hotel-Tabletts die Hänge hinabrodelst. Netter, sauberer, kindischer Spaß. Wer geht morgen mit auf die Hütte?«

Die Skihütte stand auf dem Schneehang des Khilanmarg, der das lange Plateau hoch über der Mulde von Gulmarg bildet, wo die Baumgrenze endet und in die Wälder am Fuße des Apharwat mündet, jenem langen, kahlen, von Schluchten durchschnittenen Felsgebirge, das sich zu einem vierzehntausend Fuß hohen Berg emporreckt. Khilanmarg, die Ziegenalm, ist allgemein bekannt, denn im Sommer bietet sie einen grasigen Boden für Ziegen- und Schafherden, die auf den grasbewachsenen Höhen weiden und auf den Felsen und steilen Berghängen herumklettern. Im Winter jedoch verwandelt der Schnee sie in ein ideales Skigelände, und es gehörte zum Brauch der Skiklubmitglieder, gruppenweise auf den Khilanmarg zu steigen, um die Nacht auf der Skihütte zu verbringen. Dadurch gewannen sie für den folgenden Tag mehr Zeit zum Skilaufen, weil sie den langen Anmarsch über die Waldpfade von Gulmarg, fünfzehnhundert Meter tiefer, bereits hinter sich hatten.

Reggie sagte: »Eine ganze Masse bleibt über Nacht, einige kommen nur für den Tag herauf. Ich rechne mit vierzehn von uns für die Hütte. Laßt mal sehn: da ist Sarah hier, und Fudge natürlich und die Coply-Zwillinge. Und Mir Khan und Ian Kelly, und jene beiden Vögel aus Kalkutta – wie hießen sie doch gleich? Dingsda und Soundso.«
»Thinley und Somerville«, half Fudge nach.
»Ja, richtig. Und ich natürlich und Meril Forbes und das Curtis-Mädchen. Dann noch Helen und Johnnie Warrender. Das sind alle, glaube ich.«
»Ach, herrjeh! Kommt Helen wirklich?«
»Ja. Warum?«
»Nichts, bloß –«
»Miau!« warf Hugo ein.
»Ich wollte überhaupt nichts sagen!« protestierte Fudge entrüstet.
»Davon bin ich überzeugt. Ich weiß, wie innig du Helen liebst.«
»Also wer ist jetzt boshaft? Miaue über dich selbst! Aber ich will nicht so tun, als ob sie mich nicht nerven würde. Sie ist wie – wie –«
»Genau«, sagte Hugo. »Wie Kekskrümel im Bett. Du brauchst nicht mehr zu sagen.«
Sarah, die die Namen mit den Fingern nachgezählt hatte, sagte plötzlich: »Aber das macht dreizehn, nicht vierzehn. Du mußt noch jemanden aufstöbern, Reggie. Du kannst keine Gruppe mit dreizehn aufstellen. Das würde Unglück bringen.«
»Es waren vierzehn, als ich die Listen ausfüllte«, sagte Reggie. »Ich muß jemanden vergessen haben.«
»Mich«, sagte Hugo kläglich.
»Klar. Verflucht!«
»Du brauchst dich nicht zu entschuldigen«, sagte Hugo mit einer gnädigen Handbewegung.
»Hab' ich nicht. Ich frag' mich nur, wen ich an deiner Stelle auftreiben soll.«
»Das ist nicht zu schaffen. Mich gibt's nur einmal: das Land

führt keine Ersatzteile. Ich bin das, was ›Fifi & Co.‹ zweifellos mit dem Etikett ›Exclusiv-Modell‹ versehen würden.«

»Ich wünschte, du würdest nicht soviel quasseln«, sagte Reggie irritiert. »Ich kann nicht geradeaus denken, wenn du babbelst. Glaubst du, Tomlin könnte dich vertreten?«

»Er hat sich das Handgelenk verstaucht.«

»Verflucht, das ist wahr. Was ist mit Stevenson?«

»Er ist morgen beim Anfängerrennen Schiedsrichter.«

»Na schön, ich denke, wir treiben schon noch jemanden auf. Wie dem auch sei, ich für mein Teil bin nicht abergläubisch, und falls Fudge und Sarah die Sache für sich behalten können, glaube ich kaum, daß jemand die Köpfe zählen wird. Sarah kann ja ihre Finger gekreuzt halten und sich ein Amulett um den Hals hängen, wenn sie echt beunruhigt ist.«

»Klingt vernünftig«, sagte Hugo anerkennend. »Ein Salomo fällte sein Urteil! Wenn man daran glaubt, daß gewisse Dinge Pech bringen, so muß man auch daran glauben, daß gewisse andere Dinge Glück bringen. Also wenn ihr morgen seht, wie mein liebes Weib sich zum Khilan hinaufplagt und Reggie, hufeisengeschmückt, von Heidekraut strotzend, mit der einen Hand ein vierblättriges Kleeblatt, mit der anderen einen übermächtigen Holzklotz umkrallt, so wißt ihr, daß sie nur passende Vorsichtsmaßnahmen gegen Unheil getroffen hat.«

»Da ist der Essens-Gong«, rief Reggie. »Ich denke, wir ziehen ab. Guter Gott – schaut mal McKay! Himmel, welch ein Sturz! Ein Wunder, daß sie sich nicht die Hälse brechen, was? Hat er das den ganzen Morgen praktiziert?«

»Pausenlos«, antwortete Hugo. »Er ist fast ununterbrochen dabei und versorgt die Zuschauer mit einer Menge guter und billiger Unterhaltung. Und wenn sich sein rauhes Bulldoggentemperament nicht einfallen läßt, mit dem ganzen aufzuhören und statt dessen lieber im Ballsaal zu tanzen, wird er sich zweifellos in nächster Zukunft den Hals brechen, und darüber hinaus ein Paar hervorragend gute Skier ruinieren. Dann haben wir alle schrecklich was zu lachen, und ihr könnt die Idiotenhügel zum Sperrgebiet erklären.«

»In Anbetracht des Umstandes, daß Mrs. Matthews heute begraben wird, halte ich das für keinen besonders passenden Scherz«, stellte Reggie Craddock frostig fest.
»O Gott!« sagte Hugo. »Es hat uns nicht amüsiert! Pardon, Pardon, Pardon. Führ mich zum Freßnäpfchen, Fudge, bevor ich ins Fettnäpfchen trete. Kommst du, Sarah?«
Der Rest des Tages verlief ohne Vorkommnisse, und als Sarah Janet Rushton beim Abendessen beobachtete, stellte sie fest, daß sie entweder eine bemerkenswert gute Schauspielerin war oder infolge des Schocks, Mrs. Matthews' Leiche gefunden zu haben, ihre Ängste übertrieben hatte.
In dieser Nacht gab es keine ungewöhnlichen Geräusche hinter der dünnen Holzwand ihres Schlafzimmers; Sarah sah sich aber außerstande einzuschlafen, denn die tödliche Stille der vergangenen Nacht wurde jetzt durch ein leises Tropfenkonzert ersetzt, das von dem tauenden Schnee herrührte, denn die Tautropfen fielen mit stetigem monotonen Platschen vom Dach in die Schneewehen unter der Verandabrüstung, wobei sie kleine schwarzgesäumte Löcher hinterließen. Es wehte auch eine kleine Brise: ein schwacher unsteter Windhauch, der die dunkle Veranda flüsternd entlangseufzte, über die schneebeladenen Dachrinnen strich und mit einem Geräusch wie weit entfernte Brandung die schwarzen Deodarwälder hinter dem Hotel durchkämmte.
Ein oder zwei Stunden nach Mitternacht erstarb der Wind, und der Frost zog seinen stummen Finger über die Dachränder, hemmte den Tau und ließ erneut phantastische Eiszapfen von jeder Dachrinne und Leiste herunterhängen. Stille flutete wieder über den *marg*, und Sarah schlief schließlich ein – um von einem diskreten Klopfen an der Tür und ihrem Morgentee geweckt zu werden.
Bulaki, der Überbringer, berichtete, es habe in den frühen Morgenstunden geschneit und das gesamte Kaschmiri-Hotelpersonal habe schlechtes Wetter prophezeit. Er sah verfroren und unglücklich aus, und sein dunkles Gesicht wirkte blau, zusammengedrückt und jämmerlich wie das eines Affen. Er erkundigte sich mit klappernden Zähnen, ob es noch Miß-

sahibs Absicht sei, die nächste Nacht in der Skihütte auf dem Khilanmarg zu verbringen, und als sie dies bejahte, bemerkte er düster, daß dort nichts Gutes zu erwarten sei.
Die Skihütte, sagte Bulaki, sei feucht und unsicher. Es sei auch ein Platz mit üblem Omen, denn sei nicht schon die erste Gesellschaft auf der Skihütte unter einer Lawine begraben worden? – mit damals nicht weniger als drei jungen Sahibs darin? Er hätte selbst mit einem Mann gesprochen, der geholfen habe, die Leichen jener Sahibs auszugraben, und . . . An diesem Punkt schnitt Sarah ihm mit einer gewissen Eile das Wort ab, und nachdem sie ihre Absicht wiederholt hatte, die Nacht auf der Khilanmarghütte zu verbringen, forderte sie ihn auf, alles Nötige für die Expedition einzupakken, während sie frühstückte.
Zwanzig Minuten später trat sie hinaus auf die schneebestäubte Veranda und ging den Hügel hinunter zum Frühstücksraum. Dieser befand sich in dem großen Block, der in einiger Entfernung unterhalb des Flügels lag, in dem sie geschlafen hatte. Die Hotelgebäude waren auf der Höhe und an den Hängen eines steilen kleinen Hügels verstreut, der sich über dem Zentrum der flachen Mulde von Gulmarg – der »Rosenwiese« – erhob. Eine Mulde, die im Sommer ein riesiges, grünes Golfgelände bildete, umgeben von Pinien-, Deodar- und Kastanienwäldern, betupft und eingekreist von zahllosen kleinen Blockhütten, die starke Ähnlichkeit mit jenen eines Minenlagers in einem Cowboyfilm besaßen.
Trotz Bulakis Schlechtwetterwarnungen war es ein strahlender Morgen. Die Sonne hatte die Mulde von Gulmarg noch nicht erreicht, flammte aber über den Berggipfeln, die sich darüber erhoben, und tauchte die höchsten Spitzen in blendendes Licht. Schon packten etwa zwanzig Mitglieder des Skiklubs belegte Brote und Thermosflaschen in ihre Rucksäcke, schnallten ihre Skier fest und brachen zu dem langen Anstieg durch die Pinienwälder auf, die zu den offenen Schneefeldern des Khilanmarg führten.

Der Tag war allzu kurz gewesen. Mit dem Längerwerden der Abendschatten kroch eine Eiseskälte über die Schneefelder, und diejenigen von der Gruppe, die zum Hotel zurückkehrten, schluckten den letzten Tropfen Tee aus ihren Thermosflaschen, aßen den letzten Kuchenkrümel und schnallten ihre Skier für den Heimwärtslauf fest. Einer nach dem anderen sausten sie über die aufsprühenden Flächen, die geduckten Gestalten schwarz auf dem rosagefärbten Schnee und zwergenhaft gegen die finstere Größe des Apharwat, dessen steile Wände über die sanften Hänge des Khilanmarg ragten, bis sie zwischen den Schatten der Pinienwälder verschwanden.
Sarah, die mit Ian Kelly und den Coply-Zwillingen am Christmas Gully Ski gelaufen war, machte auf dem Kamm des Gullys Pause, um das abendliche Wunder des Sonnenuntergangs zu beobachten. »Ist es nicht herrlich?« staunte sie in atemlosen Entzücken.
Eine Mädchenstimme sagte hinter ihr: »Ja, es ist wirklich wunderhübsch, nicht wahr? Wie die Verwandlungsszene aus einem Märchenspiel – nicht ganz lebensecht.«
Sarah fuhr ruckartig herum und erkannte Janet Rushton, die am Rande des Gullys auf ihren Skistöcken lehnte und hinunterschaute, wo sich in der Ferne die flitterübersäten, nadelkopffeinen Lichter eines mit Purpurspuren behafteten Pokals zeigten, der Gulmarg darstellte.
»Hallo!« sagte Sarah überrascht. »Ich wußte gar nicht, daß Sie auch über Nacht hier oben bleiben. Ich nehme an, Sie haben Hugos Platz eingenommen? Sie sind also der fehlende Vierzehnte.«
»Ja, ich konnte nicht widerstehen. Ich hatte nicht die Absicht, zu bleiben, aber Reggie hat mich unter Druck gesetzt. Er sagte, die Gruppe könne Nervosität befallen, wenn sie entdekken, daß sie dreizehn sind. Es sei zwar purer Unsinn, sich mit so was zu belasten, aber seine Bemühungen wären ohnehin Verschwendung.«
»Sie bleiben aber?«
»Ja; ich sagte, ich würde bleiben. Nebenbei – es wäre jetzt ohnehin zu spät. Die anderen sind weg, und es würde nur

Kritik hervorrufen, wenn ich darauf bestünde, alleine hinter ihnen herzurauschen.«
»Warum? Was ist passiert?«
»Nicht viel, außer daß Evadne Curtis Bauchweh oder kalte Füße oder sonst was bekommen hat, und ich hörte gerade, daß sie sich letztlich doch entschlossen hat, zum Hotel umzukehren, und daß jene zwei, Thinkley und Wie-hieß-er-gleich, mit ihr abgefahren sind. Sie kommen aus ihrer Gegend, und es sieht so aus, als ob sie um ihre Gunst rivalisierten. Deshalb will natürlich keiner von beiden sie mit dem anderen alleine lassen. Alles durchaus verständlich, aber es bedeutet, daß wir jetzt nur elf sind, und ich hätte demnach nicht zu sagen brauchen, daß ich für Hugo eingesprungen bin. Also schön!«
Sarah spürte eine plötzliche Woge der Erleichterung. Sie hatte die geduckten, dunklen Gestalten auf den heimwärts springenden Skiern, die zwischen den Pinienwäldern verschwanden, mit einem Gefühl dunkler Vorahnungen beobachtet, das sie nicht näher hätte analysieren können. Jetzt stellte sie aber fest, daß es in der Furcht wurzelte, irgendwo dort unten, weit abgelegen in der rasch sich verdunkelnden Senke, lauere der Tod auf Janet. Ein Tod, der auf Zehenspitzen die dunkle, schneebepulverte Veranda des alten Hotels entlangkam, oder der am Fuße des Blue Run zwischen den Schatten lauerte. Nun aber würde Janet gar nicht dort unten sein. Sie war hier – und in Sicherheit; hoch über den Schatten der schwarzen, wartenden Bäume und den geheimnisumwobenen Holzwänden des alten Hotels. Hier oben in einer klaren, frischen, frostigen Welt. In Sicherheit . . .
Völlig erleichtert lachte Sarah laut auf. »Los!« rief sie, »wer zuerst an der Hütte ist!« Sie war eine gute Skiläuferin, aber Janet war eine exzellente; mühelos davonziehend, erreichte sie die Hütte mit einem Schwung durch den aufstiebenden Schnee und langte volle sechzig Sekunden vor Sarah an, die sie an die äußerste Ecke gelehnt fand, wo sie den Schnee von ihrem Skidreß klopfte. Ihr Blick lag auf der dunklen Senke weit unter ihnen, und ihr Gesicht war in dem schwindenden Tageslicht wieder angespannt und ängstlich.

Plötzlich sagte sie in gedämpftem Ton: »Ich hätte nicht hier oben bleiben dürfen. Es ist ein zu großes Risiko. Ich war ein Idiot. Ich hätte mit den anderen zurückfahren sollen.«

»Risiko?« wiederholte Sarah scharf. »Was meinen Sie? Welches Risiko bedeutet es, hier oben zu sein?«

»Darum geht es gar nicht«, sagte Janet. »Sondern . . . ach was, vielleicht spielt es keine Rolle.« Sie wandte den Kopf, um einen Blick auf die steile Bergwand zu werfen, die sich hinter der kleinen Hütte erhob, und auf den klaren, sternfunkelnden Himmel darüber, und fügte scheinbar zusammenhanglos hinzu: »Immerhin scheint heute nacht der Mond.«

Ein Gewirr dunkler Figuren kam hinter ihnen durch den aufstiebenden Schnee angeschossen und verwickelte sich zu einem heillosen Wirrwarr vor der Hüttentür. »Nimm deine Skier aus meinem Haar, Alec«, verlangte Ian Kelly. »Wo sind die anderen, Sarah?«

»Einige sind bereits angekommen, und die anderen stoßen gerade dazu«, antwortete Sarah. »Hallo, Reggie. Wo bist du gewesen?«

Reggie Craddock und zwei seiner Begleiter, ein langer, schlanker Inder mit einem Profil, das eine griechische Münze geziert hätte, und Meril Forbes, ein dünnes Mädchen mit rotem Haar, wasserhellen Augen und einer Fülle Sommersprossen, kamen um die Hütte herum und stießen zu der Gruppe an der Tür.

»Rauf zum Gipfel des Gujar Gully«, sagte Reggie, seine Skier abstreifend. »Übrigens, ihr kennt euch alle, ja? Miß Forbes und Mir Khan – alle Ihre Namen kann ich mir nicht merken, Mir.«

Der lange Inder lachte. »Einer genügt. Aber wir haben uns wohl alle schon früher getroffen.«

»Höchst schmerzhaft, was mich angeht«, bemerkte Ian Kelly. »Ich traf auf Mir in einer Karambolage, als ich vor zwei Jahren vom Red Run herunterfuhr, und bin noch immer grün und blau davon. Wo haben Sie Ski laufen gelernt, Mir? Hier oben?«

»Nein, in Österreich, und dann in Italien. Hier oben bin ich vor diesem Jahr noch niemals Ski gelaufen. Aber es gibt hier guten Schnee.«

»Den besten der Welt!« behauptete Reggie Craddock, der treue Sekretär des Skiklubs. »Übrigens, ich will morgen früh einen Lauf zu den Eis-Seen machen. Start fünf Uhr dreißig. Kommt jemand mit? Was ist mit dir, Janet?«

»Nein, danke. Zuviel Schufterei.«

»Ich gehe mit«, sagte Mir Khan, »und Ian ebenfalls. Es tut ihm gut. Er hat zugenommen. Vor zwei Jahren war er eine Gazelle – ein Reh!«

»Ach, Jugend! Jugend!« seufzte Ian Kelly. »Damals war ich noch jung – höchstens neunzehn. Nun ja, ich werde mich wohl etwas plagen müssen. Kommst du mit uns, Sarah?«

»Ich überleg's mir«, erwiderte Sarah. »Los, Janet, sehen wir nach, ob jemand die Lampen angezündet hat und ob der Ofen brennt. Ich friere.«

Die Tür schloß sich hinter ihnen, und innerhalb von Minuten schwand der letzte Schimmer Tageslicht von den Bergspitzen. Sterne glitzerten frostig am kalten Himmel, und weit entfernt, hinter dem hochaufgetürmten Gipfel des Nanga Parbat, züngelte ein Geflacker von Blitzen über die Bergketten. Aber darüber blieb der Himmel klar und wolkenlos im ersten fahlen Schimmer des aufsteigenden Mondes.

Das Innere der Hütte war in drei Räume aufgeteilt: ein Gemeinschaftszimmer, von dem es links zum Männerschlafraum und rechts zum Frauenschlafraum ging. Eine Doppelreihe von Schlafkojen lief rund um die drei Seiten jedes Schlafraums; vierzehn Kojen für jedes Zimmer mit drei zusätzlichen Kojen im Gemeinschaftsraum, für Notfälle. Aber die Tage, an denen die Skihütte voll belegt war, waren vergangen. Reggie Craddock war überrascht und erfreut gewesen, als es ihm gelungen war, jene Handvoll anzumustern, die jetzt die einunddreißig Gäste früherer Jahre ersetzte.

Fudge Creed, die damit beschäftigt war, am eisernen Ofen, der in der Mitte des Frauenabteils stand, Strümpfe zu trocknen, begrüßte Sarah und Janet mit Begeisterung. Ihre Stimme zu einem aufgeregten Flüstern senkend, sagte sie:

»Gott sei Dank, daß ihr kommt: noch weitere zehn Minuten, und ich wäre im Erdboden versunken. Mir war vorher gar nicht klar, wie unbedeutend meine Vorfahren waren, und daß ich kaum mit ›richtigen‹ Leuten verkehre. Ich glaube, ich kenne keinen einzigen Aristokraten, den ich beim Vornamen nennen könnte – von seinem Spitznamen ganz zu schweigen!«

Janet brach in Gelächter aus und sah auf einmal jünger und weniger ängstlich aus: »Es handelt sich wohl um Helen, nehme ich an! Wo ist sie?«

»Wachst ihre Skier nebenan.«

»Mir war doch, als hörte ich beim Hereinkommen Frauenstimmen auf der Männerseite. Äußerst schockierend.«

»Pssst!« warnte Sarah. »Da kommt eure kleine Busenfreundin.« Doch es war nicht Helen Warrender, die die Tür aufstieß und eintrat, sondern Meril Forbes: eine in jeder Beziehung farblose junge Frau, die trotz ihrer Sommersprossen ganz hübsch ausgesehen haben könnte, wenn sie nicht den gehetzten Ausdruck gehabt hätte, den sie üblicherweise zur Schau stellte. Meril hatte das Unglück, Waise zu sein und als einzige Verwandte eine ältliche und autoritäre Tante zu besitzen, die mehr oder weniger ständig in Kaschmir lebte. Hätte sie jemals Charakter besessen, hätte sie sich bald dem Einfluß der Persönlichkeit ihrer Tante entzogen, denn Lady Candera war eine jener dominierenden alten Damen, die das ungenierte Aussprechen ihrer Gedanken bis an die Grenze der Unhöflichkeit als Form gesellschaftlicher Machtpolitik betrieben und als Folge davon gefürchtet waren.

»Hallo, Meril«, sagte Janet, setzte sich auf den Fußboden vor den Ofen und zog ihre Stiefel aus. »Fein, daß du es doch noch einrichten konntest, zum Treff heraufzukommen. Ich habe läuten hören, du könnest nicht. Was war denn los? Hat Tante Ena eine Herzattacke erlitten?«

Merils Gesicht errötete leicht unter der Puderschicht über den Sommersprossen. »So was Ähnliches«, gab sie zu. »Zuerst sagte sie, sie wolle nichts davon hören. Und dann sagte sie plötzlich, ich könne gehen.«

»Wenn ich du wäre, würde ich die alte Pest mit einem Hackebeil erschlagen«, rief Janet freimütig. »Kein Gericht würde dich schuldig sprechen. Du hast ein freundliches, gütiges Wesen, Meril; das ist dein Kreuz. Was dir fehlt, ist ein gehöriger Rausch, um deiner alten Tante die Unabhängigkeitserklärung aufzusagen.«

Meril Forbes lächelte blaß. »Sie war im großen und ganzen recht gut zu mir, weißt du. Ich meine, wäre sie nicht gewesen, hätte ich niemanden gehabt. Sie hat eine Menge für mich getan.«

»Na schön«, erwiderte Janet, als sie aufstand, »solange du es so siehst ... – Was glaubst du, was es zum Abendbrot gibt? Ich habe seit dem Frühstück nichts gehabt.«

»Ich kann's euch sagen«, meldete Fudge mit einiger Genugtuung: »Hammelfleisch und Geschmortes. Beides gut – ich hab's gemacht. Eine Menge Kaffee – auch von mir. Und Zitronen-Käsekuchen, den das Hotel heraufgeschickt hat. Was denkt ihr wohl, was ich gemacht habe, während ihr drei mit euren Freunden ringsherum auf den Skihängen die Zeit verplempert habt? Abendessen kochen – das ist was wert!«

»Sei gesegnet. Mir träumte, ich hätte es selbst getan. Nun laßt uns das Zeug ohne Zögern hinunterschlingen.«

Der Rest der Gruppe war schon im Gemeinschaftsraum um den Ofen versammelt, und alle nippten vorsichtig an einem seltsamen Gebräu aus heißem Rum, Zitrone und diversen mysteriösen Ingredienzien, beschafft und hergestellt von Johnnie Warrender.

»Ah – die Damen!« rief Johnnie und schwenkte dabei ein dampfendes Glas. »Kommt und probiert ein Schlückchen hiervon, ihr Süßen. Genau das rechte, um die Kälte zu vertreiben. Man nennt es ›Höllenschönheit‹, ein riesig netter Name!« Er lachte dröhnend. Es war deutlich erkennbar, daß Johnnie schon »schwer in Fahrt« war – kein ungewöhnlicher Zustand bei ihm. Sarah akzeptierte ein Glas und zog sich damit ans andere Ende des Raums zurück, wo sie behutsam daran nippte und die anderen Gäste mit Interesse beobachtete; insbesondere Johnnies Frau, Helen, die mit Mir Khan und Reggie Craddock sprach. Die anderen Frauen der Gruppe trugen genau wie die Männer Hosen und Wollpullover. Nur Helen Warrender hatte als einzige der Gruppe für die Gelegenheit ein exotisches Gewand zum Wechseln mitgebracht: ein elegant drapiertes Wollkleid, tief ausgeschnitten und kurzärmlig, in lebhafter smaragdgrüner Schattierung. Ihre seidengrün bestrumpften Beine endeten in grünen Schuhen mit Pfennigabsätzen. Am Ausschnitt ihres Kleides waren ein Paar großer Straß-Broschen befestigt, an ihren Ohren dazu passende Clips.

Dies war ebenfalls eine Frau, die, genau wie Meril, hübsch, vielleicht sogar schön ausgesehen haben könnte, wenn ihre Miene diese Vorstellung nicht beeinträchtigt hätte: in ihrem Fall der Ausdruck einer chronischen Langeweile und Unzufriedenheit, den keine noch so dicke Schicht gekonnt aufgetragenen Make-ups kaschieren konnte. Der verschwenderische Gebrauch des Lippenstifts reichte auch nicht aus, die Bitterkeit der verdrossen herabgezogenen Mundwinkel zu überdecken, während der purpurrote Nagellack, den sie bevorzugte, nur dazu angebracht schien, die Ruhelosigkeit ihrer Hände zu betonen, die nervös und ununterbrochen Zigaretten ergriffen, die sie eine an der anderen ansteckte, sobald die erste halb geraucht war.

Alles in allem, fand Sarah, brachte Mrs. Warrender eine grelle und unpassende Note in die heimelige Skihütte. Eine Note, so künstlich und unangebracht wie die Straßornamente, die in dem dunstigen Licht der Petroleumlampen funkelten und blitzten.

Der Raum war sehr heiß. Die Hitzewellen vom rohen, eisernen Ofen, verbunden mit dem dicken Zigarettenqualm, dem Stimmengewirr und den Dünsten von Johnnies »Höllenschönheit«, bewirkten, daß Sarah sehr schläfrig wurde. Und so schnell wie möglich nach der Mahlzeit, obgleich es erst kurz nach neun war, zog sie sich gähnend in ihre Schlafkoje zurück.

Die anderen brauchten nicht lange, um ihrem Beispiel zu folgen, denn sie waren frühzeitig aufgestanden, und es war ein langer, gesunder Tag gewesen. Darüber hinaus war morgens vor dem Frühstück die beste Skilaufzeit, wenn der Schnee noch fest und trocken vom nächtlichen Frost war. Gegen zehn Uhr wurde die letzte Öllampe gelöscht, und die Skihütte lag ruhig im Dunkel.

Es mußte eine Stunde vor Mitternacht gewesen sein, als Sarah aufwachte. Der Mond stand klar über den Höhen des Khilanmarg, und das Glitzern der Schneewüsten verstärkte seine Leuchtkraft in der Finsternis der kleinen Skihütte.

Ein oder zwei Minuten lang lag sie ganz still, ließ den Blick über die schattigen, fremden Umrisse des engen Raums mit den kaum sichtbaren Schlafkojen wandern, horchte auf das gedämpft rhythmische Schnarchgegrummel, das von der anderen Seite der Scheidewand kam, wo Reggie Craddock vermutlich auf dem Rücken schlief. Ein Windhauch vom Apharwat säuselte unter den schneebedeckten Dachvorsprüngen, bahnte sich zischelnd seinen Weg über die leeren weißen Flächen, und unten im Pinienwald krachte scharf ein Ast, der unter seiner Schneelast brach.

Einen Augenblick später wiederholte sich das ferne Geräusch im Inneren der Hütte. Die Helligkeit hatte plötzlich zugenommen, und Sarah konnte die deutlichen Umrisse des kleinen eisernen Ofens erkennen, der einen Augenblick zuvor nur ein dunkler Fleck gewesen war. Da wurde ihr klar: Jemand mußte die Hüttentür geöffnet haben.

Ein oder zwei Sekunden lag sie still und lauschte. Doch außer dem plötzlichen Knarren einer Türangel gab es kein weiteres Geräusch. Sie setzte sich vorsichtig auf und spähte über den Rand ihrer Schlafkoje.

Es gab nur *einen* Eingang zu der Skihütte, die Tür nämlich, die in den Gemeinschaftsraum führte. Aber die Innentür zwischen der Frauenabteilung und dem Wohnraum stand offen; und die Außentür der Hütte ebenfalls, denn der Gemeinschaftsraum lag im hellen Mondlicht, und durch seinen Widerschein konnte Sarah genau erkennen, daß das leise schnarchende Bündel in der Nachbarkoje Meril Forbes war. Die Koje daneben war Janets – und sie war leer. Der Widerschein vom offenen Eingang des Nebenraums ließ deutlich die zerwühlten Decken erkennen. In jähem Schrecken erinnerte sich Sarah wieder an die Spur der Fußabdrücke auf der leeren Veranda und an die Art, wie das Licht am Lauf der kleinen Automatik in Janet Rushtons Hand aufgeblitzt hatte . . .

Im nächsten Moment war sie aus dem Bett und stieß die Füße in ihre Skistiefel. Sie zog den schweren Mantel von der Koje, wickelte ihn um ihre Schultern, war schon an der Tür, durchquerte den Gemeinschaftsraum und blickte in die Nacht hinaus. Irgend etwas bewegte sich an der Wand der Skihütte, und als sie einen Schatten wahrnahm, zischte sie: »Janet!« und stieß einen Seufzer der Erleichterung aus.

Der Schatten blieb stehen, und sie hörte Janets Stimme in scharfem Flüsterton: »Sarah! Was um alles in der Welt machen Sie hier draußen? Gehen Sie sofort zurück, bevor Sie sich eine Lungenentzündung holen!«

»Ich hörte die Tür knarren, als Sie rausgingen«, erklärte Sarah mit klappernden Zähnen. »Das weckte mich auf, und als ich aus meiner Koje blickte und sah, daß Sie nicht da waren, bekam ich Angst, es sei etwas passiert.«

Sie zwang die Arme durch die Ärmel ihres Mantels, knöpfte ihn bis zum Hals zu, und trat in den Schnee hinaus, wo sie sich wie in Gedanken umdrehte und die Tür schloß: Es gab keine Notwendigkeit, die anderen in der Hütte zu wecken. Die Türangel knarrte wieder schwach, und der Riegel fiel mit einem leisen Klicken zu.

Janet Rushton lehnte an der Hüttenwand und schnallte ihre Skier an. Sie war vollständig angezogen und trug eine knapp anliegende dunkle Skikappe über den blonden Locken sowie einen dicken Wollschal um den Hals. Als sie die steife Bindung festschnallte, summte sie leise einen alten Schlager, den Sarah während des Krieges oft im Radio gehört hatte – wie lange war das schon her?

Der Mond in einer Märchennacht
Und jede süße Melodie,
Sie wurden nur für dich gemacht.
Der Frühling und die Sommerpracht
Und auch der goldne Ehering,
Sie wurden nur für dich gemacht.

Sie befestigte den letzten Riemen, richtete sich auf, zog ein Paar fellgefütterte Skihandschuhe an und hob einen ihrer Skistöcke auf. In dem klaren Mondlicht konnte Sarah sehen, daß ihre Augen leuchteten und sie wieder jung und fröhlich aussah, als ob eine schwere Last von ihren Schultern genommen sei.
»Was haben Sie vor?« fragte Sarah. »Was ist geschehen, Janet? Wohin wollen Sie?« Ihr Geflüster klang scharf in der Stille.
»Pssst! Sie wecken die anderen auf. Kommen Sie hier herüber.« Der Schnee knirschte laut unter ihren Füßen, als sie aus dem Schatten der Skihütte ins volle Mondlicht traten.
Janet sagte: »Er ist gekommen, Sarah. Endlich ist er gekommen. Nun wird alles gut, und morgen kann ich fort von diesen schrecklichen Bergen und wieder frei sein. Schauen Sie dort hinüber!«
Sie ergriff Sarahs Arm und zeigte mit einer behandschuhten Hand dorthin, wo weit unter ihnen das Mondlicht die Mulde von Gulmarg mit milchigem Licht erfüllte.
»Was?« wisperte Sarah. »Ich sehe nichts.«
»Dort, zwischen den Bäumen, links von der Schlucht.«
An der entlegensten Seite von Gulmarg, in der Pelzdecke der fernen Baumkronen, die sich eisengrau im Mondlicht zeigten, glomm ein einziger Lichtfleck wie ein winziger roter Stern in einem stürmischen Himmel. Ein Nadelstich der Wärme gegen die Unendlichkeit der kalten, mondbeschienenen Welt, die unter ihnen lag.
»Ich kann einen Lichtfleck sehen, falls es das ist, was Sie meinen«, flüsterte Sarah. »Ein rotes Licht.«
»Ja, das meine ich. Wir haben seit Tagen darauf gewartet.

Seit wir hergekommen sind, hielt eine von uns jede Nacht nach ihm Ausschau. Ich fing schon an zu glauben, es würde niemals kommen. Das ist einer der Gründe, warum ich mich entschloß, heute nacht hier oben zu bleiben. Ich wußte, daß ich es von hier aus ebensogut sehen konnte wie von meinem Hotelzimmer. Vielleicht besser.«

»Aber was haben Sie vor? Sie können doch jetzt nicht hinunterlaufen.«

»Natürlich kann ich. Ich bin eine gute Skiläuferin. Schneller als die meisten hier. Ich kann in einer halben Stunde dort unten sein.«

»Das ist doch absurd!« Sie hatten bisher geflüstert, doch Sarahs Stimme wurde jetzt bedenklich lauter. »Sie finden bei Nacht doch niemals den Weg durch den Wald.«

»Sst! Sie wecken noch jemanden auf. Ich nehme nicht den üblichen Weg, sondern werde den Slalom-Hügel und den Blue Run hinunterfahren. Reggie schaffte es in zehn Minuten und ich kann es in acht schaffen. Danach nehme ich die Abkürzung direkt über den *marg*. Sagen wir höchstens weitere zwanzig Minuten.«

»Janet, Sie sind verrückt. Das können Sie doch nicht tun. Und Sie dürfen nicht über den Blue Run hinunter. Sie haben gehört, was Reggie darüber sagte – und – und –«

Janet lachte leise; ihr Atem bildete weiße Nebel in der stillen Luft. »Ist schon gut, Sarah. Schauen Sie nicht so erschrocken. Ich halte mich an den Außenrand des Run, und ich kenne die Route wie meinen Handrücken. Haben Sie keine Bange, um diese Nachtzeit wird dort unten kein Mörder auf mich lauern, und lange vor dem Morgen werde ich zurück sein. Falls nicht, falls ich mich verspäten sollte, gehe ich statt dessen zum Hotel zurück und tue so, als sei ich vorzeitig hinabgelaufen. Würden Sie das den anderen sagen, wenn ich nicht rechtzeitig zurück bin?«

Sarah sagte: »Ich kann Sie so nicht fortlassen. Irgend etwas – alles mögliche – kann passieren. Passen Sie auf – wenn Sie nur eine Minute warten, bis ich meine Skier geholt und ein paar Sachen angezogen habe, komme ich mit Ihnen.«

»Nein. Sie sind ein großartiges Mädchen, Sarah, aber Sie laufen nicht gut genug Ski. Sie würden sich dabei entweder den Hals brechen oder mich aufhalten!« Sie lächelte in Sarahs ängstliches Gesicht hinein. »Ich bin wirklich auf alles vorbereitet.«

Sie steckte die Hand in eine Tasche ihres Skianzugs und zog die kleine Pistole heraus. Eine Sekunde lang blitzte und blinkte das Mondlicht auf dem kalten Metall, dann ließ sie die Waffe zurückgleiten und zog die Tasche mit einem kleinen Metallreißverschluß zu.

»Wollen Sie sagen, Sie hätten das Ding den ganzen Tag in der Tasche mit sich herumgetragen?« fragte Sarah erneut geschockt.

»Nicht in meiner Tasche: in dem Halfter, hier –« Janet klopfte auf ihre linke Achselhöhle. »Doch in letzter Minute wurde mir klar, daß zu dieser Nachtzeit niemand eine Ausbuchtung an meinem Skianzug bemerken würde. Deshalb nahm ich sie heraus und steckte sie in die Tasche; dort ist leichter an sie heranzukommen. Nicht, daß ich sie heute nacht benutzen wollte – oder überhaupt jemals. Doch ich muß die ganzen Unterlagen mit mir herumtragen, denn ich wage es nicht, etwas zurückzulassen. Aus Angst, daß irgendeine hilfreiche Aufräumerin wie Meril es findet und anfängt, Fragen zu stellen.«

Sarah sagte plötzlich: »Janet, was kommt eigentlich bei alledem für Sie heraus?«

Janet machte eine kleine Pause, und nun schien ihr Gesicht im Mondlicht nüchtern und nachdenklich. Nach einem Augenblick sagte sie langsam: »Nichts von den Dingen, für die die meisten Leute arbeiten. Kein großer materieller Gewinn oder öffentlicher Erfolg. Erregung vielleicht; doch am meisten von allem Furcht; Furcht, die einen krank und kalt und hirnlos und rückgratlos macht.«

»Warum dann?«

»Mein Vater«, sagte Janet, »war ein berühmter Soldat. Wie mein Großvater und mein Urgroßvater. In meiner ganzen Familie sind alle immer nur Soldaten gewesen. Aber mein ältester Bruder wurde 1936 an der Grenze getötet, John starb in Italien und Jamie in einem japanischen Gefangenenlager. Ich bin die einzige, die übriggeblieben ist, und dies ist meine Art des Kampfes. Man muß tun, was man kann. Es genügt nicht, nur patriotisch zu denken.«

Sarah dachte plötzlich an eine andere, lang verstorbene Engländerin, die den deutschen Exekutionskommandos gegenüberstand und deren unsterbliche Worte Janet Rushton unbewußt umschrieb: »Patriotismus allein ist nicht genug.«

Sie gab ihr die Hand. »Viel Glück, Janet.«

»Danke. Sie sind ein Prachtkerl, Sarah, und ich bin Ihnen schrecklich dankbar. Ich wünschte, ich könnte Ihnen zeigen, wie sehr ich es zu schätzen weiß.«

Sarah lächelte sie an – ein kumpelhaftes Lächeln. »Für ein vernünftiges Mädchen reden Sie garantiert eine Menge Unsinn. Geben Sie acht auf sich!«

»Werde ich«, versprach Janet. »Keine Sorge.«

Sie neigte sich vor und küßte geschwind und unerwartet Sarahs kalte Wange. Im nächsten Moment, mit einem kräftigen Abstoßen ihrer Skistöcke und lebhaft aufstiebendem Schnee war sie davon – eine dunkle, fliegende Gestalt im kalten Mondlicht, die auf den lang abfallenden Hängen der Schneefelder dahinschrumpfte und bald mit der Finsternis der Wälder verschmolz.

Sarah drehte sich mit einem kleinen Schauder um und ging zu der Hütte zurück. Jetzt erst nahm sie die intensive Kälte war, die ihre Hände und Füße taub gemacht und ihre Wangen zu Eis verwandelt hatte. Janet hatte recht, dachte sie. Ich werde mir eine Lungenentzündung holen, und es geschieht mir recht!

Das Mondlicht fiel schräg auf das Skihüttendach und verwandelte den tiefen, weißen Schnee in weiße Seide, unter der die Wände der Blockhütte sich tintenschwarz im Schatten zeigten. Die Nacht war so still, daß Sarah das ferne, schwache Donnergrollen hinter den entlegenen Bergen des Nanga Parbat, der sich jenseits des Tales entlangzog, noch als Geflüster vernehmen konnte. Sie hatte jedoch keine zwei Schritte auf

die Hütte zu getan, als sie ein anderes Geräusch vernahm; ein Geräusch, das sich in ihr Gedächtnis grub und sie noch in vielen langen Nächten in ihren Träumen heimsuchen sollte: Das Knarren einer Türangel.
Sarah blieb wie angewurzelt stehen und erstarrte beim Anblick der Tür, die sie doch erst so kurz vorher geschlossen hatte. Jemand mußte sie unbemerkt geöffnet haben, während sie sich mit Janet im Schnee unterhalten hatte, und schloß sie jetzt wieder – langsam und mit extremer Behutsamkeit –, und dann hörte sie das schwache Klicken, als der Riegel sacht in seine alte Lage zurückfiel. Es dauerte lange, bevor sie sich zu rühren wagte. Und wie sie in dem eisigen Mondlicht stand, überlief sie eine Gänsehaut, die mit der kalten Nachtluft nichts zu tun hatte, und sie entsann sich Janets argloser Worte, die sie vor wenigen Augenblicken über den Blue Run gesagt hatte: »Um diese Nachtzeit wird dort unten kein Mörder auf mich lauern.«
Vielleicht nicht. Vielleicht weil hier oben die ganze Zeit ein Mörder gelauert hatte – dicht neben ihr unter dem schneebedeckten Dach der kleinen Skihütte am Khilanmarg.

4

Erst als Reggie Craddocks Wecker mit ohrenbetäubendem Geschrill verkündete, daß es fünf Uhr morgens sei, und auf der anderen Seite der Trennwand Geräusche auf das widerwillige Aufstehen der Herren Craddock, Kelly und Khan (der Rest der Gruppe hatte sich den Freuden des Skilaufens vor Sonnenaufgang unzugänglich gezeigt) schließen ließen, fiel Sarah endlich in einen unruhigen Schlummer.
Sie hatte stundenlang wach gelegen, frierend zusammengekauert zwischen den Decken in ihrer engen Schlafkoje. Sie hatte auf die monotonen Schnarchtöne, die von der anderen Seite herüberdrangen, auf das schnaufende Atmen von Meril Forbes gehorcht. Und wieder und wieder das verstohlene Schließen der Tür vor sich gesehen.

Jemand hatte dort gestanden, beobachtet und gelauscht. Und falls es nur jemand war, der wie sie aus dem Schlaf gerissen worden war, würde er sich dann nicht gemeldet haben? In dem klaren Mondlicht war es ausgeschlossen, daß er sie und Janet übersehen oder nicht erkannt hatte; jeder, der glaubte, er habe Stimmen gehört, und beschloß, der Sache auf den Grund zu gehen, würde sich bemerkbar gemacht haben. Außerdem . . . Sarah erschauerte erneut bei der Erinnerung an die sich schließende Tür . . . war sie so überaus langsam geschlossen worden, so ungemein sanft . . .

Elf Menschen befanden sich in der Hütte, sie selbst und Janet inbegriffen. Sie konnte keinen von ihnen ausnehmen, denn bis sie ihren Mut zusammengenommen hatte, um die Hütte zu betreten, hatte derjenige, wer immer es war, der die Tür geschlossen hatte, genügend Zeit gehabt, ruhig in seine Koje zurückzuschlüpfen.

Sarah ging im Geiste alle durch, die sie von der Gruppe kannte und die in der Skihütte versammelt waren.

Da war Reggie Craddock, der Sekretär des Klubs: ein stämmiger kleiner Mann in den späten Dreißigern, der über eine Handvoll Baumwollspinnereien und eine verzehrende Leidenschaft für Wintersportarten verfügte. Er hatte während des Krieges in einem indischen Regiment gedient und war erst kürzlich entlassen worden. Er war in Indien geboren, hatte den größten Teil seines Lebens hier verbracht und war von einem zum anderen Ende dieses geselligen Landes gut bekannt. Angesichts dessen schien es unwahrscheinlich, daß Mr. Craddock von Craddock & Company, zuletzt Mitglied der Bombay-Grenadiere, in subversive Tätigkeiten oder einen Mord verwickelt sein sollte.

Dann war da Ian Kelly. Über Ian wußte sie ein bißchen mehr, da er ein junger Mann war, der gerne von sich selbst sprach, insbesondere zu hübschen Mädchen – in diesem Zusammenhang muß betont werden, daß Sarah Parrish ein sehr hübsches Mädchen war. Aber nichts von dem, was er ihr erzählte, hätte in ihr die Vorstellung aufkommen lassen, er könne in irgendeiner Form mit Spionage zu tun haben. Zunächst einmal hatte er an dem Tag, an dem der Mord an Mrs. Matthews geschah, ständig nur mit ihr getanzt und konnte die Tat wohl nicht selbst verübt haben. Im letzten Jahr hatte er auch ein MC, ein Militärkreuz, erhalten und war dreimal in Kriegsberichten erwähnt worden. Schon das schien die Möglichkeit auszuschließen, daß er sich als ausländischer Spion betätigen könnte.

Johnnie Warrender ... Es war sehr wenig, was sie über Johnnie Warrender wußte, nur, daß er eine aufreizende Frau besaß und anscheinend Polo spielte – oder gespielt hatte. Sie mußte Fudge über ihn befragen. Er schien eine umgängliche Person zu sein; drahtig und quirlig, am Rand der Vierzig, großzügig und mit der Veranlagung, mit jedem auf gutem Fuß zu stehen. Seine Schwäche war das Trinken, denn es verging kaum ein Abend, an dem Johnnie nicht das war, was er selbst als »nur mäßig angeheitert« bezeichnete, während seine Barrechnungen am Ende jedes Monats vierstellige Ziffern in der örtlichen Währung erreichten.

Mir Khan. Eine weitere unbekannte Größe. Ian Kelly hatte sie während ihres ersten Tages in Gulmarg mit Mir bekannt gemacht, doch hatte sie bisher nicht viel mit ihm gesprochen. Er war ein Freund Reggie Craddocks, und Reggie schien ihm eine enorme Bewunderung entgegenzubringen. Wie weit das lediglich auf der Tatsache beruhte, daß Mir Reggie alle Tage beim Skilaufen übertraf und als einer der besten indischen Schützen galt, wußte sie nicht, denn sie hatte bemerkt, daß das Urteil ihres Landsmannes sehr stark von der sportlichen Leistungsfähigkeit eines Menschen abhing. Vorausgesetzt, daß ein Mann einen Ball weiter schlagen konnte als seine Kameraden oder eine bestimmte Anzahl von Vögeln im Fluge treffen konnte, dann wurde er von Reggie automatisch zum »guten Kumpel« und »ausgezeichneten Sportskameraden« erklärt.

Mir besaß solche Fähigkeiten bis zu einem bemerkenswerten Grade; dazu kam der Charme seiner Umgangsformen und eine Reihe exotischer Titel, die er seiner Verwandtschaft mit einem fürstlichen Hause verdankte. Er hatte jenseits vom

Gilgit Schneeleoparden geschossen und auf seinem Weg nach Süden Station in Gulmarg gemacht, um dem Skiklubtreffen beizuwohnen. Seine Popularität, sein Charme, seine Freundlichkeit waren aber kein Grund zu der Annahme, daß er nicht antibritisch eingestellt sein konnte.

Schließlich, dachte Sarah, als sie in der Dunkelheit hustete, ist es *sein* Land und wir sind die »Weißen Radschas« – die Eroberer –, selbst wenn wir unmittelbar vor dem Abzug stehen! War es Mir Khan, der in der Dunkelheit gestanden und sie von der Hüttentür aus beobachtet hatte? Wo war er an dem Tage, als Mrs. Matthews starb, gewesen? Soweit sie sich erinnern konnte, mit Reggie Craddock und einer Gruppe auf den Hängen jenseits des Khilan. Gleichzeitig setzte sie im Geiste ein Fragezeichen hinter Mir Khan . . .

Blieben nur noch die Coply-Zwillinge. Fröhlich, charmant, überschäumend vor guter Laune, waren sie im zarten Alter von achtzehn in Indien eingetroffen, nur wenige Monate bevor der Fall einer Atombombe auf Hiroshima den Zweiten Weltkrieg beendet hatte. Zu ihrem Verdruß hatten sie keinen Kriegseinsatz erlebt, und dies war ihr letzter Abschied von Indien, bevor sie zu ihrem Regiment nach Palästina aufbrachen.

Sarah würde sie von der Liste der möglichen Verdächtigen gestrichen haben, wären da nicht noch zwei Punkte gewesen; beide fand sie unter den obwaltenden Umständen ein bißchen störend. In ihren Adern floß russisches Blut, und am Tage von Mrs. Matthews Tod waren beide alleine Ski laufen gewesen. Ihr Vater, jetzt ein General in der indischen Armee, hatte eine Weißrussin geheiratet, und die Zwillinge selbst wuchsen zweisprachig auf. Sarah war Nadia Coply in Peshawar begegnet und hatte sie mit der Grausamkeit der Jugend als fett und scheinheilig eingestuft.

Nadia war eine willensstarke Frau, die dafür verantwortlich war, daß die Zwillinge Boris und Alexis getauft wurden, aber die Zeit und eine britische Internatsschule hatten daraus Bonzo und Alec gemacht, und Bonzo und Alec waren sie geblieben. Gewiß, Nadia war, wenn man ihren Erzählungen

glauben wollte, ein Mitglied des alten russischen Adels gewesen. Es gefiel ihr, mit einer Fülle dramatischer Details zu berichten, wie sie als kleines Kind – »und so bildschön« – auf den Knien des Zaren gesessen hatte und von ihm mit Bonbons aus einer juwelenbesetzten Schachtel gefüttert worden war. Eine Frau mit ihrem Vorleben würde wohl kaum etwas anderes als Feindschaft für die Kommunisten empfinden. Dennoch – es war russisches Blut in den Zwillingen, und die meiste Zeit an jenem verhängnisvollen Donnerstag waren sie allein draußen gewesen.
Sarah wälzte sich ruhelos in der Dunkelheit. Wenn man nur genau feststellen könnte, wann Mrs. Matthews gestorben war! Aber darüber konnte wohl niemand jemals sicher sein. Die intensive Kälte konnte toten Körpern übel mitspielen, und selbst die Ärzte würden darauf keine Gutachten abgeben. Sie hatten gesagt, sie müsse – grob geschätzt – vier oder fünf Stunden, bevor der Leichnam gefunden wurde, gestorben sein. Das wäre um sieben Uhr früh gewesen. Aber Janet hatte sie um vier gefunden, und ihr Körper war schon steif, wie sie sagte – Sarahs Gedanken schauderten vor der Erinnerung an den steif gefrorenen, verzerrten Leichnam.
Die Coply-Zwillinge *konnten* nicht dafür verantwortlich sein. Sie waren so jung. Und dennoch – und dennoch? Sarah erinnerte sich an Fotografien von deutschen Gefangenen nach der Invasion von Frankreich. Blondhaarige Jungen von zehn bis zwanzig Jahren, die nur kurze Zeit davor Frauen und Kinder in den Straßen kleiner Marktflecken mit Maschinengewehren beschossen hatten und hochexplosive Sprengladungen auf Hauptverkehrsstraßen mit hilflosen Zivilflüchtlingen abgeworfen hatten. Nein, Jugend war kein Alibi in dieser Zeit. Jugend konnte hart und unbarmherzig und intolerant sein, ohne Mitleid für Alter und Schwäche.
Was war mit den Frauen? – denn es war eine Frau gewesen, die jene Fußabdrücke hinterlassen hatte, obgleich Sarah überzeugt war, daß das gesichtslose Wesen, das den Riegel an Janets Fenster durchgefeilt hatte, ein Mann gewesen war. Fudge konnte sofort gestrichen werden. Meril würde nicht

den Mut gehabt haben, und so allergisch Sarah auch gegen Helen Warrender war, so konnte sie doch nicht glauben, daß die ausnehmend elegante, katzenartige Frau mit ihrer fortgesetzten Bezugnahme auf die »richtigen Leute« sich in etwas gesellschaftlich so Verdammenswertes wie einen Mord verwickeln ließe.

Reggie Craddock, Ian Kelly, Johnnie Warrender, Mir Khan, die Coply-Zwillinge, Fudge, Meril Forbes und Helen. Einer von diesen. Sarahs schmerzender Kopf ließ sie alle Revue passieren, immer und immer wieder in endloser Prozession, bis das gedämpfte Gerassel von Reggies Wecker den bösen Zauber der Nacht brach und sie endlich einschlummerte. Sie träumte von Janet; hilflos und von panischer Angst erfüllt wurde sie von gesichtslosen Gestalten über endlose Veranden verfolgt.

Sie erwachte müde und unerfrischt von dem Geruch gebratenen Schinkenfetts und dem willkommenen Geräusch eines kochenden Kessels, um festzustellen, daß die übrige Gruppe schon draußen war, im Morgenschnee. Mit Ausnahme von Meril Forbes, die das Frühstück mit großem Energieeinsatz und Unvermögen zubereitete. Von Janet keine Spur.

»Mrs. Creed sagte, ich soll dich schlafen lassen«, sagte Meril, wobei sie hilflos nach dem um sich greifenden Rauch schlug, der den Gemeinschaftsraum von der vernachlässigten Bratpfanne her füllte. »Sie hat zuerst versucht, dich zu wecken, doch du schienst so fest zu schlafen, daß sie sagte, wir sollten dich lieber liegenlassen. Sie laufen alle am Gully Ski; alle, außer Reggie. Und Mir, nehme ich an.«

»Wer sind *sie?*« fragte Sarah.

»Oh, der ganze Rest«, erwiderte Meril unbestimmt.

Im Hinblick auf Janets Abschiedsbitte wollte Sarah nicht nach ihr fragen, aber da Meril sie unerwähnt ließ, bestand die Möglichkeit, daß sie tatsächlich zeitig genug zurückgekommen war, so daß niemand ihre Abwesenheit bemerkt hatte. Nun lief sie wahrscheinlich mit den anderen Ski.

Sarah zog sich an, fror in der kalten Hütte und ging nach draußen.

Die Sonne war noch hinter dem Grat des Apharwat verborgen, doch ihre Glut warf einen Glorienschein auf die Schneefelder. Der Himmel war ein blasses, verwaschenes Türkis, gegen das die Gipfel violette Muster schnitten, und von irgendwoher zwischen den Pinienwäldern unterhalb des *marg* stieg eine dünne Rauchfahne von einem Holzfällerfeuer in die stille Morgenluft auf. Trotz der leuchtenden Helligkeit der Morgendämmerung schien etwas Bedrohliches und Bedrückendes in der windstillen Kälte des Morgens zu liegen: ein vibrierendes Unbehagen. Und als Sarah über das ferne Tal hinausblickte, sah sie, wie der große Wall der Nanga-Parbat-Kette von der Decke einer grau-braunen Wolke, die den Horizont von Ost nach West überspannte, verhüllt wurde und den Himmel darüber wie mit bösem Vorzeichen in gelbe Flecke verfärbte. Während sie es beobachtete, flackerten Blitze im Bauch der Wolke auf, und sie konnte über die Bergketten hinweg das schwache Murmeln eines weit entfernten Sturms vernehmen.

Meril Forbes' Stimme, gequält und ängstlich, rief: »Oh, zum Henker! Ich habe den Schinken wieder verbrannt!« und weckte in Sarah so etwas wie Pflichtgefühl. Sie bot sich als Hilfsköchin an und wurde dankbar akzeptiert. An dem Schinken war nichts mehr zu retten, und so wandte sie sich statt dessen der Aufgabe zu, große Mengen Kaffee und Toast zuzubereiten. Allein, der Gedanke an Janet quälte sie. Zu indirektem Vorgehen entschlossen, sagte sie kurze Zeit später: »Wer schaut nach Bonzo und Alec? Ich könnte mir vorstellen, daß Reggie sie nicht mitgenommen hat?«

»Kaum!« sagte Meril, die am anderen Ende des Raums mit Tassen und Tellern klapperte. »Auf Skiern sind sie wie ein Paar Meerschweinchen oder noch schlimmer! Nein, sie sind mit den anderen zum Christmas Gully gelaufen und versuchen sich dort die Hälse zu brechen. Sie sind vor etwa einer Stunde abgezogen, und wenn sie nicht zeitig zurück sind, sollten wir ohne sie zu frühstücken anfangen, meinst du nicht auch? Die anderen werden vor einigen Stunden nicht zurück sein, wenn sie wirklich zu den Eis-Seen gelaufen sind.«

Draußen hörte man ein forsches Heranpreschen durch den frischen Schnee, und eine fröhliche Stimme verkündete: »Heim kehrt der Skiläufer, heim vom Skilauf, und der Hungrige kehrt vom Hügel heim! Sarah, meine Schöne, du bist eine faule kleine Made und eine Schande für die Nation. Warum bist du nicht mit uns gekommen, statt dich in deiner Koje zu wälzen?«
»Ich bin allergisch gegen frühes Aufstehen«, erklärte Sarah bündig. »Was machst du hier in der Gegend? Wir hatten dich vor Stunden nicht erwartet. Wo hast du die anderen gelassen?«
»Sich selbst überlassen. Ich nehme an, der alte Reggie treibt sich noch irgendwo auf dem Rücken des Apharwat herum, und Mir zog zu Mary's Shoulder ab: sagte, er wolle Sprungnummern üben oder so was. Ich dachte, ich hätte genug, nachdem ich ein paar Stunden beim Bewundern des Sonnenaufgangs vertrödelt habe. So beschloß ich, zurückzukommen und dafür dich und den Schinken zu bewundern.«
»Oje! Ich fürchte, der Schinken ist verbrannt«, sagte Meril schuldbewußt. »Aber du kannst ein gekochtes Ei haben.« Sie ging zur Tür und spähte hinaus. »Da kommen die anderen ja schon. Wo ist Janet, Ian? Ist sie mit Reggie zu den Eis-Seen gegangen, oder ging sie mit Mir?«
»Weder – noch«, sagte Ian. »Sie kam überhaupt nicht mit. Du vergißt, daß wir uns zu der gräßlichen Zeit von fünf Uhr dreißig aus unseren gemütlichen Kojen gerissen haben. Sie wird mit den anderen gegangen sein.«
Meril blickte verwirrt. »Aber das ist sie nicht. Ich meine, sie war schon weg, als sie gingen, und wir dachten, sie hätte sich entschlossen, mit euch zu gehen.«
»Nun, jedenfalls ist sie das nicht«, erwiderte Ian, »und wenn ich mir erlauben darf, die Rede auf das Essen zurückzubringen, falls du denkst, ein Ei sei genug für mich, Meril-Schatz, so bist du im Irrtum. Ich verschlinge mindestens sechs.«
Meril sagte ängstlich: »Aber wenn Janet nicht mit euch gegangen ist –«
Sarah unterbrach hastig: »Ich nehme an, sie ist sehr frühzei-

tig allein aufgebrochen. Sie sagte gestern abend schon so was, daß sie im Hotel frühstücken will; wahrscheinlich will sie heute morgen bei den Anfängerläufen zusehen.«

Die Ankunft der Coply-Zwillinge, schneevermummt von dauernden Stürzen, zusammen mit Fudge und den Warrenders, unterbrach die Unterhaltung; eine halbe Stunde später trat Reggie in Erscheinung. Das Wetter war ihm zu unsicher erschienen, so daß er auf seinen beabsichtigten Abstecher zu den Eis-Seen verzichtet hatte. Von Mir Khan kein Zeichen. Anscheinend wurde er voll und ganz davon beansprucht, seine Sprungnummern auf dem Schneekamm zu üben, der als Mary's Shoulder bekannt war.

Reggie nahm ein eiliges Frühstück ein und schaute auf seine Uhr. »Es ist noch ziemlich früh«, verkündete er, »also schlage ich vor, wir rutschen hinunter und halten die Leute zurück, die heute heraufkommen wollen. Jene Wolken dort gefallen mir ganz und gar nicht. Es kommt ein schmutziger Sturm auf, und ich denke, er ist schneller hier, als wir glauben. Ich bin nicht dafür, eine Menge Leute bei schlechtem Wetter hier oben zu haben. Was sagst du, Johnnie?«

Johnnie Warrender rekelte sich an der Tür und blickte nach dem äußersten Rand des Tals, wo sich der Himmel über der Wolkenbank, die den Nanga Parbat verbarg, verdunkelt hatte. Die Sonne schien noch freundlich, doch der seltsame, schmutzige, gelbe Fleck über der schwarzen Wolkenschranke breitete sich rapide am kalten Blau des Himmels aus, und in der Luft lag ein unbehagliches Raunen.

»Vielleicht hast du recht«, pflichtete Johnnie bei, der im morgendlichen Sonnenschein müde und verdrießlich aussah. Unter seinen Augen hingen dunkle Säcke, und er hatte sich beim Rasieren geschnitten. »Ich würde sagen, es wird trotzdem erst in einigen Stunden hiersein, wenn überhaupt. Es könnte auch über dem Tal herunterkommen und uns völlig übergehen. Wie dem auch sei, es sieht auf jeden Fall so aus, als braue sich dort drüben etwas Unerfreuliches zusammen, und ich denke, wir gehen besser auf Nummer Sicher.«

Sie hatten ihr Bettzeug zusammengerollt, und die verschiedenen Stücke, die von den Kulis heruntergebracht wurden, bereitgelegt, packten ihre Rucksäcke und streiften ihre Skier an, als Reggie Craddock fragte: »Wo ist Janet?«

»Schon nach unten voraus«, sagte Ian Kelly. »Was ist mit Mir?«

»Oh, Mir ist durchaus in der Lage, für sich selbst zu sorgen. Ich konnte ihn nirgendwo ausfindig machen, als ich zurückkam, doch ist er wahrscheinlich auch schon nach unten abgefahren. Falls nicht, hinterlasse ich ihm einen Zettel an der Tür, daß wir aufgebrochen sind.« Reggie kritzelte ein paar Worte auf eine Seite seines Taschenkalenders, riß sie heraus, schrieb mit Großbuchstaben Mirs Namen quer über die Vorderseite und befestigte das Blatt unter dem Riegel, wo es niemand übersehen konnte. »Also los, machen wir uns lieber auf die Beine, damit wir den Rest am Heraufkommen hindern. Wir laufen über den Red Run nach unten. Ihr beide« – er wandte sich an die Coply-Zwillinge – »haltet euch besser genau in der Spur. Ich will nicht, daß ihr eure Hälse riskiert. Wir geben euch eine Viertelstunde Startvorsprung. Schiebt ab.«

Die Zwillinge brachen in empörten Protest aus, doch Reggie blieb steinhart. Fudge erbot sich freiwillig, sie zu begleiten, um aufzupassen, daß sie ohne Panne heil hinunterkamen, und nach einem Moment des Zögerns entschloß sich Helen Warrender, ebenfalls mit ihnen zu gehen. Sie war keine besonders gute Skiläuferin und mochte keine schnellen Rennen – bestenfalls auf offenem Schnee.

Fünfzehn Minuten nach ihrer Abfahrt hakte Reggie Craddock seinen Rucksack fest, und spurtete hangabwärts mit Sarah, Ian, Johnnie Warrender und Meril im Gefolge. Sie schwärmten aus zum Kamm des Slalom-Hügels. Jeder nahm seine eigene Richtung, um über den Kamm hinabzustoßen; wie ein Schwarm von Schwalben tauchten, wogten, wendeten sie in einem Zischen aufsprühender Kristalle und ließen klare Kurvenspuren auf dem glitzernden Schnee hinter sich zurück. Die eisige Luft, die sie umpeitschte, sang ihnen schrill in den Ohren, als sie rund um die Brookland-Kurve schwenk-

ten, über den Hügel »Sechzig« schossen. Bald darauf befanden sie sich zwischen hohen Baumstämmen und wedelten den Pfad unter den dunklen, schneebeladenen Zweigen der Pinien und Deodarbäume hinunter.
Unweit der ersten Häuser kreuzt der Red Run den Blue Run; die Verbindung der beiden Abhänge trägt die Bezeichnung »Schmutzige Kurve«: denn an dieser Stelle prallen die Skiläufer oftmals in voller Fahrt aus verschiedenen Richtungen aufeinander.
Sarah schoß die Kurvenspur hinunter, machte mit sachkundiger Präzision einen Wendesprung und kam in der Geraden über der Kreuzung der beiden Pisten wieder zum Vorschein, einen einzigen Meter vor Ian Kelly – nur um plötzlich von einer Schneewehe gestoppt zu werden.
Sie sah Ian, der ihr auszuweichen versuchte, vorbeischoß und mit einem Baumstamm karambolierte, wo er in einem Strudel von Skiern, Stöcken, Schnee und erschreckenden Flüchen in einer hochgetürmten Schneewehe landete. Sie hörte Reggie hinter sich brüllen, als er etwa einen Meter links von ihr entrüstet zum Stillstand kam. Aber sie bewegte sich nicht. Ihre Augen, gebannt und weit aufgerissen, waren auf zwei Figuren gerichtet, die sich unmittelbar vor ihr befanden: die Coply-Zwillinge, die an der Kreuzung der beiden Hänge standen.
Alec bückte sich und riß wie wahnsinnig an den Bindungen seiner Skier, während Bonzo, die Hände trichterförmig vor dem Mund, gleichzeitig etwas Unverständliches zum Hang hinaufschrie und hinunterzeigte.
»Was, zur Hölle –!« sagte Reggie Craddock ungestüm. Er stieß sich kräftig mit seinen Skistöcken ab und schoß die Piste hinunter; die anderen folgten ihm, nur Sarah blieb, wo sie war, gepackt von der plötzlichen Vorahnung einer Katastrophe.
Alec hatte sich von seinem zweiten Ski befreit, als sie bei ihm eintrafen, und rannte jetzt rutschend und stolpernd über die trügerische Oberfläche des Blue Run hinab, während Meril mit lauter, überschnappender Stimme, die sich anhörte, als

käme sie aus einem Grammophon, sagte: »Aber sie haben Mrs. Matthews doch weggebracht – ich weiß, daß sie sie wegbrachten! Sie kann nicht mehr hiersein. Sie brachten sie weg!«
Sarah warf einen Blick auf die ausgestreckte Gestalt, die am Fuße des eisigen Hanges unter ihnen lag, ein dunkler Schmutzfleck inmitten der Weiße. Sie nahm den Hang mit einem einzigen Satz. Sie hörte Reggies warnenden Schrei und Merils Gekreisch. Dann hatte Alec sie aufgefangen, und sie waren zusammen zwischen die schneebedeckten Geröllblöcke neben die andere Gestalt gefallen, die so still dalag.
Es war natürlich Janet. Sarah hatte gewußt, daß nur sie es sein konnte. Vielleicht war es ihr, unterbewußt, schon von dem Moment an klar gewesen, da sie in der Skihütte erwachte, mit schweren Augenlidern und elend vor Sorge, und entdeckte, daß Janet nicht zurückgekehrt war. Die gestikulierenden Coply-Zwillinge hatten nur die tödliche Bestätigung für das geliefert, was sie bereits befürchtet hatte.
Sarah streckte die Hand aus und berührte sie. Janet lag auf der Seite im Schnee, in einer merkwürdig vertrauensvollen Haltung, fast, als ob sie eingeschlafen sei. Ihre Knie waren angezogen, ihre Arme lagen ausgestreckt an den Seiten, ihre Hände umfaßten noch die Skistöcke. Da war ein kleiner scharlachroter Fleck auf dem Schnee unter ihrem Kopf, und ihre blauen Augen standen offen. Es lag weder eine Spur von Überraschung noch Erschrecken auf ihrem toten Gesicht, sondern eher ein leiser, deutlicher Ausdruck von Verachtung: als ob sie den Tod erwartet hätte und darüber spottete. Jetzt erst nahm Sarah Reggie Craddocks heftiges Fluchen wahr, Merils hysterisches Schluchzen und Fudges Arme, die sie fortzogen.
»Komm da weg, Sarah. Schau nicht hin, Liebes. Wir können gar nichts tun. Sie ist tot.«
Sarah riß sich los und stand auf. Sie hatte in jenen ersten paar Minuten alles gesehen, was sie sehen wollte, und es bestätigt gefunden, als sie die Hand ausstreckte und auf eine Tasche von Janets schneebestäubtem Skianzug legte.
Der kleine Metallreißverschluß war zugezogen, aber die

Pistole war fort. Und kurz nachdem sie die schlanke, steife Gestalt den Hügel hinunter zum Hotel getragen und sie ohne Rücksicht auf Sarahs Nerven in dem leeren Zimmer eines unbewohnten Flügels niedergelegt hatten, erfuhr sie von Francis, Dr. Leonards Frau, die ihrem Mann geholfen hatte, die Kleidung des toten Mädchens zu entfernen, so daß er und Major McKay eine gründliche Untersuchung vornehmen konnten, um die Möglichkeit eines Verbrechens auszuschalten – daß nichts Ungewöhnliches festgestellt worden sei. Was nur bedeuten konnte, daß Halfter und Schlinge gleichfalls entfernt worden waren, da ihre Entdeckung mit Sicherheit Neugier und Spekulation wachgerufen hätte.

5

»Wohin gehst du, Sarah?« Ians Stimme klang stets fröhlich.
»Raus«, sagte Sarah kurz. Sie zog ihre Skihandschuhe über, nahm ihre Skistöcke auf und schritt aus der überhitzten Atmosphäre der Hotelhalle in die Kälte des dämmerigen Nachmittags.
»Dann komme ich mit dir und behalte dich im Auge.«
»Nein danke, Ian«, erwiderte Sarah und erlaubte ihm, ihr die Skier anzuschnallen. »Ich gehe nur über den *marg* und würde lieber alleine bleiben, wenn du nichts dagegen hast.« Sie zog die Schlaufen ihrer Skistöcke über die Handgelenke, als Ian den letzten Riemen befestigt hatte, aufstand und den Schnee von seinen Knien klopfte.
»Sei nicht albern, Sarah. Ich weiß, die Sache hat dich ein bißchen durcheinandergebracht, aber es besteht kein Grund, warum du dich nicht vernünftig aufführen solltest. Es kommt ein höllischer Sturm auf, und es macht die Situation nicht besser, wenn du in ihm verlorengehst. Laß mich wenigstens mitkommen, wenn du meinst, du müßtest über den *marg* latschen.«
Sarah sagte: »Ich *will* dich aber nicht dabeihaben, Ian. Und

sorg' dich nicht. Ich gehe nicht verloren. Wir sehn uns dann beim Tee – und danke für deine Hilfe.«

Sie glitt geschwind den schneebedeckten Pfad hinab, gewann an Fahrt, als er sich scharf abwärts senkte, und verschwand hinter der Rundung des Hügels. Ian Kelly murmelte böse vor sich hin und kehrte übellaunig ins Hotel und zu den bedrückten Gruppen der Skiläufer zurück, die die neue Tragödie in der Hotelhalle diskutierten.

Am Fuß des Hügels schwenkte Sarah rechts ab, zog den Saum entlang, der zum Ende des Red Run führte und wendete sich dann hinauf zum Wald.

Der Himmel war inzwischen völlig bedeckt, und obgleich es erst zwei Uhr nachmittags war, war der Tag in zwielichtige Dämmerung übergegangen. Kleine Windstöße bliesen über den offenen *marg*, aber unter den schneebeladenen Ästen war die Luft kalt und still, als Sarah sich vorsichtig den Weg durch die Baumstämme bahnte und bald darauf die Kreuzung der beiden Abfahrten erreichte, wo die Zwillinge heute morgen gehalten hatten. Sie bürstete den Schnee von einem Baumstumpf, löste ihre Skier, setzte sich. Sie mußte endlich einmal in Ruhe nachdenken.

Einer Sache war sie vollkommen sicher. Janet war, wie Mrs. Matthews, ermordet worden. Keinen Augenblick lang glaubte sie der Diagnose der Ärzte, daß es sich um einen Unglücksfall handelte, nämlich um einen Sturz aus voller Fahrt, bei dem sie mit dem Kopf gegen einen Felsen schlug. Sie war hingegen überzeugt, daß der Schlag, der Janet getötet hatte, ihr absichtlich zugefügt worden war; der Beweis war, wie in Mrs. Matthews Fall, die fehlende Pistole.

Die Frage war: *wie?* Sarah rief sich erneut die Unterhaltung mit Janet im Mondlicht vor der Khilanmarg-Hütte in Erinnerung, und wieder schien es ihr, als höre sie Janets leises, zuversichtliches Lachen, als sie sagte: »Ist schon gut, Sarah. Schauen Sie nicht so erschrocken. Ich halte mich an den Außenrand des Run, und ich kenne die Route wie meinen Handrücken. Haben Sie keine Bange, um diese Nachtzeit wird dort unten kein Mörder auf mich lauern.«

Der Außenrand des Run . . . .

Sarah stand auf, schulterte ihre Skier und stieg an der Seite des Blue Run hoch, wobei sie sich zwischen den Bäumen hielt. Kurz darauf wechselte sie zur anderen Seite hinüber, und eine Minute später fand sie, wonach sie gesucht hatte: eine einzelne Skispur am äußersten rechten Rand des Run, zwischen den Baumstämmen.

Sie machte kehrt, folgte der Spur bergab, und an der Kreuzung der beiden Runs hielt sie inne, um ihre Skier anzuschnallen, bevor sie erneut die Fährte aufnahm. Sie führte bergabwärts, der Richtung des Blue Run folgend, passierte ohne Unterbrechung den kleinen purpurroten Fleck, der die Stelle markierte, wo Janets Leichnam gelegen hatte, und setzte sich einige hundert Meter weiter fort, bis sich die Bäume am Rande des *marg* lichteten; an diesem Punkt führte sie nach rechts und verlor sich zwischen mehreren einander überkreuzenden Spuren, die die Anfängerklassen hinterlassen hatten.

Sarah lehnte sich gegen einen beschneiten Baumstamm und starrte mit leeren Augen über die verödeten Flächen des *marg* – also war Janet allem Anschein nach nicht auf dem Wege vom Khilan ins Tal getötet worden. Sie hatte sich am Außenrand des heimtückisch vereisten Runs gehalten, war über die offenen Flächen des *marg* gefahren und hatte ihre Verabredung eingehalten, die irgendwo zwischen den dunklen Pinienbäumen, von wo in der vergangenen Nacht das rote Licht wie ein kleiner böser Stern schimmerte, stattgefunden haben mußte. Das hieß, sie mußte auf dem Rückweg zum Khilan, nach vollendeter Mission, getötet worden sein. Aber irgend etwas daran stimmte dennoch nicht.

Sarah drehte sich um und warf einen Blick zurück auf den unteren Grat des Apharwat, der sich frostig weiß gegen den schiefergrauen Himmel abhob. In diesem Augenblick wurde ihr klar, daß Janet, obgleich sie von der Skihütte über den Blue Run heruntergekommen sein mochte, niemals auf derselben Route zurückgekehrt wäre, denn der schnellste Weg nach unten war zugleich auch der steilste Weg zurück. Sie

würde eher den Waldpfad genommen haben. Warum wurde ihre Leiche dann am Blue Run gefunden?
Eine Theorie formte sich wie von selbst in Sarahs Kopf. Gegen die rauhe Borke des Baums gelehnt und mit geschlossenen Augen, versuchte sie sich Gulmarg vorzustellen, wie sie es in der letzten Nacht gesehen hatte, als sie der Richtung von Janets Hand gefolgt war, die auf den kleinen fernen Lichtpunkt gezeigt hatte.
»Auf gleicher Höhe mit der Schlucht«, sagte Sarah laut, »und nicht weiter als eine Viertelmeile von hier aus.«
Sie öffnete die Augen und richtete den Blick in die Richtung des Hotels, und dann mit einem Stirnrunzeln zu dem niedrigen Himmel darüber. Dann, mit einem plötzlichen Zusammenpressen ihrer schmalen Kinnbacken, stieß sie sich resolut in die Richtung der Schlucht ab.
Fünfzehn Minuten später befand sie sich wieder zwischen Bäumen am entferntesten Ende des *marg* und hatte gefunden, wonach sie suchte. Auf halber Strecke hatte sich eine einzelne Fährte aus der Vielzahl der Spuren der Skilaufanfänger gelöst, die allein weiter auf einen Punkt an der rechten Seite der Schlucht zulief. Diese Richtung wurde normalerweise von Klubmitgliedern nicht frequentiert. Daher war Sarah ziemlich sicher, daß sie der Fährte folgte, die Janets Skier in der vergangenen Nacht hinterlassen hatten.
Die Fährte führte im Zickzack den Hang zu dem Weg hinauf, der rund um den Saum der Golfplätze lief. Als sie ihn erreicht hatte, folgte sie dem Weg über etliche hundert Meter, bevor sie in einen Seitenpfad zwischen den Bäumen abbog: Nach kurzer Zeit stand Sarah plötzlich vor einem wackligen Holzgatter, hinter dem – halb verdeckt von Bäumen und schneebeladenen Zweigen – ein niedriger hölzerner Bungalow im üblichen Stil von Gulmarg stand.
Die holzgefertigten »Hütten« – wie alle Blockhäuser hier genannt wurden – wurden nur während der Sommermonate bewohnt. Wenn der Herbst kam und die Kastanienbäume den Pinienwäldern strahlend goldene Farbtupfer aufsetzten und der Schnee von den Bergspitzen herunterzukriechen

begann, zogen sich die Bewohner auf die Hausboote und Hotels in Srinagar im unteren Teil des Tals zurück, und die Hütten blieben verschlossen und leer bis zum folgenden Mai. Diese hier bildete keine Ausnahme – abgesehen davon, daß auf dem kurzen Weg, der zur Eingangstür führte, Spuren zu sehen waren und daß die Oberleiste des Gatters von Schnee freigefegt worden war.

Mindestens drei Leute hatten den Bungalow während der letzten vierundzwanzig Stunden betreten und wieder verlassen, wahrscheinlich sogar noch mehr, denn die Spur, der Sarah gefolgt war, wurde von anderen überkreuzt, die aus der Richtung der Schlucht kamen. Und es gab noch zwei weitere Spuren, die vom Gatter fortführten und einander so nahe folgten, daß sie fast eine einzelne hätten abgeben können. Trotz alledem schien das Haus vollkommen verlassen.

Das Dach lag unter einer dicken Schneedecke verborgen. Eine Eiszapfenfranse hing von den Dachvorsprüngen herunter. Die Tür war zu, und überall waren rohe Fensterläden angenagelt, außer vor einem der Fenster: die nackte, mit rohem Rahmen versehene Fensterscheibe blickte frei auf die umstehenden Bäume, zum Hotel und zu den Höhen des Apharwat sowie auf die langen Skihänge des Khilanmarg.

Dann war es von diesem Fenster, dachte Sarah mit plötzlicher Überzeugung, woher das Licht die letzte Nacht geschienen und Janet in den Tod gelockt hatte.

Sie glitt aus und rutschte, wo die Spuren früherer Besucher den Schnee zu Eis gehärtet hatten. Ein jäher leichter Windstoß, Vorbote des kommenden Sturms, raunte um die rauhen Holzwände des leeren Hauses, stob über den *marg* und rauschte zwischen den Deodarbäumen, wo er den Schnee von übergewichtigen Ästen fegte.

Sarah versuchte vorsichtig, die Vordertür zu öffnen, entdeckte, daß sie unverschlossen war, nahm ihren ganzen Mut zusammen und stieß sie auf. Die Angeln widerstrebten kreischend. Jäh erschreckt durch die völlige Dunkelheit und Stille drinnen, wäre sie am liebsten umgekehrt und den ausgetretenen Pfad zurückgerannt, hinaus auf den offenen *marg*, aber

der Gedanke an Janet, die allein im Mondschein zu ihrem letzten Skilanglauf durch einsame Wälder aufgebrochen war . . . »Sarah!« sagte sie mit zornigem Unterton zu sich selbst, »du bist ein lausiger kleiner Feigling – und schlimmer als die V-Bomben kann es ohnehin nicht sein!«
Sie schnallte die Skier ab, legte sie neben den Pfad, biß die Zähne zusammen und überschritt die Schwelle des Hauses. Die Luft im Inneren war abgestanden und kalt, und das Haus roch feucht und modrig. In dem engen, dunklen Korridor lag schwacher Zigarettendunst sowie ein weiterer schwacher Geruch, kaum mehr als eine Duftspur: ein widerlicher Geruch; süßlich, ekelerregend und gänzlich ungewohnt.
Sarah rümpfte die Nase und blieb stehen, um eine halbgerauchte Zigarette aufzuheben. Sie berührte sie zaghaft, so als ob sie noch brannte, ließ sie dann aber mit einer Grimasse des Abscheus zu Boden fallen. Die Tür hatte sich teils geschlossen, und nun sah sie, daß ein Stuhl dahinter stand. Es war ein gewöhnlicher Verandastuhl mit hölzernen Armlehnen und einem durchhängenden Rohrgeflechtsitz. Jemand mußte noch vor kurzem darin gesessen haben, denn daneben lagen ein paar Zigarettenstummel und ein Häufchen verstreuter grauer Asche.
Da war etwas auf der Armlehne des Stuhl, das Sarahs Herz zum Hüpfen brachte: ein kleiner, dreieckiger Blutspritzer, der auf dem unlackierten Holz feucht wirkte. Als sie aber ihren Skihandschuh ausgezogen und einen gekrümmten Finger ausgestreckt hatte, um ihn zu berühren, war es keineswegs Blut, sondern nur ein Fetzelchen von schwach glänzendem roten Gummi, vielleicht von einem geplatzten Kinderluftballon.
Sarahs Erleichterung war so groß, daß die plötzliche Erregung, die soeben noch ihr Herz schneller schlagen ließ, jetzt in ein unkontrollierbares, fast hysterisches Gekicher umschlug. Oh, um des Himmels willen! dachte sie, wobei sie ihre Augen mit dem Handschuh trocknete. Ich muß aufhören, bei jeder Kleinigkeit Schreckensbilder zu sehen. Das bringt mich keinen Schritt weiter!

Sie brachte sich mit beträchtlicher Anstrengung wieder unter Selbstkontrolle und sah sich um. Zur Linken des Flurs, in dem sie stand, waren drei Türen, die sich bald als verschlossen erwiesen, während rechts ein schmaler Durchgang zu einem anderen Raum führte, vermutlich zum Wohnzimmer. Der Durchgang war dunkel, roch nach Ratten, Pinienholz und billigem Firnis. Auf dem teppichlosen Fußboden waren Flecke, feuchte Schmutzflecke. Sarah ging vorsichtig darüber hinweg, und als sie die Tür am Ende probierte, fand sie sie unverschlossen und leicht zu öffnen.

Als die Fährte, der sie über den *marg* gefolgt war, zu dem Gatter zwischen den Pinien führte, hatte sie nicht daran gezweifelt, daß es das Haus war, zu dem Janet in der letzten Nacht gegangen war. Falls sie noch eines Beweises bedurft hätte, hier war er – denn dies war das Zimmer mit dem unverbarrikadierten Fenster.

Die Bäume, die das kleine Haus dicht umstanden, hatten dieses eine Fenster ausgelassen, so daß es in direkter Linie einen freien Blick auf den *marg* gewährte, hinüber zum Hotel, zur Mauer des Waldes, der sich dahinter erhob, und noch höher auf die ferne Ausdehnung des Khilanmarg.

Es stand sehr wenig Mobiliar im Zimmer – jedes Polsterstück wie Sofas und Armsessel war wahrscheinlich in einem der verschlossenen Zimmer untergebracht. Aber es war ein kleiner runder Tisch vor das einzige, unabgeschottete Fenster gezogen worden, und auf ihm, zwischen einem Wust von abgebrannten Streichhölzern, Zigarettenenden und grauer Asche, stand eine alte, aber offenbar betriebsfähige Petromax-Lampe. Das Glas der Lampe war rot, und das Zimmer war etwas wärmer als das übrige Haus. Und wieder nahm Sarah einen sonderbaren Geruch war, der sich mit dem abgestandenen Zigarettendunst mischte. Diesmal aber war es ein anderer Geruch, der ihr bekannt vorkam. Sie stand still, schnupperte die dumpfe, stickige Luft – *Pulver!* Jemand hatte einen Schuß in dem kleinen Raum abgefeuert. War es Janet gewesen?

Plötzlich überfiel sie eine schauerliche Angst vor dem kalten, mit Fensterläden vernagelten Haus und den verschlossenen Zimmern, die am anderen Ende des Durchgangs lagen. Hastig drehte sie sich um, machte die Tür hinter sich zu, schob mit zitternden Fingern den Riegel davor und schloß sich mit dem spärlichen Mobiliar und der verräterischen Lampe ein.

Ein tiefes Donnergrollen erschütterte die Luft und echote zwischen den Bergen; und wieder trieb ein Windstoß über den *marg*, stöhnte zwischen den Pinienbäumen, rüttelte an den Fensterläden und winselte durch ein Astloch im Pinienholz.

Nein. Kein Astloch – Ein Einschußloch!

Sarah riß sich zusammen, durchquerte rasch den Raum, um es genauer zu untersuchen. Sie hatte schon zu viele Einschußlöcher auf zu vielen Zielscheiben gesehen, um sich zu täuschen. Der Fußboden war wie ein dunkler Schattenteich in dem fahlen Licht, doch neben der Lampe lag eine halbvolle Streichholzschachtel. Sie entzündete eines der Hölzer mit unsteten Fingern. Eine kleine Flamme flackerte auf, zitterte schwach, als Sarah sie über den Fußboden hielt, und verlosch kurz darauf. Aber das Licht hatte ausgereicht, den häßlichen, ausgedehnten Fleck sichtbar zu machen, der die rohgezimmerten Bohlen des staubigen, teppichlosen Fußbodens entstellte.

Es konnte keinen Irrtum geben: In diesem kleinen kalten Zimmer war jemand gestorben – und zwar innerhalb der letzten vierundzwanzig Stunden, denn das Blut in den Ritzen zwischen den Dielen war noch leicht klebrig. Es konnte nicht von Janet stammen, denn sie war durch einen Hieb an der Schläfe getötet worden, und es hatte nur einen geringen Blutverlust gegeben, während es sich hier um eine große Menge Blut handelte – mehr als jemand verlieren könnte ohne zu sterben. Es stand im übrigen außer Frage, daß kein Mörder es riskiert hätte, einen toten Körper etwa eine Meile weit rund um den *marg* zu tragen, um ihn an der schlimmsten Stelle des Blue Run abzuwerfen.

Ganz plötzlich erinnerte sich Sarah an die Skispuren, die vom Gatter fortführten; die beiden Spuren, die nicht parallel gewesen waren, sondern einander so dicht folgten, daß sie fast wie *eine* Spur erschienen. In blitzartiger Intuition fand sie die häßliche Erklärung für jene Spuren und hatte keinen Zweifel daran, daß sie zu dem Rundweg führten, der den *marg* umsäumte, und von dort durch das schneebedeckte Unterholz über schmale Seitenpfade zum Fuß des Blue Run. Oder daß sie von Janet und ihrem Mörder stammten – Janet wie ein Schaf zur Schlachtbank getrieben, mit einem Gewehr im Rücken, um zuletzt im hellen Mondlicht am Fuß des eisigen Hangs des Blue Run den tödlichen Schlag zu empfangen . . . mit jenem spöttischen Halblächeln, das der Tod nicht von ihrem Gesicht zu tilgen vermochte.

Sarah richtete sich mit einem leichten Stöhnen auf, lehnte sich gegen den Tisch und stützte ihre Hände auf die staubige Oberfläche. Langsam und gründlich sah sie sich im Zimmer um, sah die Asche und die Zigarettenkippen auf dem Tisch und die einzelne blutgetränkte Kippe, die auf der befleckten Stelle des Fußbodens lag. Demnach waren es zumindest zwei Männer gewesen: einer, der die Lampe angezündet, auf Janet gewartet und dabei seine eigenen Zigaretten gerollt und geraucht hatte; und ein zweiter, der im Flur auf dem Stuhl hinter der Tür gesessen hatte und dabei eine bekannte, vielfach empfohlene Sorte rauchte . . .

Sarah ließ die Streichholzschachtel in ihre Tasche gleiten, zwang sich, die Tür zu entriegeln und durch den dunklen Durchgang zum Korridor zurückzukehren. Dort zündete sie ein weiteres Streichholz an und hielt es über den Kopf. Aber außer der verstreuten Zigarettenasche, den ausgedrückten Kippen und dem kleinen dreieckigen Gummifetzen auf dem Stuhl hinter der Tür konnte sie nichts sehen, was auf die Person, die dort gesessen und im Dunkeln gewartet hatte, näher hätte schließen lassen. Selbst der eigenartige, unerklärliche Geruch, der die stickige Luft überlagert hatte, als sie zuerst das Haus betrat, hatte sich verflüchtigt – verweht von dem kalten Luftzug von der offenen Tür.

Das Streichholz verglühte, versengte ihre Finger; sie warf es auf den Fußboden und zündete ein zweites und dann noch weitere an. Lange stand sie dort und starrte intensiv in den engen, schattigen Flur, als könnten ihr die schweigenden, verschlossenen Türen, die dunklen Wände, die leeren, von außen vernagelten Fensterscheiben erzählen, was sie gesehen hatten.

Allein, es gab wenig, erkannte Sarah, was sie ihr hätten sagen können, was die Skispuren draußen im Schnee nicht bereits verraten hatten, und sie kam zu folgenden Schlußfolgerungen:

Der Mann, der die Lampe angezündet und ins Fenster gestellt hatte, mußte eine lange Zeit in dem kalten Wohnzimmer am Ende des Durchgangs gewartet haben, denn es lagen annähernd ein Dutzend Zigarettenenden auf dem Tisch und dem staubigen Fußboden verstreut. Weil Janet sich verspätet hatte . . .

Dank einer unerwarteten Schicksalsfügung, die Hugo Creed daran gehindert hatte, sich am vorhergehenden Tag der Gruppe anzuschließen, hatte sie in letzter Minute seinen Platz eingenommen. Mit dem Ergebnis, daß sie nicht, wie angenommen, auf ihrem Hotelzimmer war, als die Signallampe aufleuchtete, sondern in der Skihütte auf dem Khilanmarg. Und obgleich sie eine erfahrene Skiläuferin war, hatte sie für den langen Abfahrtslauf im Mondschein sicher mehr als eine halbe Stunde gebraucht, so daß jemand anders vor ihr eingetroffen war. Jemand, der eine Waffe trug und nicht nur Janet, sondern auch den Agenten, zu dem sie geeilt war, getötet haben mußte: den Mann, der die Lampe entzündet und in dem kleinen kalten Zimmer am Ende des Durchgangs auf sie gewartet hatte und der auf dem staubigen Fußboden zwischen verstreuter Zigarettenasche gestorben war.

Aber wieso hatte Janet, als sie schweigend über den verschneiten *marg* eilte, nicht den Widerhall des Schusses gehört und war rechtzeitig gewarnt worden? Die Nacht war so still gewesen. So totenstill, daß der Laut selbst aus den geschlossenen Wänden eines Zimmers heraus über den *marg* hätte dringen müssen. Wie war es möglich, daß Janet ihn nicht gehört hatte? Oder war der Schuß erst abgefeuert worden, nachdem sie das dunkle Haus betreten hatte? Der Stuhl hinter der Tür und die beiden Zigarettenkippen schienen diese Theorie zu widerlegen, denn eine der Zigaretten war so weit wie möglich heruntergeraucht worden, während die andere gerade eben angezündet worden war, bevor sie fortgeworfen wurde. Sie war auch nicht etwa ausgedrückt, sondern lediglich fallen gelassen worden. Beides sprach klar für jemanden, der bequem in der Dunkelheit vor dem Eingang gewartet hatte und nicht allzu lange hatte warten müssen . . .

In diesem Augenblick erinnerte sich Sarah einiger Geräusche, die die Stille der eisigen Nacht unterbrochen hatten: das scharfe Krachen eines Waldbaums, dessen Saft unter seiner Rinde gefror, oder ein überladener Ast, der unter dem Gewicht des Schnees abgebrochen war, hatte das nicht wie Pistolenschüsse geklungen? Die Schüsse aus einer fernen Pistole hatte wohl auch Janet für gewöhnlichere Geräusche gehalten, und es hatte nichts gegeben, was sie hätte warnen können, als sie in die Falle lief. Janet, die gesagt hatte: »Morgen kann ich fortgehen . . . und bin wieder frei!«

Sie mußte vertrauensvoll den kurzen, schneebedeckten Pfad heraufgekommen sein und erst in dem Augenblick, als sie die Tür zu dem dunklen Gang aufstieß, gewußt haben, daß in jener Nacht eine andere Art von Freiheit auf sie wartete . . .

Erst wenn die Frühlingssonne den Schnee vom Walde fortgeschmolzen hatte, mochten vielleicht einige umherschweifende Holzfäller über den verwesten Leichnam eines Mannes stolpern, der die Lampe angezündet und auf Janet gewartet hatte und dessen Blut in den Fußboden des kalten Hauses zwischen den Pinienbäumen gesickert war. Doch selbst das war unwahrscheinlich, denn es gab zu viele einsame Schluchten und überwucherte Hohlwege in den Wäldern, in denen ein Leichnam unentdeckt liegen konnte, bis die Schakale und umherstreifenden Leoparden seine Knochen verstreut hatten.

Erneutes Donnergrollen hallte zwischen den Bergen wider. Als der anschwellende Wind den offenen Fensterladen des Zimmers am Ende des Durchgangs mit einem Krachen zustieß, schlug Sarah das Herz bis zum Halse. Doch gleich darauf erfolgte ein weiteres, weitaus erschreckenderes Geräusch – das leise Knarren einer Diele, zweimal wiederholt, aus einem der drei Räume, die hinter den verschlossenen Türen lagen. Es zerfetzte Sarahs Nerven. In panischem Schrecken ließ sie die Streichholzschachtel fallen und stürzte Hals über Kopf aus dem Haus.

Blitze zuckten über den *marg*, als sie ihre Skier und Skistöcke hochriß und über den schneebedeckten Zugangsweg und durch das Gatter flüchtete, das jetzt wie verrückt im Winde schwang. Auch wenn ihr Instinkt sie zum Laufen zwang und am Laufen hielt, behauptete sich – sobald sie außerhalb der Sichtweite des Hauses war – ihr gesunder Menschenverstand und sie zwang sich, stehenzubleiben und ihre Skier anzuschnallen. Denn eins war sicher: wer immer hinter einer der verschlossenen Türen gelauert hatte, konnte keine Skier tragen. Hatte sie aber erst ihre eigenen an den Füßen, konnte sie leicht außer Reichweite eines Fußgängers gelangen.

Ihre Finger waren vor Kälte und Panik so klamm, daß sie an die drei Minuten brauchte, ihre Riemen zu befestigen. Schließlich schaffte sie es, hob ihre Skistöcke aus dem frischen Schnee, wo sie sie hatte hinfallen lassen, und bog vom Wege ab, um den *marg* zu überqueren.

Der Schnee hatte zu fallen begonnen, als sie das Haus verließ, und nun trieben die weißen Flocken so dicht herunter, daß sie nicht mehr als einen Meter Sichtweite hatte. Sarah zögerte kurz, dann wechselte sie die Richtung in der Absicht, ein Querstück auf dem Hang zu nehmen, welches sie zur Hauptstraße brachte, die von der Schlucht zum Klub hin lief. Die Straße führte hinauf zum Hotel, zweigte auf halbem Wege davon ab, und obgleich es der längere Weg war, wurde es weniger wahrscheinlich, daß sie sich im Sturm verlor. Sie hatte jedoch kaum Fahrt aufgenommen, als sich vor ihr im dichten Schneetreiben undeutlich eine Gestalt abzeichnete.

Verzweifelt versuchte sie auszuweichen – aber es war zu spät. Und nach dem Aufprall wäre sie sicherlich gestürzt, wenn sie nicht von starker Hand am Arm gepackt und wieder aufrecht auf den Hang gestellt worden wäre. Wieder wurde sie von Panik ergriffen: Sie versuchte sich loszuwinden, aber der Griff um ihren Arm war wie aus Stahl, und eine Männerstimme sagte barsch: »Wer sind Sie? Was zum Teufel tun Sie hier?«

Sarah öffnete den Mund, brachte aber keinen Ton heraus: Ihre Kehle schien vor blankem Entsetzen stumm geworden zu sein. Der Wind trieb dicke Schneeflocken in ihre Augen und machte sie blind; ihr Gesicht hatte sich zur festen Schneemaske verwandelt.

»Was ist los? Haben Sie die Sprache verloren?«

Ihr Bezwinger wischte ihr mit seinem dicken Skihandschuh roh den Schnee aus dem Gesicht und blickte sie durch die schneedurchwirbelte Dunkelheit scharf an. In dem treibenden Schnee konnte sie gerade erkennen, daß ihr Gegenüber recht groß war und kieselgraue, zornige Augen hatte – dann nahmen ihr die Schneeflocken wieder die Sicht.

Die Stimme, die sie nicht kannte, murmelte irgend etwas Unverständliches, und für einen Augenblick lockerte sich der Griff an ihrem Arm. In dieser Sekunde, mit einer Kraft, die ihrer Angst entsprang, riß Sarah sich los, stieß sich energisch mit den Skistöcken ab und war auf und davon.

Zum Glück ging es schnell bergab. Da der unbekannte Mann in die andere Richtung blickte, würde er wohl ein oder zwei Sekunden brauchen, um ihre Fährte aufzunehmen. Sie glaubte, einen Schuß hinter sich fallen zu hören, schwenkte scharf nach links und entschwand in einer dichten Mauer von Weiß.

Zwanzig Minuten später, blind von Schneeflocken und vom Wind geschlagen, atemlos und zitternd – sie hatte ihren Weg mindestens ein halbes dutzendmal verfehlt – erreichte Sarah das Hotel. Aber sie kam gerade noch rechtzeitig an, denn das Schneetreiben, das sie auf dem *marg* umtobt hatte, war nichts als ein Vorbote des aufkommenden Sturms. Die ganze Nacht wütete er in einem kreischenden Blizzard von wirbelndem Schnee und brüllendem Wind über Gulmarg hinweg. Schnee und Sturm, die verräterische Spuren auf dem *marg* und den verlassenen Waldpfaden für immer vernichteten. Zwei Monate später, wenn der *marg* wieder grün war und Sommergäste über den steilen, sich windenden Pfad geritten kamen, der von Tanmarg am Fuß des Berges aufwärts führte, würde der *chowkidar* – der indische Hausmeister – in einer der Hütten zwischen den Pinienwäldern beim Frühjahrsputz eine staubige Petromax-Lampe aus rotem Glas finden und sie sich geruhsam aneignen. Da war auch ein merkwürdiger Fleck auf dem schmutzigen Fußboden, doch wenn der Teppich darüber lag, war er nicht mehr zu sehen.

Der Sturm wütete zwei Tage und zwei Nächte, wechselte von Schnee zu Hagel und von Hagel in strömenden, blendenden Regen, der die dicken Schneekappen von den erdrückten Dächern wegwusch und Lawinen über die steilen Hänge des Apharwat zu Tal donnern ließ.

Am dritten Tage – nachdem der Regen den Frostboden aufgetaut hatte – begruben sie Janet auf dem durchweichten kleinen Friedhof. Dann gingen sie den Hügel nach Tanmarg zu ihren wartenden Autos hinunter, durch den Schlamm und die schmutzigen Schneehaufen, während ein trauriger Wind durch die hinter ihnen liegenden Wälder wimmerte.

»Auf Wiedersehen, Sarah. Gute Reise. Schreib mir mal. Thal ist ein langweiliges Nest. Schätze, wir halten uns dort nicht lange auf.«

»Auf Wiedersehen, Ian. Natürlich schreibe ich. Tschüs, Meril. Ich hoffe, ich seh' dich mal wieder.«

»Oh, bestimmt. Du wirst doch auf jeden Fall im Sommer in Srinagar sein, nicht?«

»Nein. Ich verbringe den Sommer mit ein paar Freunden auf Ceylon.«

Reggie Craddock kam heran, blies auf seine kalten Finger, sah krank und verfroren aus. »Wiedersehen, Fudge. Du und Hugo, ihr nehmt doch Sarah mit im Auto hinunter, ja? Einer der verdammten Busse ist nicht eingetroffen, also werde ich hier vermutlich stundenlang herumhängen, nur um sicher zu sein, daß alle heil weggekommen sind. Tut mir leid, daß die Show auf diese Weise endete. Eine undankbare Aufgabe!

Vermutlich hätte ich eine Wachmannschaft auf den Run mitnehmen sollen oder alle anseilen oder sonstwas. Ein Elend, daß Frauen es hassen, das zu tun, was man ihnen sagt. Abscheulich! Ach ja, ich hoffe, wir sehen dich im Sommer wieder. Ich bin wieder in Srinagar, falls ich Urlaub bekomme. Merkwürdig, sich vorzustellen, daß es für einige von uns wahrscheinlich das letzte Mal war. Man kann es irgendwie nicht richtig glauben. Du und Hugo, ihr kommt doch noch hinauf, nehm' ich an?«

»Ja, auf ein freundliches Lebewohl und so. Ich glaube nicht, daß noch viele Leute oben sind. Bis dann; und quäl dich nicht zu sehr wegen – wegen Janet und Mrs. Matthews. Du konntest es nicht verhüten.«

Reggie nickte schwermütig und wandte sich ab, als Major McKay durch die Menge der schnatternden Kulis stieß.

Der Major sah ebenfalls müde und zerquält aus. Es kam Sarah so vor, als ob von beiden Tragödien auf dem Blue Run, so unerfreulich sie waren, das Hauptgewicht der Unerfreulichkeit auf ihn gefallen war. Er hinkte leicht, und seine normalerweise frische Gesichtsfarbe erschien blaß unter den Heftpflasterstreifen – Denkmäler seiner verbissenen Bemühungen auf den Idiotenhügeln. Er schüttelte Fudge und Sarah förmlich die Hände, wünschte ihnen eine gute Fahrt nach Peshawar und wandte sich dann an Meril Forbes: »Sie wollen nach Srinagar, nicht wahr, Meril? Was haben Sie für eine Transportmöglichkeit?«

»Oh, für mich ist gesorgt. Vielen Dank«, sagte Meril. »Tante Ena hat mir den Wagen geschickt. Es ist nur Ihr Bus nach Rawalpindi, der bis jetzt noch nicht eingetroffen ist.«

»Nun, es nützt mir ohnehin nichts, wenn er eintrifft«, sagte der Major grämlich. »Ich habe gerade erfahren, daß ich wieder nach Srinagar muß. Ich dachte, wir sind mit allen Formalitäten der unglücklichen Sache durch, doch es scheint – also, die Sache ist die: glauben Sie, Sie könnten mich im Wagen Ihrer Tante mitnehmen?«

»Natürlich kann ich Sie mitnehmen. Wie gräßlich für Sie, trotz alledem.«

»Ich fürchte, Ihr Skiurlaub ist nicht allzu angenehm für Sie gewesen«, sagte Fudge mitfühlend.
»Ich kann mir nicht vorstellen, daß er für irgendeinen von uns angenehm war«, versetzte Major McKay. »Ich persönlich –«
Die Fanfarenstöße eines Elektrohorns unterbrachen ihn, und Fudge sagte hastig: »Das ist Hugo. Er möchte zum Tee in Rawalpindi sein. Ich muß mich beeilen. Wiedersehn, George. Tschüs, Meril, Liebes. Komm, Sarah.«
Sie verließen Meril und Major McKay, und die zurückbleibenden Skiläufer standen in dem kalten Wind zwischen den zertretenen Schneehaufen und den sich gegenseitig herumschubsenden Kulis. Einige Augenblicke später rollte Hugos großer, gepäckbeladener Chevrolet aus Tanmarg hinaus und startete zu seiner Zweihundertfünfzig-Meilen-Reise über die lange, gewundene Gebirgsstraße von Kaschmir talwärts, der Sonne, dem Staub und den Rosen von Peshawar entgegen.

Teil 2
PESHAWAR

»Es braucht kein Geist vom Grabe herzukommen,
um das zu sagen.«

William Shakespeare, Hamlet

6

»Das«, sagte Sarah nachdenklich, während ihre Augen der weißgekleideten Erscheinung auf dem rasenden Polo-Pony folgten, »ist bei weitem der attraktivste Mann von Peshawar.«
Sarah, Hugo und Fudge Creed saßen in Liegestühlen am Rand des Polofelds und schauten einem Knock-up-Spiel zwischen zwei zerschrammten Mannschaften zu.
»Ich danke dir«, sagte Hugo huldvoll und zog seinen Hut eine Nuance weiter über die Nase, um die Augen gegen das grelle Sonnenlicht zu schützen: »Du hast natürlich mich gemeint.«
»Oh, das galt nicht dir.«
»In diesem Fall ziehe ich meine Dankbarkeit zurück.«
»Unterbrich mich nicht, Hugo! Ich wollte sagen, es galt nicht dir, weil du ein solider Ehemann bist und allein deshalb nicht konkurrenzfähig. Natürlich, wärst du nicht schon mit Fudge verheiratet, würde ich mich dir glatt an den Hals werfen.«
»Vermeide doch bitte diese neumodischen Schlagwörter, mein Kind«, flehte Hugo. »Übrigens, bei dem Ausdruck, den du gerade benutztest, fällt mir eine bestimmte Witwe ein, die sich bei einer Wohltätigkeitsveranstaltung mit katzenhaftem Sprung auf das letzte Rosinenbrötchen stürzte. Um aber zum Gegenstand deiner Bemerkung zurückzukehren, die ich nun statt auf mich auf Charles Mallory beziehe, so kann ich nur sagen: Falls du im Sinn hast, ein romatisches Interesse für ihn zu entwickeln, so kannst du dir eine Menge Ärger sparen, wenn du Mr. Punschs berühmten Rat für Heiratswillige befolgst: Tu's nicht!«
Sarah lachte. »Ich hatte nicht die Absicht. Aber warum nicht?«
Hugo schnippte mit einem Finger seine Hutkrempe hoch und beäugte Sarah von der Seite.

»Kann ich mich darauf verlassen?«

»Ich fürchte, ja. Ich habe schon seit Wochen versucht, ihn mit meinem frischen jungen Charme zu umgarnen, aber ohne das leiseste Resultat. Ich glaube tatsächlich, er ist der einzige Mann, der mich jemals standhaft und mit Absicht übersehen hat, und ich muß dir sagen, daß das eigentlich eine heilsame Erfahrung ist.«

»Hmm«, brummte Hugo skeptisch. »Anscheinend ist auch das nicht ganz ohne Reiz – der hohen Verkaufsziffer einiger Romane nach zu schließen, die von weiblichen Schreibern verfaßt werden und ausschließlich von breitschultrigen Helden handeln, die sich ständig herumprügeln und kessen Blondinen nachstellen.«

»Ich bin weder blond noch für Brutalität empfänglich«, antwortete Sarah heiter.

»Nein. Du bist rothaarig, grünäugig und stupsnasig, und ich frage mich oft, warum die örtlichen Mauerblümchen sich nicht zusammentun und dir die Augen auskratzen, anstatt dir aus der Hand zu fressen.«

»Charme«, erwiderte Sarah selbstzufrieden. »Charme und Persönlichkeit sowie eine freundliche Sinnesart sind Dinge, von denen du niemals was gehört hast. Hör auf, an meinen Knöcheln herumzuschnüffeln, Lacro!« Sie beugte sich hinunter und klaubte einen kleinen, schwarzbraunen Dackelwelpen hoch, der um ihren Stuhl scharwenzelte. »Erzähl mir mehr über meinen heimlichen Schwarm, Hugo. Warum würde ich Zeit vergeuden und Ärger mit ihm bekommen?«

»Mit dem hübschen Prinz Charlie? Weil er immun ist, mein Kind. Immun und hartgesotten. Es gibt meilenweit im Umkreis keine Frau, die ihre Technik nicht an ihm erprobt hätte, um sich dann mit bösen Blessuren zurückzuziehen. Er zieht Außensportarten der Innensportvariante vor.«

»Falls es dich interessiert«, warf Fudge ein, die der Unterhaltung auf ihrem Liegestuhl zur anderen Seite Sarahs müßig gefolgt war, »er spricht auch fünf Sprachen und ein halbes Dutzend Dialekte, und ist das, was Reggie Craddock ›einen Kumpel und Sportskameraden‹ nennen würde. Schließlich, o weh, hat er daheim ein unheimlich bezauberndes Mädchen das – den übergroßen Fotos nach zu schließen, die seine Räume schmücken – auf den Namen Cynthia hört und einen gigantischen Solitär am Finger trägt, vermutlich ein Geschenk von besagtem Charles.«

»Ja«, sagte Sarah mit dem Anflug eines Lächelns. »Das habe ich bemerkt.«

»Oh, hast du das tatsächlich? Wie und wann – falls es keine allzu persönliche Frage ist?«

»Jerry Dugan und ich haben ihn gestern auf dem Weg zum Klub besucht. Jerry wollte sich einen Steigbügelhalter oder irgend so was bei ihm leihen. Sie ist sehr hübsch, nicht?«

»Ausgesprochenes Helena-von-Troja-Format, würde ich sagen. Sehr deprimierend.«

»Was hab' ich dir gesagt?« sagte Hugo. »Der Kerl ist pure Zeitverschwendung.«

»Nun, vielleicht hast du recht. Hallo, da kommt Tante Alice, um mich zu fragen, warum ich keinen Tropenhelm trage – oder wie diese gräßlichen Champignonkörbe sonst genannt werden – und welche Seite gewinnt. Und ich weiß auf keines von beidem eine Antwort.«

Eine mollige, grauhaarige Dame in einem geblümten Seidenkleid nahte aus der Richtung, wo eine Reihe Autos am Rand des Polofeldes parkte.

»Sarah, Liebes! Kein Tropenhelm! Du wirst dir noch einen Sonnenstich holen. Welche Seite gewinnt im Augenblick? Nein danke, Hugo. Ich setze mich hierhin. Warum spielt der Maharadscha nicht mit? Rajgore, meine ich? – Captain Mallory reitet eines seiner Ponys, wie ich sehe.«

»Es gibt ein wenig Aufregung im Staate. Ein Betrugsunternehmen hat sich mit Rajgores Smaragden davongemacht«, erklärte Hugo. Mit bedauerndem Seufzer fügte er hinzu: »Ich wünschte, es wären meine gewesen. Ich denke, ich werde so eine Art von Tombola veranstalten müssen, wenn ich aus der Armee entlassen werde. All diese Prinzen und Potentaten, die schlicht vor Diamanten triefen, sind eine öffentliche Aufforderung zum Verbrechen.«

»Also *darum* spielt Captain Mallory auf einem seiner Ponys! Sarah, Liebes, wie oft hab' ich dir schon gesagt, daß es gefährlich ist, vor vier Uhr ohne Tropenhelm auszugehen?«

»Aber es ist schon nach fünf, Liebe«, stellte Sarah fest, »und du weißt, ich besitze gar keinen Tropenhelm und wäre außerdem zu eitel, ihn aufzusetzen, falls ich einen besäße. Außerdem glaube ich nicht, daß hier draußen während der letzten zehn Jahre jemand einen getragen hat. Du hast ja selber keinen auf.«

»Oh, aber wir sind daran gewöhnt, Liebes. An die Sonne, meine ich. Doch wenn man von Hampshire kommt –«

»Liebes Tantchen, ich wünschte, ich könnte es aus deinem Kopf herausbringen, daß ganz Hampshire ein zugiges, kaltes Nest voller Feuchtigkeit und Nebel ist.«

»Nicht Nebel, Liebes. Blizzards. Ich weiß noch, wie deine Mutter und ich einmal zu Weihnachten mit unseren Großeltern in Winchester waren und es nicht aufhören wollte zu stürmen und zu schneien. Ich mußte eine Wollweste über meiner Unterwäsche tragen. Welches Team, sagtest du, gewinnt, Liebes?«

»Ich weiß es nicht, Liebste. Der eine, Johnnie Warrender, ist der Kapitän, nehme ich an. Ich habe mit Fudge getratscht und nicht sonderlich auf das Spiel geachtet. Es ist ohnehin nur eine Art von Holzerei, nicht? Da kommt Onkel. Onkel Henry, hat euer Haufen gewonnen?«

»Selbstverständlich«, keuchte General Addington, ließ sich in einen Liegestuhl fallen und fächelte sich mit seinem Hut Luft zu. »Ich war Schiedsrichter und mußte aufpassen. Tatsache ist«, fügte er nachdenklich hinzu, »daß sie nahe am Verlieren waren, trotz Johnnies hervorragenden Leistungen. Dieser junge Protegé des Gouverneurs ist ein harter Brokken.«

»Das findet Sarah auch«, warf Fudge maliziös ein. »Nicht wahr, Sarah?«

»Ah, wirklich? In meiner Jugend pflegte man ein Lied zu singen«, lachte der General, »und das ging etwa so:

Die Angel hab' ich wohl gesehn,
Dem Köder kann ich widerstehn,
Sie werden mich nicht fangen.

Vergeude nicht deine Zeit, Sarah.«
»Hugo hat mir gerade fast den gleichen Rat gegeben. Noch ein bißchen mehr davon, und ich werde richtig neugierig.«
»Das erinnert mich an etwas«, unterbrach Mrs. Addington lebhaft. »Ich *wußte,* ich hatte etwas vergessen. Ich habe Mallory heute zum Abendessen gebeten. Ihr wißt doch, der Wohltätigkeitsball im Klub. Ein Mann mehr ist manchmal ganz nützlich. Wie ich ihm sagte, hatte ich keine Ahnung, daß ich dreizehn Personen geladen hatte, bis ich kurz nach dem Tee den Tischplan schrieb. Sonst hätte ich jemand anderen bitten müssen. Manche Leute sind so komisch, wenn ausgerechnet dreizehn am Tisch sitzen.«
Sarah spürte einen jähen, unangenehmen Schauer auf dem Rücken: Wo hatte sie denn schon eine ähnliche Unterhaltung gehört? Ja, richtig! . . . Hugo war damals bei der Gruppe zum Khilanmarg ausgefallen und da blieben dreizehn übrig, was Janet zum Kommen bewogen hatte. Sie zuckte ein wenig mit den Schultern, als wolle sie die schlimme Erinnerung abwerfen, und sagte: »Tante Alice, du hast es ihm doch nicht wirklich so gesagt?«
»Was, Liebes?«
»Daß du ihn nur gebeten hättest, weil du in letzter Minute entdecktest, daß du eine Gesellschaft mit dreizehn zu Gast hast?«
»Aber es sind jetzt keine dreizehn mehr, Liebes. Er wird der vierzehnte sein. So ist alles ganz in Ordnung. Nicht, daß ich selbst im mindesten abergläubisch wäre – außer natürlich bei schwarzen Katzen. Einmal hätte ich fast eine mit dem Fahrrad überfahren, und nur eine halbe Stunde später hörte ich, daß ›Fünfter April‹ das Derby gewonnen hat – genau wie ich es vorausgesagt hatte.«
»Wieviel hatten Sie auf ihn gesetzt?« fragte Hugo interessiert.

»Oh, ich hatte kein Geld auf ihn gesetzt. Ich wette nie. Das beweist aber nur, daß an diesem alten Aberglauben manchmal etwas dran ist, nicht wahr?«
Sarah gab den ungleichen Kampf auf und gab sich hilflos einem Kicheranfall hin, während Fudge, zum ursprünglichen Thema zurückkehrend, sagte: »Ich möchte wissen, warum er nicht abgelehnt oder irgendeine Entschuldigung oder dergleichen erfunden hat. Es sieht Charles nicht ähnlich, sich zu Klubtänzen drängen zu lassen.«
»Oh, ich erwarte gar nicht, daß er zum *Tanzen* kommt, meine Liebe. Ich sagte ihm, solange er zum Abendessen käme, wäre alles Nötige getan. Ich bin sicher, es würde niemanden stören, dreizehn tanzen zu sehen. Es ginge natürlich gar nicht auf. Aber ich weiß wirklich nicht, was es da zu kichern gibt, Sarah. Es hat ihn überhaupt nicht gestört, daß ich aufrichtig zu ihm gewesen bin, was du auch immer denken magst. Er ist ein junger Mann mit sehr guten Manieren, und ich kann mir überhaupt nicht vorstellen, warum Mrs. Crawley und Mrs. Gidney, oder Kidney, oder wie sie gleich heißt, und Joan Forsyth und diese Mrs. Roberton so giftig auf ihn sind.«
»Folgen einer falschen Erwartung«, schlug Fudge vor. »Reden sie boshaft über ihn?«
»Nun, meine Liebe, Sie müssen zugeben, es ist schon ein bißchen merkwürdig. Ich meine, schließlich war doch noch Krieg – als er hier ankam, das ist es. Und dann, als sein Regiment nach Palästina oder zu den Pyramiden abzog oder dorthin, wo sie Hunderte von Italienern gefangennahmen – obgleich ich mir nicht denken kann, was in aller Welt sie von ihnen wollten . . . – Und was taten wir mit ihnen, als wir sie hatten? Überlegt doch mal, wieviel die gegessen haben müssen! Und nicht nur Spaghetti oder so was. Dennoch stellten sie ein oder zwei gute Tanzorchester in Gegenden wie Murree, oder war es Mussorie?«
Sarah sagte: »Tante Alice, wovon redest du eigentlich?«
»Natürlich über Captain Mallory, Liebes. Du hast nicht aufgepaßt. Eine Menge Leute waren geneigt, ihn scharf zu

kritisieren. Weil er als Adjutant sozusagen zum Zivildienst abkommandiert wäre, während wir noch im Krieg waren. Sie meinten, er hätte kämpfen sollen wie der Rest; sein Regiment meine ich – nicht Mrs. Kidney und Mrs. Roberton, obgleich der Herrgott weiß, daß sie genug zu kämpfen hatten. Aber ich muß sagen, wir fanden es auch ein bißchen eigenartig vom Gouverneur, auf einem regulären Offizier zu bestehen, wo doch so viele Tabakhändler da waren, die viel mehr vom Gesellschaftsleben verstanden und mindestens genauso gut tanzten. Aber es gibt natürlich viele Leute, die einem Mann nicht verzeihen können, daß er nicht im Krieg mitkämpfte. Wie dumm von ihnen! Denn es ist doch schließlich viel vernünftiger, oder nicht? Wenn das alle getan hätten, wo würden Leute wie Hitler dann wohl heute sein?«

»Im Buckingham-Palast und im Weißen Haus, vermute ich«, grunzte ihr Ehemann.

»Sei nicht töricht, Liebster. Wie könnte er wohl in zwei Palästen gleichzeitig sein. Aber wie ich schon sagte, meine liebe Sarah, er war immer eine Art Adjutant irgendwo, während der Krieg noch im Gange war – Captain Mallory meine ich, nicht Hitler –, und als er vorüber war, blieb er weiter hier. Und nun schicken sie sein Regiment nach Palästina oder irgendwohin, wo sie anscheinend immer noch kämpfen, und jeder dachte, er würde mitziehen, weil es jetzt nicht mehr ›zu‹ gefährlich sein kann – ich meine, nicht wie am *D-Day* und in Burma – aber es sieht so aus, als ob er statt dessen eher hierbleiben wird.«

»Ich denke«, sagte General Addington zu Sarah, »daß deine Tante für diesen Abend wohl genug geredet hat. Laß sie uns schnell wegbringen, bevor ihr Schlimmeres einfällt. – Komm jetzt, Alice, es ist schon nach sechs, und deine vierzehn Gäste treffen in knapp zwei Stunden ein.«

»Nur elf Gäste, Liebster. Die anderen drei sind Sarah, du und ich. Wiedersehn, Antonia. Wiedersehn, Hugo. Ihr zwei müßt nächstens wirklich zu uns kommen. Kommt einfach irgendwann abends auf ein Glas herein, ja? . . . Ach, ihr kommt heute auch zum Abendessen? Wie nett.«

»Alice!«
»Ich komme, Henry. Komm jetzt, Sarah. Du darfst deinen Onkel nicht warten lassen.«
Die Prozession überquerte den staubigen Poloplatz, wo der Wagen des Generals am Straßenrand wartete.

7

Es lag ein Stapel Post auf dem Tisch in der Halle des großen weißen Bungalows an der Promenade. Adressiert an Miß Sarah Parrish. Die Briefe waren mit der Nachmittagspost eingetroffen. Sarah stürzte sich gierig darauf. Der Anblick der englischen Briefmarken auf den gebauschten Umschlägen versetzte ihr einen jähen Stich von Heimweh. Sie zog sich auf ihr Zimmer zurück, um sich einer Orgie von Neuigkeiten und Klatsch von daheim hinzugeben.
Sie las noch, als ihre Tante eine halbe Stunde später anklopfte, um zu verkünden, sie habe vergessen, die Tischkarten für die Abendtafel zu schreiben; ob Sarah bitte versuchen könne, frühzeitig herunterzukommen, um dies für sie zu erledigen?
Sarah fuhr schuldbewußt hoch, überflog hastig die letzten beiden Seiten des Briefes, den sie in der Hand hielt, und stopfte alles in ihre Frisierkommode. Da war nur noch ein Umschlag, den sie ungeöffnet ließ, weil er eine indische Briefmarke trug und aussah, als ob er eine Rechnung oder ein Rundschreiben enthalten würde, da die Adresse mit der Maschine geschrieben war.
Etwa eine halbe Stunde später verließ sie ihr Zimmer und durchschritt in einer Wolke von grauem Tüll die Halle, das rotschimmernde Haar kultiviert geglättet, die grünen Augen wie Smaragde zwischen gebogenen Wimpern glänzend, deren natürliche Schwärze ein ständiger Dorn im Fleisch ihrer rothaarigen, aber weizenblond bewimperten Bekannten war.
Jemand wartete in dem unbeleuchteten Salon. Ein verfrühter Gast, der beschämt im Schatten steht, dachte Sarah; sie wunderte sich, warum die Diener, die ihn hereinließen, nicht

die Lampen eingeschaltet hatten. Das letzte Tageslicht lag noch über dem Garten, doch im Salon war es nahezu dunkel. Sie drückte beim Eintreten auf den Schalter und ging mit einem Lächeln der Entschuldigung wegen des Versäumnisses weiter. Aber ihre Augen – oder war es ihre Phantasie? – hatten ihr offenbar einen Streich gespielt, denn es war niemand da.

Der große Raum mit den hohen Decken war leer. Sarah sah sich stirnrunzelnd um. Der Eindruck, daß da jemand gewartet hatte, war so stark gewesen, daß es ihr schwerfiel, an einen Irrtum zu glauben. Vielleicht ein Schatten, hervorgerufen durch die Scheinwerfer eines hinter der Gartenmauer vorbeifahrenden Autos, dachte sie. Sie bekam eine Gänsehaut, zog die Schultern zusammen und trat auf die weitläufige Veranda hinaus, wo die Abendtafel heute angerichtet war, da das heiße Wetter selbst die großen Räume des alten Bungalows warm und stickig zu machen begann.

Der Himmel hinter den gefiederten Ästen der Pfefferbäume am äußersten Ende des Gartens hatte sich von zitronengelb in ein sanft schimmerndes Grün verwandelt, ein schwerer Rosen- und Jasminduft lag in der Luft und mischte sich mit dem Wohlgeruch von Wasser auf trockener, sonnenverbrannter Erde. Als Sarah über den fast dunklen Garten hinwegblickte, wurde sie sich eines beunruhigenden und unerklärlichen Gefühls bewußt. Doch als sie die Geschehnisse des vergangenen Tages noch einmal im Geist an sich vorüberziehen ließ, fand sie nichts, das diese plötzliche böse Vorahnung gerechtfertigt hätte.

Ein schwaches Geräusch hinter ihrem Rücken ließ sie herumfahren. Es war jedoch nur eine kleine, perläugige Eidechse, die über die Fußmatten raschelte, und nicht etwa . . . nicht . . . nun was? *Was* hatte sie zu sehen erwartet? Ein Mädchen in einem blauen Skianzug? Ja – das war es! Mit einem kalten Schauder ungläubigen Entsetzens wurde sie sich bewußt, daß sie beim Umschauen Janet zu sehen erwartet hatte!

Seitdem Sarah vor zwei Monaten wieder in Peshawar einge-

troffen war, schien sich alles, was sich während der wenigen Tage des Skiklubtreffens zugetragen hatte, ins Unwirkliche zu verflüchtigen. Es war, als sei alles ein Alptraum gewesen, aus dem sie erwacht war, um sich in einem sicheren und bekannten Zimmer wiederzufinden. Und da sie nicht die Absicht hatte, dieses Zimmer zu verlassen, hatte sie sich mit einer nahezu fieberhaften Fröhlichkeit in das Gesellschaftsleben der Saison gestürzt. Die Erinnerung an Janet in den Hintergrund ihrer Gedanken zu drängen, die Schneefelder des Khilanmarg, den Blue Run und eine Serie von Fußabdrükken auf der Veranda zu vergessen war das beste für sie gewesen. Dabei war sie schließlich zu der Überzeugung gelangt, daß – bis zu einem gewissen Grade zumindest – ihre Phantasie, und auch die von Janet, mit ihnen durchgegangen war und daß das Eis des Blue Run tatsächlich die einzige Ursache jener Tragödien gewesen war.
An das Haus zwischen den Pinienbäumen wollte sie gar nicht mehr denken, aus Angst, daß ihre heile Welt wieder zerbrechen könnte. Jetzt aber, ganz plötzlich, erinnerte sie sich wieder an Janet . . . War es wegen dieser Gesellschaft, die beinahe aus dreizehn Personen bestanden hätte – und weil Janet damals wohl nie mitgegangen wäre, wenn sie nicht selbst zu Reggie gesagt hätte, er müsse für ein vierzehntes Mitglied sorgen! Aber das, dachte Sarah in Selbstverteidigung, hätte an Janets Schicksal nicht viel geändert, da sie sonst den roten Lichtschimmer eben vom Hotel aus gesehen hätte und gegangen wäre, um ihr Rendezvous einzuhalten mit – – –
»Sarah!«
Mrs. Addington trat plötzlich am anderen Ende der Veranda in Erscheinung. Sie trug einen knallbunten Kimono über einer gestrickten rosa Pumphose, wie sie in ihrer Jugend modern gewesen war. Das Haar hatte sie in unzählige Lokkenwickler gedreht.
»Was ist los, Tantchen? Großer Gott! Weißt du, daß es fast fünf nach acht ist, und du hast deine Gäste für 8.15 Uhr bestellt? Oder hast du vergessen, daß heute ein Abendessen stattfindet?«

»Natürlich nicht, Liebes. Ich vergesse niemals etwas. Mir fiel nur gerade ein, daß die Creeds heute abend kommen. Antonia sagte es mir vorhin.«
»Ich weiß, daß sie kommen«, sagte Sarah geduldig. »Du hast sie vor mindestens sechs Wochen eingeladen.«
»Ja, ja, Liebes. Unterbrich mich nicht. Ich wollte nur sagen, daß ich sie ganz vergessen hatte, als ich die Tischordnung festlegte. So waren es also gar nicht wirklich dreizehn – sondern fünfzehn Gäste.«
»Ach Tante, dir ist nicht zu helfen! Und nun hast du den unglücklichen Charles Mallory unter falschen Vorspiegelungen geradezu erpreßt, zu deiner Dinnergesellschaft zu kommen. Ich schäme mich für dich!«
»Nun, das war's, worum ich dich bitten wollte, Liebes. Meinst du, wir können ihn anrufen und ihm sagen, daß wir ihn letztlich doch nicht brauchen? Es geht nämlich um die Nachspeise, Liebes: Es gibt ›Angels on Horseback‹ und es sähe doch dumm aus, wenn nicht genug für alle da ist. Er schien auch gar nicht besonders begierig, zu kommen. Deshalb nehme ich an, er wird entzückt sein, wenn er wegbleiben darf.«
Daran zweifle ich nicht«, versetzte Sarah trocken. »Aber das gönne ich ihm nicht! Nein, meine Liebe, ich weigere mich glatt, deinen guten Ruf in Taktfragen aufs Spiel zu setzen. Wir beide können ja so tun, als ob wir ›Angels on Horseback‹ nicht mögen, oder du streichst den Gang überhaupt. Du hast die Wahl.«
»Ja, das wird vielleicht das beste sein. Und jetzt, wo ich darüber nachdenke, Liebes, glaube ich gar nicht mehr, daß es ›Angels on Horseback‹ waren. Ich hatte es in Käsestangen umgeändert, und der *khansamah* (ein Koch) macht immer Hunderte davon: letztes Mal hatten wir davon noch am folgenden Tag beim Tennis-Tee. Mrs. Kidney sagte, es sei *so* eine originelle Idee gewesen. Guter Himmel! Ist es schon viertel nach acht? Du solltest mich hier wirklich nicht aufhalten, Liebes. Sonst werde ich niemals rechtzeitig fertig.«
Sie verschwand erst, als die kleine goldene Uhr im Salon Viertel schlug.

Sarahs weiter Tüllrock flüsterte über die Matten auf der Veranda, als sie den langen Tisch mit seiner Last von Silber, geschliffenem Glas und Schalen mit Maréchal-Niel-Rosen für die hinzugekommenen zwei Extraplätze neu arrangierte, assistiert von Mohammed Bux, dem stattlichen *khidmatgar* (ein Butler).

Sie hielt die Tischordnung ihrer Tante in der einen Hand und einen kleinen Stapel Tischkärtchen in der anderen, doch hätte ihr jemand über die Schulter geguckt, wäre es aufgefallen, daß sie die Karten nicht ganz in Übereinstimmung mit dem Originalplan verteilte. Das revidierte Arrangement enthielt – abgesehen von der Einbeziehung der Creeds – noch eine Veränderung; denn als die Gäste eine halbe Stunde später ihre Plätze eingenommen hatten, befand sich Major Gilbert Ripon, der zur Rechten Sarahs hätte sitzen sollen, am unteren Ende der Tafel, während Captain Mallory seinen Platz eingenommen hatte.

»Nicht, daß es die Mühe gelohnt hätte«, gestand Sarah später, als sie über Fudges Schulter gelehnt in den Spiegel des Garderobenraums im Peshawar-Klub äugte, »denn er hat fast ausschließlich mit dem robusten Patterson-Mädchen gesprochen. Und bei der einzigen Gelegenheit, als es mir gelang, eine Unterhaltung zu beginnen, mischte Archie Lovat sich ein. Etwa zehn Minuten lang redeten sie über mich hinweg und diskutierten über die Jagd in den letzten Tagen, bis sie mich zum Schluß fast völlig vergessen hatten. Anschließend, wie sollt' es auch anders sein, bemerkte Tante Alice plötzlich die Änderung in ihrem Tischplan und begann natürlich – tpyisch Tante Alice – die Sache lauthals zu kommentieren. Verfluchte liebe alte Mottenkugel! Charles hob nur eine Braue und blickte leicht erstaunt – der Teufel soll ihn holen –, und Gilbert Ripon glotzte, und das häßliche Patterson-Mädchen fing zu kichern an. Alles in allem, liebste Fudge, eine meiner bittersten Niederlagen.«

»Nicht ganz so bitter«, bemerkte Fudge tröstend. »Schließlich ist er doch bis zum Tanz geblieben, oder nicht? – trotz aller freimütigen Kommentare deiner wohlmeinenden, aber wirr-

köpfigen Tante. Und das – laß dir das von mir gesagt sein – will bei ihm schon etwas heißen. Na dann – viel Glück, Liebes, aber sage später nicht, ich hätte dich nicht gewarnt.«
»Und wenn du mich jetzt noch einmal warnst«, entgegnete Sarah, »fange ich an, deinen Motiven zu mißtrauen; und nun hör auf, dein Gesicht zu bearbeiten. Laß uns tanzen gehen.«
Da sie ein beliebtes Mädchen war, war die Reihe ihrer potentiellen Tanzpartner lang, und es verging fast der halbe Abend, bevor Charles Mallory dazu kam, mit der Nichte seiner Gastgeberin zu tanzen. Er erwies sich als überraschend guter Tänzer, was sie aus irgendeinem Grunde nicht von ihm erwartet hatte. Sarah applaudierte enthusiastisch nach einer Zugabe. Die Band, die einen munteren und ziemlich geräuschvollen Quickstep gespielt hatte, tat ihr den Gefallen mit einem Walzer, und als die Strophe endete, sang der Bandleader den Refrain mit nasalem Schmelz . . .

»Der Mond in einer Märchennacht,
Und jede süße Melodie,
Sie wurden nur für dich erdacht.
Der Frühling und die Sommerpracht,
Und auch der goldne Ehering,
sie wurden nur für dich gemacht.«

Sarah stolperte und ihre silberbeschuhten Füße verloren den Takt. Charles Mallory spürte, wie sie in seinen Armen erstarrte. Als er zu ihr hinunterschaute, bemerkte er, daß ihr Gesicht plötzlich jede Spur von Farbe verloren hatte.
»Sollen wir lieber aussetzen?« schlug er vor. »Ich bin nicht besonders gut im Walzertanzen.«
»Bitte«, sagte Sarah mit dünner, atemloser Stimme. Charles brachte sie aus dem heißen, überfüllten Tanzsaal in die kühle Nachtluft des Klubgartens. Einmal dort, führte er sie entschlossen über den Rasen zu einem Korbstuhl.
Mit einer steilen Falte zwischen den Augen stand er da und sah zu ihr herunter: sie schien wirklich etwas verstört zu

sein. Er sagte kurz: »Warten Sie hier. Ich hole Ihnen etwas zu trinken.«

Er ließ sie im Sternenlicht sitzen und kehrte wenige Minuten später mit einem vollen Glas in jeder Hand zurück. Sarah dankte ihm, noch immer mit dünner Stimme, und trank schweigend, indes Charles einen zweiten Stuhl heranzog und sich setzte. Ohne sich den Anschein zu geben, beobachtete er sie über den Rand seines Glases hinweg; sein eigenes Gesicht blieb im Schatten.

Die Band im Saal hinter ihnen, offenbar zufrieden mit der Forderung nach einer Zugabe, ließ sich auf eine Wiederholung des Schlagers ein, und Sarah erschauerte dabei, daß ihre Zähne gegen den Rand des Glases schlugen.

In den vergangenen paar Wochen war das Leben so lustig gewesen, daß sie sich von dem Alptraum von Gulmarg befreit glaubte. Aber aus irgendeinem Grund schien er sie heute abend wieder heimsuchen zu wollen; obgleich sie ihn zu verdrängen versucht hatte, war er ihr gefolgt. Auch jetzt war er hier – hervorgerufen durch eine abgedroschene, schmalzige Melodie –, und plötzlich sah sie sich wieder in dem unheimlichen Mondlicht vor der schneeumhüllten Skihütte auf dem Khilanmarg stehen. Janet befestigte ihre Skier zu ihrem letzten Lauf und summte die weiche, mitreißende Melodie . . .

»Der Herbst und auch die Winterpracht,
Die schönste aller Welten,
Sie wurden nur für dich gemacht«,

sang der Bandleader.

Sarah sagte: »Warum müssen sie auch immerzu diese Schnulze spielen!« Es lag eine deutliche Spur von Hysterie in ihrer Stimme. Charles Mallory beugte sich vor und entfernte das Glas aus ihren bebenden Fingern. »Sie werden es verschütten und Ihr Kleid verderben«, sagte er mit nüchterner Stimme. »Es ist kein besonderes Lied, nicht wahr? Aber sie werden in einer Minute damit aufhören.«

Er bot Sarah eine Zigarette an. Als sie ablehnte, steckte er sich selber eine an und ließ sich beiläufig auf eine erstaunliche Geschichte über einen verarmten Tanzorchesterleiter in einem Budapester Café ein, der ein gebürtiger Prinz aus kaiserlichem Hause war: Mit seiner Erzählung gab er ihr Zeit, sich wieder zu fassen und ihre Gedanken von der Musik abzulenken, die durch die offenen Fenster des Tanzsaals zu ihnen herüberwehte.

Bald darauf verstummte die Band, und die Tänzer kamen in die kühlere Luft des laternenbeleuchteten Gartens geströmt. Sarah sagte: »Es tut mir leid. Es war dumm von mir, mich so zu benehmen. Ich weiß nicht, was heute abend mit mir los ist, aber die Melodie erinnerte mich an etwas Unangenehmes, und ...«

»Worüber lästert ihr zwei?« schnitt Helen Warrender ihr heiter das Wort ab. »Ich bin sicher, es muß was schrecklich Interessantes gewesen sein. Dürfen wir mithören?«

Charles stand auf, und sie ließ sich schwer auf seinen geräumten Stuhl fallen, befahl ihrem Partner, ihr einen Brandy mit Soda zu holen, kehrte Sarah den Rücken zu und sagte: »Ist es nicht heiß, Charles? Ich ersticke einfach in meinem Kleid. Das ist das Schlimmste am Taft; selbst wenn man ein wahres Vermögen für ein Modell bezahlt, verhält er sich in der Hitze wie Fliegenpapier. Gott sei Dank reisen wir nächste Woche nach Kaschmir. Ich kann diese Hitze wirklich nicht länger ertragen. Wir machen bei Douglas in Murree Station. Ich nehme an, du kennst ihn, ja? Er ist der Sohn von Lord Seeber. Ein solcher Schatz! Hol' dir einen anderen Stuhl, Charles. Und einen für Tim.«

Charles brachte zwei weitere Stühle und einen kleinen grüngestrichenen Tisch, als Helens Tänzer mit gefüllten Gläsern über den Rasen zurückkam.

»Danke, Tim. Oh, verdammt! Sie haben Eis hineingetan! Warum können sie die Sodas nicht kalt halten, statt Eiswürfel hineinzuwerfen? Na, macht nichts – es ist wirklich nicht dein Fehler. Gib mir eine Zigarette, Tim, sei so nett!«

Tim tat ihr gehorsam den Gefallen und nahm den freien

Stuhl. Helen rückte ihren Stuhl herum, um Charles anzusehen: »Charles, nun sag mal, was du von dem Polospiel heute nachmittag gehalten hast. Insgesamt, meine ich. Glaubst du, ihr werdet jemals in der Lage sein, genügend Leute aufzubringen, die überhaupt richtig Polo spielen können? Wenn Johnnie heute nachmittag nicht gegen diese Extrabelastung hätte spielen müssen, hätten wir euch noch weit höher geschlagen. Aber dann wäre es wirklich kaum noch fair – bei diesen unausgeglichenen Mannschaften!«

Charles sagte steif: »Vielen Dank, Helen.«

»Wofür? Oh! Aber ich habe doch nicht *dich* gemeint, Charles. Ich habe dich in Delhi und Meerut spielen sehen und finde es unheimlich sportlich von dir, mit diesem Krethi-und-Plethi-Haufen zu spielen. Ich nehme jedoch an, wir sollten ihnen sogar dankbar sein. Schließlich liefern sie uns ein paar Übungsspiele. Also wirklich, Tim! Du weißt doch, ich rauche niemals so starke Zigaretten! – Vielen Dank, Charles. – Also wie ich gerade sagte –«

Sarah gähnte, öffnete ihre Abendtasche und entnahm ihr eine flache, emaillierte Puderdose. Mit ihr zusammen fiel etwas zu ihren Füßen ins Gras. Es war der uninteressant aussehende Briefumschlag, für den sie keine Zeit gefunden hatte, ihn mit ihrer übrigen Post zu öffnen, und den sie in ihre Tasche gestopft hatte, um ihn später zu lesen. Sarah hob ihn auf und warf einen Blick auf ihre Begleiter. Da Mrs. Warrenders taftdrapierter Rücken Charles Mallory verdeckte und sie ausdrücklich von der Unterhaltung ausschloß, während der unbefriedigte Tim sich mit seinen zurückgewiesenen starken Zigaretten in die Nacht hinwegbegeben hatte, zuckte sie die Schultern und öffnete das Kuvert; sie hielt es so, daß das Licht von den Laternen in den Bäumen darauf fiel.

In dem Umschlag befand sich ein zweiter, zusammen mit einem Begleitschreiben von einer Anwaltsfirma in Rawalpindi, zwei Tage zuvor datiert. Nachdem sie es aus dem so beliebten Juristenjargon in schlichtes Englisch übersetzt hatte, verstand Sarah, daß sich das beiliegende Schreiben in einem Paket befunden habe, das im Januar zur sicheren

Aufbewahrung im Bürosafe von *Nedou's Hotel* in Srinagar abgegeben worden war – und zwar von der verstorbenen Miß Janet Elizabeth Rushton. Der Manager hatte das Paket »gemäß Anweisung« ihrer Bank ausgehändigt. Von dort war es an ihre Anwälte weiterbefördert worden, die seinen Inhalt in Verwahrung nahmen, bis die gerichtliche Testamentsbestätigung vorlag. Das erklärte die lange Verzögerung, da Anwälte und Nachlaßpfleger bekanntlich, wie die Mühlen Gottes, langsam mahlen ...

Sarah wandte ihre Aufmerksamkeit dem versiegelten Umschlag zu, der ihren Namen und Adresse in ihrer eigenen Handschrift trug und den Janet unbeoachtet Mr. Croal, dem Manager von *Nedou's Hotel*, an dem Tag gegeben haben mußte, als sie nach Srinagar hinunterfuhr, um dem Begräbnis von Mrs. Matthews beizuwohnen. Als sie ihn jetzt erneut in der Hand hielt, war ihr, als ob ein kalter Hauch von den Schneemassen und den Schatten der dunklen Pinienwälder über den übervölkerten Rasen kroch.

Dies also war die Ursache ihrer sonderbaren Vorahnung, die sie bei der Rückkehr in das große Haus zwischen den Pfefferbäumen empfunden hatte: der Grund, warum Janets Geist an diesem Abend plötzlich hinter ihr zu stehen schien.

Sarah konnte Janet mit unangenehmer Deutlichkeit vor sich sehen, wie sie damals in dem kleinen, vom Feuerschein erhellten Zimmer stand und eben diesen Brief in ihrer Hand wog. Sie hatte etwas gesagt wie »ich kann ihn mit hinunternehmen« – nach Srinagar natürlich, wo sie und Mrs. Matthews für den Winter Zimmer belegt hatten und wo Mrs. Matthews begraben worden war, weil der Schnee oben in Gulmarg noch zu hoch lag und der Boden hart gefroren war ...

Das Wachs des Siegels zerbrach unter Sarahs kalten Fingern und fiel auf den hauchdünnen Stoff ihres Rocks wie winzige Blutspritzer. Mit einem Schreckensschauer strich sie sie weg und zog die zwei Blätter heraus, die der Umschlag enthielt. Janet schrieb in einer markanten Schulmädchenhandschrift ohne jede Einleitung oder Erläuterung folgendes: »Ich hinterließ wichtige Aufzeichnungen auf Abdul Gaffoors Hausboot

Waterwitch in Srinagar. Begeben Sie sich so schnell wie möglich dorthin und schauen Sie sich danach um, falls mir etwas zustoßen sollte. Ich habe das Boot bis Ende Juni diesen Jahres im voraus bezahlt und arrangiert, daß, falls ich es nicht selbst benutzen kann, eine mir befreundete Person, die im Besitz beigefügter Quittung ist, es statt meiner übernehmen kann.« Dann, in schwankendem Gekritzel, als ob ihre Nerven und ihre Hand ihr plötzlich den Dienst versagten: »Ich weiß, daß ich es eigentlich nicht tun sollte, doch ich fühle, daß ich es tun muß. Mehr kann ich nicht sagen. Ich kann es nicht. Aber es ist dort.«

Der Brief trug keine Unterschrift, und es existierte kein Hinweis auf die Person oder die Personen, für die Janet ihn ursprünglich bestimmt hatte. Aller Wahrscheinlichkeit nach war er erst nach Mrs. Matthews' Tod geschrieben worden. Höchstwahrscheinlich erst ein oder zwei Stunden bevor Sarah im Mondlicht zu Janets Tür gerannt kam, um sie vor dem gesichtslosen Mann im Schnee zu warnen.

Das zweite Blatt Papier war eine quittierte Mietsrechnung für das Hausboot *Waterwitch*, bis Ende Juni 1947 im voraus bezahlt; auf der Rückseite, gegengezeichnet von dem Hausboot-Agenten, standen die Mietbestimmungen.

Sarah las die kurze Nachricht mit ihren knappen, unglaublichen Instruktionen nochmals und schließlich mit unterdrücktem Weinen ein drittes Mal, bevor die Worte irgendeinen Sinn für sie ergaben. Es war unmöglich, geradezu phantastisch, daß sie, Sarah Parrish, hier unter indischem Sternenhimmel sitzen sollte, in der uralten Stadt Peshawar, und den Schlüssel zu geheimen internationalen Verwicklungen in der Hand hielt, an dem vielleicht Schicksal und Leben unzähliger Menschen hing. Ein paar Zeilen, geschrieben von einem ermordeten Mädchen . . .

Wiederum las sie es, langsam und überlegend, als könne sie das Geheimnis, das hinter den dürftigen Worten lag, aus dem Papier herausziehen; das Wissen, das Janet gehört hatte, als sie es niederschrieb und das ohne diesen Fetzen Papier mit ihr gestorben wäre. Dennoch sagte es ihr nur wenig. Für wen war es bestimmt gewesen, als sie es niederschrieb? Was hatte sie damit zu bewirken geglaubt? Warum hatte sie es überhaupt geschrieben?

Zumindest zur letzten Frage schien es eine klare Antwort zu geben: weil sie den Tod fürchtete. Nicht so sehr um ihrer selbst willen, sondern des Wissens wegen, das sie besaß. Sie fürchtete, dieses Wissen könne verlorengehen, und aus diesem Grunde hatte sie sich dazu treiben lassen, ein verzweifeltes Risiko einzugehen. Zwei Risiken! Einmal die Möglichkeit, daß die geschriebene Information in falsche Hände geriet, und zweitens die vielleicht noch größere Gefahr, ihre plötzliche Entscheidung, Sarah Parrish zu vertrauen, könne sich als katastrophaler Fehler erweisen . . .

Mrs. Warrender, die eine große, mit einem Regimentswappen geschmückte Puderdose hervorgeholt und sich die Nase gepudert hatte, während sie von den alten Tagen in Ranelagh und Hurlingham erzählte, ließ die Dose zuschnappen und wandte sich jetzt an Sarah: »Sie gehen vermutlich den Sommer über nach Kaschmir, Sarah? Wir reisen übernächste Woche dorthin. Nicht, daß das jetzt ein Vergnügen wäre! Ich glaube aber, es ist die letzte Saison, die wir hier überhaupt noch erleben werden, was mit der Übergabe, die für nächstes Jahr festgesetzt ist, zusam . . . Oh, hallo – ist das die Anzeige für das Pferderennen?«

Sie neigte sich vor und entwand das Blatt Papier gelassen Sarahs Fingern.

Sarah handelte ohne zu überlegen: Sie holte aus, schlug ihr den Brief aus der Hand und brachte es mit der gleichen Bewegung fertig, auch Mrs. Warrenders kaum berührtes Glas vom Tisch zu stoßen, dessen Inhalt sich über die scharlachroten Falten ihres Taftkleides ergoß und ihren Schoß mit halbgeschmolzenen Eisstücken füllte. Mrs. Warrender schrie auf und sprang auf die Beine. Sarah stand schnell auf, setzte einen kleinen Silberschuh auf das vergessene Blatt Papier, schob ihre wogenden Röcke darüber und entschuldigte sich mit einem nervösen Bedauern und Verlegenheit vortäuschenden Wortschwall.

Mrs. Warrender funkelte sie wie eine wütende Katze an und sagte im gleichen Atemzug, es mache überhaupt nichts aus, und daß ihr Kleid ruiniert sei; dabei gestattete sie Charles Mallory, das Überschüssige mit seinem Taschentuch wegzuwischen.

Sarah sagte: »Ich kann mir gar nicht vorstellen, wie das passiert ist. Ich muß wohl gegen den Tisch gestoßen sein. Vielleicht gibt es keine Flecke, wenn Sie sofort nach Hause fahren und das Kleid ins Wasser tun?«

»Unsinn. Es ist ganz unmöglich, Taft zu waschen. Ich werde es zur Reinigung geben müssen. Vielen Dank, Charles. Das reicht. Es wird in ein oder zwei Minuten trocknen. Nein, natürlich nicht! Ich würde nicht im Traum daran denken, es auszuziehen. Schaut her, es trocknet schon. Tim kann – Tim! Wo ist der verdammte Kerl denn hin? Also wirklich, die jungen Offiziere heutzutage sind wirklich völlig unbrauchbar. Da fängt die Band wieder an. Komm und tanz diesen mit mir, Charles. Eigentlich wollte ich ihn mit Johnnie tanzen, aber du weißt ja, wie Ehemänner sind. Er wird jetzt ohnehin schon zu beschwipst sein und unterbricht mir immer meine Tänze.«

Charles sagte: »Tut mir leid, Helen, doch dieser Tanz wurde mir schon von Miß Parrish versprochen.« Seine Stimme klang höflich, aber sehr bestimmt, und er sah Sarah nicht an, sondern blickte Mrs. Warrender starr in die Augen.

Helen Warrender war, wie Fudge einmal sehr richtig bemerkt hatte, eine ziemlich dumme Frau, doch es lag etwas in Charles starrem Blick, was sogar eine dumme Frau bemerkte. Eine dunkle, unkleidsame Röte überzog ihr Gesicht. Sie blickte von ihm zu Sarah und wieder zurück und sagte mit einer Stimme, die plötzlich grell klang: »Ach – das tut mir ja *so* leid. Ich hatte gar nicht bemerkt, daß ich da in ein Tête-à-tête hineingeraten bin. In diesem Falle werde ich besser gehen und Johnnie aufstöbern.« Zu Sarah gewandt sagte sie mit metallischem Lachen: »Nehmen Sie ihn nicht allzu ernst, hören Sie? Falls Sie es noch nicht wissen sollten, er ist schon fest liiert. Ist es nicht so, Charles, Darling?«

Charles' Gesichtsausdruck veränderte sich nicht, aber er zog einen Stuhl zurück, als wolle er ihr den Weg freigeben. Sie entschwebte mit zurückgeworfenem Kopf über den Rasen. Ihre Taftsäume zischten wütend über das trockene Gras.
Sarah bückte sich und hob das Blatt Papier auf. Überrascht stellte sie fest, daß ihre Knie vor Zorn bebten und zitterten. Sie setzte sich schnell, griff nach ihrem kaum berührten Glas, trank es durstig aus, stellte das Glas zurück und sah zu Charles hoch.
»Danke«, sagte sie mit der Andeutung eines Lächelns. »Das war sehr nett von Ihnen. Könnten Sie – würden Sie mir vielleicht Ihr Feuerzeug leihen? Nein, ich möchte keine Zigarette, danke sehr.«
Charles reichte ihr ein kleines silbernes Feuerzeug, sie ließ es aufschnappen und hielt Janets Brief in die Flamme. Das gerettete dünne Papier ließ sich leicht entzünden – obwohl es einige Spritzer von Helens Brandy-Soda abbekommen hatte –, flackerte auf und verbrannte rasch, bis zuletzt nur die vier Worte am untersten Rand erkennbar waren – »Aber es ist dort!« Mit Tränen, die hinter ihren Wimpern prickelten, sah Sarah auch sie in Flammen aufgehen und dachte: Oh, arme Janet! Dann warf sie die verkohlten Schnitzel auf den Rasen und trat sie mit dem Absatz in das ausgedörrte Gras.
»Und nun«, sagte Charles, »sollten Sie mir vielleicht erzählen, warum Sie Helen Warrenders Brandy mit Soda vergossen haben? Daß sie Sie zu einer derartigen Demonstration herausgefordert hatte, versteht sich. Dennoch werden Sie zugeben, daß es ein wenig drastisch war.«
Sarah errötete. »Ich hatte nicht – ich meine –, es war wirklich eine Art Malheur.«
Charles hob skeptisch eine Augenbraue: »Wirklich?«
»Ja, wirklich!« gab Sarah ärgerlich zurück.
Charles antwortete lachend. »Mein Irrtum. Ich dachte, Sie hätten es absichtlich getan.«
»Na schön. Ich hab's mit Absicht getan, und sie hat's herausgefordert. Sonst noch was?«

»Nichts. Ich war nur neugierig. Es schien mir eine recht effektvolle Art, Ihr Mißvergnügen zum Ausdruck zu bringen.«

»Ich fürchte, es war ein spontaner Impuls«, verteidigte sich Sarah. »Schauen Sie, es war ein recht privater Brief, und ich hatte Angst, sie könnte die Zeit finden, einige Worte zu lesen. Aber falls sie es getan hat, möchte ich wetten, daß sie sie in der nächsten Sekunde vergessen hat, denn nichts ist so wirksam wie ein richtig häßlicher Schock, um Dinge aus einem Gedächtnis zu vertreiben.«

»Ich werde es mir für zukünftige Zwecke merken«, sagte Charles ernst. Er steckte sich eine Zigarette an, lehnte sich in seinem Stuhl zurück und beobachtete Sarah durch das schwache, graue Rauchgekräusel, während die Band im Tanzsaal hinter ihnen einen Slowfox spielte; eine träumerisch rhythmische Weise, die in den ersten Kriegsjahren sehr populär gewesen war.

Von irgendwoher aus der Dunkelheit jenseits des Klubterrains drang das unheimliche Heulen eines Schakals herüber. Ein anderer Schakal stimmte in das Geheul mit ein: ein gellender, schriller Chor wie aus den Kehlen gemarterter Seelen. Sarah erschauerte, und eine jähe Woge der Angst überflutete sie. Angst vor dem gewaltigen, sonnengedörrten Land und den unfruchtbaren Khyber-Bergen, die weit außerhalb Peshawars lagen, bedrohlich und geheimnisvoll im Sternenlicht. Jenseits jener Berge lag Afghanistan mit seinen wilden, gesetzlosen Stämmen, indes sich weiter und weiter gen Nordosten die lange Gebirgskette des Himalajas erstreckte; und irgendwo dazwischen waren die Schneehänge des Khilanmarg.

Eine kleine Brise strich über den Rasen, brachte den Geruch von Staub und blühenden Bäumen mit sich, zerstreute die verkohlten Schnitzel von Janets Brief und blies sie weiter über die verlassene Terrasse ... Es ist nicht richtig, dachte Sarah verzweifelt – ich weiß, ich hab's versprochen, aber ich kann nicht zurück nach Kaschmir! Ich *will* nicht. Es geht mich überhaupt nichts an, und ich will diese Berge nie mehr wiedersehen ...

Ihr war, als müsse sie sich gegen Janets bleichen, anklagenden Geist gegenüber rechtfertigen und ihm bedeuten, daß der Brief ja schon geschrieben, das Kuvert bereits versiegelt war, als sie, Sarah, in der Nacht an ihre Tür kam. Er konnte also unmöglich für sie bestimmt gewesen sein. Hätte der Zufall sie nicht dorthin geführt, hätte Janet ihn vielleicht jemand anderem übergeben. Reggie Craddock, oder Meril, oder Ian Kelly . . . wem auch immer. Jetzt war er verbrannt, und nun konnte sie alles vergessen. Aber konnte sie das wirklich . . . ?
Sie sah vor ihrem geistigen Auge die lange, gewundene Gebirgsstraße auftauchen, die sich über zweihundert Meilen aus der Hitze und dem Staub der Bezirksstadt Rawalpindis nach Srinagar, der Hauptstadt des grünen Tals von Kaschmir, hinaufwand. Aber der Gedanke, in jenes Tal mit seinem kalten Rand schützender Berge, seinen schwarzen Deodarwäldern zurückzukehren, erfüllte sie mit panischer Angst. Sie konnte nicht zurück – sie konnte nicht . . .
Charles Mallorys ruhige Stimme brach in den Aufruhr ihrer Gedanken und brachte sie in die Wirklichkeit zurück. »Was ist los, Sarah? Sie sehen aus wie ein Gespenst.«
Er hatte sich erhoben und stand jetzt neben ihr. Sarah stand abrupt auf. »Tut mir leid. Ich bin heute abend ein bißchen nervös. Gehen Sie nur hinein und tanzen Sie mit Helen. Ich bleibe besser allein.«
Ihre Stimme klang selbst in den eigenen Ohren dünn und zittrig. Charles sagte: »Reden Sie keinen Unsinn. Sie zittern ja wie ein nasses Kätzchen. Was hat das alles zu bedeuten, Sarah? Sie haben sich in der letzten halben Stunde verhalten, als hätte man Ihnen gerade erzählt, wo eine Leiche begraben liegt. Was ist los? Schlechte Nachrichten?«
»Nein«, sagte Sarah aufgewühlt und kämpfte gegen einen plötzlichen Tränenausbruch an. »Es ist nichts, wirklich. Ich – ich bin . . .«
»Fühlen Sie sich krank? Möchten Sie, daß ich Sie nach Hause bringe?«
»Nein. Nein, ich fühle mich ganz in Ordnung. Ich glaube, es ist nichts.«

»Nun, in diesem Falle«, sagte Charles munter, »schlage ich vor, Sie reißen sich zusammen, kommen mit herein und tanzen. Sie können hier nicht sitzenbleiben und den ganzen Abend Gespenster sehen.«
»Oh, gehen Sie doch weg!« sagte Sarah, und ihre Stimme zitterte schon ganz hysterisch. »Können Sie nicht sehen, daß ich alleine bleiben will?«
»Damit Sie sich womöglich in einen noch schlechteren Nervenzustand hineinmanövrieren? Aber das würde nichts helfen, wissen Sie. Kommen Sie, Sarah. Sie sehen nicht aus wie ein Mädchen, das zur Hysterie neigt. Zeigen Sie sich tapfer.«
»Ausgerechnet Sie«, sagte Sarah wütend, »wollen darüber Bescheid wissen.«
»Worüber?« Charles' Stimme klang fast gefährlich.
»Über Tapferkeit«, sagte Sarah deutlich betont. »Ich hörte, Ihr Regiment sei nach Palästina abkommandiert worden.«
Eine eisige Sekunde lang glaubte sie, Charles würde sie schlagen. Instinktiv tat sie einen Schritt zurück, doch hinter ihr stand der Stuhl, und so blieb sie stehen.
Charles sah zu ihr herunter und lachte; freilich nicht angenehm. Und dann, sie wußte nicht genau, wie und warum, waren seine Arme um sie, fest und kräftig. Er legte seinen Arm um ihren Kopf und küßte sie ausgiebig.
»Danach hast du doch verlangt«, sagte Charles gelangweilt, »seit Wochen.« Er schob sie von sich fort und nahm sein ungeleertes Glas auf.
Sarah starrte ihn einen langen Augenblick an. Dann riß sie ihre Abendtasche an sich, wirbelte herum, ließ ihn einfach stehen und rannte über den Rasen zum hellerleuchteten Tanzsaal.

Teil 3

SRINAGAR

»Suche nach mir, wenn das Mondlicht scheint;
Erwarte mich beim Mondenschein;«

Alfred Noyes, The Highwayman

8

Es war die letzte Maiwoche – zehn Tage nach dem Wohltätigkeitsball des Peshawar-Klubs –, und die Creeds, von einem unerwarteten Fahrgast in Gestalt Sarah Parrishs begleitet, waren auf dem Wege nach Kaschmir, wo Hugo seinen Diensturlaub verbrachte.

Nur wenige Stunden vorher – auf der langen Fahrt von Peshawar nach Attock am Indus, und weiter durch den Punjab nach der großen Garnisonsstadt Rawalpindi, wo eine der Hauptrouten nach Kaschmir von der Grand-Trunk-Straße zu den Vorgebirgen abzweigte – waren sie noch versengt worden von der Hitze und beinahe erstickt vom Staub der Ebenen . . . und jetzt picknickten sie am Straßenrand zwischen Pinien, Kiefern und Deodarbäumen, atmeten die kühle Bergluft.

»Wie hat die gute alte Schachtel, deine Tante Alice, diese plötzliche Planänderung aufgenommen?« fragte Hugo, während er einen Mundvoll Curry-Windbeutel kaute. »Ich hätte nicht gedacht, daß sie es jemals billigen würde.«

»Seltsamerweise«, berichtete Sarah, »nahm sie es ganz ruhig auf. Ich glaube, es hat ihr letztlich gedämmert, daß jedes Mädchen, das während der letzten Unannehmlichkeiten bei den Streitkräften gedient hat, fähig sein sollte, auf sich selbst aufzupassen. Übrigens, sobald ich sagte, ich wolle mit euch hier herauf, war alles in Ordnung. Antonia ist nämlich ›*so* ein liebes Mädchen‹ und Hugo ›*so* ein netter Mann‹.«

»Wie recht sie hat«, sagte Hugo selbstzufrieden. »Was mich betrifft, meine ich. In ihrer Wertschätzung für meine Frau hat sie allerdings ein bemerkenswertes Fehlurteil gefällt, doch dafür kann sie nicht getadelt werden. Sie hat sie vermutlich mit zwei anderen Frauen durcheinandergebracht.«

Ein Auto zischte vorbei, bedeckte sie mit Staub und blieb zwanzig Meter weiter mit kreischenden Bremsen stehen.

»Möchte wissen, was das soll!« sagte Fudge und wehrte die Staubwolke ab, indem sie mit einem Geflügel-Sandwich vor ihrer Nase herumwedelte. »Was glaubst du, ist ihnen das Benzin ausgegangen oder wollen sie nach der Uhrzeit fragen?«

»Solange sie sich kein Bier pumpen wollen, können sie alles kriegen, was ich habe, meine Frau inbegriffen«, sagte Hugo. »Oh, verflucht, es ist Helen! Ich hätte es wissen müssen. Geh und lenk sie ab, meine Süße. Sie belästigt mich schlimmer als Bienenschwärme.«

Fudge sagte: »Gemeines Scheusal!« glitt von der niedrigen Mauer und ging der eleganten grüngekleideten Erscheinung entgegen, die sich vom Auto her näherte.

»Meine Liebe!« – Helens Stimme erinnerte einen unwillkürlich an einen Pfau – »Ich *wußte*, ihr seid's! Ich ließ Johnnie stoppen. Wir fahren schon seit zwei Stunden, und da dachte ich, wir sollten anhalten und mit euch gemeinsam picknicken. Ich hatte ganz *vergessen*, daß ihr heute heraufkommt. *Welch* ein Glück, euch getroffen zu haben! Gott, wie diese Reise mich anödet! Wenn dort nur jemand Annehmbares wäre, zu dem man gehen könnte. Aber natürlich ist dort niemand. Es wird ja ohnehin keiner von uns je wieder hinfahren. Wenigstens ist es das letzte Mal, Gott sei Dank!«

Bei Sarahs Anblick stockte sie plötzlich. »Herr des Himmels! Da ist ja auch Sarah. Du liebe Zeit, was machen Sie hier, meine Liebe? Ich dachte, Sie hatten die Absicht, nach Ceylon, Singapur oder sonstwohin zu reisen. Erzählen Sie mir ja nicht, Sie seien auch nach Kaschmir unterwegs!«

»Nun, es sieht fast so aus, nicht wahr?« versetzte Sarah honigsüß. Sie hatte plötzlich die felsenfeste Überzeugung, daß Mrs. Warrender den Wagen nicht stoppen ließ, weil sie die Creeds gesehen hatte, sondern weil sie gesehen hatte, daß noch eine dritte Person dabei war. Sie wollte wohl einen bestimmten Verdacht bestätigt wissen. Ihr Erstaunen wirkte zu übertrieben.

»Aber, meine Liebe! Wie reizend. Sie werden Srinagar einfach himmlisch finden; ich persönlich hasse es. Johnnie sagt natürlich, ich sei viel zu wählerisch in bezug auf Leute, mit denen ich Freundschaft schließe. Ich sage aber immer, man kann in dieser Beziehung nicht wählerisch genug sein. Ich weiß aber, andere sind darin nicht ganz so – nun, wie dem auch sei, ich bin überzeugt, Sie werden dort entzückende Tage verleben. Nicht, daß in diesem Jahr irgend jemand von Bedeutung dort wäre. Tatsächlich hörte ich, da oben sei alles ›völlig tot‹ – obwohl ich annehme, Sie werden hier und da noch einen Funken Leben finden. Oh, hallo Hugo, du bist es.«

»Ja, ich bin's, Helen. In Fleisch und Blut. Komisch, nicht? Sogar Fudge kann mich in diesem Paar Socken kaum erkennen. Was ist mit Johnnie los? Muß er pinkeln, oder schmollt er nur?«

»Er holt den Picknickkorb heraus. Ich fürchte, es liegt ein ziemlicher Haufen Zeug darauf. Da kommt er schon. Oh, Gott sei Dank hast du etwas Bier bei dir, Hugo. Ich habe ganz vergessen, welches mitzunehmen, und wir sind beide schon völlig ausgedörrt vor Durst. Ich könnte gleich sechs Flaschen davon trinken.«

Hugo schloß die Augen und bewegte die Lippen, als verrichte er ein stummes Gebet, was aber wohl kaum der Fall war. Fudge sagte rasch: »Tut mir ja so leid, Helen, doch ich fürchte, dies ist die letzte. Trotzdem, wenn ihr sie euch teilen wollt, sei sie euch gegönnt.« Sie ließ ihren Mantel geschickt über eine der verbleibenden Flaschen fallen und drehte sich lächelnd zu Johnnie Warrender um, der einen großen Picknickkorb unter dem einen Arm und eine Autodecke unter dem anderen trug.

»Hallo, Johnnie. Hier, stell das bloß nicht auf die Sandwiches. Wann bist du aus ›Pindi‹ abgefahren?«

»Sind wir nicht. Das heißt, wir haben die Nacht in Murree verbracht«, sagte Johnnie und setzte seine Last auf der Mauer ab. »Hallo, Sarah. Ich wußte gar nicht, daß du die Absicht hast, in der Hauptsaison nach Srinagar zu kommen.«

»Nun, ich hatte immer schon vor, es irgendwann zu tun«, erklärte Sarah unbestimmt, »und da dies die letzte Gelegenheit zu sein schien, beschloß ich, mich von Fudge und Hugo im Auto mitnehmen zu lassen.«

»s' ist ganz nett dort. Schade, daß du's nicht mehr zu seiner Blütezeit kennengelernt hast. Damals war's ein großartiges Kaff. Wir benutzten es auch für ein paar verdammt amüsante Polospiele . . . Oh, was ist das? Guter Gott, Helen! Ist das alles, was du fürs Picknick zustande gebracht hast?« Er betrachtete die matschige Masse von Tomaten-Sandwiches mit unverhohlenem Abscheu und hielt sich, nachdem er sie über den Abhang geschleudert hatte, an Fudges Curry-Windbeuteln schadlos.

Johnnie Warrender war ein häßlicher kleiner Mann, der wie eine Kreuzung zwischen einem Gentleman-Jockey und Groucho Marx aussah, trotz alledem aber ziemlichen Charme besaß. Wäre es nach ihm gegangen, dann wäre er eine charmante, fröhliche Null geblieben; aber es ging nun einmal ganz und gar nicht nach ihm: Sobald man das erste Mal feststellte, daß Johnnie Warrender von den Lunjore-Ulanen den Bambusball häufiger, weiter und treffsicherer vom Rükken eines galoppierenden Polo-Ponys schlagen konnte als die Mehrzahl seiner Sportskameraden, hatte sich sein Leben geändert, und er wurde in bescheidenem Rahmen zu einer Berühmtheit.

Vergangen waren die Tage glücklicher Anonymität und sorgloser Armut, denn Johnnies magisches Handgelenk und zielsicheres Auge führte ihn in die Kreise der Reichen ein, der müßigen gesellschaftlichen Prominenz. Regierende Häuser und Residenzen im Verein mit Häusern hoher Tiere und kleiner Zinngötter in ganz Indien standen ihm weit offen. Maharadschas, Radschas, Nabobs und Prinzen beeilten sich, dem Beispiel zu folgen: sie liehen ihm Polo-Ponys und luden ihn als Ehrengast in ihre Paläste ein.

Unglücklicherweise hat der Ruhm, selbst in einer so vergleichsweise engen Sphäre, etwas Heimtückisches und Zersetzendes an sich, ausgenommen bei jenen, die ein gefestigtes Naturell und ausgeglichenes Urteilsvermögen besitzen. Und außer in Sachen Pferdefleisch und Polofeld besaß Johnnie Warrender weder Festigkeit noch Urteilskraft. Er galt zwar immer noch als »guter Junge«, doch sein Hang zu allerhand

Lustbarkeiten – vor allem zu Alkohol – nahm unvermindert zu: aus der unbekümmerten, charmanten Persönlichkeit war ein Verschwender und Snob geworden; und in beidem wurde er von seiner Frau noch übertroffen.
Helen, die einmal ein unkompliziertes junges Mädchen gewesen war, wurde fast über Nacht eine harte, selbstsüchtige und intrigante Frau und – die wohl schlimmste aller indischen Plagen – eine unermüdliche gesellschaftliche Streberin. Ihr Ziel war nicht zu hochgesteckt, und mit Schmeicheleien, Entschlossenheit und ihres Mannes Geschick auf Pferderükken, erreichte sie ein beachtliches Maß an Erfolg – wenngleich zu einem nicht geringen Preis. Die Kinder, die sie hatte haben wollen, waren der erste Verzicht, denn sie konnte es sich aus Geld- oder Zeitgründen nie leisten. Jedenfalls nicht jetzt. Eines Tages würde sie natürlich ein Kinderzimmer einrichten wollen. – Aber irgendwie war dieser Tag nie gekommen.
Die Freunde aus früheren Jahren waren der nächste Verzicht; sie wurden sofort vergessen, als sie zu höherem Ruhm aufstieg. Das Geld, das Johnnie hart verdiente, wurde zur Unterhaltung neuer Freunde verschwendet. Die Rechnungen wuchsen, und die überzogenen Beträge der Warrenders erreichten schwindelnde Höhen. Helen aber, sofern sie überhaupt irgendwelche Zukunftsängste hegte, weigerte sich, ihnen ins Auge zu sehen, während Johnnies Motto lautete: »Für heute reicht's noch!« Und jetzt, da ihre Welt um sie herum zu zerbröckeln begann, konnten sie nur noch verlieren.
Der erste Schlag war die Motorisierung der Kavallerie gewesen. »Das wird niemals geschehen«, hatten Johnnie und seinesgleichen immer gesagt. Aber es geschah doch; und mit dem Fortfall der Pferde und ihrem Ersatz durch Tanks und Panzerwagen waren die Möglichkeiten Polo zu spielen bei den weniger begüterten Regimentern erheblich eingeschränkt worden. Dann marschierte Hitler mit seinen Truppen in Polen ein, und der Weltkrieg, den man zwanzig Jahre hinter verrottenden Barrieren eingedämmt hatte, wälzte sich nun mit donnerndem Getöse durch die ganze Welt. Für

Johnnie und Helen sowie für Tausende ihrer Klasse und Einstellung war es nicht der Beginn, sondern das Ende einer Ära, eine Götterdämmerung.
Etwas von alledem ging Sarah im Kopf herum, als sie auf der niedrigen Steinmauer am Rand der Kaschmir-Straße saß und zuhörte, wie Johnnie über Pferde sprach und Helen sich über das unmögliche Betragen britischer Offiziere beklagte, die im Verlauf der letzten Jahre nach Indien geschickt worden waren (»Meine Liebe, die Hälfte von ihnen kann ein Rennpferd nicht von einem Tonga-Pony unterscheiden!«). Im erbarmungslosen Mittagssonnenlicht zeigte das eine Gesicht die Spuren der Ausschweifung und Schwäche, das andere die bitteren Linien der Unzufriedenheit. Vielleicht hatten sie und viele ihresgleichen bei Beendigung des Krieges geglaubt, die Uhr wieder zurückdrehen zu können. Doch die alten Zeiten waren für immer vergangen. Indien würde in die Unabhängigkeit entlassen werden, 150 Jahre britischer Herrschaft gingen zu Ende. Für die Johnnies und Helens würde nichts als Erinnerungen und Schulden übrigbleiben ...
Plötzlich empfand Sarah für beide und für die unvermeidliche Tragödie ihrer Gesellschaftsschicht heftiges Bedauern. In der Zerstörung zwar kleinbürgerlicher, aber liebgewonnener Besitztümer liegt immer etwas Mitleiderregenderes als im Zusammenbruch von Dynastien. Letzteres ist zumindest spektakulär und dramatisch, ersteres hingegen zählte im Auge der Geschichte kaum mehr als ein zerbrochenes Kinderspielzeug.
Hugo händigte dem stets hoffnungsfreudigen Lacro höflich das letzte der Geflügelsandwiches aus und rutschte von der Mauer: »*En avant, mes enfants!* Die Sonne sinkt rasch, das Taglicht stirbt! – Hymnen A. und M. Mit anderen Worten: es ist fast fünf nach zwei, und wir haben über eine Stunde hier gehockt. Falls wir heute abend noch nach Srinagar kommen wollen, müssen wir einen schnelleren Gang einlegen. Unsere Scheinwerfer sind saumäßig und meine Nerven noch schlechter. Komm von der Decke herunter, Helen, die muß in den Wagen zurück.«

Helen erhob sich träge, kam vor dem Picknickkorb auf die Füße und holte eine mißhandelt aussehende Wassermelone heraus. »Hier, nimm, Hugo. Johnnie haßt Wassermelonen, und schließlich haben wir auch eine ganze Menge von euren Windbeuteln gegessen. Aber fairer Tausch ist keine Räuberei, nicht wahr?«
»Muß ich, Helen? Na schön – sehr rücksichtsvoll von dir.« Hugo nahm den grünen Globus mit unverhohlenem Widerwillen entgegen und verstaute ihn behutsam im Kofferraum.
»Ihr könnt sie morgen zum Frühstück essen. Wo steigen Sie in Srinagar ab, Sarah? Bei Nedou?«
»Ich glaube schon«, entgegnete Sarah. »Obgleich ich mir eventuell ein Hausboot nehme. Es wird sich finden, wissen Sie.«
»Oh, dann bleiben Sie nicht bei Fudge und Hugo?«
»Natürlich bleibt sie bei uns«, sagte Hugo. »Wir haben für die Saison vier Hausboote gemietet. Für jeden von uns eins und eins für den Hund. Wir sind Leute mit weitreichenden Plänen. Ihr müßt uns mal besuchen kommen. He! Ayaz!« Hugos bärtiger mohammedanischer Träger tauchte hinter der Straßenkurve auf, wo er sein Mahl für sich allein verzehrt hatte, und Helen sagte: »Das machen wir bestimmt. Und ich muß Gwen dazu bringen, euch eines Tages in die Residenz einzuladen. Ihr wißt ja, wir sind bei den Tollivers. Also *au revoir*. Soll ich herzliche Grüße an Charles Mallory bestellen, wenn ich ihm schreibe, Sarah? Aber nein! – Sie schreiben ihm ja sicher selbst, wie alle Mädchen.«
»Sarah«, sagte Hugo fröhlich, »ist immer viel zu sehr damit beschäftigt, Briefe zu lesen, um selber Zeit zum Schreiben zu finden. Du würdest nicht glauben, was für eine Menge Leute ihr schreiben. Also, bis dann. Bei Philippi sehen wir uns wieder.«
Der Wagen glitt davon, nahm die Kurve und war verschwunden. »Roh«, bemerkte Hugo und steckte sich mit einer Hand eine Zigarette an, »doch vermutlich wirkungsvoller als feinere Methoden. Sarkasmus und Feinsinnigkeit wären bei Helen Verschwendung. Also, es ist wirklich nett, dich bei

uns zu haben, Sarah, und ich bin froh, daß du Ceylon in letzter Minute eine Absage erteilt hast.«
»Ja«, erwiderte Sarah langsam, »ich glaube, ich auch.«
Sie lehnte sich zurück, schloß die Augen vor dem grellen Sonnenlicht und der Berglandschaft. Wieder dachte sie an die Ereignisse, die zu ihrer Entscheidung, nach Kaschmir zurückzukehren, beigetragen hatten.
Bebend vor Wut auf Captain Mallory war sie nach dem Wohltätigkeitsball heimgekehrt und entschlossen, so rasch wie möglich nach Ceylon abzureisen. Sie fand sich außerstande, einzuschlafen. Sie hatte Charles Mallory der Feigheit beschuldigt, obgleich sie selbst nicht viel besser war.
Es war nicht richtig, sich hinter der Entschuldigung zu verstecken, Janet habe mit jener Botschaft gar nicht sie gemeint. Natürlich hatte sie das nicht! Nichtsdestoweniger sah sich Sarah zu dieser Aufgabe gezwungen, denn sie hatte ja zu helfen versprochen – wenn Janet »etwas zustoßen sollte«. Nun, es war ihr etwas zugestoßen. Wie konnte sie also von ihrem Versprechen zurücktreten? Nach allem, was sie wußte, mußten Janets Aufzeichnungen schrecklich wichtig sein, und zwar nicht nur für ein paar Individuen, sondern für Hunderttausende, vielleicht Millionen Menschen.
Dennoch, vorausgesetzt, sie reiste selbst nach Kaschmir, übernahm Janets Boot und fand das Gesuchte – was konnte sie schon damit anfangen? Nein, es war völlig unmöglich! Sie mußte das Ganze vergessen und durfte schlafende Hunde nicht wecken. Gäbe es nur jemanden, dem sie den Brief übergeben könnte. Jemanden, dem sie die ganze Verantwortung überlassen könnte . . . Sie erwog, zum Gouverneur zu gehen, oder zum Polizeichef. Aber sie hatte nicht vergessen, was Janet gesagt hatte: »Natürlich kann ich nicht zur Polizei gehen. Was sollte ich ihnen sagen? Die Ergebnisse monatelanger Arbeit und Planungen weggeben und alles in letzter Stunde ruinieren?«
Was hätte sie, Sarah, ihnen auch erzählen können, nachdem sie das einzige Beweisstück, das sie besaß – Janets Brief –, verbrannt hatte? Sie fragte sich nun, was sie eigentlich bewo-

gen hatte, dies zu tun. Wiederum Feigheit, dachte sie kläglich, der Drang, sich einer Sache zu entledigen, die ihren eigenen Seelenfrieden hätte stören können. Nun, wenigstens hatte sie die Sache bisher noch geheimhalten können, und früher oder später würde sie sich Gedanken darüber machen, was am besten zu tun sei.

Zu dieser Schlußfolgerung gelangt, schlief sie endlich ein und träumte, daß Charles sie küßte: nicht verächtlich, wie er es auf dem Klubrasen getan hatte, sondern zärtlich und mit Leidenschaft. Und sie war dann reichlich verärgert, als sie den Realitätsbezug ihres Traumes erkannte und beim Erwachen im morgendlichen Sonnenlicht feststellte, daß Lacro begeistert ihr Gesicht abschleckte.

Später am Tag war Sarah in den Garten hinausgegangen und hatte zwischen blühenden Jasminbüschen und scharlachroten Cannasbeeten einen Kampf mit sich selber ausgefochten. Schließlich hatte Janets unbewußte Paraphrase von Edith Cavells Ausspruch »Patriotismus allein ist nicht genug«, mehr noch als ihr leichthin gegebenes Versprechen, den Ausschlag gegeben. Nein, es war wirklich nicht genug, nur patriotisch zu denken, das eigene Land und die eigenen Leute zu lieben, wenn man gleichzeitig nicht bereit war, jedes Risiko einzugehen, jedes Opfer auf sich zu nehmen. Und wenn dies Chauvinismus war, dann hätte man auch Shakespeare dasselbe vorwerfen können, und sie befand sich somit in guter Gesellschaft!

Sie würde doch nach Kaschmir reisen und Janets Boot übernehmen, um die Aufzeichnungen zu finden, die Janet dort hinterlassen hatte. Was sie damit anfangen sollte, wenn sie sie gefunden hatte, wußte sie jetzt noch nicht. Aber damit konnte sie sich später befassen. In der Zwischenzeit würde zumindest ihr Gewissen aufhören, sie zu plagen und der Feigheit zu bezichtigen. Sie würde ein Telegramm nach Ceylon schicken und die Creeds fragen, ob sie sie im Auto mit nach Srinagar nehmen könnten. Es blieb gerade noch Zeit alles zu arrangieren . . .

Und so befand sie sich nun wieder auf den Serpentinen der

Kaschmir-Straße, wurde geschwind hinaufgetragen zu der Stadt Srinagar und dem Dālsee, wo Janet auf dem Hausboot mit dem Namen *Waterwitch* gelebt hatte.

9

Es war schon nach fünf, als der Wagen der Creeds die Berge zurückließ und in das ebene Tal und die lange, schnurgerade, mit Pappeln gesäumte Straße hineinfuhr, die von Barmulla zur Stadt Srinagar führte – jenes merkwürdige Konglomerat aus altem und modernem Indien, noch über dem Jhelumfluß gelegen, beschirmt von einem gekrümmten Ausläufer der Berge und in der Nähe einer herrlichen Seenkette.
Die Sonne stand niedrig am Himmel. Ihre verblassenden Strahlen verwandelten die weißen Schneegipfel, die das Tal umringten, in Rosarot und Bernsteingelb; hier verbreiterte sich der Fluß, der durch die engen Gebirgsschluchten tobte, zu einem weiten, sanften Strom, der zwischen grünen Böschungen, von Weiden und Chenarbäumen umsäumt, heiter dahinfloß.
Zu beiden Seiten der Straße zogen sich gelbe Senffelder hin, smaragdgrünes Getreide, Flicken verspäteter Iris, purpurrot und weiß, kleine, zusammengedrängte Dörfer in Weiden- und Walnußhainen. Schafherden strebten heimwärts, bewacht von braungekleideten Schäferjungen, die auf kleinen roten Flöten spielten. Die Dämmerung war von süßem Vogelsang erfüllt und erinnerte an vergessene Frühlingsträume.
Es war schon dunkel, als sie Srinagar erreichten, und so verbrachte Sarah die ganze Nacht an Bord des Creedschen Hausboots; doch am Morgen darauf, gleich nach dem Frühstück, legte sie in einer *shikara* ab – einem jener schlanken, flachbödigen, mit bunten Baldachinen überdachten Boote, die die Gondeln und Wassertaxis des orientalischen Venedigs sind – und begab sich auf die Suche nach der *Waterwitch*.
Es erwies sich als gar nicht schwierig, diese zu finden, und

die Agentur, bei der das Boot zum Verleih registriert war, akzeptierte Sarahs Erklärungen sowie die Quittung ohne sonderliches Interesse. Man beförderte sie unter der Obhut eines höflichen jungen Kaschmiri nach Chota Nagim, einige Meilen außerhalb der Stadt Srinagar, wo das Boot vertäut lag. Sie hatte dieser Fahrt lustlos entgegengesehen, doch der erste Abstecher nach Nagim entzückte sie.

Sobald die *shikara* die Stadt verlassen hatte, glitt sie flußabwärts durch kühle, sonnengesprenkelte, weidenbestandene Wasserstraßen. Die uralten Holzhäuser, die auf Pfählen an den Ufern des Stroms errichtet worden waren, erinnerten in ihrer Knusperhäuschenform an Hänsel und Gretel. Der Weg führte durch Dörfer, deren Mauern aus dem Wasser ragten und deren geschnitzte und verwitterte Balkone über den vorbeifahrenden Booten hingen, Dörfer, deren Hauptstraße der Wasserweg war.

Während die herzförmig geschnittenen Paddel sich gleichzeitig hoben und senkten, glitt das Boot unter uralten Brücken hinweg, an Tempeln vorbei, deren glitzernde Dächer sich bei näherer Betrachtung nicht als mit Silber, sondern mit Stükken von Weißblechkonserven gedeckt erwiesen. Leuchtendblaue Eisvögel blitzten pfeilschnell über die ruhigeren Flußabschnitte, und unzählige Bulbuls (eine orientalische Nachtigallenart) zwitscherten in den Weiden. Schließlich kamen sie zu einem stillen Gewässer in der Nähe der offenen Fläche des Sees. An der grünen Böschung, geschützt von den Zweigen eines gigantischen Chenarbaums, lag ein kleines Hausboot vertäut. Es war ein schmuckes kleines Wasserfahrzeug. Es enthielt einen Salon und einen kleinen Eßraum mit angrenzender Pantry, von wo aus eine kleine Holztreppe an Deck führte. Der Vorderteil des Decks war flach und wurde von einer orange- und weißgestreiften Markise überdacht. Jenseits der Pantry befanden sich zwei kleine Schlafkajüten, die jeweils mit einem winzigen Bad versehen waren.

Abweichend von der Mehrzahl der Hausboote auf dem Fluß waren die Bordwände der *Waterwitch* weiß gestrichen, während die hölzernen Schindeln, die das spitze Dach des achtern gelegenen Bootsteils deckten, grünbemalt waren, so daß es insgesamt an ein Modell der Arche Noah erinnerte. Es war ein so fröhliches, anziehendes Bild, das durch das Grün der Weiden, die sich in dem klaren Seewasser widerspiegelten, noch verstärkt wurde, daß Sarah jäh ein überwältigendes Gefühl der Erleichterung überkam.

Sie hätte gar nicht sagen können, was sie eigentlich erwartet hatte, aber unbewußt hatte sie wohl vermutet, daß ein Hauch von Düsternis, Verwesung und Geheimnis über dem Boot lagern würde, in dem Janet gewohnt hatte. Doch es gab nichts Finsteres oder Geheimnisvolles an dem schmucken kleinen Boot mit seinen frisch gewaschenen Vorhängen, die im Winde fröhlich flatterten.

Als die *shikara* längsseits anlegte, wurde in der Mitte des Boots eine Relingtür geöffnet und der rotbärtige *mānji* (ein Bootseigner) eilte auf den Steg, wand sich und lächelte gewinnend, und nach kurzer Unterhaltung mit dem Mann von der Agentur verneigte er sich tief und beeilte sich, Sarah an Bord zu geleiten.

Die *Waterwitch* war fast im gleichen Stil wie die anderen Hausboote auf dem See eingerichtet. Die holzgetäfelten Wände waren sauber und unbemalt; ebenso wie die niedrigen Decken, die aus kleinen holzgeschnitzten geometrischen Figuren – Rhomben und Sechsecke – dergestalt zusammengesetzt waren, daß sie ein kompliziertes Mosaik ergaben. An den Fenstern hingen billige Baumwollvorhänge; der Salon war mit Möbeln vollgestopft: ein mit verblaßtem, abgenutztem Plüsch bezogenes Sofa, dessen Sprungfedern so aussahen, als ob sie dringend der Reparatur bedurften, drei Armsessel mit sauberen, aber verblichenen Kretonnebezügen, ein großer Schreibtisch, zwei Beistelltische mit komplizierter Walnußschnitzerei sowie verschiedene andere Gegenstände aus Messing oder Pappmaché und eine entsetzlich gemusterte Stehlampe.

Ein schmales Regal mit eingefaßtem Gitterwerk lief in Höhe der oberen Fensterrahmen um den ganzen Raum und war randvoll mit staubigen, eselsohrigen Büchern und alten Zeitschriften angefüllt. Sarah registrierte dieses zerfetzte Aufgebot an Literatur mit blanker Bestürzung.

Dort werde ich wohl zuerst suchen müssen, dachte sie; und das Herz sank ihr bei der Aussicht, Tausende von muffigen Seiten durchblättern zu müssen. Sie hatte gehofft, ihre Nachforschungen auf dem kleinen Boot innerhalb von Stunden erledigen zu können, hatte aber nicht mit mehreren Hunderten aussortierter Bücher und Magazine als möglichen Versteckplätzen gerechnet. Es würde Tage und nicht Stunden in Anspruch nehmen, eine wirklich gründliche Durchsicht jener dichtbepackten Regale vorzunehmen . . .

»Sehr hübscher Raum!« betonte der *mānji.* »Gute Sessel zum Sitzen. Alle Bezüge habe ich frisch gewaschen. Viele schöne Bücher. Viele Sahibs haben Bücher schon vor langer Zeit auf meinem Boot gelassen. Hier ist Eßraum. Werfen einen Blick, Miß-sahib, sehr feine Eßraum.«

In dem Durchgang zwischen Salon und Eßraum war keine Tür. Ihr Platz wurde durch einen altmodischen Perlenvorhang ersetzt. Der *mānji* schob ein Bündel der bunten, klirrenden Schnüre beiseite und geleitete Sarah in den nächsten Raum.

Dort sah es gleich besser aus! Der Eßraum schien ein Minimum an Möbeln und Versteckplätzen zu enthalten, was nach dem Durcheinander im Salon geradezu eine Erlösung war. Der Tisch war ein Kunstwerk aus poliertem Walnußholz; oval in der Form, mit einem tief geschnittenen wundervollen Holzschnitzmuster aus Chenarzweigen, das um den Rand lief. Sarah ließ ihre Hand anerkennend über die glänzende Oberfläche gleiten, als sie der *mānji* nachdrücklich darauf hinwies. Dann betrat sie die Pantry. Die Hälfte davon wurde von einer kleinen Holztreppe eingenommen, von der es durch eine Art Falltür an Deck ging.

Eine Schlafkajüte, ein winziges Bad, dahinter eine zweite Schlafkajüte sowie ein weiteres Bad. Das kleine Boot war sauber und aufgeräumt. Ein unpersönliches, ruhiges kleines Boot, in dessen Innerem es keinen Hinweis, kein Gewisper, kein irgendwo lauerndes Geheimnis gab. Tropfen des Sonnenlichts, reflektiert vom Wasser außerhalb, tanzten eine schweigsame Sarabande an den Decken. Die unebenen Fußplanken krachten laut und fröhlich unter Sarahs Füßen, und das kleine Boot schaukelte sanft auf dem Wasser, das muntere Klatschgeräusche an den Bordwänden verursachte.

Hier schien gar nichts an Janet zu erinnern. Janet gehörte zu den grauen Himmeln, den weißen Schneefeldern, den schwarzen Winterwäldern von Gulmarg; nicht zu dem frohen Grün und Gold und Blau dieses blauen Maitages auf dem Dālsee.

Anderthalb Stunden später war Sarah auf dem Weg zurück nach Gagribal Point und nahm mit Fudge und Hugo zusammen das Mittagessen ein, nachdem sie alle notwendigen Dispositionen mit dem Mann vom Bootsverleih getroffen und Anweisung gegeben hatte, daß die *Waterwitch* an ihrem gegenwärtigen Liegeplatz bleiben sollte. Vorsorglich hatte sie auch gleich den benachbarten *ghat*, oder Ankerplatz, für die Creeds vormerken lassen. »Es macht euch doch nichts aus, euer Hausboot dort anstatt in Nagim festzumachen, nicht, Fudge? Es ist wirklich nur um die Ecke, und es sieht dort so friedlich und geschützt aus. Nagim scheint mir dagegen von Booten überfüllt zu sein.«

»Ob es uns etwas ausmacht? Mein liebes Kind, ich werde dir dafür in meinem Testament die Hälfte meiner Schulden vermachen«, sagte Hugo herzlich. »Fudge denkt in diesen Dingen sehr eingleisig. Sie kann sich einfach keinen anderen Standort vorstellen, wo wir unsere Barke parken können, seit wir vor ewigen Zeiten – während unserer Flitterwochen – diesen heilsamen Kurort aufgesucht haben. Daß das einstmals blühende Eden inzwischen ein Massenbetrieb ist – seitdem hierherum ungeheuerliche Monstrositäten aus Holz und Stahl in Form von Klubhäusern, Cafés, Pensionen usw. entstanden sind –, hat sie gar nicht bemerkt. Es ist so dicht besetzt mit Hausbooten, daß deinem Nachbarn zur Linken niemals entgeht, was dein Nachbar zur Rechten gerade tut. Nein. Ich meinerseits würde also ganz entzückt sein, anderswo zu ankern. Erstens, weil es nicht zu meinen Liebhabereien zählt, auf Abwässern zu schwimmen; und zweitens –«

»Das genügt schon!« unterbrach ihn Fudge hastig. »Es ist eine reizende Idee, Sarah. Wir werden unser Boot gleich nach dem Essen dorthin überführen lassen.«

Den Nachmittag über verbrachten sie an Deck des großen Creedschen Hausboots, während es von einem Arbeitstrupp kräftiger Kaschmiri über die gleichen Wasserwege umgeleitet wurde, die Sarah am Morgen schon passiert hatte. Gegen Abend kamen sie an ihrem Liegeplatz an.

Die *Waterwitch* war mittels eines Kabels von etlichen hundert Fuß mit dem Hauptelektrokabel verbunden worden, das an der Nagim-Straße entlanglief. Als alle Lichter brannten, die Fenster fröhlich in der Dämmerung glühten, war Fudge, die schon versucht hatte, Sarah zum Bleiben auf der *Sunflower* zu überreden, beim Anblick des schmucken kleinen Bootes ganz erleichtert. »Es sieht nicht schlecht aus«, gab sie zu. »Wie bist du denn dazu gekommen, Sarah?«

»Och, nur so – mehr zufällig«, antwortete Sarah unbestimmt. »Sei unbesorgt, ich werde hier absolut sicher sein. Ich habe Lacro bei mir, und euer Boot ist so nah, daß ich nur einen Schrei auszustoßen brauche, falls ich nervös werde.«

Das Creedsche Hausboot war etwa dreißig Meter unterhalb der *Waterwitch* festgemacht worden und lag ihr gegenüber. Das Küchenboot, in dem ihr *mānji* mit seiner Familie hauste, der auch für die Unterbringung von Ayaz sorgte, lag dahinter und außerhalb der Sichtweite. Der *mānji* eines jeden Hausboots vereinigte in sich für gewöhnlich die Pflichten des Kochs, Oberkellners und *valet de chambre* mit jenen des Eigners; aber für heute abend hatte Sarah den kulinarischen Service ihres eigenen Faktotums abgelehnt und speiste an Bord der *Sunflower* bei den Creeds.

Sie hatten kaum die Hälfte der Mahlzeit eingenommen, als sie eine *shikara* in der Dunkelheit längs schrammte und eine Stimme das Küchenboot auf kaschmirisch anrief. Wenige Minuten später erschien Ayaz, der Creedsche Träger, mit einem Kuvert auf einem kleinen Präsentierteller aus Messing. Der Brief erwies sich als Einladung zu einer Cocktailparty in der Residenz für den folgenden Abend, adressiert an Major und Mrs. Creed und Miß Parrish.

»Das war rasche Arbeit«, bemerkte Sarah, als Fudge eine Zusage kritzelte und sie Ayaz aushändigte. »Woher wußten sie, daß wir hier sind? Von Helen vermutlich.«

»Das glaub' ich nicht«, versetzte Fudge. »Hugo und ich trugen unsere Namen heute morgen in das Buch ein und hielten es für angemessen, deinen hinzuzusetzen. Wir haben im Klub Kaffee getrunken und begegneten dort der neuen PA – einer ehemaligen Bekannten von dir.«

»Vergib einem armen, unwissenden Neuankömmling, aber was bedeutet, genau gesagt, PA?« fragte Sarah.

»Persönlicher Assistent«, übersetzte Hugo und nahm sich noch von der Cremespeise. »Ein armer Teufel, dessen Amt es ist, Einladungen an die Tee-Pichler und Rosinenbrötchen-Kämpfer der Gesandtschaft zu verschicken. Ich glaube, es umfaßt auch so ehrenvolle Aufgaben wie das Übersetzen der Speisekarte des *khansaham* ins Französische, das Arrangieren von Rhododendren auf der Speisetafel, Besorgungen und Handreichungen für die Frau des Gesandten sowie die Pflicht, selbige unverzüglich zischelnd zu berichtigen, sobald sie die Namen ihrer Gäste durcheinanderbringt. Diese Pfründe wird hier zur Zeit von einem scheu blickenden jungen Mädchen namens Forbes verwaltet.«

»Forbes? Du meinst doch nicht etwa Meril Forbes?«

»Dieselbe. Keine Helena von Troja, wie du mir sofort zugeben wirst. Zweifellos aber triefend vor Tüchtigkeit.«

»Ich hätte sie nicht im mindesten für tüchtig gehalten. Immerhin war sie eine recht gute Skiläuferin.«

»Tatsächlich? Ich kann nicht sagen, daß mir ihre Leistungen je aufgefallen wären. Das liegt wohl an meinen Brillengläsern. Ich muß gestehen, die Kleine tut mir aufrichtig leid.«

»Warum? Weil es heißt, bebrillte Mädchen kommen nie unter die Haube?«

»Genau so ist es«, pflichtete Hugo bei. »Das Mädchen hat es aber auch wirklich nicht leicht – mit ihrer Tante, die den

ganzen lausigen indischen Subkontinent unter ihrer Knute hat.«
»Hugo!« mahnte Fudge indigniert.
»Bitte um Entschuldigung, meine Liebe. Ich habe vielleicht etwas übertrieben, aber Sarah hat zweifellos kapiert.«
»Ich habe entsprechende Gerüchte gehört«, räumte Sarah ein, die sich gewisse eindrucksvolle Bemerkungen Janets über Merils Tante ins Gedächtnis rief. »Was hat es für eine Bewandtnis mit ihr?«
Hugo erklärte: »Du wirst der Dame zweifelsohne morgen bei diesem Besäufnis begegnen und bist dann in der Lage, dir selber ein Urteil zu bilden. Ich finde sie jedenfalls faszinierend, und ich kann nicht umhin zu bedauern, daß es nach ihrem Ableben nicht zu praktizieren sein wird, sie ausgestopft in einem öffentlichen Museum auszustellen.«
»Und da behauptet man, Frauen seien boshaft«, bemerkte Fudge kritisch und wählte eine Banane vom Früchteteller. »Was pure Bosheit angeht, bist du als Mann sicher unschlagbar!«
»Unsinn!« sagte Hugo. »Ich spreche nichts als die reine Wahrheit. Lady Candera ist der Prototyp eines Drachen. Sie hat ein Auge, das sechs Fuß tiefe Löcher in einen Panzer bohren kann und eine Zunge, mit der sie einem Elefanten die Haut abziehen könnte. Ein zäher Brocken – kann ich euch sagen! Starke Männer erbleichen bei ihrem Anblick und Frauen gehen vor ihr in Deckung.«
»Ist sie wirklich so ungeheuerlich, wie Hugo sie darstellt?« wollte Sarah von Fudge wissen.
»Nun, so ziemlich«, gab Fudge zu und tauchte ihre Banane nachdenklich in den Kaffeezucker. Hugos offensichtliche Kritik an diesem Benehmen ignorierte sie dabei völlig. »Ich habe selber Angst vor ihr und meide sie darum wie die Pest.«
»Wurm!« bemerkte Hugo und rückte den Kaffeezucker weg.
»Selber Wurm! Du fürchtest sie genauso. Sie preist sich ständig selbst dafür, genau das, was sie gerade denkt, so grob wie möglich auszusprechen. Und das ist für das durchschnittliche Publikum meistens recht entnervend.«

»Erzähl mir mehr von ihr«, sagte Sarah interessiert. »Es hört sich recht unterhaltsam an.«
»In gewisser Weise ist es das auch«, räumte Fudge mit einem Lachen ein. »Ich habe oft gedacht, daß das Leben sehr viel stumpfsinniger wäre, wenn wir nicht diese ungemein farbigen Persönlichkeiten hätten. Wenn jeder rundherum hübsch rosa wäre, so wie das Hoply-Mädchen oder Mrs. Ritchie, wie langweilig würden wir alle sein! Ich persönlich schätze den Zusatz von einigen Tupfern Rot oder Purpur. Falls nichts anderes, so geben sie der Mischung einen Schuß Paprika.«
»Lady Candera«, erklärte Hugo, »ist ein Typus, der auf der ganzen Welt ziemlich weit verbreitet ist, oder war. Aber wir haben in Britisch-Indien eine besondere Sorte davon herangezüchtet. Nächstes Jahr wird es kein britisches Imperium mehr geben, und so wird diese Marke aussterben – zusammen mit den Johnnies und Helens und ihrem Klüngel. Sie werden sich nicht in England niederlassen, weil sie dort niemals finden könnten, was sie brauchen; darum wird sich Lady Candera auf verseuchte Plätze wie Ceylon oder Madeira zurückziehen, während die Johnnies und Helens wahrscheinlich in Kenia untertauchen. Und wenn du den schleimigen Obstbrocken noch einmal in den Zucker tunkst, Fudge, stehe ich auf und greife dich tätlich an.«
»Du hast mir noch nichts über diese Lady Dingsda erzählt«, reklamierte Sarah. »Wie sieht sie aus?«
»Nicht wie ein irdisches Wesen«, sagte Hugo prompt.
Fudge warf ihm einen verweisenden Blick zu. »Sie ist groß und dünn, und, wie Hugo schon sagte, hat sie Augen wie ein Handbohrer. Ich glaube, sie ist eine halbe Französin, Afghanin oder sonst etwas in dieser Richtung. Als junges Mädchen soll sie eine hinreißende Schönheit gewesen sein. Inzwischen muß sie um die Neunzig sein – oder jedenfalls hart an die Achtzig –, und sie sieht aus, als habe man sie in den Ruinen von Byzanz ausgegraben.«
»Puh!« machte Hugo und langte nach dem Sahnekännchen. Fudge ignorierte ihn.
»Ihr Mann war irgendwas im ICS – *Indian Civil Service* –,

der indischen Verwaltung also. Oder wollte ich jetzt F und P sagen?«
»*Foreign and Political Department* – das Außenministerium sozusagen«, übersetzte Hugo freundlich. »Einer von den Jungs, die nur Luft zu holen brauchen, um mit einer vierstelligen Pension und einem Titel vor ihren Namen zu enden.«
»Nun, jedenfalls war er irgend etwas Großes in irgendeinem indischen Staat«, sagte Fudge. »Aber seit er tot ist, lebt sie auf einem Hausboot in der Nähe von Gagribal, zusammen mit einer etwas obskuren Gesellschafterin namens Pond.«
»Übrigens ein höchst passender Name, wenn ich so sagen darf«, fügte Hugo hinzu. »Ich bin selten auf ein so stilles Wasser wie dieses Weib gestoßen. Herrscht draußen eine Brise, so kräuselt sie sich nur.«
Fudge holte sich ostentativ das Sahnekännchen zurück. »Wo war ich stehengeblieben? Ach, ja. Sie leben irgendwo in der Nähe von Gagribal auf einem riesigen Hausboot.«
»Hauptsächlich wahrnehmbar«, fiel Hugo rasch ein, »durch ein übergroßes Teleskop an Deck, mittels dessen sie in der Lage sind, ihr unermüdliches Auge auf die Missetaten ihrer Umgebung zu werfen.«
Fudge kicherte. »Sie pflegen wirklich eine Menge Zeit damit zu verbringen. Vor Jahren versuchte Lady Candera einmal, eine ›Reinheits-Liga‹ in Srinagar ins Leben zu rufen. Sie sagte, die Vorgänge, die sie auf anderen Hausbooten und vorbeifahrenden *shikaras* gesichtet hätte, seien einwandfrei unmoralischer Natur und man solle ihnen Einhalt gebieten. Sie ging deswegen sogar zum Gesandten. Anscheinend antwortete er ihr, daß er erwägen würde, etwas zu unternehmen, vorausgesetzt, er könne zuvor einen intensiven Blick durch das Teleskop auf besagte ›Vorgänge‹ werfen. Sie hat niemals wieder mit ihm gesprochen.«
»Arme Meril!« sagte Sarah. »Kein Wunder, daß sie immer so gequält aussieht.«
»Laßt uns nach oben gehen und uns an Deck setzen«, schlug Fudge vor und stand auf. »Heute nacht ist Vollmond.«
»Ohne mich«, sagte Hugo bestimmt. »Ich habe keine Lust,

mich in meinem letzten Urlaub in Kaschmir von Moskitos zerstechen zu lassen.«

»Ist das wirklich unser letzter Urlaub in Kaschmir?« seufzte Fudge. »Oh, Schatz! Irgendwie kann ich es gar nicht glauben. Meinst du, wir werden niemals wieder hierherkommen?«

»Nein«, sagte Hugo. »Es sei denn, die Internationale Dachorganisation der Fleischwolf-Hersteller-Gewerkschaften, deren Zwangsmitglied du dann wohl bist, versammelt sich eines Tages hier zu ihrem weltweiten Jahrestreffen mit anschließendem Besäufnis. Alsdann würdest du aus einem der gemütlichen, gemeinschaftlichen Genossenschlafsäle auf das Betonschwimmbecken blicken, das inzwischen aus dem See entstanden ist, eine Träne in das chlorierte Wasser fallen lassen und murmeln: ›O weh! Wie schön war es hier doch, als die Abwässer noch rein waren!‹«

»Ekliges Scheusal!« sagte Fudge. »Es gab eine Zeit, in der du Stunden damit verbrachtest, im Mondschein meine Hand zu halten.«

»Zweifellos. Aber damals war ich entweder mit dir verlobt oder strengte mich gerade an, es zu werden. Und das war ja auch alles, was ich in dieser Hinsicht unternehmen konnte. Wie auch immer, nachdem ich meinen Antrag erfolgreich angebracht habe, gibt es andere Dinge, die man tun kann, sollte einen die romantische Sehnsucht überkommen, die mich einst zum Händchenhalten trieb.«

»Hugo!«

»Nicht vor dem Kind!« sagte Hugo. »Zieht ab und schert euch an Deck, aber laßt mich in Frieden.«

»Ich gehe lieber schon zu Bett, wenn du nichts dagegen hast, Fudge«, sagte Sarah. »Es war ein langer Tag, und ich bin ziemlich müde.«

»Sehr vernünftig von dir«, sagte Hugo gähnend. »Wir treffen uns morgen auf deiner Yacht.«

Sie begleiteten Sarah über den Steg und die wenigen Meter Rasen, der die beiden Boote voneinander trennte. Lacro tobte bellend im Mondschein herum und jagte im Schatten nach eingebildeten Katzen.

»Bist du sicher, daß du dich drüben behaglich fühlen wirst?« fragte Fudge besorgt.
»Ganz bestimmt. Gute Nacht, Fudge. Gute Nacht, Hugo. Komm herein, Lacro, du kleines Ungeheuer.«
Sarah drehte sich um und ging ihren eigenen Bootssteg hinauf. Die kleine *Waterwitch* schaukelte und ächzte unter ihren Fußtritten. Wenigstens wird es niemand möglich sein, an Bord zu kommen, ohne auf der Stelle seine Gegenwart anzukündigen, dachte sie, denn selbst der leiseste Schritt auf einem Hausboot konnte sowohl gehört als auch gefühlt werden. Die Bodenbretter knarrten, und das Boot schwankte bei jeder Bewegung.
Sie schloß und verriegelte die Schiebetüren hinter sich und auf dem Weg zur Schlafkajüte schaltete sie im Salon, im Eßraum und in der kleinen Pantry die Lichter an. Nachdem sie ausgekleidet war und im Bett lag, unterdrückte sie mühsam den starken Wunsch, über die Schulter zu schauen, und fuhr bei dem leisesten Geräusch an Bord hoch.
Lacro sprang auf das Fußende ihres Betts und rollte sich zusammen wie eine kleine Samtkugel. Sarah drehte das Licht aus, lag für eine Weile still und starrte in die Dunkelheit, bis sie, getrieben von einem plötzlichen Impuls, die Hand ausstreckte und den Vorhang am Fenster neben ihrem Bett beiseite schob.
Die Glasscheiben, die tief in die dicke Wand eingelassen waren, ließen ein breites Viereck frei. Verschleiert von Drahtgaze gegen Fliegen, Moskitos und nächtliche Insekten, blickten sie über den Mondscheinsee hinaus auf das jenseits gelegene schattige Gebirge.
Irgendwo dort oben lag Gulmarg – eine jetzt nicht sichtbare Senke unter den weißen Höhen des Khilanmarg und dem langen Gebirgskamm des Apharwat.
Das Mondlicht würde auf die kleine Skihütte scheinen, wie es in jener Nacht geschienen hatte, als sie im Schnee mit Janet sprach. Es würde kalt und klar die Veranda des stillen Hotels beleuchten, so wie es in jener Nacht geleuchtet hatte, als sie dort oben stand und auf die verräterischen Fußspuren

im dünnen Schneebelag starrte; und es würde in den Garten des verlassenen Hauses in der Nähe der Schlucht spähen, wo der Wind ein Gatter an einer zerbrochenen Angel träge hin- und herschwingen ließ . . .
Sarah erschauerte und schloß die Vorhänge gegen die helle Nacht. Dann fiel sie in einen unruhigen Schlaf.

10

Das späte Abendsonnenlicht schien warm auf die glatten Rasenflächen und hochragenden Chenarbäume des Residenzgartens, wo Päonien, Rosen und Glockenblumen in verschwenderischer Fülle auf langen Blumenbeeten blühten. Wohlgerüche aus der Richtung der Küchengärten kündeten von süßen Erbsen, die bereits in Blüte standen.
In einem gewöhnlichen Jahr gab die britische Residenz von Srinagar viele Parties im Verlauf der Saison, doch dieses Jahr war anders als die vorigen. Es markierte das Ende einer Epoche – einer Ära –, und irgend etwas von diesem Empfinden schien die gegenwärtige Party zu durchdringen. Ein Hauch von Unruhe; ein Abschied von vertrauten Dingen. Nächstes Jahr gab es keine Zeit mehr für Parties. Nur noch zum Packen und Lebewohlsagen. So lasset uns essen, trinken und fröhlich sein, denn morgen werden wir zerstreut wie die Spreu im Wind, und die vertrauten Plätze werden uns nicht wiedersehen . . .
Ihre Gastgeberin begrüßte Sarah und die Creeds in der halbdunklen Halle des Gesandtschaftsgebäudes und führte sie in ein geräumiges, grün-weißes Gesellschaftszimmer voller Gäste und Blumen.
»Hallo, Meril!« sagte Sarah und wandte den Kopf, um die vorüberhastende Gestalt anzureden.
»Ach, Sarah, du bist es! Ich hörte, du seist mit den Creeds heraufgekommen. Ich dachte, du würdest nicht wieder nach Kaschmir kommen.«
»Wollte ich auch nicht«, gestand Sarah ein, »doch es schien

mir ein Jammer, etwas zu versäumen, was womöglich meine letzte Chance ist, diese Gegend kennenzulernen. Es war so etwas wie ein spontaner Entschluß.«

»Nun, ich hoffe, es wird dir hier gefallen. Dieses Jahr geht es nicht besonders lebhaft zu, weil jeder heimzufahren versucht. Trotzdem wird es dir draußen in Nagib gefallen. Das Wasser ist dort ganz annehmbar.«

»Was ist ganz annehmbar?« fragte eine nur allzu bekannte Stimme hinter ihnen. »*Ich* habe an dieser Gegend absolut nichts Annehmbares gefunden.«

»Oh, hallo Mrs. Warrender. Darf ich Ihnen Miß Parrish vorstellen? Mrs. – oh, natürlich, wie dumm von mir! Sie kennen sich ja bereits. Sie waren beide bei dem Skiklub-Treffen, nicht wahr?«

»Ja. Sarah und ich kennen einander sehr gut. Sagen Sie mir, wie geht es Charles? Und was halten Sie von Srinagar? Völlig tot natürlich! Kein Leben mehr. Gulmarg ist der einzige Ort in Kaschmir, wohin zu reisen sich noch lohnt, doch sogar dort ist in diesem Jahr einfach alles am Ende. Es war ohnehin schon erschreckend provinziell geworden. Ist das dort George McKay? Wozu, um alles in der Welt, trägt er diesen fürchterlichen Blazer? Er sieht ja wie eine gestreifte Markise aus! Irgendein grauslicher Kricketklubanzug oder so was, nehm' ich an . . . Hallo, George, ich dachte, du seist damit beschäftigt, die Leute in Sialkot zu verarzten.«

»War ich bis gestern auch. Zur Zeit bin ich auf Urlaub vor der Heimverladung.« Major McKay schüttelte Meril die Hand und verbeugte sich vor Sarah. Er war ein kräftig gebauter Mann von mittlerer Größe, Anfang Dreißig, mit einem freundlichen, aber ziemlich humorlosen Gesicht und benahm sich meist etwas steif, was ihn bedeutend älter erscheinen ließ.

»Ja, ich gehe wirklich fort von hier«, antwortete er auf eine entsprechende Frage. »Ich dachte, ich werfe vor meiner Abreise einen letzten Blick auf Kaschmir. Hier oben sind mehr Leute, als ich angenommen hatte. Ich vermute, sie tun alle dasselbe, nämlich Abschied nehmen.«

»Nun, ich will zu Ihren Gunsten hoffen, daß Ihnen Srinagar in angenehmerer Erinnerung bleibt als Gulmarg«, sagte Helen mit einem Lachen. »All jene Leichen müssen ihren Urlaub dort ja nicht gerade erholsam gemacht haben. Wie ich von unserem hart arbeitenden Sekretär Reggie hörte, stimmte er in einem der beiden Fälle nicht mit Ihnen überein. Ist das wahr?«

»Davon ist mir nichts bekannt«, äußerte Major McKay steif. »Auch ist das ein Thema, über das ich hier wirklich nicht diskutieren kann.«

»O Gott! Hab' ich was gesagt, was ich nicht sollte? Wie schrecklich von mir. Wo sind Sie abgestiegen?«

»Im Augenblick im Nagim-Bagh-Klub; ich hoffe, daß ich später ein wenig fischen gehen kann. Ist Ihr Mann hier oben?«

»Ja, Johnnie schwirrt hier irgendwo herum. Himmel! Dieses Weib, Candera, ist hier. Warum, zum Henker, Gwen sie hergebeten hat, weiß ich nicht. Oh, Pardon, Meril. Ich vergaß, daß sie Ihre Tante ist.«

Meril lächelte blaß und warf einen etwas gehetzten Blick auf den letzten Ankömmling: eine ältliche Frau, in tadellosen Tweed gekleidet, stand am Eingang und überblickte die versammelte Gesellschaft durch eine juwelenbesetzte Lorgnette. Nein, nicht ältlich, korrigierte sich Sarah in Gedanken – alt. Aber trotz ihres Alters hielt sie sich kerzengerade aufgerichtet, was an den Viktorianern immer bewundert wurde.

»Wenn sie herüberkommt, bin ich weg«, sagte Helen Warrender und entfernte sich eilig.

Meril sah aus, als wolle sie ihrem Beispiel folgen, doch eine barsche, gebieterische Stimme bannte sie an ihren Platz.

»He, Meril«, sagte Lady Candera, indem sie auf die in sich zusammenschrumpfende Miß Forbes zusteuerte: »Wie ich sehe, tratscht du wieder. Ich dachte, du hättest gewisse offizielle Verpflichtungen. Offenbar habe ich mich geirrt.«

Meril wurde über und über rot und scharrte mit den Füßen wie ein kleines Kind: »Tut mir leid, Tante Ena. Kann ich dir irgend etwas bringen?«

»Ja. Einen Brandy mit Soda, bitte. Du weißt, ich verabscheue Cocktails.«

»Ja, Tante Ena. Natürlich, Tante Ena.« Meril zog sich fast laufend zurück, und Lady Candera richtete ihre Lorgnette auf Sarah, fixierte sie von Kopf bis Fuß mit der besonderen Unhöflichkeit des unbestrittenen Herrschers. Sarah blieb unerschüttert und begegnete dem forschenden Blick der alten Dame mit ebenbürtigem Interesse.

Lady Candera zeigte noch Spuren ihrer einstigen legendären Schönheit in der Modellierung ihrer Wangenknochen oder der Linienführung ihrer schlanken, spitzen Nase. Ihr Gesicht war jedoch von zahllosen gelben Runzeln durchzogen und eigenartig gefleckt, wie es bei einigen älteren indischen Frauen der Fall ist. Ihre Augen waren von einem merkwürdig blassen Grau, das heller als die Tönung ihrer etwas dunklen Gesichtsfarbe erschien – auch mit Sicherheit etwas heller als das Eisengrau ihres Haars. Sie trug eine herrliche Kette mißgestalteter Perlen, und ihre knochigen Finger waren mit Diamanten und Smaragden in schweren, altmodisch verschnörkelten Fassungen bedeckt.

Sarahs Erscheinung, oder möglicherweise ihr ruhiger Blick, schien sie zu interessieren. Sie hob ihre Lorgnette und wandte sich im Kommandoton an Major McKay: »Major McKay, wer ist dieses Mädel? Sie ist neu. Nicht der übliche Zulauf von billigem Plunder um diese Jahreszeit. Oder doch?«

Major McKay, dessen rötliches Gesicht eine Mischung aus Verlegenheit und kalter Mißbilligung verriet, sagte steif: »Lady Candera, darf ich Ihnen Miß Parrish vorstellen. Miß Parrish –«

»– aus London und Hampshire«, warf eine sanfte Stimme ein, als Hugo mit einem Glas in der Hand auftauchte. »Wie geht es Ihnen, Lady Candera? Hallo, Doc, nett, Sie wieder hier oben zu sehen.«

»Sie ist also eine von diesen Touristinnen?« fragte Lady Candera in einem Tonfall, der einem Naserümpfen gleichkam.

»Bitte! Bitte!« erwiderte Hugo mißbilligend und schwenkte

sein Glas in gepeinigter Geste. »Laßt uns sagen, ›ein Zugvogel‹ – und was für ein Vogel! Meiner Ansicht nach ein vergoldeter Ariel.«
»Ah«, Lady Candera brachte ihre Lorgnette erneut in Anschlag. »Sehr interessant.« Sie nickte Sarah kurz zu, wandte sich abrupt ab und schritt davon.
»Hugo, das war abscheulich von dir!« tadelte Sarah, versuchte ernst zu bleiben und bekam einen Kicheranfall.
»Wieso? Ich bin ein kampferprobter Soldat und glaube an die Wirksamkeit gewisser Praktiken.«
»Was haben Sie denn praktiziert?« fragte Major McKay.
»Gegenangriff«, sagte Hugo feierlich. »Magst du Würstchen?« Er holte einen Teller mit kleinen heißen, an Cocktailspießen steckenden Würstchen und ein Glas Sherry für Sarah. »Der Sherry ist ein weit besserer Stoff als die sonderbare Mixtur, die sie hier ausschenken«, sagte Hugo. »Ich kann ihn empfehlen. Hier ist er. Zum Wohle! Übrigens, McKay, vielleicht können Sie –« Er hielt inne. Der Major stand nicht mehr bei ihnen. »Seltsam«, bemerkte Hugo. »Gerade eben war er noch hier.«
»Oh, hallo, Sarah!« Eine tweedgekleidete Gestalt bahnte sich ihren Weg durch die Gäste: Reggie Craddock, den Sarah zuletzt in Tanmarg gesehen hatte, als er die Abfahrt der Skiklubmitglieder überwachte. »Oh . . . hallo, Hugo; ich hatte dich gar nicht gesehen . . .«, tönte Reggie etwas weniger erfreut. »Wieder mal hier oben?«
»Was meinst du mit ›wieder‹? Ich bin hier praktisch Stammgast. In der Tat werden schon Überlegungen angestellt, ob ich unter Denkmalschutz gestellt werde. Was führt dich her, Reggie?«
»Letzter Kurzurlaub in Kaschmir«, erwiderte Reggie. »Ich breche meine Zelte hier bald ab. Wir verkaufen alles, weißt du. Annähernd fünfundsiebzig Jahre und drei Generationen in diesem Land, und jetzt – na, ja. Du kennst doch den Nawabzada?«
Er ergriff den Arm einer schlanken, flanellgekleideten Figur und zog sie aus der Menge.

»Ja, natürlich«, lächelte Sarah. »Wir trafen uns beim Skilaufen.« Sie reichte Mir Khan die Hand, der sich chevaleresk darüber neigte.
»Reizend, Sie wiederzusehen, Miß Parrish. Ich laufe jetzt nicht Ski. Der Schnee ist weg. Statt dessen spiele ich zur Zeit Tennis und Golf. Sie auch?«
»Ein wenig«, antwortete Sarah.
»Glauben Sie ihr nicht, alter Junge! Sie spielt beides umwerfend gut«, sagte Hugo.
Sarah lachte, und als sie einen Blick von Johnnie Warrender auffing, fragte sie Mir Khan, ob auch Polo zu seinem Trainingsprogramm gehöre.
Mir Khan zuckte die Achseln. »Wenn ich Gelegenheit habe«, sagte er. »Doch Polo stirbt in Indien aus; selbst unter Prinzen.«
Reggie bemerkte: »Haben Sie eigentlich schon jemals etwas gearbeitet?«
»Nicht, wenn ich es vermeiden kann«, bekannte Mir mit entwaffnendem Grinsen. »Irgendwann mag mich die Arbeit einholen, doch augenblicklich renne ich so schnell, daß ich außer Reichweite bleibe. Im Moment bin ich wohl das, was die Amerikaner einen Playboy nennen würden.«
»Und ein sehr vornehmer obendrein«, seufzte Hugo und nahm ein frisch und randvoll gefülltes Glas von einem vorbeikommenden *khidmatgar* entgegen. »Ich wünschte, ich wäre in einer Position, Ihrem bewunderungswürdigen Beispiel folgen zu können. Wenn man jedoch für die Strümpfe und Hüte einer kostspieligen Frau zu sorgen hat, von meinen eigenen Unterhosen und Schuhsohlen ganz zu schweigen, ist man einfach gezwungen, seine Nase weiter in die Schinderei zu stecken. Es ist alles sehr traurig, ›zum Naseausreißen‹«, sagte Hugo.
»Und wie finden Sie Srinagar?« fragte Mir Khan, zu Sarah gewandt.
»Nun, wir sind erst vorgestern angekommen«, entgegnete Sarah, »doch was ich bis jetzt gesehen habe, gefällt mir.« Die Unterhaltung drehte sich eine Weile um das Tal und die

verschiedenen Aussichtspunkte, die Sarah aufsuchen solle, bevor sie abreiste, bis Hugo sagte: »Apropos, Reggie, heute abend ist noch ein weiteres Mitglied aus eurer Skiläuferherde hier. McKay.«

»Ach«, sagte Reggie Craddock kurz; sein freundliches Gesicht wurde plötzlich leer und abweisend. Die Gastgeberin unterbrach das seltsam unbehagliche Schweigen, das hierauf folgte. Sie kam auf Mir Khan zugesteuert, bugsierte ihn zu einem Franzosen, der Bücher schrieb und seinen Vater kannte, während Hugo veranlaßt wurde, eine gewisse Mrs. Willoughby zu unterhalten.

Sarah blieb mit Reggie Craddock allein, der natürlich aufs Skilaufen zu sprechen kam. Sie hörte ihm aber nicht richtig zu, sondern war mehr daran interessiert, ihren Blick schweifen zu lassen, um festzustellen, wie viele Gesichter sie kannte. Das war bestimmt einer von den Coply-Zwillingen, der sich neben dem Klavier mit einem hübschen blonden Mädchen unterhielt, oder? Der Junge drehte halb den Kopf; ja, es war Alec. Oder war es Bonzo? Sie konnte niemals sagen, wer welcher war. Es sei denn, sie standen dicht beieinander und man konnte die kleinen Unterschiede, die sie kennzeichneten, sehen. Im übrigen waren nur wenige Leute in der Lage, festzustellen, mit wem von den beiden sie es gerade zu tun hatten.

Reggie Craddock redete und redete. Aber jetzt sprach er von Janet Rushton, und der Name genügte, um Sarah aus ihrer Unaufmerksamkeit zu reißen.

»Verdammt schade um Janet«, sagte Reggie. »Sie war wirklich ein guter Kumpel: und eine der besten Skiläuferinnen, die ich je gesehen habe. Kandahar-Klasse. Warum, zum Teufel, scheuen sich Frauen, vollkommen klaren und vernünftigen Anweisungen zu folgen? Ich will gehängt werden, wenn ich das jemals verstehe. Als ob ich nicht jedem ausdrücklich aufgetragen hätte, vom Blue Run fernzubleiben; und erklärt hätte, warum. Guter Gott, man hätte meinen sollen, ein fatales Unglück sei genug, sie von dem Run abzuschrecken, ganz abgesehen von einer direkten Anweisung.

Nie in meinem Leben bin ich so aus der Fassung gewesen. Bringt den Klub auch in einen schlechten Ruf. Ich zerbreche mir aber trotzdem den Kopf; Janet war doch nicht dumm. Nicht von dem Schlag, der etwas so verdammt Idiotisches tun würde. Um dir die Wahrheit zu sagen, Sarah« – Reggie senkte die Stimme zu einem vertraulichen Tonfall – »ich war nie besonders angetan von Janets Tätigkeit.«

Er stockte, sah Sarah aufmerksam an, als erwarte er ein überraschtes Flackern des Einverständnisses auf ihrem Gesicht. Seine funkelnden Augen in dem braunen Nußknackergesicht waren neugierig wie die einer Krähe.

Sarah fühlte, wie sie unter seinem Blick errötete, und war wütend auf sich selbst; es war eine Eigenheit, der sie nie entwachsen war und die sie bei sich selbst als viktorianisch und »jüngferlich« bezeichnete. Um es zu kaschieren, sprach sie rasch und vielleicht eine Nuance zu betont: »Welch ein Unsinn, Reggie! Ich hätte dich nie für einen Phantasten gehalten.«

»Phantast in welcher Hinsicht?« fragte Reggie Craddock. Er senkte den Blick und prüfte den Inhalt seines Glases mit übertriebenem Interesse, doch Sarah gab keine Antwort. Und nach einem Augenblick, scheinbar vom Thema abgekommen, sagte er: »Du kanntest Janet ganz gut, nicht wahr?«

Das war keine Frage, sondern die Feststellung einer Tatsache. Durch Sarahs Kopf schoß der Verdacht, daß er es beiläufig gesagt hatte – zu beiläufig – um . . . was? War sie selbst eine Phantastin? Warum sollte sie sich plötzlich einbilden, daß Reggie Craddock, ausgerechnet er von allen Leuten, ihr eine Falle stellen wollte, hinterlistig nach einer unbedachten Äußerung angelte?

Wieder ruhten Reggies Augen auf ihr, glänzend und krähenhaft. Nein, nicht krähenhaft, dachte Sarah. Die Augen einer Krähe waren glänzend und sanft und fragend. Reggies Augen waren glänzend und fragend, aber auch hart. Hart wie stählerne Schuppen; und irgendwo tief in ihnen glomm etwas Vorsichtiges, Wachsames.

Seine Frage schien zwischen ihnen in der Luft zu hängen.

Sarah war sich darüber klar, daß sie ihm so beiläufig antworten mußte, wie er gefragt hatte. »Nein«, antwortete sie und spürte dabei eine merkwürdige Verengung im Hals, »ich kann nicht sagen, ich hätte sie besonders gut gekannt. Natürlich habe ich mit ihr gesprochen. Aber bei dem Treffen habe ich ja mit den meisten Leuten gesprochen.«
»Sie hatte doch in Gulmarg das Zimmer neben dir, nicht?« Reggie war wieder intensiv mit seinem Glas beschäftigt, drehte es langsam, so daß die Lichter auf der Olive am Boden tanzten.
»Ja, aber ich habe nicht viel von ihr gesehen. Sie war als Skiläuferin in einer anderen Klasse als ich.«
»Verstehe«, sagte Reggie Craddock langsam. Mit einem kleinen Cocktailstäbchen piekte er die Olive in seinem Glas auf. »Ich dachte, du hättest sie gut gekannt, weil du ihr Boot übernommen hast.«
Sein Blick zuckte aufwärts in ihr Gesicht. Irgend etwas flatterte in ihrer Kehle. Ihr Mund war plötzlich trocken. Sie hob ihr Glas mit einer Hand, war erstaunt, sie ruhig zu finden, und nippte an ihrem Sherry, bevor sie antwortete.
Sarah hörte sich mit einer Gelassenheit fragen, von der sie weit entfernt war. Ihre leicht gehobenen Augenbrauen brachten es zustande, ein höfliches Erstaunen über solche Erkundigung nach ihren Privatangelegenheiten anzudeuten.
Reggie Craddock errötete und blickte weg. Hastig sagte er: »Ich kannte Janet recht gut. Sie war letzten Sommer hier, als ich auf Urlaub war. Wir waren zusammen auf ein oder zwei Parties und natürlich waren wir beide am Skilaufen interessiert.«
Er machte eine Pause, um die Olive zu essen, und steckte das benutzte Stäbchen abwesend in eine Vase mit Stiefmütterchen, die neben seinem Ellbogen auf dem Flügel stand: »Sie hatte ein recht hübsches kleines Hausboot«, fuhr er langsamer fort. »Ich erinnere mich, daß sie mir letztes Jahr erzählte, sie hätte es auch für dieses Jahr auf längere Dauer gemietet, weil einer der besten Liegeplätze auf den Seen dazugehört und annehmbare Liegeplätze oft schwer zu be-

kommen sind. Als ich dieses Jahr herkam, dachte ich, ich könnte es übernehmen, doch der Mann vom Bootsverleih war nicht da, als ich deswegen anrief, und als ich das nächste Mal hinkam, das war heute nachmittag, sagten sie mir, du hättest es übernommen.«

Sarah sagte nichts und fuhr fort, an ihrem Sherry zu nippen.

Reggie räusperte sich und spielte nervös mit dem Stiel seines Glases. »Ich nehme an, es würde dir nichts ausmachen, es mir zu überlassen. Ich würde nicht gefragt haben, außer – nun, ich weiß, es klingt verdammt albern, aber ich habe ein richtiges Verlangen nach dem kleinen Boot. Sentimentale Gründe und all' so'n Quatsch, und es sieht so aus, als wär' dies meine letzte Chance. Natürlich würde ich dir ein anderes, genauso gutes besorgen, und du könntest auch denselben *ghat*, den Liegeplatz, behalten. Ich denke, es macht für dich keinen Unterschied, auf welchem Boot du bist, solange es einigermaßen ordentlich ist und du in der Nähe der Creeds bist. Um die Wahrheit zu sagen, ich war ein bißchen sauer, als ich hörte, daß du vor mir an Janets Boot herangekommen bist. Also – äh – wie steht's damit?«

Sarah beobachtete Reggie Craddock gedankenvoll über den Rand ihres Glases. Ein Bündel ganz unglaublicher Theorien schoß ihr durch den Kopf, wirbelte und flammte darin wie Feuerräder bei Nacht.

Reggie hatte Janet gut gekannt. Reggie hatte sich die Mühe gemacht herauszufinden, oder sich erinnert, daß Janet das Zimmer neben ihr im Hotel von Gulmarg belegt hatte. Reggie hatte versucht, die *Waterwitch* zu mieten, und jetzt, nachdem ihm dies mißlungen war, setzte er alles daran, sie dennoch zu bekommen. Er hatte, das stimmte, unbedingt auf der Anordnung gegen die Benutzung des Blue Run bestanden; aber gesetzt den Fall, dies war nur ein Vorwand . . .?

Hinzu kamen zwei weitere bemerkenswerte Faktoren: Reggie Craddock war in der Skihütte am Khilanmarg gewesen. Und er war der einzige Skiläufer dort, der berechtigt war, das kleine goldene K auf blauem Emaillegrund zu tragen, das Kennzeichen des Kandahar-Skiklubs.

All diese Dinge rasten durch Sarahs Hirn, vermischt mit einem Gefühl von Unfaßbarkeit. Ob alles nur Hirngespinste waren? Ihr Mißtrauen gewann allmählich die Oberhand. Es war lächerlich, absurd, unmöglich, sich auch nur einen Augenblick lang vorzustellen, ein Mann wie Reggie Craddock könnte ... Aber Janet Rushtons Tod war ebenso absurd und unmöglich. Wieder gingen Sarah Janets Worte durch den Kopf: »Wenn Ihnen jemand ein paar Stunden früher erzählt hätte, ich sei Geheimagentin, würden sie ihm geglaubt haben? Natürlich nicht! Denn ich sehe nicht aus wie Ihre Vorstellung von einer Geheimagentin.«

»Nun?« sagte Reggie Craddock.

Sarah riß sich gewaltsam zusammen. »Tut mir schrecklich leid, dich zu enttäuschen, Reggie, aber ich möchte es nicht. Ich habe mich in das Boot verliebt, und wenn ich mich einmal irgendwo häuslich niedergelassen habe, hasse ich es, wegzugehen.« Ihr Ton war locker und liebenswürdig, aber absolut entschieden.

Ein fast häßlicher Ausdruck kroch über Reggies Gesicht, aber er erwiderte ausreichend ungezwungen: »Oh, schon gut. Ich dachte nur, man kann ja mal fragen. Aber sicher, wenn du eine Freundin von ihr warst ...«

»Ich habe dir schon einmal gesagt«, versetzte Sarah leicht schroff, »ich habe das Mädchen kaum gekannt.«

Reggie trank sein Glas aus und setzte es mit einem lebhaften Klirren auf den Flügel. »Ich glaube, ich vergaß zu erwähnen«, sagte er, »daß die Leute vom Bootsverleih, die mir erzählten, daß du das Boot übernommen hast, mir gleichfalls sagten, du besäßest Janet Rushtons Quittung für das Boot, ohne die du es nicht übernommen haben könntest.«

Es entstand ein kurzer Augenblick des Schweigens. Dann fragte Sarah: »In welchem Monat warst du hier letztes Jahr auf Urlaub, Reggie?«

»August. Warum? Was hat das damit zu tun?«

»Ich finde es lediglich interessant zu hören, daß Janet dir schon im vergangenen August erzählte, sie hätte die Miete für die *Waterwitch* im voraus für dieses Jahr bezahlt.«

Reggies Brauen zogen sich finster zusammen. »Ich weiß nicht . . .« begann er.
»Die Quittung«, sagte Sarah sanft, »war vom 3. Dezember.«
Irgend jemand von den Gästen trat zurück und stieß unbeabsichtigt gegen Sarahs Ellbogen und kippte dabei die Reste ihres Sherrys in einem gelblichen Bogen über ihr graues Leinenkleid. Eine atemlose Stimme begann unzusammenhängende Entschuldigungen zu keuchen. »Ach, du liebe Zeit! Ach, herrje, tut mir ja so leid! Wie überaus ungeschickt von mir!«
Sarah drehte sich mit überwältigender Erleichterung um und sah eine kleine, ängstlich blickende Frau damit beschäftigt, ein Taschentuch aus einer großen, überfüllten Handtasche herauszuzerren. Sie machte flüchtige kleine Tupfer auf dem befleckten Kleid. Zu jedem anderen Zeitpunkt wäre es ermüdend gewesen, auch nur ein Wort über das kleine Malheur zu verlieren. Jetzt aber hätte Sarah die Missetäterin küssen mögen, denn ohne diese Unterbrechung hätte sie sich in Widersprüche verwickelt. Die Antwort, die sie Reggie Craddock erteilt hatte, war nämlich ein zweischneidiges Schwert gewesen.
Falls sie, wie behauptet, kaum mit Janet Rushton gesprochen hatte, wie konnte dann Janets Quittung für die Leihgebühr der *Waterwitch* in ihre Hände gelangt sein?
Während sie sich nach ihrer Retterin umsah, bemerkte Sarah, wie sich eine hochgewachsene, kräftige Frau in braun-rotem Crêpe de Chine auf Reggie Craddock stürzte und ihn unter einem Wortschwall mit sich fortzog. Sie tat einen tiefen Seufzer der Erleichterung. Sie mußte unbedingt lernen, ihr Temperament zu zügeln und ihre Zunge im Zaum zu halten. Es war dumm und tollkühn, schädliche Eingeständnisse zu machen, nur um Reggie Craddock eine Abfuhr zu erteilen. Sie war auch gar nicht sicher, ob sie Reggie Craddock mit diesem Verhalten nicht die Möglichkeit gegeben hatte, ihr eine Abfuhr zu erteilen!
»Ich kann mich gar nicht genug bei Ihnen entschuldigen«, sagte die kleine Frau unglücklich. »Schrecklich unachtsam

von mir. Ihr schönes Kleid! Aber diese Parties – immer so überfüllt.« Sie faßte aufgeregt nach einem randlosen Kneifer, der ihr von der winzigen Nase gerutscht war und jetzt ziellos am Ende einer dünnen Kette baumelte.

»Bitte, regen Sie sich nicht auf«, beeilte sich Sarah mit ihrem charmantesten Lächeln zu versichern. »In Wirklichkeit bin ich Ihnen unheimlich dankbar.«

»Mir?« fragte die kleine Frau verdutzt. »Nun machen Sie sich lustig über mich.«

»Nein, wirklich«, beteuerte Sarah ernsthaft. »Ich meine es so. Ich war in eine höchst peinliche Unterhaltung verwickelt, und Ihr Zusammenstoß mit mir hat mich schlicht gerettet. Sherry gibt keine Flecken. Ich reibe es mit einem Schwamm ab, wenn ich heimkomme. Es wird keine Spur davon zurückbleiben, das versichere ich Ihnen.«

»Es ist so nett von Ihnen, das zu sagen«, haspelte die kleine Frau. »Ich bin sicher, daß Sie es nicht so meinen, doch es hat mich ein wenig erleichtert wegen meiner Ungeschicklichkeit. Darf ich mich vorstellen? Mein Name ist Pond. Miß Pond.«

»Oh«, sagte Sarah interessiert. »Ich bin Sarah Parrish.«

»Sehr erfreut, Sie kennenzulernen!« sagte Miß Pond.

»Ganz meinerseits«, erwiderte Sarah. »Wollen wir uns setzen? Das Sofa sieht ganz behaglich aus.« Sie lotste ihre Begleiterin zu einem chintzbezogenen Sofa, von wo aus sie den Garten überblicken konnten. Nachdem sie sich gesetzt hatte, richtete sie ihr ganzes Interesse auf die Gesellschafterin der schrecklichen Lady Candera und sah sie an.

Pond, dachte Sarah. Hugo hat recht. Es war wirklich ein sehr passender Name. Ein kleiner Teich mit etwas verkrautetem Wasser; der Aufenthaltsort von anspruchslosen, törichten Geschöpfen wie Enten und Kaulquappen.

Die kleine Frau, die neben ihr saß, hätte jeden Alters sein können, von dreißig bis sechzig. Ihre äußeren Merkmale schienen aus einer Serie von Knöpfen zu bestehen: eine kleine platte Knopfnase, ein spröder Knopfmund und ein Paar braune Stiefelknopfaugen. Außer ihrem ängstlichen Gesichtsausdruck fiel sie durch eine wahllose Zusammenstellung von Kleidungsstücken auf, die den Eindruck machten, als seien sie in Eile irgendwo herausgerissen worden. Sarahs fasziniertes Auge stellte fest, daß sie kurze Knopfstiefeletten zu einem Sammelsurium von Einzelteilen wie einem Batikseidenschal, senfgelben Stoffhandschuhen und mehrere Ketten verschiedenartiger Perlen trug.

Ihre Stimme war leise und atemlos und schien aus einer Serie von Ächzern zu bestehen. War es Sarahs erster Besuch in Kaschmir? Und wie gefiel ihr das liebliche Tal? Wo wohnte sie? Und fand sie nicht auch, daß der See unbeschreiblich schön sei?

Sarah, dankbar für ihre Rettung vor Reggie Craddock, antwortete angemessen, während das Tageslicht vor den Fenstern verblaßte und der Garten sich mit Schatten, Resedadüften und den nächtlichen Wohlgerüchen der Levkojen füllte.

Sie unterhielten sich noch immer, als eine gute Viertelstunde später eine Stentorstimme den Lärm der Cocktailparty durchschnitt wie ein Messer den Käse. »Elinor!« trompetete Lady Candera.

Miß Pond sprang auf, als sei sie an einer empfindlichen Stelle von einer Hornisse gestochen worden. »Oje! Ich fürchte, das gilt mir . . . Ja, Ena, ich komme. Furchtbar nett, Sie kennengelernt zu haben, Miß Parrish. Es tut mir so leid. Wegen des Sherrys, meine ich. Ja, Ena, ja . . . ich komme.« Sie raffte eine Kollektion von Handschuhen, Handtasche, Taschentuch und Schal an sich und eilte aus dem Raum.

»Worüber feixt du?« fragte Hugo und ließ sich auf den Fensterplatz neben Sarah fallen. »Hat der menschliche Fußabtreter dich amüsiert? Unglaubliches Geschöpf, unsere Pondy. Was meinst du, wie sie's fertigbringt?«

»Was fertigbringt?«

»Ihre Kleider anzuziehen. Ich habe die Theorie, daß sie sich mit Leim bestreicht, dann unter das Bett kriecht und mit Federn aufgeplustert wieder zum Vorschein kommt.«

Sarah brach in Gelächter aus. »Du bist ein Idiot, Hugo. Aber möglicherweise hast du hierin recht.«

Fudge kam durch den Raum und beugte sich über die Rücklehne des Sofas. »Worüber lacht ihr beide? Trink dein Glas aus, Hugo. Es ist Zeit, daß wir gehen. Sie fegen uns sonst zusammen mit den Krümeln raus. Sarah! Womit, um des Himmels willen, hast du dein Kleid begossen?«

»Sherry«, antwortete Sarah. »Und glaub' mir, in meinem Leben bin ich noch niemals dankbarer für etwas gewesen. Schwirrt Reggie hier noch herum?«

»Reggie Craddock? Nein, ich glaube, er ist vor etwa zwanzig Minuten mit Mir fortgegangen.«

»Gott sei Dank«, sagte Sarah inbrünstig. »Komm, Hugo.«

Sie sagten ihren Gastgebern Lebewohl und warteten dann in der Halle, von wo ein rotgewandeter *chaprassi* (Amtsdiener) hinausging, um ihren Wagen anzufordern.

Das Zwielicht zerfloß in Dämmerung und die Lichter des Srinagarklubs schimmerten hinter den Toren der Residenz durch die Bäume, als Sarah auf die Eingangsstufen hinaustrat – Fudge und Hugo waren noch stehengeblieben, um mit einigen Freunden zu sprechen – und zur Spitze des Takht-i-Suliman-Tempels emporblickte, auf dem ein glänzender Lichttropfen glitzerte, hoch über den Chenarbäumen des Gartens.

Eine einsame Gestalt, wahrscheinlich einer der scheidenden Gäste, tauchte plötzlich am äußersten Ende der Auffahrt aus einer Buschgruppe neben dem Tor auf. Über dem Tor brannte starkes Licht, und als die Gestalt hindurchging, bemerkte Sarah, daß sie einen gestreiften Blazer trug. Sie wunderte sich flüchtig, was Major McKay im Garten gesucht haben mochte. Einen Augenblick später trat jemand geschwind aus den Schatten gegenüber der Kiesauffahrt aus der Richtung der Tennisplätze und lief leichtfüßig die Stufen hinauf.

»Hallo, Meril«, sagte Sarah. »Du kommst gerade rechtzeitig, um uns aufbrechen zu sehen.«

Meril blieb stehen, strich unsicher eine Haarlocke zurück, die ihr über die Stirn gefallen war, und sagte beunruhigt: »Ist es schon spät? Ich hatte das Gefühl, ich könne es keine

Minute länger in dem stickigen Raum aushalten, und da bin ich hierhergegangen, um im Garten spazierenzugehen. Die Blumen duften nachts anscheinend intensiver. Ich habe gar nicht bemerkt, daß es so spät ist. Gehen die Leute schon?«
»Ich glaube, die meisten sind bereits gegangen«, sagte Sarah und wandte den Kopf, um einen Blick in die Halle zu werfen. »Deine Tante ist noch da – sie sagt Hugo gerade, wohin er sie fahren kann, nach seinem Gesichtsausdruck zu schließen. Es sind noch etliche Leute da. Du hast also noch genug Zeit, dich von mindestens einem Dutzend Gästen zu verabschieden.«
Meril blickte alarmiert. »O Gott, ich hätte vermutlich nicht weggehen dürfen.« Unbewußt schob sie die vorwitzige Locke zurück und fragte plötzlich: »Warum bist du wieder hergekommen?«
Sarah hob die Augenbrauen, mehr über den Ton als über die Frage erstaunt, und sagte mit einem Lachen: »Es ist ein freies Land!« Meril errötete jäh und heiß, und die purpurrote Welle verdunkelte kurzfristig ihre Sommersprossen. »Ich – ich hatte es nicht so gemeint«, sagte sie. »Ich wunderte mich nur –« Ihre Stimme erstarb, als sie sich umdrehte, um ängstlich über Sarahs Schulter dorthin zu spähen, wo ihre Tante in einer kleinen Gruppe aufbrechender Gäste in der Halle stand. Sarah fühlte plötzlich ihr Gewissen schlagen: arme Meril! Es war beschämend, sie in Verlegenheit zu bringen. Sie mußte ein trauriges und enttäuschendes Leben mit jener alten Despotin von Tante führen. Kein Wunder, daß sie solch ein milchwässeriges Nichts war!
»Es war einfach so«, erklärte sie, »daß die Creeds hierher wollten und alle mir sagten, daß ich Kaschmir ohne Schnee erleben müsse, bevor ich Indien verlasse. Wir liegen in einer Art totem Gewässer außerhalb von Nagim. Du mußt einmal zum Baden oder zum Essen zu mir herauskommen.«
»Das würde ich gerne«, sagte Meril abwesend und ließ ihre Augen weiter auf der Gruppe in der Halle ruhen. »Wir kommen hier selten zum Baden.«
»Dann gilt dies als Verabredung. Wir liegen genau auf der

anderen Seite der Nagimbrücke. Chota Nagim. Ich glaube, sie nennen es Stauwasser. Mein Boot ist das grün-weiße. Es heißt *Waterwitch.*«
»*Wie* heißt es?« Meril drehte sich rasch um.
»*Waterwitch.*«
»Aber – aber das ist – das war Janets Boot!«
»Ja«, sagte Sarah freundlich. »War sie eine Freundin von dir?«
»Janet? Nun – nicht direkt. Aber ich kannte sie natürlich. Sie war letztes Jahr hier oben und wohnte auf jenem Boot, da draußen in Nagim. Aber sie ging sehr viel aus. Tennis und Parties und dergleichen. Jeder kannte sie. Tante Ena sieht es nicht gern, wenn ich auf Parties gehe. Ich werde auch nicht zu vielen eingeladen«, fügte sie mit unsicherem Lächeln hinzu.
Sarah fragte: »Würdest du sagen, Reggie Craddock sei ein besonderer Freund von ihr gewesen?«
»Von Janet Rushton? Ich weiß es nicht. Warum fragst du?«
»Oh, nichts. Pure Neugier. Etwas, was er heute abend sagte, brachte mich auf den Gedanken.«
»Reggie Craddock und Janet«, sagte Meril nachdenklich. »Vielleicht mochte er sie. Ich habe vorher nie darüber nachgedacht. Jedenfalls war er letztes Jahr auf Urlaub hier, und Major McKay sagte –«
Doch Sarah erfuhr nicht, was Major McKay gesagt hatte, denn in diesem Augenblick kamen Fudge und Hugo aus der Halle und zogen sie mit sich über die Stufen und die breite Kiesauffahrt zum parkenden Wagen und heimwärts.

11

Sarah widmete die nächsten paar Tage einer erschöpfenden Suche auf der *Waterwitch*. Die Aufgabe erwies sich jedoch als nicht so einfach, denn den ganzen Tag über besuchten sie Fudge und Hugo und verlangten nach ihrer Gegenwart beim gemeinsamen Baden, bei Picknicks oder Ausflügen, und sie

fand es schwierig, einen entsprechenden Vorrat glaubwürdiger Ausreden anzulegen, um sie nicht begleiten zu müssen.
Bei mehr als einer Gelegenheit fühlte sie sich heftig versucht, ihnen die ganze Geschichte zu erzählen und um ihre Hilfe bei den Nachforschungen zu bitten. Die einzige Sache, die sie davon abhielt (abgesehen von der Überzeugung, daß sie es lieber für sich behalten sollte), war der Umstand, daß sie keine Spur eines Beweises besaß, womit sie die unglaubliche Geschichte untermauern konnte. Außerdem behagte ihr die Aussicht nicht, höfliche oder spöttische Ungläubigkeit dafür einzuheimsen.
Bei Licht besehen erschien das ganze selbst ihr phantastisch und unmöglich, und sie fragte sich manchmal, ob sie die Sache nicht nur geträumt oder sich eingebildet habe. Aber das augenscheinliche Bestreben einiger unbekannter Personen – Sarah verdächtigte Reggie Craddock –, in den Besitz der kleinen *Waterwitch* zu gelangen, trug wenig dazu bei, diese Theorie zu stützen. Am Morgen nach der Party in der Residenz erschien ein Kaschmiri bei ihr. Er käme von den Bootsverleihern, sagte er. Man hätte ihn ersucht, sie zu überreden, die *Waterwitch* gegen ein anderes Boot einzutauschen.
Sarah weigerte sich, den Vorschlag in Erwägung zu ziehen. Sie vermutete Bestechung und hatte den Mann weggeschickt. Sie war auf dem Boot geblieben und hatte ihre einsame Suche fortgesetzt, fand die Arbeit aber ermüdend und entmutigend.
Sie hatte damit begonnen, alle erdenklichen Plätze abzusuchen – begeistert assistiert von Lacro. Er bellte und kratzte und hatte offenbar den Eindruck, er werde ermutigt nach Ratten zu jagen. Ihre Hauptschwierigkeit lag darin, daß das Leben auf einem Hausboot nur mit dem Leben in einem Taubenschlag verglichen werden kann. Abgesehen vom plötzlichen und häufigen Erscheinen des einen oder anderen der dienstbaren Geister, die verpflichtet waren, jederzeit hereinspaziert zu kommen, wurde ihre Aufmerksamkeit von vorbeifahrenden Händlern in Wasserfahrzeugen beansprucht. Man forderte sie auf, ihre Waren zu prüfen oder

bemühte sich, ihr Obst oder Blumen zu verkaufen. Ebenso lästig wie Moskitoschwärme kehrten sie ständig wieder – und ließen sich ebensowenig verscheuchen.
Bei einer Gelegenheit wurde sie von dem *mānji* überrascht. Sie war gerade damit beschäftigt, einen Teil ihrer Matratze hochzunehmen, um festzustellen, ob zwischen der klumpigen Polsterung aus Rohbaumwolle kein zusammengefaltetes Papier verborgen war. (Lacro war gerade besonders laut gewesen; sie selber bei der Suche völlig in Anspruch genommen, hatte das Nahen des *mānjis* überhört.) Ihre Erklärung, sie sei auf der Suche nach etwas, das sie durch die Matratze gestochen hatte, wurde mißbilligend aufgenommen. Der *mānji* informierte sie, es sei zuvor noch niemals angedeutet worden, sein Boot könne von schlimmem Ungeziefer befallen sein, und die Miß-sahib würde nicht einmal die kleinste Fliege finden – es sei denn, sie wäre zufällig mit Miß-sahibs Hund auf das Boot geraten, und hierfür übernähme er keine Verantwortung. Sarahs Versuche, das Mißverständnis aufzuklären, machte die Sache nur noch schlimmer: Der *mānji* zog sich in gekränktem Stolz zurück.
Aber obgleich es unmöglich war, sich geräuschlos auf einem Hausboot zu bewegen – nichts Größeres als eine Maus hätte sich rühren können, ohne seine Gegenwart anzuzeigen –, achtete Sarah danach darauf, daß Lacro keine aufgeregten Wettrennen mit sich selbst veranstaltete, während sie bei der Durchsuchung war.
Unseligerweise gab es nichts, was sie gegen die zahllosen Verkäufer von Schals, Teppichen, Pappmachés und Unterwäsche tun konnte, deren *shikaras* still über das Wasser glitten, und die jäh mit der Aufforderung erschienen, die Miß-sahib solle »nur anschauen – nicht kaufen!« kommen. Das plötzliche, unangekündigte Auftauchen dieser Gentlemen erschreckte sie immer wieder, und sie begann sich zu fragen, wie Janet es fertiggebracht hatte, irgend etwas aufzuzeichnen, ohne daß die gesamte Bevölkerung von Srinagar es gewahr wurde! Sie mußte es bei Nacht geschrieben und versteckt haben; wenn die Lampen brannten und die Vorhänge zuge-

zogen waren, jede Tür und jedes Fenster verriegelt und verrammelt . . .
Erst als alle übrigen denkbaren Verstecke durchsucht waren, kehrte Sarah resigniert zu dem Bücherregal im Salon zurück, nahm einen Band nach dem anderen heraus und blätterte ihn methodisch durch. Es erwies sich als ermüdende, staubige und undankbare Aufgabe, denn die Bücher waren größtenteils alt und zerfetzt und rochen nach Staub, Moder und Mäusen. Der Staub brachte Sarah zum Niesen und bereitete ihr Kopfschmerzen, aber sie schuftete verbissen weiter: Gelegentlich geriet sie dabei an ein Buch, das Janet gehört hatte und ihren Namen auf dem Vorsatzblatt trug – geschrieben in der steilen Schulmädchenhandschrift, die Sarah so gut von dem Brief her kannte, den sie an der Flamme von Charles Mallorys Feuerzeug verbrannt hatte.
Diese persönlichen Bücher hatte sie Seite für Seite geprüft. In einem derselben fand sie mehrere mit Janets Handschrift bedeckte Blätter, die zwischen Einband und Schutzumschlag gestopft worden waren – wunderbare fünf Minuten lang war sie überzeugt, daß sie gefunden hatte, wonach sie suchte, denn es schien sich um einen Code zu handeln. Doch der Schein trog. Es stellte sich vielmehr als Wäscheliste heraus.
Am folgenden Tag hatte sie sich kaum wieder ans Werk gemacht, als ein unerwarteter Besucher in Person von Helen Warrender auftauchte.
Helen war anscheinend zum Klub in Nagim gefahren, der nur etwa eine Viertelmeile vom Liegeplatz der *Waterwitch* entfernt lag – am äußeren Ende des schmalen Streifens Land, der den Nagim-Bagh-See vom Stauwasser des Chota Nagim trennt. Sie hatte ihren Wagen dort stehenlassen und war über die Felder gegangen, um Sarah zu besuchen.
Lacros nervöses Gebell zeigte Helens Ankunft an und gab Sarah eben noch Zeit, das tägliche Pensum der unsortierten Bücher unter das Sofa zu schieben, rasch den Staub von ihren Händen zu wischen, bevor sie hinausging, um sie zu begrüßen. Helen, so stellte sich heraus, war gekommen, um ihr ein Angebot für das Boot zu machen.

Freunde von ihr, erklärte Mrs. Warrender lebhaft, hätten sich ausgerechnet auf dieses ganz spezielle Boot gefreut und seien zutiefst enttäuscht gewesen, als sie hörten, daß es belegt sei. Als sie jedoch erfuhren, Helen kenne die gegenwärtige Besitzerin, hätten sie sie gebeten, sich mit ihr in Verbindung zu setzen, um sie um einen Tausch zu bitten. »Und ich wußte natürlich, meine Liebe«, schloß Helen, wobei sie ein verächtliches Auge auf die Einrichtung des Salons warf, »daß Sie unmöglich etwas dagegen haben könnten, und so erklärte ich ihnen, sie könnten fest damit rechnen. Das ist doch in Ordnung, nicht wahr?«

»Nein«, sagte Sarah kalt. »Ich fürchte, das ist es nicht. Ich habe keineswegs die Absicht, dieses Boot aufzugeben, und wenn Sie Reggie nächstens treffen, können Sie ihm das von mir bestellen!«

»Reggie?« rief Helen Warrender verblüfft.

»Und dem können Sie hinzufügen«, fuhr Sarah fort, und in ihren grünen Augen blitzte es gefährlich, »daß ich zwar für gewöhnlich eine umgängliche Person bin, aber ich ließe mich nicht gerne herumschubsen.«

»Ich weiß gar nicht, wovon Sie sprechen«, sagte Helen Warrender. Ihre sonst schleppende Sprechweise hatte plötzlich die Affektiertheit verloren und war rasch und schroff. »Reggie? Welcher Reggie? Sie meinen Reggie Craddock? Der Mann, der – aber *der* kann es nicht gewesen ...« Helen brach abrupt ab und biß sich auf die Lippen. »Tut mir leid«, sagte sie langsamer. »Da scheint ein gewisser Kuddelmuddel zu bestehen. Es war nicht Reggie Craddock, der das Boot haben wollte. Es war – nun ja, jemand, den Sie gar nicht kennen. Ein Freund von mir.«

Sie drehte sich um und starrte eine Weile angestrengt aus dem Fenster, wobei sie mit dem Bügel ihrer Sonnenbrille gegen die Zähne klopfte. Sie schien Sarahs Gegenwart ganz vergessen zu haben.

Kurz darauf schwenkte sie herum und sagte: »Warum dachten Sie, ich versuche das Boot für Reggie Craddock zu bekommen? War er gleichfalls hinter ihm her?«

»Es sieht so aus, oder nicht?« sagte Sarah. »Tut mir leid, wenn ich unhöflich war, Mrs. Warrender, aber –«

»Oh, nennen Sie mich Helen«, sagte Mrs. Warrender ungeduldig. »Sie brauchen sich nicht zu entschuldigen. Mir war nicht bekannt, daß das Boot so sehr gefragt ist. Warum wollte Reggie Craddock es haben?«

»Sentimentale Gründe«, antwortete Sarah. »Sagte er jedenfalls. Ich ging nicht näher darauf ein. Srinagar ist voll von Hausbooten, und die meisten davon scheinen dieses Jahr leerzustehen. Da es sich nun aber so ergeben hat, daß ich dies bekommen habe, möchte ich es auch gern behalten.«

»Und das gilt vermutlich auch für mich?« sagte Helen.

»Nun, ja; es tut mir leid, aber so ist es. Ich bin überzeugt, Ihre Freunde werden ein Dutzend Boote finden, die ebenso gut wie dieses sind, und vermutlich zum halben Preis. Immerhin sollen die Preise in diesem Jahr erheblich gefallen sein.« Plötzlich merkte sie, daß sie einen entscheidenden Fehler begangen hatte, und stockte.

»Oh«, sagte Helen Warrender mit interessiertem Tonfall. »Also haben Sie dieses Boot schon letztes Jahr gebucht. Das kann aber nicht sein. Sie waren ja gar nicht hier. Wie kamen Sie dann dazu, dieses Boot zu übernehmen? Und warum haben Sie dafür auch noch mehr als nötig bezahlt?«

Sarah überlegte einen Moment. Sie fühlte sich stark versucht, Helen zu sagen, sie möge sich um ihre eigenen Angelegenheiten kümmern, merkte aber, daß das nur noch verdächtiger aussehen würde; und unhöflich obendrein. Nicht, daß sie etwas dagegen gehabt hätte, zu Helen Warrender unhöflich zu sein (die es nach Sarahs Meinung herausgefordert hatte), doch sie wünschte unbedingt jeden Anschein zu vermeiden, daß mit der Übernahme des Bootes ein Geheimnis verbunden war. Aus diesem Grund entschied sie, daß eine redigierte Version der Wahrheit ihr am besten dienen würde. »Ich habe dieses Boot von einer meiner Freundinnen übernommen«, sagte sie wohlüberlegt. »Von Janet Rushton.«

»Sie meinen das Mädchen, das sich beim Skilaufen in Gulmarg selbst umgebracht hat? Ich kannte sie!«

»Ja, dieselbe. Sie besaß dieses Boot im letzten Jahr und hatte es auch schon für sechs Monate in diesem Jahr gemietet. Dann hat sie ihre Pläne geändert, und eines schönen Tages sagte sie mir, wenn ich die Absicht hätte, dieses Jahr hierherzukommen, bevor die Pacht abgelaufen sei, so könnte ich es haben. Ich hielt es für eine gute Idee und übernahm ihren Mietvertrag. Nebenbei hoffte ich, es untervermieten zu können, falls ich nicht herkommen konnte. Aber nun bin ich gekommen, und ich mag das Boot; und mir gefällt dieser *ghat*. Ich werde aber wohl nicht lange hierbleiben. Sobald ich fort bin, können Ihre Freunde es haben – und Reggie Craddock und der Schwager vom Onkel des Vermieters oder wer auch immer sich noch darum streitet. Bis dahin beabsichtige ich, selbst darauf zu bleiben.«

Mrs. Warrender sagte unsicheren Tones: »Oh«, und ließ sich auf der Armlehne des Sofas nieder. »Nun, das wär's dann wohl, nicht wahr? Es ist ganz plötzlich verdammt heiß; ich würde mich nicht wundern, wenn wir ein Gewitter bekämen. Ich könnte einen Drink vertragen, falls Sie hier so etwas haben.«

»Oh, Verzeihung, ich hätte Ihnen schon eher einen anbieten sollen«, entschuldigte sich Sarah. »Was hätten Sie gern? Zitronensaft?«

»Sofern genügend Gin und ein Spritzer Angostura drin ist, ja.«

»Leider ist kein Gin an Bord, aber wenn Sie eine Minute warten, laufe ich schnell zum Creedschen Boot hinüber und entführe Hugos Flasche.«

»Das wäre hinreißend von Ihnen«, näselte Helen, zog ihren Sonnenhut vom Kopf und fächelte sich damit. »Ich gestehe, ich verabscheue alkoholfreie Getränke und könnte einen steifen John Collins vertragen.«

Sarah rannte den Steg hinunter und über den kurzen Rasenstreifen, der die beiden Boote trennte. Sie brauchte jedoch ein bis zwei Minuten, um den Gin zu finden, den Hugo hinter einer Blumenvase auf dem Schreibtisch versteckt hatte. Als sie zurückkam, fand sie Helen Warrender am Fußboden sitzen. Um sie herum war ein Stoß Bücher verstreut. Eins davon hielt sie in der Hand und schaute bei Sarahs Eintritt ohne Verlegenheit hoch. »Ulkiger Platz, Ihre Bücher unterzubringen«, bemerkte sie. »Ihr Wursthündchen fing an, sie unter dem Sofa hervorzuzerren, und so dachte ich, es sei besser, sie zu retten. Ihr *mānji* muß ein ziemlich unordentlicher Teufel sein. Da liegen noch eine Menge darunter.«

»Tatsächlich?« sagte Sarah mit, wie sie hoffte, desinteressierter Stimme; sie mixte einen John Collins und überreichte ihn ihrem unwillkommenen Gast, wobei sie Lacro im Geiste zum Teufel wünschte. »Ich fürchte, es ist kein Eis mehr da. Macht es Ihnen etwas aus?«

»Überhaupt nichts, Herzchen. Danke. Sehr zum Wohl!«

Helen kippte das halbe Glas hinunter, starrte dabei weiter auf das Buch in ihrer Hand, und Sarah sah, daß sie auf die erste Seite blickte, über der quer Janets Name stand.

»Diese Rushton«, sagte Mrs. Warrender. »Wurde sie nicht fast für ein Ski-As gehalten?«

»Ja«, sagte Sarah kurz.

»Verflucht dumm von ihr, so etwas zu tun. Sie hätte es besser wissen müssen. Eigentlich wundere ich mich, daß Sie danach ihr Boot übernehmen wollten.«

»Warum?« fragte Sarah kalt.

»Oh, ich weiß nicht. Ziemlich grausig, finden Sie nicht? Aber wenn es Ihnen nichts ausmacht. Es war ein unglückliches Jahr für Kaschmir, was Unglücksfälle betrifft. Zuerst diese Mrs. Matthews und dann Janet Rushton. Ich behaupte, es wird bestimmt noch einen dritten geben. Solche Dinge passieren meistens dreifach, stimmt's? Aber jetzt geh' ich besser, denke ich.«

Sarah machte keinen Versuch, sie aufzuhalten. Helen stand auf, strich ihren Rock glatt, warf Janets Buch auf einen Stuhl. Dann ging sie hinüber zu einem Spiegel mit einem scheußlichen viktorianischen Rahmen aus Plüsch und Muscheln, setzte ihren Sonnenhut auf, betrachtete sich und rief: »Himmel, seh' ich gräßlich aus! Das macht die Hitze. Hoffen wir, daß wir einen guten Sturm bekommen, der die Luft reinigt.«

Sie betupfte ihre Nase mit einer ziemlich schmuddeligen Puderquaste, und nachdem sie ihren Mund mit Lippenstift aufgefrischt hatte, sagte sie: »Also mein Besuch scheint ein ziemlicher Fehlschlag gewesen zu sein, wie? Schade, daß Sie nicht beabsichtigen, das Boot aufzugeben. Trotz alledem – sollten Sie Ihre Meinung ändern, lassen Sie es mich wissen.«
Sarah schwieg beharrlich. Mrs. Warrender ließ ihre Handtasche zuschnappen, setzte ihre Sonnenbrille auf und verzog sich aus dem Boot in das Sonnenlicht: »Danke für den Drink. Ich hoffe, Sie werden es nicht bereuen. Den Bootshandel, meine ich.« Nach dieser geheimnisvollen Bemerkung winkte sie lässig mit der Hand und verschwand zwischen den Weiden.
»Was sollte das nun wieder heißen?« sinnierte Sarah, sich an Lacro wendend. »Eine Drohung oder ein Versprechen? Aber ob nun das eine oder andere, eins weiß ich mit Sicherheit: Es gefällt mir nicht. Nein, ich bin nicht scharf darauf, mich für nichts und wieder nichts in die Nesseln zu setzen, und hätte fast Lust – nein, hab' ich nicht! Ich lasse mich nicht unterkriegen!«
Auf der *Waterwitch* befanden sich zwei Laufplanken. Die eine führte vom Ufer zur Pantry und wurde fast ausschließlich von dem *mānji* und den anderen Hausbootdienern benutzt. Über die zweite, die zu einem kleinen freien Platz auf dem eckigen Bug führte, gelangte man in den Salon. Sarah stand im heißen Sonnenschein auf dem Bug und beobachtete Helen Warrender, die den Feldweg nahm, der zwischen jungem Korn und einem Flammenmeer von gelbem Senf zur Nagim-Bagh-Straße hinführte. Darauf wiederholte sie mit größerem Nachdruck: »Nein, Lacro, ich lasse mich nicht unterkriegen!«

12

Nachdem die Bücher, die Lacro so taktlos preisgegeben hatte, wieder an Ort und Stelle verstaut waren, verschob Sarah jede weitere Durchsuchung der zerfledderten Hausbootbibliothek und verbrachte den Rest des Tages mit den Creeds.

Ich fange an, mir Dinge einzubilden und allem und jedem zu mißtrauen, stellte sie reuevoll fest; und das ist fatal. Schließlich, warum soll Reggie Craddocks Geschichte nicht wahr sein? Woher will ich wissen, daß es nicht so ist? Er hat Janet gekannt, und nach allem, was ich weiß, kann er sie gern gehabt haben. Und angenommen, Mrs. Warrenders Freunde waren wirklich interessiert an diesem Boot, und zwar aus völlig unverfänglichen Gründen? Es ist wirklich ein attraktives kleines Boot und hat ein sehr vernünftiges Format – verglichen mit den meist übergroßen Schwimmpalästen. Ich muß versuchen, einen Sinn für Augenmaß zu entwikkeln . . .

Mit diesem lobenswerten Vorsatz aß sie mit den Creeds zu Mittag, begleitete sie am Nachmittag zu einem Picknick in die Shalimar-Gärten und kehrte mit ihnen zum Abendessen an Deck ihres Hausboots zurück, obgleich sie ursprünglich vorgehabt hatten, im Hotel Nedou zu dinieren und zu tanzen, weshalb sie dort einen Tisch bestellt hatten. Aber da Major McKay, der der vierte in der Runde sein sollte, in letzter Minute wegen einer Muskelzerrung, die er sich beim Tennis zuzog, absagen mußte, verzichteten sie mit einiger Erleichterung aufs Tanzen. Statt dessen aßen sie eine improvisierte Mahlzeit, die das Hausbootpersonal eilig zusammengestellt hatte.

Der Tag war erstickend heiß gewesen, doch mit Anbruch der Nacht begann von den Bergen her ein leichter Wind zu wehen, kräuselte die Oberfläche des Sees und trieb mit munterem Klatschen kleine Wellen gegen die Außenwand des Bootes.

Normalerweise erklang von der Seeseite in Mondscheinnächten ein anhaltendes Froschkonzert, doch in dieser Nacht blieb

der quakende Chor aus irgendeinem Grunde stumm. Und obwohl der Himmel noch wolkenlos war, flackerten südwestlich über der fernen Gebirgskette des Pir Panjal sommerliche Blitze, und das Murmeln eines schwachen, weit entfernten Donners lag in der Luft.
Hinter den Weiden neigten eine Reihe hoher Lombard-Pappeln ihre Häupter vor der frischen Brise. Die *mānjis* kamen heraus aufs Ufer und begannen die Festmacherleinen und Ketten zu befestigen. Hugo, der auf Kaffee verzichtet hatte, stand vom Tisch auf und trat an die Reling, um die Operation zu beobachten.
»*Ohé, Mahdoo!*« rief Hugo im Eingeborenendialekt: »Was macht ihr da?«
»Wahrscheinlich kommt heute nacht ein Sturm, Sahib. Wir machen die Boote sicher, damit sie sich nicht losreißen und abdriften können und im See versinken, sollte der Sturm stärker werden.«
»Das ist eine ulkige Vorstellung!« sagte Hugo, als er zu seinem Platz zurückkehrte, »wenn Onkelchen frühmorgens aufwacht, sich rasch vom Ufer abtreiben sieht und jede Minute fürchtet, in eine Schildkröte verwandelt zu werden.
Sarah gähnte und kam auf die Füße. »Also, ich geh' jetzt wohl in meine Koje, glaube ich. Gute Nacht, und vielen Dank für den schönen Tag.«
»Gute Nacht, Sarah. Träum' süß.«
Sarah schlenderte im Mondschein am Ufer entlang und wartete am Fuß des Stegs, während Lacro in den Schatten herumstöberte und eingebildete Katzen jagte. Er blieb ungewöhnlich lange weg, und Sarah, ungeduldig geworden, pfiff und rief. Sie konnte hören, daß er sich irgendwo im Schatten hinter den Weiden herumbalgte, doch er wollte nicht gehorchen. Als er schließlich wieder zum Vorschein kam, leckte er sich die Schnauze und produzierte sich in selbstzufriedener Manier.
»Lacro, du kleines Scheusal«, schalt Sarah streng, »du hast herumgestreunt! Was hast du gefressen? Du weißt, daß du keinen Unrat fressen darfst!«

Lacros Ohren, Nase und Schwanz senkten sich schuldbewußt, und er tappte gehorsam hinter Sarah die Laufplanke hinauf.

Der *mānji* hatte die Lichter brennen lassen, und Sarah machte einen Rundgang auf ihrem kleinen Boot, prüfte nach, ob Fenster und Türen geschlossen waren, bevor sie zurückkehrte, um einen letzten Blick auf den Salon zu werfen. Sie hatte sich bei Fudge schon bitter über die schwache Beleuchtung in Srinagar beschwert. Das Kraftwerk war außerstande, die erforderliche Leistung abzugeben. Selbst eine 60-Watt-Birne produzierte nur einen schwachen gelben Schein. Heute nacht aber kam es ihr vor, als seien die Lichter plötzlich überhell und grell. Das kleine Hausboot wirkte in dem krassen Licht größer, weniger überladen und merkwürdig verlassen.

Draußen war die Nacht von Geräuschen erfüllt, vom Klatschen des windbewegten Wassers gegen die Bordwände, vom Knarren und Winseln der Leinen und Ketten, die das Boot am Ufer festhielten; vom Rauschen des Windes in Blättern und Zweigen, vom Quietschen und Stöhnen des Bootes, das an seinen Verankerungen ruckte und zerrte. Aber in dem kleinen Salon war es vergleichsweise still.

Das grelle gelbe Licht fiel auf die verblaßten Bezüge der Stühle und Sofas, die mühevollen Schnitzereien der übermäßig verzierten Tische, den schäbigen Axminster-Teppich und die lange Reihe der staubigen Bücher und zerfetzten Magazine. Sarah schaute sich um und wurde sich unbehaglich bewußt, daß alle Gegenstände auf diesem Boot – jedes Möbelstück – mit einem besonderen Eigenleben ausgestattet war und sie irgendwie feindselig zu beobachten schienen. So mußten sie auch Janet beobachtet haben. Janet, die ihre Aufzeichnungen mit angsterstarrten Fingern kritzelte und wiederholt Blicke über ihre Schulter warf. Janet, die irgendwo auf diesem kleinen Boot etwas versteckt hatte.

Das Zimmer wußte es. Die nackten Augen der Fensterscheiben blinkten und warfen ein Dutzend Sarahs im lila Leinenkleid zurück. Die billigen Baumwollvorhänge blähten sich leicht im Luftzug, und der Perlenvorhang im Eingang des

Speiseraums bewegte sich und klirrte sacht, als hätte ein unsichtbares Wesen ihn passiert ...
Draußen verstärkte sich der Wind, und das Boot begann in den Böen zu schaukeln. Lacro tappte rastlos im Raum herum, schnüffelte an den Fußleisten und den Stuhlschatten und winselte. Sarah sprach scharf zu ihm, und nachdem sie die Vorhänge zugezogen und überall die Lichter gelöscht hatte, ging sie entschlossen ins Bett.
Nur das Licht in der Pantry hatte sie brennen lassen, um seinen Schein durch die halbgeöffnete Tür sehen zu können. Lacro hatte sich zusammengerollt zu ihren Füßen auf dem Bett niedergelassen. Das verlieh ihr ein vages Gefühl der Sicherheit. Eingelullt vom Schaukeln des Bootes und dem Wehklagen des Windes in den Ästen des großen Chenarbaums, schlief sie ein. Ungefähr zwei Stunden später wachte sie plötzlich auf und saß kerzengerade aufrecht im Bett. Sie hatte keine Ahnung, was sie aufgeweckt hatte: nur, daß sie eben noch klaftertief in traumlosem Schlummer gelegen hatte und im nächsten Moment hellwach war, alle Sinne geschärft und gespannt.
Der Sturm war drohend über den See hinweggefegt und bewegte sich jetzt durch das Tal auf die Berge des Banihal-Passes zu, aber das Boot schaukelte und knarrte noch an seinen Befestigungsleinen, und das Wasser klatschte geräuschvoll gegen die Bordwände. Der Wind blies in heftigen Böen. In einer kurzen Ruhepause dazwischen konnte Sarah das Pfeifen der Ratten an Deck sowie Lacros gleichmäßiges Schnarchen vernehmen, der sich unter den Decken vergraben hatte. Es vergingen etliche Minuten, bis sie bemerkte, daß das Licht in der Pantry nicht mehr brannte und das ganze Boot in völliger Finsternis lag. Das versetzte sie in Alarmbereitschaft.
Sie streckte eine Hand aus, griff nach den Fenstervorhängen neben ihrem Bett und zog sie beiseite, aber kein Mondschein drang herein, um den kleinen Raum zu erhellen, denn der Himmel war mit Wolken bedeckt, und leichter Regen fiel auf die aufgewühlte Oberfläche des Sees. Sarah tastete nach dem

Schalter ihrer Bettlampe, hörte es klicken, als sie ihn umdrehte, doch es kam kein Licht, und der Raum blieb weiter in Dunkel gehüllt.

Es ist der Sturm, dachte sie. Er wird Drähte heruntergerissen haben, oder die Leitung wurde irgendwo durch einen fallenden Ast unterbrochen. Es ist nichts, wovor man sich fürchten müßte . . .

Aber warum war sie so verängstigt? Und was hatte sie aufgeweckt? Warum saß sie so steif aufgerichtet in der Dunkelheit und horchte intensiv auf die Wiederholung eines Geräuschs?

Und dann hörte sie etwas und wußte, daß das das Geräusch war, das sie aus dem Schlaf gerissen hatte.

Es kam vom vorderen Teil des Boots. Vom Salon, dachte Sarah, als sie es zu lokalisieren versuchte. Sie hörte es ganz deutlich in einer Pause zwischen zwei Windböen, trotz der vielfältigen Nachtgeräusche: ein leise kratzendes Geräusch, das ganz unmißverständlich war. Das Geräusch kam von einem der Fenster des Hausbootes, das heimlich in der Schiene zurückgezogen wurde.

Sarah kannte die Fenster. Sie waren außen durch Insektendrahtnetze abgedeckt, die beim Öffnen gleichfalls in die dicke Verschalung des Hausboots zurückglitten. Sie hatten keine Verriegelung und wurden drinnen nur lose durch eine primitive Haken- und Ösenvorrichtung festgehalten. Da die Fensterrahmen dank unsachgemäßer und überhasteter Handwerksarbeit kaum jemals ganz akkurat paßten, war es ein leichtes, eine Messerschneide von außen dazwischenzuschieben und den Verschluß auszuhaken.

Irgend jemand hatte das soeben getan. Irgend jemand, der in diesem Augenblick die widerspenstigen, schlecht sitzenden Rahmen Zentimeter für Zentimeter lockerte.

Sarah saß wie erstarrt, ihr Herz hämmerte; sie wartete auf das nächste Geräusch, das, wie sie wußte, folgen würde. Gleich darauf kam es: ein kaum hörbarer Aufschlag, gefolgt von einer leichten Vibration des Bootes, als jemand durch ein geöffnetes Fenster in das Boot stieg.

Ein stürmischer Wind trieb den Regen gegen die Fenster-

scheiben an ihrem Bett. In dem darauffolgenden Schaukeln und Knarren der *Waterwitch* konnte sie keine weiteren Geräusche von Fußtritten heraushören.
Wenn ich bloß hier sitze, dachte Sarah verzweifelt, mich nicht bewege oder ein Geräusch mache, kommen sie vielleicht nicht hier herein. Vielleicht ist es nur jemand, der es auf das Besteck abgesehen hat. Falls ich mich still verhalte . . . Aber sie konnte es nicht. Da war Janet – und da war Mrs. Matthews. Warum war sie so dumm und halsstarrig gewesen, allein auf diesem Boot mit seinem bösen Omen zu schlafen? Es klang zwar sehr schön, sich selbst einzureden, daß man nicht in Panik zu verfallen oder irgendwas Törichtes zu tun brauchte, weil einem ja nichts Böses passieren konnte. Und was war mit den beiden passiert? Nein, sie wagte es nicht, still dazusitzen und abzuwarten. Sie mußte rasch von hier weg. Aber sie hatte Lacro vergessen. Wenn sie aus dem Bett stieg, würde er aufwachen und bellen . . .
Natürlich! Das war's! Lacro! Lacro würde sie retten! Er würde in die Dunkelheit hineinrasen, herausfordernd bellen und ein Ablenkungsmanöver veranstalten, denn Finsternis war kein Problem für ihn, und er konnte, wenn die Gelegenheit es erforderte, soviel Geräusch machen wie ein Leierkasten. Es mochte sehr wohl genügen, den Eindringling in die Flucht zu schlagen – wenngleich es die Creeds in dieser wilden Nacht nicht alarmieren würde –, und unter Deckung des Geräuschs würde Sarah über das Bootsheck flüchten und zum Küchenboot hinaufklettern.
Sie beugte sich in der Dunkelheit vor und grub Lacro aus seinem Deckennest aus. Er war warm, samtweich und entspannt, und er fuhr fort, friedlich zu schnarchen. Aber er wachte nicht auf. Sarah schüttelte ihn und flüsterte dringlich in sein Schlappohr: »Lacro! Lacro! Aufwachen! Ratten, Lacro!«
Allein, der Dackelwelpe rührte sich nicht. Sarah schüttelte ihn heftig. Er ist betäubt! dachte sie ungläubig. Er hat etwas gefressen. Wo? Wann? Da fiel ihr ein, wie er in dem Schatten herumgestöbert hatte, als sie von den Creeds zurückkamen.

Und als er wieder erschien, hatte er sich die Schnauze geleckt. Er hatte Futter gefressen, das ihn betäubte. Futter, das aller Wahrscheinlichkeit nach absichtlich für ihn ausgelegt worden war . . .
Sarah überkam eine rasende Wut und übertönte vorübergehend ihre Panik. Sie klemmte sich den widerstandslosen Lacro unter den Arm, glitt auf den Fußboden und tappte durch den Raum.
Einen wilden Augenblick lang hatte sie erwogen, das Fenster zu öffnen und zu schreien. Sie wußte jedoch, der Wind würde ihre Stimme verwehen und es wäre reine Atemverschwendung gewesen. Sie mußte durch die leere zweite Schlafkajüte hinter der ihren und durch das Bad, um zum Bootsheck zu gelangen, von wo aus sie zu dem *mānji* hinaufsteigen konnte. Noch besser aber würde sie ihren Weg über die schmalen Balken nehmen, die an beiden Seiten des Bootes entlangliefen, bis sie die Planke an der Pantrytür erreichte. Von dort konnte sie über den Steg das Ufer erreichen und zu den Creeds hinüberlaufen.
Die *Waterwitch* schwankte unter einem weiteren Windstoß. Sarah schlug heftig mit dem Kopf gegen den Schrank und ließ Lacro fallen. Einen Augenblick lang klammerte sie sich an die Schranktür, während eine Vielzahl bunter Funken durch die Finsternis schoß: sie mußte vergessen haben, die Tür zu schließen. Oder die Zugluft und das ungleichmäßige Schlingern des Bootes hatten dazu beigetragen, sie wieder aufschwingen zu lassen.
Nach ein oder zwei Augenblicken bückte sie sich mit schwindligem Kopf und tastete in der Dunkelheit herum. Lacro schlief noch friedlich. Sie hob ihn auf und tappte unsicher auf die schmale Tür der Kajüte zu, wobei sie sich diesmal mit größerer Vorsicht bewegte.
Es schien ein langer Weg im Dunkeln . . . Die Tür stand halb offen – vermutlich wieder der Wind –, und Sarah ging hindurch. Es gab keinen Schimmer Licht in der schwarzen Nacht hinter den vorhangverhangenen Fensterscheiben. Der Wind heulte durch die Ritzen des Hausboots und sandte kalte Stöße

Zugluft durch die Fußböden. Plötzlich streifte etwas ihre Wange, und sie fuhr entsetzt zurück. Es war aber nur ein Vorhang, der sich im Zugwind blähte.
Sie versuchte sich zu erinnern, wie die Kajüte möbliert war. Ein Bett an der Wand, zur Linken des Bettes die Tür zum Bad; der Frisiertisch unter dem Fenster. Stand unter dem zweiten Fenster eine Kommode? Sie entsann sich nicht genau, aber war sie erst einmal am Bett, würde sie sich schon wieder zurechtfinden.
Sarah bewegte sich zentimeterweise voran, eine Hand hielt sie vor sich ausgestreckt. Wo hatte doch gleich das Bett gestanden? Dann berührte ihre Hand auf einmal poliertes Holz. Es war aber nicht das Bettende. Es mußte der Frisiertisch sein. Nein, dazu war es zu hoch und zu glatt, und es hatte eine geschnitzte Kante. In der engen Schlafkajüte stand doch ganz bestimmt kein Tisch mit einer geschnitzten Umrandung?
Sie stand still. Verwirrt und unsicher. Ihr Kopf schmerzte und war noch schwindlig von dem heftigen Stoß an die Schranktür. Und wie sie dort stand, nahm sie noch etwas anderes wahr: ein merkwürdig klickendes Geräusch, ganz in ihrer Nähe. Sie konnte es gut zwischen den brausenden Windböen hören. *Klick . . . klick . . . klick . . .* Sehr leise. Wie jemand, der Perlen zählt. *Perlen!* Der auffällige Perlenvorhang, der im offenen Eingang zwischen Speiseraum und Salon hing . . . Das war's! . . . es war hier, dicht bei ihr; schwang und klickte in der Dunkelheit. Und mit einem jähen Schock des Entsetzens wußte sie, was sie berührt hatte. Es war der ovale Eßtisch mit der tiefen, geschnitzten Chenarblattumrandung.
Sie war überhaupt nicht in der engen Schlafkajüte. Sie war im Eßzimmer. Sie mußte die Richtung verloren haben, als sie sich, schwindlig von dem Schlag am Kopf, gebückt hatte, um im Finstern nach Lacro zu tasten. Und der Vorhang, der ihre Wange gestreift hatte, wurde von einem offenstehenden Fenster gebläht; deshalb war es in diesem Raum auch so viel kälter. Hier stand ein Fenster offen; was nur bedeuten

konnte, daß das Geräusch, das sie gehört hatte – das Geräusch eines Fensters, das geöffnet wurde –, von hier gekommen war.
Sie befand sich im falschen Raum. Und in derselben Sekunde wurde ihr klar, daß noch jemand mit ihr im Raum sein mußte.
Sarah stand wie erstarrt, wagte nicht, sich zu bewegen. Selbst ihr Herz schien stillzustehen. Sie konnte keinen anderen Laut vernehmen als die Geräusche von Wind und Wasser und das Krachen des Bootes, das an seinen Verankerungen zerrte. Doch sie brauchte keinen Laut, der ihr verriet, daß jemand da war, ganz nahe bei ihr; fast in Reichweite ihrer Hand. Purer animalischer Instinkt, jener sechste Sinn, der uns warnt, wenn einer von unserer Art in der Nähe ist. Das genügte . . .
Ich darf mich nicht rühren, dachte sie verzweifelt. Ich darf nicht atmen . . . Sie fühlte, wie die Bodenbretter unter ihren Füßen vibrierten, die Luft sich neben ihr bewegte, wie wenn ein massiver Körper in der nachtschwarzen Finsternis an ihr vorbeiging.
Zwischen den Windböen war eine plötzliche Ruhepause, und in der kurzen Stille gab Lacro einen Laut schnüffelnden Schnarchens von sich.
Sie hörte, wie jemand in der Finsternis den Atem einzog, und irgend etwas – eine Hand – streifte gegen ihren nackten Arm.
Sarah ließ Lacro fallen, wich wild zurück und schrie, so laut sie konnte. Da blitzte ein Licht auf; der weiße Strahl einer elektrischen Taschenlampe fiel auf ihr Gesicht. Eine ungläubige Stimme rief: »Um Gottes willen! Sarah!«
Im nächsten Augenblick waren Arme um sie und hielten sie fest. Sie kämpfte wie rasend, noch in der Gewalt des Schrekkens. Ihr Bezwinger hielt sie mit einem Arm fest und drehte mit der freien Hand die Taschenlampe auf das eigene Gesicht.
»Charles!«

13

Völlig überreizt brach Sarah in Tränen aus. Und Charles, der sie festhielt, sprach beruhigend auf sie ein: »Tut mir leid, Sarah. Ich wußte nicht, daß jemand an Bord ist. Nicht weinen, Liebes. Jetzt ist ja alles gut. Jetzt brauchst du nichts mehr zu fürchten.«

Nein, jetzt brauchte sie nichts mehr zu fürchten. Urplötzlich wußte Sarah es. Die Schrecken, Verwirrungen und Zweifel, die sie seit der mondhellen Nacht in Gulmarg heimgesucht hatten, als sie im Vollmondschein erwachte, waren vorüber. Charles war hier. Sie war in Sicherheit. Für einen langen Augenblick ließ sie sich entspannt gegen seine Schulter sinken. Dann rückte sie mit einem ihr unbekannten Gefühl der Scheu von ihm ab.

»Hier«, sagte Charles. »Taschentuch.«

Sarah akzeptierte es dankbar, blies die Nase und schniefte wie ein Kind.

»Glaubst du, wir können das Licht andrehen?« fragte Charles. »Ich weiß nicht, wieviel Strom diese Batterie noch hergibt.«

»Es ist ausgefallen«, sagte Sarah unsicher. »Ich glaube, die Leitung wird irgendwo heruntergerissen sein. Aber nebenan sind Kerzen, falls du Streichhölzer hast.«

»Ich hab' ein Feuerzeug. Das tut's auch. Guter Gott! Was, um alles in der Welt, ist das?«

Charles trat einen Schritt zurück und senkte den Strahl seiner Taschenlampe auf den Fußboden.

»Es ist Lacro«, sagte Sarah und kniete sich an die Seite des schlafenden Samtbündels. »Ich hatte ihn vergessen, das arme Lämmchen. Ich ließ ihn fallen, als du mich streiftest. Ich war so erschrocken.«

»Was ist los mit ihm? Ist er krank?«

»Nein. Er wurde betäubt.« Sarah hob die weit aufgerissenen Augen zu Charles' Gesicht. »Hast du es getan?« fragte sie scharf.

Charles ließ sich auf ein Knie nieder und drehte das Hündchen um. »Was getan? Ihn betäubt?«

»Ja«, antwortete Sarah flüsternd.
»Nein. Warum, zur Hölle, sollte ich so etwas getan haben?« entgegnete Charles ungeduldig. Er zog eines von Lacros Augenlidern zurück und sah das Auge einen Moment lang prüfend an. »Opium, würde ich sagen. Er kommt wieder in Ordnung.«
Sarah wisperte: »Irgend jemand hat's getan. Wenn du's nicht warst, war's jemand anders, der die Absicht hatte, heute nacht auf dieses Boot zu kommen.«
»Was höre ich da?« sagte Charles scharf. »Das klingt mir verdammt danach, als sei hier was faul im Staate Dänemark. Aber dies ist kein Platz zum Reden. Laß uns diese Kerzen suchen.«
Sarah erhob sich mit Lacro auf dem Arm, und sie gingen in den Salon, wo sie zwei verstaubte, gelbliche Kerzenenden in einem Paar angelaufener Kerzenleuchter aus Benares-Messing ansteckten. Die Flammen flackerten ein oder zwei Sekunden in der Zugluft, dann brannten sie stetiger und heller, und der kleine Raum war auf einmal wieder ein Zimmer: vollgestopft mit Möbeln einer vergangenen Epoche, schäbig, überladen, uninteressant und uninteressiert; über den lebhaften Eindruck der Spannung und Wachsamkeit, den er zuvor in ihr hervorgerufen hatte, wunderte sich Sarah jetzt nur noch.
Sie blickte auf und sah, daß Charles sie mit undefinierbarem Gesichtsausdruck und einem leichten Lächeln um den Mund betrachtete. Da wurde sie sich der Tatsache bewußt, daß sie außer einem überaus dünnen Chiffon-Spitzennachthemd nichts anhatte, und im nächsten Augenblick, voller Zorn, daß sie errötete.
»Du siehst sehr hübsch aus«, stellte Charles fest. »Trotzdem ist es wohl besser, du ziehst dir etwas über, oder du wirst dich erkälten. Außerdem«, fügte er nachdenklich hinzu, »gibt es ein paar Dinge, die ich mit dir bereden möchte, und ich würde meine Gedanken gerne bei der Sache haben.«
»Oh!« gab Sarah atemlos von sich. »Oh! Du . . . du . . . Gib mir die Taschenlampe.«

Sie stieß Lacro in seine Arme, riß ihm die Taschenlampe aus der Hand und flüchtete. Fünf Minuten später kehrte sie wieder zurück – in einem streng geschnittenen Morgenrock aus grüner Seide, der ihr vom Hals bis zu den Knöcheln reichte sowie schmalen grünen Maroquinpantoffeln an den nackten Füßen. Ein aufmerksamer Beobachter hätte sogar bemerkt, daß sie die Zeit gefunden hatte, ein wenig Lippenstift und Puder aufzulegen und mit dem Kamm durch die rotblonden Locken zu fahren.
Sie fand Captain Mallory auf dem Sofa liegen. Er wiegte Lacro in den Armen und blies Rauchringe gegen die Decke.
»Bitte, bleib liegen«, sagte Sarah eisig und nahm ihm gegenüber in einem Armsessel Platz. »Und nun, falls es nicht zuviel verlangt ist, würdest du mir bitte sagen, was du auf meinem Boot tust?«
»Ich wußte nicht, daß es deins ist«, erwiderte Charles, »und ich wußte nicht, daß überhaupt jemand an Bord ist. In diesem Jahr wurden so wenig Hausboote belegt, daß es mir ziemlich sicher schien, daß auch dies hier unbesetzt sei.«
Sarah beugte sich unvermittelt vor und drehte den Kopf zur Seite: »Fällt dir vielleicht irgend etwas an meinen Ohren auf?«
»Nichts. Abgesehen davon, daß ich Sie ausgesprochen entzückend finde«, gab Charles prompt zurück.
Sie errötete etwas, wich seinem Blick aus und antwortete: »Vielen Dank für das Kompliment, aber worauf ich eigentlich hinaus wollte, ist, daß ich nicht mehr so grün hinter den Ohren bin, wie du anscheinend glaubst. Wenn du tatsächlich annahmst, das Boot sei leer, würdest du niemals nach Mitternacht hineingekrochen sein.«
Charles blies einen weiteren Rauchring in die Luft und beäugte sie nachdenklich über das Mundstück seiner Zigarette, bevor er antwortete. Irgend etwas ging in seinem Kopf vor. Nach ein oder zwei Augenblicken kam er anscheinend zu einer Entscheidung, denn er schwang seine Absätze vom Sofa, setzte sich aufrecht hin und sagte: »Also gut, ich nahm nicht an, daß es leer sei. Mir war gesagt worden, es sei von

einer ›unverheirateten Lady‹ belegt. Das ist die Beschreibung meines Informanten, nicht die meinige. Ihr Name wurde als Harris angegeben. Das sagte mir nichts. Ferner wurde ich informiert, sie würde heute abend zum Tanzen im Hotel sein und erst weit nach Mitternacht zurückkehren. Apropos, stört dich mein Rauchen? Ich hätte fragen sollen.«

»Nein«, sagte Sarah. »Weiter. Was wolltest du auf diesem Boot?«

»Ich wollte nur einen Blick hineinwerfen ohne zugleich viel Aufsehen zu erregen. Ich fand, daß die Aufgabe, mit einer unverheirateten Lady namens Miß Harris Bekanntschaft zu schließen, mehr Zeit in Anspruch nehmen würde, als mir zur Verfügung stand. So kam ich vorbei, um eine inoffizielle Musterung vorzunehmen. Deshalb war ich, milde ausgedrückt, etwas überrascht, statt dessen Miß Parrish anzutreffen.«

Sarah sagte: »Das ist auch nicht die Wahrheit. Stimmt's?«

»Warum so ungläubig?«

»Weil ich nicht glaube, daß du zu jener Sorte Leute zählst, die solche Fehler begeht. Nicht, wenn es wirklich darauf ankommt.«

»Diesmal scheint mir einer unterlaufen zu sein«, bemerkte Charles trocken.

»Das stimmt nicht. Du dachtest, ich sei tanzen. Das wäre ich auch gewesen, hätte Major McKay sich nicht einen Muskel verzerrt. Und da der Tanz bis ein Uhr nachts dauert und weil es fast eine Stunde in Anspruch nimmt, mit einer *shikara* herzukommen, wußtest du, daß du genügend Zeit hast. Du hattest nicht erwartet, hier jemanden anzutreffen, aber du wußtest, daß ich das Boot übernommen habe. Ist es so?«

»Mag sein«, sagte Charles unverbindlich, Sarah aus halbgeschlossenen Augen beobachtend. »Warum denkst du, daß es bei dieser Sache wirklich darauf ankommt?«

»Weil –« Sarah stockte plötzlich. »Nein, sag du mir zuerst, warum du herkamst.«

Charles zögerte einen Moment, starrte auf das glühende Ende seiner Zigarette hinab, runzelte die Stirn und sagte

dann langsam: »Ich kannte das Mädchen, das letztes Jahr dieses Boot hatte. Ihr Name war Janet Rushton.«
Sarah atmete hörbar, und Charles blickte rasch hoch. »Du hast sie auch gekannt, nicht wahr? Der Brief, den du auf dem Rasen des Peshawar-Clubs verbranntest, trug Janets Handschrift. Ich war ziemlich überzeugt davon. Wir haben Nachforschungen über dich eingezogen. Du warst bei dem Frühlingstreffen in Gulmarg. Du hattest das Zimmer neben Janet. Du kamst hier herauf und übernahmst ihr Boot, wozu du eine Quittung von ihr benutztest. Was sagst du dazu, Sarah?«
Sarah gab keine Antwort. Sie saß ganz still. Ihre Augen begegneten Charles' ausgeglichenem, durchdringenden Blick, während eine Minute verstrich.
Der Wind blies einen weiteren Regenschauer gegen die Fensterscheiben. Die Kerzenflammen schwankten und flackerten in der Zugluft, warfen hüpfende Schatten auf die holzverschalten Wände und die verschnörkelte Holztäfelung an der Decke. Das Hausboot ruckte und schaukelte, knarrte und stöhnte an seinen Verankerungen.
Endlich sprach Sarah, und ihre Stimme klang unsicher: »Ich verstehe das nicht. Wenn du – einer von ihnen bist –, wenn du mich beobachten läßt . . . Was hat das alles zu bedeuten, Charles?
Charles legte Lacro auf das Sofakissen, stand auf und ging rastlos auf und ab. Er kam schließlich näher, neigte sich über Sarah, blickte stirnrunzelnd zu ihr hinunter und fingerte nervös mit seiner Zigarette.
Dann sagte er unvermittelt: »Ich habe keine Ahnung, wieviel du weißt, aber anscheinend ist es mehr, als gut für dich ist. Ich denke, du sagst es mir besser. Alles, bitte, von Anfang an und ohne etwas auszulassen.«
Sarah erzählte es ihm: in dem schäbigen Armsessel, in dem Janet gesessen haben mußte, in dem Boot, das Janets gewesen war, mit den tropfenden Kerzen, die auch Janet benutzt haben mußte, und die jetzt Tausende Lichtstrahlen über ihr weißes Gesicht warfen. Und als sie sprach, war ihr, als erlebe

sie die Geschehnisse, die sie beschrieb, noch einmal wieder: als sähe sie das Lampenlicht auf dem Lauf von Janets Automatik glitzern, als starre sie ungläubig auf die Spur der Fußabdrücke im verwehten Schnee. Wieder schien sie Janets Stimme im Schatten der Skihütte auf dem Khilanmarg zu hören, beobachtete sie den Schatten, der über die Schneefelder dahinflog und in der Dunkelheit der Wälder verschwand; und wieder sah sie sich auf die schattige Mulde von Gulmarg hinunterschauen auf ein weit entferntes, genau erkennbares rotes Licht . . .

Sie erzählte – und ihre Stimme war ein rauhes Flüstern im wiederkehrenden Schrecken des Augenblicks – von den Dingen, die nach Janets Abfahrt geschahen. Von dem Geräusch einer sich verstohlen schließenden Tür zwischen den Schatten unter den schneeüberhangenen Dachvorsprüngen der Skihütte. Wie Janets Leiche gefunden wurde und von ihrem eigenen Besuch in dem Haus an der Schlucht. Jeder Vorfall schien so tief in ihr Gedächtnis eingekerbt, daß sie ihn wiedergeben konnte, als habe er erst gestern stattgefunden. Die Spuren auf dem schneebedeckten Zugangsweg. Die Finsternis und Stille des leeren Hauses. Die schwachen Gerüche, die in den kalten Räumen schwebten – Zigarettenrauch, Moder, Pulver und jener andere eklige, undefinierbare Geruch. Sie erzählte ihm von dem Einschußloch und dem Fleck am Fußboden. Von dem Mann im Schneesturm und schließlich von Janets Brief, der Monate später in Peshawar eintraf.

Sie berichtete alles in gewissenhaftestem Detail bis zur Verbrennung von Janets Brief, während Charles auf der Sofalehne saß und zuhörte; sein Gesicht ausdruckslos, seine Augen aufmerksam. Nachdem sie geendet hatte, zitterte sie, verschränkte ihre Finger, um zu verbergen, daß sie bebten, und schloß mit den Worten: »Was hat das alles zu bedeuten, Charles? Ich verstehe es nicht, und ich habe Angst. Ich bin regelrecht erstarrt vor Furcht. Es würde mich nicht so irritieren, wenn ich nur wüßte, daß es sich um das übliche antibritische Zeug . . . indische Terroristen handelte. Das ist es aber nicht. Da war jemand, der in der Skihütte lauschte. Und dann

Reggie Craddock, der versuchte, mich vom Boot fortzulotsen. Dasselbe wollte ein anderer, der sagte, er käme von der Verleihagentur. Und heute morgen kreuzte hier Mrs. Warrender mit einer Story von einem Freund auf, der das Boot mit mir tauschen wollte. Was soll das alles? Oder werde ich langsam verrückt?«

»Sag das noch einmal«, verlangte Charles.

Sarah lachte unnatürlich hoch. »Ich sagte: ›werde ich langsam verrückt‹?«

»Nein, ich meine das mit Reggie Craddock und Helen Warrender. Daß muß ich ganz genau wissen: bitte Wort für Wort.«

So nahm Sarah den Faden erneut auf und wiederholte alles, woran sie sich erinnern konnte . . .

Die Zigarette verlöschte zwischen Charles' Fingern. Er fluchte und schnippte die schwelenden Reste in den Aschenbecher. »Teufel!« sagte Charles. »Darüber muß ich erst nachdenken. Geh zu Bett, Sarah. Du hast für heute genug Aufregung gehabt. Wir werden jede weitere Erörterung auf morgen verschieben.«

Sarahs Mund wurde ganz schmal, und ihre grünen Augen funkelten im flackernden Kerzenlicht.

»Ich rühr' mich hier nicht vom Fleck«, sagte sie bestimmt, »bis du mir gesagt hast, was das alles zu bedeuten hat. Ich könnte kein Auge zutun, das weißt du ganz genau. Es nützt nichts, alles vor mir geheimzuhalten oder die Sache schnell noch vertuschen zu wollen, denn ob es dir nun paßt oder nicht, ich hänge hier auch mit drin. Und zwar bis zum Halse, wenn ich das richtig sehe. Also, worum geht es, Charles?«

»Falls du Reggie Craddock und Co. meinst, so habe ich keine Ahnung. Und was den Rest angeht, so kann ich dir auch nicht mehr sagen, als Janet dir schon erzählt hat . . .« Charles stand auf und begann erneut auf dem Axminster-Teppich umherzugehen; die Hände in den Hosentaschen, den finsteren Blick auf den Boden gerichtet.

»Vor einem Jahr«, begann Charles langsam, »gab einer unserer Agenten Nachricht, daß er einem großen Ding auf der

Spur sei. Er gab nicht einmal einen Hinweis darauf, worum es eigentlich ging, aber er schickte ein – ein Signal. Eins, das wir nur sehr selten benutzen und das bedeutet, daß wir auf eine brandheiße Sache gestoßen sind und mit größtmöglicher Eile Kontakt aufnehmen müssen.«

Sarah sagte: »Janet sagte mir, daß Mrs. Matthews im letzten November Hilfe angefordert habe. Noch bevor sie in *Nedou's Hotel* gezogen sind.«

»Hat sie auch. Und ein Major Brett wurde sofort nach Empfang der Botschaft losgeschickt. Aber –«

»War das nicht der Mann, der aus dem Zug gefallen ist?« fragte Sarah und atmete schwer.

Charles nickte, kehrte um und setzte seine Wanderung fort. »Aber die erste Warnung traf schon letzten Mai ein. Sie kam aus Srinagar und wurde von meinem besten Freund gesandt. Wir schickten jemanden, der mit ihm Kontakt aufnehmen sollte, aber Pendrell traf niemals dort ein. Sein Wagen wurde auf dem Rückweg in einen Unfall verwickelt, und er kam ums Leben. Es war ein sehr gut inszenierter Unfall.«

»Wie – wie der des Inders, der im Dezember kommen sollte, um Mrs. Matthews zu treffen«, flüsterte Sarah.

Charles warf ihr einen Blick zu und nickte erneut. »Ajit; ja. Mrs. Matthews hatte die Sache übernommen, nachdem Pendrell starb. Es gab ein paar Anhaltspunkte, aber nicht sehr viele; denn obgleich mehrere unserer Leute hier oben waren, so hatten sie nicht dasselbe Format wie Mrs. Matthews. Janet kam als Nummer zwei zu ihr, und wir hörten von keiner der beiden etwas, bis wir gegen Ende November das Signal von Mrs. Matthews erhielten. Es bedeutete, daß sie die Ware erhalten hätte und wir unverzüglich jemanden schicken sollten.«

»Ich verstehe nicht, warum sie nicht gleich selbst gekommen ist«, warf Sarah stirnrunzelnd ein. »Janet sagte, es sei ihnen nicht erlaubt gewesen, aber –«

»Sie durften nicht. Hätte Pendrell sich daran gehalten, würde er heute vielleicht noch leben; wer weiß? Er beschloß jedoch, Kaschmir zu verlassen, und dieser Schritt war fatal. Man

muß ihn wohl schon zuvor im Verdacht gehabt haben, und als sie dann hörten, er wolle nach Rawalpindi, kam man offenbar zu dem Beschluß, kein Risiko einzugehen. Sie gingen auf Nummer Sicher und löschten ihn aus.«
»Aber Janet –? Und du sagtest, da wären andere . . .«
»Um jemanden zu kontaktieren ist es weitaus einfacher, einen neuen Agenten zu senden, ein völlig unbeschriebenes Blatt. Jeder Versuch seitens Mrs. Matthews oder Janet Rushtons, Kaschmir zu verlassen, hätte womöglich Argwohn erregt; vorausgesetzt, die Gegenseite hegte Verdacht. Theoretisch war es sicherer, zu bleiben, wo sie waren – obwohl es sich unglücklicherweise in der Praxis nicht bestätigt hat. Nachdem Ajit samt seinem Wagen und seinem Fahrer von einer Lawine ›zufällig‹ vom Straßenrand weg in den Abgrund gerissen worden war, erkannten wir, daß man Mrs. Matthews und Janet wahrscheinlich enttarnt hatte und daß hier oben und in Nordindien ein weitaus effektiveres Team gegen uns operiert, als wir angenommen hatten.
Nach Ajits Tod wurde daher beschlossen, das Skiklubtreffen als Deckmantel zu benutzen und einen weiteren Wintersportfan hinaufzuschicken, der mit einer der beiden Frauen Kontakt aufnehmen sollte. Der Agent sollte nach Dunkelheit eintreffen und die Begegnung an einem äußerst geheim gehaltenen Ort stattfinden. Am darauffolgenden Tag sollte er eine zweite, diesmal öffentliche Ankunft inszenieren und es für die restliche Zeit meiden, mit einer der beiden Frauen allein im Gespräch gesehen zu werden.
Der festgesetzte Treffpunkt und das Signal – das rote Licht, das du sahst – wurden Mrs. Matthews als Katalog getarnt übermittelt. Es war natürlich ein Risiko, aber nach dem, was Pendrell, Major Brett und Ajit zugestoßen war, ein geringeres Risiko, als zu versuchen, mündlich einen Plan zu übermitteln. Eine von beiden, Janet oder Mrs. Matthews, hatte nach ihrer Ankunft in Gulmarg jede Nacht auf das Licht zu warten: Jeder andere würde geglaubt haben, daß der *chowkidar* – ein Nachtwächter – sich eine Mahlzeit kochte oder die Nacht in einer leeren Hütte schlief. Sobald sie es gesehen hatten, sollte

entweder Mrs. Matthews oder Janet die Hütte aufsuchen. Beide waren exzellente Skiläuferinnen, und es wäre leicht für eine der beiden gewesen, nach Mitternacht unbeobachtet aus dem Hotel zu schlüpfen und auf Skiern zum Treffpunkt und wieder zurück zu laufen.«

»Aber angenommen, es wäre Sturm oder sonstwas gewesen und sie hätten es nicht gesehen?« fragte Sarah.

»Wären sie die erste Nacht nicht gekommen, sollte der Bote zwei weitere Nächte dort verbringen. Nicht länger.« Charles blieb vor einer der Kerzen stehen und sagte unvermittelt: »Diese Dinger werden bald ausgebrannt sein.« Er blieb stehen und starrte so lange auf die flackernde Flamme herab, bis Sarah sich unruhig in ihrem Sessel bewegte und sagte: »Sprich weiter.«

Charles hob ruckartig den Kopf, als habe er sie zeitweilig vergessen.

»Das ist alles. Den Rest kennst du.«

»Nein, ich kenne ihn nicht«, beharrte Sarah; ihre Stimme war kaum mehr als ein Flüstern. »Was passierte dem Mann? Dem Boten. Sie töteten ihn ebenfalls, nicht wahr?«

»Es war kein Bote da«, sagte Charles langsam. »Er wurde unterwegs aufgehalten und traf zu spät ein.«

»Aber wie . . .?« Sarah merkte, daß sie die Frage nicht beenden konnte.

»Wir wissen nicht, wie sie es herausgefunden haben«, versetzte Charles. »Das mit der Hütte und dem Signal, meine ich. Aber offenbar hatte irgend jemand nicht dichtgehalten, denn das Licht war eine Falle, und Janet ging hinein.«

»Jedenfalls muß jemand dort gewesen sein. Ich hab's dir ja erzählt. Ich sah das Einschußloch und – und da war Blut auf dem Fußboden.«

»Ich weiß«, sagte Charles. »Ich habe es gesehen.«

»Du?« hauchte Sarah.

»Ja.« Charles Augen über der tropfenden Kerzenflamme spiegelten kleine tanzende Funken des gelben Lichts wider. »Ich war der Bote. Ich war der Mann, mit dem du im Schneesturm auf dem *marg* zusammengeprallt bist.«

»Oh!« Sarah zog hörbar den Atem ein. »Das wußte ich nicht. Ich wußte nur, daß –« Sie stockte.
»Wußtest nur was?« fragte Charles neugierig.
Sarah errötete und biß sich auf die Lippe. Sie hatte nicht die Absicht, Charles zu erklären, daß das starke Interesse, das sie in Peshawar für ihn entdeckte, der merkwürdigen und anhaltenden Überzeugung entsprang, ihm vorher schon einmal begegnet zu sein.
Charles betrachtete sie einen Augenblick aufmerksam, bestand jedoch nicht auf der Beantwortung seiner Frage. Er setzte sich wieder auf das Sofa, zog eine goldene Zigarettendose aus der Tasche und bot sie Sarah an. Als sie den Kopf schüttelte, nahm er sich selbst eine weitere Zigarette und steckte sie an einer der Kerzen an.
Als Sarah sein Gesicht studierte, das er über die flackernde Flamme neigte, wunderte sie sich über sich selbst, daß sie ihn nicht augenblicklich als den Mann im Schneesturm wiedererkannt hatte. Wie konnte sie die Wangen- und Kinnlinie vergessen, selbst wenn sie durch Dunkelheit und Schneefall verschwommen war? Die grauen Augen, und diese Stimme mit dem leicht nasalen Klang und dem unbeabsichtigten, aber instinktiven Befehlston, hatte ausschließlich Charles gehören können.
Charles sah plötzlich auf und erwiderte ihren intensiven Blick. Sein Mund verzog sich zu einer Spur von Grinsen, und er sagte: »Für mich war es leichter. Du hattest rotes Haar.«
Sarah errötete leicht. Um die Aufmerksamkeit von dieser Tatsache abzulenken, sagte sie schnell: »Erzähl mir, was weiter geschah. Was hast du getan?«
»Da war nicht viel zu tun«, erklärte Charles nüchtern. »Es war arrangiert worden, daß ich unter den später Ankommenden beim Skiklubtreffen sein sollte – da waren mehrere Leute, die nur die letzten Tage teilnehmen konnten –, so daß ich mit den übrigen nicht zu lange nach Erhalt der Information abreisen würde. Ich sollte gerade lange genug bleiben, damit jeder sehen konnte, daß ich keinen Kontakt zu Mrs.

Matthews oder ihrer angeblichen Nichte hatte! Aber obgleich diese Entscheidung logisch durchdacht war, erwies sie sich als Fehler, denn das Wetter begünstigte offenbar die Gegenseite –

Eine plötzliche Überschwemmung des Kabul-Flusses bedeutete, daß ich einen vollen Tag brauchte, um Rawalpindi zu erreichen. Gleich nach Uri bemerkte ich, daß die Straße von einer Lawine blockiert worden war, die jede Menge Felsen und Bäume mit sich gerissen hatte. Für drei bis vier Tage kam dort kein Auto durch. So kam ich zu Fuß und auf Skiern, wodurch ich mich schlimm verspätete. Einer unserer Leute, ein Kaschmiri, der als Leiter für die Außenbezirke von Gulmarg tätig ist, traf mich bei Babamarishi und erwähnte beiläufig, eine ältere Memsahib sei beim Skilaufen tödlich verunglückt. Seine Beschreibung genügte mir, um zu wissen, um wen es sich handelte. So war ich zumindest gewarnt. Aber da war immer noch Janet.

Ich zog weiter, folgte der Spur eines Holzfällers durch den Wald, den Kadera mir gezeigt hatte, um so weit wie möglich außer Sichtweite zu bleiben. Ich besaß einen Schlüssel zur Hütte und wollte mich dort auf die Lauer legen, bis es dunkel genug war zum Anzünden der Signallampe, die in meinem Gepäck war. Ich war nicht mehr weit von der Hütte entfernt, als mir ein Kuli begegnete, der fürs Hotel Holz sammelte – er hatte eine große Last auf dem Rücken und war stehengeblieben, um sich auszuruhen. Er bat mich um eine Zigarette und erzählte mir von der alten Memsahib, die gestorben war, und daß die junge Miß-sahib, die mit ihr heraufkam, an diesem Morgen bei einem ähnlichen Unglück umgekommen sei; was er alles bösen Geistern zuschrieb. So erfuhr ich, was mit Janet geschehen . . .«

Charles schwieg eine Weile, drehte seine Zigarette zwischen den Fingern, sah müde und grimmig aus. Endlich sagte er: »Da es so aussah, als seien beide auf einer der Skipisten tödlich verunglückt, gab es keinen Grund, anzunehmen, daß jemand etwas von der Hütte bei der Schlucht wußte, und so ging ich dorthin. Ich brauchte dringend einen Platz zum

Ausruhen, bevor ich den langen Marsch zurück nach Babamarishi wieder in Angriff nahm. Offensichtlich bestand kein Grund mehr für mich, länger in Gulmarg zu bleiben oder gar als offizieller Spätankömmling beim Klubtreffen aufzutauchen. Ich wollte dann gleich zurückkehren und Bericht erstatten, daß ich es nicht geschafft hätte, weil ich auf der Straße blockiert wurde.
Erst als ich bei der Hütte ankam und jene Spuren auf dem Pfad entdeckte und feststellte, daß ich meinen Schlüssel nicht brauchte, weil die Tür schon offen war, merkte ich, daß irgendwo etwas durchgesickert sein mußte – und zwar auf sehr hoher Ebene. Du weißt, was ich drinnen vorfand. Man brauchte nicht lange, um herauszufinden, was sich da ereignet hatte, oder um festzustellen, daß, wer immer die beiden ›Ski-Unfälle‹ inszeniert hatte, auch alles über die Hütte und das Signal wußte. Eine einzige Sache gab es, die ich nicht begriff.«
Er machte eine kurze Pause, runzelte die Stirn, und Sarah fragte: »Warum haben sie nicht auch dir aufgelauert?«
Charles nickte. »Genau. Wenn sie schon so viel wußten, warum haben sie dann nicht auf mich gewartet? Sie wußten doch offenbar, daß ein neuer Kontaktmann unterwegs war und was er zu tun hatte; obgleich es zweifelhaft ist, daß sie seine Identität kannten, denn für die Aufgabe hätte auch irgendein anderer abkommandiert werden können. Warum warteten sie also nicht, bis ich eintraf, schlugen mich nieder und warteten anschließend auf Janet, um mit ihr das gleiche zu tun?«
»Vielleicht hatten sie diese Absicht«, meinte Sarah, »und dann geschah etwas, was sie zur Eile zwang.«
»Der Sturm«, sagte Charles. »Ich zog damals die Schlußfolgerung, daran müsse es gelegen haben. Wahrscheinlich warteten sie ein oder zwei Nächte in der Hütte auf mich und stellten dann fest, daß ein Sturm aufkam.«
»Bulaki sagte es«, unterbrach Sarah halb geflüstert.
»Wer ist das?«
»Mein Zimmerkellner. Am Morgen, als wir zur Skihütte am

Khilanmarg aufbrachen, sagte er, es käme schlechtes Wetter auf.«

»Das wird's gewesen sein«, nickte Charles. »Warteten sie noch länger auf das Erscheinen des Kontaktmanns, konnten sie vom schlechten Wetter überrascht werden und nicht mehr in der Lage sein, das Signal abzugeben: also beschlossen sie, Janet zu schnappen. Immerhin war sie das Hauptobjekt. War sie erst tot, spielte es keine Rolle mehr, wie viele Boten zur Hütte heraufkamen. Daß sie ebenfalls einen von ihnen erledigt haben muß, ist immerhin ein gewisser Trost. Sie trug einen Revolver bei sich, und ich bin bereit, eine hohe Wette darauf abzuschließen, daß der Schuß, der das Loch verursachte, aus ihrer Waffe stammte.«

Sarah fragte: »Warst du in der Hütte, als ich hereinkam?«

»Ich glaube nicht. Ich muß dich um eine kurze Spanne verpaßt haben. Was ich sehen wollte, hatte ich gesehen. Anschließend stieg ich an der Rückseite zwischen den Bäumen hoch und forschte herum, ob ich irgendwo den Leichnam des Mannes entdeckte, der im Wohnzimmer erschossen worden war. Es gab Spuren, die schräg hinauf zum Berg führten, und ich bin ihnen eine Weile gefolgt: das Wetter gefiel mir aber nicht, und so kehrte ich um. Da erst fiel mir auf, daß an einer Seitentür ein zerbrochener Riegel hing. Durch sie ging ich hinein, um nachzusehen, ob mir irgend etwas entgangen sei, doch dort gab's nichts weiter als einen Haufen staubiger Möbel. Als ich sie mir besah, fing es an zu schneien, und ich schaute, daß ich fortkam. Ich schnitt über den Hintergarten den Weg ab und kam parallel zum Pfad auf den *marg*. Ich war noch nicht weit gekommen, als ich mit dir zusammenprallte. Das jagte mir einen gehörigen Schrecken ins Gebein, kann ich dir versichern.«

Sarah lachte ein wenig zittrig. »Nicht halb so schlimm wie der Schock, den es mir versetzte! Also warst du es, den ich zuletzt in der Hütte hörte.« Einen Augenblick saß sie schweigend, dann sagte sie: »Demnach – gibt es niemanden, der es kennt.«

»Was kennt?«

»Das – das große Geheimnis. Was immer es war, was dein Freund, von dem du gesprochen hast, aufgespürt hat – und Janet und Mrs. Matthews ebenfalls. Nun, da sie alle tot sind, kennt es keiner mehr?«

»Kein menschliches Wesen jedenfalls«, sagte Charles langsam.

»Was meinst du?« fragte Sarah scharf.

»Es gibt doch jemand, der das Geheimnis kennt. Dieses Boot.«

In der kurzen Stille, die seinen Worten folgte, flackerte eine Flamme, erlosch und entließ einen dünnen Faden stechend riechenden Dunstes in die tiefen Schatten des Zimmers.

Der Luftzug winselte den Fußboden entlang und lüpfte den abgetragenen Teppich in ungleiche Kräuselungen, während das Boot in einer heftigen Windböe schlingerte. Und wieder, wie am Abend zuvor, wurde Sarah durch die leblosen Gegenstände im Raum beunruhigt. Abermals schienen sie in ihrer Phantasie ein geheimnisvolles Eigenleben zu führen. Ja, sie glaubte es sogar mit eigenen Augen sehen zu können. Die geschnitzten Tische, die schäbigen Chintzbezüge der Sessel, die billigen Messingtabletts, die staubigen Bücher auf dem Regal ... all jene Dinge hatten Mrs. Matthews beobachtet, hatten Janet beobachtet und beobachteten nun auch sie, Sarah Parrish ...

»Ja«, sagte sie mit rauhem Flüsterton. »Ja, das Boot kennt es.«

Ein wilder Windstoß raste über den See, begleitet von strömendem Regen. Er schüttelte das kleine Hausboot wie ein Terrier eine Ratte. Die Tische und Sessel begannen zu hüpfen und zu rutschen. Der Kerzenhalter mit der noch verbliebenen Kerze kippte auf den Fußboden und tauchte den Raum in Finsternis.

Dann, so plötzlich, wie er gekommen war, erstarb der Wind. Eben noch war die Nacht von Geräuschen erfüllt gewesen, und im nächsten Moment war es still, bis auf das Spritzen und Klatschen des Wassers gegen die Bordwände, das Geflüster leichten Regens, der auf Blätter und Seewasser fiel, und das schwache Murmeln eines fernen Donners.

Schweigen schien in das Tal einzuziehen, glättete den Aufruhr des Sturms, wie Öl die Wogen glättet. Und in der Stille, ohne daß ein Geräusch von Fußtritten zu hören war, ruckte das Boot plötzlich unter einem anderen Rhythmus, als ob jemand lautlos über die Planke kam und sehr leise an der Pantrytür schabte . . .

14

Sarahs erschrecktes Keuchen durchbrach die Stille. Charles, der seine Taschenlampe angeknipst und einen Arm um ihre Schultern gelegt hatte, teilte sich die Spannung, die in ihr anstieg, so stark mit, als sei er mit elektrischem Strom in Berührung gekommen.

Rasch sagte er: »Ruhig, Liebes! Das ist nur Habib. Entschuldige bitte – ich hätte dich warnen sollen, doch ich hatte es über allem anderen vergessen. Ich ließ ihn am Ufer zurück und sagte ihm, er solle achtgeben, ob sich jemand nähert und an Bord kommen, falls er etwas Verdächtiges wittere. Mein Boot ließ ich draußen unter dem Fenster des Salons.«

»Wer – wer ist Habib?« bibberte Sarah und rang um Selbstbeherrschung.

Charles ließ sie los, bückte sich, um den heruntergefallenen Kerzenstumpf aufzuheben, und legte ihn dann auf den Schreibtisch zurück, bevor er antwortete.

»Offiziell nur mein Träger und Fahrer«, er zündete die Kerze mit seinem Feuerzeug wieder an. »In Wirklichkeit aber ein unschätzbarer Assistent. Ich gehe besser und sehe nach, was los ist.« Er ging zum Eingang, dann drehte er sich um und kam zurück. »Kannst du mit einer Pistole umgehen, Sarah?«

»Ich . . . ich denke schon. Aber –«

Charles zog einen kleinen schwarzen Colt-Automatik, kaum größer als eine Zigarettenschachtel, und warf ihn ihr in den Schoß. »Geh vorsichtig damit um. Er ist geladen. Ich gehe raus, spreche mit Habib und sehe mich etwas um. Sollte irgend jemand auf dieses Boot kommen, bevor ich zurück

bin, halte dich nicht mit Fragen auf. Schieß zuerst, und diskutiere später! Ich bleib' nicht lange weg –«
Ohne Sarah Gelegenheit zum Einspruch zu geben, drehte er sich um und verschwand in der Finsternis des Speiseraums. Einen Moment später hörte sie, wie die Pantrytür vorsichtig geöffnet wurde, und dann wieder das Vibrieren des Boots unter geräuschlosen Fußtritten, die die Laufplanke verließen.
Sarah saß still und angespannt, strengte ihre Ohren an, um in die Finsternis zu lauschen, unterdrückte den heftigen Wunsch ihm zu folgen, schreiend am Ufer entlangzulaufen und bei den Creeds Unterschlupf zu suchen. Aber zwischen dem Bug ihres eigenen Bootes und dem ihrigen lagen mindestens dreißig Meter nasse Dunkelheit, umschlossen von Schilf und Weidengestrüpp: und Charles hatte die Taschenlampe mitgenommen. Ihre Finger umkrampften die kleine Pistole, und sie spürte, wie das kalte Metall sie beruhigte; sie saß aber immer noch angespannt auf der äußersten Kante des Sofas, als Charles etwa fünfzehn Minuten später wiederkam. Die Kerze war abgebrannt, und das ganze Boot war finster.
Diesmal kam Charles von der Landseite und über die Planke. Als sie seine Stimme hörte, fiel Sarah mit einem Seufzer der Erleichterung auf die Sofakissen. Er begann einige Zeit in der Pantry zu hantieren, denn sie konnte den Schein seiner Taschenlampe dort sehen. Kurz darauf kam er in den Salon und trug eine Sturmlampe, die er in einem der Schränke gefunden hatte. Sie flackerte schauderhaft, und das Öl stank, aber Sarah war dankbar für jede Art Beleuchtung.
»Nun?« fragte sie und versuchte, ihrer Stimme einen kühlen und sachlichen Ton zu verleihen. »Was hat ihn gestört?«
»Habib? Nicht viel«, antwortete Charles und schüttelte die Nässe aus seinem Haar. Seine Kleidung war triefend naß und voller modriger Blätter und seine Schuhe mit Schlamm bedeckt. »Deine elektrische Leitung ist abgerissen. Habib stolperte über das eine Ende davon am Ufer und fürchtete, sie sei mit Absicht durchgeschnitten worden. Was bewiesen hätte, daß es außer mir heute nacht noch jemand anders auf

dieses Boot abgesehen hatte. Wie dem auch sei, es gelang uns, das andere Ende aufzuspüren, ohne durch Licht Aufmerksamkeit auf uns zu lenken. Offenbar hatte der Wind es abgerissen.«

Er unterbrach sich, um den Docht der Sturmlampe zu verstellen, der flackerte und das Glas mit Rauch schwärzte. Während er an dem Docht stocherte, schlug er ihr zerstreut vor, morgen Türen und Fenster mit einigen starken Riegeln zu versehen. Natürlich nur, falls sie bleiben wolle.

In seinen letzten Worten lag die leise Andeutung einer Frage. Sarah antwortete knapp, daß sie die volle Absicht habe, dies zu tun. Aber die Wirkung ihrer couragiert klingenden Stimme verlor an Überzeugungskraft, weil Sarah außerstande war, ein Zähneklappern zu unterdrücken. Noch während sie sprach, fragte sie sich nämlich, was geschehen wäre, wenn ein anderer als Charles diese Nacht durch das Eßzimmerfenster eingestiegen wäre.

Mit weit aufgerissenen Augen flüsterte sie rauh: »Ich habe Angst, Charles. Ich habe Angst.«

Charles kniete rasch bei ihr nieder, nahm ihre kalten Hände und hielt sie fest an sich gepreßt. Seine eigenen waren warm und fest und sehr beruhigend, und er lächelte Sarah an; ein Lächeln, das nur um seinen Mund spielte, nicht aber aus seinen Augen kam.

»Nein, hast du nicht. Reiß dich zusammen, Sarah – Liebes!«

»Für dich ist es leicht –« begann Sarah mit einem Seufzer.

»Da irrst du gewaltig«, unterbrach Charles rauh. »Es ist verdammt schwierig für mich.«

Er ließ ihre Hände los, stand abrupt auf und kehrte in den Speiseraum zurück, wo Sarah, die ihm gefolgt war, ihn mit Hilfe der Taschenlampe in den unteren Regalen des Wandschranks herumsuchen sah. »Hast du außer Orangensaft und Sodawasser nichts Trinkbares an Bord?« fragte er gereizt.

»Im Eckschrank ist Brandy.«

»Gott sei Dank. Wir könnten beide etwas davon vertragen.«

Er goß großzügig ein Glas voll und hielt es ihr hin. »Trink das aus, und du fühlst dich besser.«

»Nein danke«, sagte Sarah reserviert.
»Nur nicht so zimperlich«, empfahl Charles leicht verächtlich.
»Bin ich nicht. Ich mag nur keinen Brandy!«
»Wer hat dich gefragt, ob du ihn magst? Sei ein gutes Mädchen und trink ihn einfach aus. Wir haben noch eine lange Nacht vor uns!«
Er schob das Glas über den Tisch und grinste unerwartet. »Keine Bange«, versicherte er ihr. »Mir ist vollkommen klar, daß ich mit dir allein auf dem Boot bin und daß es weit nach Mitternacht ist. In der Tat ist mir keiner deiner Reize oder die Situation entgangen. Ich versuche aber nicht, dich betrunken zu machen.«
Sarah starrte ihn wütend an und leerte auf der Stelle ihr Glas. Charles klopfte ihr anerkennend auf die Schulter und sagte: »Braves Mädchen.«
»Ich glaube, das hast du mit Absicht gesagt«, kam es nach kurzem Überlegen vorwurfsvoll von Sarah. »Nur um mich wild genug zu machen, das Zeug zu trinken. Stimmt's?«
»Nun, immerhin hat's gewirkt«, versetzte Charles grinsend. Er schenkte sich selbst ein beachtliches Quantum ein, nahm Sarah beim Ellbogen und kehrte mit ihr in den Salon zurück.
»Und jetzt zurück zum Geschäft«, Charles machte es ihr mit Lacro auf dem Schoß auf dem Sofa bequem. »Zuallererst: Was stand in Janets Brief, den du verbrannt hast? Je schneller wir das klären, desto besser. Versuche dich an jedes Wort zu erinnern!«
Sarah berichtete es ihm, kniff die Brauen zusammen, um sich an den genauen Wortlaut zu erinnern, und Charles erwiderte: »Hmm; jetzt frage ich mich, warum, zum Teufel, sie nicht – Also schön, sie hat's nicht. Wenigstens wissen wir, daß sie etwas auf diesem Boot versteckt hat. Der Jammer ist nur, daß etliche Leute dies ebenfalls zu wissen scheinen. Aber woher? Hast du jemand anderem etwas von dem Brief gesagt?«
»Nein.«
»Kann jemand anders ihn zu irgendeinem Zeitpunkt gesehen

haben? Sah der Umschlag aus, als hätte sich jemand daran zu schaffen gemacht, bevor du ihn öffnetest?«

»N-nein«, sagte Sarah zweifelnd. »Ich glaube nicht. Schau, ich habe nicht daran gedacht, auf so etwas zu achten. Ich kam an jenem Tag nach Hause – es war der Abend, an dem Tante Alice ihr Dinner gab – und ich war spät dran, und da lag ein Haufen Post. Ich hatte keine Zeit mehr, diesen Brief zu lesen. Er sah nichtssagend aus, und deshalb steckte ich ihn in meine Tasche, um ihn später zu lesen.«

»Wie lange hat er auf dem Tisch in der Diele gelegen?« fragte Charles.

»Ich weiß es nicht. Vielleicht zwei oder drei Stunden. Ich war seit drei Uhr unterwegs und kam erst nach sieben zurück.«

»Demnach konnte ihn jeder gesehen, über Wasserdampf geöffnet, gelesen und wieder zurückgebracht haben?«

»Natürlich nicht!« verneinte Sarah indigniert. »Nur jemand im Haus; und da wir alle außerhalb waren, um uns am Nachmittag das Polospiel anzusehen, wären nur die Diener dagewesen. Und von ihnen kann keiner Englisch lesen oder schreiben. Worin läge auch letztlich der Sinn? Falls ihn jemand hätte lesen wollen, wäre es doch viel einfacher gewesen, ihn zu stehlen. Dann hätte ich niemals etwas darüber erfahren.«

»Na, schön«, sagte Charles. »Lassen wir das. Was weiter? Hast du deine Tasche irgendwo liegenlassen?«

»Nein. Es war eine von den Taschen, die man nur zu einem ganz bestimmten Kleid trägt. Es waren graue Rosen aufgestickt, und sie hing an einem Band um mein Handgelenk. Die einzige Zeit, in der ich sie nicht bei mir hatte, war während des Abendessens, und da hing sie an der Rückenlehne meines Stuhls. Du hättest sie anfassen können. Sonst keiner.«

»Ja«, sagte Charles. »Das ist wahr. Wenn ich daran denke, daß das verdammte Ding nahezu eine Stunde lang keine zehn Zentimeter von meiner Hand entfernt am Stuhl gehangen hat! Wenn ich das nur geahnt hätte – also, weiter.«

»Ich hab' den Brief während der ersten Hälfte des Balls nicht geöffnet. Und da dachte ich nicht daran, darauf zu achten, ob an dem Kuvert manipuliert worden sei. Außerdem war dort nicht viel Licht. Nur diese Papierlaternen. Und dann kam Helen Warrender dazwischen und – nun, du weißt ja, was danach passierte. Du warst ja da. Du –«

Sarah wurde plötzlich durch einen Gedanken aufgeschreckt, richtete sich ruckartig auf, so daß sie den bewußtlosen Lacro fast von ihrem Schoß heruntergestoßen hätte, und sah Charles anklagend an: »War es deswegen?« fragte sie.

»Was war weswegen?«

»Du weißt schon! Kamst du meinetwegen zu der Fete? War das der Grund, warum du . . .?« Sie stockte und biß sich auf die Lippe.

Charles verzog den Mund, doch seine Stimme blieb vollkommen ernst. »Aber selbstverständlich«, sagte er. »Wie konnte ich mich fernhalten?«

Sarah errötete leicht. »Das hab' ich nicht gemeint«, gab sie mit einer gewissen Heftigkeit zurück. »Du weißt genau, was ich meinte! Ich meinte, war es, weil ich Janet gekannt hatte? Wolltest du mich nur unter die Lupe nehmen?«

»Ja«, gab Charles freimütig zu. »Ich war – interessiert.«

Sarah lachte. Gegen ihren Willen war es ein etwas bitteres Lachen. »Und ich dachte –« sagte sie und stockte erneut.

»Dachtest du?« fragte Charles sanft. Ein oder zwei Sekunden sah er dem Rauch seiner Zigarette nach, der sich spiralförmig aufwärts drehte; dann: »Aber sieh mal, Sarah, du hättest diejenige sein können.«

»Welche? Was meinst du?«

»Diejenige, die Janet tötete.«

»Pfff!« machte Sarah wütend. Sie rang nach Worten. »Du – du – du denkst, ich hätte – du dachtest, daß ich –«

»In Ordnung«, Charles versuchte sie zu beruhigen. »Ich lasse das beiseite.«

»Du glaubst wahrhaftig –« begann Sarah.

»Nein«, sagte Charles wie jemand, der seine Sache reiflich überlegt hat, »glaube ich nicht. Jetzt nicht mehr. Aber es war absolut möglich. Es heißt ja – und wurde mit bedauerlicher Häufigkeit bewiesen –, daß die meisten weiblichen Verbrecher auch sehr gute Schauspielerinnen sind. Du kanntest Janet und Mrs. Matthews. Deine Fingerabdrücke waren auf dem Messingschürhaken in Janets Zimmer, und ich stieß im Schneesturm auf dich. Keine hundert Meter von der Hütte bei der Schlucht entfernt. Man mußte dich beobachten.«

»Und du hast mich beobachtet«, sagte Sarah bitter.

»Ja, unter anderem auch dich«, gab Charles mit einem Grinsen zu. »Und wie das Glück es wollte, war ich zugegen, als du Janets Brief öffnetest. Ich mußte sogar zusehen, wie du ihn verbranntest – und das mit meinem eigenen Feuerzeug! –, während alles in mir drängte, danach zu greifen und ihn an mich zu reißen.«

»Warum hast du es nicht getan?« fragte Sarah. »Oh! . . . Oh, ich glaube, ich verstehe. Wenn ich diejenige gewesen wäre, die . . . ja, ich verstehe. Sehr heikel für dich.«

»Verflucht heikel«, stimmte Charles fröhlich bei. »Immerhin, wenn ich auch nicht wußte, wie die Nachricht lautete, so wußte ich doch, von wem sie stammte, und konnte es bis zu einem gewissen Grade überprüfen.«

»Wie hast du das wissen können?« fragte Sarah scharf. »Kanntest du sie so gut?«

»Wen? Janet? Nein. Fast gar nicht.«

»Und dann willst du mich glauben machen, du hättest ihre Handschrift bei der schwachen Beleuchtung erkannt? Der Brief trug keine Unterschrift, und ich hielt ihn so, daß er nicht gesehen werden konnte.«

Als Antwort zog Charles ein ledernes Notizbuch aus seiner Brusttasche. Nachdem er es durchgeblättert hatte, förderte er ein kleines Blatt zusammengefaltetes Papier zutage und warf es Sarah in den Schoß. Sie nahm es und starrte ungläubig darauf. Es war das Schreiben der Anwaltsfirma in Rawalpindi, das Janets versiegeltem Kuvert beigefügt war. Sie sah zu Charles empor und bemerkte, daß er sie mit derselben neugierigen Intensität beobachtete, wie schon zuvor. Ein wenig unsicher sagte sie: »Ich – ich verstehe das nicht. Wie – wie bist du –?«

»Wie ich an den Brief gelangte? Ich hob ihn vom Rasen auf. Du hattest ihn vergessen.«
»Aber das kann doch nicht sein ... Ich hätte es sicher bemerkt ...«
»Nein, hättest du nicht. Sieh mal, du selbst gabst mir einen vorzüglichen Ratschlag – hast du's vergessen? Nachdem du den Whisky mit Soda über die arme Helen Warrender gekippt hattest, sagtest du, nichts sei so wirksam wie ein kleiner Schock, um Erinnerungen aus dem Gedächtnis der Leute zu verbannen. Dann botest du mir eine sehr zu Dank verpflichtende Gelegenheit, und ich besorgte den Schock. Entsinnst du dich?«
Langsam stieg eine Blutwelle von der Grundlinie des Halses bis zu Sarahs Haarwurzeln hoch. Sie stand auf, ließ Lacro als Samtbündel zu Boden fallen und fauchte wütend: »Oh! Du – du –«
»Nur zu«, trieb Charles sie an. »Laß es heraus. Wie wär's mit ›Du Scheusal‹?«
Sarah setzte sich wieder hin, und Charles lachte.
»Es ist zwecklos, Sarah. In der Liebe und im Krieg ist alles erlaubt, wie du weißt. Es hat gewirkt – und wie es gewirkt hat! Du rauschtest ab wie eine beleidigte Erzherzogin, und der Brief, den du ins Gras fallen ließest und den ich vorsorglich unter den Stuhl geschoben hatte, war vergessen. Mehr noch, der Schock hat anscheinend angehalten – du hattest es bis jetzt noch nicht bemerkt. Und – falls es dich irgendwie trösten sollte – ich habe es sehr genossen. Vielen Dank.«
»Ich glaube«, sagte Sarah mit Würde, »du bist der unausstehlichste Mann, der mir je begegnet ist.«
»Und du«, sagte Charles, »bist ohne jeden Zweifel die attraktivste und aufregendste Frau, die mir im Verlauf meiner langen und vielfältigen Erfahrung mit Spioninnen untergekommen ist.«
Unerwartet erschien ein Grübchen auf Sarahs Wange, und plötzlich brach sie in ein leicht hysterisches Gelächter aus.
»O Gott! Verzeih. Aber ich mußte auf einmal an ›Olga Poloffski, die schöne Spionin‹ und all die anderen denken.

Gibt es das tatsächlich? Ich meine, bist du wirklich Dutzenden von hinreißenden weiblichen Spionen begegnet?«

»Du würdest staunen«, sagte Charles. »Und nun laß uns diese faszinierenden Persönlichkeiten vergessen und wieder zum Geschäft kommen. Wie lange bist du schon auf diesem Boot?«

»Fünf Tage«, antwortete Sarah prompt.

»Irgendwas gefunden?«

»Nein. Bisher nicht. Zuerst schaute ich natürlich an allen erdenklichen Stellen nach. Dann dachte ich, es wird wahrscheinlich in einem der zerfledderten Bücher da oben sein. Durch die Hälfte von ihnen bin ich durch, aber es ist eine harte Aufgabe; insbesondere wenn man gar nicht weiß, wonach man sucht.«

»Also, jetzt wirst du mir helfen müssen. Eine ›Aufzeichnung‹ sagte sie?«

»So ist es. In der untersten Schublade des Schreibtischs waren ein paar alte Grammophonplatten. Ich dachte zunächst, sie hätte das Wort buchstäblich gemeint, nämlich eine Tonaufzeichnung, und so spielte ich sie auf dem Plattenspieler des Klubs ab. Aber es waren nur Melodien drauf; und obendrein zerkratzte.«

»Aufzeichnung«, sagte Charles nachdenklich, »kann alles mögliche bedeuten. Man kann's auf eine Fensterscheibe kritzeln, auf die Unterseite eines Fußbodenbretts schreiben, hinter einem dieser läppischen Holztäfelchen an der Decke verstecken. Zum Teufel! Das wird nicht einfach sein. Aber wir finden es, und wenn wir dieses Boot Planke für Planke auseinandernehmen müßten. Und je schneller wir es finden, desto besser, denn es scheint mir, als ob allzu viele Leute an diesem Boot interessiert wären.«

»Das erinnert mich an etwas«, sagte Sarah langsam. »Du hast eine Frage von mir nicht beantwortet. Wenn ich unter Beobachtung stand, wieso hast du dann nicht gewußt, daß *ich* das Boot habe?«

»Ich wußte es«, erwiderte Charles. »Doch wie du schon vermutet hast, glaubte ich, du seist zum Tanzen ins Nedou gegangen. Ein häßlicher Unfall der üblichen Art setzte einen unserer hiesigen Agenten außer Gefecht, und sein Stellvertreter war nicht so zuverlässig, wie er hätte sein sollen.«

»Unfall? Du meinst – *Mord*?« Ihre Stimme schnappte bei dem Wort über.

»Es ist nicht ganz so ungewöhnlich, weißt du«, sagte Charles ruhig.

»Ja, ich weiß«, sagte Sarah mit einem leisen Ächzen. »Ich habe gesehen, was mit Janet passiert ist. Ich glaubte es nicht, bis ich es sah.« Resigniert legte sie die Hände in den Schoß. Plötzlich sagte sie: »Charles, warum wollten so viele Leute das Boot erst dann haben, als ich es übernommen hatte?«

»Ja, das ist die Frage«, sagte Charles. »Die Antwort darauf wüßte ich selbst gern. Meiner Meinung nach sind unsere Leute nicht die einzigen, die dich mit Janet Rushton in Verbindung bringen. Die Wahrscheinlichkeit besteht, daß noch jemand anders, möglicherweise mehrere, ein wachsames Auge auf dich hat – aus eben diesem Grund. Auch kannst du dein gesamtes Vermögen darauf verwetten, daß dieses Boot nach Janets Tod sehr gründlich durchsucht worden ist, wenn nicht schon vorher.«

»Worin liegt dann deiner Meinung nach der Zweck unserer Nachforschungen? Die Aufzeichnung wurde wahrscheinlich schon vor Wochen gefunden!«

»Denk' doch mal nach, Sarah«, betonte Charles. »Wäre sie gefunden worden, würde niemand mehr Interesse an dem Boot zeigen. Statt dessen sind jedoch eine ganze Reihe Leute äußerst interessiert daran. Daraus ist zu schließen, daß sie bisher nicht gefunden wurde.«

»Aber ich sehe keinen –«

»Paß auf«, sagte Charles geduldig. »Janet wohnte auf diesem Boot. Und sie machte eine Vorauszahlung in bar, um es sich bis Ende Juni dieses Jahres reservieren zu lassen. Sie tat es unter dem Vorbehalt, daß, wer immer die Quittung für das Geld vorzeigen würde, das Boot übernehmen könne, sollte sie es nicht selbst benutzen können. Ist das klar?«

»Völlig, aber –«

»Psst! Janet stirbt, und du kannst sicher sein, daß das Boot von oben bis unten durchsucht wurde. Nicht, weil sie glaubten, sie hätte etwas Bestimmtes versteckt, sondern lediglich, um sicherzugehen. Es wurde nichts gefunden, und so hörte das Boot auf, von Interesse zu sein. Dann taucht plötzlich eine Miß Parrish auf, die beim Januartreffen des Skiklubs anwesend war, das Zimmer neben Janet Rushton bewohnte und dabei gesehen wurde, als sie im Mondschein vor der Skihütte mit ihr sprach (du sagtest ja, dort habe jemand gelauert) und deshalb aller Wahrscheinlichkeit nach Argwohn erwecken muß, und besagte Miß Parrish erhält einen mysteriösen Brief.«

»Aber davon kann unmöglich jemand etwas gewußt haben!« wandte Sarah ein.

»Unterbrich mich nicht. Ausgerechnet nachdem sie diesen Brief erhielt, ändert sie plötzlich ihre Pläne, und anstatt nach Ceylon zu reisen, beschließt sie, nach Kaschmir zurückzukehren. Ich glaube nicht, daß sonst noch jemand an Janets Brief herangekommen ist. Uns gelang es – durch dich! Ich halte es aber für unwahrscheinlich, daß noch jemand anders davon Kenntnis hat. Aber – Miß Parrish, die so gut wie sicher beobachtet wurde, trifft in Kaschmir ein und legt die Quittung für Janets Boot vor. Begreifst du jetzt?«

»Ich glaube, ja«, sagte Sarah langsam.

»Da gibt es nichts zu zweifeln. Warum beschloß Miß Parrish, nach Kaschmir zu kommen? Von wem erhielt sie die Quittung für die *Waterwitch*? Offenbar von Janet Rushton. Die *Waterwitch* ist es also wert, durchsucht zu werden – und das tut Miß Parrish!«

»Wenn du aber denkst, sie haben das Boot bereits durchsucht –« begann Sarah.

»Natürlich haben sie's durchsucht. Das heißt aber nicht, daß sie nicht argwöhnisch würden, wenn jemand kommt, der zu mißtrauen sie allen Grund haben und die eigenständig Nachforschungen anstellt. Denn du *hast* das Boot durchsucht, und ich wette jede Summe, daß dein *mānji* darüber schon berichtet hat. Die Tatsache rief wahrscheinlich eine Menge vager

Spekulationen hervor. Warum bist du hier? Wie kamst du in den Besitz von Janets Quittung für die *Waterwitch*, und wonach hältst du Ausschau? Je rascher sie dich von dem Boot herunterbekommen, desto besser.«

»Natürlich gäbe es noch eine zweite Möglichkeit«, sagte Sarah langsam. »Ich könnte es auch für sie finden.«

Charles warf ihr einen seltsamen Blick zu und sagte leise: »Das, könnte ich mir vorstellen, steht zuoberst auf ihrer Liste. Sie müssen annehmen, daß dir gesagt wurde, wo du nachschauen sollst. Wenn dem so ist, und angenommen, sie können dich nicht vom Boot vertreiben, so ist es am besten, dich unter Kontrolle zu halten und suchen zu lassen. Sobald du irgendwas gefunden hast –« Charles brach ab und runzelte die Stirn.

»Sprich weiter«, forderte Sarah. »Sobald ich etwas gefunden habe?«

»Na ja«, versetzte Charles leichthin. »Ich stelle mir vor, es wäre ein Kinderspiel für sie, es dir zu stehlen. Sie würden sich damit nur eine höllische Menge Hirnarbeit sparen.«

»Das ist nicht, was du sagen wolltest«, stellte Sarah fest.

Charles stand plötzlich auf, ging rastlos in dem kleinen Raum auf und ab, die Hände in den Hosentaschen. Dann drehte er sich um, kam zurück, baute sich vor Sarah auf und sah mit zusammengezogenen Brauen zu ihr herunter.

»Ich habe meine Meinung geändert«, sagte er kurz. »Je rascher du von diesem Boot und aus diesem Land kommst, desto besser. Du kannst packen und morgen früh in *Nedou's Hotel* ziehen. Wir werden dir einen Wagen besorgen, mit dem du übermorgen zurückfährst.«

Sarah lächelte entwaffnend. »Gesetzt den Fall, ich will gar nicht weg?«

»Du wirst tun, was man dir sagt«, bestimmte Charles kurz. »Solange du hier bleibst, bist du ein Ärgernis und ein Risiko.«

»O nein, das bin ich nicht«, korrigierte Sarah mit fester Stimme. »Hierin irrst du. Solange ich hierbleibe, besteht die Chance, daß man mich nur für eine einfältige Touristin hält, die rein zufällig in etwas hineingeschlittert ist und keine

Ahnung hat. Zum Beispiel könnte sie Miß Rushton die Quittung abgekauft haben, weil Janet das Boot nicht mehr haben wollte und eine günstige Gelegenheit sah, ihr Geld zurückzubekommen. Miß Parrish konnte ja nicht wissen, daß die Bootsmieten in dieser Saison erheblich fallen würden. Verstehst du, worauf ich hinaus will? Sie können sich nicht sicher sein.«

»Darum geht es nicht«, sagte Charles rauh.

»O doch! Und noch etwas: Wenn ich gehe, wird das Boot an den nächsten Bewerber auf einer anscheinend recht langen Liste übergehen.«

»Nein, das wird es nicht. Ich würde es übernehmen.«

»Und sofort ein gezeichneter Mann sein? Du hast selbst gesagt, wenn irgend jemand in eurem Job in Verdacht gerät, reduziert sich seine Nützlichkeit auf ein Minimum. Das ist doch richtig, nicht wahr?«

»Ja, aber –«

»Nein, diesmal bin ich an der Reihe, die Stellung zu halten. Ich gehe nicht! Obwohl ich genau weiß, was du sagen wolltest, bevor du es dir anders überlegt hast. Du glaubst, wenn ich etwas finde, kann es mir genauso wie Janet ergehen, nicht wahr?«

»Ganz recht!« gab Charles grimmig zu. »Tatsächlich sind deine Überlebenschancen gleich Null, wenn du auf dem Boot etwas entdecken solltest. Deshalb wirst du jetzt packen und morgen nach Ceylon abdampfen.«

»Charles – warte eine Minute. All' das, wofür du arbeitest, ist sehr wichtig, nicht wahr?«

»Sehr.«

»Wie wichtig? Berührt es nur ein oder zwei Leute oder Hunderte von Menschen – oder was?«

»Ich weiß es nicht«, entgegnete Charles langsam. »Das ist ja gerade das Teuflische dabei. Wir wissen einfach noch nichts. Aber es könnten Millionen sein.«

»Nun denn, glaubst du, du hättest irgendein Recht, so etwas dem Zufall zu überlassen? Gesetzt den Fall, sie haben mich tatsächlich im Verdacht: Es ist doch gar nicht wirklich wich-

tig, denn sie können sich noch nicht sicher sein. Solange ich aber auf dem Boot bleibe, kannst du andere Leute davon fernhalten. Und bevor es nicht erwiesen ist, daß ich hier bis zum Hals mit drinstecke, bezweifle ich, daß sie gerade jetzt etwas Drastisches unternehmen. Oder siehst du das anders?«
»Vielleicht hast du recht«, sagte Charles gedankenverloren. Er stand ganz still, die Hände tief in den Hosentaschen, und starrte auf den verblaßten Teppich. Kurz darauf zuckte er unbehaglich mit den Schultern und sagte: »In Ordnung, du hast gewonnen. Aber ich stelle die Bedingungen.«
»Das hängt von den Bedingungen ab.«
Charles ignorierte ihre Bemerkung. »Zuallererst mußt du immer eine Waffe bei dir tragen und sie in einer kritischen Situation ohne Zögern benutzen. Erschießt du versehentlich einen unschuldigen Bürger, hole ich dich aus der Sache raus. Aber wie ich heute nacht schon einmal sagte, die goldene Regel in der gegenwärtigen Situation lautet: zuerst schießen und hinterher diskutieren. Ich gebe dir eine bessere Pistole. Die hat zu wenig Durchschlagskraft. Als nächstes besorgst du dir einen Satz Riegel und bringst sie an allen vorhandenen Türen und Fenstern an. Schaffst du das?«
Sarah nickte.
»Schließlich wirst du nirgendwo alleine hingehen. Halte dich stets in Gesellschaft auf, wenn du das Boot verläßt. Ist das klar?«
»Wie Kloßbrühe«, sagte Sarah schnippisch. »Mach' ich. Aber wie kommen wir dann weiter?«
»Falls nötig, zerlegen wir dieses Boot in Stücke«, Charles Stimme klang schon wieder fröhlicher. »Und da wir keine Zeit zu verlieren haben, können wir ebensogut gleich damit anfangen. Schläfrig?«
»Im Moment«, gestand Sarah, »könnte ich sowieso kein Auge mehr zutun.«
»Gut«, lobte Charles. »In diesem Fall laß uns sofort loslegen. Wie weit bist du mit den Büchern vorangekommen, und wonach hast du gesucht?«
»Ein loses Blatt Papier oder irgendwelche markierten Seiten,

die auf einen Code hindeuten könnten. Das war alles, was mir eingefallen ist!«
»Gar nicht so übel! Also gut, machen wir uns ans Werk.«
Sie ließen sich auf dem Boden nieder, nahmen sich einen Stapel Romane vor und gingen dazu über, jeden einzelnen methodisch durchzusehen; sie schauten in jeden Buchrücken hinein und untersuchten jeden Deckel mit einem Taschenmesser. Die Nacht war nunmehr friedlich und still. Wenngleich sie gelegentlich noch fernes Donnergrollen vernehmen konnten, kehrte kein Windhauch zurück, um den See aufzuwühlen. Das Boot lag bewegungslos an seinen Verankerungen – in einer Stille, die nur vereinzelt durch ein sanftes Plumpsen unterbrochen wurde, wenn ein Frosch von einem Lilienblatt zum anderen über das Wasser hüpfte, ein springender Fisch ins Wasser zurückplatschte oder ein schlafender Vogel im Geäst des großen Chenarbaums piepte.
Sie arbeiteten methodisch, legten die überprüften Bücher zur Seite auf einen Stapel und griffen zum nächsten. Stunde um Stunde verging. Sarahs Rücken begann zu schmerzen, und ein Fuß war ihr eingeschlafen. Sie begann auf die Geräusche draußen am Ufer zu lauschen und zuckte bei jedem Laut nervös zusammen.
Charles, der ganz vertieft in seine Arbeit gewesen war, schien ihren Nervenzustand zu bemerken, denn er schaute von seiner Arbeit hoch und lächelte ihr zu.
»Es ist alles in Ordnung«, beruhigte er sie. »Ich sagte dir doch, heute nacht kommt niemand mehr. Ich denke, wir haben für den Augenblick genug getan. Packen wir diesen Stapel weg. Geprüfte auf die Regale rechts, ungeprüfte links. Okay?«
Er stand auf, streckte eine Hand aus und zog Sarah auf die Beine.
»Autsch!« rief sie, fiel auf das Sofa und massierte ihren linken Fuß, um die Zirkulation wieder in Gang zu bringen, während Charles die lange Reihe der Bücher zurückstellte. »In Wirklichkeit«, verteidigte sie sich, »nahm ich gar nicht an, daß jemand versuchen würde, an Bord zu kommen –

solange euer Mann am Ufer steht. Aber angenommen, jemand beobachtet uns aus der Ferne? Schließlich sind sie wohl in der Lage, festzustellen, daß in diesem Zimmer Licht brennt, auch bei geschlossenen Vorhängen.«
»Du vergißt«, versetzte Charles grinsend, »daß du eine nervöse, alleinstehende junge Dame bist. Es würde zu dir passen, in einer Nacht wie der heutigen vorsorglich eine Lampe brennen zu lassen. Ich wette, du hast eine brennen lassen, bevor du zu Bett gingst. Hab' ich recht?«
»Nun ja. Die in der Pantry«, gestand Sarah ein bißchen beschämt.
»Das dachte ich mir. Du wärst eine ungewöhnlich furchtlose Frau, wenn du es nicht getan hättest. Nein, ich glaube, du brauchst dir keine Sorgen darüber zu machen, daß ein Licht in diesem Raum Argwohn erregen könnte. Und falls dein Boot heute nacht noch weitere Besucher anziehen sollte, so wird sich Habib damit befassen.«
»Wieviel weiß er?« fragte Sarah. »Ich meine, insgesamt?«
»Gerade soviel er wissen muß. Niemand weiß mehr – außer einem, möglicherweise zwei Männern an der Spitze.«
»Janet sagte etwas Ähnliches«, sinnierte Sarah. »Sie sagte, sie und Mrs. Matthews wären nur Glieder in einer Kette . . .«
»Mrs. Matthews war etwas mehr als nur ein Glied«, sagte Charles. »Aber Janet hatte recht. Zuviel Wissen zu weit verbreitet kann sehr gefährlich sein. Das hat sich wieder und wieder erwiesen: Dieses besondere Geschäft hat seine eigenen Tücken! Irgendwo in der langen Kette kann jemand entweder bestochen, erpreßt oder gefoltert werden, daß er erzählt, was er weiß. Wir haben eine stattliche Anzahl von Leuten beisammen. So wie der Mann, der mich in Babamarishi, hier oben in Kaschmir, getroffen hat: Sie alle arbeiten auf ihre eigene spezielle Weise, und keineswegs sind sich alle untereinander bekannt. Sie sind die echten Schrauben und Bolzen des ganzen Systems; aber nicht der Funke oder der Treibstoff. Und, bedauerlicherweise, nicht alle auf dem Niveau, um die Sorte von Information zu liefern, über die Mrs. Matthews und Janet gestrauchelt zu sein scheinen – was ihr Pech war.«

Er verstummte eine Zeitlang und starrte ausdruckslos in die Flamme der Öllampe, die harte Linien und Höhlungen in seinem Gesicht zum Vorschein brachte. Kurz darauf begann Sarah: »Charles –«

»Ja?«

»Wer sind sie, die du die Gegenseite nennst? Die Leute, die Janet und Mrs. Matthews und – und all die anderen töteten? Ich fragte Janet danach, doch sie wollte es nicht sagen. Und so nahm ich an, es wären die üblichen Freiheitskämpfer – die ›Raus aus Indien!‹-Bewegung. Jetzt aber, da wir es ohnehin verlassen, erkenne ich nicht den Sinn, den das Ganze haben sollte.«

»Da gibt es keinen.«

»Wer steckt dann dahinter?«

»Finde es selbst heraus«, sagte Charles wenig hilfreich.

»Das ist keine Antwort, und das weißt du. Du kannst mich nicht so abspeisen – nicht, nachdem du mich heute nacht vor Schreck halb wahnsinnig gemacht hast; von Gulmarg ganz zu schweigen! Geht es um Politik, Revolution, Meuterei, Drogenschmuggel oder was? Du sagst zwar ›niemand weiß Näheres‹, aber du mußt doch irgendeine Vorstellung haben.«

Charles setzte sich auf die Armlehne des Sofas und sagte langsam: »Ja. Wir haben eine Vorstellung. Schau, Sarah, jedes Land in der Welt hat einen Nachrichtendienst – einen Geheimdienst, falls du vorziehst, es so zu nennen. Hier in Indien ist es oft mit dem verbunden gewesen, was Kipling ›Das große Spiel‹ genannt hat. Das Spiel lief von jenseits des Khyber zur Grenze von Assam, und darüber hinaus. Wir müssen in ganz Indien ein offenes Ohr behalten, denn ein Geflüster, das in einem Basar von Sikkim wahrgenommen wird, kann einen Aufstand in Bengalen auslösen. Wir müssen in jeder Stadt und jedem Dorf Augen und Ohren offen haben –

Nun, irgend etwas sehr Sonderbares hat sich ungefähr während des letzten Jahres in Indien ereignet. Da hat es zum Beispiel eine phänomenale Anzahl von Einbrüchen gegeben. Nicht nur die gewöhnlichen kleinen Diebstähle, sondern wirklich große Summen. Sorgfältig geplante Raubüberfälle auf Staatsjuwelen im Millionenwert. Objekte wie die Charkrale-Rubine oder die Rajgore-Smaragde, die nahezu unbezahlbar sind. Einige dieser Juwelen sind an erstaunlichen Plätzen wieder aufgetaucht, und wir fanden heraus, daß aus irgendeinem Grund die meisten von ihnen, wenn nicht alle, nach oder durch Kaschmir geschleust wurden. Dieser Staat war eine Art Sammelhaus – ein Auffangbecken.«

Sarah sagte: »An die Smaragde erinnere ich mich. Ich glaube, das war der Grund, warum du an jenem Tag Polo spieltest und –« sie stockte plötzlich, und Charles sah sie neugierig an. »Besagte Smaragde«, sagte er nach einer Pause, »sind hier in Kaschmir.«

»Woher weißt du das?« fragte Sarah verblüfft. »Hast du sie gefunden?«

»Nein, aber wir wissen, daß sie hier sind. Wir dachten, wir hätten jede mögliche Vorsichtsmaßnahme dagegen getroffen, sie über diese Grenze gelangen zu lassen, aber irgend jemand ist zu klug für uns gewesen. Sie sind hier.«

»Aber wozu?« fragte Sarah.

»Nun, in erster Linie zur Wiederverarbeitung. Eine große Anzahl der Steine ist hier umgeschliffen worden, um in schmutzigen kleinen Juwelierläden in den Seitengassen der Altstadt abgestoßen zu werden. Aber das Beste von dem Zeug ist hinausgegangen, über die Pässe von Gilgit und über den Pamir.«

»Wohin?«

Charles sah sie mit zusammengekniffenen Augen an. »Deine Vermutungen sind so gut wie die meinen«, erwiderte er trocken. »Ich sagte doch, finde es selbst heraus.«

»Aber – aber es sind doch unsere Verbündeten!« protestierte Sarah entsetzt.

»Sie sind niemandes Verbündete. Sie sind es nie gewesen . . . Ausgenommen, solange es in ihre eigene Buchführung paßt, und keine Sekunde länger! Sie würden sich sogar mit den faschistischsten, reaktionärsten und brutalsten Regimen verbünden, einzig um ihren eigenen Interessen zu dienen – und haben dies ja bereits getan! Es gibt eine Menge Dinge, die die Menschen anderer Nationen tun, um ihre veraltete Idee ›moralischer Prinzipien‹ zu stützen, aber es ist völlig umsonst, denn ihr Ziel ist stets das gleiche. Sich selbst an die Spitze zu setzen; alle anderen in die Knie zu zwingen. Oder wenn sie nicht knien wollen, sie niederzuwalzen und zu töten!«

»Aber das Geld – diese Juwelen... Ich verstehe nicht, warum... Glaubst du, es könnte verwendet werden, um etwas gegen uns anzuzetteln – ein neuer Aufstand?«

Charles lachte; und dann ernüchterte er plötzlich. »Nein. Das ist es nicht. Wie du gerade sagtest, hätte es ja keinen Sinn, jetzt, da wir Indien verlassen, etwas gegen uns zu unternehmen.«

»Was sollte es dich dann noch kümmern? Es ist doch bestimmt nicht mehr deine Angelegenheit, wenn du es aufgeklärt hast.«

»Weil die Welt geschrumpft ist, Sarah. Und sie schrumpft mit jedem Tag mehr. Es ist den Menschen in Südamerika nicht mehr gleichgültig, wenn ein Balkanstaat in die Luft gesprengt wird. Was immer hier vorgeht, es kann uns alle betreffen. Deshalb haben wir herauszufinden, was es ist. Wir müssen es herausfinden!«

Sarah fragte: »Kam Mrs. Matthews deshalb hierher? Wegen des Geldes, der Juwelen und all dem?«

»Ja. Weil jede einzelne Bewegung, die wir verfolgten, hier oben in Kaschmir zu enden schien. Zuerst nahmen wir an, es sei nur ein Diebstahl großen Formats und sonst nichts; aber es mußte gestoppt werden. Wir hatten eine Menge Leute darauf angesetzt, doch meistens waren es kleine Fische. Pendrell jedoch war ein ziemlich großer Fisch, und er stieß auch auf etwas. Und starb. Darauf schickten wir die – ebenso tüchtige – Mrs. Matthews; und sie erledigten sie ebenfalls. Zwei Leute haben uns das Top-Geheimsignal gesandt, das wir nur für brandheiße Sachen benutzen. Irgend etwas braut sich zusammen, Sarah. Irgend etwas Schwarzes und Abscheuliches. Wir müssen es herausfinden und unschädlich

machen, bevor wir dieses Land verlassen, denn danach –«
»– kommt die Sintflut«, vollendete Sarah.
»Vielleicht. In der Zwischenzeit sind, wie ich schon sagte, deine Vermutungen so gut wie die meinen. Wie viele von diesen ekelhaften Büchern haben wir noch durchzusehen?«
»An die vierzig«, sagte Sarah mit einem Seufzer. »Ich nehme sie mir morgen vor. – Autsch!«
»Was ist los?«
»Wieder Stecknadeln. Aus dem einen Fuß hatte ich sie herausgerieben, aber ich habe jetzt auf dem anderen gesessen, und nun ist mir der auch eingeschlafen.«
Charles kniete sich vor sie hin, zog ihr die schmalen grünen Pantoffeln aus und rieb den Kreislauf in Sarahs Füße zurück.
»Ist es nicht ein Glück, daß ich so hübsche Füße habe?« sinnierte Sarah selbstzufrieden.
Charles sah hoch und lachte. »Offen gestanden, nein«, sagte er. »Im Moment wär's mir lieber, wenn sie wie die üblichen Radieschenbündel des zwanzigsten Jahrhunderts aussähen, die man so oft beim Baden trifft.«
»Warum?« forschte Sarah wißbegierig.
»Weil sie meine Aufmerksamkeit ablenken. Und auch weil ich mich erheblich besser fühlen würde, wenn ich an dir etwas entdeckte, das mir nicht gefällt.«
»Oh«, bemerkte Sarah mit dünner Stimme. Charles zog ihr die Pantoffeln wieder an, stand auf und klopfte sich die Knie ab.
»Würde es irgendwie helfen«, schlug Sarah sanftmütig vor, »wenn ich dir erzähle, daß ich schnarche?«
»Tust du's?«
»Ich weiß es nicht.«
»Ich werde darüber nachdenken«, versprach Charles ernst, »und die erste Gelegenheit wahrnehmen, es herauszufinden. Danke für die Anregung.«
»Nicht der Rede wert«, sagte Sarah spröde. »Ich bin immer froh, einem Gentleman, mit dem ich die Nacht verbringe, gefällig zu sein.«
»Guter Gott!« stöhnte Charles. »Es ist Morgen!«

»Ich fragte mich schon, wann es dir auffallen würde.«
Sarah ging zum Fenster und zog den Vorhang zurück. Draußen waren See und Berge nicht mehr schwarz, sondern grau, und im Osten färbte sich der Himmel silbern und safrangelb. Vögel begannen zu piepen und in den Ästen der Bäume zu rascheln. Schwach, aber deutlich, war aus der Richtung von Nasim der melodiöse Ruf des Muezzins von der Moschee des Hazratbal zu vernehmen, der die Gläubigen zum Gebet rief . . .

»Verdammt!« sagte Charles halblaut. »Ich muß rasch verschwinden. Gute Nacht, Sarah – ich meine, guten Morgen. Geh und schlaf ein wenig. Du bist jetzt in guter Verfassung. Bis später –«

Vom Ufer kam ein leiser Pfiff.

»Das ist Habib«, sagte Charles und war gegangen.

Sarah hörte das schwache Klappern der Pantrytür, die sich schloß, das Boot erzitterte unter den raschen Fußtritten auf der Gangway, es raschelte im Weidengestrüpp, und dann war Stille.

Lacro gähnte, streckte sich und pochte schläfrig mit dem Schwanz. »Na, Gott sei Dank, *du* hast wenigstens ausgeschlafen!« sagte Sarah.

15

Es war nach zehn, als Sarah aufwachte und Fudge Creed erblickte, die neben ihrem Bett stand und sie schüttelte.

»Wach auf, du faules Geschöpf!« sagte Fudge. »Verschläfst du immer den halben Tag? Jeder könnte denken, du hättest die ganze Nacht durchgefeiert!«

»Du würdest dich wundern«, versetzte Sarah gähnend. Dann kam sie hoch und fuhr sich mit den Händen durch die roten Locken. »Morgen, Fudge. Ist es ein schöner Tag?«

»Himmlisch!« verkündete Fudge, zog die Fenstervorhänge zurück und ließ ein Ballett von Sonnenstrahlen ein, die über die Decke tanzten. »Dein *mānji* berichtete, dein Frühstück sei vor anderthalb Stunden fertig gewesen, und daher vermute ich, es dürfte jetzt ungenießbar sein.«

»Sag ihm, ich sei in fünfzehn Minuten fertig«, sagte Sarah, schlüpfte aus dem Bett und streckte sich, um den Schlaf aus den Gliedern zu schütteln.

»Mach' ich. Und wenn du gefrühstückt hast, gehst du mit uns einkaufen. Wir wollen einige Pappmaché-Schalen als Hochzeitsgeschenk versenden; Hugo meinte, du würdest gern die Altstadt und den Fluß besichtigen. Wir wollen zu den Läden an der Vierten Brücke. Dort stellen sie entzükkende Sachen her. Was hältst du davon?«

»Es klingt genau, wie mir's der Arzt verordnet hat«, antwortete Sarah beschwingt. Sie war erleichtert, ein bis zwei Stunden vom Boot wegzukommen. Charles hatte gesagt »Geh nirgendwo alleine hin«. Er hatte ihr aber nicht befohlen, auf dem Boot zu bleiben, und sie fühlte, daß sie bis jetzt schon ziemlich genug von der *Waterwitch* gehabt hatte. Nachdem sie angezogen war, bat sie den *mānji*, im Basar ein Dutzend Riegel komplett mit Schrauben und Fassungen zu kaufen, bevor sie sich zu dem verspäteten Frühstück niederließ. Es war, wie Fudge vorausgesagt hatte, ziemlich ungenießbar und ließ deutlich erkennen, daß es über einem Holzkohlenfeuer warm gehalten worden war.

Sarah präsentierte die Nieren einem dankbaren Lacro und verteilte den größten Teil der Rühreier an ein Paar freundliche Bulbuls, die auf dem Lattenrost vor dem offenen Salonfenster hüpften und zwitscherten und mit ihren schwarzen Schöpfen kokettierten. Sie trank ihren lauwarmen Kaffee und wunderte sich, wie sie sich nach den Schrecken der vergangenen Nacht so außergewöhnlich froh und leichten Herzens fühlen konnte.

»Oh, welch ein herrlicher Morgen!« sang Sarah. *»Oh, welch ein herrlicher Tag!«*

»Hölle und Verdammnis!« gellte eine Stimme vor dem Fenster. Es gab einen Krach und einen Stoß, und Hugo brach mit einem tropfenden Paddel durch das Fenster. »Wie kommt es«, fragte er hitzig, »daß ich, obgleich ich von meiner irregeleiteten Universität für das Blaue Ruderband vorgeschlagen wurde, außerstande bin, diese flachbödigen, überdachten Stakkähne auch nur fünf Meter zu dirigieren, ohne mindestens drei komplette Kreise gedreht zu haben und bis zur Taille aufgeweicht zu sein? Morgen, Sarah. Du siehst fast so gut aus, wie du klingst. Fühlst du dich so gut, wie du aussiehst?«

»Ich fühle mich unheimlich gut«, sagte Sarah. »Es muß die Luft oder sonstwas sein. Ich fühle mich wie berauscht und könnte Hirtentänze in einem Kornfeld aufführen.«

»Und wie wär's damit, zur Vierten Brücke zu rauschen und meine Hand zu halten, während Fudge mich zwischen Pappmaché-Händlern zum Bankrotteur degradiert?«

»Hast du die Absicht, uns dorthin zu rudern?« fragte Sarah vorsichtig.

»Hab' keine Angst. Leider bin ich zu korpulent für längere Unternehmungen dieser Art und zu inkompetent, um es zu wagen, mit einem dieser bestialischen Luxuspaddel umzugehen. Ich schlage vor, wir nehmen das Auto. Auf der Rückfahrt könnten wir bei Nedou zu Mittag essen: wie gefällt dir das?«

»Ausgezeichnet!« sagte Sarah. »Warte nur, bis ich mir einen Hut geholt habe. *Ich fühl' mich heut' so glücklich, so glücklich wie noch nie* ... Singend verschwand sie in Richtung ihrer Schlafkajüte, während Hugo abwesend den Toast mit Marmelade aufaß.

Als sie bei Ghulam Kadirs Pappmaché-Laden an der Vierten Brücke eintrafen, war es inzwischen Mittag geworden, denn Hugo hatte darauf bestanden, unterwegs auf ein Bier im Klub einzukehren. Dort trafen sie Reggie Craddock und Mir Khan an, die sich entschlossen, sie zu begleiten.

Ghulam Kadirs Ausstellungsräume erhoben sich über den Fluß und waren mit Pappmaché-Artikeln vollgestapelt. Schalen und Kästen in jeder erdenklichen Größe und Form, Vasen, Kerzenhalter, Frisiertischgarnituren, Lampen, Tabletts, Tische und Geschirr. Alles war en miniature mit Vögeln und Schmetterlingen, Blättern, Blumen oder verschnörkelten orientalischen Mustern bemalt und mit Blattgold verziert.

Mehrere braungekleidete Gehilfen mit makellos weißen Turbanen von beachtlicher Größe eilten herbei, um die Waren vorzuzeigen und die Kunden höflich willkommen zu heißen. Zur offensichtlichen Befriedigung des ältlichen Besitzers – und dem unverhohlenen Vergnügen von Mir Khan – wuchs der Stapel von Sarahs Einkäufen zu alarmierenden Dimensionen an.

Hugo, der nach kurzer Zeit das Interesse verlor, marschierte schließlich durch einen vorhangverhangenen Durchgang, und sie hörten ihn im Nebenraum jemanden laut begrüßen.

»Verflucht! Es ist die alte Nervensäge Candera«, grunzte Reggie Craddock, der ein Sortiment von Fingerschalen hochhielt, derweil Fudge über die jeweiligen Vorzüge von Chenarblätter-, Eisvögel-, Lotus- und Schottenmuster debattierte. »Ich kann das Weib nicht ausstehen. Haut mich um, wie Meril das aushält. Klatschsüchtige alte Thyrannin!«

Lady Candera erging sich im Nebenraum mit hochgeschraubter Stimme in Kommentaren und kritischen Äußerungen: »Nun, Hugo, verplemperst du wieder wie üblich Zeit und Geld? Wo steckt deine Frau? Begreife nicht, wie Menschen diesen wertlosen Plunder kaufen können. Kein Geschmack, kein Urteilsvermögen. Ich habe Ghulam Kadir gerade gesagt, er darf sich glücklich schätzen, daß noch so viele geschmacksverirrte Touristen in Srinagar verblieben sind. Was machst du hier?«

»Nachahmung ist die sicherste Form der Schmeichelei«, sagte Hugo. »Ich folge Ihrem Beispiel und erstehe – widerstrebend und stellvertretend, sozusagen – eine Sammlung dieses wertlosen Plunders.«

Lady Candera stieß ein hohes, berstendes Gelächter aus. »Ich mag dich, Hugo Creed. Du bist so ungefähr die einzige Person, die den Grips hat, mir paroli zu bieten. Aber du verleumdest mich, wenn du denkst, ich kaufe dieses Zeug. Der Himmel bewahre mich! Ich gebe nur acht, daß Merils beklagenswerter Geschmack nicht zum Verlust ihrer Stellung führt. Der Resident möchte zwei Dutzend dieser Pappmaché-Werke und ähnlichen einheimischen Plunder an irgendeinen

Wohltätigkeitsbasar versenden und hat Meril gebeten, es für ihn zu besorgen. Der Mann muß in seinen zweiten Frühling eingetreten sein, um Meril mit der Auswahl zu betrauen. Bestimmt wird sie sich bei den Preisen gewaltig übers Ohr hauen lassen und mit allen unverkäuflichen Scheußlichkeiten Srinagars beladen zurückkehren. Major McKay war so liebenswürdig, zu meiner Unterstützung mitzukommen.«

»O Gott«, murmelte Reggie Craddock.

Man hörte Meril Forbes' Stimme zitternd protestieren: »Aber, Tante Ena, du weißt doch, es war . . .«

»Halt den Mund, Kind!« herrschte Lady Candera sie heftig an. »Ich will hierzu keine Einwände hören. Nun lauf los und schau dich nach hübschen Puderdosen um. Die letzten beiden, die du mir gezeigt hast, gefallen mir ganz und gar nicht. Major McKay kann dich beraten.«

Der staubige, reichbestickte Vorhang schwang zurück, und Lady Candera erschien auf der Bildfläche, ihre Lorgnette im Anschlag: »Ah, Antonia«, bemerkte sie zu Fudge, »du vergrößerst gerade den Schuldenberg deines Mannes, nehme ich an?« Sie richtete ihre Lorgnette auf Reggie Craddock, musterte ihn stumm und fügte hinzu: »Wie ich sehe, hast du deinen treuen Kavalier mitgebracht. Ach ja, jung müßte man sein –! Obgleich ich feststellen muß, daß wir in meiner Jugend eine Menge Gelegenheiten versäumten, da man strikter auf Konventionen achten mußte. Sie stoßen gleich eine von den Schalen um, Major Craddock.«

Reggie Craddock blickte finster, und in der Absicht, die rutschende Schale aufzufangen, stieß er drei weitere um.

»Warum legen Sie sie nicht auf den Diwan?« fragte Lady Candera. »Ist doch viel vernünftiger. Da, sehen Sie, nun haben Sie die eine angeknackst und werden sie kaufen müssen. Nichtsdestotrotz, ich habe keinen Zweifel, daß Sie sie als Aschenbecher benutzen können . . . Du siehst ein wenig gerötet aus, Antonia. Wenn ihr modernen Frauen schon Make-up benutzt, so wünschte ich, daß ihr einmal lernen würdet, mit sparsamer Hand damit umzugehen.«

Fudge sagte sanft: »Liebe Lady Candera, ich weiß, wie sehr

es Ihnen gefällt, uns zu sticheln. Aber heute morgen bin ich entschlossen, Sie zu enttäuschen, und weigere mich, in die Luft zu gehen.«

»Du und Meril, ihr seid von derselben Sorte«, befand Lady Candera und nahm königlich auf dem Diwan Platz. »Kein Durchsetzungsvermögen.«

Fudge lächelte und sagte: »Weil wir uns alle vor Lady Candera fürchten. Sie kennt jedermanns Geheimnisse, und nichts bleibt ihr verborgen. Ist es nicht so?«

»Ich kenne deins, falls du das meinst«, zischte Lady Candera.

»Aha!« sagte Hugo. »Ich sehe, Sie gehören zur *Alles ist entdeckt!*-Schule.«

»Und was ist das, bitte schön?«

»Kipling hat es einst sehr präzise formuliert: Schreibe einem Mann, alles sei verraten, und selbst der Papst würde unruhig schlafen. Mit anderen Worten: Flüstern Sie den Leuten ›Alles ist entdeckt!‹ ins Ohr, und neun von zehn Bürgern würden auf die entfernte Möglichkeit hin sofort das nächste Schiff nach Südamerika besteigen.«

»Sie meinen, weil niemand existiert, der nichts zu verbergen hätte?« fragte Mir Khan.

»Genauso ist es«, pflichtete Hugo bei. »Sollte mir einer ›Alles ist entdeckt!‹ ins Ohr zischeln, würden Sie mich in der Staubwolke nicht mehr erkennen können.«

»Das glaube ich sehr gern!« sagte Lady Candera bitter, kehrte Hugo den Rücken zu und hob ihre Lorgnette, um Sarah aus einigem Abstand zu betrachten. »Ah, die reiche Miß Parrish«, rief sie aus:

»Das bin ich leider nicht«, sagte Sarah.

»Was? Oh – Aber ich dachte, alle Touristinnen, die nach Indien kämen, wären reich.«

»Diese nicht, fürchte ich«, bekannte Sarah mit einem Auflachen.

»Nun, es ist kein schlechter Ruf, Mädchen. Sorgen Sie ruhig für seine Verbreitung«, riet ihr Lady Candera. »Für reich gehalten zu werden ist fast so gut wie wirklich reich zu sein. Sie werden feststellen, daß es eine große Hilfe ist, sich beliebt zu machen. Wie ich sehe, kaufen sie gleichfalls diesen wertlosen Plunder.«

»Ja«, sagte Sarah. »Ich finde ihn bezaubernd.«

»Vor dem Krieg hatte er einen gewissen Wert«, räumte Lady Candera ein. »Aber wie alles andere hat sich der Preis vervierfacht und die Qualität vermindert – dank unserer diversen Verbündeten, die ohne jedes Urteilsvermögen phantastische Preise zahlten, so daß es sich nicht länger lohnte, einen annehmbaren Standard guter Handwerksarbeit zu halten. Jeder Kitsch würde seinen Käufer finden.«

Es war vielleicht ein Glück, daß die Unterhaltung an diesem Punkt durch das Eintreffen Helen Warrenders in Begleitung von Captain Charles Mallory unterbrochen wurde.

Charles, der Sarah in die allgemeine Begrüßung beiläufig einschloß, sah nicht im mindesten aus, als hätte er eine schlaflose und strapaziöse Nacht verbracht oder als wäre ihm die besitzergreifende Hand, die Helen auf seinen Arm legte, in irgendeiner Weise unwillkommen. Sarah fühlte sich dadurch irgendwie deprimiert und irritiert. Mir Khan hatte ihre linke Seite verlassen, um nebenan mit Meril Forbes und Major McKay die Vorzüge von Kerzenleuchtern und Tischlampen zu diskutieren, und als die anderen nun eine Gruppe um den Diwan bildeten, wo Lady Candera hofhielt, sah sie sich vorübergehend allein gelassen.

Zu ihrer Linken war ein schmaler Bogengang, halb verdeckt von einem reichbestickten Fransenvorhang. Von einem Gefühl der Verwirrung getrieben, schob sie den Vorhang beiseite und schlüpfte hindurch, um sich in einem weiteren Ausstellungsraum wiederzufinden; schummerig, staubig und mit Tischen vollgestellt.

Hier waren die Wände mit ziegelrotem Stoff behängt, der mit geometrischen Mustern in Rot- und Brauntönen bestickt war und üppig bestreut mit kleinen Spiegelglassteinen, nicht größer als ein Daumennagel, während der Fußboden mit dicken Perserteppichen belegt war. In der Mitte des Raums und an den Wänden standen zahllose Tische aus geschnitzten und eingelegten Hölzern, auf denen sich Artikel aus Pappmaché auftürmten. Noch mehr Schalen, Vasen und Behälter waren auf den staubigen Teppichpyramiden aufgestockt. Aus diesem Raum schien es keinen Ausgang zu geben, außer dem Bogengang, durch den Sarah hereingekommen war. Aber auf einer Seite der verschnörkelt geschnitzten Fensterläden aus bemaltem Holz befanden sich ein Fenster und ein Balkon, die den Blick auf den Fluß freigaben.

Die Fensterläden waren geschlossen, so daß das einzige Licht in dem kleinen, schummerigen Raum durch die Spalten drang; die Atmosphäre war ebenso kalt wie stickig. Es roch nach Staub und Sandelholz und vergangenen Jahrhunderten ... Und nach noch etwas anderem. Etwas, das Sarah im Moment nicht identifizieren konnte.

Sie wanderte rastlos durch den Raum, nahm prüfend verschiedene Gegenstände aus Pappmaché hoch, stellte sie zurück, ohne sie richtig anzusehen, und lauschte dabei mit halbem Ohr auf die Stimmen im Nebenraum: Charles' Stimme, Hugos, Helens und Lady Canderas, welche sich bald vermischten, leiser wurden und zu bloßem Gemurmel verebbten. Sie sind wohl anderswohin gegangen, dachte Sarah.

Der kleine, staubige, vollgestopfte Raum war sehr still: still und kalt und – und was? Sarah hätte keinen Grund angeben können, aber sie wurde plötzlich von einem Gefühl der Panik erfaßt, was ihr den Wunsch eingab, sich umzudrehen, aus dem Raum zu rennen und ihre Begleiter einzuholen. Irgendwie war es, als habe sie mit dem Betreten dieser Örtlichkeit einen Schritt aus der gewohnten Tageswelt heraus getan, denn hier gab es etwas, das sie erschreckte. Etwas ...

Ganz plötzlich wußte sie, was es war. Der Geruch, der in dem dunklen verlassenen Korridor jener Hütte bei der Schlucht gehangen hatte. Er war auch hier! Schwach, aber deutlich, in Ghulam Kadirs Ausstellungsraum an der Vierten Brücke.

Sarah stand reglos: sie hielt den Atem an und vermochte sich nicht zu bewegen. Hinter dem Vorhang war jetzt kein Geräusch. Auch die Geräusche des Flusses und der Stadt schienen hinter den geschnitzten Rolläden in Schweigen zu

versinken. Irgend etwas raschelte hinter den Drapierungen an den Wänden, die winzigen Spiegelsteine blinzelten und zwinkerten in der schwachen Bewegung – Hunderte tückischer, glitzernder Augen, die Sarah beobachteten und ihre Gestalt auf den dunklen, staubigen Faltenwürfen bis zur Endlosigkeit widerspiegelten.
Auf den dicken Teppichen hörte man keine Fußtritte, aber der Vorhang, der über dem Bogengang hing, wurde zurückgestoßen, und Charles stand auf der Schwelle.
»Ich wurde abgesandt, dich aufzustöbern –« begann er, gewahrte die Furcht auf ihrem weißen Gesicht und ließ rasch den Vorhang fallen. Sarahs Stimme war ein rauhes Geflüster: »Der Geruch! Der Geruch von der Hütte. Er ist in diesem Raum . . . !«
»Kusch!« sagte Charles, tat einen raschen Schritt auf sie zu und ergriff ihr Handgelenk mit einem Druck, der schmerzte. »Reiß dich zusammen, Sarah!« befahl er mit heftigem Flüstern. »Rasch . . . So ist's recht, Mädchen.«
»Der Geruch . . .«, wiederholte Sarah.
»Ja, ich weiß. Was, zur Hölle, tust du hier?«
»Ich kam nur herein, um zu sehen –«
»Nein. Ich meine hier in diesem Haus?«
»Fudge wollte ein bißchen einkaufen.«
»Bist du –« Hinter dem verhangenen Eingang war ein sehr schwaches Geräusch zu vernehmen, und in fast dem gleichen Moment – so schnell und überraschend, wie er es schon einmal getan hatte – riß Charles sie in die Arme und küßte sie, hielt sie hart und eng an sich gepreßt, so daß sie sich weder rühren noch etwas sagen konnte.
Der Vorhang hinter ihnen schwang beiseite, und Major McKay stand im Bogengang. Sein bereits gerötetes Gesicht nahm stufenweise die Färbung einer Runkelrübe an. Er gab ein trockenes Hüsteln der Verwirrung von sich und trat zurück, als Sarah, befreit, mit flammenden Wangen an ihm vorbeistürmte.
Sie rannte durch den großen Ausstellungsraum und durch einen Gang in einen dahinter gelegenen Raum. Von hier

führte eine hölzerne Wendeltreppe nach oben, und irgendwo oberhalb konnte sie Reggie Craddock mit Fudge debattieren hören sowie Helen Warrenders hohes, affektiertes Lachen. Sarah stoppte abrupt, entmutigt von dem Gedanken an Helens spöttische Augen, Mir Khans wissendem Blick und Lady Canderas tödliche Lorgnette, die allesamt auf ihr gerötetes Gesicht und ihr zerzaustes Haar gerichtet wären.
Sie wollte sich daran erinnern, was sie mit ihrer Handtasche getan hatte. Darin war ein kleiner viereckiger Spiegel, außerdem eine Puderquaste und ein Kamm. Hatte sie sie Mir Khan zum Halten gegeben, oder lag sie auf irgendeinem Tisch in dem Raum, den sie gerade verlassen hatte? Als sie noch zögernd dastand, kam Charles rasch durch den Eingang. Sein Gesicht war vollkommen ausdruckslos. Er sah Sarah mit leichtem Stirnrunzeln an, als hätte er im Moment vergessen, wer sie sei.
»Ich vermute«, zischelte Sarah mit leiser, erboster Stimme, »daß das eine weitere Schockbehandlung war? Was habe ich diesmal zu vergessen?«
Charles' Stirnrunzeln vertiefte sich. Er nahm ihren Ellbogen, wirbelte sie herum und zog sie weiter zu der schmalen Treppe.
»Sei keine Närrin«, antwortete er brüsk. Am Fuß der Wendeltreppe blieb er kurz stehen, warf einen raschen Blick hinauf und hinter sich und sagte in gedämpftem Ton: »Jemand kam herein, und da ich keine Ahnung hatte, wer es war, mußte ich verdammt fix ein Alibi konstruieren. Vermutlich habe ich McKay dabei unnötig in Verlegenheit gebracht; der arme Junge stammelte unzusammenhängende Entschuldigungen. Aber dann soll er eben besser aufpassen. Nach allem, was ich weiß, hätte es auch jemand anders sein können. – Also, Tatsache ist, daß ich mir nicht erlauben kann, gerade jetzt in einer Privatunterhaltung mit dir entdeckt zu werden, Sarah. Nicht, solange ich nicht einen sehr klaren und unschuldigen Grund dafür liefern kann. Es war also nichts anderes als Tarnung.«
»Ich verstehe«, bemerkte Sarah kühl.

»Das bezweifle ich«, sagte Charles mit einem Drängen in der Stimme. »Dies ist ein sehr ungesundes Haus. Du solltest es nicht ausgerechnet jetzt besuchen, Sarah, und je eher du hier herauskommst, desto besser.« Er lächelte plötzlich in ihr ernüchtertes Gesicht. »Also gut, ich entschuldige mich. Es war abscheulich von mir und das zweite Mal, daß ich dich beleidigt habe. Sollte es ein drittes Mal vorkommen, weißt du, daß ich es ernst meine. Und wenn du jetzt versuchen könntest, weniger wie ein Mädchen auszusehen, das eine Leiche im Keller entdeckt hat, sondern mehr wie eines, das gerade im Gewächshaus geküßt wurde, wollen wir zu den anderen gehen. Glaubst du, du wirst es schaffen?«
»Ich werd's versuchen«, sagte Sarah ergeben.
»Das ist die richtige Einstellung«, lobte Charles und folgte ihr über die Stufen in einen großen, höher gelegenen Raum, wo Ghulam Kadirs verbliebene Kundschaft Möbel und Schnitzereien aus poliertem Walnußholz bewunderte.
»Oh, da bist du ja«, sagte Fudge aus einer Fensternische. »Wo warst du denn? Ich bat Charles, dich aufzulesen, falls du zwischen all diesen Räumen und Treppen verlorengegangen sein solltest. Was hältst du von diesen kleinen Walnußtischen? Ich glaube wirklich, ich sollte einen Satz davon haben.«
Hugo stöhnte vernehmlich, als einer der Gehilfen – ein fetter kleiner braungewandeter Mann mit einem Gesicht, das mit tiefen Pockennarben bedeckt war – sich beeilte, den Satz kleiner, polierter Tische ineinanderzustellen, das Ganze in riesige Bogen Packpapier einzuhüllen und mit schönen Bandschleifen zu versehen. Ein anderer Gehilfe, ein stattlicher Gentleman, dessen grauer Bart eindrucksvoll scharlachrot gefärbt war, war damit beschäftigt, dasselbe an Meril Forbes' Einkäufen unter dem kritischen Auge Lady Canderas zu vollziehen, während ein dritter Gehilfe die Rechnungen ausstellte.
Ghulam Kadir erschien im Eingang und gab einen halblaut geäußerten Befehl, woraufhin der rotbärtige Gehilfe durch einen verhangenen Bogengang entschwand und dann mit

einem großen Messingtablett erschien, das mit winzigen Tassen schwarzen Kaffees beladen war, die Ghulam Kadir mit blumigen Komplimenten herumreichte.
Charles bot Helen Warrender sein Zigarettenetui an, die darauf schaute und lachte. »Ich danke dir, aber ich will dich nicht deines letzten Glimmstengels berauben.«
»Verzeih«, entschuldigte sich Charles: »Ich hatte nicht bemerkt, daß nur eine übrig war, aber für dich, Helen, würde ich sogar meine letzte Zigarette opfern!«
»Lieber Charles, ich wünschte, ich könnte dich ernst nehmen! Du weißt, ich rauche niemals etwas anderes als Sobranies, aber dir zu Ehren werde ich deinen letzten Giftstengel akzeptieren.« Sie neigte sich über Charles Feuerzeug, als der pokkennarbige Gehilfe mit einer Zigarettenschachtel herbeieilte. Charles nahm sich wortlos eine Zigarette, und warf einen Blick auf seine Uhr: »Ich hasse es, dich zu drängen, Helen, aber es ist nach eins, und da wir von Johnnie und den Coply-Zwillingen um 1.15 Uhr in *Nedou's Hotel* zum Lunch erwartet werden, kommen wir nur eine gute halbe Stunde zu spät, wenn wir jetzt gleich starten.«
Helen stieß einen affektierten kleinen Entsetzensschrei aus und begann ihre Handtasche zu durchwühlen. »Was schulde ich Ihnen, Ghulam Kadir? O ja – die Puderdose und das Tablett und die acht Tischmatten. Das sind sieben Rupien, acht Annas und zwölf . . . warten Sie – die Matten waren jede für sich, nicht wahr? Ich habe sicher nicht genügend Geld bei mir. Charles, Lieber, du bist doch sicher besser im Rechnen als ich. Wieviel bin ich schuldig?«
»Einundfünfzig Rupien, acht Annas«, sagte Charles prompt. »Hier, ich hab's passend, du kannst es mir beim Mittagessen zurückgeben.« Er händigte ihr eine Handvoll zerknitterter Banknoten aus, während Helen flötete: »Du bist ein Engel, Charles! Vergiß nicht, mich zu erinnern, ja?« und Lady Candera sagte mit ätzendem Ton: »Eine beachtliche Morgengabe, Helen.«
»Schichtwechsel für alle von uns«, sagte Hugo. »Mein Magen mahnt energisch die Verspätung an. Wie lautet die gräßliche

Endsumme, Fudge? ... Der Himmel soll mich schützen! Hier, nehmen Sie, Ghulam Kadir, Sie alter Räuber. Ein Jammer, daß wir nicht mit einem Möbelwagen vorgefahren sind. Guter Gott, Sarah! Du willst doch nicht behaupten, du hättest all' das gekauft? Dann bedaure ich bei genauerer Betrachtung, daß wir nicht mit zwei Möbelwagen vorgefahren sind.«

Sie stiegen im Gänsemarsch die Wendeltreppe hinunter. Als sie den Hauptausstellungsraum erreichten, brachte Ghulam Kadir, der ihnen vorausgegangen war, eine Handvoll kleiner Gegenstände zum Vorschein – kleine Pappmaché-Behälter, die eine Schachtel Zündhölzer enthielten – und überreichte jeweils einen davon zeremoniös jedem seiner Kunden.

»Oh, vielen Dank! Die sind reizend«, rief Sarah und prüfte ihr Geschenk, das als Muster goldene Chenarzweige und braune, pelzige Chenarknospen auf cremefarbenem Fond aufwies.

»Und jetzt müssen wir wirklich gehen«, mahnte Fudge. »Wonach suchst du, Sarah?«

»Meine Tasche«, sagte Sarah. »Ich hab' sie irgendwo hier unten liegenlassen und habe meine Rechnung noch nicht bezahlt.«

»Ah, Captain Mallory, das ist wieder Ihr Stichwort, glaube ich«, bemerkte Lady Candera maliziös.

Sarah errötete ärgerlich. »Ich muß sie hier unten irgendwo hingelegt haben.«

»Hat jemand Sarahs Tasche gesehen?« fragte Hugo. »Hat jemand irgendwann mal eine Frau bei einer Einkaufsexpedition gesehen, die nicht irgendwas verlegt hätte? Ist hier ein Arzt – ich meine ein Detektiv – im Haus?«

Pakete wurden im Stich gelassen, während die Gesellschaft durch die Räume jagte. »Ach, herrjeh – tut mir leid«, entschuldigte sich Sarah zerknirscht. »Es ist eine weiße. Nicht sehr groß. Ich kann mir gar nicht vorstellen, wo –«

»Ist es diese?« fragte Hugo geduldig, eine weiße Wildledertasche zwischen einem geschnitzten Sandelholztisch und dem Diwanende hervorangelnd.

»Gott segne dich, Hugo!« Dankbar ergriff Sarah ihr Eigentum und bezahlte ihre Rechnung. Die Gruppe sammelte erneut ihre diversen Päckchen und Kartons zusammen und ging hinaus auf die Straße, wo sie Major McKay trafen, der seine aufgewühlten Gefühle am Flußufer mit einer Zigarette zu beruhigen versuchte.
Lady Candera, Meril und der Major, die anscheinend auch in *Nedou's Hotel* zu Mittag speisten, ließen sich von einer *shikara* zur Ersten Brücke bringen. Charles, der seinen Wagen auf der anderen Seite des Flusses stehengelassen hatte, nahm für sich und Helen einen Gastplatz bis zum anderen Ufer an. Sarah, Reggie Craddock und Mir Khan stiegen mit in den Creedschen Wagen und wurden durch das Gewirr enger, holpriger Gassen chauffiert, die sich durch die Srinagar-Altstadt schlängelten und wanden.

16

Es war fast zwei Uhr geworden, als Hugos Auto bei *Nedou's Hotel* vorfuhr und er seine Fahrgäste ablud.
»Reggie und Sie essen doch mit uns, nicht wahr, Mir?« fragte Hugo, während er sich von einem Stapel Pappkartons befreite.
»Ich wäre entzückt.«
»Und was ist mit dir, Reggie?«
»Nun«, sagte Reggie zögernd, »ich hatte in meiner Kneipe wegen des Essens nicht Bescheid gesagt, und deshalb –«
»Oh, ruf doch an, falls das alles ist, was dir Sorgen macht. Inzwischen rechnen sie wohl ohnehin nicht mehr mit dir.«
»Wahrscheinlich hast du recht«, stimmte Reggie bei. »In diesem Falle, recht vielen Dank: ich würde mich freuen.«
Im Gegensatz zu früheren Jahren, als es hier noch von Menschen wimmelte, wirkte *Nedou's Hotel* sehr ruhig und verschlafen. In der Eingangshalle waren nur wenige Gäste, als Fudge und Sarah hindurchgingen. Von der Bar drang ge-

dämpftes Stimmgemurmel und Gläserklingen herüber. Als Sarah im Vorbeigehen einen Blick durch die offene Tür warf, sah sie Johnnie Warrender und die Coply-Zwillinge beim Würfelspiel.
Hugo bahnte sich den Weg zu einem Fenstertisch. Kurz darauf nahm Helen, gefolgt von Johnnie, Charles und den Coply-Zwillingen ihre Plätze am Nachbartisch ein. Es lag etwas eigenartig Bedrückendes über dem riesigen, hallenden Raum mit seinem Meer von langen Tischen. Selbst Hugo schien etwas niedergeschlagen zu sein und seine gewohnte Lustigkeit vorerst abgelegt zu haben.
Der Lunch wurde zu einem größtenteils schweigenden Mahl, und nachdem abgedeckt worden war, nahmen sie ihren Kaffee in der Eingangshalle ein, wo sie die leeren Flächen des großen Ballsaals im Sitzen überblicken konnten. Am äußeren Ende war eine Bühne – das Podium für viele Amateurvorstellungen und Kabaretts vergangener Jahre –, und die schweren, dunklen Vorhänge aus karmesinrotem Plüsch, die die weitere Sicht verwehrten, schienen die Düsternis des verlassenen Ballsaals zu verstärken.
Hugo, Reggie und Mir schlenderten zielbewußt zur Bar, während Fudge und Sarah sitzen blieben, an ihrem Kaffee nippten und oberflächlich Konversation mit Major McKay machten, der den Anschluß verloren zu haben schien. Kurz darauf kam Charles durch die Halle und ließ sich auf der Armlehne von Fudges Sessel nieder.
»Zigarette, Fudge? Du willst keine, Sarah, wie? Nun, Sankt George, was hast du mit dem Drachen angestellt?«
Major McKay lächelte. »Falls du dich auf Lady Candera beziehst, so schlief sie über dem Kaffee ein. Wir haben oben im privaten Speisezimmer getafelt, denn wir wollten uns nicht unter das gemeine Volk mischen – damit bist du gemeint, Charles.«
»*Touché*«, erwiderte Charles mit einem Lachen. »Dann viel Glück. Ich hoffe, du schaffst es. Falls du es schaffst, verdienst du die Albert-Medaille mit Spangen.«
Major McKay lief rot an, und Sarah fragte: »Was schaffen?«

»George weiß schon Bescheid«, sagte Charles mit einem Grinsen.
»Im Gegenteil, ich habe nicht die leiseste Ahnung, worauf du anspielst«, versetzte Major McKay eisig. Er konsultierte seine Uhr und erhob sich. »Also – äh – die Zeit vergeht. Ich glaube, ich schaue mal nach, ob Lady Canderas Wagen schon da ist. Ich nehme an, ich sehe euch heute abend alle im Nagim-Klub.« Er stahl sich weg, und Fudge wandte sich vorwurfsvoll an Charles: »Du solltest ihn wirklich nicht so aufziehen, Charles! Das ist häßlich von dir. Es regt ihn auf. Im übrigen treibst du ihn nur zur Flucht.«
»Ich fand es unwiderstehlich«, sagte Charles. »George ist ein guter alter Knochen. Wenn er nur aufhören würde, sich so ernst zu nehmen. Und wenn ihn so etwas schon in die Flucht schlägt, dann ist er es nicht wert, die Zeit einer Frau zu vergeuden.«
»Worüber habt ihr beide überhaupt gesprochen?« fragte Sarah. »Was soll er schaffen?«
»Meril, natürlich«, sagte Fudge ungeduldig. »Du nimmst doch wohl nicht an, George McKay führt zum Spaß so einen Eiertanz um den alten Drachen auf, oder? Wir hoffen alle ganz närrisch, daß er mit Meril durchbrennt.«
»Was bist du doch für eine alte Kuppelmutter, Fudge! Mit ihr durchbrennen. Ich bin überzeugt, Major McKay würde niemals etwas so Unkonventionelles tun.«
»Tut er es nicht, bekommt er sie nie«, prophezeite Fudge. »In der Sekunde, in der Lady Candera feststellt, daß es gar nicht ihre witzige und anregende Unterhaltung ist, an der der galante Major interessiert ist, sondern ihre verachtete Nichte, wird sie ihm in unmißverständlicher Manier die Tür weisen. Und Meril, das arme Kind, wird niemals den Mut aufbringen, etwas daran zu ändern.«
»Das glaube ich nicht«, sagte Sarah deutlich. »Nicht in diesem Jahrhundert. Diese Art von Geschichten stammt doch aus viktorianischen Romanen und aus der Zeit, als noch Schleier getragen wurden. Meril ist keine Halbwüchsige mehr. Sie braucht niemandes Erlaubnis. Übrigens irrst du, wenn du

sagst, sie hätte keinen Mut. Ich habe sie Ski laufen sehen auf einer Piste, die ich nicht zu betreten gewagt hätte.«

»Ja, das ist eine völlig andere Form von Mut«, erklärte Fudge weise. »Viele Leute strotzen von Waghalsigkeit und haben keine Unze Durchsetzungsvermögen, wenn es darauf ankommt. Meril ist eine davon. Sobald ihre Tante im Spiel ist, verhält sie sich wie ein hypnotisiertes Kaninchen.«

»Klingt, als gäbe sie die vollkommene Ehefrau für den Major ab!« kommentierte Sarah bissig. »Doch was treibt dich zu der Annahme, er sei überhaupt an ihr interessiert? Lady Candera scheint eine Menge Leute zu hypnotisieren. Möglicherweise gehört er mit dazu.«

»Nun, er war letztes Jahr hier oben und hat eine Menge Zeit mit ihnen zusammen verbracht. Es war aber bestimmt nicht Lady Candera, die ihn nach Gulmarg gelockt hat. Meril pflegte ihm jeden Tag Skilektionen zu erteilen. Und jetzt ist er wieder hier. Obwohl er seinen Urlaub statt dessen in England verbringen könnte. Natürlich geht es um Meril! Übrigens, hast du gesehen, wie puterrot er wurde, als Charles ihn aufzog?«

»Ich für meine Person«, sagte Charles, »kann mir nichts Stumpfsinnigeres vorstellen, als mit so einem Muster an Redlichkeit und Schicklichkeit wie George McKay durchs Leben zu gehen. Keine Frau von Geist könnte das ertragen.«

»Unsinn«, sagte Fudge entschieden. »Er ist ein guter Mann. Er ist freundlich und zuverlässig. Im übrigen *ist* Meril eine Frau von Geist. Sie wird ihm eine vollkommene Ehefrau sein, und sie werden friedlich und glücklich miteinander leben wie ... wie ... Na ja, als ausgemachten Witzbold kann ich mir George nicht gerade vorstellen, das muß ich zugeben. Aber es ist zu spät am Nachmittag, um mir passende Vergleiche einfallen zu lassen. Wo, zum Kuckuck, steckt eigentlich Hugo? Es ist Zeit, daß wir uns auf den Heimweg machen.«

Fudge stand auf, durchquerte in Charles' Begleitung die Halle und entschwand in Richtung Bar. Sarah blieb allein zurück, drehte sich um und schaute über die düsteren Flächen des verlassenen Ballsaals.

Draußen vor der Reihe langer Fenster herrschte strahlender Sonnenschein, der auf eine Seite des Saals hereinfiel. Aber zwischen den Fenstern und der Tanzfläche war eine Säulenreihe, die eine lange Galerie abstützte und einen offenen Gang zwischen den Fenstern und dem Ballsaal bildete: einen Gang, in dem sich Sofas, Sessel, Tische und Notenständer befanden, der aber dank der Säulenreihe viel Tageslicht von der Tanzfläche abhielt.

Es war ein nüchterner und wenig anziehender Saal, der in dem nachmittäglichen Licht düster, nackt und unfreundlich wirkte. Doch Sarah belebte ihn im Geiste mit den fröhlichen Tänzern früherer Jahre und stellte ihn sich im flammenden Lichterglanz und voller Geräusche, Musik und Gelächter vor; kurz darauf bewegte sie sich auf die polierte Tanzfläche zu, summte leise vor sich hin und machte ein paar Tanzschritte auf der glänzenden Fläche.

Abgesehen von ihrem eigenen melodiösen Summen war es sehr still in dem großen Ballsaal. Das ganze Hotel schien tatsächlich Siesta zu halten, denn sie konnte kein Geräusch von der Halle oder den Gängen hinter dem Ballsaal her vernehmen. Selbst das gedämpfte Stimmengemurmel von der Bar war verstummt, und hinter den langen Fenstern döste der Garten im nachmittäglichen Sonnenlicht, leer und schweigend.

Die Tanzfläche vibrierte unter Sarahs Füßen, als sie sich zu den Klängen eines unsichtbaren Orchesters im Walzerschritt wiegte und drehte: »Der Mond in einer Märchennacht und jede süße Melodie . . .«, summte Sarah und blieb ruckartig stehen. Wieder diese Melodie! Janets Melodie. Vielleicht spukte es in diesem Ballsaal. Vielleicht hatte Janet hier letztes Jahr zu der Melodie getanzt – und in früheren Jahren . . .

Sarah blieb stockstill in der Mitte des schummerigen, verlassenen Tanzbodens stehen und versuchte sich ein Bild von Janet im Ballkleid zu machen, dachte an all die jungen Männer, die hier während der Kriegsjahre auf Fronturlaub getanzt hatten und dann weggegangen waren, um in Burma und Malaya, Nordafrika und Italien zu sterben; in japanischen

Kriegsgefangenenlagern und auf der berüchtigten Todes-Eisenbahn...

Und wie sie dort stand, nahm ihr Auge eine schwache Bewegung wahr. Die Vorhänge, die vor der Bühne hingen, hatten sich ganz schwach gekräuselt, als ob jemand sie ein oder zwei Zentimeter beiseite gezogen hätte, um hindurchzuspähen und sie dann wieder sanft zufallen zu lassen.

Sarah stand völlig still. Lauschte. Ja. Da war jemand auf der Bühne hinter den Vorhängen, denn in der Stille konnte sie sehr schwach das Tappen leiser Füße über die nackten Bretter vernehmen. Ein Hund oder eine Katze? Aber die Vorhänge hatten sich in der Höhe eines Menschenkopfs bewegt. Ein Hotelbediensteter, der im Schutz der Vorhänge eine kurze Siesta hielt?

Hundert zu eins war es nur ein Dienstbote! redete Sarah sich ein. Es war albern, sich selbst an so harmlosen Plätzen wie diesem irgendwelche Dinge einzubilden, und deshalb würde sie selber nachschauen.

Leichtfüßig lief sie über die Fläche und die niedrige Treppe hinauf, die zur Bühne führte, tat einen tiefen Atemzug, schlug den Vorhang beiseite und betrat die dahinterliegende Bühne.

Diese war weit größer, als sie erwartet hatte, aber nichts bewegte sich dort, außer den träge fallenden Stäubchen im Sonnenlicht.

Die weite Fläche teppichloser Bühnenbretter stieg gegen die Rückwand leicht an. Dort befand sich ein einziges langes Fenster. Nach der Düsternis des Ballsaals schien die Bühne diesseits der Vorhänge voller Licht.

Die Sonnenstrahlen, die durch das hohe Fenster fielen, bildeten symmetrische Muster auf den nackten Brettern und fielen schräg auf die Stühle und Tische, die aufeinandergestapelt an den Bühnenwänden standen. An einer Seite führten ein paar Stufen aus Beton weiter nach unten – wahrscheinlich zu den Umkleideräumen. Auf der entgegengesetzten Seite, wohin die Sonnenstrahlen nicht drangen, wand sich eine steile, geländerumspannte Treppe in die Schatten der oberen

Galerie hinauf. Eine Galerie, die eine Fortsetzung derjenigen war, die an einer Seite des Ballsaals oben entlanglief.
Da war jemand oder etwas auf der Treppe; Sarah wußte nicht recht, warum sie dessen so sicher war. Vielleicht hatte eine Stufe geknackt, oder zwischen den staubigen Schatten hatte etwas geflackert . . . Die leere Bühne dehnte sich weit und still im trägen Nachmittagslicht, und die schweren Falten der Vorhänge hingen dunkel und unbewegt; kein Laut drang vom Ballsaal dahinter zu ihr herüber. Das Mobiliar an den Wänden, die sorgfältig aufgestapelten Tische, die ineinander gedrehten Korbstühle, die Umrisse der kretonnebezogenen Sofas und Armsessel, die roten Plüschvorhänge schienen Sarah einzuschließen. Sie straffte die Schultern, ging festen Schrittes auf den Fuß der spiralförmigen Treppe zu und spähte in die staubige Dunkelheit hinauf.
Irgend etwas bewegte sich über ihr auf der Treppe, und für den Bruchteil einer Sekunde erblickte sie ein Gesicht, das aus den Schatten da oben zu ihr herunterstarrte. Dann drehte sich der Betreffende um, und sie hörte das hastige Tappen nackter Fußsohlen auf der Treppe, gefolgt von dem Geräusch eilig fliehender Füße auf der oberen Galerie.
Sarah wirbelte herum, rannte über die Bühne und schlüpfte durch die Vorhänge zurück. Von der Vorbühne aus konnte man zur Ballsaalgalerie hinaufschauen. Sie hatte gerade noch Zeit, um eine Gestalt durch die Außentür flitzen zu sehen: eine Gestalt, die ein braunes weites Gewand und den weißen Turban eines Kaschmiri trug und die sie für ein Mitglied des Hotelpersonals gehalten haben würde, hätte sie nicht einen kurzen Blick auf das Gesicht seines Besitzers geworfen, den sie auf der dunklen Treppe angetroffen hatte.
Sie besaß ein gutes Gedächtnis für Gesichter, doch selbst wenn sie es nicht gehabt hätte, wäre es unmöglich gewesen, dieses eine zu vergessen, das sie erst vor etwa einer Stunde gesehen hatte. Es war das pockennarbige Gesicht des fetten, kleinen Gehilfen in Ghulam Kadirs Pappmaché-Laden an der Vierten Brücke in der Altstadt Srinagars.
Wie sie noch dort stand und über den Ballsaal hinweg zu der

zur Hälfte sichtbaren Tür auf der Galerie hinaufstarrte, bewegten sich abermals die Vorhänge hinter ihr. Sarah fuhr herum, das Herz im Munde.

»Charles!«

»Hallo, Sarah.«

»Jesses!« ächzte Sarah. »Hast du mir aber einen Schrecken eingejagt. Was hast du da gemacht?«

»Dich beobachtet«, bekannte Charles. Er steckte sich eine Zigarette an. Seine Augen betrachteten sie nachdenklich über der gelben Flamme seines Feuerzeugs. »Du weißt, Sarah«, Charles blies die Flamme aus, »daß du entschieden zu neugierig bist. Zu neugierig und zu mutig. Und unter den gegenwärtigen Umständen ist das eine unglückliche Kombination. Ich würde mich sehr viel wohler fühlen, wenn du zur Abwechslung berücksichtigen könntest, daß Besonnenheit der bessere Teil der Tapferkeit ist«.

»Weißt du, wer dort hinter dem Vorhang war?« fragte Sarah. »Also, ich werd's dir sagen –«

Doch sie kam nicht dazu, weil Charles rasch einen Schritt vortrat und ihr seine linke Hand über den Mund legte. »Scht!« flüsterte Charles. »Hier gibt's zu viele Augen, Sarah, und zu viele Ohren.« Dann hob er die Stimme, als setze er eine Unterhaltung fort: »– es war auch eine sehr gute Band. Sie wurde von einem Mann von der Polizei dirigiert, der Chapman hieß und der auch verdammt gut Golf spielen konnte und –«

Es war aber nur Meril Forbes, die durch den Eingang geeilt kam, der unterhalb der Bühne aus dem Ballsaal in den langen, weißgetünchten Garderobengang führte.

Sie bot das gewohnte Bild zerstreuter Unsicherheit und stieß beim Anblick der beiden heraus: »Oh! . . . Hat – hat einer von euch Tante Ena gesehen? Sie hatte mich zum Zigarettenholen geschickt. Und der Himmel mag wissen, wo sie jetzt ist: ich habe überall nachgesehen. Sie haßt es so sehr, wenn man sie warten läßt. O Gott, man könnte fast denken, sie täte so was mit Absicht!«

»Natürlich tut sie das«, bemerkte Hugo, der mit dem Hut in

der Hand durch den Eingang geschlendert kam: »Kennst du nicht das schöne Wort? ›Sie tut es nur aus Übermut und weiß sehr wohl, wie weh es tut.‹ Aber du solltest dich nicht darüber aufregen, liebe Meril. Tatsache ist, daß deine bejahrte Tante draußen im Auto sitzt. Leicht geröstet.«

»O Gott!« wiederholte Meril hilflos und eilte durch den Ballsaal davon.

»Armes Kind«, bemerkte Hugo mitfühlend, als er der fliehenden Gestalt nachschaute. »Zu schade, daß ihr nicht jemand ein wenig Rückgrat vermitteln kann. Ah, da bist du ja, Sarah. Ich sollte dich suchen. Meine Gemahlin bat um deine sofortige Ergreifung. Sie möchte schnurstracks nach Hause. Kommst du?«

»Ja«, antwortete Sarah dankbar. Sie drehte sich um und lief die kleine Bühnentreppe hinunter, um Hugo auf der Tanzfläche zu treffen.

»Hat Charles eine Besichtigungstour mit dir gemacht?«

»Ja«, sagte Charles, der ebenfalls von der Bühne herunterkam. »Ich habe Sarah alles über die fröhlichen Zeiten erzählt.«

»Ob ihr's glaubt oder nicht«, entsann sich Hugo, »es hat sogar die historische Stunde gegeben, in der ich mich einst selbst auf der Bühne dort produzierte. Wenn mich mein Gedächtnis nicht trügt, sang ich ein Duett mit einem Mädchen namens Mollie Soundso. Ein geschmackvolles Liedchen über eine Bank in einem Park – oder war es etwas wie auf Zehenspitzen durch Tulpen? Ich kann mich nicht erinnern. Ich weiß aber noch, daß meine Hosenträger bei der Gelegenheit die Höhen der Unmoral erklommen. Sie gaben unter der Anstrengung des hohen C nach, und meine Hosen rutschten. Beim Publikum kam es gut an. Ich glaube, ich darf mit Fug und Recht und ohne Eitelkeit behaupten, daß ich ein Bombenerfolg war. Die Zuschauer kugelten sich in den Reihen. Wäre jemand in der Lage gewesen, einen Bindfaden oder eine Sicherheitsnadel zu besorgen, so hätte ich ein Dutzend Dacapos geben können. So aber blendete uns unser prüder Bühnenmeister einfach aus und ließ die Show à tempo weiterlaufen. Ach, ja! Das waren noch Zeiten!«

Irgendwo vor dem Hotel ertönte eine Serie ungeduldiger Hupgeräusche.
»Das ist zweifellos meine bessere Hälfte, deren Nerven zu reißen beginnen«, kommentierte Hugo die Geräuschkulisse. »Los, Sarah. Laß uns einen Zahn zulegen.«

17

An jenem Nachmittag trank Sarah auf dem Deck des Creedschen Hausboots Tee und blickte über den See hinaus zu den Bergen hinter Shilamar. Weidenzweige bildeten einen grünen Vorhang von Seide über dem Teetisch, und ein Trio kecker kleiner Bulbuls flirtete in den Zweigen und zwitscherte nach Krümeln.
Der See schien im Sonnenlicht des späten Nachmittags zu träumen. Die Strahlen spiegelten sich auf der friedlichen Oberfläche wider, nur gelegentlich von einem vorbeifahrenden Eingeborenenboot, einer *shikara* oder dem Aufplatschen eines prachtvoll gefiederten Eisvogels durchbrochen. Sarah spielte gedankenverloren mit einem Gurken-Sandwich und überlegte, ob sie auf die *Waterwitch* zurückkehren und ihre Suche fortsetzen solle, entschied sich aber dagegen. Der Gedanke, den friedlichen Sonnenschein und den bequemen Liegestuhl an Fudges Seite zu verlassen, um in den dunklen, staubigen Ecken der *Waterwitch* herumzuwühlen, war abstoßend. Obgleich ihr Gewissen gegen ihre Neigung ankämpfte, siegte die Neigung, und Miß Sarah blieb, wo sie war; beobachtete, wie die Schatten über dem Wasser länger wurden und die Berge sich in den Strahlen der sinkenden Sonne safrangelb, rosa und rot färbten, derweil Subhana, der Creedsche *mānji*, den Teetisch abräumte.
Lacro, endgültig genesen von seinem Abenteuer der vergangenen Nacht, schnüffelte und stöberte zwischen Schilfgestrüpp und Weiden am Uferrand. Fudge und Sarah saßen müßig, die Hände im Schoß, und blickten durch die weichen

blauen Schatten über den See, während einige *shikaras* und Eingeborenenboote in Richtung auf die Nagim-Bagh-Brücke an ihnen vorbeizogen. Ihre Paddel tauchten rhythmisch in das Wasser.

Ein Geruch nach Holzfeuer durchzog die stille Luft, und kurz darauf erstrahlte das Licht auf der Spitze des kleinen Steintempels, der den Hügel von Takht-i-Suliman krönte im warmen abendlichen Licht, wie der erste Stern an einem blassen Himmel. Von irgendwoher aus dem Creedschen Küchenboot ertönte eine Stimme, die ein klagendes Kaschmirilied voller seltsamer Triller und Schluchzer zu singen begann.

»Wo ist Hugo?« fragte Sarah plötzlich.

»Was?« Fudge erwachte ruckartig aus ihren Träumereien. »Hugo? Er fuhr zum Nagim-Klub, um einen Burschen zu treffen, der sich dort aufhält und am Anschlagbrett des Klubs eine Forellenangel zum Verkauf angeboten hat. Hugo wollte einen Blick darauf werfen. Ich glaube, das muß er schon sein –«

Hinter den Weiden, die den Feldweg säumten, der vom Hausboot zur Nagim-Straße führte, wurden Stimmen laut. Fudge seufzte und sagte: »Verdammt! Er hat jemanden mitgebracht; und ich hatte mich so sehr auf einen friedlichen Abend mit Nichtstun gefreut. Nun werden wir dasitzen, Drinks zu uns nehmen und stundenlang höfliche Konversation machen müssen. Ich nehme an, es ist dieser Kerl mit der Angel.

»Nein«, sagte Sarah, die aufgestanden war und durch die Weidenzweige spähte. »Es ist Charles.«

»Oh«, sagte Fudge mit merkwürdiger Betonung. Sie sah Sarah von der Seite an und lachte. »Immer noch an ihm interessiert, Sarah?«

»Nein, natürlich nicht«, beteuerte Sarah hastig.

»Was bedeutet, daß du's doch bist. Also bitte – hier kommt deine Chance.« Sie stand auf und winkte Hugo zu, der unten am Ufer angelangt war.

»Ich habe einen Gast mitgebracht«, rief Hugo hinauf. »Treib uns einen Drink auf, Schatz. Wir kommen nach oben.«

Fudge ging über das Deck und rief etwas zu Subhana hinunter, als Hugo und Charles, von Lacro enthusiastisch begrüßt, auf dem Dach des Hausboots erschienen.
»Ich entdeckte Charles im Klub«, erklärte Hugo. »Ich wußte gar nicht, daß er dort abgestiegen ist. Er möchte gern im Mondschein mit dir poussieren, Sarah.«
»Hugo!« mahnte Fudge. »Ich wünsche, daß du diesen häßlichen Ausdruck nicht gebrauchst.«
Charles lachte. »In Wahrheit«, sagte er milde, »wollte ich mich erkundigen, ob ihr mit mir zu Abend essen würdet. Anscheinend ist heute ein Tanzabend im Klub, und obgleich ich nicht glaube, daß die Besucherzahl groß sein wird, könnte es ganz spaßig werden. Der Sekretär hat um zahlreiches Erscheinen gebeten.«
Fudge lächelte und schüttelte den Kopf. »Das ist nett von dir, Charles. Ich glaube aber, Tanz wäre heute abend nichts für mich. Ich hab' ein wenig Kopfweh und würde lieber einen friedlichen häuslichen Abend verleben und früh zu Bett gehen. Aber nimm doch Sarah mit. Ich bin sicher, ihre Kaschmirikenntnisse wären nicht komplett ohne einen Tanzabend im Nagim in einer Mondscheinnacht.« Fudge wandte den Kopf zur Seite und blickte über den See hinaus, wo die sinkende Sonne die Gulmarg-Gebirgskette als eine flache lila Silhouette von dem safrangelben Himmel abhob: »Es wird eine wundervolle Nacht«, sagte sie.
Charles wandte sich an Sarah. »Wie steht's, Sarah? Hättest du Lust, mitzukommen? Leider kann ich dir keinen besonders amüsanten Abend versprechen: Wir können froh sein, wenn ein halbes Dutzend Paare im Klub aufkreuzen.«
Sarah zögerte einen Augenblick, sah von Fudge zu Charles und wieder zurück. Charles, der ein wenig die Haltung verändert hatte, so daß er mit dem Rücken zu den Creeds stand, senkte für den Bruchteil von Sekunden ein Augenlid. »Ja, ich hätte große Lust«, ging Sarah prompt darauf ein. »Wollt ihr bestimmt nicht mitkommen, Fudge?«
»Ganz bestimmt nicht!« erklärte Fudge fest. »Trotzdem vielen Dank, Charles.« Sie lächelte ihm zu, und Hugo sagte

traurig: »Ich, wie ihr bemerkt, habe bei dieser Angelegenheit nichts zu melden.«

»Oh, Schatz!« sagte Fudge schuldbewußt, »möchtest du wirklich hingehen? Gut, dann gehe ich mit, wenn du Spaß daran hast. Ich kann ja ein Aspirin nehmen.«

»Unsinn«, winkte Hugo ab, »ich wollte dich nur aufziehen. Nach dem gräßlichen Sturm von gestern dürfte mir ein langer Schlaf guttun. Ich habe kaum ein Auge zugetan. Außerdem bin ich auch schon ein ziemlich alter Gaul. Meine Glanzzeiten sind vorbei. Jetzt sind jüngere, muntere Pferdchen wie Sarah und Charles an der Reihe, in der Arena herumzugaloppieren. Alles, was ich jetzt noch zu dem Trubel beitragen könnte, wäre ein Schnarchen.«

Subhana und Ayaz Mohammed erschienen oben an Deck mit einer Auswahl von Gläsern und Getränken. Nachdem Hugo mit großzügiger Hand Sherry und Whisky ausgeschenkt hatte, saßen die vier in dem grünen Zwielicht, redeten und lachten, während ein riesiger, aprikosenfarbener Mond über den Bergen hinter Shalimar aufstieg und einen schimmernden Silberpfad über den See legte.

Wenig später blickte Fudge auf ihre Uhr und fragte Charles, an welche Zeit er für das Abendessen gedacht hatte.

»So gegen acht, dachte ich. Der Tanz wird kaum vor neun losgehen.«

»Nun, es ist gleich acht«, erinnerte Fudge. »Ich will dich nicht drängen, Sarah, aber wenn du dich noch umziehen willst, solltest du jetzt besser gehen.«

Sarah sprang auf, und Charles sagte: »Ich werde auf dich warten. Dann gehen wir zusammen zum Klub. Das heißt, falls es dir nichts ausmacht, einen Blick in die Zeitung zu werfen, solange ich mich umziehe. Oder wäre es dir lieber, ich komme zurück und hole dich in etwa einer halben Stunde ab?«

»Nein. Wart hier auf mich. Ich brauche nicht länger als zehn Minuten«, rief Sarah ihm zu und verschwand mit Lacro über den Lukeneinstieg.

Abdul Gaffoor, ihr *mānji,* schaltete die Lichter auf der

Waterwitch an, als sie auf dem Boot ankam. Sie blieb nur kurz stehen, um ihm mitzuteilen, daß sie zum Abendessen nicht da wäre, und begab sich zu ihrer Schlafkajüte. Sie konnte sich eines kleinen Schauders nicht erwehren, als sie durch die stillen Räume ging, und war dankbar für das Tapsen von Lacros Pfoten und sein aufgeregtes Schnuppern und Winseln, als er an den Dielen schnüffelte, hinter denen wohl ein einladender Rattengeruch lockte.

Über ihr ganzes Bett verstreut lag ein unordentlicher Haufen der Päckchen, die sie an diesem Morgen eingekauft und die Abdul Gaffoor und der Creedsche Träger vom Auto hereingetragen hatten; Sarah war ziemlich verärgert, als sie sah, daß jedes Päckchen geöffnet, die Bindfäden zerschnitten und die Papierhüllen nur flüchtig wieder über die Souvernirs gestülpt worden waren. Abdul war wohl neugierig auf ihre Einkäufe gewesen und hatte überall hineingeschaut. »Wenigstens hätte er soviel Anstand haben sollen, alles wieder richtig zuzumachen!« schimpfte Sarah laut vor sich hin.

Sie raffte den ganzen Haufen hastig zusammen und stopfte ihn in ein leeres Schrankfach hinein. Als sie Schuhe und Kleid wechselte, fuhr ihr plötzlich ein Gedanke durch den Kopf. Sie erstarrte und blickte gebannt auf das Bett, wo eben noch die Päckchen gelegen hatten. Dann fuhr sie herum, öffnete den Schrank und sah ihren Verdacht sofort bestätigt; es bedurfte keines Augenblicks, um zu erkennen, daß jemand all ihre Habseligkeiten durchwühlt hatte.

Ordentlich gestapelte Unterwäsche lag nicht mehr ganz so ordentlich an ihrem Platz, wie sie sie zurückgelassen hatte. Ein Satz von sorgfältig gerollten Strümpfen war durcheinandergebracht worden, und die Anordnung der Schuhreihe am Boden des Hängeschranks hatte sich geändert – Sarah stellte die Laufschuhe stets an den Beginn der Reihe, gefolgt von Hausschuhen und den Abendschuhen. Jetzt standen ein paar goldene Abendsandaletten zwischen blauen Wildlederhausschuhen und braunen Wanderschuhen . . .

Es gab noch andere Anzeichen, die an sich unbedeutend waren, doch immerhin anzeigten, daß jemand einen überaus gründlichen Blick auf ihre sämtlichen Besitztümer geworfen hatte. War es lediglich Neugier seitens Abdul Gaffoors, oder gab es dafür eine weniger angenehme Erklärung? Sarah war plötzlich ungemein dankbar, daß sie als Vorsichtsmaßnahme Charles' Waffe immer bei sich in der Tasche trug und sie niemals aus den Augen gelassen hatte, außer –

In jäher Panik riß sie die Tasche an sich und öffnete sie, aber die Pistole war noch da, mit einem Chiffonschal umwickelt. Sie tat einen tiefen Atemzug der Erleichterung und betrachtete sie gedankenvoll. Sie konnte doch an einem Tanzabend wirklich keine Waffe bei sich tragen! Außerdem würde sie ja mit Charles zusammensein, und da der Raum bereits durchsucht worden war, war es höchst unwahrscheinlich, daß sich ihn jemand nach so kurzer Zeit nochmals vornehmen würde. Zu diesem Schluß gelangt, nahm sie die Pistole heraus und stopfte sie unter ihr Kopfkissen. Dabei fiel ihr Blick auf ihren Reisewecker und sie stellte mit Bestürzung fest, daß sie die zehn Minuten bereits überschritten hatte, die sie fortzubleiben versprach.

Himmel! dachte Sarah. Ich bin entsetzlich spät dran, und Charles wird denken, ich gehöre zu den nervtötenden Weibern, die immer zehn Minuten sagen, dreißig meinen und fünfzig brauchen! Rasch eilte sie zum Schrank zurück, wählte ein raffiniert schlichtes Abendkleid aus weißem Leinen mit kühnem schwarzen Laubmuster und schlüpfte in ein Paar weiße Seidensandaletten. Das dürfte für diesen Abend genügen, dachte Sarah – und für Charles.

Einige Minuten später war sie fertig angezogen. Sie warf einen letzten Blick in den Spiegel und suchte im Schrank nach einer Abendtasche. Die Auswahl, die sich ihr bot, erwies sich indes als nicht zufriedenstellend. Deshalb schnappte sie sich nach einem weiteren Blick auf die Uhr und einem Ausruf des Unwillens die weiße Wildledertasche, aus der sie die kleine Pistole entfernt hatte. Nachdem sie ein kurzes Pelzcape an sich genommen und die Lichter gelöscht hatte, kehrte sie mit Lacro auf den Fersen zum Creedschen Boot zurück.

Charles mußte schon nach ihr Ausschau gehalten haben,

denn er kam über die Laufplanke herunter, als sie sich dem Boot näherte. »Hast du etwa die Absicht, die kleine Töle mitzunehmen?« fragte er. »Weil er nicht in die Klubräume hinein darf, weißt du.«

»Keine Sorge. Ich bitte Hugo, ihn im Auge zu behalten: Lacro ist ganz vernarrt in ihn und wird sich still verhalten, solange Hugo in der Nähe ist. Sowie ich ihn allein lasse, beträgt er sich abscheulich und jault ununterbrochen wie eine verlorene Seele. Wir ließen ihn heute morgen in der Obhut des *mānji*, doch ich fürchte, er ist ein Snob. Ich glaube, er schätzt die ›Gesellschaft‹ der *mānjis* nicht, denn ich erfuhr, daß er kaum eine Atempause eingelegt hat. Er begann zu heulen, als wir ihn verließen, und wir konnten ihn schon auf der Nagim-Straße hören, als wir um halb vier zurückkamen. Doch bei Hugo beträgt er sich wie ein Engel. Stimmt's, Lacro, du kleines Scheusal?«

»Wer nimmt vergebens meinen Namen in den Mund?« fragte Hugo, der im offenen Eingang am oberen Ende der Gangway auftauchte.

»Ich«, rief Sarah hinauf. »Hugo, sei ein Schatz und kümmere dich um Lacro. Er hat seine Abendmahlzeit bekommen, wenn ich ihn aber allein auf dem Boot lasse, wird er jaulen, bis ich wiederkomme.«

»Okay«, seufzte Hugo. »Schleuder ihn hoch. Hoppla, Lacro – Junge – nein, du brauchst mir keine Löcher in den Schuh zu beißen, um mir deine Zuneigung zu beweisen. Gute Nacht, Charles. Viel Spaß, Sarah.«

»Werd' mich bemühen«, versprach Sarah. »Gute Nacht, Hugo.« Sie erhob die Stimme und rief durch die Weidenzweige hinauf: »Gute Nacht, Fudge«, doch vom Bootsdeck kam keine Antwort, und Hugo sagte: »Sie ist schon zu Bett gegangen – es ist wohl ihre Migräne, fürchte ich. Ich werde ihr einen Gutenachtgruß von dir sagen.« Er winkte fröhlich mit der Hand. Sie kehrten dem Ufer den Rücken, umrundeten den schattigen Stamm eines hohen Chenarbaums und gelangten auf den mondbeschienenen Pfad, der durch die Felder zur Nagim-Straße führte.

»Gute Arbeit«, sagte Charles, ergriff Sarah am Arm und eilte mit ihr den Pfad zwischen dem jungen Korn entlang. »Ich brauche heute nacht ein Alibi, und das bist du. Verdammtes Ding!« . . . er war auf ein Stück verrostetes Stück Blech getreten, das einer der *mānjis* hingelegt hatte, um eine Querrinne im Weg zu überdecken, die der Regen vergangene Nacht mit lehmigem Wasser gefüllt hatte. Es hatte laut und protestierend unter seinem Fuß geknirscht, als hätte ein nächtlicher Raubvogel in den Feldern geschrien.
»Ich hätte die Creeds bitten sollen, mitzukommen und einen Blick auf dieses Ding zu werfen«, sagte Charles, »doch Fudges Migräne hat mir einen Haufen Mühe erspart.«
»Was hast du eigentlich vorhin gemeint? Wofür brauchst du mich als Alibi?« fragte Sarah.
Bevor er antwortete, blickte Charles rasch über die Schulter, doch das ausgedehnte Mondlicht auf den Feldern bot wenig oder keine Deckung. Außerdem waren sie außer Hörweite der Boote und Bäume. Nichtsdestoweniger senkte er die Stimme, als er ihr erklärte: »Ich habe heute nacht eine Verabredung. Auf einer Insel im See. Nicht gerade die Art von Örtlichkeit, die ich mir selber ausgesucht hätte, doch ich nehme an, es hat seine Gründe. Wie auch immer, unter den gegebenen Umständen möchte ich mich nicht allein dorthin treiben lassen. Es würde nicht meinen Gewohnheiten entsprechen und könnte leicht Anlaß zu Gerede und Aufsehen geben. Andererseits gibt es kaum etwas, was die Burschen in Kaschmir lieber tun, als mit einem Mädchen in einer *shikara* rund um den See zu fahren. Niemand würde es daher im mindesten merkwürdig finden, wenn ich mit der schönen Miß Parrish eine Mondscheinkahnfahrt mache. Selbst wenn Fudge und Hugo sich entschlossen hätten, mitzukommen, hätte es wohl kaum mehr als ein nachsichtiges Grinsen und Augenzwinkern hervorgerufen, wenn ich für ein oder zwei Stunden mit dir zum Kahnfahren verschwunden wäre.«
»Was ist das denn für eine Verabredung?« fragte Sarah, deren Augen vor Erregung glitzerten. »Und mit wem?«
»Mit einem unserer Männer. Du sahst ihn gestern – zweimal,

wenn ich nicht irre. Beim zweiten Mal hast du ihn wohl ziemlich erschreckt!«

Sarah blickte mit zusammengezogenen Brauen fragend zu ihm auf. »Ich verstehe nicht. Ich habe heute niemanden, den ich nicht kenne, gesehen, außer –« Sie zog mit einem heftigen Atemzug die Luft ein und blieb stehen. »Doch nicht – doch nicht der Mann aus dem Laden?«

»Genau«, nickte Charles. »Der Gehilfe mit dem pockennarbigen Gesicht. Du sahst ihn im Hotel wieder, glaube ich.«

»Aber – aber ich verstehe nicht«, wiederholte Sarah. »Was tat er in dem Hotel?«

»Er versuchte, mich zu treffen«, sagte Charles und zog sie weiter. »Er ist einer unserer besten Agenten. Wir setzten ihn hier vor zwei Jahren an. Der Laden war auch eine sehr geschickte Tarnung. Er hoffte, heute morgen eine Gelegenheit zu finden, mit mir zu sprechen, als wir alle dort waren. Aber wegen des Kundenmobs, der dort aufkreuzte, war er zu sehr beschäftigt und wollte das Risiko nicht eingehen. Immerhin konnte er mir ein Zeichen geben. Was er tat, als er mir die Zigarettenschachtel anbot.«

»Was war es?« fragte Sarah wispernd.

»Keinesfalls etwas Sensationelles, fürchte ich«, versetzte Charles mit einem Grinsen. »Er kratzte lediglich mit dem kleinen Finger der linken Hand sein Kinn. Mit einer Bewegung, die in Kurzschrift NGB heißt und entschlüsselt soviel wie ›bedaure, kann nichts machen – übergebe dir‹ bedeutet. Also erwähnte ich unverzüglich *Nedou's Hotel* und daß ich dort zu Mittag speisen würde. Ich sprach auch beiläufig von der Bühne.«

»Ja«, sagte Sarah langsam. »Ich erinnere mich.«

»Ahamdoo schaltet enorm schnell, und das war ausreichend für ihn. Aber das Treffen im Nedou war leider ein Reinfall – größtenteils deinetwegen, muß ich sagen! Du bist hineingeplatzt, bevor er Zeit fand, mir ein Wort zu sagen. Wir hörten dich kommen. Er flitzte davon und war schon auf der Treppe zur Galerie, als du auf der Bühne erschienst, sichtlich voller Argwohn. Danach ist es mir zwar noch gelungen, ihn einzuholen, doch entweder glaubte er, er würde verfolgt oder sei von seinem Todfeind entdeckt worden, denn er war in blinder Panik und konnte es kaum abwarten, wegzukommen. Er flüsterte mir nur noch rasch zu, daß er heute nacht Punkt elf auf der Char-Chenar-Insel wäre, und war schon auf und davon, mir blieb kaum Zeit zum Atemholen, und ich konnte gerade noch mit dem Kopf nicken; ich muß gestehen, ich hätte dir mit Wonne den Hals umgedreht, weil du unsere Verabredung zum Platzen brachtest!«

»Du hättest mich eben vorher warnen sollen«, konterte Sarah, die sich der beliebten Taktik bediente, daß Angriff die beste Form der Verteidigung sei. »Und überhaupt, wo warst du?«

»Ich saß in einem der Armsessel, die mit dem Rücken zu dir standen. Die Rückenlehne war zwar hoch, aber ich brauche dir nicht zu sagen, Sarah, daß du mir ein paar eklige Momente beschert hast. Du konntest mich nicht bemerken, es sei denn, du hättest zwischen den Möbeln herumgestöbert; andererseits konnte ich dich auch nicht sehen und wußte nicht, wer zum Teufel da eigentlich war. Ich wagte mich nicht zu rühren, bis ich dich zur Wendeltreppe gehen hörte. Glaub mir, mir fiel ein Stein vom Herzen, als ich sah, daß du es warst.«

»Warum hast du es mir nicht sofort gesagt?« fragte Sarah entrüstet. »Ich war wie gelähmt vor Schreck. Du hättest es erklären sollen!«

»An einem Platz, wo es von Menschen wimmelt? Kaum!« erwiderte Charles derb.

»Was für Menschen präzise?« fragte Sarah wißbegierig.

Charles sah zu ihr herunter und schüttelte dann den Kopf, denn inzwischen waren sie in der Nähe eines kleinen Dorfes angelangt. Einige Meter weiter verließ der Pfad das Feld und wand sich zwischen einer Handvoll hoher, baufälliger Kaschmirihäuser hindurch, bevor er die Hauptstraße erreichte, die sich nach beiden Seiten weiß und ausgestorben im Vollmondschein erstreckte.

Die Akazienbäume, die sie säumten, pflasterten die staubige Straße mit Schatten und füllten die Luft mit Wohlgerüchen.

Die wenigen Läden – gebrechliche Bauwerke, die während der kurzen Blütezeit Nagim Baghs aus unabgelagerten Deodarhölzern hastig errichtet wurden – waren größtenteils geschlossen und stumm. Nachdem sie diese sicher passiert hatten und in Richtung auf den Klub weitergingen, wiederholte Sarah ihre Frage.
»Nun«, sagte Charles bedachtsam, »da wäre zum einen Reggie Craddock.«
»Aber der wird doch nicht in eine Sache wie diese verwickelt sein?« stieß Sarah entsetzt hervor. »Ja, ich weiß, er hat versucht, mich von dem Boot zu vertreiben, aber – o nein! Er könnte es nicht. Wirklich nicht. Schließlich ist er Engländer!«
Charles erwiderte trocken: »Meine liebe Sarah, Geld spricht alle Sprachen. Und hier geht es um viel Geld.«
»Demnach glaubst du, daß Reggie ...?« begann Sarah.
»Ich glaube gar nichts«, erklärte Charles kurz. »Er könnte aber zum Beispiel Schulden haben. Wenn solche Burschen in die Hände indischer Geldverleiher geraten, können sie in gräßlichen Fallstricken enden. Ich will gar nicht gesagt haben, daß er es wirklich ist; aber Reginald Craddock macht mich etwas neugierig. Er kannte Janet Rushton, und soviel ich weiß hatte er sie aufrichtig gern; obgleich mir das kein ausreichender Grund zu sein scheint, dich von Janets Boot weghaben zu wollen. Craddock gehörte auch zu der Gruppe in der Skihütte. Und er war heute zu einer Zeit in Ghulam Kadirs Laden, als dort eine äußerst wichtige Botschaft weitergegeben werden sollte.«
»Was sagst du da?« Sarah blieb einen Moment auf der mondhellen Straße stehen. »Oh, du meinst die, die der pockennarbige Mann an dich übergeben wollte?«
»Nein, das meine ich nicht. Der Laden wird für so manches als Tarnung benutzt. Ich glaube, man kann sagen, daß sein ältlicher respektabler Besitzer vorsichtig genug ist, um an Intrigen oder Anschlägen nicht aktiv teilzunehmen. Er gestattet einzig und allein, daß sein Laden gegen eine hübsche fette »Gebühr« als eine Art Nachrichtenumschlagplatz be-

nutzt wird, wo die Gegenseite Informationen sammelt und weitergibt. Irgend etwas war für heute geplant. Ahamdoo war überzeugt davon. Ich habe da meine eigenen Vorstellungen, wie es ausgeführt werden sollte, aber ich kann mich auch irren. Wir haben jeden überprüft, der den Laden heute betreten oder verlassen hat. Reggie war natürlich auch darunter.«

»Wenn es nur darum geht, so bin ich auch verdächtig. Und genauso eine Menge anderer Leute – du inbegriffen«, sagte Sarah schlagfertig.

»Ich weiß. Trotzdem bin ich aber ganz besonders an Major Reggie Craddock interessiert ... Hier, links – das ist der Klub.«

Sie bogen durch ein offenes Tor und gingen eine lange, dreispurige Auffahrt entlang, die sich durch einen Obstgarten schlängelte und zu Rasenflächen, gepflegten Blumenbeeten und einem flachen Klubgebäude am äußersten Ende des Nagim-Bagh-Sees führte. Als sie sich diesem näherten, sagte Sarah, die einige Minuten geschwiegen hatte, nachdenklich: »Ich frage mich, ob du für jeden, der heute morgen in diesem Laden gewesen ist, ein Motiv hättest?«

»Selbstverständlich«, versicherte Charles fröhlich. »Ich kann verschiedene Theorien aufstellen, die auf jeden einzelnen passen würden; die für dich bestimmte ist sogar die beste von allen.«

»In diesem Falle überrascht es mich, daß du mir das alles so freimütig anvertraust«, sagte Sarah auflachend.

»Woher weißt du, ob ich das wirklich tue?« fragte Charles sanft. Sarah starrte ihn verblüfft an, doch bevor sie Zeit fand, eine empörte Antwort zu formulieren, hatte Charles sie in den Klub gelotst, in einen Sessel am Rand der Tanzfläche gesetzt, einen Tomatensaft bestellt und versprochen, sie nicht lange warten zu lassen. Dann war er in Richtung des klubeigenen Wohntrakts verschwunden und hatte sie mit einem Stapel illustrierter Zeitschriften und zwei gelangweilten Klub-*khidmatgars* allein gelassen, die an der Bar am Ende des Raums miteinander tuschelten.

Am Rande des Tanzsaalparketts gab eine tiefreichende Fensterfront den Blick auf den See und eine lange, unbedachte Veranda frei, die von hölzernen Säulen gestützt wurde und mit Stühlen und Tischen besetzt war. Sarah verließ ihren Platz, trat hinaus und blickte auf eine mondbeschienene Wasserfläche, die am anderen Ufer von einer Anzahl schwach sichtbarer Hausboote begrenzt wurde, aus denen gelegentlich ein senkrechter Lichtschein fiel. Die Mehrzahl davon – im Gegensatz zu den vielen Booten, die nahe am Ufer vertäut lagen – schien unbewohnt. Dahinter über fernen Baumkronen, erhob sich dunkel das geduckte Massiv des festungsgekrönten Hari Parbat und bildete einen scharfen Kontrast zu der mondüberfluteten Ebene und der langen Linie der glitzernden Schneegipfel, die den fernen Rand des Tals säumte.
Sarah stützte sich mit den Armen auf die Verandabrüstung und starrte über das im Mondlicht schimmernde Wasser hinaus auf die schneebedeckten Hänge des Apharwat, die sich über der dunklen Baumlinie des Khilanmarg erhoben. Irgendwo dort oben, ein Punkt in der weißen Wüste, lag die kleine Skihütte. Und irgendwo darunter, zwischen meilenweiten Wäldern, lagen die weitläufigen Hotelgebäude und das kleine Hotelzimmer, in dem ihr phantastisches Abenteuer begonnen hatte. Und als sie auf jene fernen Bergketten schaute, fragte sie sich erneut, warum sie eigentlich weiterhin in Kaschmir blieb, wo sich seit jener Nacht, in der sie vom Vollmondschein geweckt worden war, so grauenhafte Dinge zugetragen hatten.
Sie hatte die Gegend doch mit einem Gefühl der Erleichterung verlassen und tiefe Dankbarkeit empfunden, daß sie sie niemals wieder würde sehen müssen. Doch eine Mischung aus Herausforderung und Neugier sowie ein Versprechen, das sie einem toten Mädchen gegeben hatte, hatten sie wieder hierher zurückgeführt. Seitdem hatte sie in einem ununterbrochenen Zustand der Furcht und Anspannung gelebt. Warum also blieb sie, wo es doch so leicht war, den Pierces in Ceylon ein Telegramm zu schicken, ein Auto zu mieten, in weniger als einem Dutzend Stunden in Rawalpindi zu sein

und noch am gleichen Tag mit dem Grenzexpreß gen Süden zu rasen? Ließe sie die Vernunft walten, würde sie jetzt wohl ans Packen und an sofortige Abreise denken. Aber sie hatte überhaupt nicht die Absicht, abzureisen. Sie wurde sich, im Gegenteil, eines Gefühls erhöhter Lebensfreude bewußt. Obwohl sie letzte Nacht auf der *Waterwitch* Entsetzliches erlebt hatte. Ähnliches war ihr heute widerfahren. Zuerst in Ghulam Kadirs Laden und später im *Nedou's Hotel*, als sie hinter der Bühne zur dunklen Wendeltreppe emporschaute. Aber all dies schien nicht zu zählen. Alles, was zählte, war, daß sie sich jung und lebendig fühlte und daß das Leben herrlich aufregend war – weil sie mit Charles zum Dinner ging.
Sarah lächelte im Mondlicht ein wenig schuldbewußt in sich hinein und dachte: du darfst es ebensogut zugeben. Du bleibst nicht nur aus uneigennützigen Motiven hier und nimmst es eben hin, daß du dabei zu Tode erschreckt wirst. Du bleibst nur darum hier, weil du dich in einen Mann verliebt hast, der leider schon mit einer hübschen Blondine namens Cynthia liiert ist! Du hast herrliche Zeiten damit verbracht, mit der Liebe zu spielen und die Männer in dich verliebt zu machen, aber jetzt hast du dir die Finger verbrannt. Cynthia hin oder her, du scherst dich keinen Deut darum, wie viele Leute sich gegenseitig abmurksen und ob das gesamte Britische Empire und der Subkontinent Indien dabei draufgeht, solange du nur bei Charles sein kannst.
Frauen, schloß Sarah zynisch, waren eben seltsam! An diesem Punkt wurden ihre Überlegungen von Captain Mallory unterbrochen, der – in korrektem Smoking – an der Verandabrüstung auftauchte und zwei Gläser Sherry brachte.
»Der hier ist für dich, Sarah.«
»Danke.« Sarah nippte an ihrem Sherry und sah Charles über den Rand ihres Glases an. »Wer ist Cynthia?« fragte sie unvermittelt.
»Wer ist Cynthia? Ist das nicht ein Lied? Oder meinst du vielleicht meine Schwester?«
»Deine Schwester! Du hast eine Schwester, die Cynthia heißt?«

»Habe ich wirklich. Sie wird dir gefallen.«

»Oh.« Sarah lächelte entzückt und verwirrt. Ja, sie fühlte sich jung und lebendig, und das Leben war herrlich aufregend – weil sie mit Charles zum Dinner ging...

Außer einem melancholischen Gentleman mit Kneifer und Tweedanzug sowie einem jugendlichen Paar, das unter dem Tischtuch Händchen hielt und eine lebhafte Unterhaltung im Flüsterton führte, war der Speisesaal im Wohntrakt des Klubs völlig leer. Charles und Sarah dinierten etwas abseits an einem Tisch in einer Fensternische, von wo aus sie die Rasenflächen und den See bis zu den Bergen überblicken konnten. Der melancholische Gentleman verschwand schließlich, kurz darauf folgte ihm das Pärchen. Aber Charles und Sarah saßen tief in ihre Unterhaltung versunken...

Sarah fühlte sich wunderbar. Ihre grünen Augen leuchteten, und ihre Kupferlocken schimmerten in dem matten Licht der gelblichgrauen Deckenlampen. Im gegenseitigen Einverständnis berührte die Unterhaltung nicht das Geschäft, das Charles in das Tal geführt hatte. Sie waren fast am Ende der Mahlzeit angelangt, als ihr einfiel, daß man ihr Zimmer durchsucht und ihre Einkaufspäckchen geöffnet habe. »Du hattest doch nichts drin?« fragte Charles stirnrunzelnd. »Nichts Belastendes, meine ich?«

»Nein, Gott sei Dank nicht. Das einzig Belastende, das ich besaß, war die kleine Pistole, und die hatte ich in meiner Handtasche bei mir getragen. Zum Glück!«

»Allerdings«, bestätigte Charles nüchtern. »Ich verstehe nur nicht, warum überhaupt jemand an dem Zeug interessiert sein sollte, das du heute morgen eingekauft hast. Danach sieht's eher so aus, als ob es nur die Neugier deines *mānjis* gewesen ist. Hoffen wir's jedenfalls.«

Ein weißgekleideter *khidmatgar* brachte den Kaffee und fragte, ob sie ihn drüben im Tanzsaal oder draußen serviert haben wollten, doch Sarah wollte nicht umziehen. »Bis er dort ist, ist er kalt, und die Art von Kaffee, die sie hierzulande zubereiten, ist schon heiß getrunken schlecht genug.«

Sie schenkte das blasse, unappetitliche Gebräu aus und überreichte Charles eine Tasse, wobei sie versehentlich etwas auf ihr Kleid schüttete.

»Zum Henker!« rief Sarah und griff nach ihrer Handtasche, um ein Taschentuch herauszuholen. Irgend etwas kam gleichzeitig mit ihm zum Vorschein – der kleine Pappmachè-Behälter für Zündhölzer, den Ghulam Kadir ihr am Morgen geschenkt hatte.

»Komplett mit Streichholzschachtel, wie ich sehe«, stellte Charles fest, ihn müßig zwischen den Fingern drehend. »Du wurdest bevorzugt. Ich bekam nur das Gehäuse ohne Schachtel.«

»Dieses hier ist genauso«, sagte Sarah, steckte das Taschentuch weg und nahm den kleinen Behälter zur Hand. »Nein, doch nicht. Aber ich hätte schwören können . . . He, das ist ja überhaupt nicht meiner. Schau! Meiner hatte fast das gleiche Muster, goldene Chenarblätter auf cremefarbenem Fond. Aber da waren noch so kleine pelzige Chenarknospen im Muster, während hier Bulbuls drauf sind. Jetzt weiß ich, wie's passiert sein muß! Wir legten doch alle die Sachen aus der Hand, als wir nach meiner Tasche suchten. Das war kurz nachdem man uns diese Dosen überreichte. Wahrscheinlich habe ich dann versehentlich einen anderen an mich genommen.«

»Du hast *was?*« fragte Charles scharf. »Rasch! Gib mir den Behälter! Die Chance steht tausend zu eins, aber –« Er zog die Streichholzschachtel heraus, die der kleine Behälter enthielt. Es waren jedoch keine Hölzer drin. Nur ein kleines Stück zusammengefaltetes Papier.

»Tausend zu eins«, wiederholte Charles in ehrfürchtigem Flüstern, »und, bei Gott, wir haben's geschafft! Dies hier war es natürlich, wonach sie suchten, als sie dein Zimmer durchkämmten.«

Er glättete das Stückchen Papier auf seiner Handfläche. Es trug eine einzige Zeile in anmutig verschnörkelter orientalischer Handschrift. Charles studierte sie mit zusammengezogenen Brauen.

»Was ist es?« fragte Sarah drängend. »Kannst du's lesen?«

»Ich kann es gut lesen, habe aber keine Ahnung, was es bedeutet. Es ist eine Zeile aus einem persischen Gedicht.«
»Was bedeutet sie?«
»Nun, ziemlich frei übersetzt bedeutet sie ›der Autor‹ – oder besser: ›der Geschichtenerzähler – reiht seine klugen Worte auf wie Perlen an der Schnur‹.«
»›Der Geschichtenerzähler reiht seine klugen Worte auf wie Perlen an der Schnur‹«, wiederholte Sarah langsam. »Was, um alles in der Welt, soll das heißen? Ist es ein Code?«
»Weiß der Himmel«, sagte Charles. »Es kann alles mögliche heißen. Vielleicht ein Losungswort. Immerhin haben wir endlich etwas. Und was noch besser ist: Die Tatsache, daß es die Person, für die es bestimmt war, nicht erreichte, hat sicherlich gewaltige Verwirrung gestiftet. Ich könnte mir vorstellen, daß wir einen guten Schritt vorangekommen sind.«
Charles rollte das kleine Stück Papier zusammen und steckte es in seine Brusttasche. »Nun versuche dich um Gottes willen zu erinnern, von welcher Stelle du die Schachtel genommen hast, Sarah. Kannst du dir noch ein Bild davon machen, wo sie gelegen hat oder wessen Sachen daneben gelegen haben? Haben wir einen Anhaltspunkt, wer sie ursprünglich besaß, dann hätten wir die Schlacht praktisch gewonnen. Denk nach, Sarah!«
Sarah nahm den Kopf zwischen die Hände und blickte eine lange Minute grübelnd auf das Tischtuch hinunter.
»Es hat keinen Zweck«, sagte sie. »Tut mir schrecklich leid, aber ich habe keinen blassen Schimmer, wer sie gehabt haben könnte. Jemand fand meine Tasche – Hugo –, und ich sah diese Streichholzschachtel und glaubte, es sei meine. Sie war so ähnlich, und ich hatte keine Zeit, einen Blick auf die Behälter der anderen zu werfen. Ich nehme an, ich nahm sie einfach und steckte sie in meine Tasche. Ich glaube, ich nahm sie von dem großen geschnitzten Tisch. Oder könnte sie auf dem Diwan gelegen haben? Ich bin mir nicht sicher. Aber – o nein – –!«
»Was ist?«

»Begreifst du nicht? Wenn dies wirklich die Botschaft gewesen ist, die heute jemandem übergeben werden sollte, dann muß das einer von *uns* sein! Einer aus der Gruppe im Laden. Ein Europäer. Engländer . . . !«

»Nicht unbedingt«, sagte Charles langsam, den kleinen Behälter zwischen den Fingern drehend. »Wir haben an alles zu denken. An jede Möglichkeit. Außer denen, die wir heute dort trafen, waren noch etliche andere Leute da, die heute morgen den Laden besuchten. Es liegt auch im Bereich des Möglichen, daß jemand, der vor unserer Ankunft den Laden verließ, den gleichen Irrtum beging wie du. Eine Dose hingelegt und die verkehrte wieder aufgenommen. Da lagen eine ganze Menge von diesen Streichholzbehältern auf den Tischen der Ausstellungsräume herum.«

»Du hältst es aber nicht für sehr wahrscheinlich?« warf Sarah scharfsinnig ein.

»Nein«, sagte Charles bedächtig. »Ich halte es nicht für wahrscheinlich.«

»Dann denkst du, es könnte –«

»Ich denke, je rascher wir über diese orientalische Spielerei Bescheid wissen, desto besser«, versetzte Charles grimmig. »Ich könnte mir vorstellen, daß es unter Umständen sicherer für dich wäre, mit einer Zeitbombe als mit dem Ding da in der Tasche herumzugehen.«

»Das kann ich nicht glauben.«

»Nicht? Je schneller du es tust, desto besser für dich.«

»Das glaube ich nicht. Ich glaube nicht, daß es die Botschaft ist. Warum sollte sich jemand bemühen, es so verhüllt weiterzugeben – so abwegig? Es klingt albern und kompliziert – und viel zu weit hergeholt für mich.«

»Was du dir nicht vor Augen hältst, ist, daß der Orient abwegig *ist*. Er wird es immer vorziehen, ein Ziel vom Ende her anzugehen, als direkt darauf loszumarschieren; es ist das Versäumnis des Westens, das zu verstehen, deshalb stolpern wir so oft darüber. Im übrigen, wie ich dir schon sagte, ist der Laden nichts anderes als ein Umschlagplatz für Informationen, nur zur Annahme und Weiterbeförderung bestimmt.

Wer immer die Botschaft sandte, wird sie wohl nicht persönlich abgeliefert oder sich auch nur in der Nähe des Platzes aufgehalten haben. Wahrscheinlich ist sie sogar durch verschiedene Hände gegangen; nur um die Spur zu verwischen und sicher zu sein, daß sie nicht zur Quelle zurückverfolgt werden kann.«
»Vom Ende her, in der Tat«, bemerkte Sarah.
»Sehr richtig. Jeder, der damit in Berührung kam, hat sicher einen gründlichen Blick darauf geworfen und nichts damit anfangen können. Du kannst aber deinen letzten Heller darauf verwetten, daß es für den richtigen Empfänger einen Sinn ergibt – und für sonst niemanden! Komm nun, Sarah, laß uns tanzen gehen.«
Er stand auf und führte sie geschwind aus dem Gebäude über den mondbeschienen Pfad dorthin, wo der Klang einer großen Musiktruhe anzeigte, daß der Tanz im Saal offiziell begonnen hatte.
Inzwischen sah es im Klub schon erheblich bunter aus. Mehrere hohe Barhocker waren von überzähligen Männern besetzt, während an die acht bis zehn Paare zu der Musik des Plattenspielers tanzten: unter ihnen mehrere Leute, die Sarah kannte.
Meril Forbes trug ein blaßblaues Taftkleid und tanzte mit Major McKay, und einer von den Coply-Zwillingen hatte sich mit einer unbekannten Blonden zusammengetan. Auch Reggie Craddock war da, ebenso Helen Warrender – in einer dekolletierten Kreation mit glitzernden grünen Pailletten, die eher zu einem Ball beim Vizekönig als zu einem Grammophongehopse im Klub gepaßt hätte; sie tanzte mit einem hochgewachsenen O-beinigen mit riesigem strohblondem Schnurrbart, von dem Charles zu berichten wußte, daß es ein Oberst Grainger war; ein Vierer, wie er hinzufügte.
»Und was heißt das, bitte?« fragte Sarah sanft.
»Polo-Handikap. Er wird auf vier Tore eingeschätzt, für welche Seite er auch spielt. Johnnie war ein Siebener.«
»Was ist er heute?«
»Ein Gewesener«, sagte Charles kurz.

»Ist Johnnie nicht dort drüben an der Bar?« fragte Sarah.
»Ich nehme es an, das ist sein gewohnter Stammplatz, der ihn zu dem gemacht hat, was er jetzt ist, der arme Teufel.«
Die Schallplatte lief zu Ende. Die Tänzer standen auf dem Parkett und applaudierten oberflächlich, während der Klubsekretär die nächste Platte auflegte. »Hallo, Meril«, sagte Charles und ging mit Sarah zu Major McKay und seiner Partnerin hinüber. »Ist Tante Ena heute abend auch hier?«
Meril zuckte nervös zusammen und drehte sich um. »Oh! ...oh, hallo, Charles. Äh ... Nein, Tante Ena fühlte sich nicht recht wohl. Sie wollte kommen. Ich meine ...« Meril fummelte nervös an ihrer kleinen, mit bunten Perlen und Pailletten besetzten Abendtasche, ließ sie fallen und bückte sich ungeschickt, um sie aufzuheben.
Charles kam ihr zuvor, überreichte sie ihr und sagte mit gespielter Strenge: »Willst du mir etwa erzählen, deine Tante denkt, ihr beide sitzt brav im Institut?«
»Nun – nun, ja«, Meril schluckte.
Charles sah den geröteten Gesichtsausdruck Major McKays und stieß einen hörbaren Pfiff aus. »George, ich muß mich über dich wundern! Ich hatte keine Ahnung, daß sich hinter deiner unschuldigen Fassade soviel Doppelzüngigkeit und Draufgängertum verbergen. Hast du bedacht, was Tante Ena sagen wird, wenn sie entdeckt, daß du ihre Nichte statt zu dem Vortrag ›Drei Jahre auf Borneo‹ – mit handgemalten Diapositiven – zu einer rauschenden Orgie wilden Nachtlebens entführt hast?«
»Nun – äh – es ist nämlich so«, begann Major McKay unsicher. »Ich – äh – das heißt –«
»Ich bat ihn, mich hierherzubegleiten«, unterbrach Meril trotzig. Zwei hellrote Flecke brannten auf ihren sonst so blassen Wangen, und Sarah stellte mit Erstaunen fest, daß sie ausgesprochen hübsch aussah. »Ich hasse Lichtbildervorträge, und ich hasse das Institut, und ich wüßte nicht, warum ich statt dessen nicht lieber tanzen gehen sollte. Schließlich kann es Tante Ena nicht im geringsten stören. Sie ging schon zu Bett.«

»Ich würde es George nicht einmal nachtragen, wenn er ihr etwas in den Kaffee getan hätte«, versetzte Charles heiter. »Du mußt auf diese Ärzte aufpassen, Meril. Verdammt gefährliche Burschen.«
»Mein lieber Charles«, sagte Major McKay beleidigt, »ein Scherz ist ein Scherz, aber du solltest wirklich nicht –« er fing Charles' Augenzwinkern auf, grinste und sagte: »Jedenfalls vielen Dank für den guten Rat. Ich werd's mir merken.«
Charles lachte und zog Sarah auf die Tanzfläche zurück.
»Ich habe George falsch eingeschätzt«, sagte er. »Ich glaube, er wäre sogar fähig, Meril zu ermuntern, für sich selber einzustehen, wenn Lady Candera herausfindet, was er im Schilde führt, und ihm befiehlt, niemals wieder ihre Schwelle zu betreten.«
»Wenn du mich fragst«, gab Sarah zurück, »so braucht Meril keine Ermunterung. Wenn man ihr glauben darf, so war es ihre Idee, diesen Lichtbildervortrag zu schwänzen und sich statt dessen ins Nachtleben zu stürzen. Deshalb bin ich sicher, daß du und Fudge – und wer sonst noch Interesse daran hat – schon losmarschieren könnt, um die silbernen Fischbestecke und Toaströster zu besorgen.«
»Du klingst ein wenig verschnupft, Sarah-Herzchen. Meril ist nur eine Art von knochenlosem Wunder. Du kennst ihre Tante noch nicht so lange wie wir, sonst würdest du verstehen, warum es uns solch einen Spaß macht, den alten George behutsam zur Rettung vorgehen zu sehen. Es schenkt uns das gleiche Gefühl, als ob wir ein paar stämmige Londoner Bobbies dabei beobachteten, wie sie – unterstützt von sämtlichen Hilfsmannschaften der örtlichen Feuerwehr –, über eine vierzig Meter hohe Leiter klettern, um ein Kätzchen zu retten, das auf einem Fabrikdach hockt.«
Sarah lachte. »Ich weiß. Und ich bin auch nicht echt verschnupft. Es geht mir nur gegen den Strich, wenn sich eine meiner Geschlechtsgenossinnen – insbesondere eine, die wie Meril Ski laufen kann, eine hübsche Figur hat und sogar hübsch aussehen könnte, wenn sie sich die leiseste Mühe gäbe – so entsetzlich schlapp aufführt!«

»Das kommt davon, wenn man in der WRAF gedient und eine Uniform getragen hat«, sagte Charles grinsend. »Der Anblick einer echt weiblichen Frau, samt flatternden Nerven, Furchtsamkeit und Hitzewallungen, ganz zu schweigen von Migräne und Angst vor Mäusen, erfüllt dich mit heftiger Gereiztheit.«

»Das tut es in der Tat! Dies ist das Atomzeitalter – so traurig es ist –, und jemand, der so rückgratlos wie Meril Forbes ist, sollte schleunigst in die Brontë-Romane zurückversetzt werden, wo er hingehört. Allerdings, wenn sie sich schon zum Tanzen wegschleicht, sobald das Auge ihrer Tante nicht mehr auf ihr ruht, dann habe ich das Gefühl, daß noch Hoffnung besteht. Wenn sie nur einen Funken Mumm besäße, würde sie sich betrinken, nach Hause gehen und –«

Sarah hielt inne, zog die Stirn kraus und ließ einen Tanzschritt aus.

»Was ist los?« fragte Charles.

»Nichts – nur hatte ich plötzlich das sonderbare Gefühl, etwas zu zitieren, was jemand anders schon gesagt hat . . .«

Und just als sie es aussprach, war die Erinnerung wieder da. Natürlich. Es war Janet gewesen, die in der Skihütte am Khilanmarg ungeduldig gesagt hatte: »Was dir fehlt, Meril, ist ein gehöriger Rausch, um deiner Tante die Unabhängigkeitserklärung aufzusagen . . .« Aber sie weigerte sich, heute nacht an Janet zu denken. Resolut verdrängte sie die Erinnerung aus ihrem Gedächtnis und war dankbar, daß die Platte in diesem Augenblick zu Ende ging und ihr einen Vorwand gab, das Thema zu wechseln. Der Sekretär ließ pflichtschuldigst noch ein paar Platten abspielen. Dann schloß er den Plattenspieler für eine Pause und die Tänzer verteilten sich an die diversen Tische am Rande des Parketts, begaben sich an die Bar oder auf die Veranda.

Charles führte Sarah zu einem Stuhl auf der Rasenfläche draußen und rief einen herumlungernden *khidmatgar* heran, um Getränke zu bestellen. Zweimal brummte ein Auto hinter ihnen und brachte verspätete Besucher; Tänzer kamen und gingen, und nachdem sie kurze Zeit dort gesessen hatten,

hörten sie das Knirschen des Schotters auf dem Weg hinter der Rasenfläche, als jemand in Richtung des Parkplatzes wegging.
»Wer war das?« fragte Charles und drehte seinen Stuhl.
»Reggie, glaube ich«, antwortete Sarah und versuchte, durch das Gemisch aus Mondlicht und Schatten zu spähen. »Ich konnte es aber nicht genau erkennen. Warum?«
Charles gab keine Antwort. Kurz darauf hörten sie ein Auto starten. Es fuhr davon und bog, dem Geräusch nach, nach links in Richtung Nasim ab. Als sie es nicht mehr hören konnten, stand Charles auf und sagte: »Laß uns reingehen und tanzen. Wir haben noch eine Viertelstunde bis wir aufbrechen müssen.« Sie gingen gemeinsam über den Rasen zurück. Als sie den Tanzsaal wieder betraten, beugte er sich zu ihr herunter und fragte: »Glaubst du, du könntest dir den Anschein geben, du seist an einer Romanze mit mir interessiert? In etwa fünfzehn Minuten müssen wir diesen Klub verlassen. Angeblich, um gemeinsam in den Mond zu schauen. Kannst du versuchen, deinen Part zu spielen?«
»Meinst du, ich könne einer ansonsten dürftigen und wenig überzeugenden Geschichte Glaubwürdigkeit verleihen?« murmelte Sarah schalkhaft.
Charles lachte und zog sie in die Arme. »Vielleicht. Immerhin haben sie eine entsprechend anfeuernde Melodie für uns aufgelegt.«
Sie bewegten sich auf die Tanzfläche zu, während eine volltönende Tenorstimme vom Plattenspieler verkündete: »Die Leute werden sagen, wir sind verliebt!«
»Hoffen wir es«, sagte Charles. Er war ein exzellenter Tänzer. Sarah senkte ihre langen Wimpern und gab sich ganz dem süßen Schwingen und Wiegen der Musik hin:

> Seufze nicht, schau mich nicht an –
> Es gleichen deine Seufzer schon zu sehr den meinen,
> Laß deine Augen nicht wie meine leuchten,
> Die Leute werden sagen, wir sind verliebt . . .

»Du machst das wundervoll«, flüsterte Charles ihr ins Ohr. Die Musik hörte auf. Sarah öffnete die Augen und applaudierte mechanisch.

Obgleich der Tanz bereits anderthalb Stunden dauerte, waren mehrere Leute offenbar schon gegangen. Sarah konnte weder Reggie Craddock noch Helen Warrender erblicken. Ein Coply-Zwilling saß draußen auf der Veranda und sprach mit einem Mädchen, das Sarah nicht erkennen konnte. Der Farbe des Stoffs nach zu schließen, handelte es sich wohl um Meril Forbes. Gleichwohl gab es verschiedene Neuhinzugekommene: unter ihnen Mir Khan in einer Sechsergruppe, die Sarah allesamt fremd waren. Er verbeugte sich ihr gegenüber und lächelte, sagte aber nichts.

Johnnie Warrender saß noch an der Bar und schien sich allmählich in einem gefährlichen Zustand zu befinden. Seine Stimme war durch das Stimmengewirr und die Schallplattenmusik noch deutlich vernehmbar.

»Helen?« sagte Johnnie mit schwerer Zunge. »W-wie s-soll ich das wissen? Wa-wahrscheinlich weg, um irgendwo herumzupoussieren. Sie ver-ver-achtet mich. Da-das ist es. Genau w-wie das Sh-Shakespeare-Weib. ›O schwache Willenskraft! Gi-gib mir die Dolche!‹ Da-das ist Helen!«

»Hmm«, meinte Charles, als er mit Sarah an der Bar vorübertanzte. »Sehr aufschlußreich. Ich möchte wissen –« Er kam nicht dazu, seinen Satz zu beenden, denn in diesem Augenblick kippte Johnnie mit einem lauten Krach von berstendem Glas von seinem Hocker, rappelte sich mit Hilfe seines Nachbarn hoch und verließ unsicheren Schritts das Gebäude.

Wieder wechselte die Musik, und einen Augenblick später erschauerte Sarah.

»Was ist?« fragte Charles ruhig. »Kalt?«

»Nein, es ist die Melodie. Sie scheint mich zu verfolgen.«

Der Mond in einer Märchennacht
Und jede süße Melodie
Sie wurden nur für dich gemacht ...

»Warum?«
»Janet sang sie draußen vor der Skihütte am Khilanmarg; während sie ihre Skier anschnallte. Und – und seitdem scheint sie immer wieder aufzutauchen. Sie spielten es in jener Nacht in Peshawar. Die Nacht, als ich ihren Brief las –«
»Ja«, sagte Charles. »Ich erinnere mich.«
»Und nun schon wieder!«
»Vielleicht ist es ein Omen. Diesmal ein gutes, wollen wir hoffen.«
Die große Uhr an der Wand schlug die Viertelstunde. »Komm«, sagte Charles. »Wir müssen uns auf den Weg machen.« Er warf einen Blick auf seine Uhr und fluchte. »Verdammt und zugenäht!« zischte Charles mit unterdrückter Wut. Dann ergriff er Sarahs Arm und zog sie von der Tanzfläche weg.
»Wieso? Was ist los?«
»Es ist meine eigene verdammte Schuld«, sagte Charles erbost. »Ich hätte die Uhrzeit nicht von jener Uhr dort ablesen sollen. Es ist schon fünfzehn Minuten drüber. Mach fix!«
»Tut mir leid«, sagte Sarah bestimmt, »aber da ich annehme, daß es ein längerer Ausflug wird, muß ich zuerst noch einen Sprung in den Waschraum tun.«
»Mußt du? Also gut, nur beeil dich! Ich geh' schon und kümmere mich um meine *shikara*. Ich treffe dich oben an der Treppe am Ufer. Gleich rechts am Ende des Gebäudes. Mach schnell!«
Er verschwand in der Nacht, und Sarah huschte in den Garderobenraum.
Die Damentoilette des Nagim-Klubs betrat man von einem kleinen Vestibül, das von der Eingangshalle abzweigte. Sarah legte ihre Handtasche auf den Frisiertisch und tat einen raschen Blick in den Spiegel. Vor dem Fenster waren leichte, laufende Schritte zu hören, kurz darauf gefolgt von einem schwachen Geräusch am Ende des Ganges, der vom Umkleideraum nach links führte, wo die Toiletten lagen. Es hörte sich an, als ob jemand entweder leise eine Tür geöffnet oder geschlossen hatte.

Sarah betupfte ihre Nase mit einer Puderquaste und lief in den Gang. Sie versuchte die Tür der ersten Toilette zu öffnen, fand sie aber abgesperrt. Doch die nächste in der Reihe war offen. Als sie die Tür hinter sich schloß, war auf der anderen Seite des Gangs ein leise raschelndes Geräusch zu hören, gefolgt von einem erstickten Lachen. Sarah gab nicht weiter darauf acht, aber als sie den Handgriff drehte, um die Toilette wieder zu verlassen, ging die Tür nicht auf. Oh, verdammtes Ding! dachte Sarah verzweifelt. Jetzt stecke ich hier wahrhaftig fest! Sie riß an der Klinke, doch die Tür blieb standhaft.
Ein orientalisches Sanitärsystem war, wie fast überall in Kaschmir, auch in der Klubanlage Usus. Demzufolge hatten die Toiletten jeweils zwei Türen: die rückwärtige führte in einen schmalen Gang, der fast ausschließlich für die Toilettenwärter reserviert war. Hastig entriegelte Sarah diese Tür. Aber nur um festzustellen, daß sie gleichfalls abgeschlossen war. Abgeschlossen ... Natürlich, das war's! Die Türen waren nicht verklemmt. Jemand hatte sie eingesperrt. Alberner Scherz eines echten Spaßvogels, dachte Sarah, als sie sich an das leise Lachen von vorhin erinnerte. Aber Charles hatte gesagt »Beeil dich!«, und er wartete an der Treppe am Ufer auf sie: sie *mußte* hier raus.
Sie hämmerte mit den Fäusten an die Tür und schrie, so laut sie konnte, bis der widerhallende Lärm in der kleinen weißgetünchten Zelle sie fast taub gemacht hatte. Als sie jedoch innehielt, um zu lauschen, konnte sie kein Geräusch vernehmen, außer den fernen Klängen der Musiktruhe aus dem Tanzsaal. Mit wachsender Angst konstatierte sie, daß sie sich hier ohne jeden Erfolg heiser schreien konnte. Über die Stimmen- und Musikgeräusche im Tanzsaal hinweg konnte kein Mensch sie hören, solange keine andere Frau die Damentoilette betrat.
Ausgerechnet in einem Klo eingesperrt! dachte Sarah wütend. Die unwürdigste, albernste und dümmste aller Situationen!
Der Wortlaut eines albernen Reims aus ihrer frühen Schulzeit kam ihr ungebeten in den Sinn:

»Drei alte Ladies saßen irgendwo
Sechs Tage eingesperrt auf einem Klo!
Keiner konnte es verstehn
Keiner hatte es gesehn . . .«

Sarah kicherte hysterisch und wurde gleich darauf von einem weiteren Stich Panik getroffen. »Keiner hatte es geseh'n . . .« Das war das Schlimme daran. Charles wußte zwar, wo sie war, konnte aber schwerlich den Affront begehen, die geheiligte Damentoilette zu betreten, um sie zu suchen. So dringend sein Wunsch nach Eile auch sein mochte, sie war überzeugt, daß sein angelsächsisches Taktgefühl ihm verbieten würde, eine solche Verletzung der Etikette zu begehen.

Es schien jedoch, als habe sie Charles' Respekt vor Konventionen überschätzt.

Sie hörte, wie die Tür zum Waschraum energisch geöffnet wurde, schrie erneut und vernahm Charles' Stimme: »Wo, zum Teufel, steckst du?«

»Hier drinnen!« rief sie zurück. »Ich bin eingesperrt!«

Das Geräusch rascher Fußtritte und eines Riegels, der zurückgeschoben wurde. Die Tür sprang auf und ließ sie in Charles' Arme stürzen.

»Alles in Ordnung mit dir?« fragte Charles scharf. »Was ist passiert?«

Sarah war unfähig zu antworten, denn sie wurde von einem unangemessenen Heiterkeitsausbruch erfaßt.

»Um Gottes willen, hör auf zu kichern!« schnaubte Charles.

»Ich ka-kann – nichts dafür«, gluckste Sarah. »Es ist so a-a-albern! Drei alte Ladies ei-eingesperrt auf einem Klo. O Mann –!«

Charles packte sie bei den Schultern und schüttelte sie, bis ihr Haar einer rotgoldenen japanischen Chrysantheme ähnelte. »Reiß dich zusammen, Sarah!« befahl er energisch. »Wie ist es passiert?«

»Ich weiß es nicht«, antwortete Sarah, während sie sich die Augen betupfte. »Als ich hereinkam, hörte ich ein leises Geräusch und jemand lachen. Und als ich rauswollte, merkte

ich, daß irgendein idiotischer Witzbold mich eingesperrt hatte. Dann bummerte und schrie ich ein bißchen, und dann kamst du. Das ist alles.«
»Wer war es?«
»Ich sage dir doch, ich weiß es nicht! Ich hörte nur, wie jemand lachte. Ich nehme an, man fand es furchtbar lustig. Es sollte wohl ein Scherz gewesen sein.«
»Wollen wir's hoffen«, versetzte Charles grimmig. »Komm, wir müssen hier raus. Wo geht's zur Hintertür?«
Er nahm sie am Ellbogen, hetzte sie durch den Gang hinter den Badekabinen und zur Außentür hinaus. Aber einmal im Freien, war er gezwungen, seinen Schritt zu verlangsamen, und so wandelten sie gemessen den Weg entlang.
Irgend etwas glitzerte und funkelte mit einem Aufblitzen grünlichen Feuers auf dem mondbeschienen Kies unter dem Fenster des Umkleideraums. Fast ohne nachzudenken, blieb Sarah stehen und hob es auf. Es war eine kleine grüne Paillette.

18

Charles nahm den Weg über den Pfad, umrundete das Ende des Gebäudes und gelangte zu einer Treppe breiter Steinstufen, die zum Wasser hinunterführten. eine Anzahl *shikaras* lag hier im Schatten eines großen Chenarbaums am Ufer vertäut. Ihre Crews schliefen geräuschvoll, und in jedem Bug blinkten rauchige kleine Öllampen als Fahrtlichter.
Eine einzige *shikara* war an die untere Stufe herangezogen worden. Eine schattenhafte Figur in Kaschmiritracht stand mit einem Fuß auf dem Bug, mit dem anderen auf der Treppe, und hielt so das Boot. Charles half Sarah hinein, raunte dem Mann einige Worte zu und folgte ihr. Der Mann stieß das Boot vom Ufer ab, sprang an Bord, kam an ihnen vorbei und schwang sich in das Heck, wo die Ruderer saßen.
Sie trieben schnell aus den Schatten des Ufers und hinaus in

das strahlende Mondlicht auf dem See. Sarah lehnte sich über den Bootsrand, um hinter die dick gepolsterte Scheidewand zu lugen. Sie diente den Fahrgästen als Rückenlehne und schirmte sie von der Crew ab. Sie konnte erkennen, daß vier Männer das Boot ruderten. Sie drehte sich wieder zu Charles um, der neben ihr saß und berührte dessen Schulter. Gedämpft fragte sie: »Ist es sicher?«

»Ist was sicher?«

»In einer öffentlichen *shikara* auf solch eine Art Ausflug zu gehen?«

»Es ist keine öffentliche *shikara*. Es ist eine private – und es sind alles ausgesuchte Männer.«

»Du meinst, es sind Briten? In Verkleidung?«

Charles stieß ein kurzes Lachen aus. »Sei nicht solch eine kleine Nachteule! Natürlich nicht. Sie kommen aus allen Schichten und Religionen dieses Landes. Hindus, Moslems, Sikhs, Dogras, Patharen, Parsen, Panjabis, Bengalis – jede Menge. Einer unserer besten Männer ist ein stiller kleiner *bunnia* (ein Krämer), der einen Laden im Basar von Delhi unterhält. Ein anderer lenkte eine *tonga* (zweirädriges, von Pferden gezogenes Fahrzeug) in der Altstadt von Peshawar.«

»Hm«, machte Sarah und war für eine Weile still.

»Was bedrückt dich?« fragte Charles leise.

»All diese Leute«, flüsterte Sarah, »und der Mann, der letzte Nacht für dich Wache gehalten hat – Habib. Und da war einer, den du an irgendeiner Stelle in der Nähe Gulmargs getroffen hast, und der pockennarbige Mann aus dem Laden, der dich treffen . . .«

»Was ist damit?«

»Nun, waren sie nicht alle hier, als Janet und Mrs. Matthews noch lebten?«

»Gewiß waren sie hier – außer Habib, selbstverständlich.«

»Und – und warum konnten sie ihnen dann nicht helfen? Warum hat nicht einer von ihnen Kaschmir verlassen und eine Botschaft nach Britisch-Indien gebracht?«

»Ich dachte, ich hätte dir bereits gesagt, warum«, sagte Charles ungeduldig. »Tatsache ist, daß wir eine bestimmte Zahl von Leuten haben – wie diese Männer heute nacht –, die wir zu unserer Unterstützung abrufen können. Was nicht bedeutet, daß sie mehr als einen Bruchteil von dem wissen, was vorgeht. Nicht mehr, als ein junger Angestellter in einem gigantischen Multinationalkonzern weiß, was in dem Kopf des Vorstands einer Direktorenversammlung vorgeht! Über was jene beiden Frauen auch immer gestrauchelt sein mögen, es war bedauerlicherweise zu heiß, um von einem der ortsansässigen Helfer dieses Staates bewältigt zu werden. Und was noch bedauerlicher war, keine der beiden hatte erkannt – nach allem, was du mir von deiner Unterhaltung mit Janet berichtetest –, daß sie enttarnt worden waren. Bis es zu spät war, einen Trupp von Beobachtern zu bestellen, der ein sicheres Auge auf die beiden hielt. Vielleicht hielt es Mrs. Matthews zu jenem Zeitpunkt auch für weiser, von dieser Möglichkeit abzusehen. Das ist ein weiterer Punkt, den wir nie erfahren werden.«

»Das ist anzunehmen«, sagte Sarah und verfiel erneut in Schweigen.

Die Ruder hoben und senkten sich weich und rhythmisch, mit sanft monotonem Geräusch, als das Boot gleichmäßig durch das Wasser glitt. In jener Nacht wehte kein Lüftchen auf dem See. Der Fahrtwind reichte kaum aus, die ausgebleichten Baumwollvorhänge, die von der Baldachinverzierung über ihnen herunterhingen, zu bewegen.

Charles veränderte unentwegt seine Körperhaltung. Auch wenn sein Rücken scheinbar entspannt gegen die Kissen lehnte, wurde Sarah bald gewahr, daß er angespannt und in höchstem Alarmzustand war.

»Was ist? Warum befiehlst du ihnen nicht, schneller zu rudern?«

»Ich wage es nicht«, sagte Charles kurz, die Schultern abermals in einer kleinen ruckartigen Geste der Wachsamkeit bewegend. »Jemand könnte uns beobachten, und solange wir nicht außerhalb der Sichtweite des Klubs sind, dürfen wir nicht den Eindruck erwecken, als seien wir in Eile. Man glaubt uns auf einer romantischen Mondscheinfahrt und

nicht bei einer Regatta. Das Schlimme ist, daß wir sehr viel Verspätung haben.«
»Aber er wird doch sicher warten?« fragte Sarah ängstlich.
»Ahamdoo? Selbstverständlich. Es könnte aber für ihn gefährlich werden, dort zu lange rumzuhängen. Ich nehme an, daß er die Insel wählte, weil sie relativ leicht für mich erreichbar ist. Der Platz ist sicherer, weil ich ihn über das Wasser erreichen kann, statt über Land durch all die Basare und Hauptstraßen zu müssen. Es scheint mir dennoch eine ziemlich heikle Wahl gewesen zu sein.«
»Warum hast du dann zugestimmt?« wisperte Sarah.
»Ich hab's dir doch gesagt. Mir blieb keine Wahl!«
»Verzeih. Ich – ich hab's vergessen.« Wiederum sank sie in Schweigen. Charles drehte den Kopf und blickte dabei zurück, wo sich die Lichter des Klubs hinter ihnen im Wasser spiegelten. Etwa eine Minute später sagte er: »Okay, ich glaube, jetzt können wir unbesorgt aufdrehen.«
Er gab den Ruderern einen leise gesprochenen Befehl, und das Tempo der Ruderblätter erhöhte sich augenblicklich. Sarah hätte es nicht für möglich gehalten, daß das flache Holzboot eine derartige Geschwindigkeit erreichen konnte. Die vier herzförmigen Paddel tauchten ein und hoben sich, trieben den spitzen Bug mit einem Geräusch wie reißende Seide durch das Wasser, derweil die Vorhänge im Fahrtwind flatterten und klatschten.
Als sie sich dem Ende des Nagim-Sees näherten, wo das Wasser in schmale Kanäle abfloß, die nach Srinagar oder zum Dāl-See führten, gab Charles einen neuen Befehl. Sie verlangsamten ihre Geschwindigkeit, schwenkten nach links und glitten gemächlich unter dem schattigen Bogen der Nagim-Brücke hindurch.
Auf der Nagim-Brücke stand eine Gestalt. Irgendein Nachtschwärmer, der sich am Ende der Brücke gegen das Holzgeländer lehnte, wohin ein Baum einen schattigen Streifen warf. Das Ende einer Zigarette ließ in der Dunkelheit einen orangefarbenen Funken aufleuchten.
Jenseits der Brücke und mehr zur Linken dehnte sich das

Stauwasser von Chota Nagim. Sarah konnte die Umrisse des Creedschen Boots erkennen und dahinter das einzelne Buglicht, das die Position der *Waterwitch* markierte. Dann paddelten sie an Schilfrohrdickicht und dunklen Flecken von Lotosblättern vorbei, und kurz darauf glitt die *shikara* in einen weidenumsäumten Kanal, der nicht breiter war als ein Dutzend Meter, so daß die dünnen Zweige über dem Wasser einen Bogen formten und sich ineinander verflochten. Das Mondlicht brach in tausend silbernen Fragmenten hindurch und glänzte auf dem Wasser wie eine helle Puderschicht. Aber selbst hier änderten die Ruderblätter noch nicht ihren Rhythmus.

Charles schob eine Manschette zurück und spähte auf seine Uhr. Der grünliche, leuchtende Uhrkreis glühte matt im Schatten und erinnerte Sarah daran, daß sie immer noch die kleine grüne Paillette umschloß, die sie auf dem Kiesweg unter dem Fenster der Damengarderobe vom Nagim-Klub gefunden hatte.

Als die *shikara* die Düsternis des kurzen weidenbeschatteten Kanals verließ und wieder auf das offene Wasser kam, untersuchte sie ihren Fund. Die kleine grüne Paillette lag auf ihrer Handfläche, blinkte und blitzte im Vollmondschein, und sie war schon drauf und dran, sie über Bord zu werfen, als es in ihrem Hirn plötzlich wie bei einem Kameraverschluß Klick machte.

Eine grüne Paillette. Helen Warrender hatte ein Kleid getragen, das mit grünen Pailletten bestickt gewesen war. Also mußte Helen Warrender irgendwann den Pfad, der an der Hintertür der Damengarderobe entlangführte, passiert haben. Jemand anders würde selbstverständlich durch den Haupteingang in die Halle gekommen sein.

Sarahs Mund wurde schmal, und ihre Augen blitzten gefährlich. Ein Scherz? Keineswegs, dachte Sarah zornig. Sie wollte mich vor Charles lächerlich machen, und etwas Lächerlicheres, als sich selbst im Klo einzusperren, kann ich mir nicht denken. Sie möchte Charles für sich haben. Nun, sie wird ihn nicht bekommen, und damit basta –!

»Luder!« zischte Sarah, ohne zu bemerken, daß sie laut gesprochen hatte.
»Was ist los?« fragte Charles verblüfft.
»Nichts«, antwortete Sarah, schuldbewußt errötend. »Ich dachte nur gerade an etwas.«
Sie schnippte die kleine Pailette über Bord, wo sie im Mondlicht wie ein boshaftes kleines grünes Auge kurz aufblitzte und von den Ruderblättern weggewirbelt wurde – denn nun bewegten sie sich wieder mit hoher Geschwindigkeit.
Die *shikara* durchfuhr eine enge Wasserstraße, an einer grasbewachsenen Insel mit einer Reihe hoher Pappeln vorbei, die den Stränden von Nasim einen Arm entgegenstreckte. Dann erreichten sie die weite schimmernde Fläche des Dāl-Sees. Zu ihrer Linken, zwischen dunklen Baummassen an dem kurvigen Strand lag das Dorf von Nasim und die Moschee des Hazratbal; und weit in der Ferne, an der anderen Seite des Sees, lagen die Shalimar-Gärten und die Berge im Mondschein.
Wie ein gewaltiger Spiegel, glatt und schimmernd, breitete sich der See vor ihnen aus. Die Nacht war so still, daß das Eintauchen und Abstoßen der Ruder störend laut die nächtliche Ruhe durchschnitt. Dennoch war dies in jener Nacht nicht das einzige Boot auf dem Dāl-See. Da waren noch einige niedrige Eingeborenenboote, kaum mehr als dunkle Striche auf dem schimmernden Wasser: Angler – oder Hausboot-*mānjis,* die vom Besuch bei Freunden in den umliegenden Dörfern heimkehrten. Weiter draußen auf dem See, die weißen Baldachine gespenstergleich im Mondschein, mit Öllampen im Bug, sah man zwei weitere *shikaras,* die wie Nadeln durch das Silber stachen.
Inzwischen steuerte ihre eigene *shikara* von der Nasim-Küste fort auf die Mitte des Sees zu, und Charles hatte aufgehört, sich gegen die Kissen zu lehnen. Er saß aufrecht, ein wenig vorgebeugt. Seine Hände umklammerten die Knie, und er starrte intensiv geradeaus; Sarah folgte der Richtung seines Blicks, sah einen geisterhaften Schatten vor ihnen auf dem Wasser schwimmen und erkannte, daß es eine Insel war. Ein

winziges Eiland, von hohen Bäumen gekrönt, verlassen und anmutig in der Mitte des mondüberfluteten Dāl.
Zuerst war es nur ein Schatten, wie eine Silhouette im Silberrahmen; als sie aber näher kamen, verschärften und verdunkelten sich die Umrisse, und sie konnte nun erkennen, daß in der Mitte auf erhöhtem Grund ein kleines Gebäude stand, während an jeder Ecke ein riesiger Chenarbaum seine Zweige über das Wasser neigte.
Sarahs Auge wurde von einer Bewegung zur Rechten der Insel abgelenkt. Da war noch eine weitere *shikara* draußen auf dem See, eine weiße Motte im Mondlicht. Allein, da sie kein Fahrtlicht im Bug trug, ließ sich unmöglich feststellen, ob sie sich auf die Insel zu oder von ihr wegbewegte.
Charles hatte es ebenfalls gesehen. Er gab eine kurze Order an die Ruderer, und sie hielten ihre Paddel an. Ein oder zwei Augenblicke bewegte sich das Boot aus eigener Kraft, das Wasser plätscherte an den Seitenwänden; dann wurde es langsamer und kam allmählich zum Stillstand.
Sarah bewegte sich, und ihr Kleid raschelte auf den Kissen. Charles forderte mit einer knappen gebieterischen Geste absolute Stille. Er starrte in das Mondlicht hinaus, den Kopf ein wenig schief gelegt. Sarah saß ebenfalls still und lauschte. In der Stille konnte sie das rasche Atmen der Ruderer hinter sich hören sowie das Tropfgeräusch des Wassers von den Paddeln. Ein Fisch sprang, und ein Frosch quakte aus einem Flecken schwimmenden Rieds. Dann, sehr schwach, vernahm sie ein Rudergeräusch und wußte, daß Charles darauf gehorcht hatte.
Jene anderen Rudergeräusche wurden nicht lauter, sondern leiser, was wohl bedeutete, daß sich das Boot hinter der Insel entfernte. Doch da war noch ein anderes Geräusch irgendwo weit entfernt auf dem See. Eine kaum wahrnehmbare Vibration in der Stille, die wohl von einem Motorboot herrührte . . .
Charles wandte den Kopf und gab eine kurze Order. Die *shikara* bewegte sich erneut voran. Langsam jetzt, als ob keine Notwendigkeit zur Eile mehr bestünde; und kurz bevor

der Bug gegen den Ufersand knirschte, sprang Charles an Land. Sarah folgte etwas vorsichtiger, aber ihr auffällig gemusterter Rock war nahezu unsichtbar gegen das karierte Schwarz und Silber des Mondlichts und der Chenarbäume.
Das kleine Eiland konnte kaum mehr als dreißig Meter Durchmesser haben. Die vier großen Chenarbäume wurzelten auf der Höhe der Rasenfläche. In der Mitte des Anwesens führte eine Anzahl künstlicher Terrassen mit einer Böschung persischen Flieders zu einem kleinen Sommerhaus. Es bedurfte nicht mehr als weniger Minuten, die ganze Insel zu umrunden. Jedoch es war niemand da.
Charles sah wieder auf seine Uhr und starrte über das Wasser, wo sich ein schwacher weißer Punkt im Spiegelbild der Berge abhob. Es war die *shikara*, die sie hinter der Insel gesehen hatten und die sich jetzt in Richtung Srinagar fortbewegte.
In den lila Büschen raschelte ein Vogel, doch kein anderes Geräusch durchbrach die Stille, denn das leise Schlagen der Ruderblätter und auch das Tuckern des Motorboots waren verstummt. Während Sarah Charles angespanntes Profil beobachtete, das sich weiß von den tintenschwarzen Schatten des Chenarbaums abhob, durchrieselte sie ein jäher Schauer, der sie rasch über die Schulter blicken ließ, als erwarte sie, jemanden zwischen den Schatten hinter sich stehen zu sehen.
»Warum ist er nicht hier?« fragte sie. Sie hatte zwar laut sprechen wollen, doch irgendwie kam ihre Frage nur im Flüsterton heraus. Und es war ebenfalls ein Flüstern, als Charles darauf erwiderte: »Ich weiß es nicht. Entweder ist er nie gekommen oder . . .«
Er beendete den Satz nicht, und nach einem Augenblick fragte Sarah: »Oder was?«
Charles drehte sich um. In dem klaren Mondlicht wirkte sein Gesicht hart und verzerrt, wie das Antlitz eines Fremden. Es war, als sei er in wenigen Minuten um ein Jahrzehnt gealtert. Als hätte er Sarah völlig vergessen, sagte er gedämpft zu sich selbst: ». . . oder – er ist noch hier.«
Sarah trat rasch einen Schritt zurück, die Hände an ihrem Hals: »Noch hier? Du meinst – auf der Insel?« Ihre Stimme

klang merkwürdig rauh: »Sei nicht kindisch, Charles! Außer uns und den Bootsleuten ist keiner hier.«
»Möglich«, sagte Charles knapp. »Trotzdem sollten wir uns vergewissern.«
Er kehrte sich abrupt ab und begann zwischen den Büschen zu suchen. Dies war der Augenblick, in dem Sarah die volle Bedeutung seines Verhaltens erfaßte. Ihr Hirn war kalt und taub und stumpf und sie schien unfähig, sich zu rühren. Wie gebannt blieb sie stehen und starrte blind in die Schatten vor sich, während es in den Büschen um das kleine Sommerhaus raschelte, als Charles dazwischen herumstocherte.
Direkt vor ihr, schwarz abgehoben von dem See, der hell im Mondschein lag, stand einer der vier riesigen Chenarbäume, die jenem Eiland seinen Namen gegeben hatten. Sein massiver Stamm war vom Alter ausgehöhlt. Nachdem Sarahs Augen sich an die Dunkelheit gewöhnt hatten, tauchte wie bei der Entwicklungsphase einer Fotografie Einzelheit um Einzelheit aus den Schatten auf.
Charles hatte seine Runde durch die lila Büsche beendet. »Er ist nicht hier«, sagte er.
»Nein«, sagte Sarah. Ihre Stimme klang heiser und fremd, als ob sie gar nicht zu ihr gehöre – als ob sie irgendeinem fremden Mädchen gehöre, das in einem schwarzweiß gemusterten Rock zwischen den schwarzweißen Mustern von Schatten und Mondlicht stand. Sie hob den Arm und zeigte steif wie eine Gliederpuppe geradeaus: »Er ist da drüben. Im Baum ...«
Und plötzlich, als wollten ihre Beine sie nicht länger tragen, ließ sie sich wie ein Stein in das taufeuchte Gras fallen und begann zu lachen.
Charles beugte sich herunter und schlug ihr mit dem flachen Handrücken auf die Wangen.
Sarah keuchte, würgte, zog ihre Unterlippe zwischen die Zähne und starrte einen langen Augenblick in Charles' ruhige, unbewegte Augen, die ihr Kraft zu geben schienen.
»Tut mir leid«, sagte sie gepreßt. »Ich – ich habe mich sehr schlecht benommen.«

Charles sagte: »Ich hätte dich nicht mitkommen lassen sollen. Geh und setz dich ins Boot, Liebes.«
»Nein«, schüttelte sie den Kopf. »Jetzt geht's mir besser. Bitte, laß mich bleiben.«
»Es wird nicht angenehm sein.«
»Ich weiß«, sagte Sarah. »Janet war nicht angenehm . . . und – und Mrs. Matthwes auch nicht.« Charles erhob keinen weiteren Einwand, drehte sich um und ging zum Baum hinüber.
Sarah hatte recht gehabt. Die herausragenden Finger einer plumpen, verkrallten Hand, die so still zwischen den toten Blättern und Gräsern am Fuß des alten Chenarbaums zu sehen war, gehörten Ahamdoo. Der Rest von ihm lag zusammengepreßt in dem hohlen Baumstamm; das Heft eines Khyber-Messers ragte ihm aus der Brust.
Charles und der hochgewachsene Ruderer, der am Fuß der Treppe beim Klub gestanden hatte, hoben ihn heraus und legten ihn auf das Gras in das strahlende Mondlicht. Das runde, pockennarbige Gesicht, das im Leben so häßlich gewesen war, war im Tode noch häßlicher: die dunklen Augen weit aufgerissen und weiß umringt, die Lippen im Todeskampf oder vor Furcht von den ungleichmäßigen Zähnen zurückgezogen.
Charles kniete sich neben ihn und durchsuchte das bauschige braune Gewand. Er zog ihm die Pantoffeln ab, befühlte ihr Inneres und prüfte die Sohlen. Falls Ahamdoo aber irgendeine Botschaft bei sich getragen hatte, so war sie nicht mehr da. Nur . . . nur . . . in den Falten des Gewandes hing noch schwach, aber trotz der frischen Nachtluft gut erkennbar, der gleiche seltsame Geruch, dem sowohl Sarah als auch Charles schon zweimal begegnet waren: zuerst in der verlassenen Hütte bei der Schlucht, und dann wieder, an diesem Morgen, in dem düsteren Ausstellungsraum von Ghulam Kadirs Laden an der Vierten Brücke.
Nun war er auch hier; auf einer kleinen Insel in der Mitte des mondbeschienenen Dāl entströmte er den Kleidern eines Ermordeten.

Charles lüftete eine Falte des Gewandes und schnupperte daran, runzelte die Stirn. Er erhob sich und sprach mit dem langen Ruderer, der eine Taschenlampe vom Boot holte, mit der sie Schritt für Schritt die Insel absuchten: den Rasen, die Terrassen und die Stufen, die zu dem kleinen Sommerhaus führten, die persischen Fliedersträucher, die hohlen Stämme und verschlungenen Wurzeln der alten Chenarbäume. Aber sie fanden lediglich abgestorbene Blätter und Abfälle früherer Picknicks. Und da es eine Fülle von Fußspuren gab, konnte man unmöglich feststellen, wer sie wann hinterlassen hatte. Auch machten viele einheimische Boote auf ihrer Fahrt durch den See auf der Insel Station.

Charles kehrte zu der *shikara* zurück. Bäuchlings suchte er auf dem flachen Bug mit Hilfe der Taschenlampe das Wasser rund um den Strand ab, während einer der Ruderer das Boot langsam im Kreis um das Eiland paddelte. Offenbar hatte er Sarah vergessen, die in einem Streifen strahlenden Mondscheins mit dem Rücken zu den Fliederbüschen stand, die Hände ineinander verkrampft. Hin und wieder erschauerte sie, bewegte sich aber nicht.

Die *shikara* vollendete ihre Runde um die Insel, und Charles kehrte zu Ahamdoos Leichnam zurück. Es gab kein anderes Boot und keinen Hinweis, wie Ahamdoo auf die Insel gelangt war. Charles schwieg eine Weile und starrte konzentriert auf die zusammengekrümmte Gestalt, als ob er durch die Kraft seines Willens dem toten Gehirn seine Geheimnisse rauben könne. Dann ließ er sich jäh wieder auf die Knie nieder.

Ahamdoos rechte Hand, die Sarah vorher aus dem hohlen Stamm des Chenarbaums herausragen sah, lag mit verkrallten, verrenkten Fingern auf dem Gras. Die andere hatte er jedoch geballt, und Charles kniete nieder, hob die geschlossene Faust und bog die Finger auf. Die Leichenstarre hatte noch nicht eingesetzt, und der Körper war noch warm, aber die Finger hatten sich so eng geschlossen, daß er sie nur mit Mühe zu öffnen vermochte.

Da war etwas in der Handfläche Ahamdoos, um das sich seine braunen Finger im Augenblick des Todes geballt hatten;

etwas, das trübe im Mondlicht schimmerte. Eine einzelne blaue Porzellanperle. Charles nahm sie, hielt sie hoch und drehte sie zwischen den Fingern, roch daran, schüttelte sie, sah durch sie hindurch und berührte sie behutsam mit der Zunge. Endlich brachte er mit einem leisen Schulterzucken ein Taschentuch zum Vorschein, in das er die Perle vorsichtig einwickelte. Nachdem er sie in seiner Tasche deponiert hatte, stand er auf, staubte sich die Knie ab und sprach zu dem langen Ruderer in dessen Muttersprache.

Gemeinsam hoben sie den kleinen, plumpen Leichnam Ahamdoos auf und betteten ihn in den Schatten des Chenarbaums. Ein zweiter Mann kam mit einer derben Decke vom Boot, in die der Leichnam eingewickelt wurde. Charles sprach mit leiser Stimme zu ihnen, und sie nickten wortlos. Der lange Mann steckte seine Hand in die Brusttasche seiner Tracht, und für eine Sekunde glaubte Sarah den Lauf eines Revolvers aufblitzen zu sehen. Charles berührte seine Schulter, dann drehte er sich zu ihr um. »Ich bringe dich heim«, sagte er kurz. »Hier gibt es nichts mehr für uns zu tun.«

Er nahm Sarahs kalten Arm und führte sie zum Boot zurück, während der Lange und der andere Mann, der die Decke gebracht hatte, sich nach indischem Ritus im Schatten neben das formlose dunkle Bündel, das Ahamdoo gewesen war, niederkauerten. Kurz darauf stieß die *shikara*, nunmehr mit nur zwei Ruderern, von der Insel ab.

Sarah stellte fest, daß ihre Zähne klapperten, ob vor Kälte oder aus Angst, war ihr nicht klar. Charles hob das Pelzcape auf, das auf dem Boden des Bootes lag, und legte es um ihre widerstandslosen Schultern. Auf dem Vorderkissen lag ein zusammengefaltetes Reiseplaid. Er schüttelte es aus und breitete es über ihre Knie.

Sarah versuchte, ihrer Stimme einen festen Klang zu verleihen und fragte: »Was machen die beiden jetzt?«

»Abwarten, bis ich ihnen das Boot zurückschicke.«

»Willst du nicht die Polizei verständigen?«

»Nein«, sagte Charles kurz. »Je weniger die örtliche Polizei oder sonst jemand von der Sache weiß, desto besser.«

»Aber – die Leiche. Du kannst sie nicht einfach dort lassen. Was werden sie mit ihr machen?«
»Sie beseitigen«, sagte Charles dumpf.
»Wie?«
Charles zuckte die Schultern. »Oh, da gibt es viele Möglichkeiten. Es ist besser für alle Beteiligten, wenn Ahamdoo sofort verschwindet. Ich versichere dir, es ist ein durchaus übliches Vorkommnis in diesem Lande.«
Er versank in Schweigen; mit finsterer Stirn blickte er auf den Schatten der Kordel des Baldachin, der bei jedem Ruderschlag mithüpfte; seine Hände umklammerten seine Knie.
Sarah zog das Pelzcape dichter um den Hals und erschauerte. Charles, der die leichte Bewegung offenbar wahrgenommen hatte, warf ihr einen Blick zu.
»Kalt?«
»Nein«, sagte Sarah. »Ich – ich überlegte nur gerade. Taten sie es – weil wir zu spät kamen? Hätten wir uns nicht verspätet, wäre er dann –«
Charles schüttelte den Kopf. »Es war uns wohl bestimmt, zu spät zu kommen. Hätte uns die eine Sache nicht aufgehalten, wäre es eine andere gewesen. Ich war zu sicher, daß sie mir nicht auf den Fersen sind.«
Sarah zog scharf den Atem ein und fuhr mit dem Kopf herum. »Du meinst, du glaubst, sie wissen über dich Bescheid?«
Charles lachte, aber ohne jede Heiterkeit. »Selbstverständlich. Ich würde aber gerne wissen, wie sie mich aufgespürt haben. Seit Jahren bewege ich mich wie auf Eierschalen, damit das nicht eintritt.«
»Was macht es für einen Unterschied?«
»Sei nicht töricht, Sarah«, erwiderte Charles ungeduldig. »Nur wer außer Verdacht steht, ist nützlich. Die anderen sind so nützlich wie Kopfweh.« Er schlug mit den geballten Fäusten auf die Knie. »Ich hätte möglichst schon vor Mondaufgang auf der Insel sein und mich bis zu Ahamdoos Ankunft dort aufhalten sollen. Statt dessen habe ich eine unnötige Verschleierungstaktik angewandt, mich mit vollkommen

überflüssigen Alibis im Klub versorgt und mir dabei gestattet, mich gründlich zu verspäten, während jemand anders meine Verabredung wahrnimmt und Ahamdoo unter meiner Nase ausradiert.«

»Du konntest doch nicht wissen –« begann Sarah.

»Konnte was nicht wissen?« fragte Charles bitter. »Ich wußte, daß Ahamdoo pünktlich zu der Uhrzeit eintreffen würde, die er genannt hatte. Unsere Leute kommen bei Aufträgen nie zu spät oder zu früh, das garantiere ich dir: es ist unzuträglich für die Gesundheit. Ich hätte mir die Mühe machen und herausfinden sollen, wie lange ich exakt brauche, um vom Nagim-Klub zur Insel zu gelangen. Und ich hätte die Uhrzeit auf meiner eigenen Uhr ablesen sollen. Ich hab's nicht getan. Sondern instinktiv auf die Klubuhr geschaut, weil ich zufällig weiß, daß sie täglich nach der Radiozeit gestellt wird; und es war einfacher, dorthin als dauernd auf meine eigene Uhr zu schauen. Und weil ich meiner Sache so sicher war, tappte ich in eine Falle, in die nicht einmal ein Baby hätte tappen dürfen!«

»Was meinst du?« fragte Sarah. »Welche Falle?«

»Natürlich die Uhr. Heute abend ging die Klubuhr, die noch um fünf Uhr nachmittags mit der meinen und der Radiozeit übereingestimmt hatte, fast zwölf Minuten nach. Sie noch weiter zurückzudrehen wäre ein zu großes Risiko gewesen und vielleicht aufgefallen – aber in zwölf Minuten kann eine Menge geschehen. Wahrscheinlich bedurfte es keiner zwölf Sekunden, Ahamdoo zu töten! Ein Gewinn von zwölf Minuten ist eine feine Sache, und man soll nichts dem Zufall überlassen. Deshalb wendeten sie noch einen weiteren Trick an . . . Besser eine tödliche Gewißheit als der Zufall. Wenn man darüber nachdenkt!«

»Wie meinst du das?«

»Ich meine, sofort als du und ich im Klub eintrafen, scheinbar in der Absicht, zu dinieren und zu tanzen, wurde ihnen klar, was ich im Sinn hatte. Sie setzten darauf, daß du dem Damenraum einen flüchtigen Besuch abstatten würdest, bevor wir für etwa eine Stunde zu einer Mondscheinfahrt auf dem See aufbrachen! Erfahrungsgemäß war es ziemlich sicher, daß du das tun würdest. Irgend jemand war wahrscheinlich Stunden vorher instruiert worden, dich im Auge zu behalten und in dem Augenblick, da wir aufbrechen wollten, aufzuhalten – die typische Anfängertour! Hätte das erste Hemmnis versagt, hätte man andere in Reserve gehabt. Aber es hat nicht versagt. Es wirkte wie ein Zauber, und das Resultat waren weitere acht oder zehn verlorene Minuten. Selbst als wir auf Hochtouren ruderten, um das Äußerste an Zeit herauszuholen, trafen wir gute zwanzig Minuten zu spät auf der Insel ein.«

Sarah erinnerte sich an die grüne Paillette und sagte erschüttert: »Aber wie kannst du so sicher sein, daß es kein Zufall war? Mich einzusperren hätte doch auch ein Scherz sein können, oder? Das kannst du nicht völlig ausschließen!«

»Ich glaube nicht sehr an Zufälle solcher Art«, erwiderte Charles. »Insbesondere dann nicht, wenn ich zu einem Rendezvous komme und merke, daß vor mir schon jemand dagewesen ist. Das wäre allzu bequem.«

»Aber war es nicht auch riskant? Du hättest ebensogut auf deine und nicht auf die große Uhr schauen können – andere Frauen hätten sich im Damenraum aufhalten können, die mich gehört und herausgelassen hätten und sie daran gehindert, etwas anderes zu versuchen.«

»In unserem Fall«, sagte Charles, »kannst du versichert sein, daß irgend etwas ähnlich Unschuldiges auch unter den Augen Dritter passiert wäre, das uns aufgehalten hätte . . . Und selbst wenn alle unschuldig wirkenden Tricks versagt hätten, glaube ich immer noch nicht, daß man uns gestattet hätte, rechtzeitig auf der Insel einzutreffen. Irgendein häßlicher Unfall hätte sich ereignet.«

»Was für ein ›Unfall‹?« Sarahs Stimme klang dünn.

»Weiß der Himmel. Aber . . . bitte, überleg doch mal, wie leicht es beispielsweise gewesen wäre für jemanden, der uns rechtzeitig aufbrechen sah, in ein Auto oder auf ein Fahrrad zu steigen – oder sogar schnell zu Fuß zu laufen! – und die Nagim-Brücke oder besser noch die Landzunge direkt dahinter vor unserer *shikara* zu erreichen. Wir wären dann eine lebende Zielscheibe im Mondschein gewesen. Sie konnten uns nicht verfehlen!«

»Du willst sagen, du denkst – du kannst doch nicht im Ernst annehmen, man würde versucht haben, uns zu *erschießen*?«

»Nicht uns alle; einen von uns. Es hätte keine besondere Rolle gespielt, ›wer‹, solange es nur darum ging, daß wir zu spät oder gar nicht auf der Insel ankamen.«

»Ich kann es nicht glauben!« stieß Sarah atemlos heraus. »Ich glaube nicht, daß irgend jemand so etwas tun würde und –«

»Oh, vielleicht auch nicht«, unterbrach Charles ungeduldig. »Ich sage ja nur, daß man einen Weg gefunden hätte, uns daran zu hindern, rechtzeitig zur Insel zu gelangen, und daß, falls die harmloseren Tricks fehlgeschlagen wären, irgend etwas verflucht Unangenehmes an ihre Stelle getreten wäre!«

Er machte eine Pause und starrte über den mondbeschienenen See, und nach einer Weile dachte er laut:

»Wer immer es getan hat, muß schon auf der Insel gewartet haben. Natürlich, das Motorboot. Das ist die Lösung des Problems. Ein Motorboot kann einen Mann an Land setzen und binnen weniger Minuten wieder fort sein. Ahamdoo wäre nie an Land gegangen, wenn sich dort schon ein anderes Boot befunden hätte. Er wird sich vergewissert haben, daß keines da war, bevor er das Ufer betrat. Und der Mörder hat dann natürlich Ahamdoos Boot benutzt, um wegzukommen. Die einzige Sache, die keinen Sinn ergibt, ist: Warum schafften sie den Leichnam nicht weg?«

»Warum sollten sie?«

»Oh, nur um den Fall ein wenig zu verwirren. Falls es dort keinen Hinweis auf ihn gab, konnte ich nicht hundertprozentig sicher sein, daß er nicht nur zuletzt kalte Füße bekommen hatte. Und sie können auch nicht ernsthaft annehmen, sie könnten mich verscheuchen, indem sie mir demonstrieren, wozu sie fähig sind. Nein, Sarah, irgendwie habe ich den Verdacht, daß es ein Fehler des Mörders war, ihn dort zu lassen, und ich vertraue darauf, daß sich dieser Fehler als hübsch folgenreich erweisen wird.

»Was ich nicht verstehe, ist, warum sie nicht etwas länger gewartet haben«, bemerkte Sarah.
»Du meinst, um mich gleichfalls zu erledigen? Also, erstens werden sie wohl gewußt haben, daß ich dort nicht allein eintreffen würde und daß ich und meine Begleiter bewaffnet sein würden. Zum anderen ist eine Schießerei zu dieser Stunde, in einer so ruhigen Nacht wie der heutigen, ein gewaltiges Risiko. Es würde einen höllischen Lärm geben, ganz zu schweigen von dem öffentlichen Aufsehen, das sie damit erregten. Bedenke doch, daß bis jetzt jedes Geräusch vermieden worden ist. Ein Schlag auf den Kopf von Mrs. Matthews und von Miß Rushton und ein Messer für Ahamdoo –«
»Aber eben hast du gesagt, daß jemand von der Brücke oder von der Landzunge her auf uns hätte schießen können!«
»Vielleicht hätten sie ein Luftgewehr benutzt – es würde bei der Entfernung völlig genügt haben! Oder einen Schalldämpfer. Sie konnten sich aber nicht darauf verlassen, daß auch wir Lärm vermeiden würden. Sie mußten Ahamdoo zum Schweigen bringen, und in dem Augenblick, in dem sie's getan hatten, wußten sie, daß sie hübsch flink verschwinden mußten – und das taten sie!«
Charles versank in Schweigen und schien mit seinen eigenen Gedanken beschäftigt. Sarah starrte vor sich hin, doch sie sah nicht die Schönheit des Sees im Vollmondschein, sondern eine kleine glitzernde grüne Paillette, die vom Kiespfad vor dem Klubgebäude wie ein kleines böses Auge zu ihr hochgeblinzelt hatte.
Wenn Charles recht hatte und es Teil eines Plans gewesen war, sie einzusperren, dann war Helen . . . Nein! Es war unmöglich! Es konnte nicht Helen gewesen sein. Es mußte jemand anders gewesen sein. Denn was hätte Helen Warrender heute abend auf dem Kiespfad zu suchen gehabt? Wie lange hatte die Paillette dort gelegen? Oder war da vielleicht noch jemand, der ein Kleid mit grünen Pailletten getragen hatte? Leute, die man kennt, tun solche Sachen nicht – Verschwörung und Spionage oder sich für einen Mord herge-

ben. Es konnte unmöglich Mrs. Warrender gewesen sein. Und dennoch . . .
Sarah ging die Tatsache durch den Kopf, daß Johnnie Warrender hoch verschuldet war. Das war kein Geheimnis, denn Helen redete ständig von dem Umfang seines Schuldenbergs. Sie machte auch keinen Versuch, ihre Vorliebe für die Gesellschaft jener, die sozial und finanziell besser als sie gestellt waren, zu verleugnen. Trotzdem könnte irgendein Geldbetrag sie in Versuchung bringen, sich in einen Mord verwikkeln zu lassen? Es schien wenig glaubhaft . . .
Sarahs Gedanken drehten sich unaufhörlich in einem ausweglosen Kreis, wie ein Eichhörnchen in einem Laufrad, als die *shikara* aus dem Dāl-See abdrehte und eine schmale offene Wasserstrecke überquerte, die in den dunklen, weidenbestandenen Kanal nach Chota Nagim mündete, wo die *Waterwitch* und das Creedsche Hausboot ankerten.
Hinter dem Massiv des Hari Parbat näherte sich der Mond den Bergen. Der Baldachin der *shikara* warf keinen Schatten mehr auf ihre Fahrgäste. Das klare kalte Mondlicht beleuchtete jeden Winkel des Boots. Sarah sah zur Seite nach Charles. Er starrte mit nachdenklich gekrauster Stirn auf etwas, das er wieder und wieder zwischen den Fingern drehte. Sie erkannte, daß es die billige blaue Porzellanperle war, die er Ahamdoos geballter Faust entwunden hatte.
Aus irgendeinem Grund erfüllte der Anblick Sarah mit Schauder: eine Erinnerung an das Entsetzen, das sie beim Anblick der plumpen, erstarrten Finger, die zwischen den verwelkten Blättern am Boden des hohlen Chenarbaums herausragten, empfunden hatte. Jäh und heftig sagte sie: »Wirf es weg, Charles! Wie kannst du's anrühren?«
Charles warf die Perle leicht in die Luft und fing sie wieder auf. »Wegwerfen? Kommt nicht in Frage! Dies bedeutet eine Menge, Sarah, wenn wir es nur herausfinden.«
»Warum sollte es etwas bedeuten? Es ist nur eine Porzellanperle.«
»Du vergißt etwas«, sagte Charles und rollte die Perle in seiner Handfläche.

»Was?«
»Die Schrift auf dem Stück Papier in der Streichholzschachtel.«
Sarah hielt den Atem an. »Natürlich! Ich hatte es vergessen. Es war etwas über Perlen –«
»›Der Geschichtenerzähler reiht seine klugen Worte auf wie Perlen an der Schnur‹«, zitierte Charles. »Ein merkwürdiger Zufall, nicht wahr?« Er rollte die Perle auf dem Handteller, warf sie hoch und fing sie wieder auf.
»Ich dachte, du glaubst nicht an Zufälle«, sagte Sarah.
»Tu' ich auch nicht. Das ist der Grund, warum mich diese Perle interessiert. Die Zeile aus dem Gedicht würde offenbar eine ganze Menge für die Person, für die sie bestimmt war, bedeutet haben. Und ich glaube nicht, daß Ahamdoo diese Perle aus Spaß bei sich trug. Zwischen beidem besteht eine Verbindung, und die gedenke ich herauszufinden. Für den Anfang nicht viel, aber es ist immerhin etwas.«
Sarah blickte auf das kleine blaue Rechteck, das im Mondlicht schimmerte. Es war ungefähr einen halben Zentimeter lang und bestand aus roh glasiertem Porzellan. Das Loch in der Mitte war groß genug, um ein ziemlich dickes Stück Schnur durchzulassen. Man sah Ketten dieser Perlen in einheimischen Basaren und um die Hälse von *tonga*-Ponys: es hieß, daß sie Glück brächten und den bösen Blick abwendeten. Sogar die sehnigen kleinen Pack-Ponys, die auf der Gulmarg-Straße durch den Schnee stapften, hatten Stränge davon um die Hälse getragen.
»Könnte irgend etwas darin verborgen sein?« fragte sie.
»Nein«, antwortete Charles und schielte im Mondlicht durch sie hindurch. »Gar nichts. Trotzdem werde ich sie aufknakken, wenn ich zurück bin. Nur, um sicherzugehen. So, hier sind wir wieder auf heimischem Boden. Ich hoffe, Fudge und Hugo haben nicht auf dich gewartet. Ich hatte Fudge versprochen, dich nicht zu spät zurückzubringen. Nehmen sie ihre Pflichten als Anstandswauwau überhaupt ernst?«
»Lacro wird der einzige sein, der noch wach ist«, sagte Sarah. »Ich hoffe nur, daß er nicht bellt und alle aufweckt.«

Die *shikara* war aus der Hauptfahrrinne abgedreht und trieb nun gemächlich auf dem Stauwasser von Chota Nagim dahin. Sarah spähte zum Ufer, wo die *Waterwitch* im Schatten der Weidenbäume hinter dem Creedschen Boot vor Anker lag. Bevor sie das Boot verließ, hatte sie alle Lichter ausgeschaltet mit Ausnahme des einen über der Eingangstür, das den Bug und die Spitze des vorderen Steges erhellte. Aber der *mānji* hatte es augenscheinlich nicht für ausreichend gehalten. Jetzt beleuchtete nämlich ein orangefarbener Willkommensschein die Fenster des Salons, und fügte dem schwindenden Mondlicht und den schwarzen Schatten einen warmen Farbton hinzu, als die *shikara* sich sanft ihren Weg durch die Seerosenblätter bahnte und längsseits anstieß.
Niemand war an Bord außer Lacro, der, noch warm vom Schlaf, begeistertes Willkommensgewinsel ausstieß. Charles warf einen Blick auf den überladenen Salon, und nachdem er das Türschloß geprüft hatte, fragte er: »Hast du schon die Riegel, die du an Türen und Fenstern anbringen solltest?«
»Noch nicht«, bekannte Sarah. »Aber der *mānji* sagte, er würde sie morgen montieren. Es wird schon alles klargehen. Lacro wird mich beschützen, und diesmal schließe ich mich auch in meiner Schlafkajüte ein. Wer will, kann an Bord kommen und das Boot ausräubern – ich stecke den Kopf unter die Bettdecke und rühre mich nicht.«
Charles runzelte die Stirn und zuckte unruhig mit den Schultern. »Kann ich damit rechnen?« fragte er, ohne zu lächeln.
»Ich verspreche es«, beteuerte Sarah. »Ich habe genug davon, meine Nase überall hineinzustecken. Und auch für diese Nacht ziemlich genug von aufregenden Expeditionen. Sei unbesorgt. Schau Lacro an. Der platzt fast vor Temperament und Angriffslust. Sollte es jemand wagen, heute nacht das Boot zu betreten, wird er sich die Lunge aus dem Halse bellen und in meilenweitem Umkreis jeden wecken. Heute nacht ist kein Sturm, und du könntest in der Stille eine Maus rascheln hören. Horch!«
Sie hielt den Finger hoch, und die Stille erschien geradezu erdrückend.

»Siehst du? Letzte Nacht war's anders. Der Sturm machte ein derartiges Getöse, daß ein Trupp Elefanten hätte an Bord gehen können, ohne daß man sie gehört hätte; und Lacro war betäubt worden. Heute nacht aber könntest du eine Nadel zu Boden fallen hören, und falls ich schreie, würden Hugo und Fudge und die *mānjis* und Hugos Träger sofort zur Stelle sein. Im übrigen lasse ich alle Lichter brennen, und es gibt keinen Schnüffler, der sich in einer Nacht wie der heutigen nach Mitternacht auf ein hell erleuchtetes Boot schleichen würde.«

»Nein, das gibt's nicht«, bekräftigte Charles langsam. Er ging zum nächsten Fenster und starrte ins Mondlicht hinaus. »In weniger als vier Stunden dämmert es.« Er drehte sich zu Sarah um. »Hast du die Waffe zur Hand?«

»Ja«, sagte Sarah. »Sie ist unter meinem Kopfkissen, falls du's wissen willst.«

»Gut. Also du machst es, wie du's gesagt hast. Schließ dich in deiner Schlafkajüte ein, und falls du hörst, daß sich vor Morgengrauen jemand an Bord bewegt, schreie, daß die Decke herunterfällt, und zögere nicht, zu schießen.«

»Ich weiß«, sagte Sarah. »Ich höre, wie sich jemand an meiner Tür zu schaffen macht, und ›peng‹! – hab' ich den *mānji* erschossen, der mir meinen Morgentee bringen wollte. Ich hoffe, du holst mich dann gegen Kaution raus?«

Charles lachte. »Das werd' ich tun. Wir holen dich morgen ohnehin von diesem Boot. Es ist das Risiko nicht wert. Ich würde dich heute nacht nicht drauf lassen, wenn ich dich nicht gut unter Beobachtung gestellt hätte.«

»Du hast *was*?« fragte Sarah. »Willst du etwa sagen –?«

»Oh, ich habe seit heute morgen einige unserer Leute im Schichtwechsel das Boot beobachten lassen – Ich meine, gestern morgen«, korrigierte er sich nach einem Blick auf seine Uhr.

»Wo sind sie jetzt?« fragte Sarah interessiert. »Ich habe niemanden gesehen.«

»Das solltest du auch nicht. Einer von ihnen überwacht diejenigen, die sich stromaufwärts nähern, und ein anderer ist am Brückenende postiert, um jeden zu überprüfen, der über das Wasser hier vorbeikommt; ein paar Jungs stehen auf der landwärts gelegenen Seite. Personen, die so aussehen, als wollten sie auf dieses Boot, werden beschattet. Ich will die Namen jedes potentiellen Besuchers wissen.«

»Wohin willst du jetzt?« fragte Sarah. »Zurück zu – zurück zu der Insel?«

»Nein, ich habe das Boot dorthin zurückgeschickt. Das ist ein Auftrag, den sie besser ohne mich erledigen. Von hier aus gehe ich zum Klub.« Er drehte sich um, und Sarah begleitete ihn zum Bug hinaus.

Die Nachtluft war kühl und erfrischend nach der stickigen Atmosphäre des kleinen Hausboot-Salons. Charles ging über den Bootssteg ans Ufer. Dort stand er und spähte in den Schatten des großen Chenarbaums. Er zog die Taschenlampe aus seiner Tasche und ließ sie zweimal kurz aufblitzen. Etwa fünfzig Meter vom Boot entfernt löste sich eine Gestalt aus dem Schatten, wo die Weiden am dicksten waren, und trat ins Mondlicht hinaus.

Sarah hörte ein leises Rascheln von Fußtritten auf dem Gras. Gleich darauf stand ein langer Inder am Ende des Steges. Er trug eine dunkle Decke um Kopf und Schultern geschlungen, so daß sein Gesicht im Schatten blieb und Sarah nur einen Schimmer der Augen und Zähne auffangen konnte.

Charles sprach in gedämpftem Ton in seiner Muttersprache, und der andere antwortete ebenso gedämpft.

»Ist jemand in der Nähe des Boots gewesen?«

»Niemand, Sahib; außer dem *mānji*, der auf das Küchenboot zurückgekehrt ist und jetzt schläft, und dem großen Sahib, der Miß-sahibs Hund zurückbrachte. Sonst war weiter keiner da, weder vom Wasser noch vom Land her.«

»Bleib und wache weiter. Jetzt, da die Miß-sahib zurück ist, gestatte niemandem, das Boot vor morgen früh zu betreten.«

Der Mann salutierte und zog sich geräuschlos in den Schatten zurück. Charles drehte sich um, kam wieder den Steg herauf und sagte: »Warte hier, Sarah. Ich will nur kurz nachsehen, ob der *mānji* irgend etwas unversperrt gelassen hat.«

Er stieg hinab auf die Planken, die in Höhe der Fensterbretter rund um das Boot liefen, prüfte kritisch jedes Fenster und jede Tür, an denen er vorbeikam, und verschwand im Dunkeln. Gleich darauf erschien er wieder auf der Gegenseite, nachdem er seinen Rundgang um das Boot beendet hatte.

»Okay. Alles scheint fest verschlossen zu sein. Besser, du verriegelst auch diese Tür. Nur, um auf Nummer Sicher zu gehen.«

»Ist gut«, sagte Sarah langsam. Sie spürte eine jähe Aversion, sich in die stickige Atmosphäre des beengten, abgeschotteten Bootes zu begeben, auf dem Janet gewohnt, gearbeitet und ihr Geheimnis verwahrt hatte.

Eine Rohrdommel aus dem Schilfdickicht am anderen Ende des Stauwassers stieß einen einsamen, klagenden Schrei aus. Sarah erschauerte, und Charles sagte: »Bist du ganz sicher, daß du dich wohl fühlst? Denkst du nicht, es wäre besser, zu Fudge und Hugo hinüberzugehen und um eine Schlafstatt zu bitten?«

»Nein, das will ich nicht«, sagte Sarah mit Überwindung. »Gute Nacht, Charles. Ich möchte jetzt nicht sagen ›vielen Dank für den reizenden Abend‹, denn es war der grausigste Abend, den ich je verbracht habe, und ich hoffe, ich werde niemals einen ähnlichen erleben. Aber trotzdem danke schön.«

Charles lächelte sie an. Sein Gesicht wirkte erschöpft und müde im Mondlicht. In einer kurzen zärtlichen Geste legte er leicht seinen Handrücken gegen ihre Wange und sagte: »Geh hinein und laß mich hören, wie du den Riegel vorschiebst.« Sie drehte sich um und ging gehorsam hinein.

19

Der Riegel schnappte zu. Sarah lehnte sich müde gegen die Tür und horchte auf die Schritte von Charles, die sich über den Bootssteg entfernten.

Das kleine Boot schwankte und knarrte etwas, kam wieder zum Stillstand, und die Stille flutete erneut zurück.
Lacro kam von einer Expedition durch die dunklen Räume am anderen Ende des Bootes zurückgetappt und sprang um ihre Füße herum. Sie hob ihn auf die Arme, setzte sich in eine Ecke des schäbigen Sofas und fühlte sich sehr müde. Zu müde, um ins Bett zu gehen, und dennoch nicht im mindesten schläfrig.
Wie sie so zusammengekuschelt und entspannt dasaß, mit dem Kinn auf Lacros seidigem Kopf ruhend, fiel ihr ein, daß sie eben zu Charles gesagt hatte, die Nacht sei so still, daß man eine fallende Nadel hören könnte. Solange er neben ihr war, stimmte das, doch jetzt, da sie allein war, schien die Nacht voller kleiner Geräusche zu sein: das leise Plätschern des Wassers gegen die Bootswände, das Trippeln einer Ratte irgendwo unter den Planken, das Knarren des Holzes, das sich in der Nachtluft zusammenzog und das Quaken eines Froschs zwischen den Seerosenblättern, Lacros leises Atmen und das leichte klick-klack des Perlenvorhangs im Durchgang zwischen Salon und Eßraum.
Langsam, sehr langsam stahl sich eine seltsame Unsicherheit in den überfüllten kleinen Raum: ein drängendes und unsicheres Gefühl, das fast greifbar war. Es schien sich Sarah auf Zehenspitzen zu nähern und stand jetzt neben ihr, wispernd – flüsternd –, ihr müdes Hirn zur Wachsamkeit rufend. Als ob womöglich Janet selbst den Raum betreten hätte und zu sprechen versuchte . . .
Für einen Augenblick war das Gefühl, daß jemand – war es Janet? – sie beobachtete, so lebhaft, daß Sarah zusammenzuckte und hinter sich blickte. Doch da war niemand, und es gab keinen Spalt zwischen den reglosen Falten der billigen Baumwollvorhänge, die die dunklen Vierecke der Fensterrahmen abdeckten und das nächtliche Mondlicht aussperrten.
Aber es war dennoch etwas da, das mit wortloser Beharrlichkeit Aufmerksamkeit heischte. Und Sarahs müdes Hirn war mit einemmal hellwach. Sie blieb weiterhin still sitzen; gespannt jetzt und äußerst wachsam sah sie sich um.

Der Raum war noch derselbe. Nichts schien sich in ihm bewegt zu haben, seit sie ihn verlassen hatte. Da waren die Sessel mit den abgenutzten Kretonnebezügen und das Sofa, auf dem sie saß. Die Schnitzereien der reichverzierten Tische waren schon seit Jahren vom Staub ausgefüllt. Die Reihen zerlesener Bücher und alter Zeitschriften lehnten gegeneinander auf dem alten Holzregal, das um den engen Raum lief. Ein vergilbter Kalender, datierend aus den unruhigen, längst vergangenen zwanziger Jahren, hing noch an einem Nagel an der Wand neben dem geschnitzten Walnußschreibtisch. Und der verschlissene Axminster-Teppich, der in irgendeiner dunklen englischen Fabrik des edwardianischen Zeitalters hergestellt worden war und zehntausend Meilen zurückgelegt hatte, um das Ende seiner Tage auf den Planken eines Hausboots am Dāl-See zwischen den Bergen Kaschmirs zu beenden, breitete noch immer seine verblichenen Rot- und Blaufarben unter ihren Füßen aus ... Der Teppich könnte eine Geschichte erzählen, dachte Sarah, als sie auf die abgewetzte Oberfläche starrte. Der Geschichtenerzähler reiht seine klugen Worte auf wie Perlen an der Schnur ...

Ein Frosch sprang draußen ins Wasser, und ein leichter Windstoß von den Bergen bewegte die Zweige der Chenarbäume. Die Zugluft wellte den fadenscheinigen Axminster und bewegte die Baumwollfalten an den Fenstern, und der Vorhang im Durchgang zum Eßraum schwang und klickte. Perlen – rot und grün und weiß und gelb: Glasperlen, funkelnd und glitzernd; Porzellanperlen, stumpf und glatt. Blaue Porzellanperlen ...

»Klick ... klack ... klick.« Eine leise Stimme in der Stille, die immerfort wiederholte: »Schau! ... schau! ... schau!«

Irgend etwas klickte auch in Sarahs Gehirn wie der Verschluß einer Kamera, und sie merkte gar nicht, daß sie laut gesprochen hatte: »Natürlich!« sagte Sarah. »Wie Perlen auf der Schnur!« Natürlich. Warum hatte sie nicht eher daran gedacht? – es ist hier – in dem Vorhang. Janets Aufzeichnung!«

Sie ließ Lacro auf den Boden fallen und stand auf.

Warum war es ihr vorher nicht aufgefallen, daß der Vorhang

kein Muster hatte? Daß die Perlen nicht regelmäßig angeordnet waren? Kleine Perlen, in kurzen, unregelmäßigen Abständen von großen blauen Porzellanperlen durchsetzt. Das war es – unregelmäßige Abstände. Punkte und Striche, kurze Perlen und lange Perlen, mit blauen Porzellanperlen, um die Absätze zu markieren. So einfach. Genauso einfach wie die Seite eines Morse-Codes ... und so furchtbar rasch und einfach zu machen –

Sarah spürte, wie sie vor Erregung zitterte, als sie zum Schreibtisch rannte, Schreibblock und Bleistift ergriff, einen geschnitzten Stuhl heranzog, sich vor den Vorhang setzte und die Reihenfolge der Perlen jedes einzelnen Stranges niederzuschreiben begann.

Die Buchstaben ergaben keinen Sinn, doch sie las sie glatt in Punkten und Strichen ab. Lange Perlen und kurze Perlen und blaue Porzellanperlen. Es wird ein Code sein, dachte Sarah, den Charles vielleicht kennt. Sie kritzelte in der Stille weiter.

Ein Nachtvogel schrie im Schilf, und ein neuerlicher Windstoß über dem See kräuselte die Seerosenblätter und ließ das Wasser gegen die Bootswände schlagen. Lacro schnarchte friedlich auf dem Sofa, aber jäh und unvermittelt verlangsamte sich Sarahs Bleistift und stockte. Ihre Augen wurden starr ...

Jemand beobachtete sie. Dessen war sie ganz sicher. Ein sonderbarer, unmißverständlicher, prickelnder Schauer kroch an ihrem Rücken herauf. Sie mußte sich zwingen, über ihre Schulter zu blicken. Da war niemand. Und bei den dicht zugezogenen Vorhängen konnte man ganz unmöglich vom Ufer oder vom Wasser her in den Raum hineinsehen. Und wäre jemand auf die Planken geklettert oder in einer *shikara* nahe herangepaddelt, hätte sie es bei der Stille hören müssen. Ihre Nerven mußten ihr einen Streich gespielt haben.

Dennoch hielt das Gefühl, von jemand beobachtet zu werden, an, wurde stärker und stärker, bis es nicht mehr nur ein Gefühl war, sondern tödliche Gewißheit. Sarah saß stocksteif, spitzte die Ohren und lauschte angestrengt.

Irgendwo in der Dunkelheit auf der anderen Seite des Perlenvorhangs knarrte vernehmlich ein Fußbodenbrett. Sie fühlte ein leichtes Beben unter ihren Füßen. Es war tatsächlich noch jemand auf dem Boot! Ein knarrendes Brett an sich war nichts Auffälliges – sie knarrten schließlich jede Nacht –, doch jene zitternde Bewegung, die die *Waterwitch* durchlief, rührte unverkennbar von einem Tritt her. Jemand hatte irgendwo auf dem Boot einen Schritt in der Dunkelheit getan.
Sarah horchte, aufgeschreckt und zitternd: sie hatte gedacht, daß niemand an Bord hätte kommen können, weder vom Wasser noch vom Land, ohne mehr Aufsehen zu erregen ...
Erst in diesem Augenblick fiel ihr zur größten Erleichterung ein, daß Charles einen Wächter am Ufer zurückgelassen hatte. Mehrere Wächter! Der eine dort draußen mußte den Fuß auf die Laufplanke gesetzt und das leichte Beben verursacht haben, denn keinem Fremden würde es möglich gewesen sein, an Bord zu kommen, ohne von einem von Charles' Männern gesehen zu werden. Es war dumm von ihr, in Panik zu geraten. Sie war hier vollkommen sicher.
Sie nahm wieder ihren Bleistift auf. Erneut knarrte ein Brett in der Dunkelheit, und das kleine Boot schwankte unter weichen Fußtritten. Einmal – und wieder – und wieder ...
Lacro hörte auf zu schnarchen und hob den Kopf.
Irgend jemand bewegte sich auf dem Boot. Nein. Nicht *auf* dem Boot – *in* dem Boot.
Türen und Fenster waren verschlossen und verriegelt, und am Ufer waren Wächter; doch völlig umsonst. Niemand würde versuchen, das Boot zu betreten, denn es war schon jemand da. Jemand, der schon die ganze Zeit über dagewesen war und in der Dunkelheit hinter den blinkenden Schnüren des Perlenvorhangs gewartet hatte.
Sarah saß ganz still und wagte nicht, sich zu bewegen; sie war steif vor Angst, halb von Sinnen wie ein erschrecktes Tier in der Falle.
Charles hatte gesagt, sie sei sicher – sie hatte eine Waffe, und keine zwanzig Meter entfernt war ein Wächter am Ufer.

Sie brauchte nur hinauszuschreien. Aber die Waffe war unter ihrem Kopfkissen in der Schlafkajüte, weitab in der Dunkelheit jenseits des Perlenvorhangs, und sie schien die Kraft, sich zu bewegen oder zu atmen, völlig verloren zu haben. Sie öffnete den Mund zum Schrei, doch ihr Hals schien ausgetrocknet zu sein.
Hinter sich hörte sie Lacro vom Sofa springen und mit einem kleinen Plumps auf dem Boden landen. Er kam angetappt, stand neben ihr und stierte in die Dunkelheit hinter dem glitzernden Vorhang. Das Boot schwankte leicht unter den weichen Fußtritten, als sich jemand durch den Speiseraum bewegte. Jetzt erschien es ihr, als hörte sie jemanden atmen – oder war es nur das wilde Schlagen ihres eigenen Herzens, das so laut in der Stille widerklang?
Etwas bewegte sich hinter dem Perlenvorhang: Augen schauten sie an, und eine Hand kam heraus, zog den Vorhang beiseite – eine schreckliche Hand . . .
Sarah versuchte zu schreien, jedoch drang kein Laut aus ihrer Kehle, und Lacro, neben ihr, klopfte mit seinem Schwanz auf den Boden, als der Vorhang beiseite schwang. Es war Hugo, der im Eingang stand.
»Hugo! Oh, Hugo – Gott! Hast du mich erschreckt! Hugo, du Biest – ich bin fast gestorben vor Angst. Ich nehme an, du hast die ganze Zeit auf meinem Bett geschnarcht, seit du Lacro zurückbrachtest – und ich dachte – Oh! Hugo!«
Sarah fiel zu einem Häuflein Elend zusammen, ächzte, würgte, schluchzte hysterisch vor Erleichterung. Nach ein oder zwei Augenblicken wischte sie sich mit dem Handrücken die Tränen aus den Augen und lachte zu ihm empor.
Aber da war irgendwas verkehrt. Irgend etwas stimmte nicht. Warum lachte Hugo nicht? Warum sagte er nichts? Warum blickte er so – so –
Die kalte Hand, die sich um Sarahs Herz geklammert und für einen Augenblick gelockert hatte, begann sich erneut zusammenzukrallen – sehr langsam. Sie rappelte sich mühsam auf, stand da und starrte Hugo an, ihre Hände umkrampften die Rückenlehne des geschnitzten Stuhls. Da war

ein merkwürdiger Geruch im Raum – so schwach, daß sie ihn nicht bemerkt haben würde, wenn die Fenster offengestanden hätten. Ein Geruch, der schreckliche Erinnerungen heraufbeschwor ...

Hugo sagte: »Was hast du gemacht, Sarah?«

Seine Stimme war die Stimme eines Fremden, leise und ohne jeden Ausdruck – fast ein Flüstern.

Sarah sagte: »Hugo! Sieh mich nicht so an! Was ist los?«

Ihre Stimme war eigenartig rauh.

Hugo wandte seine Augen nicht von ihrem Gesicht. Wieder sagte er: »Was hast du gemacht, Sarah? Du hast es niedergeschrieben, nicht wahr?«

Sarah gab keine Antwort. Sie starrte nur völlig empfindungslos, ihre Augen waren wie hynotisiert von Hugos Blick.

Hugo sagte: »Ich sah dich. Ich habe dich vom Pantry-Eingang her beobachtet. Du hast es aufgeschrieben, nicht wahr? Ich hätte nie gedacht, daß es hier ist. Wie hast du es herausgefunden?«

Sarahs Hirn war erfüllt von flackernden, lächerlichen Gedanken, die schwalbengleich herabstießen und hochschossen. Unglaubliche, unmögliche, phantastische Ideen, die einander durch das Hirn jagten – schwindelerregend und absurd – und verschwunden waren, bevor sie sie festhalten oder in Worte fassen konnte.

Hugo bückte sich und hob den Schreibblock auf, und Sarahs Augen, losgelassen, flackerten ... schlossen sich und öffneten sich wieder.

Hugo – Hugos Hände hielten den Block. Glänzend rote Hände: blank, aalglatt, gräßlich ... Warum? Weil er Handschuhe trug! Gummihandschuhe ... Rote Gummihandschuhe, glatt und straff über seine Gelenke gezogen, außer wo ein gezackter Riß am Rand des linken Handschuhs einen kleinen dreieckigen Streifen sonnenbraunen Fleisches freigab ...

Er hielt den Block in seiner linken Hand. In der Rechten hatte er einen merkwürdigen Gegenstand – eine Waffe? Wiederum sprach er, obgleich seine Worte keinen Sinn für

Sarah zu ergeben schienen. Sie konnte nur auf jene glatten, schlüpfrigen, roten Hände starren und dabei versuchen, sich an etwas zu erinnern –

Rot . . . wie Blut . . . und glänzend; und der Geruch in dem dunklen, muffigen Korridor der Hütte bei der Schlucht. Das war es! – der winzige dreieckige Fleck nassen Bluts an der Kante des Stuhls, das gar kein Blut gewesen war, sondern ein Überbleibsel des roten Gummis –!

Hugo sagte: »Tut mir leid, Sarah, aber so ist es. Du weißt zuviel. Du hättest dich nicht einmischen sollen. Warum, zur Hölle, konntest du die Sache nicht in Ruhe lassen?« Seine Stimme klang plötzlich quengelig und gekränkt wie die eines verwöhnten Kindes.

Sarah zwang ihren Blick von jenen purpurroten Händen weg in Hugos Gesicht. Als sie endlich sprach, war ihre Stimme ein gefrorenes Flüstern: »Dann warst du es, der in der Hütte auf Janet gewartet hat. O nein! Nein, ich kann es nicht glauben. Es ist Wahnsinn – das konntest du doch nicht tun, Hugo!«

»Ich mußte es tun«, sagte Hugo in demselben sonderbar quengeligen Ton. »Du nimmst doch wohl nicht an, ich hätte es gern getan? Das verdammte Mädchen war zu ihrem eigenen Schaden etwas zu clever. Im übrigen heiligt der Zweck die Mittel – daran glaubst du doch, nicht wahr? Das Individuum zählt nicht – kann nicht zählen. Janet war nur Sand in der Maschine. Sie mußte entfernt werden.«

Er ist wahnsinnig, dachte Sarah, er ist vollkommen wahnsinnig! Er *muß* wahnsinnig sein. Sie sagte: »Hugo – hör auf! Du weißt nicht, was du redest.«

Hugo lachte plötzlich auf, und als er wieder sprach, klang seine Stimme ganz normal. Er trat näher in den kleinen überladenen Salon. Als der Perlenvorhang hinter ihm klirrte, warf er einen Blick darauf, zog die Brauen zusammen und sagte: »Ich werde das verdammte Ding abschneiden müssen, oder unser teurer Freund Charles könnte dasselbe ausfindig machen wie du. Komisch, wenn man bedenkt, daß ich dieses verfluchte Boot so gründlich durchgekämmt habe und nicht bemerkt, was direkt unter meiner Nase war. Verdammt smart von dir, es aufzuspüren, Sarah: ich wußte immer, daß du ein smartes Mädchen bist. Wie hast du das gemacht?

Sarah sagte verzweifelt: »Hugo – Hugo, ich verstehe es nicht. Warum hast du . . .? Oh, ich glaube, ich verlier' den Verstand.«

Hugo behielt sie im Auge und setzte sich rittlings auf einen Stuhl. Er legte seine Arme auf die Rückenlehne und stützte das Kinn auf den Ärmel, hielt aber den merkwürdig ausschauenden Gegenstand in seiner Rechten weiterhin auf Sarah gerichtet. Seine Hand war ganz ruhig, und plötzlich hatte Sarah Angst wie nie zuvor, selbst da nicht, als sie kurz zuvor die Fußtritte im Dunkeln hinter dem Perlenvorhang gehört hatte. Und seltsam genug, ihre Angst festigte sie.

Sie schaute Hugo an, und es war, als sähe sie ihn zum erstenmal.

Der Hugo, den sie gekannt hatte, der fröhliche, schwatzende, leichtlebige Hugo war sowenig eine reale Person, wie ein Stück gemalter Landschaftsszenerie etwas Reales ist. Jener Hugo war lediglich Fassade; ein Nebelvorhang; und dahinter lebte der echte Hugo. Als sie ihn jetzt betrachtete, konnte Sarah nicht verstehen, warum sie jemals angenommen hatte, jene harten, unbarmherzigen Augen seien fröhlich, oder warum ihr die Grausamkeit des schmalen, festen Mundes entgangen war. Ich vermute, dachte sie verwirrt, es kam daher, weil er immer lachte – oder sprach. Sein Mund war immer offen und seine Augen zusammengekniffen. Man hörte ihm zu, lachte über das, was er sagte, und hat ihn gar nicht richtig angesehen . . .

Verzweifelt sagte sie: »Aber warum? – Wofür hast du's getan?«

»Für die Partei«, sagte Hugo; wie einer, der sagt »für Gott«.

»Was für eine Partei? Ich verstehe nicht – du bist Engländer – du kannst doch nicht meinen –«

»Präzise gesagt«, sagte Hugo, »bin ich zur Hälfte Ire, aber –«

»O Gott!« unterbrach Sarah. »Rache an Cromwell, was?«

Hugo warf den Kopf zurück und lachte; aber die ungetrübte

Heiterkeit dieses Tonfalls konnte Sarah nicht länger täuschen. Es war eine Angewohnheit, weiter nichts. Teil seines Repertoires. Sein Lachen blieb völlig an der Oberfläche.
»Ich erspare dir das«, sagte Hugo, »aber falls du meinst, daß mich ein Winken mit dem Union Jack beeindrucken könnte, so vergeudest du deine Worte. Nein, es ist stets die Sache, um die es geht. Wir alle bekommen nur ein Leben, Sarah, und dann sind wir lange Zeit tot. Hast du je darüber nachgedacht? Nein, ich nehme an, das hast du nicht. Du bist noch zu jung. Aber es gibt Millionen Menschen, die es in Elend und Krankheit und zerreibender Armut verbringen, die sich das Gedärm aus dem Leibe schuften, um Macht und Geld und Müßiggang für eine Handvoll verwöhnter Profitgeier zu vergrößern. Verbrauchte Strolche, die sich noch immer für ›die Aristokratie‹ halten und alle, die mit ihren Händen arbeiten oder weniger hoch geboren oder gut beteiligt sind, als ›Pöbel‹ betrachten . . .
Jetzt, wo der Krieg vorüber ist, wird dieser Abschaum erneut an die Spitze gelangen und sich einbilden, er könne in genau derselben Weise weitermachen wie früher. Nun, sie sind fällig für eine Serie ungemütlicher Schocks! Sehr viel ungemütlicher als die Wahlresultate, die letztes Jahr eine Katze zwischen die Mäuse gesetzt haben! Die Menschheit bewegt sich, und nichts kann sie jetzt mehr aufhalten.«
»Willst du damit sagen – du wärst einer von *ihnen*?« keuchte Sarah. »*Ein Roter?*«
»Wenn du es so nennen willst. Obwohl wir das Wort nicht gebrauchen.«
»Aber du bist doch ein Offizier im Dienst . . . du kannst nicht . . . Bedeutet dein Land dir gar nichts, um – Nein, ich sehe, das tut es nicht. Aber Janet – und Mrs. Matthews – und, und – Ahamdoo – O Gott! warst du das? Wie viele waren es? Wie konntest du –«
»Sei keine Närrin, Sarah!« sagte Hugo grob. »Sie waren auf der anderen Seite, und sie kannten die Risiken des Spiels. Das ist alles, was dazu zu sagen ist. Meinst du, einer von ihnen hätte gezögert, mich zu erschießen,wenn sie schneller

gewesen wären? Selbstverständlich nicht! Dein kostbarer Charles würde nicht zögern, mir in den Rücken zu schießen, wenn er nur eine halbe Chance hätte. Und völlig zu Recht. Und ich würde dasselbe mit ihm machen, wenn ich dächte, ich käme damit durch. Nur um ein Haar wäre ich über Charles gestrauchelt. Cleverer Bursche. Brachte mich zum Schwitzen, wie ich's nie erträumt hätte ... Oh, ja –!«

Sarah fragte unsicher: »Weiß – weiß Fudge davon?«

Hugos Gesicht veränderte sich. Seine Brauen zogen sich in finsterem Stirnrunzeln zusammen, seine Stimme klang plötzlich rauh und kratzend: »Nein, sie weiß es nicht. Fudge hat rein gar nichts hiermit zu tun. Natürlich weiß sie, wo meine Sympathien liegen, weshalb sie auch darauf best ... mich zu überreden versuchte, meinen Job beim Geheimdienst aufzugeben – weil sie fürchtete, ich könnte ›zu voreingenommen‹ sein. Sie hatte nicht die leiseste Ahnung, daß es dafür schon zu spät war oder daß der Schaden – von ihrer Warte aus gesehen – bereits entstanden war. Sie weiß auch jetzt nichts. Noch nichts, jedenfalls.«

Sarah sagte: »Wie hast du das mit Janet bewerkstelligt? Du warst mit ihr am Khilanmarg, als ... Nein, warst du nicht! Das war der Grund, warum Janet blieb: du sagtest, du habest dir eine Sehne verzerrt. Das hattest du nicht, nehm' ich an.«

»Nein, ich wollte nur nicht zum Khilan, weil ich hoffte, denjenigen zu schnappen, der zur Hütte bei der Schlucht kommen wollte: Charles, vermute ich? O ja, wir hatten uns richtig mit der Hütte angefreundet. Es war nicht allzu schwierig, denn es ist einer der großen Vorteile der Arbeit für den Geheimdienst, daß du eine stattliche Zahl deiner Kollegen kennst und erfährst, wie jeder einzelne tickt. Zum Beispiel, daß einige der Gelehrteren, die nicht ganz sicher sind, ob ihre Diener Englisch verstehen und eventuell nicht abgeneigt sein könnten, Bestechungsgelder anzunehmen und an Türen zu lauschen – daß die es vorziehen, ihre streng geheimen Diskussionen lateinisch zu führen; in der Annahme, daß kein Wort von irgendeinem Lauscherohr verstanden wird. Und wie recht sie damit gehabt hätten, wenn ich nicht Wind davon

bekommen und ein paar ausnehmend unschuldigblickende indische ›Ohren‹ hier und dort angesetzt hätte, deren Eigentümer, überzeugend als bescheidene Diener verkleidet, alle im Besitz von klassischen akademischen Graden waren – selbstverständlich an englischen Universitäten erworben.
Das Hütten-Schema war nur eine von verschiedenen interessanten Einrichtungen zur Übermittlung von Nachrichten, die wir auf diese Weise auffangen konnten: und es erwies sich als sehr nützlich – allerdings war ich ziemlich überrascht, daß Janet meinen Platz am Khilan just in dem Moment einnahm, als es ein Fall von ›Jetzt oder Nie‹ geworden war, mit der Möglichkeit eines häßlichen Wetterumschwungs und ohne ein Zeichen irgendeines verflixten Lampenanzünders. Glücklicherweise war es kein Handikap, denn sie kam jedenfalls. Ich flitzte vom Hotel herüber und zündete meine Signallampe an. Auf gut Glück, sie damit herunterzulocken, und es funktionierte. Alles, was ich zu tun hatte, war warten. Der einzige Verlust auf unserer Seite war dieser Idiot Mohan Lal, der offenbar nicht mitbekommen hatte, daß sie verpflichtet war, eine Waffe zu tragen. Sie plombierte ihn sehr gründlich.«
»Wer – wer war Mohan Lal?« fragte Sarah bebend.
»Oh, nur einer von den Jungs. Ziemlich mieses Stück Ausschußware und kein großer Verlust. Es ärgerte aber den dritten Mann in der Gruppe, den wir als Kellner im Hotel installieren konnten, ganz gehörig. Ich hatte die größte Schwierigkeit, ihn davon abzuhalten, das Mädchen freihändig abzuknallen, was keinen schlechten Aufruhr verursacht hätte. Es geht doch nichts über einen klaren Unfalltod, um eine lästige Episode ohne Ärger zu beenden. Vermißte Tote oder Leichen mit Einschußlöchern bringen eine Hölle von Plagen mit sich und wirbeln zu viele peinliche Fragen auf.«
Sarah unterbrach ihn: »Wie hast du's getan? Warum haben sie sich nicht –« Die Stimme versagte ihr.
»Warum sie sich nicht gewehrt haben? Ah! Siehst du diesen kleinen Apparat hier?« Er gestikulierte mit der seltsamen Waffe in seiner Hand. »Gas. Eine sehr gescheite Erfindung von einem sehr gescheiten Mann. Es kann entweder betäu-

ben, anästhesieren oder auf der Stelle töten. Es hängt nur von deinem Zeigefinger am Abzug ab, welche Wirkung eintritt. Es hinterläßt keine Spur und macht kein Geräusch. Ein Hauch davon, und danach ist es eine einfache Arbeit, jemand an einem geeigneten Ort auf den Kopf zu schlagen, so daß es aussieht, als habe er sich selbst bei einem schweren Sturz verletzt. Oder stich ohne jedes Geräusch ein Messer hinein: nicht ein Piep . . . !

Ich verfüge über einen ausgezeichneten Stab, aber das Gehirn sitzt hier.« Hugo tippte gegen seine Stirn, warf plötzlich den Kopf zurück, lachte laut und dröhnend: »Gott, hab' ich mir manchmal ins Fäustchen gelacht, wenn ich ›unsere‹ pompösen Stabsoffiziere sah, unsere vergoldeten Außendienstler und Politikersnobs – die arroganten ›Hochgeborenen‹! Hätten sie nur geahnt, daß ich sie die ganze Zeit über – hier, in meiner Hand hatte!« Die harten, blauen Augen bekamen für einen Augenblick einen fanatischen Glanz. Seine Stimme sank zu einem Flüstern herab. »Aber keiner wußte es. Ich war zu clever für sie. Niemand weiß es. Guter alter Hugo – der dumme Esel vom Dienst.«

In dem Versuch, ihre Stimme ruhig klingen zu lassen und das wilde Entsetzen nicht auf ihrem Gesicht zu offenbaren, fragte Sarah: »Warum erzählst du mir das alles?«

Hugo sah sie einen Moment an, als habe er vergessen, daß sie sich im Raum befand. Verdrießlich antwortete er: »Sei nicht töricht, Sarah. Du weißt sehr wohl, warum. Du weißt zuviel. Viel zuviel. Tut mir leid, aber so ist es.«

»Aber – aber –« Die Worte schienen ihr im Mund zu verdorren, »du kannst mich nicht töten, Hugo! Du kannst es nicht. Wenn – wenn ich verspräche . . .«

»Du würdest es nicht halten, und ich stehe zu nah vor dem Ende des Jobs, um irgend etwas riskieren zu können. Die Einsätze sind zu hoch. Nein, meine Liebe. Ein kleiner Hauch hiervon, und die Sache ist erledigt. Ich weiß nicht, zu welchem Ergebnis sie kommen werden, woran du gestorben bist. Jedenfalls kann der örtliche MO (medical officer/Stabsarzt) nicht viel zusammenbringen. Aller Voraussicht nach wird er deshalb eine Art Herzattacke diagnostizieren und es dabei belassen. Wenn du schon einer unerklärlichen Herzattacke erliegst, denke ich, du wirst dabei gegen den Perlenvorhang gestolpert sein und ihn dabei heruntergerissen haben. Ja, es wird das beste sein, zwei Fliegen mit einer Klappe zu schlagen. Falls du die Absicht hast, zu schreien, so würd' ich's lassen. Dieses Zeug hier wirkt wie ein Blitzstrahl.«

Sarah kämpfte mit blinder Panik und brachte es zustande, ihre Stimme ruhig klingen zu lassen. Sie sagte: »Es hat keinen Zweck, Hugo. Diesmal kannst du nicht davonkommen. Da sind Männer, die das Boot bewachen. Sie müssen dich gesehen haben, als du an Bord gegangen bist.«

»Du meinst den Vogel dort draußen im Gebüsch«, sagte Hugo mit einem Auflachen. »Das ist richtig. Er ist der einzige in der Nähe des Boots. Die anderen beobachten nur die verschiedenen Personen im weiteren Umkreis.«

»Du willst sagen, du wußtest?« Sarahs Griff um die Rückenlehne verkrampfte sich wieder stärker.

»Natürlich wußte ich es. Ich bin doch kein Idiot. Der Bursche da draußen sah mich an Bord gehen. Er konnte mich gar nicht übersehen: ich machte soviel Geräusch, wie nur irgend möglich. Und worüber sollte er besorgt sein? Er hat gesehen, wie du mir beim Fortgehen Lacro übergabst. In Gegenwart und mit Billigung seines Chefs. Charles nahm an dieser Transaktion teil, erinnerst du dich? Dann kam ich nicht lange vor deiner Rückkehr zusammen mit dem Hund den Uferweg entlang und ging auf dein Boot. Bei der Gelegenheit schaltete ich das Licht im Salon an – stets ein entwaffnender Akt. Wie du bemerkt haben wirst, ist er nicht nahe genug postiert, um viel zu erlauschen. Zweifellos nahm er an, Charles und du, ihr seid von mir aufs herzlichste begrüßt worden, als ihr an Bord kamt.

Ich hoffe, du hast gemerkt, daß ich meine Stimme nicht senkte? Dein Amateurwachhund wird laute Stimmen und Gelächter vernommen haben, die während der letzten zehn Minuten oder so vom Boot zu ihm herüberdrangen. Die Miß-sahib hält ein fröhliches Schwätzchen mit dem stattlichen Sahib, der ihr Freund ist. Keine alarmierenden Geräusche. Kein Hundegebell. Wenn ich mich hier mit dir befaßt und die Szene hergerichtet habe, werde ich scherzhaft redend herauskommen, dir ein fröhliches ›gute Nacht‹ zurufen und mit derselben gelassenen Haltung, mit der ich gekommen bin, wieder verschwinden. Der Wächter wird sich nichts dabei denken. Dann werde ich mich – was lästig, aber notwendig ist – mit ihm befassen. Ein sehr einfaches Geschäft.«

»Du kannst es nicht!« stieß Sarah heraus. »Du kannst es nicht! Er wird bewaffnet sein . . .«

»Oh, sogar mit Sicherheit. Aber was wäre natürlicher, als daß du oder Charles mir erzählt hättet – mir, einem alten Freund der Familie –, er lauere dort draußen im Gebüsch? Ich werde den Vogel mit einem verschwörerischen Flüstern anrufen und sagen, du habest eine Botschaft für ihn. Natürlich wird er anbeißen. Und aus nächster Nähe kann er eine Prise hiervon bekommen. Da wir die Herzversagensmasche nicht überstrapazieren wollen, kann er morgen früh gefunden werden – ertrunken, denke ich. Alles sehr tragisch und erschütternd, hat aber absolut nichts mit dem netten Major Creed zu tun, der vor Kummer und starker Gemütsbewegung geradezu niedergeschmettert ist. Begreifst du?«

»Ja«, sagte Sarah langsam. »Ich begreife.«

Ihr Hirn schien sich plötzlich zu klären. Hugo war nicht wahnsinnig: er war schlimmer als das. Er war ein besessener, waschechter Fanatiker in seiner Loyalität zum eigenen skrupellosen Dogma und seinen gleichfalls skrupellosen Meistern, und er meinte genau das, was er sagte. Ohne jeden Zweifel würde er sie töten; so, wie er Janet und Mrs. Matthews und Ahamdoo – und wie viele andere noch? – getötet hatte. Er würde sich damit rechtfertigen, daß der Zweck die Mittel heilige – alle Mittel! Wie brutal und erniedrigend sie auch immer sein mochten. Und was er gesagt hatte, stimmte – niemand würde ihn je verdächtigen. Selbst Charles würde keinen Argwohn schöpfen. Jene, die ihn angeheuert hatten, hatten ein gutes Werkzeug gewählt, denn wie Cäsars Weib war er über jeden Verdacht erhaben.

Es mußte einen Ausweg geben. Das durfte nicht geschehen. Nicht ihr, Sarah Parrish.
Das Licht. Konnte sie einen Sprung danach tun und es zertrümmern? In der Dunkelheit könnte sie eine Chance haben, denn die Waffe, die Hugo hielt, hatte einen Nachteil: Außer in Kernschußlinie konnte er sie nicht benutzen ohne selbst ein Risiko einzugehen. Und falls er versuchte, sie im Dunkeln zu benutzen, konnte er ihr selbst zum Opfer fallen.
Der Schalter befand sich neben der Außentür und außerhalb ihrer Reichweite; aber die einzelne Glühbirne, die den Raum erhellte, war näher. Obwohl sie noch zu weit weg war, konnte sie die Leitung, die vom Schalter aus durchhängend über die Decke führte und nur notdürftig mit ein paar rostigen Nägeln befestigt war, mit einem Sprung erreichen, sie herunterreißen, und das Licht würde ausgehen. Aber würde es wirklich ausgehen oder anbleiben? Selbst wenn es ausging, konnte der elektrische Schlag sie niederstrecken? Falls ja, wäre sie in einer schlechteren Position als vorher . . .
Hugo folgte ihrem Blick und schien zu verstehen. Er grinste.
»Du schaffst es nicht, Sarah. Also, ich muß vorankommen. Irgendwelche letzten Wünsche oder so was?«
Und dann hörte Sarah es. Es war ein sehr leises Geräusch aus großer Entfernung. Und wenn all ihre Sinne nicht durch die Panik aufs höchste angespannt gewesen wären, hätten ihre Ohren es niemals wahrgenommen.
Irgend jemand kam den Feldweg entlang. Und wer immer es sein mochte, er hatte auf das Stück Blech, das über die nasse Pfütze gebreitet war, getreten.
Lacro hatte es auch gehört. Er hob die Nase von den Pfoten, und seine Augen drehten sich zum Fenster hinter Hugos Kopf.
»Lacro –!« flehte Sarah verzweifelt.
Lacro ließ den Kopf gehorsam auf die Pfoten sinken, und Hugo sagte: »Ich werde mich um ihn kümmern. Keine Sorge.«
Ich muß reden, dachte Sarah, und ich muß ihn am Reden halten. Das ist eine Chance . . .

Hugo setzte sich aufrecht hin und hob seine rechte Hand. Seine Augen hatten sich merkwürdig geweitet, so daß man das Weiße rund um die Iris sehen konnte. Seltsame, blasse Augäpfel, hart und glitzernd wie nasse Kiesel. Der schmale, grausame Mund. Wie Heinrich VIII. – wer hatte das gleich gesagt? Damals schien es lustig, aber heute war es das nicht mehr. Wie hatten sie nur alle so blind sein können? Heinrich VIII., der trotz seiner Bluffs, seines Umfangs und seiner Jovialität ein Mörder gewesen war. Dieser hier war auch ein Mörder.

Völlig verzweifelt sagte Sarah: »Höre, Hugo – wenn ich dir erzähle – alles, was ich weiß – was sie wissen . . .« Ihre Stimme kam stoßweise, und Hugos Augen verengten sich ein wenig, aber seine rechte Hand bewegte sich nicht, und Sarah merkte, daß er gleichfalls lauschte. Sie begann laut zu sprechen, wild draufloszureden: »Schau, Hugo – ich kann dir Dinge erzählen. Ich kann dir alles sagen, was du wissen willst – alles, was du möchtest. Ich –«

Lacro hob erneut die Nase und machte »Wuff!«, und Hugo drehte seinen Kopf.

Sarah konnte sich später nicht mehr klar erinnern, was dann geschah. Es ging alles in einem Tohuwabohu von panischem Entsetzen und Geräuschen unter.

Sie wußte nur, daß Hugos Augen sich endlich von ihr gelöst und zur Seite bewegt hatten. Die Todesangst verlieh ihr Riesenkräfte. Sie riß den Stuhl hoch, den sie umklammert hielt. Er traf Hugo unter dem Kinn und ließ ihn rückwärts fallen.

Sie hatte eine wirre Erinnerung an Lacros Gebell, Charles' Stimme, die ihren Namen rief, und jemanden, der schoß: ein Krach von zerberstendem Glas und dann Schwärze.

Als sie aus der Bewußtlosigkeit auftauchte, fand Sarah sich im Freien auf dem Bug der *Waterwitch* liegen, und Charles benetzte ihren Kopf mit kaltem Wasser. Der Salon schien voller Leute, und es hing ein eklig süßlicher Geruch in der Luft – ein Geruch, den sie kannte.

Sie starrte zu Charles empor und sagte: »Hugo!«

»Ich weiß«, sagte Charles. »Er ist tot.«
»Tot?« Sarah kam ruckartig hoch, umkrallte mit verzweifelten Händen die hölzerne Reling des Bugs. »Hast du – hast du –«
»Nein«, antwortete Charles ruhig. »Er hat sich selbst getötet. Er wußte: Das Spiel ist aus, und so richtete er die tödliche Waffe gegen sich selbst.«
Sarah starrte wild in den kleinen hell erleuchteten Raum, in dem alle Fenster und Türen aufgerissen waren; die Vorhänge waren zurückgezogen und die Nachtluft verwehte bald den ekligen Geruch. Es waren drei Inder im Raum und Reggie Craddock: zwei der Inder trugen Kaschmirikleidung, der dritte war Mir Khan. Reggie Craddock kniete am Boden neben Hugos Leiche und streifte die Gummihandschuhe von den schlaffen Händen.
Charles stand auf und ging in den Salon zurück. Sarah erhob sich mühsam, folgte ihm, sank auf das Sofa und begann mit den Handrücken mechanisch das Wasser vom Gesicht zu wischen, während sie ungläubig auf Hugo starrte . . .
Hugo lag auf dem Rücken. Seine Augen waren geschlossen, und der kleine, grausame Mund zeigte jenen Ausdruck, den er trainiert hatte. Er lächelte, ein liebenswürdiges und leeres Lächeln, als Mir Khan seine Taschen durchsuchte und Papiere und Kreditkarten, ein Zigarettenetui, eine Schachtel Streichhölzer und andere uninteressante Gegenstände zum Vorschein brachte.
Reggie kam von den Knien hoch und händigte Charles die Handschuhe aus, der sie behutsam um die Waffe wickelte, die Hugo gehalten hatte. Er nahm einen geschnitzten Holzkasten von einem der Tische neben sich, leerte den Krimskrams, den er enthielt, aus und legte das kleine Bündel hinein. Mir sprach mit den zwei Kaschmiris in deren Heimatdialekt, und sie gingen hinaus. Einer von ihnen trug den Kasten, und Sarah hörte die Geräusche ihrer Fußtritte auf der Planke. Dann war Stille.
Mir erhob sich und bot ihr eine Zigarette an. Als sie den Kopf schüttelte, steckte er sich selbst eine an, und Charles verließ den Raum – um fast sofort wieder mit einem kleinen

Glas Brandy zurückzukehren, das er Sarah wortlos überreichte.
Sie schluckte es mit einer Grimasse hinunter, und Charles sagte sanft: »Glaubst du, du kannst uns jetzt erzählen, was passierte?«
Sarah nickte stumm. Als der Brandy seine Wirkung zu zeigen begann, nahm sie all ihre Kraft zusammen und berichtete ihm, was sich ereignet hatte, seit er gegangen war. Sie sprach mit einer Stimme, die sie kaum als die eigene erkannte, so tonlos schilderte sie die Ereignisse.
Bei der Erwähnung des Vorhangs wendete Mir Khan sich vom Fenster ab und ging hinüber, wo er die Perlen befühlte, während sie sprach. Aber niemand unterbrach sie.
Nachdem sie geendet hatte, herrschte eine Weile Stille. Dann fragte Reggie Craddock mit einem Blick auf Hugo: »Kannst du den Doktor bestechen?«
»Ja«, sagte Charles kurz.
»Du wirst ihm einiges erklären müssen.«
»Natürlich.«
Mir schwenkte die Perlenschnüre, horchte, wie sie gegeneinanderklickten und -klirrten, und sagte: »Es ist wohl besser so. Wir können uns keinen öffentlichen Skandal leisten. Aber bist du sicher, daß er die Wahrheit sprach, als er sagte, sie wüßte von nichts?«
»Ich denke, ja«, sagte Charles.
Sarah blickte hilflos von einem zum anderen. »Ich verstehe nicht«, bemerkte sie erschöpft.
Charles wandte sich um und ging zur offenen Tür. Die Hände in den Hosentaschen, stand er da, sah in die Nacht hinaus zum Creedschen Boot hinüber. »Wir reden über Mrs. Creed«, sagte er.
Sarah zog mit einem kleinen Ächzer den Atem ein; sie hatte Fudge ganz vergessen, und plötzlich standen ihre Augen voller Tränen. »Aber ich erzählte dir doch, daß Hugo sagte, sie wisse hiervon nicht das geringste!«
»Ich glaube es«, versicherte Charles ruhig, »und ich sehe auch keinen Grund, warum man es ihr erzählen sollte.«

»Aber du wirst es müssen. Jetzt.«
»Nein, das werden wir nicht.« Charles kehrte vom Eingang zurück. »Ich denke, es ist besser, wenn die offizielle Version folgendermaßen aussieht: Mir, Reggie und ich begleiteten dich nach dem Tanz heim. Wir trafen Hugo hier auf dem Boot, der Lacro zurückgebracht hatte. Wir saßen alle beisammen und tranken ein Glas, als Hugo eine Herzattacke erlitt und starb, bevor einer von uns etwas unternehmen konnte. Wir alle waren Zeugen dieses Vorgangs. Wenn das Gas tatsächlich solche Eigenschaften besitzt, wie Creed es behauptet hat, werdet ihr sehen, daß wir nicht einmal den Amtsarzt zu bestechen brauchen. Die ärztliche Diagnose wird Herzversagen sein. Und jetzt gehe ich besser und hole den Arzt.«
»Nimm meinen Wagen«, empfahl ihm Mir. »Er steht auf der Straße.«
»Danke, mach' ich.«
Reggie fragte: »Was ist mit Fudge? Sollte einer von uns nicht hinübergehen und es ihr sagen?«
»Nein«, meinte Charles. »Wir werden zuerst den Arzt holen.«
»Sie wird ihn aber sicher vermissen und herüberkommen.«
»Das bezweifle ich. Meiner Meinung nach hat Hugo jedesmal, wenn er eine Nachtarbeit zu erledigen hatte, seiner Frau vorher eine Schlaftablette verabreicht. Er war ein zu cleverer Bursche, um Risiken einzugehen. Los, Sarah, Zeit für dich, ins Bett zu gehen.«
»Ich kann nicht. Ich kann jetzt nicht schlafen. Und – und – ich möchte lieber hiersein, wenn der Doktor kommt – und wenn Fudge kommt. Es würde einen schlechten Eindruck machen, wenn ich zu Bett gegangen wäre.«
»Sie hat recht«, gab Reggie zu. »Zieh ab und hol den Medikus. Je rascher wir diese scheußliche Sache hinter uns gebracht haben, desto besser.«
»Und ich«, sagte Mir, »werde den Rest dieses Perlen-Codes niederschreiben.« Er bückte sich und hob den heruntergefallenen Schreibblock auf.
Sarah hörte das Geräusch von Charles' Schritten verhallen, und die Nacht war wieder still.

Mirs Feder erzeugte leise, monotone Kratzlaute, als er Reihe um Reihe die Punkte und Striche zu Papier brachte. Reggie lehnte am offenen Fenster, starrte in die Nacht hinaus, derweil der Himmel zur ersten, fernen Morgendämmerung erblaßte. Und auf dem Fußboden lag Hugo und lächelte.
Sarah spürte, wie ihr die Tränen über die Wangen strömten, jedoch sie war zu müde, um die Hand zu heben und sie fortzuwischen.

20

Drei Tage vergingen, bevor Sarah Charles Mallory wiedersah: In diesem Zeitraum war Hugo begraben worden, und die Aufregung, die sein plötzlicher Tod verursachte, hatte sich gelegt, denn es war in dieser Woche nicht der einzige Tod in Srinagar gewesen.
Innerhalb weniger Stunden nach Bekanntwerden von Major Creeds Tod infolge Herzversagens, hatte es noch eine ebenso plötzliche und unvorhergesehene Tragödie gegeben: Johnnie Warrender hatte sich während des Trainings mit einigen Polo-Ponys Seiner Hoheit den Hals gebrochen.
Aber noch weitere Ereignisse fanden statt; zahlreiche Verhaftungen und plötzliches Verschwinden mehrerer Personen. Aber da sich all dies in dem übervölkerten Labyrinth der Altstadt Srinagars abspielte, drang es kaum in das Bewußtsein der europäischen Besucher. Es war auch zweifelhaft, ob es angesichts der Woge von Gerüchten, Gegengerüchten, Spekulationen und Ungewißheiten, die der nahe Abzug der britischen Kolonialherren mit sich brachte, selbst in der Stadt besondere Aufmerksamkeit erregt hätte.
Sarah saß im Gras unter den Weiden, sah hinaus auf den See und den offenen Streifen Wasser, wo die *Waterwitch* – nunmehr an irgendeinem Liegeplatz am Jhelum-Fluß in den Ruhestand versetzt – noch kürzlich gelegen hatte. Es war fast sechs Uhr, und die Sonne sank am westlichen Himmel

den Bergen des Pir Panjal entgegen. Lacro schnüffelte und buddelte zwischen den Wurzeln des großen Chenarbaums, und droben in den Zweigen trug ein Paar Bulbuls einen lautstarken häuslichen Streit aus.
Irgend jemand kam den Feldweg entlang, wie das zerbeulte Stück Blech, das immer noch an seinem alten Platz lag, ankündigte; immer noch krachte es protestierend, wenn jemand darauf trat. Sarah hörte das vertraute Geräusch und drehte sich rasch um; fast augenblicklich stieg ihr ein Anflug von Röte in die Wangen, und ihre entspannte Haltung versteifte sich etwas. Einige Augenblicke später kam Charles durch das Gras auf sie zu.
Er sah sehr müde aus, und es waren Linien in seinem Gesicht, die sie vorher nicht an ihm gesehen hatte. Aber seine Augen waren ruhig; die Wachsamkeit, die vorher darin gelegen hatte, war verschwunden.
»Bleib sitzen«, forderte Charles sie auf und ließ sich mit gekreuzten Beinen auf dem Rasen neben ihr nieder. »Wo ist Mrs. Creed?«
»Sie macht einen Spaziergang.«
»Allein?«
»Ja. Ich wollte mit ihr gehen, doch sie zog es vor, allein zu gehen. Sie ist in Ordnung; ich meine –«
»Ich weiß«, sagte Charles. »Sie ist sehr tapfer, und es tut mir sehr leid um sie. Aber es täte mir wohl noch mehr leid, wenn ihr Mann noch lebte und sie alles über ihn erfahren hätte.«
»Denkst du, sie hätte es erfahren?«
»Bestimmt. Letztlich wäre es unvermeidlich gewesen. Denk nur an die Kinder, die ja im Augenblick in England sind. Wie eine Menge britischer Kinder waren sie während des Krieges hier in Srinagar auf der Sheik-Bagh-Schule. Ihre Eltern brachten sie nach Hause, sobald der Krieg beendet war, und steckten sie in England auf Internate. Hugo hatte aber für das Ende der Sommersaison einen Familienurlaub im Libanon geplant, und es sieht so aus, als hätten sie von dort aus alle verschwinden sollen – um in irgendeiner komfortablen Dat-

scha außerhalb Moskaus zu landen, wo die Kinder einer Hirnwäsche unterzogen und in tollwütige kleine Stalin-Anbeter verwandelt worden wären.«

»O nein!« rief Sarah unglücklich. »So grausam hätte er nicht sein können! Fudge hätte das verabscheut!«

»Mag sein. Aber sie hätte nichts daran ändern können, denn bist du erst einmal in dieses gefährliche Spinnennetz hineingeraten, sind deine Chancen, herauszukommen, gleich Null. Und selbst wenn man ihr diese Chance gegeben hätte, würde man ihr nie erlaubt haben, ihre Kinder mitzunehmen, und sie würde sie nie verlassen haben – nicht in einer Million Jahren. Wenigstens das blieb ihr erspart.«

»Hatte sie . . . glaubst du, sie hat jemals irgend etwas vermutet?«

»Nicht die volle Wahrheit. Das ist etwas, was sie sich schwerlich vorstellen könnte. Sie erzählte uns aber, sie hätte gefürchtet, ihr Mann könne in etwas verwickelt sein, was er sie nicht habe wissen lassen wollen, und daß er deshalb unter Streß gestanden hätte. Ich glaube, sie vermutete irgendeine Art von Schwarzmarkthandel. Nicht mehr als das. Sie waren arm, und auf einmal schienen sie reich zu sein. Geld kam von irgendwoher, und sie wußte nicht, von wo. Es gab auch noch einige andere Dinge, die sie sich nicht erklären konnte. Mir sagt, sie sei glücklich gewesen, und daß es einen Vers in ›einem eurer christlichen Bücher‹ gibt (gemeint ist ein Bibel-Psalm), der lautet: ›Bewahre deine Unschuld und trachte danach, stets das Rechte zu tun, denn es bringt dem Menschen letztlich Frieden‹, und da Mrs. Creed ihre Unschuld wahrte, wird sie, so hoffe ich, letztlich ihren Frieden finden.«

»Sie hat ihn geliebt . . .«, sinnierte Sarah.

»Ja, sie hat ihn geliebt. Sehr sogar, glaube ich. Doch es gibt schlimmere Dinge, als jemanden zu verlieren, den man liebt. Nämlich festzustellen, was du wirklich geliebt hast. Mrs. Creed ist eine wahrhaft ›gute‹ Frau. Sie bewunderte seine politischen Ansichten, weil sie ihr mitfühlend, fürsorglich und gut vorkamen. Er ließ sie niemals mehr als das wissen.

Sie hätte es nicht ertragen, die Wahrheit zu entdecken, daß ihr geliebter Gatte nämlich nicht nur ein Verräter, sondern auch ein Mörder war. Und darüber hinaus ein durch und durch verrotteter Phantast!«

Sarah gab ruhig zu bedenken: »Niemand kann durch und durch schlecht sein.«

»Das ist wahr, und eins war gut an ihm – obgleich er selbst es wahrscheinlich als Schwäche angesehen hätte: seine Liebe zu seiner Frau und seinen Kindern. Alles übrige war schlecht. Nicht einmal großartig schlecht, nur schäbig und eitel und grausam und egoistisch.«

»Warum, Charles?«

»Ich bin mir nicht sicher. Aber nach allem, was wir erfahren haben und was seine Frau unbewußt preisgegeben hat, war er ein Mann, der von Neid zerfressen war auf jene, die mehr besaßen als er. Mehr Geld, mehr Wissen, mehr Persönlichkeit, eine bessere Erziehung, ein besserer sozialer Hintergrund. Eine leider nur allzu weit verbreitete Schwäche unserer Zeit«, sagte Charles bitter.

»Aber er *war* wirklich klug. Und beliebt – die Leute mochten ihn. Alle mochten ihn.«

»O ja, er war klug. Aber nicht klug auf die rechte Weise. Er war schlau. Seine Kindheit hat in ihm ein Neidgefühl auf jene erzeugt, die mehr besaßen als er, während seine Eitelkeit ihn wünschen ließ, in allem führend zu sein. Er besuchte eine Universität, auf der er sich mit einem sehr gründlichen und besonders kostbaren Grundwissen ausstatten konnte. Den meisten gelang es, hieraus Honig zu saugen und nach Beendigung des Studiums in bequeme Stellungen zu gelangen. Hugo hatte keine, und so plumpste er in die Armee, wo er feststellte, was so viele in so vielen Lebensläufen feststellen: daß ein durchschnittlicher Mann mit Geld und einem guten sozialen Hintergrund schneller vorankommt als ein besserer Mann ohne beides.«

»Aber ein hochbegabter Mann –« begann Sarah.

»Ein hochbegabter Mann wird überall zur Spitze gelangen. Aber Major Creed war nicht hoch begabt. Lediglich schlau:

Und nach seiner Ansicht ›mittellos‹, denn er hatte kaum ein privates Vermögen. Er wurde bei der Beförderung ein- oder zweimal übergangen. Zugunsten von Männern, die er geringer einschätzte als sich selbst, abgesehen vom Geldbeutel und gesellschaftlichem Status. Er war nicht imstande, sich darüber hinwegzusetzen. Statt dessen ließ er zu, daß es ihn verbitterte und zerstörte. Auf seiner Universität hatte er schon starke kommunistische Sympathien entwickelt, doch nun schwenkte er mit Leib und Seele zur Partei über, und zwar aus den armseligsten aller Motive: Neid, Haß, Rachegefühle und äußerste Gnadenlosigkeit! 1937 wechselte er dann zur Indischen Armee über, und kurz nachdem der Krieg ausbrach, gelang es ihm, sich ausgerechnet an den Nachrichtendienst zu hängen.«

»Ja, er sagte etwas darüber. Über Leute, die er darin kenne, und daß er etwas über die Hütte in Gulmarg ausfindig machen konnte, weil sie . . . Ich glaubte aber gar nicht, er könne wirklich etwas damit zu tun haben. Ich dachte, er hätte es nur – erfunden. Oder wieder einmal gelogen . . .«

»Unglücklicherweise log er nicht. Nein; ausgerechnet Hugo hatte mit dem Nachrichtendienst zu tun. Ja, mehr noch: er war für den Job sorgfältig überprüft worden. Was beweist, daß er seine Spuren entweder sorgfältig verwischte oder daß die ›Überprüfung‹ in jenen Tagen ziemlich lasch gehandhabt wurde! Das ist natürlich der Grund, warum er über jeden Verdacht erhaben war. Und warum die Gegenseite immer soviel wußte über das, was vorging. Es scheint, daß er gleichzeitig mit dem offiziellen einen eigenen Untergrund-Nachrichtendienst organisiert und äußerst wirksam geführt hat; und ohne daß jemand je Verdacht schöpfte! Oh, er war clever, ganz recht. Ich schätze, alle Verräter sind wohl so – jedenfalls die, die damit durchkommen. Und die ganze Zeit führte er ein Doppelleben. ›Hugo, der gute Kumpel‹, ›Hugo, der Spaßmacher‹, das ›Herzstück jeder Party‹ – Schade, daß sich niemand träumen ließ, von *welcher* Party . . .!«

Charles machte eine Pause und begann Grashalme auszureißen, und zwischen seinen dünnen, sonnenbraunen Fingern zu zerfasern. Kurz danach forderte Sarah ihn auf: »Erzähl mir, Charles. Was stand in Janets Vorhang?«

»Alles«, gab Charles zurück. »Alles, außer einem Namen: Hugos! Das war etwas, was sie noch nicht entdeckt hatten. Sicher weißt du, daß Indien in die Unabhängigkeit entlassen werden soll.«

»Sicherlich«, versetzte Sarah mit einem Lachen. »Man spricht doch in diesen Tagen von nichts anderem.«

»Genau«, pflichtete Charles lakonisch bei. »Was du aber nicht weißt, ist, daß die Übergabe nicht nächstes Jahr, wie ursprünglich vorgesehen, sondern im August dieses Jahres stattfinden wird.«

»Was?!« Sarah richtete sich kerzengerade auf. »Aber – aber –«

»Leider ist es wahr: du wirst die Meldung sehr bald hören. Soweit es das betrifft, haben wir Janets Vorhang zu spät gefunden.«

»Warum? Welchen Unterschied macht das? Und warum sagst du ›leider‹? Willst du denn nicht, daß sie ihr eigenes Land regieren? Wie würden *wir* es empfinden, wenn –« Sie sah, wie Charles über sie lachte, stockte und biß sich auf die Lippe.

»Verzeih. Ich hätte es wissen sollen. Was wolltest du sagen?«

»Ich wollte sagen, daß es ein großer Jammer ist, daß so viele Menschen versäumen festzustellen, daß der Krieg, der gerade beendet ist, nur ein Vorgeschmack dessen ist, was kommen wird. Daß dieser ›Frieden‹ nur so etwas wie die ›Halbzeit‹ darstellt, in der sich beide Mannschaften auf den folgenden Schlagabtausch vorbereiten. Das große Ringen beginnt nämlich erst, und es wird weitaus bitterer sein: weil es zwischen Ideologien und nicht unter Nationen stattfindet.«

»Aber was hat das mit der Unabhängigkeit Indiens zu tun?« fragte Sarah. »Jedermann wußte, es würde eines Tages so kommen.«

»Gewiß. Aber da gibt es Leute, die enorm vom Chaos und Desaster profitieren und die deshalb sicherstellen wollen, daß beides auch eintritt, wenn der Tag kommt. Zu diesem Zweck wurde eine Menge Geld investiert!«

Sarah warf ein: »Aber Hugo? Was hatte er mit alledem zu tun?«
»Hugo hat das Geld dirigiert. Und zwar von hier aus. Welch besseren Platz könnte man dafür finden? Dies hier gehört ja nicht zu ›Britisch-Indien‹. Es ist ein Protektorat: ein unabhängiger Eingeborenenstaat, regiert von einem Maharadscha, der von einem britischen ›Gesandten‹ beraten wird und nur dann beseitigt werden kann – als allerletzte Möglichkeit –, wenn er sich *wirklich* schlecht beträgt. Selbst dann muß sein Erbe an seiner Stelle eingesetzt werden. Kaschmir ist gewissermaßen nationaler – fast internationaler Boden; darüber hinaus hat es eine breite mohammedanische Bevölkerung und eine herrschende Hindu-Klasse. Das war zunächst mal einer der Gründe! Doch es gab noch einen besseren. Es war ein berühmter Urlaubsaufenthalt sowohl für Briten wie für Inder. Menschen aus ganz Indien kamen hierher und brauchten keine andere Erklärung dafür abzugeben, als daß sie hier Urlaub machten.
Riesige Geldsummen flossen herein: amerikanische Dollars von amerikanischen Kommunisten, die amerikanische Armeeuniformen trugen. O ja, darunter gab es einige! Englische Pfunde, indische Juwelen, Goldbarren und Silber-Rupien, alle Geldwährungen kamen hier zusammen: vieles davon aus Großeinbrüchen stammend. Hier wurde es in jede gewünschte Valuta eingetauscht, und hierher kamen die führenden Anstifter und Agitatoren zur Entgegennahme von Aufträgen und Zahlungen – und zum Geldanlegen. Es gab eine große Anzahl von Helfern – unter ihnen auch britische Männer und Frauen.«
»Ich weiß«, sagte Sarah nüchtern. »Johnnie Warrender war einer davon, nicht wahr?«
»Nein. Nicht Johnnie. Helen.«
»Helen!? Dann war es – Aber warum – Ich meine, Johnnie ist tot. Ich dachte . . .«, stammelte Sarah zusammenhanglos.
»O ja, Johnnie brachte sich selber um. Es war kein Unfall, aber er hat es sehr gut vorgetäuscht. Er hatte das mit seiner Frau erfahren. Ich glaube, er war bereits ein toter Mann!«

»Was willst du damit sagen?«

»Er war völlig am Ende. Es war ihm nichts mehr geblieben. Seit Jahren hat er nur auf Kredit gelebt, und jetzt gab es keine Hoffnung mehr, ihn jemals abzuzahlen oder seine anderen Schulden zu begleichen. Oder wieder Polo zu spielen. Mit der Unabhängigkeit geht die Welt von Leuten wie Johnnie Warrender zu Ende. Es war Helen, die für Hugo arbeitete. Ich glaube nicht, daß sie wirklich wußte, was sie tat: wahrscheinlich wollte sie es auch gar nicht wissen! Sie ist eine Frau von sehr begrenzter Auffassungsgabe, die nur an Geld und an sonst überhaupt nichts dachte. Ein ideales Werkzeug für Hugo. Erinnerst du dich noch an den Diebstahl der Rajgore-Smaragde?«

»Ja«, nickte Sarah. »Es stand eine Menge darüber in den Zeitungen; und du hast sie auch erwähnt – du sagtest, sie seien hier.«

»Sie waren hier. Wir hatten den Verdacht, daß diese Smaragde nach Kaschmir kommen würden, so, wie es mit einer großen Menge anderer gestohlener Juwelen der Fall gewesen ist, und wir setzten Beobachter darauf an. Aber sie gingen uns durch die Lappen. Mrs. Warrender hat sie gebracht und übergab sie Hugo auf der Straße.«

»Das kann sie unmöglich getan haben!« protestierte Sarah. »Ich war dabei – und Fudge ebenfalls. Sie übergab ihm nichts!«

»Sie hat es uns selbst erzählt. Sie hat ihm die Smaragde übergeben. Sie befanden sich im Inneren einer Frucht – einer Grapefruit oder Papaya oder so was Ähnlichem.«

»Nein«, Sarah dämmerte es langsam. »Es war eine Wassermelone. Jetzt erinnere ich mich . . .«

»Helen Warrender würde für Geld nahezu alles getan haben. Es gibt zu viele Menschen, die so sind.« Charles riß einen langen Grashalm aus, saß da und kaute nachdenklich darauf herum, blickte über den See, und nach einer längeren Pause sagte Sarah: »Du kannst jetzt nicht aufhören. Erzähl mir auch den Rest. Es gibt so viele Dinge, die ich wissen möchte. Die Botschaft in der Streichholzschachtel – wie bekamen sie

es heraus? Das mit dem Vorhang, meine ich. Und woher hat der pockennarbige Mann, Ahamdoo, es gewußt?«
Nachdenklich antwortete Charles: »Nun, da er tot ist, werden wir die Antwort darauf wohl nie erfahren. Wir können nur Vermutungen darüber anstellen.«
»Und wie fanden *sie* es heraus?«
»Die Frage«, korrigierte Charles sie mit einem matten Lächeln, »müßte eigentlich lauten: ›Warum fanden sie es nicht früher heraus?‹ – in Anbetracht der Tatsache, wie wenig man auf einem Hausboot geheimhalten kann!«
»Wem sagst du das!« pflichtete Sarah ihm bei. »Deshalb kann ich mir einfach nicht vorstellen, wie Janet es fertigbrachte, diesen Vorhang anzufertigen, ohne daß jeder Kaschmiri in einem Radius von zehn Meilen alles genau darüber wußte.«
»Aber sie *haben* davon gewußt. Das ist genau der Punkt. Es veranschaulicht auch wunderschön, warum die Denkprozesse des Orients so oft Verblüffung im Westen hervorrufen. Es gibt einen Ausspruch, der in diesem Teil der Welt entstanden ist. Er lautet: ›Am dunkelsten ist es stets unter der Lampe‹. Janet Rushton wußte, daß dies richtig ist, und da sie ein gescheites Mädchen war, wandte sie es zu gutem Nutzen an. Sie wußte sehr genau: Falls sie versuchte, die Aufzeichnung heimlich zu machen – sagen wir, nach Dunkelheit bei zugezogenen Vorhängen –, wäre sie zweifellos entdeckt worden, wie sorgfältig sie sie auch immer verstecken mochte. So tat sie es in aller Öffentlichkeit und in vollem Blickfeld. Und als es fertig war, hängte sie es dort auf, wo jedermann es sehen konnte. Weil es aber allgemein bekannt war, dachte niemand dran, es jemals zu erwähnen . . .
Nach allem, was uns der *mānji* erzählt hat, muß sie es sorgfältig geplant haben. Da sie den Vorteil besaß, in Indien geboren zu sein und ein gutes Stück ihrer Kindheit hier verbracht hatte, wußte sie eine Menge über die indische Denkweise. Beispielsweise wußte sie, daß vorgetäuschte Offenheit leicht zum Fehlschluß verleitet: und entsprechend handelte sie.«

»Aber der Perlenvorhang?« soufflierte Sarah.

»Der *mānji* sagt, es wäre immer einer auf der *Waterwitch* gewesen: anscheinend haben viele Boote früher einmal solche Vorhänge gehabt. Eines Tages im späten November hatte Rushton Miß-sahib den ihren jedoch zerstört. Sie schien gestolpert und gefallen zu sein und hatte den Vorhang im Fall mit sich heruntergerissen. Er war schon alt, und so brachen die Schnüre leicht ab. Er sagt, die Miß-sahib sei sehr aufgeregt gewesen und hätte darauf bestanden, ihn zu ersetzen. Als sie feststellte, daß solche Sachen am Ort nicht mehr hergestellt wurden, sandte sie ihn zum Basar, um neue Schnüre zu kaufen. Auch Extraperlen, da viele der Originalperlen zwischen die Fußbretter gefallen und verloren waren. Dies garantierte natürlich, daß möglichst viele Leute von der Geschichte erfuhren. Sie ging sogar selbst zum Basar und kaufte noch mehr Perlen, und da es gegen Ende des Monats noch ein paar sonnige Tage gab, saß sie im Freien an Deck ihres Boots und nähte sie in voller Sicht für jede vorbeikommende *shikara* an, während Mrs. Matthews am Ufer zeichnete. Sie arbeitete daran zehn Tage während der hellsten Stunden, und gegen Ende dieser Zeit war es ein so gewohnter Anblick geworden, daß er für selbstverständlich hingenommen wurde und keinerlei Interesse erregen konnte. Mit anderen Worten: Sie saß vorsätzlich unter dem Lampenlicht und zeigte offen das Ding, das versteckt werden mußte.«

»Ja . . . ja, ich verstehe«, sagte Sarah. »Es war eine Art Doppelbluff.«

»Genau. Und es gelang ihr, alle Welt zum Narren zu halten. Das hätte es auch weiterhin getan, wenn nicht ein gewisser Teppichhändler (der nun hinter Gittern sitzt und in der Hoffnung, dem Tod zu entrinnen, eine Menge interessanter Dinge ausplaudert!) ein Liebhaber persischer Poesie gewesen wäre. Wie viele andere hatte auch er Janet Rushton bei der Arbeit am Vorhang gesehen, als er mit seiner *shikara* bei ihr anlegte, in der Hoffnung, ihr einen Teppich zu verkaufen. Er war auch einer von den Leuten, die die *Waterwitch* nach ihrem Tod durchsuchten; nur für den Fall, daß sie irgend etwas Verwertbares oder Belastendes hinterlassen hatte. Er fand aber nichts. Erst kürzlich, als er zufällig jenes Gedicht las, fiel ihm der Zusammenhang zwischen den Worten und den Perlen auf, und er begann sich Gedanken zu machen ...

Da er nicht in Srinagar lebt – sein Hauptgeschäft ist in Baramulla –, sandte er jene Verszeile durch eine sichere Hand (deren Besitzer jetzt ebenfalls im Gefängnis sitzt!) zu Ghulam Kadirs Laden. Sie war in einer Streichholzschachtel innerhalb eines Pappmaché-Behälters verborgen und sollte instruktionsgemäß an den Creed-sahib weitergeleitet werden, von dem man wußte, daß er den Laden an einem bestimmten Tag aufsuchen werde. Der Mann, der die Lieferung übernahm, hatte die glänzende Idee, allen Kunden, die sich zu dem Zeitpunkt im Laden aufhielten, ähnliche Schachteln zu schenken, um die simple Transaktion zu kaschieren. Als Ergebnis seiner besonderen Klugheit fiel er dem Zufall zum Opfer, denn deine Schachtel sah derjenigen Hugos zu ähnlich.

»Und ich nehme an, Ahamdoo sah die Botschaft?« sagte Sarah langsam.

»Das ist zu vermuten. Es wird nicht allzu schwierig gewesen sein, da er einer der Gehilfen im Laden war, der – wie du feststellen konntest – eine Menge Versteckplätze besaß. Ahamdoo hatte scharfe Ohren und ausgezeichnete Augen. Er hatte schon genug erlauscht, um uns wissen zu lassen, daß eine Botschaft an einen *feringhi*, einen Fremden, übergeben werden sollte, der an jenem bewußten Tag in den Laden kommen würde. Vorgeblich, um Pappmaché zu kaufen. Er verdächtigte entweder Lady Candera oder deren Nichte Meril, von der er annahm, sie arbeite womöglich als Spionin für die Tante. Wahrscheinlich gelang es ihm, einen Blick auf die Botschaft zu werfen – ein Schimmer hätte genügt! –, und als du uns im Hotel störtest, hatte er dort Lady Candera und Meril Forbes gesehen, geriet in Panik und beschloß, mich statt dessen auf der Insel zu treffen, weil er glaubte, es wäre dort sicherer.

Er hatte mit Mrs. Matthews zusammengearbeitet, und er hatte auch den Perlenvorhang gesehen, den Janet anfertigte.

Nachdem die Frauen tot waren, hatte er auch in unserem Auftrag ihre beiden Boote durchsucht. Wenn er also die persische Zeile gelesen hat – was er getan zu haben scheint –, so wird er gleichfalls begonnen haben, darüber zu rätseln. Als er zur Insel übersetzte, nahm er eine blaue Perle mit. Vermutlich zur Erläuterung der Theorie, daß blaue Porzellanperlen Punkte am Ende der Sätze bedeuten könnten. Obgleich das natürlich etwas ist, das wir ebenfalls nie erfahren werden . . .«

»Ist das alles?« fragte Sarah. »Ich meine, alles, was in Janets Vorhang stand? Nur – nur das mit dem Geld und den Juwelen . . . um die Agitatoren und Saboteure zu bezahlen?«

»Nein«, sagte Charles langsam. »Nein, es gab noch etwas anderes.«

»Ich dachte mir doch, daß da noch etwas ist. Du brauchst es mir aber nicht zu erzählen, wenn du nicht willst, weißt du.«

»Täte ich's nicht, wäre es nur, weil ich es selbst noch nicht ganz glauben kann. Siehst du, es war ein Plan, ein sehr gut ausgearbeiteter Plan, die Amtsgewalt in Kaschmir zu übernehmen, sobald die Briten es verlassen haben, um es in einen kommunistischen Staat umzuwandeln.«

»Aber wozu denn das? Was wäre der Zweck davon?«

»Der Zweck wäre, daß in einer kommunistischen Regierung jemand an der Spitze mit der Vollmacht eines Präsidenten oder Diktators Rußland zu Hilfe rufen könnte, wenn entweder Indien oder die Moslem-Stämme des Nachbarlandes sie anzugreifen versuchten.«

»Aber wozu das?« wiederholte Sarah.

»Komm, Sarah, benutze deinen Verstand! Es geht selbstverständlich um einen Brückenkopf, um eine Basis, von wo aus zu gegebener Zeit russische Truppen nach Afghanistan, über die Nordwest-Grenze oder schließlich nach Indien selbst einmarschieren können. Wirf nur einen Blick auf die Landkarte. Jedes der nahe gelegenen Länder könnte eines nach dem anderen von jedem, der sich stark gerüstet in Kaschmir verschanzt, zusammengeschlagen werden, wenn Kaschmir selbst ein vollzähliges Mitglied der UdSSR ist.«

»Ich kann es nicht glauben. Das könnte nie geschehen!«
»Nein? Dann überleg mal. Am Tag der Machtübergabe – wahrscheinlich schon einige Wochen früher – wird der Haß, der von bezahlten Agitatoren so sorgfältig genährt wurde, zum Ausbruch kommen, und falls das Land wirklich zerfällt, wird es zu Aufständen und schrecklichen Unruhen kommen. Unter jener Deckung – während alle Augen anderswohin gerichtet sind – sollte Kaschmir von der übrigen Welt abgeschnitten werden. Glaub mir, es wäre ganz einfach gewesen! Weit einfacher, als man es für möglich hält. Es gibt nicht viele Zufahrtswege zu diesem Land, und diese Wege führen durch hohes Gebirge und sind leicht zu blockieren; und es existiert nur ein einziger Flughafen – kein sehr guter nebenbei! Mit Aufständen und Blutvergießen, die über ganz Indien hereinbrechen, würde es nicht als besonders ungewöhnlich angesehen werden, wenn mehrere Tage keine Nachrichten aus Kaschmir kämen. Und nach vollendeten Tatsachen würde es zum Eingreifen wohl bereits zu spät sein . . .«
Sarah fragte entsetzt: »Glaubst du wahrhaftig, das wäre möglich gewesen?
»Ich denke, ja. Die Zugehörigkeit des Staates ist ohnehin strittig, so daß es eine geeignete Fassade für Agitatoren gäbe, sich dahinter zu verschanzen. Der Kampfschrei wäre dann: ›Wir sind weder Inder noch Pakistani! Wir sind Kaschmiri! – Kaschmir für die Kaschmiri!‹ Und bei den übrigen Herausforderungen, mit denen sich die neue Regierung konfrontiert sähe, würde sich eine Veränderung des *fait accompli* in Kaschmir als äußerst schwierig erweisen.
Oh, glaub' mir, es mag toll und unwahrscheinlich klingen, doch es wäre absolut möglich! Eine Handvoll Männer könnte den Flugplatz schließen, jeden Weg in dieses Land abschneiden – und es gegen eine Armee verteidigen. Übrigens, Macht geht noch immer vor Recht! Später dann, wenn Indien bereit ist, seine Aufmerksamkeit darauf zu verwenden, Kaschmir zurückzugewinnen, würden die neue Junta und ihr Anführer um Hilfe nach dem Kreml schreien. Dieser würde sich beeilen, einem Überläufer aus der Tyrannei der kapitalistischen

Länder beizustehen, und mit Truppen, Bombern, Jagdflugzeugen und allem, was dazugehört, angestürmt kommen. Ja, ich denke, das könnten sie gut zuwege bringen.«
Sarah bewegte sich unruhig. Ihre Finger zupften an den Blüten der Gänseblümchen, die hier überall wuchsen. »Aber ihr seid noch rechtzeitig gekommen?«
»Ja, wir waren gerade noch rechtzeitig da. Wir haben eine ganze Menge Leute verhaftet, und einige von ihnen haben ausgepackt. So waren wir in der Lage, die Lücken in Janets Aufzeichnungen auszufüllen. Wir konnten Razzien machen und haben eine Menge Schriftstücke und Entwürfe gefunden. Es war wie ein Netz, das man aus dem Meer zieht. Zuerst weißt du nicht, was sich in dem Netz befindet, denn die Markierungskorken sind klein, und die See ist rauh. Dann siehst du die erste Markierung und fängst an, das Netz einzuziehen. Zoll für Zoll. Am Anfang ziehst du nur Netz und Wasser und ein bißchen Kraut heraus. Aber wenn das letzte Stück Netz hochkommt, ist es schwer von Fischen, die nicht entweichen können. Genauso war es bei uns der Fall.«
Als ob die Abendluft kalt geworden wäre, erschauerte Sarah plötzlich. »Hatten sie vor, jenes – jenes Gas zu benutzen?«
»Welches Gas? Oh, du meinst Hugos Waffe? Nein, das war nur eine der vielen häßlichen kleinen Erfindungen, mit denen Wissenschaftler aus jeder Nation sich gerne profilieren. Hugo glaubte, sie könnte für ihn nützlich sein, und veranlaßte seine Freunde, die kleine Waffe für ihn herzustellen. Er benutzte sie, um seine Opfer zu betäuben, damit es leichter für ihn war, sie aus dem Weg zu räumen, so daß man es wie einen Unfall aussehen lassen konnte. Wahrscheinlich war die einzige Person, die direkt von ihr getötet wurde, er selbst! Es hat einen schweren Nachteil: der starke Geruch. Deshalb konnte er die Gaspatronen nicht auf seinem eigenen Boot aufbewahren und hielt ein paar Reserven in jenem Laden auf Lager.
Ich glaube fast, daß Ahamdoo eine davon gefunden haben muß und sie mitbrachte, um sie mir zu zeigen. Denn die Menge, die benutzt wurde, um ihn vom Schreien oder Weg-

laufen abzuhalten, müßte in der Nachtluft verflogen sein, da sie im Freien benutzt wurde. Seine Kleidung roch aber stark danach; so, als ob er etwas davon unter den Falten seines Gewandes versteckt getragen hätte. Natürlich fanden sie's, als sie ihm seine Waffe abnahmen. Die wurde vermißt; und sein eigenes Messer ebenfalls. Er wäre niemals unbewaffnet gekommen.«

Charles schnippte seine Zigarettenkippe in den See, wo sie mit einem kleinen Zischen die Spiegelung brach und ein winziges Gekräusel über das stille Wasser sandte.

»Wußte Mir Khan davon?«

»Wußte was?«

»Daß Janet vom Geheimdienst war; und Mrs. Matthews. Und du.«

»Daß ich dazugehörte, wußte er. Von den anderen wußte er nichts. Wir kennen uns nicht alle untereinander: Wie ich dir schon sagte, wird es nicht für nötig befunden, und oftmals ist es ein zusätzliches Risiko. Mir hatte einen Auftrag in Gilgit und war nur zufällig in Gulmarg und weil er gerne Ski läuft.«

»Und Reggie Craddock?«

»Er ist keiner von uns. Doch anscheinend war er mehr als nur halbwegs in Janet Rushton verliebt und glaubte nicht, daß ihr Tod ein Unfall war. Weil er sich für sie interessierte, bemerkte er auch, was sonst niemand auffiel und was du selbst nur aus Zufall entdecktest: daß sie große Angst vor etwas hatte. Verliebte bedürfen oft keiner Worte, um Dinge zu erfahren . . . Du solltest das wissen!«

Sarah errötete leicht und wandte ihre Aufmerksamkeit wieder den Gänseblümchen zu. Charles fuhr bedächtig fort: »Reggie beobachtete Janet Rushton, und er wußte es. Er war es, der im Schatten der Skihütte stand und beobachtete, wie sie durch den Schnee davonzog. Er war es, den du leise die Tür schließen hörtest.«

»War es Reggie, der die Fußabdrücke auf der Veranda hinterließ?« unterbrach Sarah. »Ich nehme an, er – Nein, er war's natürlich nicht. Sie waren zu klein.«

»Helen«, sagte Charles. »Sie hat uns davon erzählt. Die

Warrenders bewohnten das Endzimmer im Block. Der Grund für das heimliche Herumschnüffeln war nichts als pure Neugier. Sie litt unter Schlaflosigkeit und erinnerte sich daran, daß George McKay Arzt ist, und beschloß, typisch Helen, ihn aufzuwecken und um eine Schlaftablette zu bitten. Zufällig öffnete sie genau in dem Moment die Tür, als du anfingst, an Janets Tür zu klopfen; sie zog sich hastig zurück, beobachtete dich durch einen Spalt und sah, wie du eingelassen wurdest und das Licht anging. Lange Zeit blieb es an, und dann ging es plötzlich wieder aus! – und als es wieder anging, konnte sie nicht widerstehen, sich heranzuschleichen, um festzustellen, was, um des Himmels willen, dort vorging. Bis sie dort war, hatte Janet allerdings das Radio angedreht, so daß sie keine Silbe verstehen konnte und sich verwirrt zurückzog. Immerhin ließ sie dann wenigstens George durchschlafen, woraus ich schließe, daß sie mittlerweile ihre Schlaflosigkeit vergessen hatte!«

Sarah lachte und fühlte sich danach etwas besser: sie hatte sich schon gefragt, ob sie nach dem Schock jener entsetzlichen Nacht jemals wieder würde lachen können. Sie hatte Charles unterbrochen, als er über Reggie Craddock sprach, und sagte deshalb schnell: »Erzähl weiter von Major Craddock. Wieviel hat er gehört, als er Janet und mich im Gespräch vor der Skihütte belauschte?«

»Sehr wenig; er sagt, ihr hättet beide geflüstert. Aber das hat ihn nicht weiter aufgeregt. Er ist Skiläufer: möglicherweise einer der besten, die je nach Kaschmir kamen. Deshalb hat er die Erklärung für ihren Tod nicht akzeptiert, denn sie war gleichfalls eine gute Skiläuferin; und eine gute Skiläuferin wäre nie auf diese Weise abgestürzt. Darauf hat er Major McKay energisch aufmerksam gemacht, aber George ist kein Skiläufer und hat dem keinerlei Beachtung geschenkt. Sie hatten deswegen eine Auseinandersetzung, und McKay war sehr zornig.

Reggie ist nicht sehr klug, aber er ist eigensinnig. Und es ist erstaunlich, wieviel Information ein eigensinniger und verbissener Mann aufspüren kann, wenn er es sich richtig in

den Kopf gesetzt hat. Reggie hatte es sich in den Kopf gesetzt und beschloß, auf eigene Faust ein paar Nachforschungen anzustellen. Eine Zeitlang verdächtigte er dich.«
»Mich!? Gott im Himmel!« Sarah fuhr in die Höhe.
»Nur weil er dich mit Janet vor der Skihütte sprechen sah in jener Nacht, und du es nie erwähnt hast. Später gewann er die Überzeugung, daß etwas auf dem Boot sein müßte – Janets Boot –, auf dem du warst. Als er dann aber merkte, daß er dich nicht davon runterholen konnte, hat er es beobachtet.«
»Oh, er war es, er war es!« rief Sarah stürmisch.
Charles lächelte. »Gleichwohl verdankst du ihm dein Leben! Ihm und deinem Hund.«
»Reggie? Wie? Aber du warst es –«
»Nicht ausschließlich ich, tut mir leid. Ich hatte Hugo nicht im Verdacht. Aber Reggie hat heimlich das Boot beobachtet, und er hatte gesehen, wie Hugo es durchsuchte. Er hatte auch gesehen, wie Hugo in der Nacht, in der Lacro betäubt wurde, sehr vorsichtig ein Stück Fleisch zwischen die Wurzeln des Chenarbaums legte.«
»Hugo hat das getan?«
»Ja, sicher. Wer sonst?«
»Diese Bestie!« stieß Sarah zornig heraus. »Diese Bestie! Und er tat immer so, als sei er ganz vernarrt in Lacro. Es gab Momente, in denen Hugo mir fast leid getan hätte, doch das wird sich nicht wiederholen!«
Charles lehnte sich zurück und lachte entzückt. »Oh, diese Inkonsequenz der Briten! Wie kommt es nur, daß wir stets geneigt sind, ›fast Mitleid‹ für einen Mörder zu empfinden, wohingegen wir keine Gnade für denjenigen kennen, der ein Tier schlecht behandelt? Verzeih, Sarah. Es war unhöflich von mir, zu lachen.«
Sarah sah sich gezwungen, mit ihm zu lachen. »Du hast natürlich völlig recht. Uije, es ist nicht zu fassen, wie kindisch manche Reaktionen sein können. Ich vermute, Hugo hatte die Absicht, in der betreffenden Nacht an Bord zu kommen, unterließ es aber wegen des Sturms. Oder weil er sah, daß

Licht brannte, und er glaubte, daß ich wach war. Armer Lacro! Bitte, erzähl weiter von Reggie.«

»Reggie verstand nicht ganz, was er beobachtet hatte. Aber davon abgesehen hat er Hugo nie gemocht – wußtest du das?« Sarah hatte genickt. Nun sagte sie: »Also . . . Hugo war zwar immer sehr freundlich zu ihm, aber manchmal kam es mir vor, als ob Reggie durch ihn irritiert wurde. Das ist alles.«

»Reggie begann nachzugrübeln, ob es möglich sein konnte, daß Janet Rushton eine Affäre mit Hugo hatte. Ob sie vielleicht zu fordernd für ihn geworden sei und somit eine Bedrohung für seine Ehe und sein Ansehen darstellte: daß er sie getötet haben könnte, um sich von dieser Bedrohung zu befreien. Es ist kurios, daß seine romantische Phantasie ihn so nahe an die Wahrheit führte. Er dachte, es könnten Briefe auf dem Boot versteckt sein – Liebesbriefe von Hugo an Janet –, und er ging weg und brütete darüber nach. Erinnerst du dich daran, daß ich zuerst mit einem der Wächter sprach, als ich dich in jener Nacht verließ?

Ich fragte ihn, ob sich jemand dem Boot genähert hätte, und der Mann antwortete, es sei niemand dagewesen außer dem *mānji*, der auf das Küchenboot zurückgekehrt sei und jetzt schlafe, und dem großen Sahib, der den Hund zurückgebracht habe. Er fügte nicht hinzu: ›und der noch an Bord ist‹, weil es ihm gar nicht einfiel, das zu erwähnen; genausowenig, wie es mir auffiel, daß der Mann zwar gesagt hatte, der *mānji* sei auf das Küchenboot zurückgekehrt, aber nicht gesagt hatte, Hugo sei auf sein Boot zurückgekehrt. Du siehst, Hugo war über jeden Verdacht erhaben. Der Wächter, der Hugo an Bord gehen sah, glaubte, daß du und ich später mit ihm gesprochen hätten. Was war natürlicher, falls Gefahr für die Miß-sahib bestand, als daß Creed-sahib an Bord blieb, als Mallory-sahib fortging?«

»Das war genau das, was auch Hugo annahm. Und er hat recht gehabt damit.«

»Ja, er hatte recht. Trotzdem war ich besorgt. Es wollte mir doch scheinen, als ob irgendwas nicht stimmte. Ein falscher

Ton. Ich konnte es aber nicht festnageln. Es nagte an mir wie ein Name oder ein Gesicht, an das man sich angestrengt zu erinnern versucht. In dem Moment, als ich die Klubpforte erreichte, fiel mir ein, was es war: Lacro! Du hattest mir doch erzählt, er würde unaufhörlich winseln und bellen, sobald du ihn alleine läßt.«

»Ja«, nickte Sarah, »das ist richtig. In dieser Beziehung ist er ein kleines Biest. Er kann stundenlang jaulen und winseln.«

»Aber er jaulte und winselte nicht, als du in jener Nacht an Bord zurückkehrtest.«

»Nein, aber das war –« Sarah stockte plötzlich.

»– weil Hugo auf dem Boot war«, vollendete Charles. »Exakt. Das war's, was mir plötzlich einfiel. Das Hündchen machte keinen Lärm. Warum? Weil jemand bei ihm war. Jemand, den es kannte. In diesem Augenblick erinnerte ich mich an das, was der Wächter gesagt hatte – oder vielmehr, was er *nicht* gesagt hatte. Er hatte nicht gesagt, Hugo habe das Boot verlassen. Er hatte nur gesagt, er sei an Bord gegangen. Demnach war Hugo also noch auf dem Boot. Wo? Warum hatte er sich nicht blicken lassen? Hatte er ein Nickerchen auf einem der Betten gemacht und war dabei fest eingeschlafen?«

»Ja, das dachte ich auch, als ich ihn zuerst sah«, bekannte Sarah und erschauerte jäh. »Was ließ dich also zurückkommen?«

»Daß ich auf Reggie stieß und weil Reggie mit Mir Khan gesprochen hatte. Die Tanzerei war vorbei, und Reggie und Mir waren noch geblieben und hatten sich eine Weile im Garten unterhalten. Reggie hatte wahrscheinlich etwas zuviel getrunken. Er war bedrückt und einsam und hielt sich nicht mehr ganz im Zaum. Als im Verlauf der Unterhaltung Hugos Name fiel, vertraute Reggie Mir an, daß er diesem nicht traue – und daß er ›nichts Gutes im Schilde führe‹, wie er sich ausdrückte –, und dann berichtete er, daß er ihn auf deinem Boot beobachtet hätte und was er dabei noch gesehen habe ...«

Charles zog eine neue Zigarette heraus, steckte sie an und sagte durch den Rauch hindurch: »Glücklicherweise ist Mir Inder. Wäre er Engländer gewesen, hätte er sich automatisch auf die Seite seines Landsmanns gestellt, und Reggies Information würde sehr wenig bedeutet haben. So aber hatte er keinen Grund, für oder gegen ihn eingenommen zu sein. Da er aber wußte, daß wir jeden, der an der *Waterwitch* interessiert war, verdächtigten – und offensichtlich war Hugo interessiert –, so sagte er zu Reggie, er solle sofort mit ihm kommen, und wollte mich wecken. Er glaubte, ich sei schon im Bett und schlafe bereits, fand die Sache aber zu dringend, um sie aufzuschieben. Tatsächlich waren sie schon auf dem Weg zu meinem Zimmer, als sie mich beim Hereinkommen trafen. Mir erzählte mir, was Reggie beobachtet hatte.
Ein paar Minuten früher hätte ich nicht viel darauf gegeben. Jetzt aber, da mir gerade eingefallen war, daß Hugo noch auf deinem Boot sein müsse, bedeutete es das Ende der Welt – oder jedenfalls das, was man dabei empfindet.« Charles lachte plötzlich auf und fuhr fort: »Es ist lange her, seit ich die Viertelmeile in meiner Schule gewonnen habe. Aber in der Nacht muß ich meinen eigenen Rekord unterboten haben! Da war keine Zeit mehr für Erklärungen. Ich sagte nur ›Er ist jetzt auf ihrem Boot!‹, drehte mich um und raste los, Mir und Reggie auf meinen Fersen –
Wir mußten ein bißchen langsamer werden, als wir den Feldweg erreichten, denn es war lebenswichtig, uns leise zu bewegen, und irgendwo lag das verdammte Stück Blech auf dem Weg. Gerade da trat Mir mit dem Fuß darauf. Aber ansonsten machten wir kein Geräusch. Wir konnten Stimmen hören; und dann bellte der Hund, und ich rief laut – Hugo konnte ja einen toten Körper nicht wegdiskutieren, oder jene Handschuhe oder den Geruch. Wäre es jemand anders gewesen, der rief, hätte er dich wahrscheinlich auf der Stelle getötet und dann behauptet, du seist eingeschlafen, und hätte versucht, mit dem Bluff durchzukommen. Er wußte aber, daß ich an Bord kommen würde.«
Sarah überlegte: »Er hatte doch das schreckliche Zeug. Er

hätte uns alle töten können. Warum hat er es dann nicht getan?«

»Weil er damit nicht davonkommen konnte. Er muß innerhalb von Sekunden erkannt haben, daß ich nicht alleine war, und er konnte nicht wissen, wie viele Leute ich draußen bei mir hatte. Ebenso wußte er nicht, ob nicht einige von ihnen, wenn nicht alle, bewaffnet sein würden. Außerdem wäre er beim Herauskommen aus der Helligkeit ins Dunkle getreten – der Mond war schon untergegangen –, so daß wir ihn sehen konnten, bevor er uns sah. Das Schlimmste von allem war aber – von seiner Warte aus gesehen –, daß die schmutzige Waffe nur auf kurze Entfernung von Nutzen war und nur gegen ein einziges Ziel. Gegen eine unbekannte Zahl von Männern, deren Positionen er nicht kannte, wäre sie wirkungslos gewesen. Die Nachteile für ihn waren zu groß. Das muß er erkannt haben, und so richtete er die gräßliche Waffe gegen sich selbst.«

Schweigen breitete sich zwischen ihnen aus. Der Rauch von Charles' Zigarette schraubte sich langsam in die windstille Luft, und dahinter lag der See spiegelglatt und grün in der Dämmerung. Die Sonne war hinter die Gulmarg-Bergkette getaucht, und die Berge hinter Shalimar waren nicht mehr rosa und zyklamfarben, sondern schiefergrau und eisblau gegen einen blassen Jadehimmel, gefleckt mit winzigen Aprikosenwolken, so weich wie die Flaumfedern an der Brust eines Vogels. Ein Holzrauchschleier trieb von den abendlichen Feuern über die Dunkelheit der Bäume am anderen Ende des Sees, und ein einsamer Frosch begann im Schilfrohr zu quaken.

Charles sagte: »Dort kommt Mir über die Felder. Ich vermute, jemand hat ihm gesagt, daß ich hier bin.« Er erhob sich und erwartete ihn stehend.

»Ich möchte nur Lebewohl sagen«, sagte Mir beim Näherkommen. »Nein, stehen Sie nicht auf, Miß Parrish.« Er schüttelte Charles die Hand und lächelte zu Sarah hinunter: »Ich hoffe, ich werde Sie wiedersehen. Aber morgen verlasse ich Kaschmir.«

»Mehr ... Arbeit?« fragte Sarah, stand zum Händeschütteln auf und strich die Gänseblümchenblätter von ihrem Schoß.
»Ich fürchte, ja.«
»Warum tun Sie diese Arbeit?« fragte sie neugierig. Sie hätten das doch nicht nötig.«
Mir lachte. »Da täuschen Sie sich, Miß Parrish. Wir alle müssen die Arbeit tun, für die wir in diese Welt gesandt worden sind. Dies ist meine Arbeit: ich weiß nicht, warum es so ist, doch ich weiß, daß es so ist. Und ich helfe auch meinem Land. Darin liegt eine gewisse Befriedigung. Leben Sie wohl – und ... ich wünsche Ihnen viel Glück. *Khuda hafiz!*«
Er deutete die anmutige orientalische Geste des Abschiedsgrußes an, kehrte zwischen den Weiden um und schritt leichtfüßig den Feldweg zurück.
Es gab noch so viele Dinge, die Sarah gern gewußt hätte. So viele Fragen, die sie hatte stellen wollen. Aber plötzlich zählten sie nicht mehr. Das einzige, was zählte, war Charles, der in der Abenddämmerung unter den Weiden vor ihr stand.
Inzwischen war der Mond aufgegangen. Silbern und heiter strömte er in einen Himmel, an dem sich noch der letzte matte Schimmer des Sonnenuntergangs hielt. Er legte einen leuchtenden Pfad über das stille Wasser und verlor sich zwischen den Seerosenblättern am Rande des Sees.
Schwarz und scharf gestochen zeichnete sich Charles' hochgewachsene Gestalt gegen den silbernen Hintergrund ab, während Sarahs weißes Gesicht und ihr heller Rock silbern auf schwarzem Grund aus den Schatten der Weidenzweige leuchtete.
Charles nahm ihre Hände in die seinen, und Sarah sagte leise: »Du sagtest, beim dritten Mal würdest du es ernst meinen.«
»Dies ist das dritte Mal, und ich meine es ernst«, gab Charles feierlich zur Antwort.
Die beiden Gestalten, die schwarze und die silberne, vereinten sich und wurden Teil des Mondlichts und der Schatten: so still, daß ein Reiher, der sich im seichten Wasser am Ufer

niederließ, in nur einem Meter Abstand von ihnen zwischen den Seerosenblättern stakste, bis Lacro, der von einer Futter-Expedition hinter dem Chenarbaum zurückgekehrt war, ihn aufscheuchte und er flügelschlagend über den mondbeschienenen Dāl davonflog.

Postskriptum

Für jene, die an Tatsachen interessiert sind: Die erste Skihütte am Khilanmarg wurde samt ihren damaligen Besuchern von einer Lawine zerstört, die vom Grat des Apharwat herunterdonnerte. Eine Spur davon ist noch vorhanden – ein langer, breiter, silbergrauer Streifen am Hang. Die Skihütte in dieser Geschichte, die nach der Zerstörung neu errichtet wurde, ist inzwischen – wie man mir berichtete – abgerissen und durch ein Hotel mit Skilift ersetzt worden, das mit Gulmarg verbunden ist.

Die ursprüngliche *Sunflower* (es könnte inzwischen eine weitere dieses Namens geben), die ich in diesem Buch den Creeds zuteilte, ist unser Hausboot gewesen – die mein Vater gemeinsam mit dem Liegeplatz in Chota Nagim für mehrere Jahre gemietet hatte, mit dem *ghat* mit dem riesigen Chenarbaum, den Weiden und dem Feldweg, den man einschlagen mußte, um die Nagim-Bagh-Straße und die Brücke gleichen Namens oder den Klub zu erreichen. Es sollte mich nicht überraschen, zu hören, daß das rostige Stück Blech auf dem Pfad noch vorhanden ist, das von unserem *mānji* über einer Vertiefung im Boden ausgelegt wurde, in der sich bei nassem Wetter Wasser sammelte.

Den Klub gibt es selbstverständlich noch. Ebenso die Brücke und das kleine Eiland, bekannt als Char-Chenar – vier Chenare –, wenn auch der Pavillon im Zentrum und der stufenförmig ansteigende Boden, auf dem er gestanden hat, durch Bulldozer auf die Höhe des umliegenden Rasens eingeebnet wurde und die Sträucher persischen Flieders verschwunden

sind. Traurigerweise fehlt jetzt auch die uralte hölzerne Moschee des Hazratal, des heiligen Haars; so genannt, weil es einen Schrein mit einer kostbaren Reliquie in Form eines Haars vom Barte des Propheten enthält. Sie wurde zugunsten einer prunkvollen weißen Marmormoschee zerstört, wo die einstmals melodische und unvergeßliche Stimme des Muezzin, der die Gläubigen zum Gebet rief, einer metallenen und lärmenden Platz machen mußte, die aus einer Vielzahl von im Freien aufgestellten Lautsprechern dringt und mit voller Lautstärke von der Spitze des neuen Minaretts übertragen wird.
Zudringliche Händler in *shikaras*, beladen mit aller Art von einheimischen Erzeugnissen, von Kaschmir-Teppichen bis zu Käfigen und Schnittblumen, bieten noch immer ihre Waren vor jedem belegten Hausboot feil. Und die alten pittoresken Holzhäuser, in denen die Pappmaché-Hersteller, Holzschnitzer und stickenden *pashminas* (Hersteller handgewebter Stoffe aus Ziegenwolle) wohnen, kauern noch immer zusammengedrängt auf beiden Seiten des Jhelum-Flusses, der durch die Altstadt von Srinagar fließt. Die vormals Britische Residenz, inmitten grüner Rasen und Gärten im Schatten der Takht-i-Suliman gelegen, sieht noch genauso aus wie in den alten Tagen, obwohl sie jetzt eine Reihe von Ausstellungsräumen zur Ansicht und zum Verkauf der vielen Kunstgegenstände und Handwerkserzeugnisse beherbergt, für die Kaschmir berühmt ist.
Ich vermute, daß inzwischen beide Nedou-Hotels – das steingefügte in Srinagar und das weitläufige, baufällige, vielgeliebte in Gulmarg – modernisiert und bis zur Unkenntlichkeit »restauriert« worden sind. Doch in meiner Erinnerung werden sie für immer unverändert und unveränderlich dort stehen – wie Fliegen in einem Bernstein-Schrein; gemeinsam mit der Bühne, auf der ich damals mehr als einmal in lustigen Kabarettnummern aufgetreten bin. Denn ich bin das Mädchen, auf das mein erdichteter Hugo Creed sich kurz vor Ende des Kapitels 15 bezieht: das »Mädchen namens Mollie Soundso«, mit dem er einst ein Duett sang: »Ein geschmack-

volles Liedchen über eine Bank im Park – oder war es irgend etwas über auf Zehenspitzen durch Tulpen?« Hugo konnte sich nicht erinnern. Aber in Wirklichkeit waren es beide, obgleich bei zwei verschiedenen Gelegenheiten; und mein Partner auf der Bank ähnelte nicht im mindesten Heinrich VIII., sondern war ein flotter junger Offizier in einem indischen Kavallerie-Regiment, ein »Bingle« Ingall der VI. Ulanen.

Seltsamerweise gibt es noch einen Nachtrag zu diesem Duett. Jahre später – wohl über vierzig, fürchte ich –, in denen ich vollkommen die Spur von ihm verlor, begegneten wir uns plötzlich wieder. Ausgerechnet in der Buchabteilung eines bekannten Kaufhauses in San Francisco, wo ich Buchexemplare von *The Far Pavilions* und *Shadow of the Moon* signierte. Er war anscheinend Berufsschauspieler geworden, hatte ein amerikanisches Mädchen geheiratet und sich in einem Vorort der Stadt niedergelassen; als er in einigen Lokalblättern las, ich sei in der Stadt und signiere Bücher, war er unerwartet gekommen, um »Nett, dich wiederzusehen!« zu sagen. Es ist ein weiter Ruf von Kaschmir bis San Francisco, aber Hugo würde wahrscheinlich gesagt haben: »Wenn ich eine Phrase benutzen darf: ›So klein ist die Welt.‹«

Sie ist es in der Tat! Und wird mit jedem Tag kleiner.

Tod in Sansibar

Aus dem Englischen
von Rosemarie Hundertmarck

Titel der Originalausgabe: Death in Zanzibar
Zum ersten Mal erschienen 1959 bei Longmans unter dem Titel:
The House of Shade.
Die überarbeitete Neuausgabe erschien 1983 im Verlag
Allen Lane, London

Vorwort

Anfang der fünfziger Jahre brachte die BBC eine Radiosendung mit dem Titel »Hausfrauenwünsche«. Darin wurden beliebte Schallplatten gespielt (zu jener Zeit wahrscheinlich noch mit 78 Umdrehungen pro Minute), die eine aufmunternde Begleitung zu der langweiligen täglichen Arbeit lieferten. Jede Melodie der »Ersten Zwanzig« wurde ziemlich häufig wiederholt, und eine davon gefiel mir besonders. Die erste Zeile des Refrains lautete: »Aufs weite Meer ich fahr' bis hin nach Sansibar.«

Ich persönlich hätte viel darum gegeben, wenn ich »aufs weite Meer« hätte hinausfahren können, beinahe ganz gleich, wohin. Denn ich befand mich in der nur zu gut bekannten Situation der Ehefrau eines britischen Offiziers und saß mit meinen beiden kleinen Töchtern allein in der deprimierenden Armee-Unterkunft einer kleinen Garnisonsstadt, während mein Mann und sein Regiment irgendwo auf der anderen Seite der Welt (bei dieser Gelegenheit war es Korea!) im Einsatz waren. Und gerade Sansibar ist einer dieser Namen, bei denen jede Silbe einen eigentümlichen, singenden Zauber enthält, ebenso wie Samarkand und Radschasthan und Kilimandscharo. Wenn das Radio nicht spielte, sang ich das Lied selbst, und wie Dany in dieser Geschichte las ich alles, was ich mir über das Thema Sansibar besorgen konnte. Aber nie hätte ich mir träumen lassen, daß ich die Insel einmal mit eigenen Augen sehen würde.

Kurz bevor mein Mann nach England hätte zurückkehren sollen, wurde sein Regiment, das schon auf dem Heimweg war, plötzlich nach Kenia umgeleitet. Dorthin durften Frauen und Kinder nachkommen, und so dauerte es nicht lange, bis ich mich mit meinen Töchtern auf einen Flug nach Nairobi begab, der heute nur ein paar Stunden dauern würde, damals jedoch wie in diesem Buch mehr als vierundzwanzig Stunden in Anspruch nahm.

Während unseres Aufenthalts in Kenia hatte ich Gelegenheit, Sansibar zu besuchen. Auf den ersten Blick verliebte ich mich in die Insel, denn sie gehörte zu den seltenen Orten, die alles haben und alles erfüllen, was man sich erhofft und erträumt hat. Mir widerfuhr auch die Ehre, dem allseits geachteten und vielgeliebten alten Sultan vorgestellt zu werden, Seiner Hoheit Seyyid Khalifa bin Harub, dem Enkel Thuwanis von Muskat und Oman. Dieser wiederum war ein Halbbruder von zwei aufeinanderfolgenden Herrschern über Sansibar, Majid und Bargasch, und ich schrieb über ihn in dem historischen Roman *Trade Wind*, der die Geschichte von Tyson Frosts Großvater, Rory – Emory Tyson Frost von *Kivulimi* erzählt.

Mein Mann wurde ständig an neue und interessante Orte versetzt, und ich nahm mir vor, über jeden Schauplatz einen Kriminalroman nach dem Motto »Wer war der Mörder?« zu schreiben. Deshalb machte ich mir ausführliche Notizen über Dinge, die ich zu vergessen fürchtete. Als ich dann mehrere Jahre später mit dieser Geschichte begann, brauchte ich nur in meinen Sansibar-Aufzeichnungen nachzusehen, und schon hatte ich exakte Beschreibungen von allem, was ich möglicherweise brauchen konnte, bis hin zu dem auf Spiegelglas gemalten Werbeplakat im Flughafen von Mombasa und dem Tausendfüßler, der durch die als Verwaltungsgebäude dienende Hütte in Pemba kriecht.

Das Sansibar, das ich gekannt habe, ist für immer dahin, und dies Buch ist bereits ein »Zeitstück« – fast schon ein historischer Roman, so viel hat sich verändert. Aber wenigstens habe ich die Insel gesehen und kurze Zeit auf ihr gelebt, und in meinem Gedächtnis ist sie für immer festgehalten.

I

Die schweren Brokatvorhänge bewegten sich, als habe ein Windhauch sie gestreift. Eine sich blähende Falte berührte die Ecke des Toilettentischs und warf eine kleine Flasche Nagellack um.

Es war ein sehr leises Geräusch, aber es weckte Dany und riß sie aus einem quälenden Traum. Sie war im traurigsten Nieseln eines frühen Herbstes eine lange, einsame Landstraße hinuntergeeilt, in der Hand einen kleinen versiegelten Umschlag, und sie hatte auf das Tropfen des Regens von nicht sichtbaren Hecken und die Schritte eines Menschen gelauscht, der ihr dichtauf folgte.

Sie hatte flüchtige Blicke auf ihn erhascht, wenn sie stehenblieb und sich umdrehte, und einmal war es Mr. Honeywood mit seinem schmalen, trockenen Anwaltsgesicht und seinem kurzen, trockenen, mißbilligenden Husten gewesen, und manchmal eine große, kräftige Frau in Tweed, die rüstig durch die Nässe schritt, oder ein Orientale: ein dunkelgesichtiger Mann, der eine wallende weiße Robe und einen Fez trug – oder war es ein Turban? Aber keiner von ihnen hatte ein Recht, ihr zu folgen, und sie durfte sich von ihnen nicht überholen lassen. Ihr Leben hing davon ab, daß keiner sie überholte...

Die Flasche kippte um, und Dany erwachte.

Noch in den Empfindungen des Alptraums gefangen, setzte sie sich erschauernd im Bett auf und war im Augenblick überrascht, sich in einem fremden Raum wiederzufinden. Dann verflog der Traum, und sie erinnerte sich, daß sie nicht mehr im Haus ihrer Großtante war, sondern im Airlane-Hotel in London.

Gestern in Market-Lydon war es neblig und naßkalt gewesen, als sei es schon Spätherbst. Hier in London dagegen schien es an diesem Septembermorgen noch Hochsommer zu sein. Zwar war es sehr früh, und in der Stadt regte sich kaum etwas, doch durch das offene Fenster sah Dany einen klaren, hellen Himmel.

Die Vorhänge, gestern abend dicht zugezogen, waren jetzt teilweise geöffnet. Blasses Morgenlicht drang ins Zimmer und zeigte einen Haufen Pappkartons, Flugkoffer, Seidenpapier und die Eidechsen-Handtasche, die Großtante Harriets Abschiedsgeschenk war und unter anderem einen brandneuen Paß enthielt.

Dany hatte gestern am späten Abend ihr ganzes Auslandsreisegepäck überprüft. Es blieb ihr nichts mehr zu tun übrig, als einen Strandhut, einen Sonnenanzug und ein Mittel gegen Unwohlsein zu kaufen und sich Mrs. Bingham, der Schwester ihres Stiefvaters, vorzustellen. Mit ihr war sie bisher noch nie zusammengetroffen, aber sie wohnte seit gestern im gleichen Hotel und reiste ebenfalls mit einer Zero-Zephir-Maschine der *Green Zero Line* nach Sansibar.

London, Neapel, Khartum, Nairobi, Mombasa, Tanga, Pemba, Sansibar.

Der Schauer, der Dany diesmal überlief, war der des puren Entzükkens. Doch er endete mit einem jähen Zusammenfahren. Das plötzliche Gefühl, irgend etwas stimme nicht, war so stark, daß sie sich schnell umdrehte, halb und halb damit rechnend, es stehe jemand hinter ihr. Aber nichts bewegte sich außer den Vorhängen, die sich träge im Morgenwind bauschten, und natürlich war niemand da. Und niemand beobachtete sie! Es war nur die Nachwirkung dieses dummen Traums, in dem sie verfolgt worden war…

Dany Ashton hatte die Schule vor fast einem Jahr verlassen, doch jetzt konnte sie zum ersten Mal die Freiheit genießen. Bei einer Tochter ihrer Mutter hätte man vermuten können, sie führe ein wechselvolles und unterhaltsames Leben, doch war Danys Dasein bisher bemerkenswert behütet verlaufen. Ihre Mutter Lorraine, sie hieß zur Zeit mit Nachnamen Frost, war eine berühmte Schönheit, die Ehemänner auf eine Art sammelte und ablegte, die einem Filmstar wohl angestanden hätte. Dany, ihr einziges Kind, war die Tochter ihres ersten Gatten Daniel Ashton.

Lorraine hatte die Mütterlichkeit nie sonderlich gelegen, und Daniel Ashton, Forschungsreisender und Großwildjäger, hatte sich mehr für Dinge wie den Kleinen Kudu und die oberen Bereiche des Amazonas interessiert als für seine Vaterrolle. Er fand den Tod durch einen reizbaren Stamm südamerikanischer Indianer, als Dany drei Jahre alt war, und Lorraine heiratete prompt Dwight Cleethorpe, einen charmanten Millionär aus Chicago. Ihre kleine Tochter übergab sie der Obhut von Harriet Henderson, einer unverheirateten Tante.

Die Ehe mit Mr. Cleethorpe, dessen Hobbys Golf und Tiefseefischen waren, dauerte nicht lange. Ihm folgten rasch hintereinander drei weitere Stiefväter, von denen der letzte Tyson Frost, der Romanautor, war. Aber keiner hatte an seiner Stieftochter mehr als ein flüchtiges Interesse gezeigt, und Lorraines Besuche waren, wenn auch erfreulich und aufregend, immer nur kurz. Das ausgewogene Leben in *Glyndarrow,* dem großen Backsteinhaus in Hampshire, störte sie kaum. Dort lebte Danys Großtante Harriet in behaglicher Zurückgezogenheit, während die Welt an ihr vorüberzog.

Großtante Harriet mißbilligte den Fortschritt und die Nachkriegswelt. Sie hatte auch diese Reise nach Sansibar heftig mißbilligt, war jedoch außerstande gewesen, sie zu verhindern. Erstens war sie nicht der gesetzliche Vormund des Kindes, und zweitens hatte ihre Großnichte plötzlich eine unvermutete Selbständigkeit gezeigt.

Dany geriet außer sich vor Freude bei der Aussicht, diesen fremden Ort zu besuchen, wo Tyson Frost ein Haus besaß. Sie schlug nicht nur die Warnungen ihrer Großtante in den Wind, sie weigerte sich auch glatt, die drei Nächte in London unter dem Dach einer ältlichen Verwandten zu verbringen und sich von Twisdon, Großtante Harriets strenger und bejahrter Zofe, dorthin begleiten zu lassen.

Anstandsdamen, erklärte Dany, seien längst überholt, und sie könne sehr gut auf sich selbst aufpassen – beziehungsweise, wenn sie es nicht könne, fange sie je eher desto besser damit an, es zu lernen. Lorraine hatte ihr geraten, im Airlane-Hotel abzusteigen, denn dort würden ein halbes Dutzend Leute wohnen, deren Ziel ebenfalls Sansibar war. Sie alle waren nach *Kivulimi,* Tyson Frosts Haus, eingeladen und würden mit demselben Flugzeug reisen. Diese anderen Gäste waren Tysons Schwester Augusta Bingham, ihre Freundin und Gesellschafterin Miss Bates, der Marchese de Chiago (er nahm an Rennen teil, doch war nicht bekannt, ob an solchen für Pferde, Hunde oder Autos), Amalfi Gordon, eine enge Freundin Lorraines, und ihr Verlobter Mr. Holden, ein Amerikaner, der etwas mit dem Verlagswesen zu tun hatte. Er beabsichtigte, am Vorabend der Abreise zu heiraten und so das Geschäft (die Besprechung der Bedingungen für einen neuen Tyson-Frost-Roman) mit dem Vergnügen in Form von Flitterwochen auf Sansibar zu vereinen. Und schließlich Mr. Holdens Sekretärin Miss Kitchell. Der eine oder andere von diesen Leuten, schrieb Lorraine unbekümmert, werde sicher ein Auge auf Dany halten.

»Falls sie damit Mrs. Bingham oder Miss Bates meint, mag das ja angehen«, sagte Tante Harriet, steif vor Mißbilligung. »Aber wenn es dieser Marchese sein sollte? Ich kann mir nicht vorstellen, was in deine Mutter gefahren ist. Das kommt alles von dem Leben im Ausland: Ausländer sind bekanntlich von laxer Moral. Und *niemand* dürfte mit

Mrs. Gordon einverstanden sein! Es ging ein äußerst peinliches Gerücht um, sie habe – nun, lassen wir das. Aber meiner Meinung nach ist sie keine passende Gefährtin für ein junges Mädchen. Außerdem hat sie schon mehrere Eheschließungen und Scheidungen hinter sich.«

»Ich weiß nicht, warum du das gegen sie anführst«, meinte Dany mit einem etwas kläglichen Lächeln. »Was ist denn mit Lorraine?«

»Das ist etwas ganz anderes«, erklärte Tante Harriet bestimmt. »Sie ist deine Mutter... und eine Henderson. Und ich wünschte wirklich, du würdest sie nicht immer bei ihrem Vornamen nennen. Du weißt, wie sehr mir das mißfällt.«

»Ja, Tante. Aber du weißt auch, wie sehr es ihr mißfällt, wenn ich sie anders nenne.«

Tante Harriet wechselte das Thema. »Es ist eine sehr umständliche Reise. Soweit ich unterrichtet bin, fliegt die *Green Zero Line* nur bis Nairobi, und du mußt dort eine Nacht in einem Hotel verbringen und am nächsten Tag ein anderes Flugzeug nehmen. Alles mögliche kann passieren. Es hat zwei Rassenaufstände in Nairobi gegeben.«

»Ja, Tante Harriet. Aber Lorraine – entschuldige, Mutter – sagt, Tysons Sekretär Nigel Ponting wird mich dort vom Flugzeug abholen, so daß ich völlig sicher sein werde.«

»Ponting... Ja, ich habe ihn kennengelernt. Er war vor zwei Jahren zusammen mit deinem Stiefvater hier. Du warst in der Schule. Ein sehr affektierter Mann. Eher ein Tanzlehrer als ein Sekretär. Er sprach geziert und kicherte. Absolut kein zuverlässiger Typ. Mir gefiel er gar nicht.«

»Tut mir leid, Tante Harriet.«

Die alte Miss Henderson war gezwungen gewesen, den ungleichen Kampf aufzugeben, und Dany – naiv, romantisch, eifrig – war ohne Anstandsdame nach London gereist, hatte sich im *Airlane* ein Zimmer mit Bad und Balkon genommen und sich in eine Orgie aus Theaterbesuchen, Einkäufen und Freizeit gestürzt.

Sie mußte außerdem einen Auftrag ihrer Mutter ausführen. Lorraine hatte sie gebeten, Mr. Honeywood, Tysons Anwalt, in Market-Lydon in Kent aufzusuchen und bei ihm für Tyson ein Dokument abzuholen. *Das ist die Adresse,* schrieb Lorraine. *Es ist seine Privatwohnung, nicht seine Kanzlei, da er sich mehr oder weniger vom Geschäft zurückgezogen hat. Ich hoffe so, es wird Dir keine schrecklichen Umstände machen, Darling, und natürlich sollte das eigentlich Gussie Bingham oder ihre kernige Freundin erledigen, da die beiden praktisch an seiner Türschwelle wohnen. Aber Tyson sagt, Gussie sei eine unzuverlässige Klatschbase mit einem Gedächtnis wie ein Sieb, und deshalb wäre es ihm weitaus lieber, Du tätest es. Es macht Dir doch nichts aus, Baby? Tyson hat Mr. Honeywood geschrieben und ihm mitgeteilt, daß du am Nachmittag des Zwölften zwischen drei und vier Uhr kommen wirst und daß er das Dokument für Dich bereithalten soll. Du wirst es doch nicht vergessen, Darling, nicht wahr?*

Dany war pflichtgetreu nach Kent gefahren. Doch da sie am 12. September nachmittags ins Kino und abends ins Theater hatte gehen wollen, hatte sie Mr. Honeywood angerufen und als neuen Termin vormittags elf Uhr fünfzehn vereinbart. Das war gestern gewesen. Und jetzt war es der letzte Tag, wirklich der letzte. Morgen würde sie ostwärts fliegen, nach Sansibar!

Die ganze Zeit seit der Heirat Lorraines mit Tyson Frost hatte Dany davon geträumt, nach Sansibar zu reisen. Sie hatte die Leihbibliothek durchwühlt und ihr Taschengeld für Bücher über die Insel ausgegeben: *Die Fürsten von Zinj, Die Insel der Gewürznelken* und ein Dutzend andere. Bücher, die die Saga von dem großen Seyyid Saïd erzählten, Imam von Muskat und erstem Sultan von Sansibar. Und von Dingen wie den unterirdischen Brunnen, deren Wasser weit aus dem Inland Afrikas kommen sollte, dem Spuk-Palast von Dunga und den heiligen Trommeln von Sansibar, dem großen legendären Schatz, den Seyyid Saïd angeblich in Bet-el-Ras vergraben hatte, den Schrecken des Sklavenhandels und der Piratenüberfälle und der Zauberinsel Pemba, die Heimat der Teufel, Dschinns und Hexer.

Europäern war es verboten, Land auf Sansibar zu besitzen, doch vor langer Zeit hatte Tysons Urgroßvater – dieser rauhe, vagabundierende, schillernde Abenteurer Emory Frost – dem großen Saïd einen Dienst erwiesen, und seine Belohnung war gewesen, daß ihm für eine Zeit von hundertundfünfzig Jahren ein Haus verpachtet wurde. Tysons Besuche dort waren unregelmäßig und kurz, doch zufällig war dies Jahr der siebzigste Todestag Emorys, und er beabsichtigte, ein Buch über das Leben und die Zeit jener unglaublichen Persönlichkeit zu schreiben. Deshalb war er mit Frau, Privatsekretär und einem Sortiment von Gästen auf *Kivulimi* abgestiegen. Und Danys Traum konnte endlich Wirklichkeit werden.

Aufs weite Meer ich fahr' bis hin nach Sansibar – die Insel sehn, muß ich gestehn – das Ziel stets meiner Träume war... Dany glitt aus dem Bett. Sie trällerte ein Stück von einem Lied, das beliebt gewesen war, als sie die vierte Klasse besuchte. Da bewegte sich etwas hinten im Zimmer! Sie erschrak so, daß sie sich auf die Zunge biß. Aber es war nur ihr eigenes Bild im Spiegel gewesen. Dany schnitt ihm eine Grimasse, trat an den Toilettentisch, griff nach der neuen Eidechsentasche und suchte darin nach einem Zettel, auf den sie die Abfahrtszeit des Flughafenbusses vom Terminal geschrieben hatte. Er schien nicht da zu sein, und sie wollte schon in einer der Schubladen nachsehen, als ihr einfiel, daß er in der Tasche des Kamelhaarmantels steckte. Den Manntel hatte sie gestern abend auf der Damentoilette hängengelassen und vergessen, ihn zu holen. Nach dem Frühstück mußte sie unbedingt daran denken!

Schon wieder ließ sie etwas nervös zusammenzucken: ein leises Klatschen draußen auf dem Flur. Einen Augenblick später stellte sich heraus, daß ein Page, dessen Füße auf dem dicken Teppich kein Geräusch machten, die Morgenzeitung hingelegt hatte. Dany verstand nicht, warum sie an diesem Morgen so lächerlich schreckhaft war; sie hatte bisher nie unter Nervosität gelitten. Vielleicht war diese merkwürdige Hochspannung etwas, das jeder empfand, wenn ihm zum ersten Mal bewußt wurde, daß er ganz auf sich allein gestellt war? Wenn das stimmte, hoffte sie nur, es hielt nicht lange an! Dany ließ dem Pagen eine oder zwei Minuten, um den Flur zu verlassen, und ging dann zur Tür. Der Tee würde vor einer weiteren halben Stunde nicht kommen, und sie konnte die Zeit nutzen, indem sie die Zeitung las.

Der Korridor lag still und leer da. Den langen üppigen Teppich säumten Türen in Gold und Weiß, zahlreiche frischgeputzte Schuhe und eine große Auswahl der verschiedenen Tageszeitungen. Dany machte vorsichtig einen Schritt nach draußen und hob den von ihr bestellten *Daily Dawn* auf. Und als sie das tat, fiel ihr Blick auf die Überschrift einer Spalte: *Mann in Market-Lydon ermordet.*

Sie öffnete die Zeitung und starrte sie stirnrunzelnd an. Market-Lydon...? Dort war sie doch gestern erst gewesen! Die kleine Stadt, wo...

Gleich hinter ihr klickte es scharf, und Dany fuhr herum. Aber es war zu spät. Ein Luftzug hatte die Tür zugeworfen, und sie war im Flur ausgeschlossen.

Dany ließ die Zeitung fallen und drückte gegen die Tür. Doch das Federschloß widersetzte sich ihren Anstrengungen, und sie wandte sich von ihm ab, um hilflos den stillen Flur hinauf und hinunter zu spähen. Glücklicherweise war niemand in Sicht. Andererseits entdeckte sie auch keine Spur von einer Klingel, und selbst wenn eine dagewesen wäre, hätte sie sich nicht getraut, sie zu benutzen, denn immerhin mochte dann ja ein Mann kommen.

Zum ersten Mal bereute Dany den Kauf dieses durchsichtigen und viel zu teuren Nachthemds. Nylon und Spitzen mochten bezaubernd frivol sein, aber sie schienen eher dem Ent- als dem Verhüllen zu dienen, und sie wußte ganz genau, daß sie praktisch ebensogut hätte nackt dastehen können. Warum, warum nur hatte sie jene vernünftigen, hochgeschlossenen und sackähnlichen Wäschestücke aus weißem Biber weggeworfen, die Tante Harriet für die allein schickliche und sittsame Nachtbekleidung hielt? Wenn sie nur...

In diesem ungünstigen Augenblick erklangen Schritte auf der Treppe, die ein paar Meter von ihrer Tür entfernt auf den Korridor mündete.

Trotz des dicken Teppichs waren die Schritte deutlich hörbar und auffallend stolpernd, und begleitet wurden sie von einer Männerstimme, die mit schwerer Zunge das gleiche Lied sang, das Dany kurz zuvor durch den Kopf gegangen war.

»Morgen wird aus mir ein Blinder Passagier«, verkündete der Herr auf der Treppe, »ich geh' an Bord, reise fort – und meine Sorgen bleiben – verflixt!« Der Sänger fiel geräuschvoll auf die Stufen, und etwas – vielleicht ein Hut? – rollte hinunter.

In ihrer Verzweiflung kam Dany auf einen Einfall. Sie bückte sich nach der am Boden liegenden Zeitung und versteckte sich hinter dem Titelblatt des *Daily Dawn*, gerade als der Mann den obersten Absatz der Treppe erreichte und in den Korridor einbog.

Er erwies sich als ein hochgewachsener, zerzauster junger Mann in Abendkleidung, dessen weiße Fliege um mehrere Zentimeter verrutscht war. Er trug einen bunten Luftballon und eine große, flaumige Spielzeugkatze mit einem rosafarbenen Band um den Hals. Sein dunkles Haar befand sich in beträchtlicher Unordnung, und ganz im Gegensatz zu seiner unleugbar festlichen Erscheinung umgab ihn das undefinierbare Flair von etwas, das eine frühere Generation »Verruchtheit« genannt hätte.

Eine oder zwei Sekunden lang blieb er leicht schwankend stehen und hielt unsicher Umschau, dann fiel sein Blick auf Dany.

»Na, so etwas!« sagte der junge Mann, und er sagte es mit einem unverkennbar amerikanischen Akzent. »Sieh sich einer das an!«

Er kam näher, bis er mit ihr auf gleicher Höhe war, und als ihm ganz aufging, in welcher unglücklichen Situation sie sich befand, gab er sich einem unmäßigen Heiterkeitsausbruch hin. Er stand vor ihr und lachte sich krank, während Dany ihn wie ein zorniges Kätzchen anfunkelte, hilflos und wütend, die Wangen scharlachrot.

»Seien Sie still!« zischte Dany. »Sie werden alles aufwecken! Wissen Sie, wieviel Uhr es ist?«

»Drei Uhr morgens ist es, die Nacht hab' ich durchtanzt!« jubilierte der junge Mann und gab mit seiner verschleierten, aber angenehmen Baritonstimme alles, was er hatte.

»So sehen Sie auch aus!« erklärte Dany in wütendem Flüstern. »Aber es ist jetzt beinahe sechs, und ich möchte zurück in mein Zimmer. Fällt Ihnen nichts anderes ein, als dazustehen und zu lachen? Tun Sie etwas! Besorgen Sie mir einen Generalschlüssel – irgend etwas! Sehen Sie denn nicht, daß ich ausgeschlossen bin?«

»Ich sehe es«, erwiderte der junge Mann. »Und lassen Sie mich Ihnen versichern, daß ich seit Tagen nichts Besseres gesehen habe. Ein Jammer, daß Sie bei Zeitungen kein kleineres Format bevorzugen, aber wer bin ich, daß ich krittele? Es hätte schließlich auch die *Times* sein können. Nicht etwa, daß Sie mir nach einer Dame aussehen, die die *Times* liest. Nein, ich möchte sagen...«

»Werden Sie wohl still sein?« fuhr Dany ihn an. »Und wenn Sie mir nicht helfen wollen, gehen Sie weg! Nein, nein, gehen Sie nicht! Um Himmels willen, besorgen Sie mir einen Generalschlüssel.«

»Sicher«, meinte der junge Mann herzlich. »Alles, was Sie verlangen. Hier, halten Sie die Kinder.«

Er übergab ihr den Luftballon und die weiße Katze, und Dany, die unvorsichtig nach ihnen griff, hätte dabei fast das Titelblatt des *Daily Dawn* verloren. Der Ballon hüpfte außer Reichweite, und die weiße Katze fiel zu Boden.

»Nun sehen Sie sich an, was Sie getan haben!« warf der junge Mann ihr vor. »Sie haben Asbestos fallen gelassen. Haben Sie kein Mitgefühl für stumme Tiere? Er mag hitzebeständig sein, aber er kann es nicht leiden, wenn man ihn herumstößt.«

Er hob die Katze auf und durchsuchte mit seiner linken Hand seine Westentaschen. »Drängen Sie mich nicht. Ich weiß, ich hatte ihn irgendwo. Ah, hier ist er! Madame, nein. Kein Ehering. Das ist gut. Miss, Ihr Schlüssel.«

Mit höflicher Verbeugung hielt er ihr einen Türschlüssel hin.

»Aber das ist nicht *mein* Schlüssel.« Vor Aufregung standen Dany die Tränen in den Augen. »Es ist Ihrer!«

»Na klar! Wissen Sie was? Sie sind ein sehr intelligentes Mädchen. Sie könnten sogar die *Times* lesen. Zu schade. Also, ich will Ihnen was sagen. Sie können hier nicht für jedermanns Blicke herumstehen. Das ist unschicklich, und außerdem verflixt kühl. Ich parke in dem Zimmer dort drüben, und ich schlage vor, Sie gehen hinein und warten, während ich irgendeinen vergoldeten Lakaien auftreibe, um Ihre Tür einzuschlagen. Okay? Nicht der Rede wert, das Motto meiner Familie ist immer gewesen: ›Wer rastet, der rostet.‹ Gehen wir.«

Er schob sie leise summend über den Flur, und nach ein paar erfolglosen Versuchen gelang es ihm, die Tür gegenüber der von Dany aufzuschließen.

»Das hätten wir«, meinte er im Ton eines Menschen, der sich selbst zum Gelingen eines schwierigen Zauberkunststücks gratuliert. »Treten Sie nur ein. Wir Holdens sind vor allen Dingen gastfreundlich. Fühlen Sie sich wie zu Hause. Und wenn Sie irgend etwas möchten, zum Beispiel eine Decke oder ein Badetuch oder einen Bademantel, nehmen Sie es sich, und wickeln Sie sich darin ein. Das Zimmer gehört Ihnen. Ich bin gleich wieder da.«

Noch einmal verbeugte er sich, fegte in einer Geste der Alten Welt mit der weißen Katze den Fußboden und verschwand.

Dany bewegte sich nicht, bis er außer Sicht war (der *Daily Dawn* traf im Rücken nicht zusammen). Doch sobald sie es ohne Gefahr tun konnte, überquerte sie den Korridor im Laufschritt und suchte Zuflucht im Zimmer des jungen Mannes.

Es lag im Dunkeln, denn die Vorhänge waren noch zugezogen. Dany knipste das Licht an und sah, daß die Bettdecke zurückgeschlagen und ein kastanienbrauner Pyjama darauf bereitgelegt war. Es hing auch ein flaschengrüner Morgenmantel über der Stuhllehne, und sie griff dankbar danach. Er war ihr viel zu groß, aber das war ihr nur lieb. Denn Dany war, wenn auch schlank, so doch auf keinen Fall klein, und der Mantel bedeckte sie angemessen von der Kehle bis zu den Knöcheln und erlaubte nicht mehr als einen flüchtigen Blick auf ihre nackten Füße.

Ein kleiner Reisewecker auf dem Nachttisch sagte ihr, daß es bereits zehn vor sechs war, und durch das mit schweren Vorhängen bedeckte Fenster drang das gedämpfte Brausen des frühmorgendlichen Verkehrs. Doch innerhalb des Hotels gab es noch keine Geräusche oder Bewegungen. Dany setzte sich auf die Bettkante und machte sich auf ein längeres Warten gefaßt.

Das Zimmer war fast das genaue Gegenstück ihres eigenen, nur viel ordentlicher, und es enthielt einen etwas überraschenden Gegenstand: Die große Fotografie einer außergewöhnlich schönen Frau stand in einem teuren Silberrahmen auf dem Toilettentisch. In einer Ecke war mit großer Schrift geschrieben: »All meine Liebe für immer meinem Lash – Elf.« Überraschend war jedoch nicht das Filmstar-Gesicht oder die extravagante Widmung, sondern die Tatsache, daß jemand um den Rahmen ein Stück schwarzen Krepps drapiert, einen dicken Strich durch das Wort »immer« gezogen und dafür mit roter Tinte »September« eingefügt hatte.

Dany war ganz darin vertieft, diese interessanten Ergänzungen zu studieren, als ihr Blick von etwas anderem gefangen wurde, einem Zettel in ihr bekannter Farbe auf einem Koffer, der auf einem Stuhl neben dem Toilettentisch stand. Lashmer J. Holden junior, so schien es, hatte ebenfalls die Absicht, via Nairobi nach Sansibar zu fliegen.

Holden... Aber natürlich! Lorraine hatte ihn erwähnt. Ein Amerikaner, der etwas mit dem Verlagswesen zu tun hatte. Er wollte Tyson wegen eines Buches sprechen und seine Flitterwochen auf Sansibar verbringen. Allerdings, wenn sich aus der Fotografie Schlüsse ziehen ließen...

Ein kalter Luftzug fuhr durch das Zimmer und blähte die Vorhänge, und eine Menge Briefe, die achtlos gegen ein Porzellan-Ornament auf dem Schreibtisch gelehnt waren, flatterten davon und verstreuten sich auf dem Teppich.

Dany stand auf und brachte sie an ihren alten Platz, und dabei bemerkte sie, daß Mr. Holdens Korrespondenzen zahlreich, doch wenig aufregend zu sein schienen. Die große Mehrheit der Umschläge war von schmuckloser Nüchternheit mit maschinegeschriebener Adresse. Offenbar kamen sie von verschiedenen Vermittlungsbüros für Sekretärinnen.

Sie legte sie in einem sauberen Stapel wieder auf den Schreibtisch, und dann bückte sie sich nach ihrem Blatt Zeitungspapier. Und dabei fiel ihr Blick wieder auf das Wort *Mord.*

»Mann in Market-Lydon ermordet. Anwalt im Ruhestand erschossen aufgefunden. Mr. H. T. Honeywood...«

Das konnte nicht sein! Es mußte ein Irrtum vorliegen. Unmöglich, daß es Tysons Mr. Honeywood war. Dieser kleine, vertrocknete, altmodische Anwalt. Sicher war es ein anderer gleichen Namens. Leute, denen man begegnet war – Leute, die man kannte – wurden niemals ermordet. Aber es war kein Irrtum. Da stand sein Name. Und seine Adresse, dies strenge Haus aus grauem Stein, das hinter einer hohen Mauer und einem häßlichen Schirm aus nassen Lorbeerbüschen ein Stück von der Straße zurück lag. Langsam ließ sich Dany auf das Bett nieder und las die unglaubliche Spalte Kleingedrucktes.

Mr. Honeywood war aus geringer Entfernung durchs Herz geschossen worden, wahrscheinlich von jemandem, den zu fürchten er keinen Anlaß hatte, denn es gab keine Hinweise auf einen Kampf. Der Safe in seinem Arbeitszimmer war geöffnet worden, und bestimmte Geldsummen – wohl die Mittel verschiedener ortsansässiger Vereine, deren Schatzmeister er war – waren verschwunden. Niemand war in der Lage zu sagen, ob außerdem etwas entfernt worden war. Mr. Honeywood hatte sich von aktiver Tätigkeit eigentlich zurückgezogen gehabt und die Kanzlei in der High Street nur selten besucht. Sie wurde von einem Junior-Partner weitergeführt, einem Mr. John Honeywood, seinem Neffen. Doch gelegentlich hatte der Anwalt einen alten Klienten in seinem Haus empfangen. Weil so selten Besucher kamen und außerdem seine Haushälterin gerade abwesend war, wurde das Verbrechen nicht früher entdeckt...

Die Polizei war der Meinung, er sei irgendwann im Laufe des Vormittags getötet worden, wahrscheinlich zwischen halb zwölf und zwölf. Seine Haushälterin, die ältlich und schwerhörig war, hatte um einen freien Tag gebeten, um eine Kusine in Tunbridge Wells zu besuchen, und war kurz vor zehn Uhr aus dem Haus gegangen. Sie war erst spät am Abend zurückgekehrt und hatte schließlich den Toten gefunden. Es gab auch noch eine Putzfrau, die jeden Vormittag für zwei Stunden kam und etwa um die gleiche Zeit mit der Arbeit fertig gewesen war, doch keine der beiden Frauen konnte mit Gewißheit sagen, ob Mr. Honeywood einen Besucher erwartet hatte. Die einzige Eintragung in seinem Terminkalender lautete für diesen Tag: »D. A. zwischen 3 und 4.« Die Polizei war sehr interessiert daran, eine junge Frau zu befragen, die man an diesem Vormittag kurz nach halb zwölf das Haus hatte verlassen sehen. Wahrscheinlich könne sie einige Informationen geben...

Himmel – die meinen ja *mich*! dachte Dany entsetzt. Aber ich kann ihnen gar nichts erzählen! Das kann alles gar nicht wahr sein.

Sie ließ die Zeitung zu Boden gleiten, saß da und starrte auf sie nieder. Sie würde zum nächsten Polizeirevier gehen müssen, sobald sie angezogen war. Lange würde sie sicher nicht festgehalten, denn es gab nur wenig, was sie erzählen konnte. Aber trotzdem machte es ihr ihren letzten Tag kaputt, und sie hatte doch noch...

Plötzlich kam ihr ein anderer und viel beunruhigenderer Gedanke. Würde nicht eine Leichenschau stattfinden? Und wenn, mußte sie dann daran teilnehmen, so daß sie ihren Platz im Flugzeug verlor? Aber in dem Fall bekam sie vielleicht tagelang keinen neuen mehr! Vielleicht wochenlang nicht –! Oder sogar monatelang, wenn die Nairobi-Route stark frequentiert war. Tyson und Lorraine mochten Sansibar verlassen haben und nach Spanien oder Kapstadt oder New York weitergereist sein, bevor sie wieder einen neuen Flug buchen konnte, und das ertrug sie einfach nicht!

Vielleicht wäre es doch am besten, nichts zu sagen und nichts zu tun. Sie brauchte nur noch einen Tag zu warten, und dann war sie sicher an Bord der Maschine. Und es bestand nicht die geringste Wahrscheinlichkeit, daß die Polizei sie für eine Vernehmung von Sansibar zurückholte. Es war ja nicht so, daß sie irgendwie hätte von Nutzen sein können, und für alle Fälle konnte sie immer noch einen Brief schreiben.

Dany richtete sich mit einem Seufzer der Erleichterung auf, als sei ihr eine Last von den Schultern genommen worden, und ihr Blick fiel wieder auf den Reisewecker. Fünf vor halb sieben! Sie hatte gar nicht gemerkt, daß so viel Zeit vergangen war. Was in aller Welt tat Mr. Holden? Hatte er sie ganz vergessen? Er brauchte doch sicher nicht über eine halbe Stunde, um einen Diener oder Pagen zu finden und sich einen Generalschlüssel geben zu lassen.

Dany sprang auf und war auf dem Weg zur Tür, als diese sich öffnete und Mr. Holden erschien, immer noch die Katze im Arm.

»Keine Bange!« sagte Mr. Holden heiter. »Hier kommen die *United States Marines*! Einer dieser Botschafter im Ruhestand mit gestreiften Hosen und Zehn-Dollar-Schnurrbart hat einen Ersatzschlüssel aufgetrieben. Der Mann schien zu glauben, er müsse persönlich herbeieilen und Sie hineingeleiten, aber ich drängte ihn, Ihnen das Erröten zu ersparen, und widerstrebend händigte er mir den Schlüssel aus. Ich vermute, er fürchtet das Schlimmste.«

Er hielt ihr den Schlüssel hin, und Dany nahm ihn dankend in Empfang.

»Tut mir leid, daß ich Sie habe warten lassen«, fuhr Mr. Holden fröhlich fort, »aber ich wurde durch ein Alka-Selzer aufgehalten. Der

Service in dieser reizenden Herberge ist wirklich gut. He! – Sie gehen doch noch nicht? Bleiben Sie und leisten Sie mir ein bißchen Gesellschaft.«

»Mir ist nicht nach Gesellschaft«, sagte Dany. »Nicht so früh am Morgen. Ich danke Ihnen für Ihre Hilfe. Und für den Bademantel. Ich gebe ihn Ihnen zurück.«

»Das will ich hoffen«, entgegnete Mr. Holden. »Er hat besonderen Erinnerungswert für mich. Ha, wenn ich das aussprechen kann, muß ich in besserer Verfassung sein, als ich dachte. ›Besonderen Erinnerungswert.‹ Nicht schlecht. Gar nicht schlecht. Dieser Bademantel war ein Geschenk von Elf. Hat das tolle Monogramm darauf mit den eigenen schönen Händen gestickt – sagt sie. Aber Sie brauchen kein Wort davon zu glauben. Das Mädchen hat es nicht mit der Wahrheit. Nur zwischen Ihnen und mir, Schätzchen...«

Die Tür schloß sich mit endgültigem Knall, und er war allein.

»Keine Dankbarkeit«, stellte Mr. Holden traurig fest, indem er sich an Asbestos wandte. »Das ist der Fehler bei den Frauen. Keine – verdammte – Dankbarkeit!«

2

Der Flur war immer noch ruhig und leer, und das ganze Hotel schien immer noch fest zu schlafen, eine Tatsache, die Dany mit großer Erleichterung zur Kenntnis nahm. Sie steckte den Schlüssel ins Schloß, öffnete die Tür... und blieb stehen, Augen und Mund aufgerissen.

Das Zimmer sah aus, als habe ein Tornado darin gewütet. Schubladen waren herausgezogen und ihr Inhalt auf den Fußboden gekippt worden, Koffer waren geöffnet, und Seidenpapier, Kartons und Bettzeug lagen auf dem Teppich verstreut.

»Also *das* hat er solange gemacht!« stieß Dany schwer atmend hervor. »Vermutlich ist das seine Vorstellung von einem zum Schreien komischen Spaß! Wie kann er es wagen – wie kann er es wagen!«

Sie drehte sich um und rannte zurück über den Korridor. Schon hatte sie die Hand erhoben, um an seine Tür zu donnern, als sie ihre Meinung änderte. Mr. Holden stand zweifellos unter dem Einfluß von Alkohol – ein Zustand, den Dany bisher noch nie beobachtet hatte –, und vielleicht lauerte er gerade jetzt darauf, daß sie wütend in sein Zimmer platzte, was für ihn die Krönung seines dummen Streiches gewesen wäre. Deshalb wäre es würdiger – und gleichzeitig die angemessene Zurechtweisung –, wenn sie die ganze Sache ignorierte.

Sie ging wieder in ihr eigenes Zimmer, schloß die Tür mit der dem Hotel angemessenen Lautlosigkeit und verbrachte die nächste halbe Stunde mit Aufräumen. Als das Zimmermädchen mit dem Morgentee kam, herrschte wieder einigermaßen Ordnung.

Um halb neun ging Dany zum Frühstück hinunter und fand den großen Speisesaal nur spärlich besetzt. Der Appetit verging ihr nach einem einzigen Blick in die repräsentative Auswahl von Morgenzeitungen, die man ihr aufmerksam auf den Tisch gelegt hatte.

Ja, da war es wieder. »Mord in Market-Lydon.« Jede Zeitung brachte die Geschichte, und die Darstellungen wichen nur in Einzelheiten voneinander ab. Ein Blatt erwähnte, der »Todesschuß« sei aus einer Automatik abgefeuert worden, die klein genug war, um ohne weiteres in einer Manteltasche oder einer Damenhandtasche versteckt zu werden, und ein anderes sagte, die Anfangsbuchstaben »D. A.« in Mr. Honeywoods Terminkalender hätten sich auf einem spitzenbesetzten Batisttaschentuch gefunden, das unter Mr. Honeywoods Schreibtisch gelegen habe. »Also da habe ich es verloren!« dachte Dany schuldbewußt. »Das muß passiert sein, als ich in meiner Handtasche nach Lorraines Brief suchte.«

In einem Punkt jedoch stimmten die Reportagen alle überein. Die Polizei wünschte eine junge Frau zu befragen, die »kurz nach halb zwölf« beim Verlassen von Mr. Honeywoods Haus beobachtet worden war und von der man hoffe, sie könne bei den Nachforschungen behilflich sein.

Ich will aber nicht! entschied Dany sich bockig. Ich werde morgen nach Sansibar fliegen, und nichts und niemand wird mich aufhalten! Ich werde ihnen nicht helfen. Nein, nein, nein!

Sie schob die Zeitungen beiseite, nahm ihre Handtasche und rannte fast aus dem Saal. Unterwegs stieß sie beinahe mit einem schlanken Herrn in einem Pfeffer-und-Salz-Anzug zusammen, der gerade hereinkam. Dany entschuldigte sich atemlos, und der Mann sagte, es mache überhaupt nichts. Ein würdevoller Kellner, der, wenn er vielleicht auch kein Botschafter im Ruhestand war, doch immerhin der vertraute Kammerdiener eines Botschafters im Ruhestand hätte sein können, sah sie so strafend an, daß Dany errötete und gemesseneren

Schrittes in ihr Zimmer zurückkehrte.

Sie stellte fest, daß der Raum in ihrer Abwesenheit gefegt und aufgeräumt und das Bett gemacht worden war. Und auf dem Bett lag, mit bedeutungsvoller Absicht über die seidene Steppdecke gebreitet, ein großer und unmißverständlich maskuliner Morgenmantel.

Er brachte es irgendwie fertig, die gleiche strenge Mißbilligung auszustrahlen, die der würdevolle Kellner ihr mit einem einzigen kalten Blick vermittelt hatte. Die Röte in Danys Gesicht verstärkte sich, als sie den Mantel betrachtete. Sie hatte vorgehabt, ihn zurückzugeben, bevor sie zum Frühstück nach unten ging. Aber sie hatte gezweifelt, ob es ihr gelingen würde, höflich zu Mr. Holden zu sein, und es war ihr nicht eingefallen, das Ding in einer Schublade oder einem Schrank außer Sicht zu bringen.

Er wird darauf warten müssen, dachte sie. Wenn er die ganze Nacht auf gewesen ist, wird er jetzt fest schlafen. Ich werde den Mantel einpacken und dem Empfangschef übergeben.

Sie setzte sich vor den Toilettentisch und probierte ein zyklamenfarbenes Samthütchen auf, das zu ihren ersten Einkäufen in London gehörte. Ihre Großtante hätte zweifellos die Farbe abgelehnt und wäre bei dem Preis in Ohnmacht gefallen. Doch der Hut stand ihr soviel besser als die Hüte, die Tante Harriet auszusuchen pflegte!

Lorraine war dunkelhaarig und winzig, und Daniel Ashton war groß und blond gewesen. Ihre Tochter hatte jedoch, was das Aussehen betraf, einen eigenen Weg eingeschlagen. Danys Haar war hellbraun, weich, schimmernd und schulterlang. Sie trug es in einer Innenrolle, der traditionellen Tracht eines mittelalterlichen Pagen. Ihre Augen, eine glückliche Mischung aus Lorraines Blau und Daniels Braun, waren groß und grau und schön.

Da gibt es kein Vertun, dachte Dany und sah sich im Spiegel prüfend an, Hüte und Kleider machen einen Unterschied aus, einen erstaunlichen Unterschied. Nie wieder würde sie diese marineblauen Kleider tragen!

Dany zog eine Schublade auf, eine der wenigen, die Mr. Holdens Mutwilligkeit entgangen waren. Sie enthielt Handschuhe, Schals und Taschentücher, und Dany suchte nach einem Paar Handschuhen, die sie zu dem zyklamenfarbenen Samthütchen tragen konnte. Ihre Finger stießen gegen etwas, das vorher bestimmt nicht dagewesen war. Sie betastete es stirnrunzelnd und zog es dann heraus. Ob das ein weiterer Streich und der Grund dafür war, daß er den Inhalt dieser Schublade nicht auf den Fußboden gekippt hatte? Der Gegenstand, der in eins ihrer Chiffontücher eingewickelt und hinten in der Schublade versteckt gewesen war, fühlte sich hart und kalt und schwer an. Dany wickelte ihn aus und ließ ihn auf der Stelle fallen.

Er schlug auf die Kante der offenen Schublade und klapperte über den Fußboden. Sie saß ganz still da, starrte ihn an, und nach einer oder zwei Minuten bückte sie sich langsam und steif und hob ihn auf. Es war eine kleine Pistole. »Klein genug, um in einer Manteltasche oder einer Damenhandtasche versteckt werden zu können...«

Ganz plötzlich bekam Dany Angst. Ihre Knie wankten, ihre Hände wurden kalt, und das Atmen machte ihr Mühe. Der Spiegel reflektierte eine Bewegung hinter ihr, und sie stieß einen Schreckensschrei aus und drehte sich schnell um.

Offenbar hatte sie die Tür nicht fest geschlossen, und jetzt schwang sie auf, und Mr. Holden trat ein: Umgezogen und wahrscheinlich bei Sinnen, obwohl immer noch von der Katze begleitet.

Er sah gar nicht so aus wie einer, der sich die ganze Nacht um die Ohren geschlagen hat, und abgesehen von einer gewissen Schwere um die Augen ließ nichts an ihm argwöhnen, daß er in den letzten vierundzwanzig Stunden nicht geschlafen hatte. Aber der Anblick der Waffe, die Dany umklammert hielt, wischte das liebenswürdige Lächeln von seinen angenehmen Zügen.

»He!« rief Mr. Holden erschrocken. »Legen Sie das hin! Meine Absichten sind vollkommen ehrenhaft. Alles, was ich im Augenblick möchte, ist mein Bademantel. Es stecken ein paar Briefe in der Tasche, die ich brauche.«

Dany stieß den angehaltenen Atem aus und ließ die Waffe sinken.

»Sagen Sie«, fuhr Mr. Holden fort, »begrüßen Sie Besucher immer auf diese dramatische Art? Das Leben in London muß viel gefährlicher geworden sein, seit ich das letzte Mal hier war.«

Erst jetzt fielen ihm Danys weißes Gesicht und die aufgerissenen Augen auf, und sein eigenes Gesicht veränderte sich. Er trat schnell ein und schloß die Tür.

»Was ist los, Mädchen? Schwierigkeiten?«

Dany leckte ihre trockenen Lippen und schluckte krampfhaft. Es fiel ihr erstaunlich schwer, zu sprechen. »Ja... Nein... Ich weiß nicht. Würden Sie...? Da ist Ihr Morgenmantel. Auf dem Bett. Bitte, nehmen Sie ihn und gehen Sie.«

Mr. Holden bedachte sie mit einem langen, durchbohrenden Blick und ignorierte die Aufforderung. Er setzte die Katze auf den nächsten Stuhl und sagte: »Ich hielt es für besser, Asbestos mitzubringen, damit der Anstand gewahrt bleibt. ›Bist du in Rom – mach's wie die Römer!‹ Sie wissen schon. Als Anstandsdame ist er nichts Besonderes, aber besser als gar keine. Er macht den Dritten.«

Mr. Holden ging durch das Zimmer, stellte sich vor Dany hin und betrachtete sie forschend. Dann wandte er sich abrupt ab, verschwand im Badezimmer und erschien einen Augenblick später wieder mit einem Wasserglas. Aus einer Tasche zog er einen Silberflakon und füllte ihn fast zu einem Drittel.

»Hier, trinken Sie das«, befahl er scharf und reichte Dany das Glas. »Nein, nicht nippen. Runter damit!«

Dany gehorchte, und dann würgte und hustete sie, und Mr. Holden klopfte ihr auf den Rücken und fragte mit einer Spur von Ungeduld, ob sie noch nie Whisky getrunken habe und wer, zum Kuckuck, für ihre Erziehung verantwortlich sei?

»G-groß-tante Harriet«, keuchte Dany, die es wörtlich genommen hatte.

»Hat sie Ihnen auch beigebracht, mit einer Pistole umzugehen?« erkundigte Mr. Holden sich interessiert.

»Nein, natürlich nicht! Das ist nicht meine.«

»Nur ausgeliehen, nehme ich an. Hören Sie, ich weiß, es ist nicht meine Angelegenheit, aber sitzen Sie irgendwie in der Klemme?«

»N-nein«, antwortete Dany unsicher. »Es ist nichts, ich meine...« Sie blickte auf die Pistole, die sie immer noch umklammert hielt, und fragte: »Ist das eine Automatik?«

»Ja«, antwortete Mr. Holden.

Plötzlich wurde Dany von einem unkontrollierbaren Zittern befallen. Er nahm ihr die Pistole ab und öffnete sie. Dany sah, daß seine Augenbrauen vor Staunen in die Höhe wanderten. Verblüfft stellte er fest: »Geladen, bei Gott!«

Er nahm das Magazin heraus und zählte die Patronen, und als er entdeckte, daß eine fehlte, roch er am Lauf. »Und abgefeuert! Sagen Sie, Mädchen, Sie haben doch nicht zufällig auf irgendwen geschossen, oder?«

Dany fragte: »Ist sie wirklich abgefeuert worden? Sind Sie sicher?«

»Jawohl. Und erst vor ganz kurzer Zeit, würde ich sagen.«

Er ließ das Magazin wieder einrasten, legte die kleine Pistole auf den Toilettentisch, steckte die Hände in die Taschen und blickte Dany mit zusammengezogenen Brauen an. Sie sah, so dachte er, sehr jung und verängstigt und hilflos aus, und erwünschte, sein Kopf wäre ein bißchen klarer. Die unbehagliche Ahnung beschlich ihn, daß er sich in etwas hatte hineinziehen lassen, das er bereuen sollte, und daß er, wäre er bei vollem Verstand, seinen Bademantel schnappen und das Zimmer unverzüglich verlassen würde. Aber er ging nicht. Statt dessen nahm er das leere Wasserglas, goß aus seinem Flakon ein größeres Quantum als beim ersten Mal ein, schluckte es hinunter und fühlte sich besser.

»Jetzt mal klar heraus!« verlangte Mr. Holden, zog sich einen Stuhl heran und ließ sich gemütlich darauf nieder. »Sagen Sie mir, was los ist.«

Dany hatte bisher noch nie etwas Stärkeres getrunken als Apfelwein, und der eben getrunkene Whisky machte sich langsam bemerkbar. Die Tatsache, daß Mr. Holden ein Fremder für sie war und deshalb mit angemessener Zurückhaltung behandelt werden sollte, schien überhaupt keine Bedeutung mehr zu haben. Und jedenfalls kannte er ihren gegenwärtigen Stiefvater und wollte eine der ältesten Freundinnen ihrer Mutter heiraten, und vielleicht war er in der Lage, ihr zu sagen, was sie tun sollte.

Stockend sagte sie: »Ich weiß nicht, wo ich beginnen soll.«

»Versuchen Sie es mit dem Anfang«, schlug Mr. Holden vernünftig vor.

Danys Blick wanderte zu der Pistole, und von neuem zitterte sie. »Ich habe diese – die Pistole – gerade eben in dieser Schublade gefunden. Irgend jemand muß sie hineingelegt haben, als ich beim Frühstück war, oder – sonst irgendwann. Und ich – ich weiß, es ist dumm, aber plötzlich frage ich mich, ob es *die* Pistole sei. In den Zeitungen steht, es war eine kleine Automatik, und wenn es im Grunde auch unmöglich ist, dachte ich doch...«

»He, einen Augenblick mal«, unterbrach Mr. Holden in verzeihlicher Verwirrung. »Was für eine Pistole, und was für Zeitungen? Das müssen Sie mir schon genauer erklären, Mädchen. Mein Verstand arbeitet heute morgen nicht allzu scharf. Und übrigens, wie heißen Sie? Ich kann Sie doch nicht immerfort mit ›He‹ oder ›Sie‹ oder ›Miss Soundso‹ anreden.«

»Ashton. Dany Ashton.«

»Sehr erfreut, Sie kennenzulernen, Miss Ashton. Ich bin Lash Holden aus...«

»Ich weiß«, schnitt ihm Dany das Wort ab. »Sie wollen auch nach *Kivulimi,* nicht wahr?«

»Was ist denn das?« Lash richtete sich ruckartig auf, und die Bewegung schien schmerzhaft zu sein, denn er verdrehte die Augen und zuckte zusammen. »Sagen Sie, kennen Sie Tyson?«

»Er ist mein Stiefvater.«

»So was, so was!« Lash war angenehm überrascht. »Das macht uns praktisch zu Verwandten. Mein Vater ist schon sein Leben lang ein Freund des alten Sünders. Sie haben damals, als die Staaten theoretisch trocken waren, die geheimen Alkoholkneipen unsicher gemacht, und Tyson war als Gastdozent an einem College drüben. Ja, ja! Die Welt ist klein, wenn ich diesen ganz neuen Ausdruck prägen darf. Ja, ich reise nach Sansibar.«

»Auf Ihrer Hochzeitsreise«, sagte Dany.

Mr. Holden fuhr auf: »Wer hat Ihnen das gesagt?«

»Lorraine. Meine Mutter. Sie sagte...«

»Die Hochzeit«, erklärte Mr. Holden, »ist geplatzt. Schweigen wir darüber, wenn es Ihnen nichts ausmacht.«

»Oh«, entschuldigte Dany sich verwirrt, »das tut mir leid.«

»Mir nicht. Ich bin noch einmal davongekommen. Zum Teufel mit den Frauen! Sagen Sie...« Er hielt inne und runzelte die Stirn. »Sind wir nicht irgendwo vom Thema abgekommen? Sie wollten mir etwas erzählen. Ja, jetzt erinnere ich mich. Diese Pistole. Irgendwer hat sie unter Ihren Strümpfen versteckt. Also, warum sollte jemand das tun?«

»Wegen Mr. Honeywood«, antwortete Dany.

»Mr. Wer?«

»Honeywood. Ich nehme an, Sie haben heute morgen noch keine Zeitung gelesen, aber er ist gestern ermordet worden, und es heißt, die Polizei möchte – eine junge Frau befragen, die nicht sehr lange vor der Tat beim Verlassen seines Hauses beobachtet wurde. Und das bin ich.«

»*Sie*? Hören Sie, Kind, daß wir uns hier recht verstehen. Wollen Sie mir beibringen, daß Sie diesen Mann erschossen haben?«

»Nein!« Dany wurde wütend. »Oh, was hat es für einen Sinn, Ihnen irgend etwas zu erzählen? Natürlich habe ich ihn nicht erschossen!«

»Okay, okay«, beruhigte Lash. »Ich wollte diesen Punkt nur klären, bevor wir weitergehen. Was hatten Sie im Hause dieses Honeywood zu suchen?«

»Er ist Mr. Frosts Anwalt. Die Frosts wohnen dort in der Nähe. Tyson wollte, daß ich ihm einen Brief mitbringe, und Lorraine, meine Mutter, bat mich, Honeywood aufzusuchen und den Brief zu holen, und das habe ich getan. Ich nahm ihn gestern morgen um elf in Empfang, nein, es muß fast zwanzig nach elf gewesen sein, weil der Zug Verspätung hatte; es war neblig.«

»Und weiter. Was ist passiert?«

»Nichts. Wir sprachen eine Weile miteinander, und dann ging ich.«

»Ist Ihnen irgendwer begegnet?«

»Nein. Natürlich bin ich an ein paar Leuten vorübergegangen, aber ich habe nicht besonders auf sie geachtet. Da war eine Frau mit einem Stock und eine mit einem Hündchen an der Leine und ein Afrikaner oder ein Inder, jedenfalls irgendein Orientale in Weiß, nein, das war in meinem Traum. In einem Regenmantel, einer dieser Studenten. Ich erinnere mich nicht mehr. Aber es war ziemlich dunstig, und ich machte mir keine Gedanken darüber.«

»Und warum machen Sie sich jetzt Gedanken?«

»Weil in den Zeitungen steht, die Polizei meine, Mr. Honeywood sei irgendwann zwischen halb zwölf und zwölf ermordet worden. Und ich war bis nach halb zwölf dort, und anscheinend hat mich jemand beim Weggehen gesehen.«

»Glauben Sie, der Mörder?«

»Nein, natürlich nicht! Der hätte es doch der Polizei nicht erzählt. Aber irgendwer hat es erzählt, und jetzt versucht jemand anders, den Anschein zu erwecken, ich sei es gewesen.«

»Quatsch!« stieß Lash ungeduldig hervor.

»Das ist kein Quatsch! Es war eine Pistole dieser Art. Das steht in den Zeitungen. Eine kleine Pistole. Eine Automatik. Und das schreckliche Ding da gehört nicht mir. Ich habe in meinem ganzen Leben bis heute keine Pistole gesehen! Trotzdem war sie in mein Halstuch gewickelt, und gestern war sie noch nicht da, weil ich das Halstuch gestern getragen habe…«

»Okay, Mädchen«, kapitulierte Lash. »Sie haben recht. Sie glauben, irgendwer habe Ihnen die Pitole untergeschoben, damit die Polizei, wenn sie käme, um Fragen zu stellen, sie hier in Ihrem Zimmer finden würde? Aber Sie brauchen sich keine Sorgen zu machen. Ihre Fingerabdrücke sind ja nicht drauf und doch, bei Gott! Und meine auch. Hmm. Das ist ein ganz dicker Hund.«

Er grübelte ein paar Minuten, und dann erklärte er abrupt: »Wissen Sie, was ich an Ihrer Stelle tun würde? Ich würde das verdammte Ding in den Aufzugschacht werfen und nicht mehr daran denken. Die Polizei wird Sie kaum aufspüren, bevor Sie morgen an Bord des Flugzeugs gehen, und sind Sie einmal außer Landes, kann man weiter dem Kerl nachjagen, der es getan hat. So einfach ist das.«

»Und angenommen, sie finden mich?« Dany rang verzweifelt die Hände. »Vielleicht hat Mr. Honeywood irgendwem erzählt, daß ich komme. Und ich habe mit ihm telefoniert. Ich sollte ihn am Nachmittag aufsuchen, aber ich wollte mir einen Film ansehen. Deshalb rief ich an und fragte, ob ich statt dessen am Vormittag kommen dürfe. Und – ich habe ein Taschentuch in Mr. Honeywoods Büro verloren. Meine Anfangsbuchstaben sind drauf.«

»Was haben Sie getan?« Mr. Holden konnte es nicht fassen. »Sie wollen mir erzählen, daß Sie diesen uralten Gag angebracht haben? Ach du meine Güte! Weiber!«

»Sie glauben doch wohl nicht, daß ich es mit Absicht getan habe?« gab Dany hitzig zurück. »Und woher hätte ich überhaupt wissen sollen, daß so etwas, so etwas Schreckliches geschehen würde? Kein Mensch konnte das ahnen! Die Leute sollten auch besser keine so wertvollen Dinge in einem Safe in ihrem Haus aufbewahren und dann den Safe offenlassen und – und –« Ihre Lippen begannen zu zittern.

»He!« rief Mr. Holden entsetzt. »Bloß nicht weinen! Alles andere kann ich ertragen, nun, fast alles andere. Nur keine Tränen. Nicht zu dieser Tageszeit. Seien Sie ein braves Mädchen. Hier, ich leihe Ihnen mein Taschentuch – ohne Monogramm!«

Er reichte es ihr, und Dany nahm es mit unglücklichem Aufschnupfen in Empfang. »Tut mir leid«, entschuldigte sie sich und putzte sich die Nase. »Ich mache mir nur solche Sorgen, und es ist alles so, so unwahrscheinlich und unmöglich und scheußlich. Erst lese ich, daß Mr. Honeywood ermordet worden ist, und dann finde ich diese Pistole in einem meiner Halstücher, und, und ich weiß nicht, was ich tun soll. Was soll ich denn tun?«

»Nichts!« stellte Mr. Holden mit Nachdruck fest. »Meisterhafte Inaktivität ist mein Rat. Das mag von bedauerlich wenig Gemeinsinn zeugen, aber es wird Ihnen höllische Kopfschmerzen ersparen. Wir machen aus dieser Pistole ein hübsches Päckchen, adressieren es an Scotland Yard und werfen es in den nächsten Briefkasten. Und Sie können Ihren Flug damit verbringen, der Polizei einen vollständigen Bericht über Ihren Besuch bei diesem Honeywood zu schreiben und ihn in Nairobi zur Post zu geben. Lassen Sie sie in dem Glauben, daß

Sie heute aus diesem oder jenem Grund keine Zeitung gelesen haben. Zwar ist das nicht die reine Wahrheit, doch es spart Ärger und Mühe. Das sollte sowohl Ihr Gewissen als auch die Polizei befriedigen. Okay?«

»Okay«, stimmte Dany mit erleichtertem Aufatmen und einem etwas wäßrigen Lächeln zu.

»Gut«, stellte Mr. Holden fest, »dann wäre das geregelt.«

Er stand auf, nahm die Pistole, und nachdem er sie mit seinem Taschentuch sorgfältig von allen möglichen Fingerabdrücken gereinigt hatte, wickelte er sie in das zerknüllte leinene Taschentuch und steckte sie in die Tasche.

»Und jetzt muß ich Sie leider verlassen. Ich bin auf der Jagd nach einer Sekretärin. Meine hat sich, ob Sie es glauben oder nicht, Mumps eingefangen. Mumps, ich bitte Sie! Es müßte ein Gesetz dagegen geben. Wir sehen uns dann am Flughafen, Baby.«

Er sammelte seinen Morgenmantel und Asbestos, die Katze, ein und ging.

3

Seufzend stand Dany auf. Sie war immer noch ganz erschüttert, aber zumindest ängstigte sie sich nicht mehr so sehr. Lash Holdens Gleichmut gegenüber der ganzen grauenhaften Geschichte hatte ihre Furcht auf ein erträgliches Maß zurückgeführt.

Sie hemmte den Lauf der Gerechtigkeit ja nicht, versicherte Dany sich selbst, indem sie schwieg. Morgen früh war die Pistole in Händen der Polizei und damit alle Informationen, die die Waffe hergab. Und was die Einzelheiten von Danys Besuch bei Mr. Honeywood betraf, würde sie sie ja alle der Polizei mitteilen, aber, wie Lash Holden so vernünftig vorgeschlagen hatte, per Brief. Wahrscheinlich war der Mörder längst gefaßt, bis der Brief eintraf, und falls nicht, war Dany dann wenigstens bei Lorraine und Tyson, die ihre Darstellung stützen und bei der Polizei für sie eintreten konnten.

Dany schloß die Schublade, in der sie die Pistole gefunden hatte. Nachdem sie die von ihren Tränen und Mr. Holdens Taschentuch angerichteten Schäden repariert hatte, griff sie nach der Eidechsentasche.

Die unerfreulichen Ereignisse des Morgens hatten ihr das Programm des heutigen Tages ganz aus dem Gedächtnis getrieben. Aber sie hatte eine Liste der paar Dinge gemacht, die sie noch kaufen mußte. Sie zog die Liste aus der Tasche und studierte sie.

Strandhut, Sonnenanzug, Mittel gegen Unwohlsein? Karte für Nachmittagsvorstellung von *Sun in Your Eye*. Buch für die Reise? Das würde sie nicht viel Zeit kosten.

Erst als sie die Liste wieder einsteckte, fiel ihr auf, daß in der Tasche etwas fehlte. Es mußte doch mehr darin sein? Geld, Scheckbuch, Puderdose, Lippenstift, ein zerknülltes Papiertaschentuch, ein Taschenkamm, ein Schlüsselbund, ein ledernes Mäppchen mit den Flugkarten, Reservierungen, Genehmigungen, Zeugnissen und...

Dany wurde ganz übel vor Schreck, als sie erkannte, daß ihr Paß nicht mehr da war! Der brandneue Paß! Tante Harriert hatte sie immer wieder ermahnt, ihn auf keinen Fall aus der Hand zu lassen, und sie hatte ihn ja auch in den letzten drei Tagen ständig in der neuen Eidechsentasche mit sich herumgetragen.

Verzweifelt, mit zitternden Fingern wühlte Dany in der Tasche, und schließlich leerte sie den gesamten Inhalt auf den Toilettentisch. Doch der Paß war verschwunden.

»Er muß da sein. Er muß!« murmelte Dany verstört. »Ich kann ihn doch nicht verloren haben. Ich habe ihn die ganze Zeit nicht aus den Augen gelassen, und gestern abend war er noch da. Ich habe ihn gesehen, als ich die Flugkarten überprüfte.« Die Flugkarten! Waren die auch weg?

Sie riß die Brieftasche auf. Ihre Hände waren so unsicher, daß sie fast keine Herrschaft mehr über sie hatte. Aber die Flugkarten waren noch da. Alles andere war noch da. Und nichts davon nützte ihr etwas ohne den Paß!

Dany ließ die Brieftasche fallen und durchsuchte hektisch die Schubladen des Toilettentischs. Sie tat es allein aus ihrer Panik heraus, denn sie wußte ganz genau, daß der Paß in ihrer Tasche gewesen war, als sie alle ihre verschiedenen Dokumente und Karten nachsah, bevor sie gestern abend das Licht ausschaltete. Zum Frühstück hatte sie die Tasche in den Speisesaal mitgenommen, und sie war ihr nie aus den Augen gewesen, ausgenommen...

Dany richtete sich mit einem Ruck auf und umklammerte die Kante des Toilettentischs. Sie war heute morgen beinahe drei Viertelstunden lang aus ihrem Zimmer ausgeschlossen gewesen, und in dieser Zeit hatte Lash Holden es betreten und ihr den dummen Streich gespielt, alle ihre Besitztümer durcheinanderzuwerfen. Gehörte es dazu, daß er den Paß weggenommen hatte?

Sie sammelte den verstreuten Inhalt ihrer Handtasche in fieberhafter Hast ein, stopfte ihn zurück und rannte zur Tür hinaus und über den Flur.

Mr. Holdens Tür war verschlossen. Dany hämmerte dagegen, voller Angst, er sei bereits gegangen und sie müsse den größten Teil des Tages damit verbringen, auf seine Rückkehr zu warten. Doch Mr. Holden war noch im Hotel.

Die Tür öffnete sich, und er betrachtete Dany mit einer Spur von Verärgerung. »Was, schon wieder? Doch sicher keine zweite tödliche Waffe? Ich bin gerade damit fertig, die erste zu verpacken. Hier ist sie.«

Dany sagte atemlos: »Haben Sie heute morgen meinen Paß weggenommen? Als Sie mein Zimmer verwüstet haben?«

»Verwü –? Bitte, ich nicht sprechen Englisch.«

»Verwüstet, auf den Kopf gestellt. Waren Sie das? Denn wenn Sie es waren, finde ich es kein bißchen komisch, und ich will den Paß sofort zurück haben. Wie konnten Sie so etwas tun?«

Mr. Holden musterte sie finster. Dann faßte er sie beim Arm, riß sie in sein Zimmer hinein und schloß die Tür hinter ihr.

»Sagen Sie, was geht hier vor? Ich komme nicht mehr mit. Nein, ich habe Ihren Paß nicht weggenommen. Und wann soll ich angeblich Unordnung in Ihrem Zimmer gemacht haben?«

»Heute morgen. Als ich hier drin gewartet habe. Das müssen Sie gewesen sein. Niemand sonst hatte Gelegenheit dazu! Sie hatten den Schlüssel, und...«

Dany unterbrach sich. Mit einem Mal wurde ihr klar, daß jemand ohne Schlüssel in ihr Zimmer eingedrungen war und die Pistole dort versteckt hatte. Der Balkon? Die Feuerleiter?

Lash meinte: »Jetzt beruhigen Sie sich erst mal. Setzen Sie sich hin und nehmen Sie noch einen Schluck Whisky. Sie sehen aus, als könnten Sie ihn gebrauchen. Nein? Also, ich schon. Sie haben mich völlig durcheinandergebracht. So schlimm ist Chicago nie gewesen!«

Dany stotterte: »Dann waren Sie es nicht. Ich dachte, Sie wollten mir einen Streich spielen, aber es war jemand, der nach meinem Paß suchte. Ich verstehe das nicht. Warum sollte irgendwer den Wunsch haben, meinen Paß zu stehlen?«

»Wahrscheinlich, um ihn zu benutzen«, antwortete Lash. »Sehr nützliche Dinge, solche Pässe. Heutzutage kann man ohne sie nirgendwo hinreisen. Irgendeine Dame mag dringend einen gebraucht und Ihren als geeignet angesehen haben. Oder aber jemand möchte, daß Sie Ihren Flug versäumen.«

Nach einer Pause, in der er sich einen Schluck Whisky einverleibte, setzte er hinzu: »Ja, das könnte es ein – wenn man diese Pistole in die Rechnung einbezieht. Wissen Sie, was ich glaube? Ich glaube, irgendwer hat gesehen, wie Sie Honeywoods Haus verließen, und sich gesagt, daß Sie einen sehr nützlichen Sündenbock abgeben könnten. Wahrscheinlich wollte er gerade hinein, als Sie heraus... Wie sind Sie eigentlich gestern zurück in die Stadt gekommen?«

»Mit dem Zug. Dem um zwölf Uhr fünf.«

»Da haben wir es! Einfach! Er knallt den Mann nieder, nimmt sich aus dem Safe, was er braucht, und rennt zum Bahnhof. Und wen sieht er auf dem Bahnsteig? Eine junge Dame, von der er weiß, daß sie diesen Anwalt nur ein paar Minuten früher als er selbst besucht hat. Wenn es ihm nun gelingt, seine Trumpfkarte auszuspielen, kann er dafür sorgen, daß die Polizeihunde so lange der falschen Spur nachbellen, bis er in Sicherheit ist. Also folgt er Ihnen in die Stadt, arbeitet eine Methode aus, die Pistole zwischen Ihre Unterwäsche zu schmuggeln, und... Hat Ihr Zimmer einen Balkon?«

»Ja. Aber ich glaube nicht...«

»Ganz einfach. Jetzt stellt sich der Zusammenhang ganz offen dar. Und irgendwo ist eine Feuerleiter. Er hinterlegt seine kleine Zeitbombe, und dann bemerkt er plötzlich die Aufkleber auf Ihren Koffern, die überall im Zimmer herumliegen. Offensichtlich haben Sie vor, ins Ausland zu reisen. Das paßt ihm gar nicht, denn Sie sollen die Polizei ja in Atem halten. Was tut er nun: Klar, er sorgt dafür, daß Sie nicht abreisen können! Keinen Paß, kein Ausland, und irgendwo im Zimmer muß ein Paß sein. Er kehrt das Unterste zuoberst, bis er ihn findet, steckt ihn ein und haut ab. Jetzt tragen Sie nicht nur eine Fußfessel – nein, mit den Zeitungsberichten und der Tatsache, daß Sie innerhalb der kritischen Zeitspanne im Haus dieses Honeywood waren – und diese Pistole und kein Paß! – da kann man darauf wetten, daß Sie in Panik geraten und sich auf eine Art benehmen, die Verdacht in einem Kind von drei Jahren erwecken würde. Und das paßt unserm Mann genau in den Kram. Was sagen Sie zu dieser meisterhaften Deduktion? Brillant, wenn Sie mich fragen. Das FBI weiß nicht, was ihm entgangen ist, als meines Vaters Sohn in das Geschäft des alten Herrn eintrat!«

Er stellte sein Glas ab und setzte sich ziemlich plötzlich ans Fußende seines Bettes, und Dany sah ihn benommen an. Von dem Gesagten hatte sie sehr wenig verstanden, denn sie hatte nur den einen niederschmetternden Gedanken im Kopf: Sie würde das Flugzeug nicht nehmen können! Sie würde hierbleiben und sich Polizisten und Befragungen und Leichenschauen und Reportern stellen müssen – und der schockierten Tante Harriet mit dem verständlichen Standpunkt, all ihre unheilschwangeren Voraussagen über die bösen Folgen der Unabhängigkeit seien wahr geworden. Dany saß in der Falle!

»Nein!« schluchzte Dany. »O nein! Ich kann nicht hierbleiben. Ich will nicht. Ich will nach Sansibar fliegen. Niemand wird mich aufhalten. Aber – aber man wird mich aufhalten, wenn ich keinen Paß habe! Was soll ich nur tun? Oh, warum habe ich Mr. Honeywood angerufen? Warum habe ich den Termin geändert? Wäre ich doch statt dessen am Nachmittag hingegangen!«

»Dann hätten Sie die Leiche gefunden, und das hätte Ihnen auch nicht gefallen.«

»Das wäre immer noch besser gewesen! Viel, viel besser. Können Sie denn gar nichts tun?«

»Zum Beispiel?« fragte Lash. »Die Polizei rufen? Das würde Ihnen verdammt viel nützen! Seien Sie jetzt mal ruhig und lassen Sie mich eine Minute nachdenken. Ich weiß nicht, wie Sie sich vorstellen, daß jemand nachdenken soll, wenn Sie ein solches Theater machen. Ruhig jetzt!«

Er goß sich noch einmal ein und saß schweigend und mit gerunzelter Stirn da, während Dany gegen den überwältigenden Drang ankämpfte, in Tränen auszubrechen. Es hinderte sie daran nur der Verdacht, daß Mr. Lashmer J. Holden junior durchaus imstande war, sie zu ohrfeigen, sollte sie es tun.

Schwach ließ sie sich in den nächsten Sessel sinken. Ihr Gehirn kam ihr so unfähig und nutzlos vor wie nasse Watte. Das Ganze war unmöglich und schrecklich und phantastisch. Sie mußte träumen, und sie würde plötzlich aufwachen und sich in ihrem gemütlichen, sicheren Schlafzimmer in *Glyndarrow* wiederfinden. So etwas konnte einfach nicht geschehen...

Doch es war Lashmer J. Holden junior, der aufwachte.

»Ich hab's!« verkündete er. »Bei Gott, wie schön, wenn das Gehirn funktioniert! Können Sie tippen?«

»Ja«, antwortete Dany verblüfft.

»Wie steht es mit Stenographie?«

»Ein bißchen.«

»Sekretärinnen-Schule?«

»Nein. Unterrichtsfach in der Schule. Warum?«

»Macht nichts. Es wird schon gehen. Okay. Ich nehme Sie.«

»W-was?« stotterte Dany.

»Oh, selbstverständlich als Sekretärin. Nichts Persönliches. Mit den Frauen bin ich fertig. Hören Sie gut zu, Mädchen, ich habe folgenden Plan, einen großartigen Plan! Wenn Leute glauben, sie könnten Sie als Sündenbock benutzen, sind sie schwer auf dem Holzweg. Ich bin mit einer Sekretärin gereist, mit Miss Ada Kitchell. Aber Ada hat Mumps bekommen, und bisher habe ich keine passende Stellvertreterin gefunden, die einen gültigen Paß besitzt und die notwendigen Visa und Dokumente und was sonst noch alles nötig ist, daß sie sofort abreisen könnte. Also was tun wir? Wir nehmen Sie!«

»Seien Sie nicht albern«, sagte Dany ärgerlich. »Sie wissen doch, daß ich auch keinen Paß habe! Darum geht es doch die ganze Zeit.«

Mr. Holden gab einen Laut der Ungeduld von sich, der im Druck für gewöhnlich als »Tscha!« wiedergegeben wird.

»Denken Sie mal nach, Mädchen! Ich nehme Sie nicht als Sie. Ich nehme Sie als Miss Kitchell. Sie sind ihr nicht allzu unähnlich. Größe ungefähr richtig. Augen fast die richtige Farbe. Figur sehr viel besser, aber das sieht man auf einem Paßfoto nicht. Sie ist natürlich älter, und ihr Haar ist rot, aber sie trägt eine Brille und einen Pony und rund eine Million Löckchen. Das ist uns von Vorteil! Wir färben Ihr Haar rot – das ist ein Jammer, aber für seine Kunst muß man leiden –, lassen Ihnen einen Pony schneiden und Löckchen à la Ada legen und kaufen Ihnen eine Brille. Ein Kinderspiel!«

»Aber... aber... Nein! Es ist unmöglich! Sie wird nicht einverstanden sein.«

»Sie wird nicht gefragt werden«, erklärte Mr. Holden fest. »Ich habe alle ihre Dokumente zusammen mit meinen in einer Aktentasche, die sie mir gleichzeitig mit den schlechten Neuigkeiten schickte. Sie hatte vergessen, ihren eigenen Kram herauszunehmen. Wir haben also, was wir brauchen. Meisterhaft, finde ich. Und was mehr ist, ich werde endlich eine Theorie von mir testen können.«

»Was für eine Theorie?« fragte Dany schwach.

»Daß noch nie ein Mensch seinem Paßfoto ähnlich gesehen hat und daß sowieso kein Beamter das Bild richtig ansieht. Nun, wir werden morgen erfahren, ob das so ist.«

»Das können wir nicht tun«, protestierte Dany, doch schon mit weniger Überzeugung. »Das geht einfach nicht!«

»Warum nicht?«

»Da ist Tysons Sekretär, dieser Nigel Ponting. Er soll mich in Nairobi vom Flugzeug abholen, und er hat bestimmt Fotos von mir gesehen, und...«

»Wenn ich mit Ihnen fertig bin«, prophezeite Mr. Holden, »werden Sie keiner Aufnahme mehr ähneln, die je gemacht worden ist. Ausgenommen vielleicht der, die auf Adas Paß klebt, und das nur ganz entfernt. Und er wird Sie nicht erwarten, weil wir dieser Gefahr begegnen, indem wir Ihren Eltern ein Telegramm mit ›Leider aufgehalten – Brief folgt‹ schicken. Dann machen sie sich keine Sorgen. Was diesen Ponting betrifft, so ist er eine elegante Tulpe der köstlichen, duftenden Variante, die sich in Ihrem großen und ruhmreichen Land plötzlich wie Kaninchen vermehrt. Ehrlich. Ich habe ihn kennengelernt, als Ihr Stiefvater das letzte Mal in den Staaten war, und ich versichere Ihnen, er kann kein Mädchen vom anderen unterscheiden. Einer von diesen. Also können wir Ponting vergessen. Seinetwegen brauchen Sie keine Angst zu haben.«

»Ja, aber...« begann Dany zögernd, und von neuem fielen Panik und Zweifel über sie her. »Nein! Nein, ich kann das nicht tun. Wir können das nicht tun!«

»Was soll uns daran hindern? Mehr als zwei Jahre Sing-Sing werden wir nicht bekommen – oder Borstal oder wohin Verbrecher in diesem Land geschickt werden. Und was sind zwei Jahre unter so vielen? Habt ihr Briten überhaupt keinen Mumm?«

Danys graue Augen funkelten plötzlich vor Zorn. Sie hob das Kinn. »Gut. Ich mache es.«

»So ist's richtig«, lobte Mr. Holden und schenkte sich von neuem ein.

»Ich weiß wirklich nicht«, meinte er, »warum ich mir meinen Lebensunterhalt nicht mit Schreiben verdiene, statt die kindischen Bemühungen geringerer Geister zu veröffentlichen. Es ist alles hier drin – Verstand, Kühnheit, Erfindungsgabe und ein unmittelbares Angehen der Probleme des täglichen Lebens. Was sitzen Sie da herum? Los, Mädchen! An die Arbeit!«

»Was soll ich denn tun?« fragte Dany erschrocken.

»Nun, packen. Sie müssen das Hotel verlassen haben, bevor die Polizisten Sie finden. Je eher Sie also verschwinden, desto besser. Bitten Sie das Mädchen am Empfang, anzurufen und Ihren Flug zu annullieren sowie dies Telegramm abzuschicken. Das wird helfen. Und erzählen Sie dem Zimmermädchen und dem Empfangschef und jedem anderen, der Ihnen begegnet, daß Sie gerade gehört haben, Ihre bettlägerige alte Großmutter in Manchester oder Aberdeen oder sonstwo sei gefährlich krank, und Sie müßten Ihren Flug aufgeben und an ihre Seite eilen. Der Empfangschef soll Ihnen ein Taxi rufen, damit Sie zu dem Bahnhof fahren können, wo die Züge nach der Wildnis von Kaledonien abgehen.«

»King's Cross, glaube ich«, sagte Dany.

»Okay, King's Cross. Und wenn Sie dort angekommen sind, nehmen Sie sich einen Gepäckträger und lassen Ihre Koffer in der Gepäckaufbewahrung abgeben, und ich treffe Sie in eineinhalb Stunden in der Schalterhalle. Glauben Sie, daß Sie das fertigbringen?«

»Ich will es versuchen.«

»Nichts da, versuchen! Sie werden sich genau an meine Anweisungen halten. Wenn mich etwas wütender macht als eine Hornisse, sind es Frauen, die einen warten lassen. Ich habe in der Vergangenheit oft warten müssen, aber damit ist jetzt für L. J. Holden junior Schluß. Außerdem haben wir keine Zeit zu vergeuden. Wir haben heute noch eine Menge vor. Zum Beispiel müssen wir Sie in einem anderen Hotel unterbringen, alle Anhänger an ihrem Gepäck austauschen, einen intelligenten Friseur finden und eine Brille kaufen. Je eher Sie aufbrechen, desto besser. Wir sehen uns pünktlich um elf am Bahnhof King's Cross. Und denken Sie daran, ich werde dort nicht ewig warten! Zehn Minuten ist für mich die Grenze.«

Tatsächlich wurden es zwanzig. Aber er war noch da und in ausgezeichneter Stimmung. Er mußte sich inzwischen mit weiterem Whisky gestärkt haben.

»Entschuldigen Sie, daß ich zu spät komme«, stieß Dany atemlos hervor, »aber als ich mein Zimmer aufgab, habe ich ihn wiedergesehen – vielleicht war er es gar nicht, aber ich dachte...«

»Wen?« fragte Lash verwirrt.

»Den Afrikaner, oder was immer er ist. Ich habe Ihnen doch erzählt, daß ich an einem vorübergegangen bin, als ich von Mr. Honeywood kam. Eigentlich kann es nicht derselbe gewesen sein. Ich bin dumm. Jedenfalls, er sprach mit dem Mann am Empfang über irgendwelche Briefe, und ich bekam einen solchen Schreck, daß ich meinen Mantel vergaß, den ich in der Toilette hängengelassen hatte. So mußte ich natürlich umkehren und ihn holen, und dadurch habe ich mich verspätet. Ich hatte schon Angst, Sie wären weggegangen.«

»Noch zwei Minuten, und Ihre Angst hätte sich als wohlbegründet erwiesen. Aber knapp danebengeschossen ist auch danebengeschnoss – daschebengenoss – ach, zum Teufel! Gehen wir.«

Er rief einen Gepäckträger herbei und ließ Danys Koffer aus der Gepäckaufbewahrung holen, wo sie sie erst vor wenigen Minuten abgegeben hatte. Eine halbe Stunde später saß sie, eingewickelt in einen pfirsichfarbenen Umhang, vor einem großen Spiegel, und Mr. Holden setzte einer kichernden, blonden Friseuse die Einzelheiten von Miss Ada Kitchells Haartracht auseinander.

»Das ist einer, nicht wahr? Ihr Freund, meine ich«, sagte die Blonde und tauchte Danys Kopf in ein Becken. »Sie sind beim Film, ja? Muß das interessant sein! Sind Sie schon einmal rothaarig gewesen? Nein? Das wird sicher eine nette Abwechslung. Sie werden sich selbst nicht wiederkennen.«

»Nicht schlecht«, meinte Lash, als er das Ergebnis einige Zeit später betrachtete. »Gar nicht schlecht. Obwohl ich nicht sagen kann, es sei eine Verbesserung. Es ist entschieden ein Schritt zurück. Oder liegt das daran, daß ich zwei von Ihnen sehe? Macht nichts. Von einer guten Sache kann man nie zuviel haben. Gehen wir essen.«

Sie aßen in einem kleinen Restaurant in einer Seitenstraße nahe dem Frisiersalon. Oder vielmehr, Dany aß, während Mr. Holden sich ans Trinken hielt. Und später setzte er sie in einem ehrbaren Familienhotel auf der Gloucester Road ab. Sie solle auf ihrem Zimmer bleiben und nicht in Panik geraten, ermahnte er sie. Morgen werde er sie auf seinem Weg zum Flughafen-Terminal abholen. Er bedauere, sagte er, sie nicht weiter unterhalten zu können, doch er habe heute abend eine Verabredung. Tatsächlich mehrere Verabredungen.

»Und Sie werden nicht verschlafen oder sonst etwas Schreckliches tun?« fragte Dany ängstlich. Sie sah sich plötzlich in der dunkelsten Gloucester Road im Stich gelassen – allein, rothaarig und als Miss Ada Kitchell maskiert.

»Ganz bestimmt nicht!« Mr. Holden war entsetzt. »Sie glauben doch wohl nicht, daß ich beabsichtige, wertvolle Zeit mit Schlafen zu verschwenden? Mit den Worten dieses oder jenes Dichters werde ich

›die unbarmherzige Minute mit sechzig Sekunden des Trinkens vollstopfen‹.«

»Aber Sie haben schon letzte Nacht nicht geschlafen«, protestierte Dany besorgt.

»Was hat das damit zu tun? Morgen ist ein neuer Tag. Bis dann, Mädchen.«

Dany verbrachte den Rest des Tages in Einsamkeit und Angst und schlich sich in der Dämmerung hinaus, um die Abendzeitungen zu kaufen. Aber ein Brand in einem großen Londoner Kaufhaus, ein Eisenbahnzusammenstoß in Italien, eine weitere Revolution in Südamerika und die fünfte Heirat eines berühmten Filmstars hatten sich zusammengetan, den Mord an Mr. Henry Honeywood von der Titelseite weg- und in das Kleingedruckte hineinzudrängen.

Es wurden keine neuen Einzelheiten angegeben. Durch die Wiederholung verloren die Berichte für Dany viel von ihrem Schrecken und rückten von ihrer eigenen Person ab. Das beruhigte ihr Gewissen ein wenig, doch nicht ihre Ängste, denn die Pistole in ihrem Zimmer im *Airlane* war ihr sehr nahegegangen. Ebenso die Tatsache, daß jemand ihren Paß gestohlen hatte! Das alles mochte sich nach einem unmöglichen Alptraum anhören, aber es war geschehen. Und ihr war es geschehen – Dany Ashton. Oh, wenn sie doch – wenn sie doch nur zur ursprünglich vereinbarten Zeit zu Mr. Honeywood gegangen wäre!

Sie verbrachte eine schlaflose Nacht und sah blaß und mitgenommen aus, als Lash sie am nächsten Morgen zu einer verhältnismäßig frühen Stunde mit einem Taxi abholte. Aber ein Blick auf sich selbst in dem großen viktorianischen Spiegel, der das Foyer des Familienhotels schmückte, hatte sie wenigstens überzeugt, daß niemand sie erkennen konnte. Sie hatte sich nicht einmal selbst gleich erkannt und für einen Augenblick gemeint, die bleichgesichtige junge Frau mit dem aufgedonnerten roten Haar und der breitrandigen Brille sei eine Fremde, die in der engen, zugigen Halle stand.

Lash war dagegen bis auf die auffällige Blässe und die übermäßig glänzenden Augen keine Spur von Erschöpfung anzumerken. Er strahlte beste Laune aus und war von einem starken Whisky-Geruch und der Katze Asbestos begleitet. Niemand hätte eine Sekunde lang geargwöhnt, daß er nicht im Bett gewesen war, beziehungsweise zwei Nächte hintereinander überhaupt nicht geschlafen hatte.

Mit einem einzigen kurzen Wort schnitt er Danys Gestottere ab, sie habe es sich anders überlegt und werde bestimmt nicht durchhalten.

Sobald sie im Taxi und unterwegs zum Terminal waren, verabreichte er ihr ein paar Pillen gegen Unwohlsein und ließ sie sie mit Whisky hinunterschlucken.

Dany war an diesem Morgen nicht fähig gewesen zu frühstücken, denn die Angst hatte ihr den Appetit verdorben. Der starke Alkohol, auf nüchternen Magen nach einer schlaflosen Nacht getrunken, beruhigte ihre Nerven und erfüllte sie mit einer angenehm glühenden Zuversicht. Dies Gefühl hielt an, bis die Passagiere nach Nairobi in die Abflughalle geführt wurden, und sie sich neben einem schlanken, sehr jung aussehenden Mann wiederfand. Er hatte ein mageres, dreieckiges, sympathisches Gesicht, aufmerksame braune Augen und ein kantiges, eigensinniges Kinn.

Als ihre Blicke sich trafen, lächelte er Dany zu. Es war ein schnelles und besonders angenehmes Lächeln, dem sie unmöglich widerstehen konnte. Er sagte: »Wie ich sehe, reisen wir beide nach Sansibar. Sind Sie schon einmal dort gewesen?«

Seine Stimme war ebenso freundlich und gutgelaunt wie sein Lächeln, und Dany lächelte zurück und schüttelte den Kopf.

»Nein? Das ist schade; ich hatte gehofft, ein paar Tips zu bekommen. Auch für mich ist es der erste Besuch. Tatsächlich hatte ich gar nicht damit gerechnet, heute schon fliegen zu können. Mein Name stand seit Wochen auf einem halben Dutzend Wartelisten, aber alle Nairobi-Flugzeuge waren voll ausgebucht. Fast hatte ich die Hoffnung schon aufgegeben, als ein glücklicher Zufall eintrat. Ein Passagier gab gestern noch seinen Platz auf, und ich habe ihn bekommen.«

»Oh«, sagte Dany und zuckte ein bißchen zusammen. »D-da haben Sie wirklich Glück gehabt.«

»Das kann man wohl sagen! Ich schreibe Features. Freiberuflich. Mein Name ist Dowling – Larry Dowling.«

»Oh«, sagte Dany schwach. »Ein Reporter.«

Mr. Dowlings Gesicht verzog sich schmerzlich. »Nein. Ein Feature-Schreiber. Haben Sie schon einmal von einem Romanautor namens Frost gehört? Aber sicher! Also, er hat ein Haus auf Sansibar, und ich habe von einer Zeitung und zwei Zeitschriften den Auftrag erhalten, ein Feature über ihn zu schreiben. Das heißt, wenn er mich empfängt. Man kommt nicht leicht an ihn heran, wie ich gehört habe. Aber auch wenn Frost nicht mitspielt, sollte es mir gelingen, etwas aus der Reise herauszuholen. Vielleicht schreibe ich etwas über die Wahlen da unten. Es geht das Gerücht, die Moskau-Nasser-Marionetten wollten die Kontrolle über die Insel an sich reißen.«

»Über Sansibar? Aber das ist ein ganz unwichtiger kleiner Ort!« protestierte Dany, die in plötzlicher Entrüstung ihre eigene prekäre Situation vergaß. Gab es denn auf der ganzen Welt keinen schönen, romantischen Fleck mehr, der frei vom Streit politischer Parteien war?

Mr. Larry Dowling lachte. »Wissen Sie, es hat einmal eine Zeit gegeben, als viele Leute das gleiche von Sarajevo gesagt haben mögen. Aber sie wurden eines anderen belehrt. Ich fürchte, Sie werden feststellen, daß es in einer Welt der Machtpolitik so etwas wie ›unwichtige kleine Orte‹ nicht mehr gibt.«

»O nein!« entfuhr es Dany unwillkürlich. »Warum muß alles verdorben werden!«

Mr. Dowling hob ironisch eine Augenbraue, doch seine angenehme Stimme verriet Mitgefühl. »So ist nun einmal das Leben. Ich wollte Sie nicht deprimieren. Sicher werden Sie Sansibar genauso attraktiv finden, wie Sie es erwarten. Ich glaube, es ist ein schöner Ort. Werden Sie dort bei Freunden wohnen oder wie ich in einem Hotel? Ich hörte, dort sei...«

Er brach ab. Seine ganze Aufmerksamkeit richtete sich auf die Vision, die in diesem Augenblick die überfüllte Halle betrat. Eine von Dior gekleidete und in Nerz gehüllte Vision. Ein außerordentlich teurer Duft und eine Aura des Glanzes zog ihr voraus, umgab sie und folgte ihr nach. Begleitet war sie von einem schlanken dunklen Italiener und einem hochgewachsenen, distinguiert wirkenden Herrn mit grauem Haar und kalten hellen Augen.

Ihr Auftritt verursachte einige Unruhe, und Mr. Holden, der sich ebenfalls umgedreht hatte, um sie anzusehen, verlor einen beträchtlichen Teil seiner Gemütsruhe.

»Da kommen einige der Gäste Ihres Stiefvaters«, sagte er säuerlich zu Dany. »Der italienische Typ ist Eduardo di Chiago. Eine römische Laus! Er fährt bei Autorennen seine eigenen Wagen und ist ein Freund von Tyson – ausgerechnet der! Der mit dem weißen Schnurrbart und dem Stempel ›Auswärtiges Amt‹ auf dem Gesicht (was nicht stimmt; er macht in Öl) ist Yardley. Sir Ambrose. Seit einiger Zeit ist er mit Elf viel zu dick befreundet – und sie sollte lieber aufpassen. Es wird gemunkelt, seine Gesellschaft stehe kurz vor dem Konkurs. Zu schade, daß es nicht wahr ist. Aber wenigstens brauchen wir ihn nicht lange zu ertragen. Er reist nur bis Khartum.«

Wer die Vision war, sagte er nicht, aber das war auch nicht notwendig. Zweifellos war sie das Original der Fotografie mit der zärtlichen Widmung, die seinen Toilettentisch im *Airlane* geschmückt hatte. Seine Ex-Verlobte und Lorraines Busenfreundin Amalfi (genannt Elf) Gordon.

»Sie ist schön, nicht wahr?« seufzte Dany sehnsüchtig, ohne zu merken, daß sie ihren Gedanken laut ausgesprochen hatte.

»Ach, ja?« gab Mr. Holden kalt zurück.

Er richtete einen kurzen, finsteren Blick auf die Vision und drehte ihr dann den Rücken. Mrs. Gordon hatte ihn jedoch schon gesehen.

»Da ist ja Lash!« Ihre warme, kehlige Stimme war sogar durch das Geschnatter in der überfüllten Halle deutlich hörbar. Aber Mr. Holden tat, als sei er taub.

Es nutzte ihm nichts. Mrs. Gordon stieß in einer Wolke süßen Parfüms auf ihn nieder. »Lash, Darling, wie schön, dich zu sehen! Ich fürchtete, du würdest nicht kommen.«

»Warum?« fragte Lash hochmütig. »Dieser Flug war anfangs als Geschäftsreise geplant, und das kann er bleiben. Du hast doch sicher nicht geglaubt, daß ich darauf verzichten würde, nur weil du deine Zuneigung auf einen vergoldeten italienischen Gigolo übertragen hast?«

Mrs. Gordon schob eine schlanke, behandschuhte Hand unter seinen Arm und blickte mit riesengroßen, meeresgrünen Augen zu ihm auf. Ihre langen Wimpern flatterten flehend.

Noch niemandem war es gelungen, längere Zeit auf Amalfi Gordon ernstlich böse zu sein. Höchstens erbittert. Aber allgemein wurde als Tatsache anerkannt, daß die liebe, weichherzige, törichte Elf einfach nicht dafür konnte. Wenn sie sich mal in den einen, mal in den anderen verliebte und Menschen dabei weh tat, war es nicht ihre Schuld. Sie hatte nie die Absicht weh zu tun.

Mrs. Gordon zog ein Schnütchen. »Süßer, du schmollst doch nicht etwa mit mir?«

»Natürlich nicht!« fauchte Lash, und sein Hochmut verwandelte sich flugs in unverhohlene Wut. »Was für einen Grund hätte ich zu schmollen? Ich bin im Gegenteil zutiefst dankbar. Und jetzt lauf zurück zu deiner italienischen Barfliege, sei ein braves Mädchen.«

Amalfi zog schmeichelnd an seinem Arm. »Darling, benimmst du dich nicht ein kleines bißchen kindisch? Eddi ist wunderbar!«

»Du meinst, Eddie ist ein Marchese!« höhnte Lash. »Und du gehörst zu den Dummen, auf die ein Titel Eindruck macht! Abgesehen davon, was hat er, das ich nicht habe?«

»Manieren«, antwortete Amalfi süß. Sie nahm ihre Hand weg, wandte sich ab und ging wieder zu ihren beiden Kavalieren, ohne einen einzigen Blick auf Dany zu werfen.

»Was sagen Sie dazu?« entrüstete sich Lash. »Manieren! Ich nehme an, wenn ich mich verbeugte und Kratzfüße machte und herumliefe und den Damen die Hand küßte...«

Er hielt inne und versank in düsteres Brüten, aus dem er durch eine zweite Hand auf seinem Arm geweckt wurde. Aber diesmal war es Dany, und er sah, daß sie mit entsetzt aufgerissenen Augen einen dünnen, knochigen, dunkelhäutigen Orientalen in einem blauen Straßenanzug anstarrte. Er trug eine Aktentasche, einen ordentlich gerollten Regenschirm und einen sehr neuen Burberry-Mantel.

»Das ist er!« flüsterte Dany fieberhaft.

»Wer? Der Mann, von dem Sie glauben, daß Sie ihn in Market-Soundso gesehen haben, oder der, den Sie im Hotel gesehen haben?«

»Der aus dem Hotel. Aber – aber vielleicht ist er beides!«

»Blödsinn! Die Welt ist voll von Orientalen – es gibt sie in allen Größen. Und wenn er es ist? Wahrscheinlich hat er im *Airlane* gewohnt. Sie haben dort gewohnt, ich habe dort gewohnt. Und zufällig haben Elf und dieser abgeleckte Herrenfahrer auch dort gewohnt. Und wir fliegen alle nach Nairobi. Warum er nicht?«

»Aber wenn er mich nun erkennt? Ich habe gleich neben ihm gestanden!«

Lash wandte sich ihr zu, musterte sie mit scheelem Blick und bemerkte ätzend, es sei höchst zweifelhaft, ob ihre eigene Mutter sie erkennen würde. Er setzte hinzu, falls sie vorhabe, alle zwanzig Minuten die Nerven zu verlieren, solle sie den ganzen Plan besser doch noch aufgeben und zu ihrer Tante Harriet zurücklaufen. Ihm liege überhaupt nichts an einer rückgratlosen und vermutlich untüchtigen Sekretärin, die dauernd unter Einbildungen leide. Diese scharfe Bemerkung wirkte auf Dany wie ein Eimer kaltes Wasser und stärkte ihre Entschlossenheit. Sie warf Mr. Lashmer Holden einen Blick heftigen Widerwillens zu und ging ihm in eisigem Schweigen zum Flugzeug voran.

Niemand hatte an ihrer Identität gezweifelt, und falls es Kriminalbeamte in Zivil unter der Menge auf dem Flughafen gab, entdeckte Dany sie nicht. Die Stewardeß sagte: »Würden Sie bitte die Sicherheitsgurte schließen«, und dann rollten sie die lange Startbahn hinunter. Die Motoren heulten auf, und der Flughafen rutschte unter ihnen weg: kippte, stellte sich wieder gerade und schrumpfte auf die Maße eines Kinderspielzeugs zusammen. Sie waren sicher gestartet.

»Sieht so aus, als hätten wir es geschafft«, bemerkte Lash freundlich, löste seinen Sicherheitsgurt und steckte sich eine Zigarette an.

Er nahm von der Stewardeß eine Tasse Kaffee entgegen und schüttete den letzten Rest aus seinem Whisky-Flakon hinein. Es schien ihn zu überraschen, daß nichts mehr übrig war.

»Zum Teufel! Ich habe die Flasche doch erst vor einer halben Stunde gefüllt! Nein, ich glaube, das muß früher gewesen sein. Auch gut, da, wo das hergekommen ist, gibt es noch eine Menge. Guten Flug! Wie fühlen Sie sich übrigens?«

»Schläfrig«, antwortete Dany.

»Merkwürdig. Ich auch. Dann gute Nacht.«

Er rückte sich bequem zurecht und schlief auf der Stelle ein. Dany betrachtete ihn ärgerlich und stellte dann zu ihrem Schrecken fest, daß ihr eigener Kopf nickte. Sie hatte nicht die Absicht, Zeit mit Schlafen zu vergeuden. Dies war ihr allererster Flug, und obwohl die Umstände, unter denen sie ihn machte, ungewöhnlich waren, um es milde auszudrücken, wollte sie doch keinen Augenblick verpassen. Bald würden sie den Kanal überfliegen. Frankreich... die Schweiz. Auf die schneebedeckten Gipfel der Alpen niederblicken. Auf das Matterhorn und den Mont Blanc. Über die Berge nach Italien. Nein, natürlich konnte sie nicht schlafen...

4

Dany erwachte mit einem Ruck und sah die Stewardeß vor sich stehen, die sie drängte, den Sicherheitsgurt zu schließen. »Wir landen in ein paar Minuten.«

»Landen? Wo?« wollte Dany schlaftrunken wissen.

»In Neapel. Meinen Sie, Sie könnten den Gurt Ihres Freundes schließen? Ich schaffe es einfach nicht, ihn aufzuwecken.«

Dany kam dieser Bitte unter einigen Schwierigkeiten nach. Mr. Holden blieb stocksteif. Er erwachte nicht einmal, als die Maschine aufsetzte. Die Stewardeß gab den ungleichen Kampf auf und ließ ihn ungeachtet der Vorschriften sitzen.

Dany kletterte über ihn weg und schloß sich den anderen Passagieren an, die in das gleißende Sonnenlicht des Flughafens von Neapel geführt wurden. Da sie sich unfähig zu jeder Unterhaltung fühlte, tat sie, als habe sie Larry Dowling nicht gesehen, der ihr ihm Vorübergehen freundlich zugelächelt hatte.

Eine merkwürdige Mischung aus Lunch und Tee wurde im Flughafen-Restaurant serviert. Dany war nicht in der Stimmung für Kritik, und so aß sie alles auf, was man ihr vorsetzte. Es überraschte sie, daß sie so hungrig war. Vorsichtshalber hatte sie sich einen Tisch ausgesucht, der so weit wie möglich entfernt von ihren Mitreisenden war, und von diesem Aussichtspunkt studierte sie sie mit Interesse. Es mußten zwei weitere Gäste für *Kivulimi* unter ihnen sein, die sie noch nicht identifiziert hatte. Tysons Schwester Augusta Bingham und ihre Freundin Miss – Boots? Nein, Bates.

Es war wirklich ein Glück, überlegte Dany, daß sie bei der einzigen Gelegenheit, als diese neue Stieftante sie hatte besuchen wollen, an den Masern erkrankt war und daß sie es aus reiner Selbstsucht versäumt hatte, am Mittwoch im Airlane-Hotel bei Mrs. Bingham guten Tag zu sagen. Sie war so nahe daran gewesen, es zu tun! Aber der Film *Blue Roses* war gelaufen, und dann hatte sie vor der Wahl gestanden, entweder ihre Pflicht zu tun, indem sie sich ihrer Stieftante vorstellte, oder an diesem Abend ins Theater zu gehen – und das Theater hatte gesiegt.

Nachdem sie sich gründlich im Restaurant umgesehen hatte, kam Dany zu dem Schluß, die beiden Damen, nach denen sie suchte, seien sicher die, die sich mit an Mrs. Gordons Tisch gesetzt hatten, denn die ältere hatte entschieden Ähnlichkeit mit Tyson. Die gleiche stumpfe Nase und das entschlossene Kinn. Ja, das mußte Augusta Bingham sein: eine Frau mittleren Alters, deren ergrauendes Haar tiefblau getönt und von einem Experten geschnitten war und deren makellose Figur in einem ebenso vorzüglich geschnittenen Kostüm aus lavendelfarbener Schantungseide ausgezeichnet zur Geltung kam.

Mrs. Bingham trug eine diskrete Diamantbrosche und zwei Reihen erstklassiger Perlen. Sie sah aus, als sei sie eine gute Bridgespielerin, gehöre verschiedenen Clubs an und interessiere sich für Klatsch und Kleider. In krassem Gegensatz dazu ließ ihre Nachbarin sofort an Pfadfinderinnen denken. Sachlichkeit und eine mit sicherer Hand geleitete Gemeinde. Zweifellos Miss Bates.

Miss Bates, die trotz der Hitze einen vernünftigen Mantel und Rock und einen unzweifelhaft britischen Hut der Puddingschüsselform trug, gab einen höchst wirkungsvollen Hintergrund für Amalfi Gordon ab, die ihr gegenüber saß. Mrs. Gordon hatte ihr Nerzcape abgelegt und sah in limonengrünem Leinen unglaublich kühl und schön aus. Wie macht sie das? fragte sich Dany und musterte sie mit ein wenig Neid. Sie ist alt! Sie ist mit Mutter zur Schule gegangen, und sie war fast ebensooft wie Mutter verheiratet. Und trotzdem kann sie immer noch so aussehen!

Der italienische Marquis – oder hieß es Marchese? – und Sir Ambrose Soundso (Öl!) widmeten Mrs. Gordon ihre volle Aufmerksamkeit. Amalfi war zu beiden bezaubernd, und ebenso zu Mrs. Bingham und Miss Bates und zwei sie offen bewundernden Kellnern. Sogar Larry Dowling fand es schwierig, seinen Blick nicht hinüberirren zu lassen, sondern zuzuhören, was sein Tischnachbar sagte.

Mr. Dowling saß zwei Tische weiter zusammen mit dem dunkelhäutigen Mann, den Dany im Hotel gesehen hatte. Der Orientale sprach ernsthaft und mit viel Gestik. Seine Stimme drang deutlich bis an Danys Ohren: »Sie verstehen nicht! Sie sind kein Araber. Es ist diese Ungerechtigkeit! Diese offenbare Gemeinheit! Warum soll eine leidende Minderheit zugunsten der grausamen, blutsaugenden Imperialisten einer sterbenden Macht ausgebeutet werden, die ihren Profit den verhungernden Armen vom Mund wegreißen? Ich als Araber...«

Also redeten Menschen wirklich auf diese Art! Und wahrscheinlich gab es Leute, die ihnen zuhörten. Mr. Dowling hörte gewiß zu, wenn vielleicht auch nicht so aufmerksam, wie er sollte. Aber wenn er ein Feature – was das auch sein mochte – über die Wahlen in Sansibar zu schreiben hoffte und... Etwas viel Wichtigeres fiel Dany ein, und sie erschrak. Er wollte Tyson interviewen! Sie mußte ihren Stiefvater warnen, und sie mußte sich außer Sicht halten. Es wäre eine Katastrophe, wenn dieser Larry Dowling, der für Zeitungen schrieb, herausfand, daß sie Tyson Frosts Stieftochter war und sich als die Sekretärin eines amerikanischen Verlegers verkleidet hatte, um nicht in einem Mordfall aussagen zu müssen. Gäbe das eine feine Geschichte für die Titelseiten! Dany erschauerte bei dem Gedanken. Angenommen – nur einmal angenommen – irgendwer erkannte sie? Der Mann, mit dem er sprach...

Von neuem geriet Dany in Panik. Selbst wenn der Araber nicht der Mann war, an dem sie in der Nähe von Mr. Honeywoods Haus im Nebel vorübergegangen war, er war bestimmt der Mann, der im Foyer des *Airlane* ganz dicht neben ihr gestanden hatte. Und wenn er sie erkannte und Fragen stellte, konnte sie in Nairobi festgehalten und zurückgeschickt werden.

Welche Strafe stand auf das Reisen mit falschem Paß? Warum hatte sie nicht früher daran gedacht? Lash Holden hatte eine leichtfertige Bemerkung darüber gemacht, aber sie war an ihr abgeglitten. Sie hätte darüber nachdenken sollen...

Mr. Dowlings Nachbar sprach von neuem, und er war jetzt noch deutlicher zu verstehen, doch er hatte sich einem aktuelleren Thema zugewandt. »Ich fühle mich in diesen Flugzeugen immer krank – sehr krank. Das ist mein Magen. Ich nehme alles mögliche ein. Es hilft nichts. Die Höhe, ich weiß es nicht. Ja, wir werden nicht durchgeschüttelt, und trotzdem geht es mir immer schlecht. Am schlimmsten ist es über dem Meer. Da ist mir am übelsten. Denn wenn die Motoren über dem Meer versagen, was wird dann geschehen? Wir werden alle ertrinken! Es ist schrecklich!«

Er ist nicht luftkrank, dachte Dany. Er hat nur Angst. Nun ja, ich auch...

Larry Dowling fing ihren Blick auf und grinste, und merkwürdig, Danys Panik ließ nach. Er mochte Reporter und die Bekanntschaft mit ihm gefährlich sein, aber er war ein zuverlässiger Mensch. Dany hatte plötzlich die feste Überzeugung, Tante Harriet hätte ihn gebilligt. Was seltsam war...

Die Passagiere nach Nairobi wurden aufgefordert, zu ihrer Maschine zurückzukehren. Dany erhob sich eilig, nahm ihren Mantel und ihre Tasche und hastete hinter ihren Mitreisenden hinaus.

Lashmer J. Holden hatte sich nicht gerührt, und er rührte sich auch nicht, als Dany sich an ihm vorbeiquetschte. In der Sprache des Boxsports war er k. o., und Dany, die diese Tatsache nur vage zu deuten wußte, fühlte sich verloren und sehr allein. Bis zu diesem Augenblick hatte sie sich selbst als bloßes Mitglied der Crew gesehen, während Lash den Befehl führte und das Schiff steuerte, und vorausgesetzt, sie tat, was er ihr sagte, würde er sie sicher in den Hafen bringen. Jetzt war sie sich nicht mehr so sicher. Leidenschaftslos im hellen Sonnenschein des Mittelmeers betrachtet, sah Lashmer Holden ein Gutteil jünger aus. Sein Haar war zerzaust, und er war blaß und unrasiert. Dany musterte ihn mit kritischem und mißbilligendem Auge, und dann gewannen ihre mütterlichen Instinkte die Oberhand. Sie beugte sich vor, lockerte seinen Schlips, der sich irgendwo in der Nachbarschaft seines rechten Ohrs verschlungen hatte, und ließ die Jalousie herunter, so daß sein Gesicht vor der Sonne geschützt war.

Die beiden rotgesichtigen Gentlemen, die ganz so aussahen, als ob sie aus den Kolonien kämen, und die Sitze direkt hinter ihr einnahmen, begannen in einem gedämpften, rhythmischen Chor zu schnarchen. Dany wünschte, sie könnte ihrem Beispiel folgen und auch wieder einschlafen, damit sie nicht nachdenken mußte. Aber mittlerweile war sie viel zu ängstlich und außerdem hellwach, und den Brief hatte sie sowieso noch zu schreiben. Den Brief mit den Erklärungen für die Polizei, den sie in Nairobi zur Post geben wollte.

Vorsichtig stand Dany auf und nahm ihre Aktentasche aus dem Gepäcknetz. Wieder schüttelte sie innerlich den Kopf über den Anhänger, der die Mappe als Eigentum von Miss Ada Kitchell auswies. Dann saß sie mit Papier und Schreibzeug in der Hand da und stellte fest, daß der Brief nicht so einfach war, wie sie geglaubt hatte.

Wenn sie an die letzten vierundzwanzig Stunden zurückdachte, fragte sie sich, ob sie vorübergehend von Sinnen gewesen war. Oder hatte der vom Alkohol beflügelte Lash Holden einen hypnotischen Einfluß auf sie ausgeübt? Sie war verängstigt und verwirrt gewesen und fest entschlossen, sich durch nichts an ihrem heißersehnten Flug nach Sansibar hindern zu lassen. Und in diesem Geisteszustand hatte sie nur zu begierig dem voreiligen Fluchtplan zugestimmt, den er ihr bot. Aber jetzt, wo sie viel Zeit zum Nachdenken gehabt hatte, ging ihr auf, wie töricht ihr Verhalten gewesen war.

Sie hatte genau das getan, was da einer von ihr erwartet hatte. Sie war in Panik geraten, hatte sich durch ihre Dummheit verdächtig gemacht und es zugelassen, daß ein Mörder sie als Sündenbock benutzte, um seine eigene Spur zu verwischen. Sie machte sich mitschuldig, denn auch das war strafbar. Wenn sie den Kopf behalten und sofort die Polizei angerufen hätte, dann hätte sie diesen Besuch verschieben oder vielleicht ganz opfern müssen. Aber es wäre die Polizei gewesen, die die Pistole fand – und ohne ihre Fingerabdrücke darauf. Und wenn sie das bißchen an Informationen weitergegeben hätte, das sie besaß, wäre es der Polizei möglicherweise eine Hilfe dabei gewesen, den wirklichen Verbrecher sofort zu fassen, statt Zeit mit der Suche nach ihr zu verschwenden.

Sie war, dachte Dany mit schonungsloser Ehrlichkeit, selbstsüchtig und feige und beklagenswert leichtgläubig gewesen. Sie hatte den Lauf der Gerechtigkeit behindert und einem Mörder in die Hände gespielt. Wie bald würde die Polizei wohl herausfinden, daß Mr. Honeywoods

Besucherin eine Miss Dany Ashton gewesen war, falls sie nicht schrieb und es selbst meldete? Vielleicht nie. Vielleicht war es letzten Endes doch besser, überhaupt nichts zu sagen – nachdem sie es soweit hatte kommen lassen. Konnte sie mit Gefängnis bestraft werden, weil sie den Paß eines anderen benutzt hatte, zusätzlich zu der Behinderung der Justiz? Aber sie hatte doch nur Sansibar sehen wollen. Sansibar und *Kivulimi*...

Lorraine hatte ihr vor zwei Jahren Fotos von *Kivulimi* geschickt. Sie waren an einem kalten, nassen, deprimierenden Nachmittag im November angekommen und hatten einen Hauch von Magie in Tante Harriets jeder Romantik verschlossenes Haus gebracht. *Es sind Jacaranda-Bäume im Garten,* hatte Lorraine geschrieben, *und Mango- und Jasmin-Sträucher und jede Menge Orangenbäume, und es duftet himmlisch. Die Bäume halten das Haus schön kühl. Vermutlich stammt daher sein Name. »Kivulimi« heißt: Das Haus des Schattens.*

Dany packte Schreibpapier und Füllfederhalter wieder ein und legte die Aktentasche zurück in das Gepäcknetz. Es war alles zu schwierig. Sie wollte warten, bis sie Lorraine und Tyson die ganze Geschichte gebeichtet hatte. Lorraine würde sie aufregend finden, und Tyson würde wahrscheinlich wütend sein. Aber sie würden sich des Problems annehmen und wissen, was da zu tun war.

Dany setzte sich wieder hin. Ihr war kalt, sie kam sich verloren vor, und sie schämte sich mehr als nur ein bißchen. Wenn Lash nur aufwachen wollte! Aber Mr. Holden sah nicht so aus, als ob er wegen einer wesentlich geringeren Sache als der Posaunen des Jüngsten Gerichts aufwachen würde. Dany merkte, daß sie ihn mit wachsender Feindseligkeit betrachtete.

Es war, so sagte sie sich plötzlich, alles Lashs Schuld. Wenn er nicht gewesen wäre – er und diese lächerliche ausgestopfte Katze!

Ein zarter Hauch von *Diorissima* triumphierte über den Geruch von Zigaretten, Desinfizierungsmitteln und Polsterung, und Dany sah, daß sich Mr. Holdens angenehmes Profil von einem Hintergrund aus limonengrünem Leinen abhob.

Amalfi Gordon stand neben Lash im Mittelgang. Sie blickte mit leichtem Stirnrunzeln und einem Ausdruck, der eine eigentümliche Mischung aus Spekulation, Zweifel und Verärgerung war, auf seinen reglosen Körper nieder. Im Schatten der heruntergezogenen Jalousie und mit dem Licht hinter ihr wirkte sie blonder und lieblicher denn je. Es war unmöglich zu glauben, daß sie den Vierzig ein Gutteil näher sein mußte als den Dreißig und mit Danys Mutter zur Schule gegangen war.

Sie schlug die langen, zweifellos echten Wimpern mit den goldenen Spitzen auf und streifte Dany mit dem nichts wahrnehmenden, völlig desinteressierten Blick, mit dem manche Frauen Dienstboten ansehen und den die Mehrheit der schönen Frauen für ihre unscheinbaren oder häßlichen Schwestern reserviert hat.

Es war ein Blick, der in Dany eine plötzliche scharfe Feindseligkeit erweckte. Vielleicht zeigte sich das auf ihrem Gesicht, denn Mrs. Gordons meergrüne Augen verloren den geistesabwesenden Ausdruck und wurden überraschend aufmerksam. Sie musterte Dany von oben bis unten, nahm ihre Jugend zur Kenntnis und ließ sich keine Einzelheit ihrer Kleidung oder ihres Aussehens entgehen. Die Falte auf ihrer weißen Stirn vertiefte sich. Sie sagte, ohne sich die Mühe zu machen, ihre Stimme zu senken:

»Sie müssen Lashs – Mr. Holdens – Sekretärin sein. Ich dachte, er wollte Ada mitnehmen.«

»Sie konnte nicht«, antwortete Dany kurz und ärgerte sich, daß sie errötete.

»So?« Es war offensichtlich – und unter diesen Umständen ein Glück –, daß Mrs. Gordon sich nicht im geringsten für Lashs Sekretärinnen interessierte, denn sie stellte keine weiteren Fragen. Aber irgend etwas in Danys Ausdruck hatte sie wohl gereizt, denn sie blickte von neuem auf den schlafenden Lash nieder, und dann streckte sie ihre schlanke, weiße Hand aus und strich leicht, aber sehr bewußt eine Haarsträhne zurück, die ihm in die Stirn gefallen war.

Es war eine intim besitzergreifende Geste, die Bände sprach, und das sollte sie auch. Nachdem sie diesen Punkt für sich verbucht hatte, lächelte Mrs. Gordon charmant und ging den Gang zur Damentoilette hinunter.

Dany ließ sich zurücksinken. Sie fühlte sich zitterig und grundlos wütend und wegen des knappen Entkommens nervös. Wenn Mrs. Gordon nun nach ihrem Namen gefragt und sie »Kitchell« gesagt hätte? Was wäre dann geschehen? *Aber Sie sind nicht Ada Kitchell. Die kenne ich.* Wie hätte sie das erklären können? Zwei rothaarige Sekretärinnen mit dem gleichen Namen konnte man nur schwer erklären. Falls sie nicht Schwestern waren –. Wenn Mrs. Gordon sie noch einmal fragte, mußte sie sich als Adas Schwester ausgeben. Lash hätte daran denken sollen, daß Mrs. Gordon seine Ex-Sekretärin kannte!

Von neuem sah Dany zu ihm hin, und diese ganz unlogische Wut wich der Besorgnis. Sie legte die Haarsträhne wieder auf seine Stirn. Das, dachte Dany, wird es ihr zeigen!

Die Stewardeß verteilte Tee, und die beiden Gentlemen aus den Kolonien hinter Dany wachten auf und stürzten sich in eine lange und dogmatische Diskussion über Rassenprobleme in Kenia. Der dünne Araber, den Dany das erste Mal im Foyer des *Airlane* gesehen hatte – oder vielleicht in Market-Lydon? – ging den Gang entlang, und einer der Männer senkte die Stimme und sagte: »Haben Sie gesehen, wer das war? Salim Abeid – den man ›Jembe‹ nennt.«

»Ich glaube, Sie haben recht. Was er wohl in London gemacht hat?«

»Hat sich von unseren dreckigen kleinen pro-roten und rosafarbenen Intellektuellen feiern lassen, vermute ich. Ich kann mir nicht vorstellen, warum solchen Typen die Einreise erlaubt wird. Sie haben nie etwas Gutes im Sinn, und ihnen widerfährt auch nie etwas Gutes – dafür sorgen die Roten schon! Stürzen in der Minute, wo sie landen, wie die Geier auf sie nieder, schmeicheln sich bei ihnen ein, setzen ihnen einen Floh ins Ohr und geben ihnen Unterricht im Umsturz.«

»Ich habe immer gehört«, sagte die andere Stimme, »er sei ein fähiger Bursche. Auf Sansibar soll er eine Menge Anhänger haben.«

»So ist es. Das ist Sansibars Unglück! Der Ort ist mir immer als eine friedliche Oase in einer Wüste voller streitender Politiker und Machtgieriger vorgekommen. Aber Jembe und seinesgleichen werden das ändern, wenn sie können. Haben Sie je bemerkt, wie trotz ihres Gebrülls von Friede und Brüderlichkeit der durchschnittliche Rote von Kopf bis Fuß mit Neid, Haß, Bosheit und allen anderen menschenfeindlichen Eigenschaften angefüllt ist? Ihre Götter und ihre Heilige Schrift sind Haß und Zerstörung, und Jembe ist typisch für die Brut. Im Augenblick hat er die Briten aufs Korn genommen, weil diese heutzutage ein leichtes Ziel sind. Aber er ist ein Araber von der Küste, und sollte es ihm je gelingen, uns zu vertreiben, wird er seine Gefolgsleute als nächstes auf die indische Gemeinde hetzen oder die Parsen – und dann auf die Omani-Araber – und so weiter. Es muß immer einen Feind geben, den man treten kann, damit der Haß lebendig gehalten wird und er davon profitiert. Wenn Sansibar ein kleines Eden ist, dann ist Jembe die Schlange darin! Habe ich Ihnen schon erzählt…?«

Wieder senkte der Sprecher die Stimme, da der Gegenstand seiner Bemerkungen auf dem Rückweg zu seinem Platz erneut vorbeikam. Danach erwähnte er Sansibar oder den Mann, den er »Jembe« genannt hatte, nicht mehr.

Das Tageslicht verblaßte. Dany zog die Jalousie hoch und stellte fest, daß sie immer noch über das Meer flogen. Sie wünschte, sie hätte etwas zu lesen. Oder jemanden zum Unterhalten. Irgend etwas, um ihre bebenden Nerven zu beruhigen und sie von Gedanken an Mr. Honeywood und Mord abzulenken. Die beiden Herren hinter ihr hatten die Politik erschöpft und das Geschick Kenias geregelt und gingen jetzt mit großem Stimmaufwand auf das entnervende Thema von Flugzeugkatastrophen über. Einer schmerzhaft lauten Anekdote über einen Siedler, der seine Familie zu einem Wochenendausflug nach Nairobi flog und eine Notlandung in einem wasserlosen Gebiet machte, wo sie alle verdursteten, ehe Hilfe sie erreichte, folgte eine zweite über einen »Blotto« Coots genannten lebenslustigen Gentleman, der vor Mombasa ins Meer stürzte und von Haifischen gefressen wurde, und eine dritte über eine gewisse »Toots« Parbury-Basset, die in den Krater eines erloschenen Vulkans krachte, wobei sie selbst, zwei Freundinnen und ihr afrikanischer Hausboy ums Leben kamen...

»Muß in einen Abwind geraten sein, oder der Motor hat versagt«, trompetete der Erzähler unbekümmert. »Wir fanden sie erst am nächsten Tag. Die Leichen waren scheußlich zerfetzt, überall lagen Stücke herum – keiner konnte sagen, was zu wem gehörte. Haben Sie von dem Linienflugzeug gehört, das letzten Dienstag über dem Mittelmeer explodierte? Übrigens, das muß ungefähr an der Stelle gewesen sein, wo wir jetzt sind. Achtundvierzig Personen an Bord und...«

Jembe, der Araber, stand plötzlich auf und eilte wieder den Gang hinunter. Im Vorbeigehen warf er dem Sprecher einen Blick tödlichen Hasses zu. Es war offensichtlich, daß auch er einen Teil der Unterhaltung mitbekommen hatte. Dany erinnerte sich an seine Aussage, ihm sei immer besonders übel über dem Meer, denn wenn die Motoren versagten, müßten alle ertrinken. Man konnte ihn verstehen, dachte sie, als sie auf die weite Wasserfläche so tief unter sich blickte. Ob es im Mittelmeer Haie gab? Sie hatte gelesen, daß sie an der Mombasa-Küste häufig vorkamen. Falls sich die Gedanken des furchtsamen Jembe mit dem Schicksal des verblichenen »Blotto« Coots beschäftigten, würde er sich wahrscheinlich noch viel elender fühlen, sobald sie auf der letzten Etappe ihrer Reise ab Mombasa waren.

Wenn er einen Funken Verstand hatte, dachte Dany, wird er ein starkes Beruhigungsmittel nehmen. Sie war sich nicht sicher, ob sie selbst ohne auskommen würde.

Ein blasser Stern schwamm hinein in die blaue Unendlichkeit über ihnen. Ihm folgten mehr und mehr, bis es ganz dunkel war. Die Sitze wurden zurückgekippt, um den Passagieren das Schlafen zu erleichtern, und das Licht verglomm zu einem schwachen blauen Glühen. Doch es wurde keine erholsame Nacht für Dany – was den unüberhörbaren Schnarchlauten nach, nicht von allen Passagieren bestätigt werden dürfte.

Im Morgengrauen landeten sie zum Frühstück in Khartum. Die Stewardeß machte mit Hilfe des Ersten Offiziers einen zweiten erfolglosen Versuch, den schlummernden Mr. Holden zu wecken. »Wir sollen bei diesen Zwischenlandungen jeden Passagier hinausschicken«, sagte der Erste Offizier. »Aber wenn wir ihn nicht hinaus- und dann wieder hineintragen, können wir bei dem hier nicht viel tun. Er muß eine höllische Sauftour hinter sich haben. Der Glückliche! Na gut, lassen wir ihn liegen. Gehören Sie zu ihm, Miss... äh?«

»Kitchell«, informierte Dany ihn hastig. »Ja. Ich bin seine Sekretärin.«

»Pech für Sie. Was wollen Sie mit ihm anfangen, wenn wir nach Nairobi kommen?«

»Ich habe keine Ahnung«, gestand Dany wahrheitsgemäß. »Bis dahin muß er doch aufwachen.«

»Darauf möchte ich nicht wetten«, meinte der Erste Offizier fröhlich und ging, gefolgt von der Stewardeß.

Dany und die übrigen Reisenden sahen müde und etwas zerknittert aus. Sie aßen ihr Frühstück und tauschten ein schwaches, höfliches Lächeln, als die Sonne über Äthiopien aufging. Sir Ambrose Yardley hatte sich zu seinem Bedauern verabschieden müssen. Sein Platz wurde von einem stämmigen Inder eingenommen. Aber sonst blieb die Passagier-Liste unverändert, und allmählich kamen Dany die erschöpften, gähnenden Gesichter so vertraut wie die von alten Bekannten vor.

Lash erwachte kurz nach dem Start. Er sah Dany an, als könne er sich überhaupt nicht vorstellen, wer sie sei. Nachdem er seinem Schöpfer mitgeteilt hatte, er fühle sich saumäßig, schwankte er in den Waschraum, wo er wahrscheinlich einen Liter reichlich gechlorten Wassers trank, kehrte auf seinen Platz zurück und schlief sofort wieder ein.

Dany spähte eifrig auf Afrika hinunter und hielt nicht viel von dem

Bild, das sich bot. Eine große Fläche in Orangebraun, unterbrochen von Tupfern kränklichen Grüns und gefleckt mit Ansammlungen zwergenhafter Bienenkörbe, die Eingeborenen-Krale sein mußten. Aber endlich erhob sich am Horizont ein blauer Schatten mit schneebedeckten Gipfeln.

»Mount Kenia«, verkündete ein begeisterter Reisender, der die Flugkarte studiert hatte. »Wir werden bald landen. Um elf sollen wir in Nairobi sein, und jetzt ist es Viertel vor.«

»Bitte die Sicherheitsgurte schließen«, intonierte die Stewardeß, und Dany widmete sich der mühsamen Aufgabe, ihren Arbeitgeber zu wecken.

5

»Laß mich in Ruhe«, nuschelte Mr. Holden mit schwerer Zunge und ohne die Augen zu öffnen.

»Das kann ich nicht.« Dany fuhr fort, ihn zu schütteln. »Aufwachen! Sie können nicht weiterschlafen. Wenigstens nicht hier. In ein paar Minuten sind wir in Nairobi.«

»Na und?«

»Dort steigen wir aus«, erklärte Dany geduldig. »Dies Flugzeug hier geht nicht weiter. Erinnern Sie sich? Sie müssen aufwachen, Lash. Bitte, wachen Sie auf!«

»Geh zum Teufel«, murmelte Lash undeutlich.

Dany schüttelte ihn heftig, und Lash stöhnte und versuchte, sich aufzusetzen. Mit großer Mühe zwang er sich, seine Augen offen zu halten und schloß sie schnell wieder.

»Gott! Ist mir elend!«

»Das haben Sie schon einmal gesagt«, fuhr Dany ihn herzlos an. »Und so sehen Sie auch aus!«

Lash öffnete die Augen ein zweites Mal, aber mit Vorsicht, und betrachtete sie finster. »Kenne ich Sie?« erkundigte er sich.

O lieber Gott, das ist sein Ernst! dachte Dany verzweifelt. Es ist wirklich sein Ernst! Er erinnert sich nicht. Panik drohte sie zu überwältigen, aber sie kämpfte sie nieder.

»Sie sollten mich kennen«, bemerkte sie munter. »Ich bin Ihre neue

Sekretärin.«

»Blödsinn! Was ist mit Ada geschehen?«

»Mumps«, antwortete Dany knapp.

»Aber wie, zum Teufel? Oh, lassen wir das, lassen wir das! Ich werde es später auseinanderdividieren. O Gott, habe ich einen Kater!«

Mit leichtem Rucken setzte das Flugzeug auf der Landebahn auf. Lash umklammerte seinen Kopf und stöhnte laut.

Später konnte Dany sich nicht mehr erinnern, wie sie die nächste halbe Stunde durchgestanden hatte. Aber wenigstens war ihr keine Zeit geblieben, Angst zu haben. Von Tysons Sekretär Nigel Ponting war keine Spur zu sehen. Irgendwie hatte sie ihr und Lashs Gepäck zusammengerafft und ihn durch ein Labyrinth von amtlichen Prozeduren gesteuert, durch den Zoll gelotst und in ein Taxi verfrachtet. Ihr Paß – oder richtiger, Ada Kitchells Paß – hatte nur einen flüchtigen Blick erhalten. Im Taxi war Lash soweit zur Besinnung gekommen, daß er sich an den Namen des Hotels erinnerte, wo die nach Sansibar weiterfliegenden Passagiere die Nacht verbringen sollten.

»Holden?« fragte die Empfangsdame und lugte kurzsichtig durch randlose Brillengläser. »Mr. L. J. Holden? O ja. Ja, natürlich. Wir haben Sie erwartet.« Sie strahlte die beiden an, als sei die sichere Landung ein Grund, ihnen zu gratulieren. »Ihre Zimmer sind reserviert. Ich hoffe, Sie hatten einen angenehmen Flug? Es ist eine Nachricht von einem Mr. Ponting da, er mußte zum Zahnarzt, dringend eine Füllung machen lassen, und er konnte keinen anderen Termin bekommen. Aber er wird später vorsprechen und hofft, Sie verzeihen ihm, daß er Sie nicht am Flughafen abgeholt hat.«

»Was dem einen recht...«, erklärte Lash säuerlich. »Hoffen wir, er bekommt auch noch ein Zahngeschwür und wird noch lange Zeit beim Zahnarzt festgehalten. Paßt mir ausgezeichnet.«

»Ja – hm – ganz recht«, sagte die Empfangsdame mit unsicherem Lächeln. »Die Boys werden ihr Gepäck nehmen, Madam. Unterschreiben Sie hier bitte, Sir. Möchten Sie irgend etwas nach oben geschickt haben?«

»Schwarzen Kaffee«, antwortete Lash. »Eine Badewanne voll. Und ein paar Alka-Seltzer.«

»Äh, gewiß. Natürlich. Wird die andere Dame später kommen?«

»Nein«, stellte Lash kurz fest. »Es gibt keine andere Dame. Wo ist dies Zimmer? Ich will hier nicht den halben Tag herumstehen.«

Die Empfangsdame ließ ihr Pult in der Obhut eines afrikanischen Angestellten und begleitete die Prozession würdevoll selbst. Sie führte sie in einen Salon, der reich mit Blumen geschmückt war. Überraschenderweise standen da auch eine Flasche Champagner in einem Eiskübel und zwei Gläser.

»Mit den besten Empfehlungen der Direktion«, strahlte die Empfangsdame und zog sich zurück.

»Warten Sie!« rief Dany. »Was ist mit mir? Wo soll ich...?« Aber die Tür hatte sich schon geschlossen.

Lashmer Holden junior ließ sich auf das Sofa plumpsen und begrub den Kopf in den Händen. Es war ihm deutlich anzusehen, daß er kein Interesse an der weiteren Entwicklung hatte. Dany sah die Blumen und den Champagner an, und ein unangenehmer Gedanke stieg in ihr auf. Schnell durchquerte sie den Raum und öffnete die einzige andere Tür. Sie führte in ein Schlafzimmer, wo sie weitere Blumen – darunter Orangenblüten – und ein eindrucksvolles Doppelbett erblickte.

»Das ist die Hochzeitssuite!« stieß Dany hervor. »Um Himmels willen!«

Hastig kehrte sie in den Salon zurück. »Sie müssen etwas tun! Das ist ein Irrtum. Sie denken, wir seien verheiratet!«

Lash zuckte zusammen und sagte sehr deutlich: »Würden Sie mich bitte nicht so anbrüllen?«

»Aber das ist hier die Hochzeitssuite!«

»Ja. Ich habe sie gebucht.«

»*Was* haben Sie?«

»Sie sollen nicht so schreien!« verlangte Lash gereizt.

»Sie sitzen einfach da und sagen mir, daß...? Halten Sie das für einen guten Witz?«

»Witz!« lachte Lash auf. »Wenn Sie meinen, es sei ein Witz, am Vorabend seiner Hochzeit einen Tritt zu bekommen, und das wegen des grinsenden, pomadisierten, händeküssenden Sohns einer Schlange im Gras, der – oh, gehen Sie weg! Seien Sie ein braves Mädchen und machen Sie, daß Sie fortkommen.«

»Elf!« Dany ging ein Licht auf. »Ich hatte es vergessen. Oh, Lash, es tut mir leid. Ich wollte nicht... ich meine, ich...« Sie hielt inne, verwirrt und voller Reue.

»Schon gut«, brummte Lash. »Und jetzt, wenn es Ihnen nichts ausmacht zu verduften, könnte ich etwas Schlaf brauchen. Vielen Dank für Ihre Hilfe. Auf Wiedersehen.«

Er ließ seinen Kopf wieder in die Hände sinken. Dany sah auf ihn hinab, und plötzlich und zu ihrer eigenen Überraschung empfand sie den Wunsch, seinen zerzausten, schmerzenden Kopf an ihre Brust zu betten und ihm Trost- und Koseworte zuzuflüstern. Und dies einem Mann, den sie erst seit achtundvierzig Stunden kannte und der sich, nachdem er sie in diese unerträgliche und wahrscheinlich gefährliche Situation gebracht hatte, nicht einmal an sie erinnerte!

Ich muß den Verstand verlieren, dachte Dany und wunderte sich über sich selbst. Und er liebt sowieso diese Gordon, und er hat sich bis zur Bewußtlosigkeit betrunken, weil sie mit ihm gebrochen hat. Ihm ist vollkommen gleichgültig, was mit mir geschieht. Er möchte mich nur so schnell wie möglich loswerden. Er ist egoistisch und dumm und verdorben, und dazu trinkt er auch noch.

Aber es war zwecklos. Sie konnte sich nicht einmal darüber entrüsten, und sie wünschte sich immer noch, sein Haar zu streicheln und ihn zu trösten. Ach du meine Güte, dachte Dany. Ich glaube, mich hat es erwischt.

Wie alle jungen Mädchen hatte sie davon geträumt, daß sie sich irgendwann einmal verliebte. Es hätte ein romantischer und hinreißender und ganz und gar wundervoller Augenblick sein sollen und der Held bestimmt kein bleicher und mitgenommen aussehender Fremder, der unter einem gewaltigen Kater litt und selbst eine hoffnungslose Liebe für eine schöne Witwe hegte, die ihn eines Italieners wegen im Stich gelassen hatte.

Anscheinend entwickelte sich nichts so, wie man es geplant oder sich vorgestellt hatte. Das Leben war sehr enttäuschend. »Verdammt!« sagte Dany laut und mit voller Absicht.

Lashmer Holden zuckte zusammen. Es klopfte an der Tür. Ein weißgekleideter Afrikaner trat mit einem Tablett ein, auf dem sich Kaffee, ein Wasserkrug, ein Glas und ein paar Alka-Seltzer befanden. Zu Danys Erleichterung sprach und verstand der Mann Englisch, und nachdem sie ihm verschiedene genaue Aufträge erteilt hatte, entließ sie ihn und wandte ihre Aufmerksamkeit dem Tablett zu.

Der Kaffee war, obwohl nicht in der von Lash verlangten Menge geliefert, heiß und sehr stark. Dany goß eine Tasse ein und trug sie zu dem Leidenden hinüber. »Trinken Sie«, schlug sie vor. »Wahrscheinlich werden Sie sich dann viel besser fühlen.«

Lash hob den Kopf und sah sie finster an, doch er trank den Kaffee. Dany nahm ihm die leere Tasse ab, füllte sie neu und gab sie ihm wieder. Dann ging sie ins Schlafzimmer. Sie hatte sich bereits bei der Zollabfertigung in den Besitz von Lashs Schlüsseln gebracht. Jetzt schloß sie sein Reisenecessaire auf und packte den Inhalt aus.

»Ich habe Ihnen ein Bad eingelassen«, verkündete sie, als sie in den Salon zurückkam. »Sie sehen aus, als könnten Sie eins brauchen. Und Sie müssen sich rasieren. Ihre Bürsten und alles andere finden Sie im Ankleidezimmer. In etwa zwanzig Minuten wird der Zimmerkellner etwas zu essen bringen. Ich bin mir nicht sicher, ob es ein frühes Mittagessen oder ein spätes Frühstück ist, aber das ist wohl gleichgültig. Machen Sie nicht zu lange, sonst wird das Essen kalt.«

Dany ließ ihn allein und ging, um beim Empfang die Zimmerverteilung richtigzustellen. Einige Zeit später kehrte sie bekümmert zurück. Ein Boy mit einem vollen Tablett war bereits da. Dany sagte ihm, er solle es auf den Tisch stellen, und er brauche nicht zu warten. Nachdem er gegangen war, stand sie mehrere Minuten da und starrte gedankenverloren auf einen weißen Gegenstand, der rücklings auf dem Fußboden lag und ein Seidenetikett zur Schau stellte, das Waschbarkeit und Hitzebeständigkeit garantierte.

»Armer Asbestos«, sagte Dany, bückte sich und hob ihn auf. Sie staubte ihn ab und setzte ihn richtig herum auf das Sofa. »Ich glaube, er hat auch an dir das Interesse verloren. Mach dir nichts draus. Ich werde mich um dich kümmern. Und um ihn ebenso – und wenn es mich umbringt!«

Sie hörte ein leises Geräusch hinter sich, drehte sich um und entdeckte Lash im Eingang.

Er sah außerordentlich blaß aus und hatte dunkle Ringe unter den Augen. Aber er hatte sich rasiert, und sein Haar war feucht und glatt. Offensichtlich hatte er es zuviel der Anstrengung erachtet, auch die Kleidung zu wechseln, denn er trug einen Pyjama und den flaschengrünen Morgenmantel, und er wirkte erschöpft und krank und schlecht gelaunt.

»Ist es Ihre Gewohnheit, mit sich selbst zu reden?« erkundigte er sich gereizt.

Dany errötete, doch sie ignorierte die Frage. »Ihr Essen ist da. Die Suppe sieht sehr gut aus, und sie ist heiß. Ich wußte nicht, ob sie Curry mögen. Deshalb habe ich ein Steak bestellt.«

Lash schüttelte sich, aß jedoch die Suppe. Sie belebte ihn ein wenig, so daß es ihm gelang, ein ziemlich großes Stück des Steaks zu essen, das er mit zwei weiteren Tassen schwarzen Kaffees hinunterspülte.

Danach steckte er sich eine Zigarette an und knurrte: »Danke. Ich fühle mich ein bißchen besser. Vermutlich war ich ziemlich blau. Ich habe nur verschwommene Erinnerungen an alles.«

»Mich eingeschlossen«, sagte Dany.

»Ja... nein. Mir schwebt da etwas vor, daß ich es für eine gute Idee hielt, Sie anstelle von Ada mitzunehmen, obwohl Gott allein weiß, warum.«

Dany erzählte es ihm. In allen Einzelheiten.

»Das glaube ich nicht«, krächzte Mr. Holden und brach damit das lange Schweigen, das dem Bericht gefolgt war. »Ich – glaube – es – einfach – nicht!«

»Aber es ist wahr!« erklärte Dany hitzig. »Und wenn Sie meinen, ich würde mir die Mühe machen, eine so übelkeiterregend unwahrscheinliche Geschichte zu erfinden, kann ich nur sagen...«

»So ein hirnloser, gottverdammter, schwachsinniger Kretin *kann* ich nicht gewesen sein«, fuhr Lash fort, als habe Dany gar nichts gesagt. »Ausgeschlossen! Kein Mensch kann so dumm sein! Wollen Sie mich zum besten halten? Nein – nein, das wohl nicht. Um Gottes willen, warum haben Sie auf mich gehört? Haben Sie nicht gemerkt, daß ich restlos betrunken und für meine Handlungen nicht verantwortlich war? Zum Teufel! Sie *müssen* gewußt haben, daß ich betrunken war!«

»Tut mir leid«, erwiderte Dany, »aber wissen Sie, ich hatte vorher noch nie einen Betrunkenen gesehen. Tante Harriet, Sie verstehen«, erklärte sie freundlich.

»Was hat Ihre Tante Harriet damit zu tun? Sie können doch mein Gefasel nicht für einen vernünftigen Vorschlag gehalten haben! Das ist doch nicht möglich!«

»Ich habe Sie nur für, äh, für fröhlich und optimistisch gehalten.«

»Fröhlich und optimistisch! Allmächtiger Gott!« Er schob seinen Stuhl heftig zurück, stand vom Tisch auf und begann, im Zimmer auf und ab zu laufen wie ein Tiger im Käfig. »Sehen Sie – Sie müssen doch von selbst auf den Gedanken gekommen sein, daß die ganze Sache Wahnsinn war. Kompletter Wahnsinn. Und daß ich wahnsinnig gewesen sein muß, weil ich es vorgeschlagen habe. Und woher wollen Sie überhaupt wissen, daß ich nicht wahnsinnig war? Sie kannten mich doch gar nicht! Ich hätte ja aus dem Irrenhaus entflohen sein können!«

»Ich wußte, daß Sie ein Freund von Tyson sind«, erläuterte Dany geduldig. »Das haben Sie mir gesagt. Und Sie wollten nach *Kivulimi* zu Besuch wie ich.«

»Das spielt überhaupt keine Rolle!« behauptete Lash ungerechterweise. »Meinen Sie, Sie können die Polizei an der Nase herumführen und das Land mit einem gestohlenen Paß – na gut, einem ausgeliehenen! – verlassen, nur weil ich zufällig Ihren Stiefvater kenne? Verstehen Sie denn nicht? Das ist illegal! Das ist kriminell! Es ist – ist – lieber Gott, es ist reiner Wahnsinn! Wahrscheinlich wird man Sie dafür ins Gefängnis stecken. Und mich auch!«

»Schließlich war es Ihre Idee«, bemerkte Dany.

Lash stand stocksteif da und betrachtete sie eine volle Minute lang. Sein Schweigen war voll von nicht druckfähigen Kommentaren. Dann setzte er sich ganz plötzlich auf das Sofa und schloß die Augen.

»Ich gebe auf«, stöhnte er. »Ich bin einfach nicht stark genug, um es mit Ihnen aufzunehmen – oder mit dieser Situation. Und dabei«, setzte er bitter hinzu, »hätten das meine Flitterwochen sein sollen! Meine romantischen Flitterwochen voller Orchideen und Champagner und tropischem Mondschein! Lieber Gott, womit habe ich das verdient?«

»Zuviel getrunken«, sagte Dany unfreundlich.

Lash öffnete ein entzündetes Auge und musterte sie mit entschiedenem Widerwillen. »Noch eine solche Bemerkung von Ihnen«, drohte er, »nur eine! Und ich rufe beim nächsten Polizeirevier an und plaudere die ganze verdammte Geschichte aus. Dann soll sich die Polizei mit Ihnen weiter befassen!«

»Und wenn Sie das tun«, entgegnete Dany honigsüß, »werde ich erzählen, daß Sie mich dazu überredet haben, und wenn dann einer ins Gefängnis kommt, werden Sie es sein. Wegen Entführung einer Minderjährigen!«

Eine kurze Pause trat ein.

»Sie kleine…!« sagte Lash ganz leise.

Dany erhob sich brüsk. »Ich weiß nicht genau, was das bedeutet, aber ich kann es erraten. Und ich fürchte, es nützt gar nichts, wenn Sie mich mit Schimpfworten belegen. Sie haben mich in die Sache hineingezogen, und Sie werden mich auch wieder herausbringen.«

»Ach, wirklich?«

»Jawohl! Das ›Ach, wirklich?‹ können Sie sich sparen! Wenn wir einmal in Sansibar und in *Kivulimi* sind, brauchen Sie mich nicht mehr zu kennen, oder Sie können der Polizei alles erzählen oder sonst tun, was Sie wollen. Aber bis dahin bin ich Miss Kitchell, Ihre Sekretärin. Und ich werde bis dahin Miss Kitchell bleiben. Verstanden?«

»Okay«, gab Lash grollend nach. »Schon gut, Miss Kitchell, Sie haben gewonnen. Und da ich nicht die Gewohnheit habe, ein Schlafzimmer mit meiner Sekretärin zu teilen, wollen Sie jetzt freundlicherweise verschwinden?«

Dany betrachtete ihn mit schwachem Lächeln. Er sah völlig erschöpft und sehr verärgert aus, und wieder schoß ihr der Gedanke durch den Kopf, wie schön es wäre, wenn sie ihn in die Arme nehmen und diese Müdigkeit und schlechte Laune wegküssen könnte. Plötzlich kam sie sich viel älter als er vor, und sie fand es herzlos, ihn vor weitere Probleme zu stellen. Aber es ging nicht anders.

»Ich fürchte«, sagte sie vorsichtig, »auch das kann ich nicht tun. Es gibt nämlich keine anderen Zimmer.«

»O doch. Es war eins für Ada reserviert.«

»Ja, ich weiß. Aber man hielt mich für Ihre Frau, und als die Empfangsdame Sie nach der ›anderen Dame‹ fragte – womit sie Ihre Sekretärin meinte –, antworteten Sie, es gebe keine andere Dame.«

»Und?«

»Deshalb hat man Adas Zimmer vergeben.«

»Dann soll man Ihnen ein anderes zuweisen!« fauchte Lash.

Dany schüttelte bedauernd den Kopf. »Das geht nicht. Es ist kein Zimmer mehr frei. Nicht einmal meins. Das hat ein Mr. Dowling bekommen. Er sagte, er habe die Flugkarte erhalten, die ich zurückgegeben hätte, und ob er nun auch mein Zimmer haben könne. Es gibt kein unbesetztes Eckchen mehr. Der Direktor war sehr nett, als ich erklärte, ich sei nur die Sekretärin und nicht die frischgebackene Ehefrau, und er hat in mindestens acht anderen Hotels angerufen. Aber anscheinend haben wir uns für unsern Aufenthalt einen schlechten Zeitpunkt ausgesucht. Hier findet irgendeine besondere Woche statt, und die ganze Stadt ist ausgebucht. Ich sagte, ich sei überzeugt, es werde Ihnen nichts ausmachen.«

Lash sah sie lange an. Dann stand er auf, lief quer durch den Salon und drückte seinen Daumen fest auf den Klingelknopf.

»Wonach läuten Sie?« erkundigte Dany sich etwas ängstlich.

»Nach Whisky!« fuhr Lash sie an. »Ich habe die Absicht, mich von neuem zu besaufen. Und zwar so schnell wie möglich!«

6

Dany nahm in einer Ecke des kühlen Speisesaals ein einsames Mittagessen ein. Den Kaffee trank sie auf der Hotelveranda mit Mr. Larry Dowling, dessen Konversation sie gleichzeitig beruhigend und unterhaltend fand. Er schien bemerkt zu haben, daß sie bekümmert und bedrückt war, und nahm es fröhlich auf sich, das Reden allein zu besorgen. Dafür war ihm Dany sehr dankbar, denn nun konnte sie sich entspannen und die Aussicht genießen, während die Notwendigkeit, Mr. Dowling einige Aufmerksamkeit zu widmen, sie am Grübeln über ihre eigenen Probleme hinderte.

»Ich muß mir einen weißen Drillichanzug und einen Panamahut besorgen«, sagte Larry Dowling. »Das braucht man in diesem Klima. Ob Sie wohl so nett sein könnten, mir beim Einkaufen zu helfen, Miss, Miss?«

»Ash... Kitchell.« Beinahe hätte Dany sich versprochen. »Ja, das täte ich sehr gern, danke. Ich möchte etwas von Nairobi sehen, und ich muß auch ein Telegramm abschicken.«

»Großartig!« rief Larry erfreut. »Gehen wir.«

Sie machten sich zu Fuß im hellen afrikanischen Sonnenschein auf und fanden das Telegrafenamt ohne große Schwierigkeiten. Dany gab ein kurzes, aber liebevolles Brieftelegramm an Tante Harriet auf, daß sie gut angekommen sei (erst hatte sie sich vergewissert, daß es in England nicht eher zugestellt werden würde, bis sie selbst Sansibar erreicht hatte), und Larry Dowling schickte eine noch kürzere Botschaft als Expreßkabel an eine Adresse in Soho. Danach besuchten sie verschiedene Läden, und Mr. Dowling erwarb tatsächlich einen Tropenanzug, einen Panamahut und ein Paar Strandschuhe. Für Dany kaufte er eine riesige Pralinenschachtel, wie er sagte, als kleinen Dank für ihre unschätzbare Hilfe. Aber Dany argwöhnte eine Falle.

Es erwies sich als keine leichte Sache, längere Zeit mit jemandem zu reden, auch wenn es ein attraktiver Fremder war, ohne Dinge zu erwähnen, die eher zu Miss Ashton als zu Miss Kitchell gehörten. Und obwohl Larry Dowling nicht mehr als flüchtige Sympathie für Miss Kitchell empfand, war er doch außerordentlich an Tyson Frost interessiert und an allem und jedem, was mit ihm zu tun hatte. Zu ihrer Entrüstung sah sich Dany gezwungen, sich einen ungeschminkten Abriß der Laufbahn ihres Stiefvaters und der Ehen ihrer Mutter anzuhören, wobei auch sie selbst kurz erwähnt wurde.

»Wie ich hörte, ist irgendwo ein Kind«, sagte Larry, der neben ihr herschlenderte. »Wird anscheinend im Hintergrund gehalten. Nicht Frosts Kind, ihres. Aber die Lorraine-Typen belasten sich nicht gern mit einem Balg, das trübt ihren Glanz. Außerdem veranlaßt es die Leute nachzurechnen. Es ist schwierig, herumzulaufen und wie knapp Dreißig auszusehen, wenn man eine große Tochter von achtzehn oder neunzehn Jahren im Schlepptau hat. Haben Sie sie je gesehen? Mrs. Frost meine ich.«

Dany blinzelte und öffnete den Mund, und dann schloß sie ihn wieder. Aber seine Frage schien rein rhetorisch gewesen zu sein.

»Sie ist einfach süß!« erklärte er begeistert. »Ich habe sie voriges Jahr in London bei einem Presseempfang für Frost gesehen. Winzig, mit dunklem, lockigem Haar wie ein Baby und großen blauen Augen. Sieht aus, als könne man sie mit einer Hand hochheben. Sie ist mindestens ein halbes dutzendmal verheiratet gewesen, und wenn man sie sieht, überrascht einen das gar nicht. Wie bei ihrer Freundin, die mit im Flugzeug war – Mrs. Gordon. Die hat ebensoviel Charme. Obwohl sie ungeachtet ihrer Schönheit ein ziemlich tragisches Leben gehabt hat, das arme Mädchen. Ihr letzter Mann fiel im Dunkeln die Kellertreppe hinunter und brach sich den Hals. So etwas ist natürlich ein schwerer Schlag. Und als ob das noch nicht genug wäre, machte der Mann, den sie voriges Jahr heiraten wollte – Douglas Rhett-Corrington hieß er – am Vorabend ihrer Hochzeit einen Kopfsprung aus dem Fenster des obersten Stockwerks. Vielleicht hatte ihm jemand einen anonymen Brief geschrieben, oder sie gab ihm in letzter Minute den Laufpaß oder etwas in der Art. So oder so muß es die Hölle für sie gewesen sein, und sie verdient es, bei dem nächsten Mann mehr Glück zu haben. Ich wünschte, ich könnte an der Konkurrenz teilnehmen.«

»Sind Sie reich?« erkundigte sich Dany und erschrak über ihre eigene Aggressivität.

»Aber so eine ist sie nicht! Es heißt, sie heiratet nur aus Liebe – auch wenn die Liebe bei ihr nicht lange dauert. Es war reiner Zufall, daß die Männer, die sie geheiratet hat, Geld besaßen. Andere lernt sie ja gar nicht kennen. Wenn sie nur hinter Geld her wäre, hätte sie sich Ihren Chef gekapert. Vor einer Woche ging ein Gerücht um, sie wollten Knall auf Fall in Caxton Hall heiraten. Aber jetzt sieht es aus, als sei die Sache abgeblasen. Was ist schiefgegangen?«

»Ich habe keine Ahnung«, antwortete Dany kalt. »Mr. Holden bespricht sein Privatleben nicht mit mir.«

Mr. Dowlings attraktives dreieckiges Gesicht verzog sich belustigt. »Die perfekte, loyale kleine Sekretärin!« Er zeigte sein schnelles, entwaffnendes Lächeln. »Entschuldigen Sie, ich wollte Sie nicht aushorchen. Aber es ist nicht notwendig, daß Sie mir gegenüber so verschlossen tun. Ich schreibe keine Klatschspalten, wissen Sie. Der junge Holden hat keinen Neuigkeitswert, soweit es mich betrifft. Männer wie Tyson Frost sind für mich Brot und Butter. Er und die Wahlen in Sansibar! Deshalb habe ich mich so verdammt gefreut, als ich noch eine Karte für dieses Flugzeug bekam. Es standen zwei Leute auf der Passagierliste, die für mich sehr nützlich gewesen wären. Ein arabischer Agitator, der hofft, eines Tages ein kleiner Hitler zu werden, und Tysons Frosts Stieftochter – eine Miss Ashton. Die, von der ich Ihnen erzählt habe.«

»Oh ... wirklich?« Dany schluckte den Klumpen in ihrer Kehle hinunter.

»Ja. Und ich hatte schon gehofft, mit dem Mädchen Bekanntschaft schließen zu können«, gestand Larry Dowling offenherzig. »Es wäre sicher gar nicht schwierig gewesen, und ich hätte sicher einen Haufen Insider-Informationen und vielleicht sogar eine Einladung als Hausgast erhalten, wenn ich meine Karten richtig ausgespielt hätte. Ich habe um einen Platz in dieser Maschine richtig gekämpft, aber es war hoffnungslos. Und dann gab irgendwer in letzter Minute seinen Platz auf, und ich bekam ihn. Und wissen Sie, was dann geschah?«

»Nein. Ich meine – was geschah denn?« fragte Dany nervös.

»Es war Dany Ashton, die die Karte zurückgegeben hatte! Hat wahrscheinlich Keuchhusten oder die Masern oder so etwas bekommen. Ein Jammer. Ich hätte sie gern kennengelernt. Ihr Stiefpapa steht bei Journalisten aller Art augenblicklich hoch im Kurs.«

»Warum augenblicklich?« Danys Neugier war stärker als die Einsicht, sie täte gut daran, sofort das Thema zu wechseln.

»Das wissen Sie doch sicher? Nun, ich dachte, aus dem Grund sei auch Ihr Chef hinter ihm her. Sein Vater veröffentlicht Frosts Bücher in den Vereinigten Staaten, nicht wahr?«

»Ja. Aber ...«

»Dann dürfen Sie mir glauben, daß er aus diesem Grund hier ist. Die Tagebücher Emory Frosts. Sie wurden dieses Jahr freigegeben. Emory war der alte Abenteurer, dem einer der Sultane das Haus in Sansibar schenkte. Er scheint ein Teufelskerl gewesen zu sein. Es gibt eine

Menge merkwürdiger Geschichten über ihn – er sei am Sklavenhandel oder an Schmuggelgeschäften beteiligt gewesen und habe nebenbei auch ein bißchen Piraterie und Strandräuberei betrieben. Er hinterließ einen ganzen Haufen Papiere und Tagebücher, die nach seinem Willen erst siebzig Jahre nach seinem Tod gelesen werden durften. Die siebzig Jahre waren in diesem Juni vorbei. Tyson Frost hat die Dokumente jetzt seit zwei Monaten in Besitz, so daß er Zeit genug hatte, sie durchzusehen. Man kann darauf wetten, daß sie eine höchst interessante Lektüre darstellen und daß Frost sie in Buchform herausgeben will. Wenn ich ihn nur soweit kriegen könnte, daß er darüber redet! Es wäre für mich ein großer beruflicher Erfolg. Will Holden sich die Exklusivrechte sichern?«

»Vielleicht«, antwortete Dany vorsichtig.

»Ah!« rief Larry Dowling. »Hab' ich's mir nicht gedacht! Das wird sich in den Staaten gut verkaufen. Die Yankees hatten im 19. Jahrhundert großen Einfluß in Sansibar, und der erste Vertrag, den das Sultanat jemals mit einer fremden Macht abschloß, war einer mit Amerika. Und dann gibt es eine Geschichte, daß Emory mit einem amerikanischen Mädchen davonlief – rettete sie vor Piraten, die in den sechziger Jahren des vorigen Jahrhunderts Sansibar angriffen und das amerikanische Konsulat blockierten. Es endete damit, daß er sie heiratete. Was für einen Film könnte man daraus machen! Sie muß Frosts Großmutter gewesen sein. Es heißt, sie war eine starke Persönlichkeit, und nach der Hochzeit wurde Emory ein neuer Mensch...«

Er brach ab. »Sehen Sie mal... ist das nicht eine der Frauen, die mit im Flugzeug waren? Mrs. Bingham? Der Hoteldirektor erzählte mir, sie sei Tyson Frosts Schwester. Ich frage mich, ob...«

Er faßte Danys Arm, zog sie durch das Menschengedränge des Bürgersteigs und stürzte mit ihr in einen Laden, der anscheinend von Schuhen bis zu Kochtöpfen alles verkaufte. Eine Theke war hoch mit Schwämmen beladen, die Mrs. Bingham und Miss Bates unter den gelangweilten Blicken einer indischen Verkäuferin prüfend drückten. Zwei Minuten später sagte sich Dany, daß sie ganz recht gehabt hatte mit ihrer Vermutung, Tante Harriet wäre von Mr. Dowling begeistert gewesen. Mrs. Bingham hatte sich auf der Stelle für ihn begeistert, und nach erstaunlich kurzer Zeit befanden die beiden sich in einer angeregten Diskussion über die Vorzüge von Natur- und Schaumgummischwämmen.

Dany hatte versucht, unauffällig den Rückzug anzutreten, denn sie hatte nicht den Wunsch, die Bekanntschaft ihrer Stieftante zu machen, bevor es absolut notwendig war. Aber sie war nicht schnell genug gewesen, und ehe sie es verhindern konnte, stellte Larry sie vor.

»Das ist Miss Kitchell, Mrs. Bingham. Mr. Holdens Sekretärin und eine Mitreisende nach Sansibar. Sie wird bei den Frosts wohnen. Tyson Frost, der Romanautor, Sie wissen schon. Waaas?... Ihr Bruder? Nein, ist das ein Zufall!«

Danys anklagenden Blick erwiderte er mit einem boshaften Zwinkern, und sein Grinsen zeigte, daß er sich nicht im geringsten schämte.

Der Rest des Nachmittags wurde für Dany zur Qual, denn Larry erlaubte ihr nicht, sich von der Gesellschaft zu trennen, und die Schwester ihres Stiefvaters erwies sich als eine jener sehr gesprächigen Frauen, deren höchste Freude es ist, endlos persönliche Fragen zu stellen und sich dafür mit endlosen persönlichen Informationen zu revanchieren.

Mrs. Bingham wollte *alles* über Amerika wissen, ein Land, das sie bisher noch nicht besucht hatte, jedoch eines Tages zu besuchen gedachte. Dany, die ebensowenig dort gewesen war, schnitt bei diesem Examen nicht gut ab und konnte nur beten, daß Larry Dowling und die forsche Miss Bates gleichermaßen unwissend waren.

Auf Mrs. Binghams lautstark ausgedrückte Verwunderung über das Fehlen eines amerikanischen Akzents antwortete Dany gewandt, ihre Eltern seien erst vor ein paar Jahren nach den USA ausgewandert und sie selbst sei teilweise in England erzogen worden.

»Ah!« sagte Gussie Bingham mit der Befriedigung eines Menschen, der ein Problem gelöst hat. »Dann ist das natürlich der Grund, warum Mr. Holden Sie dafür auserwählt hat, ihn nach Europa zu begleiten. *Sie* können uns verstehen. Ich wüßte nicht, daß ich diesem Mr. Holden schon begegnet bin, aber sein Vater hat mich einmal besucht – warten Sie, war es 1938 oder 39? Er ist ein guter Freund von Tyson, meinem Bruder. Ein sehr sympathischer Mann – für einen Amerikaner. Oh, ich bitte um Entschuldigung, meine Liebe! Wie unhöflich sich das anhört. Bitte, verzeihen Sie mir.«

»Keine Ursache.« Dany fragte sich, wie lange es noch dauern würde, bis Mrs. Bingham ihr eine Frage stellte, deren Beantwortung ihr unmöglich war. Dann war die Entlarvung unvermeidlich. Wie dumm war sie gewesen, daß sie sich in eine Unterhaltung eingelassen hatte, ganz gleich mit wem! Sie hätte sich außer Sicht und außer Gefahr halten sollen. Lash hatte ganz recht: Sie hatte keinen Verstand. Sie hatte sich nichts anderes dabei gedacht, als daß ein Bummel mit Larry Dowling durch Nairobi ein netter Zeitvertreib für den langen Nachmittag sei und daß sie gefährliche Themen leicht werde vermeiden können. Und das war daraus geworden!

Gussie Bingham fragte: »Was meinen Sie, gibt es in Nairobi sonst nichts zu sehen? Vielleicht hätte ich Mr. Pontings Angebot, uns herumzuführen, annehmen sollen. Das ist der Sekretär meines Bruders, wissen Sie. Er ist nach Nairobi gekommen, um mich abzuholen, und er führte uns zum Lunch in irgendeinen Club. Das war wirklich sehr angenehm. Aber der arme Mann hatte den halben Vormittag beim Zahnarzt verbracht. Deshalb bestand ich darauf, er solle zwei Aspirin nehmen und sich hinlegen, Millicent und ich würden schon für uns selbst sorgen. Ich bin überzeugt, er war mir dankbar. Übrigens müssen Sie ihn kennengelernt haben, als er mit meinem Bruder in den Staaten war. Was halten Sie von ihm?«

Danys Herz schien sechs Zoll hochzuspringen und dann mindestens die doppelte Strecke niederzufallen. *Hatte* Ada Kitchell diesen Mr. Ponting kennengelernt, als Tyson drüben in Amerika war? Lash kannte ihn bestimmt, und somit Ada wahrscheinlich auch. Warum hatte Lash sie nicht gewarnt? Warum hatte sie nicht daran gedacht, ihn zu fragen? Warum hatten sie beide diesen Punkt vergessen, und was in aller Welt sollte sie tun, wenn sie diesem Mann gegenüberstand und er feststellte, daß sie nicht Ada Kitchell war?

Glücklicherweise wartete Gussie Bingham nicht auf eine Antwort. »Er ist schon seit mehreren Jahren bei meinem Bruder, aber ich hatte ihn bisher nie gesehen – obwohl er natürlich in unserm Haus gewesen ist. Aber das war, als Tyson vor einem oder zwei Jahren nach England kam und Millicent und ich kurze Ferien auf Jersey machten. Jedenfalls war es aufmerksam von Tyson, mich von ihm abholen zu lassen. Allerdings habe ich den Verdacht, er ist eigentlich Dany Ashtons wegen hier – das ist die Stieftochter meines Bruders, wissen Sie. Sie hätte mit der gleichen Maschine fliegen sollen, aber sie war nicht auf dem Flughafen, und als wir nachfragten, hörten wir, daß sie ihren Platz zurückgegeben habe. Sehr merkwürdig. Windpocken oder Mumps oder so etwas, nehme ich an.«

Offenbar bewegten sich Augusta Binghams Gedanken in diesem Zusammenhang auf den gleichen Bahnen wie die Larry Dowlings: Kinderkrankheiten. Aber zum Glück für Danys Nervensystem wechselte Mrs. Bingham von der fehlenden Miss Ashton auf ein weniger gefährliches Thema über.

»Wir werden eine ziemlich große Gesellschaft in *Kivulimi* sein, nicht wahr? Ich bin seit Vaters Tod nicht mehr dort gewesen. Mir kommt es vor, als sei das ewig her. Als Kinder verbrachten wir beinahe ein Jahr dort. Aber Vater konnte das Haus nicht recht leiden. Ganz im Gegensatz zu seinem ältesten Bruder, dem alten Onkel Barclay, der ganz verrückt danach war. *Besessen* war er davon – und von Sansibar. Er liebte den Ort und verließ ihn so gut wie nie. Ich glaube, aus dem Grund hat er nie geheiratet.«

»War er der älteste Sohn von Emory, dem ersten Frost?« erkundigte sich Larry Dowling.

»Dem ersten Frost, der Sansibar besuchte«, berichtigte Mrs. Bingham nachsichtig. »Ja. Der Familiensitz ist natürlich in Kent. Ich wohne jetzt dort, weil Tyson sich so selten in England aufhält. Millicent und ich halten das Haus für ihn warm, sagen wir immer. Ich weiß nicht, was ich ohne Millicent anfangen würde. Sie kam zu mir, als mein Mann starb, und sie sorgt für einfach alles.«

»Ist Ihr Bruder viel in Sansibar?« Larry steuerte das Gespräch entschlossen auf Tyson Frost zurück.

»Eigentlich nicht. Er ist ein so ruheloser Mensch. Immer unterwegs. Fragen Sie seine Freunde dort, er kommt und ist auch schon wieder weg. Ich fand es immer so romantisch, ein Haus auf Sansibar zu haben, aber Tyson bleibt nie sehr lange.«

»Wahrscheinlich findet er es ziemlich unzivilisiert«, warf Miss Bates ein. »Romantik ist schön und gut, doch ich bin für fließendes heißes und kaltes Wasser! Ich sage immer, nichts geht über den modernen Komfort.«

»Ich fürchte, Millicent macht sich nichts aus Auslandsreisen«, vertraute Gussie Bingham mit leiser Stimme Dany an. »Sie verabscheut den Osten. Und ihr fehlen das Institut und die Pfadfinderinnen und all das. Sie hat so viele Interessen: ein Turm der Stärke. Unser Pfarrer sagt oft, er wisse nicht, wie Market-Lydon ohne sie zurechtkommen solle, und ich bin überzeugt, sie ist darin einer Meinung mit ihm. Oh! Damit meine ich nicht – das klingt so unfreundlich. In Wirklichkeit wollte ich...«

Aber Dany zollte ihr keine Aufmerksamkeit mehr, denn der Name »Market-Lydon« hatte einen kühlen Hauch in den heißen Tag gebracht. *Mann in Market-Lydon ermordet...* Doch es war nicht nur »ein Mann«. Es war der ältliche, pedantische, strengblickende Mr.

Honeywood. Und da Mr. Honeywood seit mindestens zwei Generationen der Anwalt der Familie Frost gewesen war, mußte er auch Mrs. Binghams Anwalt gewesen sein. Sie hatte ihn bestimmt gut gekannt. Wußte sie, daß er jetzt tot war? Wenn ja, konnte die Nachricht von seinem Tod sie nicht so erschüttert haben wie Dany, die ihn nur einmal und das ganz kurz gesehen hatte.

Larry Dowling fragte gerade: »Lädt Ihr Bruder oft Gäste ein, wenn er auf Sansibar ist, Mrs. Bingham? Oder ist dies eine besondere Gelegenheit?«

»Oh, ich glaube nicht, daß die Einladungen eine Idee meines Bruders waren. Er ist nicht sehr gesellig, wenn er schreibt, und soviel ich weiß, arbeitet er gerade jetzt an einem Buch. Aber seine Frau liebt es, das Haus voll zu haben. Vermutlich hat sie Langeweile, wenn er den ganzen Tag beschäftigt ist. Und dann natürlich...«

Mrs. Binghams Stimme schwatzte weiter und weiter, und Larry Dowling hörte ihr mit schmeichelhafter Aufmerksamkeit zu. Immer, wenn der Redefluß zu versiegen drohte, gab er interessierte, ungläubige oder zustimmende Geräusche von sich. Er war ein ebenso guter Zuhörer wie Erzähler, dachte Dany voller Unbehagen. Ein sehr sympathischer Mann – aber ein gefährlicher...

Sie brach in den brodelnden Strom von Geständnissen ein und sagte mit erzwungener Leichtigkeit: »Mr. Dowling ist ein Zeitungsmann, wissen Sie.«

Aber wenn sie damit eine Warnung hatte aussprechen wollen, verfehlte sie ihr Ziel.

Larry Dowling bedachte sie mit einem kurzen, ironischen Grinsen, das merkwürdig beunruhigend war. Miss Bates drehte sich ihm ruckartig zu und betrachtete ihn, als sei er etwas, das sie im Garten plötzlich mit einem Spaten ans Licht befördert habe. Doch Gussie Bingham ließ sich nicht nur nicht abschrecken, sie war sogar begeistert.

»Ein Reporter? Wie interessant!«

»Feature-Schreiber«, korrigierte Dowling geduldig.

»Das ist doch sicher dasselbe?« meinte Gussie Bingham vergnügt. »Müssen Sie ein aufregendes Leben führen! Feuersbrünste und Morde und Filmstars. Heute Paris und morgen Bangkok. Wie ich Sie beneide! Tyson kennt sehr viele Zeitungsleute. Er sagt, sie seien die niedrigste Form menschlicher... Oh! Das tut mir aber leid! Das war sehr unhöflich von mir. Ich meinte wirklich nicht... Ich bin überzeugt, Sie würden ihm gefallen, Mr. Dowling.«

Miss Bates rümpfte hörbar die Nase und murmelte etwas von Aasgeiern und Schnüfflern. Mrs. Bingham wies sie mit einem Stirnrunzeln zurecht, nahm Mr. Dowlings Arm und ging lebhaft plaudernd mit ihm voran. Miss Bates blieb es überlassen, Seite an Seite mit Dany zu folgen.

»Ich bin sicher, daß ich diesen Burschen schon einmal irgendwo gesehen habe.« Miss Bates richtete einen finsteren Blick auf Mr. Dowlings ahnungslosen Rücken. »Ich vergesse niemals ein Gesicht. Vielleicht war sein Bild in den Zeitungen, als er wegen Verleumdung und übler Nachrede verurteilt wurde, wenn Sie mich fragen. Es wird mir schon wieder einfallen. Ich kenne den Typ. Ganz Charme und gute Laune, und dabei kein bißchen vertrauenswürdig. Nur auf den eigenen Profit aus. Nicht besser als Trickbetrüger. In der Tat, so einer ist er wahrscheinlich! Wir haben nur sein eigenes Wort dafür, daß er ein Feature-Schreiber ist, was das auch sein mag!«

Von neuem schnüffelte Miss Bates ausdrucksvoll. »Wissen Sie«, vertraute sie Dany an, »Gussie ist ein anständiger Kerl, und sie hat ein gutes Gehirn in ihrem Schädel. Aber es gibt Zeiten, wo man das nie vermuten würde. Denken Sie nur daran, wie sie sich von diesem Reporter über Tyson ausfragen läßt! Jeder könnte sehen, daß er nichts Gutes vorhat. Wenn er kein Verbrecher ist, dann ist er hinter einem Artikel her – vorzugsweise einem solchen, in dem viel schmutzige Wäsche gewaschen werden kann. Zeitungen sind eine Bedrohung. Müll – das ist alles, woran sie interessiert sind. Müll und Mord.«

Mord!... Ja, Mord war etwas, worüber man nur in den Zeitungen las. Mord war nicht real. Leute, die man kannte, starben, aber sie wurden niemals ermordet...

Dany nahm den Tee auf der Hotel-Veranda immer noch in der Gesellschaft von Augusta Bingham, Millicent Bates und der Presse, repräsentiert von Larry Dowling. Larry hatte eine merkwürdig schüchterne Einladung ausgesprochen, die Dany gerade hatte ablehnen wollen, als der Anblick Lash Holdens sie ihre Meinung ändern ließ. Denn Lash trank den Nachmittagstee ebenfalls auf der Veranda – mit Amalfi Gordon. Er trug einen grauen Anzug und zeigte keine Spuren eines Katers mehr, und Amalfi sah sanft und süß und hinreißend schön in einem Kleid aus, für das irgendwer zweifellos eine dreistellige Zahl in sein Scheckbuch eingetragen hatte. Seine einfachen Linien ließen jede andere Frau in Sichtweite hausbacken wirken (und sich so fühlen).

Von dem Marchese Eduardo di Chiago war nichts zu sehen und zu hören. Amalfi sprach ernsthaft und unhörbar mit einem Ausdruck auf ihrem reizenden Gesicht, der auf bewundernswerte Weise einen süß trauernden Erzengel mit einem Kind, das wegen eines kleinen Vergehens um Verzeihung bittet, kombinierte.

Lash wirkte ein bißchen mißmutig, doch gleichzeitig hingerissen. Dany fragte sich, ob der Marchese vielleicht mit einem Auftrag weggeschickt worden war, der ihn eine oder zwei Stunden beschäftigt halten würde, so daß Mrs. Gordon ihren Kuchen in Ruhe verspeisen konnte.

Die Ängste des Nachmittags zusammen mit dem Mord an Mr. Honeywood und ein halbes Dutzend drängender und quälender Probleme zogen sich plötzlich von der Oberfläche Danys Bewußtseins zurück, um von Entrüstung über die raubgierige Mrs. Gordon und die Rückgratlosigkeit jenes einfältigen, betörten und hypnotisierten Kaninchens Mr. Lashmer J. Holden junior ersetzt zu werden.

Was sieht er nur in ihr? dachte Dany empört. Und gleichzeitig erkannte sie, was er in ihr sah. Amalfi Gordon schien alles zu haben.

Nun, Lash wird sie nicht bekommen! beschloß Dany grimmig und setzte sich auf einen Stuhl, von dem aus es ihr möglich war, ein Auge auf jenen kraftlosen und unbelehrbaren jungen Mann zu halten, ohne daß es auffiel.

Mindestens zwanzig Minuten lang merkte Lash nichts von Danys Anwesenheit. Aber als er sie entdeckte, reagierte er prompt, wenn auch in einer Art, die kaum verbindlich zu nennen war. Sein Blick fiel auf sie, und er erstarrte, als traue er seinen Augen nicht. Doch gleich darauf sprang er hoch, entschuldigte sich bei Amalfi und bahnte sich einen Weg zwischen den Teetrinkern auf der überfüllten Veranda bis zu Danys Tisch.

»Ich habe Sie schon gesucht, Miss Kitchell«, sagte Lash unheilverkündend. »Da ist verschiedenes für Sie zu tun, und mir wäre es lieb, wenn Sie sich sofort an die Arbeit machen würden. Und das nächste Mal geben Sie mir Bescheid, wenn Sie die Absicht haben, sich den Nachmittag freizunehmen.«

Dany biß sich auf die Lippe und errötete vor Zorn. Aber ihr Sinn für Humor kam ihr zu Hilfe, und mehr noch tat der Anblick der goldenen Mrs. Gordon für sie, die verlassen am anderen Ende der Veranda saß. Unterwürfig stand Dany auf.

»Es tut mir so leid, Mr. Holden. Ich hatte keine Ahnung, daß Sie mich heute nachmittag brauchen würden. Wollen Sie mich entschuldigen, Mrs. Bingham? Es scheint, daß ich einige Arbeiten erledigen muß. Danke für den Tee, Larry.«

Sie stellte Lash der Gesellschaft vor und ging. Doch sie hielt sich noch keine fünf Minuten in der Hochzeitssuite auf, als die Tür aufflog und ihr Arbeitgeber erschien.

Er knallte die Tür hinter sich zu und schimpfte: »Hören Sie, haben Sie den Verstand verloren? Zum Kuckuck, was soll das heißen, daß Sie in ganz Nairobi herumstrolchen und sich von jedem Tom, Dick oder Harry aufgabeln lassen? Hölle und Teufel! Wissen Sie, mit wem Sie ausgegangen sind? Mit einem Journalisten! Ausgerechnet! Und diese blauhaarige Dame ist Tyson Frosts Schwester. Ihre eigene Stieftante, bei Gott! Glauben Sie, sie hat Sie nicht erkannt? Wenn Sie morgen aufwachen, finden Sie die ganze Geschichte wahrscheinlich auf den Titelseiten. Sie sind wohl wahnsinnig geworden.«

»Machen Sie sich keine Sorgen«, beschwichtigte Dany. »Ich habe sie nie zuvor gesehen, deshalb kann sie mich natürlich auch nicht erkennen. Und das mit Larry Dowling tut mir sehr leid. Ich dachte nicht...«

»Sie denken nie!« unterbrach Lash sie erbittert. »Und auch noch Larry!« Daß sie Mr. Dowlings Vornamen benutzt hatte, schien ihn noch mehr aufzuregen. »Sind Sie je auf die Idee gekommen, einen Blick auf den Paß zu werfen, mit dem Sie reisen? Nein? Dann lassen Sie sich von mir sagen, daß Ada aus Milwaukee stammt, und da spricht man nicht mit britischem Akzent wie bei der BBC!«

»O Schreck«, sagte Dany schuldbewußt, »dabei fällt mir etwas ein. Habe ich Mr. Ponting kennengelernt? Tysons Sekretär? Ich meine, hat Ada Kitchell ihn kennengelernt? Mrs. Bingham fragte mich nämlich nach ihm, und ich wußte nicht, ob ich ihn kennen sollte oder nicht.«

Lash hob beide geballten Fäuste zum Himmel, während seine Lippen sich tonlos bewegten. Dann ließ er die Hände sinken und sagte mit streng beherrschter Stimme: »Nein, durch die Gnade der Vorsehung haben Sie ihn nicht kennengelernt. Andernfalls säßen wir noch tiefer in der Tinte, als wir es jetzt schon tun. Was haben Sie ihr geantwortet?«

»Nichts. Glücklicherweise wartete sie nicht auf eine Antwort.«

»›Glücklicherweise‹ ist richtig! Und ich hoffe, das ist Ihnen eine Lehre gewesen. Sehen Sie denn nicht ein, daß Ihre einzige Chance darin besteht, sich bis Sansibar im Hintergrund zu halten und mit niemandem, *niemandem!* zu reden? Wenn Sie einmal da sind, soll sich Ihr Stiefvater Kopfschmerzen machen. Und wenn er eine Spur Verstand hat, wird er Ihnen sechs Ohrfeigen geben.«

Lash trat an den Tisch am Fenster und nahm sich von einem Tablett zu trinken. Es hatte noch nicht dagestanden, als Dany gegangen war. Mit Erleichterung stellte sie fest, daß die Flasche noch zu mehr als drei Vierteln voll und die Menge, die er sich eingoß, bescheiden war.

Lash fing ihren Blick auf und deutete ihn richtig. »Damit will ich nur den Geschmack von diesem verdammten Tee aus dem Mund bekommen. Wie gern möchte ich der ganzen Situation ausweichen, indem ich mich sinnlos betrinke! Aber das muß ich verschieben, bis ich Sie losgeworden bin. Ich kann es mir nicht leisten, geistig wegzutreten, solange Leute wie Sie frei herumlaufen.«

Dany bemerkte liebenswürdig, es sei freundlich von ihm, sich so um ihr Wohlergehen zu sorgen.

»Das tue ich nicht«, entgegnete Lash kurz. »Schlagen Sie sich das nur schnell aus dem Kopf! Ich sorge mich um mich selbst. Und das ist der Grund, Miss Kitchell, aus dem Sie hier in diesem Zimmer bleiben und ihren Mund geschlossen halten werden, bis wir morgen früh zum Flughafen aufbrechen. Und Sie werden Ihr bezauberndes Mündchen weiter geschlossen halten, bis wir sicher hinter der Haustür Ihres unglücklichen Stiefvaters sind. Danach werde ich mit dem ersten Flugzeug wieder abreisen. Adas Paß in der Hosentasche, und Sie können sehen, wie Sie fertig werden.«

Er trank sein Glas aus und wandte sich zur Tür. »Sie finden Entwürfe zu verschiedenen Briefen auf dem Schreibtisch da, und Sie können die Zeit ganz gut damit ausfüllen, daß Sie sie abtippen. Drei Durchschläge. Und in amerikanischer Rechtschreibung!«

»Ja, Sir«, antwortete Dany demütig.

Zum ersten Mal in vierundzwanzig Stunden lachte Lash. »Eigentlich sind Sie gar nicht so übel«, räumte er ein. »Ihr I.Q. ist wahrscheinlich der niedrigste, der jemals verzeichnet wurde, und ich weiß wirklich nicht, warum der Wohlfahrtsstaat es zuläßt, daß Sie ohne Wärterin herumlaufen. Trotzdem haben Sie Ihre lichten Momente. Aber lassen Sie sich das nicht zu Kopf steigen, Schätzchen. Ich durchschaue Sie.«

Dany stiegen die Tränen in die Augen. Sie wandte sich rasch ab, damit er sie nicht sah. »Danke«, sagte sie leise.

Lash erklärte: »Die Schreibmaschine ist in diesem viereckigen braunen Kasten. Ich bin mir nicht sicher, wo Papier und Kohlepapier liegen. Sehen Sie sich um. Oh, und übrigens, damit es kein Gerede gibt, gehört diese Suite Ihnen allein. Ich habe das mit der Direktion geregelt. Offiziell schlafe ich unten in Zimmer 72, dessen Bewohner abwesend ist. Da er jedoch ein Vorhängeschloß angebracht hat, werde ich die Nacht auf diesem Sofa verbringen. Immerhin, solange das keiner erfährt, bleibt der Anstand gewahrt. Und an der Tür dort drüben ist ein Riegel, falls Sie sich vor mir fürchten sollten.«

Er öffnete die Tür zum Flur und setzte über die Schulter weg hinzu: »Ich werde dafür sorgen, daß Ihnen das Dinner nach oben gebracht wird. Das ist sicherer, als Sie im Speisesaal loszulassen, wo Wölfe wie dieser Dowling herumschleichen.«

»Sie dagegen werden vermutlich auswärts essen«, erwiderte Dany ärgerlich. »Ich hätte Ihnen mehr Stolz zugetraut!«

»Schreiben Sie die Briefe, Miss Kitchell!« befahl Lash streng und knallte die Tür zu.

7

Es war gerade zwei Uhr morgens, als Dany plötzlich erwachte. Sie blieb still liegen und lauschte.

Sie wußte nicht, was sie aufgeweckt hatte, nur daß es ein Geräusch gewesen war. Vielleicht war Lash zurückgekommen. Nein, das war nicht möglich. Sie hatte Lash gehört, bevor sie einschlief, und das war eine Stunde her, wie ihr die Leuchtzeiger des Reiseweckers verrieten, der mit dem Zifferblatt zu ihr hin auf dem Toilettentisch stand. Außerdem war das Geräusch nicht aus dem Nebenzimmer gekommen. Es war näher gewesen, da war sie sicher…

Dany hatte in dem Hotel in der Gloucester Road wenig und unruhig geschlafen und noch schlechter letzte Nacht im Flugzeug. Sie hatte geglaubt, den Schlaf hier nachholen zu können. Doch es war ihr nicht gelungen. Stunde auf Stunde hatte sie sich in dem breiten Bett herumgeworfen, sich Sorgen um ihre peinliche Situation gemacht und auf Lashs Rückkehr gehorcht.

Endlich war er gekommen, kurz vor eins. Und wahrscheinlich nüchtern, denn er hatte so wenig Lärm gemacht, daß sie ihn nur hörte, weil sie wach war und auf ihn wartete. Sie hörte einen Schalter klicken, und ein dünner Lichtfaden erschien unter der Tür zwischen den beiden Zimmern. Dany hatte sich hochgesetzt, die Arme um die Knie geschlungen und sich inbrünstig gewünscht, die Konvention verböte ihr nicht, nach nebenan zu gehen und mit ihm zu sprechen.

Sie fühlte sich allein und verloren und verängstigt und sehr trostbedürftig. Lash machte es nicht besser, als er beim Ausziehen ganz leise durch die Zähne pfiff. Es war nur der Hauch einer Melodie, aber das Lied war ihr bekannt. Zu bekannt. *Aufs weite Meer ich fahr' bis hin nach Sansibar*... Es klang sehr unbekümmert.

Er hat sich wieder mit ihr vertragen, dachte Dany verzweifelt. Was für Idioten die Männer sind! Sie ist alt genug, seine Mutter zu sein! Na ja, vielleicht nicht gerade seine Mutter – aber seine Tante. Und sie schert sich keinen Pfifferling um ihn. Nicht wirklich. Sie möchte lieber eine *Marchesa* werden oder eine Millionärin oder... Vielleicht *ist* er Millionär? Nein, er kann keiner sein. Er muß einer sein. Dieser Sir Soundso... Ambrose Nochwas, der in Khartum geblieben ist. Öl. *Er* ist wahrscheinlich Millionär und alt genug für sie. Vielleicht heiratet sie ihn. Oder den Italiener. Aber bitte, nicht Lash...

Das Licht unter der Tür war verschwunden und Dany endlich eingeschlafen, nur um eine Stunde später von einem Geräusch geweckt zu werden, das sie nicht identifizieren konnte.

Sie lauschte, ob es sich wiederholte, aber das tat es nicht. Langsam beruhigte sie sich und blickte schläfrig ins Dunkel. Vor einer Stunde hatte der Mond geschienen, ein greller, weißer, afrikanischer Mond. Er hatte ihr Zimmer so hell gemacht, daß sie aufgestanden war und die schweren inneren Vorhänge über die Musselin-Stores gezogen hatte, die tagsüber Fliegen und Staub abhalten sollten. Doch nun war der Mond untergegangen, die Lichter im Hotel waren ausgeschaltet, und die Straßen von Nairobi lagen dunkel und still da. So dunkel und still wie ihr Zimmer.

Danys Augenlider begannen zu sinken, als sie zu ihrem Entsetzen merkte, daß jemand in ihrem Zimmer war.

Sie hatte dagelegen und ihren Blick müßig auf das schwachgrüne Zifferblatt des Reiseweckers gerichtet, und sie hatte nichts gehört. Doch das brauchte sie auch nicht. Irgend etwas – irgend jemand – war zwischen ihrem Bett und dem Toilettentisch durchgegangen und hatte diesen kleinen leuchtenden Kreis verdeckt. Sie konnte die Uhr immer noch ganz deutlich ticken hören. Aber sie konnte sie nicht mehr sehen.

Ganz langsam, Zoll um Zoll setzte Dany sich hoch. Sie bewegte sich ebenso geräuschlos wie jenes andere Wesen im Zimmer, bis sie schließlich aufrecht saß, den Rücken eng an die Kissen und das gepolsterte Kopfbrett gedrückt. Ihre Hände krallten sich in das Laken. Jeder Muskel ihres Körpers schien vor Angst gelähmt zu sein. Sie konnte sich nicht mehr bewegen. Sie konnte nur noch steif dasitzen und mit aufgerissenen Augen in die Dunkelheit starren. Der Atem drohte ihr zu versagen, und ihre Herzschläge klangen in der Stille so schnell und laut wie Hufgetrappel auf hartem Straßenpflaster.

Nichts regte sich in der Schwärze, doch ein merkwürdiger Geruch hing im Raum. Ein komischer, kränklicher Geruch, der irgendwie vertraut und gleichzeitig sehr furchterregend war. So furchterregend wie das unsichtbare Ding, das sich mit ihr im Zimmer befand.

Dann war das Zifferblatt plötzlich wieder sichtbar. Der Körper, der es verdeckt hatte, war von links nach rechts weitergegangen, und das bedeutete, er kam auf sie zu.

Dany öffnete den Mund zum Schreien und merkte, daß ihre Kehle trocken und so eng vor Grauen war, daß sie nichts als törichte kleine Krächzlaute ausstoßen konnte. Aber das war ein Fehler.

Eine rasche Bewegung war zu spüren, und etwas berührte ihre Bettkante. Und plötzlich wurde in Dany der Selbsterhaltungstrieb wach. Mut und die Fähigkeit, zusammenhängend zu denken, kehrten zurück. Das dumme Krächzen hatte nur bewirkt, daß der Eindringling zu ihr geleitet wurde. Wenn sie schrie, mochte sie Lash zwar wecken, doch er konnte nicht zu ihr, weil sie die Tür verschlossen hatte. Und vielleicht fand sie nur für einen einzigen Schrei Zeit...

Dany nahm ihre ganze Kraft zusammen, warf sich herum, rollte sich auf der anderen Seite aus dem Bett, berührte den Fußboden und stand schon auf den Füßen.

Damit hatte der Eindringling wohl nicht gerechnet. Sie hörte ihn scharf Luft holen und eine schnelle Bewegung machen, der ein unwillkürlicher Schmerzenslaut folgte. Wenigstens war er menschlich, denn er hatte sich einen bloßen oder bestrumpften Fuß an einem Bein des Bettes angestoßen. Der Laut verriet seine Position, wie ihr Versuch zu schreien die ihre verraten hatte. Das half ihr ein wenig. Aber nur für einen Augenblick.

Dany wich zurück in die Dunkelheit, und erst jetzt kam ihr zu Bewußtsein, daß der Mensch, der sich in ihrem Zimmer befand, kein gewöhnlicher Dieb war. Ein Dieb, der das Fenster hinter sich hatte, wäre bei ihrem Erwachen ohne Zeitverlust in der Nacht verschwunden. Das war jemand, der *sie* wollte – Dany Ashton! Um sie zu töten...

Dany wurde übel. Das strenge Gesicht Mr. Honeywoods schien in der Luft vor ihr zu schweben.

Mord... Das war nicht länger ein fesselndes Wort in einer Schlagzeile. Es war Wirklichkeit. Der Mörder war hier im Zimmer mit ihr. Wenn sie sich bewegte, bewegte er sich auch. Wenn sie stillstand und ihr Gehör anstrengte, stand er still – und lauschte ebenfalls. Lauerte darauf, sie anzuspringen...

Dany zitterte so sehr, daß sie kaum stehen konnte. Ihr war, als müsse sie vor Angst wahnsinnig werden. Sie hatte die Orientierung verloren, und obwohl sie sich mit ihren kalten Händen an der Wand entlangtastete, wußte sie nicht mehr, in welcher Richtung sie ging. Bewegte sie sich auf die Salontür zu oder von ihr weg? Wo war das Bett? Wo war das Fenster?

Und dann sah sie für einen kurzen Augenblik das Zifferblatt wieder und wußte, wo sie war. Aber gleich darauf gab es ein Klappern und ein geisterhaftes Auflachen – ein gräßlicher Laut in der Dunkelheit – und das Zifferblatt war verschwunden. Jemand hatte den Wecker absichtlich umgeworfen, damit sie sich nicht mehr nach ihm richten oder an ihm eine Bewegung erkennen konnte.

Aber sie war jetzt bis auf einen Meter an die Tür herangekommen. Weit konnte es nicht mehr sein. Noch drei Schritte, und sie würde sie erreichen.

Mit einem scharfen »Plopp« traf etwas die Wand neben ihr und hätte ihr beinahe einen Schrei entlockt. Die Anstrengung, ihn zurückzuhalten und keine plötzliche Bewegung zu machen, bedeckte ihre Stirn mit kalten Schweißtropfen und ließ ihre Handflächen feucht werden. Doch mit dem nächsten Schritt erkannte sie, daß sie sich gerettet hatte – und was an die Wand geprallt war.

Der Eindringling hatte einen ihrer absatzlosen Samtpantoffeln aufs Geratewohl durch das Zimmer geworfen, damit sie ihre Position durch einen Schrei oder eine hörbare Bewegung verriet. Danys Fuß berührte den Pantoffel. Sie bückte sich vorsichtig, hob ihn auf und schleuderte ihn in Richtung der Badezimmertür.

Er traf die Wand und fiel mit leisem Klatschen zu Boden. Von neuem hörte sie, daß jemand hart und schnell Atem holte. Dann rannten bestrumpfte Füße auf das Geräusch zu. Dany hatte jedoch die Salontür erreicht, und der Schlüssel lag kalt zwischen ihren Fingern. Sie schloß auf und faßte nach dem Türknopf. Ihre Hände waren so feucht vor Angst, daß der Knopf ihr entglitt und sich nicht drehen wollte.

Und dann war die Tür offen, und sie war hindurch. Sie rannte gegen ein unsichtbares Möbelstück und schrie nach Lash.

Sie hörte, daß ihr Verfolger gegen die halboffene Tür hinter ihr krachte. Aber sie hatte das Sofa erreicht, und Lash war aufgewacht. »Was, zum Teufel!« rief er. Und beim Klang seiner Stimme stieß der Eindringling ein ungläubiges Keuchen aus. Verworrene Geräusche endeten mit dem Zuknallen einer Tür. Und sie waren allein.

Lash tastete sich fluchend zum nächsten Lichtschalter vor, behindert von Dany, die sich verzweifelt an ihn klammerte. Dann ging das Licht an. Lash blinzelte benommen und klopfte mechanisch Danys bebende Schultern.

»Lash... Lash... oh, Lash!« weinte Dany, aufgelöst in Tränen und Entsetzen.

»Ist ja alles gut«, tröstete Lash unbeholfen. »Ich bin hier. Alles in Ordnung. War es ein so schrecklicher Alptraum, Schätzchen?«

»Es war kein Alptraum«, schluchzte Dany. »Es war ein M-mörder! Ein *Mörder!«*

»Denken Sie nicht mehr daran, Bambina«, riet Lash ihr freundlich. »Es hat keinen Zweck, daß Sie sich von all dem nervös machen lassen. Hören Sie auf zu weinen, Schätzchen.«

Dany klammerte sich nur noch fester an ihn. »Sie verstehen nicht – ich habe nicht geträumt. Es war wirklich. Es war wirklich...«

»Okay, es war wirklich«, beruhigte Lash sie. »Aber deshalb brauchen Sie mich nicht zu erwürgen. Wie wäre es mit einem Schluck zu trinken und zwei Aspirin?«

Da er keine Antwort auf diesen Vorschlag erhielt und merkte, daß Dany nicht die Absicht hatte, ihren Griff zu lockern, hob er sie hoch, trug sie zum Sofa, setzte sich mit ihr hin und faßte über ihren Kopf weg nach dem Tablett mit den Getränken, das er vorausschauend in Reichweite seines provisorischen Bettes hingestellt hatte.

»Nun setzen Sie sich um Gottes willen richtig hin und fassen Sie sich! Hier, trinken Sie – das ist nur Wasser... So ist's brav. Wissen Sie, was Sie im Augenblick am notwendigsten brauchen, ist ein Taschentuch. Oder sagen wir, sechs Taschentücher. Nun, nun, Schätzchen. Hören Sie auf zu weinen!«

Dany hob den Kopf von seiner feuchten Schulter. Ihr Gesicht war tränenüberströmt und von Entsetzen gezeichnet. Hilflos blickte sie um sich.

»Wonach suchen Sie?« fragte Lash.

»T-taschentuch natürlich.«

»Wenn Sie mich loslassen, gebe ich Ihnen eins von meinen.«

Lash befreite sich von Danys verkrampften Fingern und setzte sie auf das eine Ende des Sofas. Dann zog er ein sauberes Taschentuch aus der Tasche seines abgelegten Dinnerjacketts und reichte es ihr.

»Ich glaube, an dies Nachtgewand erinnere ich mich«, bemerkte er, steckte sich eine Zigarette an und lächelte ihr durch den Rauch zu. »Sie trugen es zusammen mit einem Stück Zeitungspapier, als wir uns kennenlernten. Es ist ganz wie in den alten Zeiten. Ich gebe zu, daß Ihr Gesicht im Augenblick nicht besonders erfreut, aber wenn es Ihnen ein Trost ist, der Rest ist eine Augenweide.«

Diese Feststellung rief überhaupt keine Reaktion hervor.

Das Lächeln erstarb in Lashs grauen Augen und wurde von Sorge ersetzt. »Es hat Sie schwer mitgenommen, nicht wahr, Kind? Aber bald kommt alles wieder in Ordnung. Sie werden sehen. Kommen Sie, Sie sind jetzt wach.«

Dany ließ das Taschentuch fallen und sah mit angstvollen, tränennassen Augen zu ihm auf. »Sie glauben immer noch, daß es ein Traum war! Aber es war kein Traum. Da war jemand in meinem Zimmer. Ich hörte ein Geräusch und wachte auf und dann... dann sah ich die Uhr. Sie hat ein Leuchtzifferblatt, deshalb konnte ich sie im Dunkeln sehen. Und dann... dann konnte ich sie plötzlich nicht mehr sehen, weil jemand davorstand...«

Der Satz endete in einem heftigen Zittern, das ihre Zähne klappern ließ, und Lashs Gesichtsausdruck veränderte sich. Er warf seine Zigarette weg, eilte zur Schlafzimmertür und tastete nach dem Lichtschalter. Es klickte, und er sah das zerwühlte Bett und die sich im leichten Morgenwind blähenden Vorhänge. Aber es war niemand da.

Das Zimmer war leer, und das Licht glitzerte auf der kleinen Brosche mit Perlen und Diamanten und auf der Uhr mit dem schmalen goldenen Armband, die Dany getragen hatte. Sie hatte sie auf dem Toilettentisch liegengelassen, und daneben lag mit dem Zifferblatt nach unten der vergoldete Reisewecker.

»Nichts da!« erklärte Lash brüsk, und seine Erleichterung ging in Gereiztheit über. »Sie haben es geträumt. Wenn ein Dieb hiergewesen wäre, hätte er das Zeug da mitgenommen, und...« Er brach ab. Es lag etwas auf dem Fußboden nahe der Tür zum Ankleidezimmer, und die Tür selbst stand halb auf.

Schnell durchquerte Lash das Zimmer, bückte sich und nahm den

Gegenstand hoch. Es war eine Taschenlampe von der Art, die ein Gehäuse aus schwerem schwarzem Gummi hat und deren Strahl eingestellt werden kann.

Lash drehte sich um und fand Dany dicht hinter sich, blaß und zitternd. »Gehört die Ihnen?«

»Nein. Natürlich nicht.«

»Hmm«, machte Lash nachdenklich und verschwand im Ankleidezimmer. Er kam mehrere Minuten lang nicht zurück. Dany setzte sich auf die Bettkante. Sie bebte immer noch und fragte sich, ob ihr nun auch noch die Blamage bevorstand, daß sie sich erbrechen mußte. Es war nur zu wahrscheinlich.

Dann kam Lash mit verwirrtem Gesicht wieder. Er sagte: »Es scheint nichts verschwunden zu sein. Das kommt mir komisch vor. Warum hat er nicht zusammengerafft, was er finden konnte, und ist abgehauen?«

»Weil er so etwas g-gar nicht wollte«, bibberte Dany. »Deswegen ist er n-nicht gekommen. Er hat m-mich gesucht. Er wollte mich ermorden.«

»Ach, Quatsch!« explodierte Lash. »Wollen Sie wohl aufhören, sich wie eine Gestalt aus einer Seifenoper zu benehmen? Wahrscheinlich war es nur irgendein kleiner afrikanischer Taschendieb. Eine Stadt wie diese ist voll davon! Es kann sogar ein Hotelangestellter gewesen sein, der sich an einem leichten Einbruch versucht hat.«

»Es war kein Einbrecher«, beharrte Dany. »Einbrecher wollen die Leute nicht ermorden, er aber wohl. Das weiß ich!«

»Nun hören Sie mal zu«, begann Lash geduldig. »Sie haben nicht den geringsten Beweis dafür, daß er Ihnen überhaupt etwas antun wollte – abgesehen davon, daß er auf Bargeld oder Schmuck aus war, falls so etwas herumlag. Er hatte es noch nicht gefunden, als Sie aufwachten, und sicher haben Sie ihm mehr Angst eingejagt als er Ihnen, was ja schon nicht wenig ist. Warum gehen Sie jetzt nicht einfach?«

Er unterbrach sich, sah sich um und zog die Nase kraus. »Was ist das für ein Geruch?«

»Ich w-weiß nicht. Er war vorhin schon da. Er hat ihn mitgebracht –!«

»Chloroform, bei Gott!« flüsterte Lash. »Das ist es! Chloroform –!«

Mit einem einzigen wilden Ruck fegte er das Bettzeug zur Seite. Der Geruch wurde stärker und eindeutiger, als etwas fast unhörbar auf den Teppich fiel.

Es war eine normale Plastiktüte, wie man sie benutzt, um Butterbrote für ein Picknick einzupacken, und sie schien nichts weiter zu enthalten als einen Wattebausch und Gaze.

Langsam beugte Lash sich nieder, hob den Beutel auf und öffnete ihn. Er riß seinen Kopf zurück und zog eine angewiderte Grimasse. Dem Beutel entquoll eine Welle narkotisierender Dämpfe.

Lash rollte den Beutel rasch zusammen und schob ihn in eine leere Schublade des Toilettentischs. Dany erklärte, ebenfalls im Flüsterton: »Ich hab' es gesagt! Ich hab' es gesagt! Das war für mich gedacht, nicht wahr?«

»Vielleicht«, antwortete Lash.

»Ja, warum tun Sie denn nichts? Warum stehen Sie nur da?«

»Was schlagen Sie denn vor?« erkundigte Lash sich kühl.

»Rufen Sie jemanden! Wecken Sie den Hoteldirektor auf! Telefonieren Sie mit der Polizei! Irgend etwas!«

Lash drehte sich um und ging auf die offene Salontür zu. »Seien Sie nicht dumm, Dany. Sie wissen verdammt genau, daß wir nicht in der Lage sind, nach der Polizei zu rufen.«

Er hielt die Tür für sie auf, und als er sie hinter ihr wieder geschlossen hatte, ging er zu dem Sessel, über dem seine Kleider lagen. Er griff nach seinem Morgenmantel.

»Sie sollten sich den besser noch einmal ausborgen. Im Grunde könnten Sie ihn gleich behalten, wenn so etwas fester Bestandteil des Tagesablaufs wird. Dann nämlich brauchen Sie ihn nötiger als ich.«

Dany sagte tonlos: »Nein. Ziehen Sie ihn an. Ich kann das hier nehmen.«

Sie wickelte sich in eine Decke seines improvisierten Bettes und setzte sich als zitterndes Bündel auf den nächsten Sessel. Schock und Erschöpfung und die Nachwirkungen der Panik gaben ihr das Gefühl, schlaff und knochenlos zu sein.

Lash schlüpfte in seinen Morgenmantel und goß sich ein Glas ein. Dann saß er einige Zeit schweigend da und starrte mit nachdenklich gerunzelter Stirn vor sich hin. Dany beobachtete ihn nur. Plötzlich stand er auf, leerte sein Glas mit einem Zug, stellte es ab und ging noch einmal ins Schlafzimmer.

Er war vielleicht zehn Minuten abwesend. Dany wäre ihm gern gefolgt, denn sie hatte Angst, allein zu bleiben. Aber sie war zu erschöpft, um sich zu bewegen. Statt dessen hielt sie ihren Blick furchtsam auf die offene Tür gerichtet. Sie sah, wie sein Schatten über die Wand huschte.

Er kam mit ernstem Gesicht in den Salon zurück, mischte einen weiteren Drink und reichte ihn Dany. »Sie sollten das lieber trinken. Sie sehen aus, als täte Ihnen etwas Stärkeres als Wasser gut, und Sie dürfen jetzt nicht zusammenklappen. Ich möchte mit Ihnen reden.«

Er bereitete für sich selbst eine beträchtlich stärkere Mischung zu und setzte sich Dany gegenüber auf das Sofa.

»Allmählich komme ich zu der Überzeugung«, sagte Lash, »daß dahinter mehr steckt, als man an der Oberfläche wahrnimmt. Es sieht ganz so aus, als habe der Kerl da drinnen beträchtliche Mühen auf sich genommen. Und hinter Bargeld war er nicht her.«

»Ich habe Ihnen doch gesagt –«, begann Dany von neuem.

»Schsch! Jetzt sage ich es Ihnen. Er ist nicht durch das Schlafzimmerfenster eingedrungen. Er hat eine Scheibe im Badezimmer eingedrückt. Es lag eine ganze Menge von meinen Besitztümern und der Großteil von Ihren im Ankleideraum herum, und das hat er sich alles verdammt genau angesehen. Er hat jedes Schloß von den Koffern gesprengt, die nicht offen waren, und hat jede Kleinigkeit gefilzt. Doch soweit ich es feststellen kann, hat er nichts mitgenommen. Es sei denn, Sie hätten einen Beutel mit Diamanten oder so etwas besessen. Hatten Sie viel Geld in Ihren Koffern? Oder Schmuck?«

»Nein«, antwortete Dany mit heiserem Flüstern. »Ich besitze nicht viel Schmuck. Nur diese Brosche und die Uhr und eine Perlenkette, eine Diamantnadel und etwas Modeschmuck. Das alles war in meinem Kosmetikkoffer.«

»Und da ist es auch noch«, berichtete Lash. »Es ist nichts angerührt worden. Ebensowenig meine Perlen-Hemdenknöpfe und eine nicht sehr kostbare Sammlung von Manschettenknöpfen, ein Zigaretten-Etui mit Feuerzeug aus Gold und Platin und eine oder zwei wertvollere Kleinigkeiten. Ganz zu schweigen von einem Packen Reise-Schecks. Alle diese Dinge hätten bequem in die Hosentasche eines Einbrechers gepaßt. Und doch hat er sie nicht genommen. Also, warum?«

»Ich habe es Ihnen doch gesagt«, erklärte Dany zum viertenmal.

»Wollen Sie bitte nicht mehr dazwischenreden? Meine Ausführungen sind kein Dialog. Ich analysiere die Tatsachen. Der Ankleideraum und alles, was sich darin befindet, ist sehr gründlich durchsucht worden. So etwas tut man nur, wenn man einzig und allein nach einem Gegenstand Ausschau hält – nach einem besonderen Gegenstand. Und ich schätze, wenn dieser Gegenstand gefunden worden wäre, hätte Ihr Besucher sich auf demselben Weg entfernt, auf dem er eingestiegen war, und es hätte keine weitere Aufregung mehr gegeben. Er bekam jedoch nicht, was er suchte, und deshalb schlich er sich in Ihr Schlafzimmer. Nun kann man ein Schlafzimmer nicht sorgfältig durchsuchen, während der Besitzer im Bett liegt. Hier kommt das Chloroform ins Spiel. Wären Sie nicht gerade dann aufgewacht, hätten Sie überhaupt nichts gemerkt. Sie hätten das Bewußtsein verloren, und beim Aufwachen wäre Ihnen vielleicht ein bißchen übel gewesen, mehr aber auch nicht. Doch während Ihrer Bewußtlosigkeit hätte Ihr Schlafzimmer die gleiche Behandlung erfahren wie der Ankleideraum. Jetzt bin ich auf der richtigen Spur, oder?«

Dany erschauerte bloß und zog die Decke enger um sich, und Lash beantwortete seine eigene Frage: »Darauf will ich wetten! Nur – wie gehen wir von hier aus weiter? Das ist die große Frage. Nun, ich will es Ihnen sagen: rückwärts!«

Er nahm einen tiefen Zug, und Dany bemerkte kläglich, den Blick auf das Glas in seiner Hand gerichtet: »Ja, das sehe ich.«

Lash grinste sie an. »Ein Punkt für Sie, Schätzchen. Aber Sie brauchen sich keine Sorgen zu machen. Ich beabsichtige, vollkommen nüchtern zu bleiben. Das ist reine Medizin, zur Steigerung der Geistesschärfe. Und wir müssen auf der Stelle einige rasche und gute Denkarbeit leisten. Ich sehe nämlich ein, daß ich bei meiner ersten Beurteilung der Situation auf dem Holzweg war.«

»Ich weiß nicht, was Sie meinen«, sagte Dany. Der Whisky, den Lash ihr gegeben hatte, ließ ihren Kopf ein wenig schwimmen, und sie fühlte sich besser. Aber nicht viel.

»Sie konzentrieren sich nicht«, mahnte Lash. »Denken Sie daran, wie ich Sie kennenlernte! Sie hatten sich aus Ihrem Hotelzimmer ausgeschlossen, und während Sie draußen waren, stellten irgendwelche Leute es auf den Kopf. Sie haben weder Ihr Geld noch Ihren Schmuck gestohlen, was zeigt, daß sie hinter etwas anderem her waren.«

»Hinter meinem Paß«, warf Dany ungeduldig ein.

»Das glaube ich nicht. Jetzt nicht mehr, wenn ich auch einräume, daß ich anfangs den Eindruck hatte. Seinerzeit schien es die offensichtliche Antwort zu sein, und das ist wohl der Punkt, wo wir auf das falsche Gleis geraten sind. Warum sollte jemand in einem Zimmer das Unterste zuoberst kehren, wenn er nach etwas sucht, das genau da ist, wo man es vermuten würde? Nämlich in Ihrer Handtasche und direkt unter der Nase des Eindringlings. Das hätte uns auffallen müssen! In diese Balkonzimmer im Airlane-Hotel kann man viel zu leicht eindringen – immer vorausgesetzt, daß der Betreffende ebenfalls im Hotel wohnt. Wahrscheinlich wollte irgendwer es um sechs Uhr morgens mit dem Chloroform-Trick versuchen. Das ist leichter, als im Dunkeln herumzustochern, und die meisten Menschen liegen zu dieser Zeit im Tiefschlaf. Er muß bereits auf dem Balkon oder hinter einem Vorhang gewesen sein. Da ersparten Sie ihm eine Menge Mühe, als Sie die Zeitung holen gingen und sich ausschlossen. Der Diebstahl Ihres Passes und das Einschmuggeln der Pistole waren wahrscheinlich nur nachträgliche Einfälle, als der Eindringling nicht fand, was er suchte. Er wollte Sie daran hindern, das Land mit etwas zu verlassen, das Sie in Ihrem Besitz haben und das er haben will.«

»Aber ich habe nichts!« protestierte Dany und begann von neuem zu zittern.

»Sie müssen etwas haben. Und ich bin bereit, fünf Riesen gegen einen Kaugummi zu wetten, daß ich weiß, was es ist! Was haben Sie mit dem Brief gemacht, den Tysons Anwalt Ihnen gegeben hat? Dieser Mann, der erschossen worden ist?«

Dany riß die Augen auf, daß sie in ihrem weißen Gesicht riesengroß aussahen. Mit schwachen Knien stand sie auf, die Decke um sich raffend. »Nein! Nein, das ist unmöglich! Es war nur ein Brief. Das kann doch nicht –«

»Natürlich ist es das. Es kann unmöglich etwas anderes sein. Die Frage ist, haben Sie den Brief noch?«

»Ja. Ich – ich glaube.« Danys Stimme war heiser und atemlos.

»Wo?«

»Ich glaube, er ist noch in der Tasche meines Mantels. Des Kamelhaarmantels, der im Schrank hängt.«

Lash stand auf und ging ins Schlafzimmer, und als er zurückkam, trug er einen hellfarbenen losen Mantel über dem Arm. »Ist er das?«

Dany nickte. Lash steckte die Hand in eine der tiefen, seidengefütterten Schubtaschen und förderte ein zerknülltes Stück Papier, zwei rosafarbene Busfahrscheine, eine Quittung und drei Geldstücke zutage. In der anderen Tasche wurde er fündig. Sie enthielt neben einem Papiertaschentuch und einer Karte mit Haarklemmen einen einfachen Umschlag, adressiert an *Tyson Frost, Esq. Durch Boten.* Lash ließ den Mantel auf den Boden fallen, schlitzte den Umschlag auf und zog den

Inhalt heraus.

Es war ein zweiter Umschlag, aber von anderer Art. Das hier war ein Stück handgeschöpftes Papier, vergilbt vor Alter und so gefaltet und versiegelt, wie man es in einer Zeit tat, als viele Leute noch keine fertigen Briefumschläge benutzten. Es trug keine Adresse. Nur das schwere Siegel, das das Wappen der Frosts über dem arroganten Motto *Ich nehme, was ich will*, eine Nummer – 74389 – und die in verblaßter Tinte geschriebenen Initialen E. T. F. abbildete.

»*Weiber!*« sagte Lash. »Und Sie haben das die ganze Zeit in Ihrer Manteltasche gehabt!«

Er setzte sich auf das Sofa, musterte Dany und schüttelte den Kopf, und dann blickte er wieder auf den versiegelten Umschlag nieder. »Ich verstehe nur nicht, warum er ihn nicht gefunden hat, als er Ihre Sachen im *Airlane* durchsuchte. Vermutlich weiß er gar nichts über Frauen, sonst hätte er doch – Moment mal! Sagten Sie nicht etwas darüber, Sie hätten einen Mantel im Waschraum gelassen? War es dieser?«

»Ja.« Dany hatte immer noch Schwierigkeiten mit ihrer Stimme. »Ich hatte ihn vergessen. Er war die ganze Nacht dort.«

»Das ist also der Grund. Dann paßt alles zusammen.«

Er starrte auf das kleine versiegelte Päckchen in seiner Hand und schwieg lange Zeit.

Im Zimmer war es so still, daß Dany das leise Ticken Lashs Armbanduhr und das Platzen der Blasen in dem Glas, das sie immer noch mit einer Hand umklammerte, hören konnte. Lash sah müde und ernst und merkwürdig unvertraut aus, als habe er sich plötzlich in einen Fremden verwandelt, von dem sie überhaupt nichts wußte.

Die Stille begann, ihr auf die Nerven zu gehen, und sie ertappte sich dabei, daß sie die Schlafzimmertür im Auge behielt und angestrengt auf die schwachen Geräusche lauschte, die aus der Nacht draußen hereindrangen. Stand das eingedrückte Fenster im Badezimmer noch offen? Hatte Lash daran gedacht, die Tür zwischen Badezimmer und Ankleideraum zu verschließen? Angenommen, der Mann kam zurück – und mit einer Pistole oder einem Messer statt einem chloroformgetränkten Wattebausch?

Endlich sprach Lash, langsam und gedämpft. Er redete eher mit sich selbst als mit Dany.

»Ja... so muß es sein. Nur so ergibt die Sache Sinn. Ich erinnere mich jetzt. Sie sagten etwas über einen Telefonanruf. Sie riefen Tysons Anwalt an und fragten, ob Sie ihn am Vormittag statt am Nachmittag aufsuchen könnten. Was bedeutet, daß Sie am Nachmittag hätten hingehen sollen, und jemand, der das wußte, aber nicht, daß Sie den Termin verlegt hatten, wollte als erster da sein – um das hier in die Finger zu bekommen!« Er warf den Umschlag in die Luft und fing ihn wieder auf. »Klar, darum ist der Safe geöffnet worden.«

»Aber Mr. Honeywood... Warum sollte jemand Mr. Honeywood ermorden?«

»Weil man einen Safe nicht ohne Schlüssel öffnen kann. Es sei denn, man ist professioneller Safeknacker. Und wer auch immer hinter diesem Brief her war und keine Ahnung hatte, daß Sie ihm zuvorgekommen waren, rechnete damit, ihn in dem Safe zu finden.«

»Aber – aber er hatte eine Pistole. Er hätte Mr. Honeywood zwingen können, den Safe zu öffnen. Er brauchte ihn nicht zu töten!«

»Angenommen, Ihr Mr. Honeywood kannte den Kerl? Ich möchte doch zu gern wissen, was hier drin ist.« Lash wog den Umschlag gedankenverloren auf der Hand. »Ich bin mir nicht sicher, ob wir es uns nicht ansehen sollten.«

»Das können Sie nicht tun! Es ist Tysons Brief! Und er ist versiegelt. Sie können das Siegel nicht brechen.«

»So? Wie kommen Sie denn darauf? In dem Umschlag ist etwas, das ein Menschenleben wert war. Jemand war bereit, Honeywood kaltblütig zu ermorden, um es zu bekommen. Und es gibt nicht viele Leute, die ein Todesurteil für eine Handvoll Erdnüsse riskieren.«

»Es ist Tysons Brief«, erklärte Dany hartnäckig und streckte die Hand danach aus.

Lash zuckte die Schultern und gab ihn ihr. »Ich werde nicht sagen: ›Passen Sie nächstes Mal besser darauf auf‹, weil mir scheint, daß Sie es auf Ihre eigene schusselige Art gar nicht schlecht gemacht haben. Aber um Gottes willen, lassen Sie das Ding nicht herumliegen. Denn der Mann, der es haben will, weiß ganz genau, wer es hat.«

Dany erschrak. »Daran... daran habe ich noch gar nicht gedacht. Das bedeutet...« Die Stimme versagte ihr, und sie zitterte von neuem.

»Genau!« stellte Lash trocken fest. »Es ist jemand, der Ihnen von London gefolgt ist und mit uns im Flugzeug gewesen sein muß. Und noch schlimmer, es ist jemand, der genau weiß, daß Sie nicht Miss Ada Kitchell aus Milwaukee sind!«

8

Der Wecker verkündete gellend die Tatsache, daß es jetzt 5 Uhr früh war. Dany erwachte an diesem Morgen zum zweiten Mal und stellte fest, daß sie schreckliche Kopfschmerzen hatte und nicht nur die Hochzeitssuite, sondern auch das Hochzeitsbett mit Lash teilte.

Die Schicklichkeit war so gerade eben noch gewahrt, was allerdings nur die aufgeschlossensten Gemüter anerkannt hätten: Miss Ashton war in die Decke eingewickelt, während Mr. Lashmer J. Holden junior, der immer noch seinen Morgenmantel trug, sich malerisch außerhalb derselben drapiert hatte.

Dany blinzelte im blassen Licht des frühen Morgens und erinnerte sich mit schmerzhafter Deutlichkeit, daß ihre eigene hysterische und unmädchenhafte Aufdringlichkeit für diesen skandalösen Zustand verantwortlich waren. Sie hatte sich rundweg geweigert, allein gelassen zu werden. Eine Kombination aus Panik und Whisky hatte ihre Wertvorstellungen drastisch verändert, und eine Verletzung der Moralvorschriften hörte auf, irgendeine Bedeutung für sie zu haben, wenn sie sie mit der angsterregenden Aussicht verglich, von neuem in dem dunklen Schlafzimmer allein zu sein.

Lash gähnte, reckte sich und richtete sich auf einem Ellenbogen hoch. Er betrachtete ihre heißen Wangen und entsetzten Augen verständnisvoll und ein bißchen belustigt.

»Alles in allem, eine sehr gemütliche häusliche Szene«, bemerkte er liebenswürdig. »Ich weiß wirklich nicht, was der jüngeren Generation einfällt. So etwas Ähnliches würde Ihre liebe Tante Harriet doch sicher sagen, wenn sie Sie jetzt sehen könnte!«

»Oder Ihre liebe ›Elf‹!« fauchte Dany. Und sofort bereute sie die Retourkutsche.

»Kss, kss, kss!« machte Lash ungerührt und rollte sich aus dem Bett. Er gähnte ausgiebig und rieb sich sein unrasiertes Kinn. Dann verkündete er, Dany solle besser bleiben, wo sie sei, während er als erster ins Bad gehen und sich rasieren werde. »Und läuten Sie nicht nach dem Zimmerkellner, bevor ich aus dem Weg bin. Je weniger Publicity wir bekommen, desto besser.«

Dany benutzte die Zeit, um den versiegelten Umschlag in ein Chiffontuch einzuwickeln, das Päckchen so tief wie möglich wieder in die Manteltasche zu schieben und mit einer großen Sicherheitsnadel fest an das Futter zu stecken. Jetzt hatte sie zumindest die Gewähr, daß es ihr niemand aus der Tasche stehlen konnte, ohne daß sie es merkte.

Die Zeit wurde knapp. Sie benutzte das Badezimmer, während Lash sich anzog, und er ging, als ihre Aufmachung es ihr erlaubte, ein Klopfen an der Tür zu beantworten.

Dany packte und begab sich dann in den Speisesaal. Lash war mit Frühstücken bereits fertig und hinaus auf die Veranda gegangen. Sie sah durch eine offene Tür, daß er mit Mrs. Bingham, Millicent Bates und einem blassen, gertenschlanken Mann sprach, dessen Gesicht ihr vage bekannt vorkam. Amalfi, der Marchese, Larry Dowling und Salim Abeid, der Araber, befanden sich ebenfalls draußen. Sie standen in einer gelangweilten Gruppe zusammen, gähnten von Zeit zu Zeit und unterhielten sich verdrossen. Vermutlich warteten sie auf ein Taxi oder mehrere Taxis.

Der Anblick Salim Abeids war für Dany ein Schock. Sie hatte sich nicht klargemacht, daß auch er im Hotel übernachtet hatte, und gerade dachte sie über diese Tatsache und die sich daraus ergebenden Schlußfolgerungen nach, als Lash schnell in den Speisesaal zurück und an ihren Tisch kam.

»Der da draußen«, informierte Lash sie ohne lange Vorrede, »ist Ponting, der Sekretär Ihres lieben Stiefvaters. Also passen Sie auf, und halten Sie den Mund. Er mag aussehen, wie sich der kleine Moritz einen künstlerischen Innenarchitekten vorstellt – und er spricht auch so! –, aber mit seinen kleinen grauen Zellen ist alles in bester Ordnung, vergessen Sie das nicht!«

»Also das ist er«, meinte Dany erleichtert. »Ich wußte doch, daß ich ihn irgendwo gesehen habe.«

»Donnerwetter! Haben Sie nicht gesagt...«

»Oh, ich bin ihm noch nie begegnet«, berichtigte Dany sich hastig. »Ich habe nur Fotos von ihm gesehen. Er war auf Schnappschüssen, die Lorraine mir schickte.«

Lash stieß geräuschvoll den angehaltenen Atem aus. »Dafür sei Gott gedankt! Eben habe ich noch geglaubt, wir hätten ein neues Problem. Nun, wenn Sie Fotos von ihm gesehen haben, läßt sich darauf wetten, daß er eine Menge von Ihnen gesehen hat. Deshalb seien Sie um Gottes willen vorsichtig. Sein Hobby ist es, anderen Leuten Informationen aus der Nase zu ziehen und darüber zu klatschen, und auf dem Gebiet ist er jeder Frau auf der Welt überlegen! Er war gestern abend höllisch neugierig. Anscheinend hätte mit diesem Flugzeug eine

Miss Ashton ankommen sollen, und er kann sich nicht denken, warum sie nicht eingetroffen ist.«

»Ach du meine Güte!« rief Dany schuldbewußt. »Er hat doch deswegen nichts unternommen?«

»Was kann er denn schon unternehmen? Höchstens am Flughafen anrufen, und das hat er gestern getan. Dort erhielt er die Auskunft, Miss Ashton habe nur vierundzwanzig Stunden vor dem Flug auf ihren Platz verzichtet. Damit mußte er sich zufrieden geben. Aber er macht immer noch großen Wirbel deswegen, und hätte die Vorsehung ihn nicht mit Zahnschmerzen geschlagen, wäre er gestern, als ich nicht in der Verfassung war, der Situation gerecht zu werden, am Flughafen aufgekreuzt. Zu schade, daß sein Zahnarzt ihm keine Überdosis Lachgas gegeben hat, wenn er schon einmal dabei war. Dann wäre uns seine Gesellschaft auch heute morgen erspart geblieben. Nun ja, man kann nicht alles haben. Sitzen Sie nicht zu lange beim Kaffee. Wir fahren in zehn Minuten ab.«

In der Kühle des frühen Morgens fuhren sie durch Nairobi, und von neuem war die Tortur zu überstehen, den Paß vorzuzeigen und sich den Beamten zu stellen. Endlich waren sie in der Wartehalle, und das Schlimmste war vorbei. Die letzte Etappe –

Larry Dowling tauchte an Danys Seite auf, nahm ihr die Schreibmaschine ab und erkundigte sich etwas besorgt, ob sie sich gut fühle. Larrys Augen, dachte Dany, waren wie ein Forellenbach in Kent, auf den die Sonne scheint. Klar und kühl und freundlich. Wenn sie in diese Augen blickte, hatte sie wieder das Gefühl, er sei ein zuverlässiger Mensch – auf eine Weise, wie es Lash nicht war. Und trotzdem...

Gussie Bingham, elegant in einem Kostüm aus fliederfarbenem Leinen, das bewunderungswürdig mit ihrem blaugetönten Haar harmonierte, meinte munter: »Sie sehen müde aus, meine Liebe. Ich hoffe, Sie gestatten es Mr. Holden nicht, Sie abends zu lange arbeiten zu lassen. Ich selbst hatte eine ausgezeichnete Nacht. Aber ich kann voll Dankbarkeit sagen, daß ich immer gut schlafe, wo ich mich auch befinde. Das ist alles eine Sache der Selbstkontrolle. Wie ich glaube, haben Sie Mr. Ponting, den Sekretär meines Bruders, noch nicht kennengelernt? Mr. Ponting –!«

»Teure Dame?« Mr. Ponting beeilte sich, dem herrisch winkenden Zeigefinger zu gehorchen.

Dany drehte schnell den Rücken dem Licht zu und reichte Mr. Ponting die Hand. Seine Hand fühlte sich schlaff und knochenlos und so weich wie die einer Frau an. Seine Stimme war hoch und hell und affektiert.

»Ah!« sagte Nigel Ponting fröhlich. »Auch eine Lohnsklavin! Eine Genossin auf der Ruderbank der Galeere! Sie und ich, Miss Kitchell, nichts als getretene arme Sekretäre, schwer arbeitende Honigsammler unter diesem dekorativen Schwarm ferienmachender Drohnen. Sie arbeiten nicht, auch spinnen sie nicht, während wir verpflichtet sind, beides zu tun. Schreckliche Ungerechtigkeit, nicht wahr? Wir müssen gemeinsam eine Gewerkschaft gründen. Ah –! Eduardo. *Buon giorno!* Ich habe Sie im Hotel gar nicht gesehen. Wie geht es Ihnen? Sie sehen umwerfend fit aus. Ich nehme an, Sie kennen sich gegenseitig inzwischen sehr gut –? Nein? Oh, tut mir so leid. Miss Kitchell, dies ist Signor Marchese di Chiago, ebenfalls nach *Kivulimi* eingeladen. Miss Kitchell ist Holdens Privatsekretärin, Eduardo, deshalb sind wir von der gleichen Kategorie.«

Der Marchese beugte sich über Danys Hand und bedachte sie mit einem langen, musternden Blick. Er listete ihre bewundernswerten körperlichen Vorzüge auf, addierte die Brille, die Ponyfransen und die Löckchen und subtrahierte die Zahl, an die er zuerst gedacht hatte.

Er war schlank und dunkel und sah auf typisch italienische Art gut aus. Obwohl er nicht viel größer als Nigel Ponting war, erweckte er den Eindruck der doppelten Länge. Der gertenschlanke Mr. Ponting, dachte Dany, hätte ein recht hübsches Mädchen abgegeben. Und das dachte er möglicherweise selbst, denn er trug sein strohblondes Haar viel zu lang und erlaubte einer einzelnen künstlerischen Locke, zwanglos über seine weiße Stirn zu fallen – offenbar ein Vorwand für das häufige anmutige Kopfwerfen, mit der er sie vorübergehend wieder an ihren Platz schleuderte. Seine Augen waren von einem hellen und starren Blau wie die Porzellanaugen einer viktorianischen Puppe. Trotzdem vermittelten sie den beunruhigenden Eindruck, daß ihnen nur sehr wenig entging. Dany war mehr als erleichtert, als Ponting den Marchese vertraulich am Arm nahm und davonging, angeregt von gemeinsamen Freunden in Rom plaudernd.

Gussie Bingham rief Miss Bates zu sich und eilte davon, um irgendein Gepäckproblem zu lösen, und nahm auch Larry Dowling mit. Dany zog sich auf einen Sitz nahe dem Fenster zurück und kämpfte gegen einen neuen Anfall von Panik. Beamte kamen und gingen, erschienen plötzlich in Eingängen und hielten scharf Umschau im Raum. Jedes Mal war Dany überzeugt, man suche nach ihr. Jeder

Fremde war ein Kriminalbeamter in Zivil – oder konnte es doch sein –, und bei jedem müßigen Blick, der in ihre Richtung fiel, wurde ihr kalt vor bösen Vorahnungen. Sie durften sie jetzt nicht mehr aufhalten! Jetzt nicht mehr, wo sie fast schon in Sicherheit war. Ihr Kopf schmerzte, und ihr war übel, und sie litt unter der Anstrengung, nicht an die Ereignisse der letzten Tage zu denken oder an das Furchtbare, das Lash in der vergangenen Nacht gesagt hatte: »Es ist jemand, der mit uns im Flugzeug gewesen sein muß.«

Aber das war absurd und unmöglich. Es stand ganz außer Frage, daß es jemand sein konnte, der schon von London mit ihnen abgereist war. Dany drehte sich unruhig um und sah über das weite, dunkle, staubige Feld des Flughafens. Gerade da ging ein Mann am Fenster vorbei. Es war ein Araber, »Jembe« Salim Abeid, der mit in dem Flugzeug von London gewesen war. Sie sah, daß er nicht weit entfernt im Schatten des nächsten Gebäudes stehenblieb und mit einem Mann sprach, der dort gewartet zu haben schien. Ein olivenhäutiger Araber in einem gutgeschnittenen weißen Anzug.

Salim Abeid redete mit der gleichen Hitze, die er in Neapel gezeigt hatte. Dany fragte sich, ob die Unterhaltung immer noch um Politik ging. Seine Hände wedelten, seine Schultern zuckten und seine Augen blitzten. Doch sein Gefährte verriet wenig Interesse. Abgesehen von wiederholten Blicken auf seine Armbanduhr blieb er völlig passiv.

Salim Abeid drehte sich um und wies in die Richtung der Glasfront der Wartehalle. Dany war es, als sehe der Araber in dem weißen Anzug sie an, und von neuem fühlte sie sich von Panik gepackt. Vielleicht war er ein Polizist. Ein arabischer Polizist. Vielleicht erzählte dieser »Jembe« ihm von ihr: daß er sie im Foyer des *Airlane* in London gesehen habe. Oder schlimmer – viel schlimmer! – war *er* der Mann, der Mr. Honeywood ermordet und ihr Zimmer im *Airlane* durchsucht hatte – und sie letzte Nacht chloroformieren wollte?

Danys Herz begann rasend zu hämmern, und sie hielt verzweifelt Ausschau nach Lash – oder nach Larry. Aber Lash war an der anderen Seite des Raums von Amalfi Gordon mit Beschlag belegt worden, und Larry, der irgendwie resigniert wirkte, holte gerade eine Tasse Kaffee für Mrs. Bingham. Er lächelte Dany durch den überfüllten Saal zu, und seltsamerweise ließ ihre Panik nach. Sie phantasierte sich allerlei zurecht und benahm sich, wie Lash gesagt hatte, als sei sie die hysterische Heldin in einem kitschigen Fernsehspiel. Ihre Situation war heikel genug, ohne daß sie sich zusätzliche Sorgen machte, um sich selbst noch mehr zu ängstigen. Und trotzdem...

»Passagiere für Flug null drei vier nach Mombasa, Tanga, Pemba, Sansibar und Daressalam, bitte die Plätze in der Maschine einnehmen«, verkündete eine körperlose Grabesstimme.

Die orangefarbene Erde Afrikas glitt unter ihnen weg. Weit und breit nichts als ausgedörrter Boden, getupft mit breitkronigen Dornbäumen und sich langsam bewegenden Flecken, Giraffen und Zebras, Gnus, Löwen und grasenden Antilopen-Herden – sie befanden sich über dem Nairobi-Wildpark.

Eine einsame weiße Wolke, schwach rosa getönt, lag im kühlen Blau des Morgenhimmels, und als sie ihr näher kamen, sah Dany, daß es keine Wolke war, sondern ein Berg. Ein isolierter schneegekrönter Berg, der eine entfernte Ähnlichkeit mit einem japanischen Druck des Fujiyama hatte. Der Kilimandscharo, der »Berg der kalten Teufel«, erhob sich einsam über die weite, staubbraune Ebene, ein dürrer, ausgebrannter Vulkan, dessen Schnee der brennenden afrikanischen Sonne Trotz bot.

Von dem Sitz hinter Dany erklang eine Stimme. Es war die Stimme eines Mannes, flötend und hoch, und sie versuchte sich anscheinend in einer Parodie auf einen Sprecher des Dritten Programms der BBC. »Ja – wirklich ein spektakulärer Anblick, nicht wahr? Es heißt, in dem Krater liege der Kadaver eines Leoparden, eingefroren im Eis. Niemand weiß, wie er dorthin gekommen ist, oder warum. Köstlich aufregend, finden Sie nicht auch? Ich liebe Geheimnisse!«

Dany machte eine Bewegung, als wolle sie sich zu dem Sprecher umdrehen. Aber Lashs Hand schoß hervor und schloß sich warnend um ihr Handgelenk. »Ponting«, hauchte er, und Dany widmete sich eilends wieder der Aussicht.

Nigel Pontings Nachbarin mußte Mrs. Bingham sein. Mit dem Ziel, sie in ihrer Unwissenheit zu erleuchten – oder vielleicht auch, weil er den Klang seiner eigenen Stimme zu gern hörte –, nahm er sie auf eine ausführliche verbale Rundreise durch Kenia mit.

»Sie können sich einfach nicht vorstellen, wie primitiv diese Straßen im Oberland sind«, flötete Mr. Ponting. »Bloße Wagengleise, versichere ich Ihnen. Eine Tortur für die Reifen! Ganz zu schweigen natürlich vom eigenen Rückgrat! Allerdings, ist man einmal da, dann erfährt man eine köstliche Unmittelbarkeit. Die Eingeborenen – die Tiere – die Landschaft! Berauschend primitiv. Eine solche Verbesserung gegenüber dem Unterland von Kenia und dem Siedlergürtel, der so schmerzhaft in der Zeit vor dem Ersten Weltkrieg steckengeblieben ist, wie ich immer denke. Zu sehr wie Puna, finden Sie nicht auch? Aber die Nordgrenze...«

Seine Stimme tropfte weiter und weiter wie Wasser aus einem undichten Hahn. In Abständen kamen vage Laute von Gussie Bingham (die selbst nicht schlecht war im Monologehalten, doch in Ponting ihren Meister gefunden hatte). Es wäre ein beruhigendes Geräusch gewesen, hätte Ponting nicht angefangen, von Dany zu sprechen.

»Ich verstehe das einfach nicht«, sagte Nigel Ponting ärgerlich. »Ich kann es einfach nicht verstehen. Keine Nachricht im Hotel, und ihr Zimmer war nicht einmal abbestellt worden. Man hofft, daß die Frosts ein Telegramm bekommen haben, aber wirklich – man wußte nicht, ob man gehen oder bleiben sollte! Ich vermute, das böse Mädchen hat die Masern oder sonst eine Kinderkrankheit bekommen.«

Lash wandte den Kopf und grinste Dany boshaft an, aber sie teilte seine Belustigung nicht. Sie bekam es satt, von sich reden zu hören, als sei sie noch ein Schulmädchen, und auf keinen Fall fand sie es komisch, in ihrer augenblicklichen Situation dieser besonderen Unterhaltung zuhören zu müssen.

»Eigentlich«, berichtete Nigel, »war ich ja nur Miss Ashtons wegen hier. Ihr Bruder, Mrs. Bingham, hielt es für eine nette Geste, sie in Nairobi abholen zu lassen. Außerdem meinte er, es würde Ihnen wahrscheinlich Mühe ersparen, wenn ich mich um sie kümmern und ihr die Stadt zeigen könnte. Deshalb spendierte er mir freundlicherweise einen kleinen Urlaub, und jetzt ist das böse Mädchen nicht gekommen! Zu rücksichtslos von ihr, denn ich rechne damit, daß ich wieder hergeschickt werde, wenn sie schließlich doch eintrifft. Und ich hasse Flugreisen. Zwar lasse ich es mir nicht anmerken, doch ich stehe in einem Flugzeug immer Todesängste aus. Sie nicht?«

»Nein.« Gussie Bingham nahm geistesgegenwärtig ihre Chance wahr. »Das kann ich nicht sagen. Aber ich bin auch Fatalistin. Ich glaube, wenn das Schicksal die Absicht hat, mich bei einer Flugzeugkatastrophe sterben zu lassen, dann werde ich bei einer Flugzeugkatastrophe sterben, und daran läßt sich nichts ändern. Hat das Schicksal jedoch nicht die Absicht, dann gibt es nichts, worüber ich mich zu sorgen brauche. Alles, lieber Mr. Ponting, ist vorherbestimmt. Alles! So etwas wie Zufall gibt es nicht. Sobald man diese einfache, aber wesentliche Wahrheit erfaßt hat, wird das Leben viel unkomplizierter. Man hört auf, sich zu sorgen.«

Mr. Ponting stieß einen scharfen Schrei der Ablehnung aus. »O nein, nein, nein, Mrs. Bingham! Da kann ich Ihnen nicht beipflichten. Die Lehre der Vorherbestimmung muß falsch sein, selbst wenn sie sich als richtig erwiese. So rückgratlos. Man muß doch die Gelegenheit beim Schopf packen und sie nach dem eigenen Willen gestalten!«

»Genau das, was Millicent sagt. Darüber führen wir heftige Diskussionen. Aber es ist meine Überzeugung, daß wir, wenn wir glauben, eine Gelegenheit zu ergreifen, nur etwas tun, das uns vorherbestimmt war und das zu tun wir gar nicht vermeiden können. Zum Beispiel, als wir von Market-Lydon nach London fahren wollten und schon auf halbem Weg zum Bahnhof waren, erinnerte ich mich: Ich hatte meinen Paß aus Millicents Tasche genommen, um ihn einer Freundin zu zeigen (eine wirklich lachhafte Fotografie!), und dann hatte ich ihn auf dem Klavier liegengelassen. Nun mußten wir natürlich zurückeilen, und was glauben Sie? Wir stellten fest, daß eine glühende Kohle aus dem Kamin des Wohnzimmers gefallen war. Der Teppich schmorte schon! Vielleicht hätte Mrs. Hagby stundenlang keine Veranlassung gehabt hineinzugehen, und wären wir nicht umgekehrt, hätte das Haus niederbrennen können!«

»Das war Glück«, räumte Nigel Ponting ein.

»Glück? So etwas gibt es nicht. Es war uns *vorherbestimmt* umzukehren. Mir war es vorherbestimmt, den Paß liegenzulassen, und deshalb konnte ich nicht umhin, es zu tun.«

Nigel kicherte. »Und angenommen, Sie hätten Ihren Zug verpaßt und wären nicht mehr rechtzeitig nach London und zum Flughafen gekommen? Wäre das auch *vorherbestimmt* gewesen?«

»Oh, aber es war uns nicht *vorherbestimmt,* den Zug zu verpassen! Er hatte Verspätung. Und auch wenn das nicht der Fall gewesen wäre, hätten wir das Flugzeug nicht verpaßt, denn wir sind zwei Tage früher nach London gefahren, am Nachmittag des Zwölften, und haben im *Airlane* gewohnt. Millicent wollte noch einige Einkäufe erledigen und –«

Dany nahm eine kleine Bewegung neben sich wahr. Lashs Hände krampften sich plötzlich so um die Zeitung, die er las, daß die äußeren Spalten zerknüllt und unlesbar wurden. Aber er mußte doch gewußt haben, daß Mrs. Bingham und Miss Bates im *Airlane* abgestiegen waren? Und er konnte doch nicht glauben – *Jemand im Flugzeug*... Gussie Bingham... Nein, das war unvorstellbar!

Nigel sagte verdrießlich: »Also wirklich, Mrs. Bingham, man kann doch nicht im Ernst glauben, daß die Vorsehung sich für Dinge wie eine Kohle interessiert, die aus Ihrem Wohnzimmerkamin gefallen ist, oder einen Nebel, der Ihrem Zug Verspätung einbringt, oder die Tatsache, daß Leute auf Paßfotos immer so scheußlich unwahrscheinlich aussehen, was für Sie Grund war, eine Freundin an dem Spaß teilnehmen zu lassen. Ich persönlich gebe mehr auf die Psychologie, und es ist meine Überzeugung, daß Sie, als Sie den Paß auf dem Klavier liegenließen...«

Dany stand abrupt auf. Sie wollte nichts mehr über Pässe oder das Airlane-Hotel oder sonst etwas hören, das sie zwang, an angsterregende und gräßliche Dinge zu denken. Sie reichte Lash ihren zusammengelegten Mantel und sagte kurz: »Ich bin in einer Minute wieder da.«

»Geht es Ihnen nicht gut?« erkundigte sich Lash, der halb stand, um sie vorbeizulassen. »Sie sehen ein bißchen grün aus.«

»Doch, mir geht es gut, danke.«

Sie ging schnell den Mittelgang hinunter und suchte Zuflucht in der Damentoilette. Dort starrte sie aus dem Fenster auf den weiten blauen Himmel und die trägen Wölkchen. Aber ihre Gedanken waren mit ihr gekommen, und sie konnte sie nicht in Schach halten.

Gussie Bingham... Millicent Bates... Jembe... Mr. Honeywood. *Mord in Market-Lydon.*

Dany gab es auf und kehrte an ihren Platz zurück.

Der winzige Libellenschatten des Flugzeugs glitt über schlammiges grünes Wasser, Mangrovensümpfe und Palmwälder... Mombasa. »Darf ich um Ihre Aufmerksamkeit bitten? Die Anzeigen sagen Ihnen, wann Sie die Sicherheitsgurte schließen müssen. In ein paar Minuten landen wir in...«

Die Passagiere trotteten pflichtgetreu in hartes Sonnenlicht und salzigen Meeresgeruch hinaus. Dany bemerkte unter ihnen den schlanken Araber in dem weißen Anzug, auf den Salim Abeid heute morgen in Nairobi so aufgeregt eingeredet hatte.

Offenbar waren andere im Flugzeug, die ihn ebenfalls kannten, denn Nigel Ponting wich von Mrs. Binghams Seite, sobald er ihn erblickte, und eilte ihm nach. Sie schüttelten sich die Hände und standen ein paar Minuten im Gespräch auf dem heißen, sandigen Vorfeld. Dany hörte im Vorübergehen Tysons Sekretär sagen: »Ich hoffe so sehr, Sie hatten einen angenehmen Aufenthalt! Offen gesagt, Nairobi ist nicht mein Geschmack. Aber für Sie ist es natürlich etwas anderes, Sie haben dort Freunde. Also, ich war mit Bunny oben an der Nordgrenze, und...« Die Worte »köstliche Unmittelbarkeit« klangen Dany nach, als sie den Schatten des Eingangs erreichte.

Salim Abeid (»Jembe«) drängte sich an ihr vorbei. Er sah gar nicht gut aus. An der anderen Seite des Raums setzte er sich an einen kleinen Tisch, bestellte eine Tasse schwarzen Kaffee und begann eine arabische Zeitung zu lesen, die er in sichtbar zitternden Händen hielt.

Der Wartesaal des Flughafens war heiß und überfüllt, und Lash hatte sie sich selbst überlassen. Dany kaufte aufs Geratewohl eine Zeitschrift am Bücherstand und zog sich mit ihr auf einen verhältnismäßig geschützten Platz neben einer Säule zurück. Aber sie las nicht. Sie starrte blicklos auf die gedruckten Seiten und lauschte geistesabwesend auf den Sprachenwirrwarr rings um sich, bis ihre Aufmerksamkeit von einem großen gerahmten Werbeplakat für eine lokale Luftfahrtgesellschaft angezogen wurde, das auf einer Seite der Säule ein Stückchen links von ihr hing.

Die Anzeige, so entdeckte Dany, war auf Spiegelglas gemalt, und darin konnte sie Gussie Binghams blaue Locken, Millicent Bates Puddingschüssel-Hut und Amalfi Gordons blumenhaftes Gesicht erkennen.

Amalfi, dachte Dany, hatte heute nicht ihren besten Tag. Sie sah aus, als sei sie erhitzt und ziemlich schlechter Laune, und die Konversation Eduardo di Chiagos, dessen schönes Falkenprofil am äußersten Rand des Spiegels eben noch sichtbar war, schien sie zu langweilen. Sie antwortete einsilbig und ließ ihre Blicke schweifen. Mrs. Bingham andererseits schien sich zu amüsieren. Sie lachte über etwas, das irgendwer gesagt hatte. Plötzlich kam Dany der Gedanke einfach albern vor, Mrs. Bingham könne etwas mit dem Mord an Mr. Honeywood zu tun haben.

Vielleicht war es doch Jembe gewesen. Oder irgendein Fremder in der Londoner Maschine, auf den sie nicht geachtet hatte. Oder vielleicht sogar Sir Ambrose Yardley! Die Absurdität dieses Einfalls entlockte Dany ein schwaches Lächeln. Sie ließ ihre Phantasie mit sich davongaloppieren! Und auf jeden Fall war Sir Ambrose letzte Nacht nicht in Nairobi gewesen. Es *mußte* ein Fremder sein...

Die im Spiegel sichtbare Gruppe entfernte sich, und nun sah Dany niemanden mehr, den sie kannte. Passagiere für andere Flüge kamen an und gingen wieder, und der Warteraum wurde lauter und noch voller. Danys Kopfschmerzen steigerten sich zur Unerträglichkeit, und jeder einzelne Laut in dem Getöse ging ihr auf die Nerven. Da heulte ein mißgestimmtes indisches Kind mit gräßlicher Ausdauer, eine Tasse fiel klirrend um und die vergossene Flüssigkeit tröpfelte zu Boden, eine Schar arabischer Matronen kicherte schrill, und die jungen Pflanzer an der Bar lachten laut.

»Sie haben mir gar nicht erzählt, daß Sie Arabisch lesen können«, bemerkte Lashs Stimme hinter Dany.

Dany fuhr zusammen und biß sich auf die Zunge. Zum ersten Mal sah sie sich die Zeitschrift, die sie hielt, richtig an und entdeckte, daß sie tatsächlich in ihr völlig unbekannter Schrift gedruckt war.

Lash faßte über ihre Schulter, nahm ihr die Zeitschrift aus den Händen, drehte sie um und gab sie ihr zurück. Er sagte: »Verzeihen Sie mir, wenn ich es erwähne, Miss Kitchell, aber nichts ist so verdächtig, als wenn jemand vorgibt, eine Zeitung zu lesen, die er auf dem Kopf hält. Und dieser neue Freund von Ihnen, der Reporter, hat Ihr Spiegelbild in dieser Glasscheibe mit beträchtlichem Interesse beobachtet. Es ist ein Spiel, das zwei treiben können. Vielleicht liebt er einfach Rothaarige – aber er könnte auch etwas anderes im Sinn haben.«

Dany sagte atemlos: »Larry Dowling? Was sollte er im Sinn haben? Er kann doch gar nichts wissen. Und auf jeden Fall interessiert er sich nur für Leute wie Tyson. Und Politiker.«

»Das glauben Sie in Ihrer Unschuld«, stellte Lash trocken fest. »Ein Mord hat überall Neuigkeitswert. Also versuchen Sie, sich nicht so zu benehmen, als hätten Sie eine Tonnenlast an Schuld auf dem Gewissen. Es fällt auf.«

»Tut mir leid«, sagte Dany gepreßt.

»Nicht so schlimm. Es dauert nicht mehr lange. Wir sind beinahe da.«

»Aber noch nicht ganz«, sagte Dany mit schwankender Stimme.

»Wo ist Ihr Kampfgeist geblieben?«

»Ich habe keinen, nicht im Augenblick.«

»Armes Baby«, meinte Lash, doch ohne Ironie. Und dann schnitt wieder die quakende, körperlose Stimme aus dem Lautsprecher durch den Lärm des überfüllten Raums:

»Passagiere für Flug null drei vier nach Tanga, Pemba, Sansibar und Daressalam ...«

9

Sie traten hinaus in das gleißende Licht. Die Meeresbrise sang in den Kasurinen und schleuderte heiße Sandkörnchen gegen ihre Beine. Dann nahmen sie ihre Plätze in der wartenden Maschine ein, schlossen die Sicherheitsgurte und drückten die Zigaretten aus. Larry Dowling, der auf der anderen Seite des Mittelgangs in der Reihe hinter Dany saß, rief: »He, Stewardeß! Es fehlt einer. Schließen Sie die Tür noch nicht. Mein Nachbar ist nicht da. Mr. Salim Abeid.«

Die Stewardeß lächelte auf die nachsichtige Art einer Lehrerin, die einen zurückgebliebenen Jungen vor sich hat, und erwiderte: »Danke. Ich habe die Liste. Sie brauchen sich keine Sorgen zu machen. Er wird in einer Minute da sein.«

Aber fünf Minuten vergingen, und dann zehn, und obwohl das Flugzeug unter dem Röhren der Motoren vibrierte, bewegte es sich doch nicht. Die Reisenden rückten nervös hin und her. Sie lugten über die Schulter nach der offenen Tür oder warfen ängstliche Blicke auf ihre Uhren.

»Was hält uns auf?« verlangte ein stämmiger Mann von einem Platz vorn zu wissen. Er erhob sich und blickte den Mittelgang hinunter. Sein ohnedies rotes Gesicht wurde purpurrot vor Entrüstung. »Wir bekommen Verspätung, und ich habe um 10.15 Uhr eine Konferenz in Tanga. He! Stewardeß... Miss!«

Die Stewardeß gönnte ihm ein strahlendes dienstliches Lächeln. »Nur einen Augenblick, Sir.« Sie beugte sich hinaus und sprach durch die offene Tür mit jemandem. Dann ging sie schnell den Mittelgang hinunter und verschwand im Cockpit. Zwei weitere Minuten vergingen. Dann tauchte sie wieder auf, begleitet von dem Kapitän und dem Ersten Offizier. Alle drei verließen die Maschine.

»Was wird das jetzt?« fragte der Gentleman, der eine Konferenz in Tanga hatte. »Das ist doch das Letzte! Wie lange will man uns noch hier herumhängen lassen?« Zornig stampfte er den Gang hinunter und spähte in den Sonnenschein hinaus. Die anderen hörten, wie er jemandem auf dem Vorfeld etwas zurief.

»Also wirklich«, hauchte Nigel Ponting mit ersterbender Stimme, »diese Manager-Typen und ihre Hektik! Als ob es auf eine halbe Stunde früher oder später ankäme!«

»Dem kann ich absolut nicht beipflichten«, erklärte Gussie Bingham streng. »Eine Verspätung ist immer ärgerlich. Und sie wird Tyson, der uns sicher abholen kommt, Ungelegenheiten machen. Was meinen Sie, warum hält man uns fest?«

»Was auch der Grund sein mag, teure Dame, sicher ist es ein Trost, zu wissen, daß es *vorherbestimmt* ist«, antwortete Nigel boshaft. »Aber hoffen wir, daß es kein Motorendefekt ist, denn dann will es unser Schicksal, daß wir hier Stunden warten.«

Mrs. Bingham blieb es erspart, auf diese hinterlistige Attacke eine angemessene Antwort zu finden, weil der Passagier nach Tanga zurückkam. »Anscheinend ist einer der Reisenden nach Sansibar krank geworden«, verkündete er und setzte sich wütend wieder auf seinen Platz. »Ich kann mir nicht vorstellen, warum wir alle deswegen aufgehalten werden. Erwartet man von uns, daß wir hierbleiben, bis es ihm besser geht?«

An diesem Punkt trat die Stewardeß ein, die erhitzt und mitgenommen aussah. Sie machte eine kurze Ankündigung. »Darf ich um Ihre Aufmerksamkeit bitten? Ich fürchte, wir werden noch für einige – äh – Minuten aufgehalten. Es tut uns leid, daß Sie warten müssen, aber wir hoffen, es dauert jetzt nicht mehr lange, bis wir – äh – starten. Sie können rauchen, wenn Sie wollen, doch bleiben Sie bitte auf Ihren Plätzen.«

Von neuem erhob sich das Brummen vieler Stimmen. Die Unterhaltung verstummte, als zwei Flughafen-Angestellte und ein junger europäischer Polizeibeamter in gestärkter Khaki-Uniform das Flugzeug betraten. Einer der Angestellten sprach knapp und höflich ins Mikrophon: »Entschuldigen Sie die Störung, aber wir müssen eine weitere Paßkontrolle durchführen. Wollen Sie bitte Ihre Pässe bereithalten?«

Dany warf Lash einen wilden, entsetzten Blick zu, doch er reagierte nicht darauf. Er zog seinen eigenen Paß hervor und streckte die Hand nach ihrem aus, ohne sie dabei anzusehen. Sein Gleichmut beruhigte Dany ein wenig. Sie hörte die Stimmen und Schritte und das Rascheln von Papier, als die Angestellten den Mittelgang heraufkamen. Sie prüften jeden Paß, verglichen ihn mit der Liste und schrieben kurze Anmerkungen in Notizblöcke.

Jetzt waren sie neben Lash angekommen. »Holden«, sagte er lakonisch und gab ihnen seinen Paß. »Meine Sekretärin, Miss Kitchell.«

Dany zwang sich, dem Blick des Mannes zu begegnen und ihm ruhig in die Augen zu sehen. Sie hatte den Eindruck, daß er entsetzlich lange stehenblieb. Doch tatsächlich war es in nicht einmal drei Minuten vorbei. Man hatte nur eine Frage gestellt, die gleiche, die auch allen anderen Anwesenden vorgelegt worden war: »Wo können Sie in den nächsten zehn Tagen erreicht werden?«

Sogar der junge Polizeibeamte hatte schon von Tyson Frost gehört und seine Bücher gelesen. »Noch ein Gast«, bemerkte er und notierte die Adresse. »Mr. Frost scheint eine richtige Gesellschaft zu geben. Er ist großartig, nicht wahr? Ich habe ihn gesehen, als er vor ein paar Monaten hier durchkam. Und ich habe ein Autogramm von ihm bekommen!«

Der junge Mann grinste und ging zum nächsten Passagier weiter. Dany entspannte sich. Also war es doch nur eine Routine-Kontrolle gewesen. Sie drehte den Kopf, um Lash erleichtert zuzulächeln, aber Lash lächelte nicht. Ganz im Gegenteil, er wirkte auffallend grimmig, und er hatte etwas von einer merkwürdigen Wachsamkeit an sich, als seien alle seine Nerven und Muskeln angespannt. Genauso hatte er in der vergangenen Nacht ausgesehen, und es ängstigte Dany.

Die drei Männer waren mit der Kontrolle fertig und kamen durch den Mittelgang zurück. Larry Dowling fragte den Polizeibeamten: »Wie geht es ihm – Mr. Abeid meine ich? Doch nichts Ansteckendes, wie ich hoffe? Als wir abfuhren, schien er noch ganz gesund zu sein. Ist es sehr schlimm?«

»Er ist tot«, antwortete der Polizist kurz und ging.

Ein kurzes, erschrockenes Schweigen trat ein, wie immer bei einer solchen Ankündigung. Ob es nun ein Freund oder ein Fremder ist, ein Leben ist zu Ende gegangen.

Die Stille wurde von Millicent Bates gebrochen, die sehr laut und ungläubig fragte: »Tot? Meinen Sie diesen Araber, der mit uns in dem Londoner Flugzeug war? Welch ein Unsinn! Denen muß ein Irrtum unterlaufen sein. Er hat doch auf dem ganzen Flug nach Nairobi ununterbrochen mit Mr. Dowling geplaudert! Ich habe ihn gehört. Er kann unmöglich tot sein!«

»Ein Herzanfall, vermute ich«, sagte Larry Dowling verlegen. »Er erzählte mir, er fühle sich immer schlecht in einem Flugzeug. Er sah auch ein bißchen grün aus. Ich denke, es waren nur seine Nerven.«

»Solange es nicht die Cholera oder eine dieser gräßlichen orientalischen Epidemien ist!« rief Millicent und schauderte hörbar. »Ich habe dir gesagt, wir würden es noch bereuen, hierher gereist zu sein, Gussie!«

Dany hörte, wie Mrs. Bingham sich ruckartig auf ihrem Sitz umdrehte. »Rede keinen Unsinn, Millicent! Es kann keine Infektionskrankheit gewesen sein. In dem Fall würde man uns alle nämlich in Quarantäne stecken.«

»Woher sollen wir wissen, daß das nicht passiert?« fragte Miss Bates. »Wir sind immer noch hier!«

Wieder verstummten alle und dachten darüber nach. Dann kehrten der Kapitän und der Erste Offizier zurück, und fünf Minuten später lag der Flughafen von Mombasa hinter ihnen, ein verschwindender Fleck zwischen Spielzeugbäumen.

Dany wandte sich von neuem Lash zu und fragte mit ängstlichem Unterton: »Wären wir wirklich in Quarantäne gekommen, wenn es etwas Ansteckendes gewesen wäre?«

»Auf jeden Fall hätte man uns dann niemals starten lassen.«

»Oh. Ja. Daran habe ich nicht gedacht. Dann muß es wohl doch ein Herzanfall gewesen sein. Oder ein Herzinfarkt.«

»Das bezweifele ich«, stellte Lash kurz fest.

»Warum?«

»Wenn es so einfach wäre, hätten sie sich nicht die Mühe gemacht, uns alle noch einmal zu überprüfen und sich zu vergewissern, daß sie sich von neuem mit uns in Verbindung setzen können. Sie glauben, es ist etwas anderes.«

Wieder einmal spürte Dany, daß ihr der Atem versagte. »Ich weiß nicht, was Sie meinen.«

»Das ist ein Glück für Sie«, antwortete Lash und vereitelte jede weitere Unterhaltung, indem er sich zurücklegte und die Augen schloß.

Wattige Wölkchen segelten durch die heiße blaue Luft und warfen ihren Schatten weit unten über ausgedehnte Ananas-Pflanzungen, aus denen Sisal und dicke, helle, blattlose Baobab-Bäume hervorragten.

Tanga und eine neue Wartezeit, diesmal kürzer. Eine qualvolle Wartezeit, aber es standen keine Polizisten zum Empfang des Flugzeugs bereit. Wieder die Stimme der Stewardeß: »Darf ich um Ihre Aufmerksamkeit bitten? Die Anzeigen werden Ihnen sagen, wann Sie die Sicherheitsgurte zu schließen haben ...«

Jetzt waren sie über dem Meer. Eine glasige Wasserfläche, die mit einem glasigen Himmel verschmolz, ohne daß zu erkennen war, wo das eine endete und das andere begann: Blau und Grün, Violett und Amethyst, gestreift mit den hellen Bändern wandernder Strömungen. Die Farben änderten sich, je nachdem ob der Schatten des Flugzeugs über tiefes Wasser, Korallenriffe, felsigen Untergrund oder sandige Untiefen hinglitt.

Pemba: Die grüne Insel. Reich an Gewürznelken und dunkel von Sagen über Hexen, Dämonen und Zauberer. Eine lange, sandige Landebahn und der Seewind, der in den Palmblättern raschelte, aus denen Dach und Seitenmatten der kleinen Hütte bestanden, in der sich die Flughafen-Verwaltung und der Warteraum befanden. Amalfi Gordon, die wie eine Diamanten-Tiara mitten zwischen billigem Glasschmuck wirkte, starrte in ungläubigem Entsetzen auf einen riesigen Tausendfüßler, der langsam und in aller Gemütsruhe über den staubigen Fußboden kroch. Millicent Bates, die ihre schlimmsten Befürchtungen verwirklicht sah, zog ein Gesicht, von dem deutlich »Was habe ich dir gesagt?« abzulesen war. Gussie Bingham hockte auf der äußersten Kante einer Holzbank, über die sie sicherheitshalber zuerst ein sauberes Taschentuch gebreitet hatte. Auch sie beobachtete den Tausendfüßler wachsam. Eduardo di Chiago, Nigel Ponting und der Araber in dem weißen Anzug standen zusammen in dem offenen Eingang. Ihre Silhouetten hoben sich gegen die heiße Leere von Sand und Himmel ab. Sie unterhielten sich auf italienisch. Und Larry Dowling fächelte sich mit dem neuen Panama-Hut. Sein Blick ruhte geistesabwesend auf einem gerahmten Plakat, das potentielle Reisende drängte: »Fliegen Sie mit BOAC.«

Acht weitere Passagiere verschiedener Nationalität befanden sich in der heißen engen Hütte. Ein kräftiger deutscher Geschäftsmann, ein mit teuren Kameras behängter schwedischer Tourist, zwei britische Armee-Offiziere auf Urlaub, ein Parse, ein älteres indisches Ehepaar und ein Bürger der Vereinigten Staaten von Amerika, Mr. Lashmer J. Holden junior, der sich wieder einmal dem Schlummer hingegeben zu haben schien.

Wie kann er nur so einfach einschlafen, dachte Dany empört, wo wir in ganz kurzer Zeit in Sansibar ankommen und dort, falls irgendeine Nachricht hingelangt ist, vielleicht die Polizei schon auf uns wartet! Und wenn Mutter mich abholen kommt, wird sie mich sofort erkennen, auch mit der Brille und dieser scheußlichen Frisur. Und wenn sie nun vor den Leuten vom Zoll und von der Paßkontrolle etwas sagt, bevor wir sie daran hindern können, und... Oh, ich wünschte, es wäre alles vorbei! Wie kann er einschlafen!

Lash öffnete ein Auge, blinzelte ihr feierlich zu und schloß es wieder. Dany errötete heiß, als habe er sie dabei ertappt, wie sie ihre Gedanken laut aussprach. Sie drehte ihm zornig den Rücken zu. Gerade schlenderte Nigel Ponting herein und stellte den Araber vor:

»Hier ist jemand, den Sie unbedingt kennenlernen müssen. Seyyid Omar-ben-Sultan. Er hat ein einfach himmlisches Haus in Sansibar. Eigentlich zwei, oder sind es drei? Jedenfalls, wenn Sie sich die Insel ansehen wollen, müssen Sie ihn dazu überreden, den Fremdenführer zu spielen. Niemand kann Ihnen so viel darüber erzählen wie er. Praktisch ist er Sansibar!«

Seyyid Omar lächelte und verbeugte sich. Sein Englisch war so fließend, wie sein Italienisch gewesen war, und er sprach es mit kaum einer Spur von einem Akzent. In keiner Weise ähnelte er seinem Landsmann, dem verstorbenen Mr. Salim Abeid. Sein Teint war nicht dunkler als der des Marchese di Chiago, und er war ein charmanter und unterhaltsamer Gesellschafter.

Lash öffnete die Augen nicht wieder, bis die Passagiere von neuem aufgerufen wurden, ihre Plätze in der Maschine einzunehmen. Aber als sie die kleine Hütte mit ihrem Palmblätterdach verließen, ergriff er Danys Arm und hielt sie zurück. Sie gingen langsam, bis die anderen einen ziemlichen Vorsprung hatten.

»Passen Sie gut auf«, befahl Lash, schnell und gedämpft sprechend. »Wenn wir ankommen, vertrödeln Sie so viel Zeit wie möglich, bevor Sie das Flugzeug verlassen. Befassen Sie sich mit Ihrem Gepäck, tun Sie irgend etwas. Aber sorgen Sie dafür, daß Sie die letzte sind. Ich muß Ihre Mutter zuerst sprechen, sofern Sie am Flughafen ist. Oder Ihren Stiefvater. Oder beide. Andernfalls finden wir uns im Kittchen wieder, ehe wir uns versehen haben. Verstanden?«

Dany nickte. Und dann saßen sie wieder auf ihren Plätzen, vor sich die Leuchtschrift: »No Smoking. Fasten Seat Belts.«

Nun schrumpfte Pemba zu einem kleinen dunklen Fleck in einem Übermaß an Blau, und vor ihnen lag etwas, das anfangs nicht mehr zu sein schien als der Schatten einer Wolke auf dem glitzernden Meer. Sansibar...

Das Blau der Tiefsee machte den herrlichen Grüntönen der Sandbänke und Untiefen Platz. Sie verloren an Höhe und schwenkten über Feldern von Gewürznelken-Bäumen und Palmenhainen ein. Es ging über Orangengärten und die sich zusammenscharenden Hausdächer.

Lashs Hand legte sich über die Danys und drückte sie fest und ermutigend. Dann gab es einen Ruck und ein Holpern, und sie rollten die Landebahn entlang, um schließlich vor einem weißen Gebäude anzuhalten, hinter dem sich zahllose Bäume erhoben.

Lash öffnete zum letzten Mal seinen Sicherheitsgurt. »Da wären wir!« sagte er und ging.

Dany erfuhr nie, was er zu ihrer Mutter und Tyson gesagt hatte, die beide zum Flughafen gekommen waren, um sie abzuholen. Er hatte dazu bestimmt nicht mehr als fünf Minuten Zeit gehabt, aber die hatte er offenbar gut zu nutzen gewußt.

»Meine Lieben!« begrüßte Lorraine ihre Gäste, als sie hinter der Schranke hervorquollen, wo sie sich angestellt hatten, um ihre Pässe und Genehmigungen inspizieren und stempeln zu lassen. »Wie schön, euch alle zu sehen. Elf –! Ich bin selig, daß du gekommen bist, Darling. Und Gussie! Gussie, du siehst wundervoll aus. Und wahnsinnig elegant. Hallo, Millicent. Eddie! – Es ist Jahre her, daß wir uns zuletzt gesehen haben! Nun ja, Monate, aber mir kommt es wie Jahre vor, und ist das nicht ein hübsches Kompliment?«

Lorraine veränderte sich nicht, dachte Dany und betrachtete ihre Mutter mit nachsichtiger Zuneigung. Sie war nicht schön in der Art Amalfi Gordons, und trotzdem gelang es ihr, den Eindruck von Schönheit zu vermitteln, und das hatte den gleichen Erfolg. Einen Teil ihres Reizes, dachte ihre Tochter leidenschaftslos, machten zweifellos der Mangel an Fettpölsterchen und die täuschende Zerbrechlichkeit aus. Auch zu klein geratene Männer fühlten sich neben ihr als große, starke Beschützer.

Lorraine trug weißes Leinen und Perlen, und sie sah gar nicht wie eine Mutter aus. Übrigens auch nicht wie die Frau dieses stämmigen, bärtigen Mannes mit der lauten Stimme, den salzfleckigen Fischerhosen und dem verwaschenen blauen T-Shirt. Er wirkte ein wenig überlebensgroß und konnte von jedem Leser der Presse sämtlicher Länder der Welt sofort als Tyson Frost, Autor von *Letzter Dienst für Lloyd, Kleide sie alle in Grün, Das heilige Schwein* und eines Dutzend anderer Romane erkannt werden. Alle diese Bücher waren verfilmt, für das Fernsehen bearbeitet, analysiert, angegriffen, nachgeahmt, von Buchclubs und literarischen Gesellschaften ausgewählt und zu Millionen verkauft worden.

Lash stellte kurz vor: »Meine Sekretärin, Miss Kitchell, Mrs. Frost.« Dany gab ihrer eigenen Mutter bescheiden die Hand und unterdrückte krampfhaft den Drang, in hilfloses Gekicher auszubrechen.

Lorraine zuckte nicht mit der Wimper, aber ihr Gesichtchen wurde ein bißchen blaß, und ihre Augen weiteten sich bestürzt. Sie sagte schwach: »Sehr erfreut –« Und dann in gequältem Flüsterton: »Darling – warum rot? Und diese scheußlichen Ponyfransen!«

Tysons große, sehnige Hand schlug Dany auf die Schulterblätter, daß sie taumelte. »Ja, Miss Kitchell – wir freuen uns, Sie kennenzulernen. Es macht doch Ihnen und Bates nichts aus, im Gepäckwagen zu fahren? Nein, Lorrie, du nimmst besser Elf und Eddie und Nigel mit. Hei, Eddie! Wieder zurück wie eine falsche Lira? Ich hätte nicht geglaubt, Sie hier unten noch einmal wiederzusehen, nachdem Sie sich das letzte Mal Sandflohfieber – oder was war es? – eingefangen haben. Nein, ich hab's – es war die Ruhr, nicht wahr? Gussie, ich nehme dich und den jungen Lash mit. Los, steigt ein.«

Er öffnete die Wagentür und erblickte plötzlich Seyyid Omar-bin-Sultan. »Hallo, du alter Wolf! Wußte gar nicht, daß du so schnell zurückkommen wolltest. Wie war das Nachtleben von Nairobi?«

Er nahm Seyyid Omar beim Arm. »Gussie, dies ist ein Freund von mir. Ich möchte dir Seyyid vorstellen. Oh, du hast ihn bereits kennengelernt? Gut. Dann steig nur ein. Wir wollen doch nicht den ganzen Tag hier herumhängen.«

Gussie stieg ein, gefolgt von Lash. »Komm bei uns vorbei, sobald du kannst!« brüllte Tyson Seyyid Omar nach, der auf einen großen weißen Wagen mit dem Nummernschild von Sansibar zuging. »Wer, zum Teufel, sind denn Sie?« Er funkelte Larry Dowling an. Larry zog den Hut und lächelte liebenswürdig.

»Nur ein Mitreisender – in streng unpolitischem Sinn«, antwortete Mr. Dowling. »Tatsächlich kam ich in der Hoffnung her, Sie kennenzulernen, Mr. Frost. Wenn ich irgendwann einmal vorsprechen...«

»In welcher Eigenschaft? Als Mitglied meiner Leserschaft oder der Presse?«

»Beides«, erklärte Mr. Dowling prompt.

»Dann lassen Sie es sich ein für allemal gesagt sein«, dröhnte Tyson, »daß ich meine Leser von Herzen verabscheue und daß ich niemals mit der Presse spreche. Guten Tag.«

Er tauchte in seinen Wagen ein, knallte die Tür zu und fuhr in einer Staubwolke davon. Seine Frau folgte in einem zweiten Wagen und Dany, Millicent und das Gepäck in einem dritten. Larry Dowling, dem derlei nicht ganz neu war, bedachte Dany mit einem kurzen, humorvollen Grinsen, zuckte philosophisch die Schultern und hielt ein Taxi an.

Zu jeder anderen Zeit und unter anderen Umständen hätte Dany den ersten Anblick Sansibars faszinierend und aufregend gefunden. Aber jetzt, wo sie endlich hier war, spürte sie nicht einmal so sehr Erleichterung, als nur eine überwältigende Erschöpfung. Sie hatte es, wie Lash gesagt hätte, geschafft. Nur schien es keine Rolle mehr zu spielen.

Der Kleinbus, vollgestopft mit einer Sammlung von Koffern, am Steuer ein lächelnder Afrikaner in schicker weißer Uniform und einem roten Tarbusch, sauste mit ihnen über weiße, von Schatten gesprenkelte Straßen, gesäumt von Palmen und anderen Bäumen. Vorbei an pastellfarbenen Häusern und plötzlichen Ausblicken auf das Meer, das so blau wie ein zerbrochener Saphir glitzerte.

Hibiskus, Oleander, Trompetenbaum und wilder Kaffee leuchteten am Wege, und Massen von Bougainvilleen ergossen sich in traumhaftem Farbenrausch über Gartenmauern. Und dann erreichten sie die Stadt und schlängelten sich im Schrittempo durch Straßen, die so eng waren, daß man dem gegenüber wohnenden Nachbarn bestimmt aus dem oberen Stockwerk die Hand reichen konnte. Die weißgekalkten Häuser waren so hoch, daß die Straßen wie tiefe Schluchten wirkten. Heiße weiße Mauern, heiße schwarze Schatten und weißgekleidete, schwarzgesichtige Männer. Mächtige Türen, reich verziert mit phantastischen Schnitzereien und großen Metalldornen. Der Geruch von fremden östlichen Gewürzen und heißem Staub, der Duft von Sandelholz, Jasmin und Gewürznelken. Wellen von Lachen und Musik und Trommeln…

Auf der anderen Seite der Stadt kamen sie durch einen Gürtel garstiger Slums: eine häßliche Hüttenstadt aus rostigen Konservendosen, Wellblech, zerbröckelnden Lehmwänden und faulem Stroh. Das gab Miss Bates Anlaß zu einer längeren Ausführung über orientalische Untüchtigkeit und die unentschuldbare Stupidität der östlichen Rassen, die die Wohltaten einer britischen Herrschaft nicht zu schätzen wußten.

Die Straße führte über einen stinkigen Bach und umging eine seichte Bucht voller schlammiger Inseln, wo die verrotteten Hüllen alter Dhaus außerhalb der Flutgrenze gestrandet lagen. Und dann waren sie wieder unter Bäumen: Wäldern aus Kokospalmen, dichte Haine von Mangos und ordentliche Anpflanzungen von Gewürznelkenbäumen.

»Wie weit es wohl noch bis zu diesem Haus ist?« fragte Millicent

Bates nervös. »Ich hätte Tyson so viel Verstand zugetraut, näher am Flughafen zu wohnen.«

»Vor hundert Jahren gab es noch keinen Flughafen«, bemerkte Dany.

»Wie bitte? Oh, ich verstehe. Trotzdem ist es sehr lästig. Ich gestehe Ihnen gern, daß ich eine starke Tasse Tee brauchen könnte. Gussie und ich trinken um elf Uhr immer eine, und das gehört zu den Dingen, die ich vermisse. Aber wenn das so weitergeht, wird es fast Zeit zum Lunch sein, bis wir Tysons schattiges Haus erreichen. Das Haus des Schattens...«

Millicent warf den Kopf in den Nacken und lachte schallend über ihren eigenen Witz. »Nicht schlecht, find' ich. Ich muß daran denken, es Gussie zu erzählen. Und ich wette, der Name paßt in mehr als einer Hinsicht! Nach allem, was man so über den alten Rory Frost hört, möchte ich sagen, es wird sich in diesem Haus so manche dunkle Sache abgespielt haben. Und Tyson traue ich auch nicht über den Weg. Er ist der Typ, der seine Großmutter zerstückeln ließe, wenn er für ein Kapitel in einem seiner Bücher zufällig eine Information aus erster Hand über das Sezieren brauchte. Alle Frosts sind Piraten gewesen, oder aber verrückt wie der alte Barclay. Ich kann mir nicht vorstellen, wie Gussie... Ah, wir scheinen endlich da zu sein.«

Der Wagen bog links von der Hauptstraße in einen engen Seitenweg ein, der kaum mehr als ein Pfad war, und dann fuhren sie an einer langen, hohen Mauer aus weißgekalktem Stein entlang. Bougainvilleen, blühender Jasmin und orangefarbene Trompetenblumen schmückten sie mit Duft und Farbe. Dahinter erhoben sich die Wipfel vieler Bäume.

»Ja, das muß es sein«, stellte Millicent erleichtert fest.

»Der Weg scheint hier zu enden. Da ist das Meer.«

Der Kleinbus hatte den Flughafen als letzter verlassen, und die beiden anderen Wagen, die schneller waren, standen schon wieder in der Garage. Die Straße war leer, als sie vor einer alten, eisenbeschlagenen Tür vorbeifuhren, die weit in die lange Mauer zurückgesetzt war. Ein stattlicher Somali-Diener in einem weißen Gewand erwartete ihre Ankunft mit breitem Willkommensgrinsen.

Und wieder wallte ihnen der Duft von Orangenblüten, Jasmin und warmer, feuchter Erde entgegen. Durch die offene Tür sah Dany einen Garten voller Blumen und gewundene Pfade und Schattenflecken und ein quadratisches, drei Stockwerke hohes Haus im arabischen Stil, dessen Fenster über das dichte Grün der Bäume und die flammenden Blüten auf das glitzernde Meer und den weiten blauen Horizont hinaussahen. *Kivulimi,* endlich!

10

»Und jetzt«, Tyson schloß die Tür des Gästehauses hinter sich und stellte eine Flasche sowie eine Handvoll Gläser auf den nächsten Tisch, »um der Liebe Allahs willen, erklärt mir die ganze Geschichte. Trink ein Glas, Junior, nein – trink mehrere. Du siehst aus, als brauchtest du das – und bei Gott, ich brauche bestimmt einen Schluck! Zum Teufel, was wird hier eigentlich gespielt?«

Lash war das kleine, dreizimmrige Gästehaus zugewiesen worden. Es war an die seewärts gelegene Gartenmauer angebaut. Von dort konnte man eine geschwungene Bucht, die zu dem Besitz gehörte, überblicken. Die Mauer war früher einmal Teil eines kleinen Forts gewesen und stammte aus der Zeit der portugiesischen Herrschaft. Ein halbes Dutzend Bewaffneter konnte nebeneinander entlang der mit Schießscharten versehenen Krone gehen. Tysons Vater Aubrey Frost hatte die bröckelnden Steine verstärkt und einen Ausguck und zwei Wachräume in ein kleines, aber sehr hübsches Gästehaus umgewandelt, beschattet von einem gigantischen Regenbaum und überhangen von einer Unmenge purpurner und roter Bougainvilleen.

Tyson hatte erst dafür gesorgt, daß seine anderen Gäste sicher in ihren verschiedenen Räumen untergebracht wurden, wo sie ihre Koffer auspacken und sich zum Lunch umziehen konnten, und dann den Zug zum Gästehaus angeführt. Ihm folgten seine Frau, seine Stieftochter und Lashmer Holden.

Lash nahm einen Drink entgegen und trank das Glas halb leer, bevor er antwortete.

»Kein Wunder, daß du das fragst«, sagte er. »Und die Antwort wird dir nicht gefallen. Wir sitzen, um es einmal allgemein auszudrücken, in einer scheußlichen Klemme.«

»Es war so –« begann Dany.

Lash unterbrach: »Sie halten sich da raus. Im Augenblick habe ich das Sprechen übernommen. Sie kommen dran, wenn ich fertig bin.«

Er wandte sich wieder an Tyson: »Ich möchte nur eine einzige Frage stellen, bevor ich zur Sache komme. Warum hast du dieses Kind hier über Land geschickt, um dir einen Brief von einem Kerl namens Honeywood zu besorgen, wenn deine Schwester fast auf seiner Türschwelle wohnt? Glaub nicht, daß ich neugierig bin, aber es interessiert mich. Warum hast du nicht Mrs. Bingham gebeten, den Brief für dich abzuholen?«

Tyson starrte ihn an. »Was, zum Teufel, hat das damit zu tun? Beziehungsweise, was geht es dich an?«

»Eine Menge«, antwortete Lash. »Warum nicht Mrs. Bingham?«

»Ich verstehe nicht, wieso dich das kümmert. Aber wenn du in der Gesellschaft meiner Schwester bis hier gereist bist, ohne festgestellt zu haben, daß sie geschwätzig, unzuverlässig und verdammt neugierig ist, mußt du eine Kunst aus dem Mangel an Beobachtungsgabe gemacht haben!«

»Tyson, Darling!« protestierte Lorraine schwach. »Gussie ist nicht...«

»Doch! Das weißt du selbst. Und unterbrich mich nicht. Jetzt habe ich deine Frage beantwortet, Junge, und möchte eine Antwort auf meine hören. Worum geht es bei dieser phantastischen Maskerade?«

Doch Lash stellte eine neue Frage. »Hast du durch Zufall gehört, daß Honeywood vor ein paar Tagen ermordet worden ist?«

»*Honeywood?* Großer Gott! Wann? Wie?« Tyson fuhr herum und sah seine Stieftochter an. »Dann hast du ihn gar nicht mehr gesehen? Soll das bedeuten, daß du diesen Brief nicht bekommen hast?«

»Sie hat den Brief«, fuhr Lash dazwischen. »Das ist ja das Problem. Und das zu erklären ist eine lange, verwickelte Geschichte.«

Er trank sein Glas aus, und nachdem er es wieder gefüllt hatte, setzte er sich auf den Fensterplatz und trug kurz und bündig die wesentlichen Punkte dieser Geschichte vor.

»Ist das alles?« fragte Tyson Frost gefährlich ruhig. Sein Atem ging schwer.

»Es wird als Handlungsgrundlage genügen«, stellte Lash lakonisch fest.

»Dann kann ich nur sagen«, brüllte Tyson, »es muß Wahnsinn in deiner Familie liegen! Und, zum Kuckuck, das habe ich immer gewußt! Hattest du den Verstand verloren?«

Lash wand sich. »Um offen zu sein, ja. Zufällig war ich zu dem Zeitpunkt sinnlos betrunken.«

»Mein Gott! Das hätte ich mir denken können! Warum? Es ist verrückt. Es ist kriminell. Es ist...«

»Ich weiß, ich weiß«, beschwichtigte Lash. »Du sagst mir nichts Neues. Ich erinnere mich dunkel, daß ich das alles zu mir selbst sagte, als ich gestern wieder zu mir kam. Und mehr! Du kannst mir nichts vorwerfen, was ich mir nicht schon selbst vorgeworfen habe, mit Nachdruck. Die Frage ist, was tun wir nun?«

»Wir schneiden ihr das Haar«, sagte Lorraine matt. »Und färben es wieder um. Darling, wirklich! Es ist ganz scheußlich. Nicht so sehr die Farbe, die könnte ich ertragen. Aber diese geschmacklosen Fransen! So etwas haben Filmstars in den grauenhaften zwanziger Jahren getragen. Zu fürchterlich. Und, Darling, diese Brille! Um Gottes willen, nimm sie sofort ab. Du siehst damit so abstoßend intelligent aus.«

»Das ist eine Illusion«, bemerkte Lash säuerlich.

Lorraine ignorierte ihn. »So ist es recht, Darling. Und setz sie bloß nicht wieder auf. Du siehst ohne Brille so viel hübscher aus.«

Tyson sagte: »Deine Mutter ist, dem Herrn sei's gedankt, völlig unfähig, einen intelligenten Gedanken zu fassen oder das Wesentliche einer Situation zu begreifen.«

»Das scheint in der Familie zu liegen«, kommentierte Lash beißend. Düster setzte er hinzu: »Und vielleicht ist das ein Vorteil. Im Augenblick wäre ich selbst nur zu gern unfähig, das Wesentliche dieser Situation zu begreifen. Und mit dieser Frisur haben Sie ganz recht. Sie tut den Augen weh. Ich hatte übrigens nie etwas für Rothaarige übrig.«

»Nein. Sie bevorzugen Blondinen, nicht wahr?« fragte Dany in einem plötzlichen Drang zu sticheln.

»Teufel, wer tut das nicht? Ist noch etwas von diesem Scotch da?«

Tyson schob ihm die Flasche zu und schimpfte: »Ihr seid alle verrückt! Ihr alle, wie ihr da seid! Zum Teufel, kommt es jetzt darauf an, wie Danys Haar aussieht? Ich habe den Eindruck, junger Lash, daß du das alles sehr auf die leichte Schulter nimmst. Welchen Vorschlag hast du denn zu machen?«

»Ich?« Lash blickte mild erstaunt drein. »Oh, das ist ganz einfach. Ich schlage vor, daß wir uns auf deine Kosten eine kräftige Mahlzeit einverleiben, und dann nehme ich die nächste Maschine, die mich von hier fortbringt. Und es ist mir verdammt egal, wohin sie fliegt! Von jetzt an kannst du dir die Kopfschmerzen machen, Sportsfreund.«

»Lash!« Danys Stimme drohte zu brechen.

Schnell stand Lash auf, ging zu ihr und nahm ihr Gesicht in beide

Hände. »Hören Sie zu, mein Kind. Ich weiß, ich habe Sie in diese Situation gebracht, aber jetzt kann Ihnen gar nichts mehr passieren. Sie brauchen nur noch Ihr Gewissen zu erleichtern. Die Karten auf den Tisch zu legen. Ich kann Ihnen nicht helfen. Das wissen Sie. Ich habe Sie in die falsche Richtung gesteuert und eine schlimme Sache noch verschlimmert. Ich...«

Dany flüsterte beschwörend: »Lash, bitte, gehen Sie nicht – bitte!«

»Hören Sie, Schätzchen, es wird Ihnen kein bißchen nützen, wenn ich... oh, verdammt!«

Er ließ seine Hände sinken und fuhr plötzlich auf Tyson Frost los. »Was ich wissen möchte«, sagte Lash wütend, »ist, warum du sie überhaupt in diese Sache verwickelt hast! Hast du keinen anderen gefunden, der die schmutzige Arbeit für dich tun konnte? Du mußt verdammt genau gewußt haben, daß dieser Brief Dynamit ist. Was ist darin?«

»Ja, Lieber.« Lorraine setzte sich aufrecht. »Was ist denn nun darin? Warum ist da ein Mörder hinter dem Brief her?«

Tyson sagte: »Warum will ein Mensch drei Millionen haben?«

»W-was!« Lorraine sprang auf die Füße. »Tyson, Darling! Wovon redest du? Du kannst doch nicht meinen...«

»Setzt euch«, befahl Tyson. »Ihr alle. So ist es besser.«

Er lief quer durch das Zimmer mit Schritten, die merkwürdig leicht für einen so großen Mann schienen. An der Tür angekommen, riß er sie auf und spähte hinaus. Er blickte an der breiten offenen Krone der Mauer entlang und hinunter in den grünen Schatten des Gartens, als wolle er sich vergewissern, daß sich niemand in Hörweite befand. Nach einer Minute schloß er die Tür sorgfältig, trat an das Fenster, beugte sich hinaus und betrachtete den sonnendurchglühten Felshang dreißig Fuß weiter unten. Endlich kehrte er, zufrieden mit seiner Erkundung, zu seinem Diwan zurück, der an einer Wand des Wohnzimmers stand. Als er sich setzte, ächzte das Holz protestierend unter seinem Gewicht.

»Ich muß ein Stück in die Vergangenheit zurückgehen.« Tyson Frost steckte sich eine Zigarette an und inhalierte tief. »Wie ihr wahrscheinlich wißt – es scheint Allgemeingut zu sein! –, hinterlegte mein verehrter Großvater Emory Frost, genannt Rory, der in den achtziger Jahren des vorigen Jahrhunderts starb, einen Haufen Papiere und Tagebücher bei den Familienanwälten Honeywood & Honeywood mit der Anweisung, sie dürften erst nach Ablauf von siebzig Jahren, was als die einem Menschen zugemessene Zeitspanne gilt, geöffnet und bekanntgemacht werden. Diese Frist war vor ein paar Monaten vorbei, und der ganze Kram traf ordnungsgemäß hier ein. Und er hat es in sich! Der alte Rory muß seinerzeit ein Teufelskerl gewesen sein, und... Aber darum geht es hier nicht. Der springende Punkt ist, daß es mich einige Zeit kostete, die Papiere durchzusehen, und erst vor ungefähr drei Wochen stieß ich auf ein gefaltetes Blatt Papier, das in den Rücken eines der Einbände geschoben worden war. Und ich hätte es niemals gefunden, wenn der Rücken nicht geplatzt wäre. Es war sehr interessant...«

Tyson griff nach dem Glas, das er auf den Fußboden gestellt hatte, und tat einen tiefen Zug.

»Wißt ihr«, meinte er nachdenklich, »es ist erstaunlich, wie oft das Leben spannender ist als ein Film. Kennt jemand von euch die Sage vom verschwundenen Schatz, der von Seyyid Saïd vergraben worden ist?«

»Ja!« rief Dany.

»Wirklich, Darling«, protestierte Lorraine. »Du kannst doch diese Geschichte nicht glauben! Ich finde sie zu lächerlich. Ich weiß, sie steht in den Fremdenführern, aber –«

»Kein ›aber‹«, winkte Tyson ungeduldig ab. »Auch ich habe einmal gedacht, ich sei zu alt, um so etwas ernst zu nehmen. An jenem Stückchen Papier war jedoch etwas mächtig Überzeugendes. Wenn sonst niemand an den Schatz glaubte, Großvater Emory tat es gewiß. Und aus einem sehr guten Grund.«

»Ich vermute, er hat geholfen, ihn zu vergraben«, warf Lash sarkastisch ein.

»Auf gewisse Weise«, erwiderte Tyson. »Und du kannst dir dies verdammt impertinente Grinsen vom Gesicht wischen, junger Holden!«

Tyson dachte eine Weile nach, erfrischte sich mit einem Schluck aus seinem Glas und fuhr fort: »Nein. Laut Rory hinterließ Seyyid Saïd bei seinem Tod das Geheimnis einem Hexendoktor von Pemba, der prompt und gemeinerweise den Schatz mit einem Fluch des Sinnes belegte, wer auch immer ihn finde, könne ihn nur dazu benutzen, Böses zu wirken. Die Absicht war wohl, die Leute vom Suchen abzuhalten. Aber Majid, Saïds Nachfolger, ließ sich von so etwas nicht schrecken. Wie Großvater Emory berichtet, folterte er den Hexer, entriß ihm die Information, grub das Zeug mit der enthusiastischen Hilfe meines sündigen Großvaters aus und machte großzügig halbe-halbe mit ihm. Emorys Anteil muß, wenn ich den heutigen Gegenwert richtig berechnet habe, nahe an drei Millionen Pfund Sterling herangekommen sein.«

Kurze Zeit herrschte Schweigen. Dann stand Lash auf, um sein Glas nachzufüllen. »Verzeih mir«, erklärte er, »das ist das beste Märchen, das mir in meinem übel verbrachten Leben je untergekommen ist. Ich glaube kein Wort davon! Aber es ist offenkundig, daß jemand anders es glaubt. Und damit meine ich weder dich noch deinen Großvater.«

Lorraines Augen waren riesengroß. Sie sprach abgerissen und keuchend. »Aber Tyson!... Aber Darling... drei *Millionen!* Er kann doch nicht... Was hat er damit gemacht?«

»Vergraben«, antwortet Tyson. »Wenigstens behauptet er das.«

»Aber wo?«

»Ah! Da liegt der Hase im Pfeffer. Das verrät er nicht. Er sagt nur, er habe den Schlüssel in einem versiegelten Umschlag bei dem alten Honeywood gelassen (wahrscheinlich war das der Großvater unseres Honeywoods oder vielleicht auch sein Großonkel). Dieser Umschlag werde nur dann ausgehändigt, wenn jemand nach ihm frage und eine Zahl und gewisse Initialen richtig angebe. Die Zahl sei sieben vier drei acht neun, die Initialen seine eigenen, E. T. F.«

»Hol mich der Teufel!« rief Lash verblüfft aus.

»Das bezweifle ich nicht«, kommentierte Tyson kaltschnäuzig. »Nicht, wenn dies deine übliche Verfassung ist. Jedenfalls, die Geschichte schien mir zu gut, um wahr zu sein, und ich glaubte kein Wort davon. So sehr gleicht das Leben dem Film nun doch wieder nicht. Aber eine Nachforschung war es schon wert. Als ersten Schritt schrieb ich dem alten Honeywood und fragte an, ob er einen solchen Brief in seinem Besitz habe. Er hatte ihn tatsächlich, was mich erschütterte. 1861 bei Honeywood & Honeywood hinterlegt. Ich dachte, man könne sich den Brief ja einmal ansehen, und der Post wollte ich ihn nicht anvertrauen. Und Gussie auch nicht. Ganz zwischen uns beiden, ich glaube... Ach, lassen wir das. Wesentlich ist: Da Dany sowieso herkam, schien es eine gute Idee zu sein, sie zu bitten, den Brief abzuholen und mitzubringen. Und mehr gibt es darüber nicht zu sagen.«

»Abgesehen davon, daß du Honeywood Tag und Zeit des Besuchs genannt hast«, erinnerte Lash.

»Und warum nicht? Es war so gut wie sicher, daß das Ding in irgendeinem Bankfach lag und er es erst holen mußte, damit er es übergeben konnte. Er würde es nicht in seinem Haus haben, und da ich immer noch mit ihm und nicht mit seinem Junior-Partner korrespondiere, teilte ich ihm mit, ich würde Dany zu ihm schicken, mit anderen Worten, in sein Haus schicken. Und wenn ich den alten Honeywood richtig einschätze, würde er den Brief nicht sehr lange vor dem Zeitpunkt, wo er ihn brauchte, in sein Haus bringen. Er ist vorsichtig. Oder vielmehr, er war es, der arme Kerl.«

»Also das war es«, brummte Lash. »Dann hatte ich recht.« Er stand auf und sah aus dem Fenster, die Hände in den Hosentaschen. »Irgendwer hat es gewußt und beabsichtigte, als erster hinzuzukommen. Aber Dany durchkreuzte seine Pläne, indem sie Honeywood am Vormittag statt am Nachmittag aufsuchte.«

Er drehte sich um. »Wer hat es außer dir gewußt?«

»Niemand«, antwortete Tyson kurz.

»Ach, Unsinn! Natürlich hat es irgend jemand gewußt.«

»Ich bitte um Entschuldigung«, fauchte Tyson. »Ich hätte sagen sollen: ›Ich habe niemandem etwas gesagt.‹ Nicht einmal meiner Frau.«

»Was ist mit Ponting?«

»Auch meinem Sekretär nicht!«

»Aber er hätte es herausfinden können.«

»O nein, das konnte er nicht. Dazu war ich viel zu vorsichtig. Neugier ist Nigels Hauptlaster, und es lag nicht in meiner Absicht, ihn einen Blick auf die Frost-Papiere werfen zu lassen – oder meine Briefe an Honeywood! Ich verwahre diese Papiere in einem verschlossenen Kasten, und den Schlüssel trage ich um den Hals. Einiges von dem Zeug könnte auch heute noch ein paar Explosionen auslösen, und ich gehe kein Risiko ein. Außerdem bedeutet es Geld.«

»Und Mord!« ergänzte Lash grimmig.

»Den Eindruck könnte man gewinnen. Trotzdem glaube ich nicht, daß ...«

»Es kommt nicht darauf an, was du glaubst«, fiel ihm Lash unwirsch ins Wort. »Würdest du es auf deinen Eid nehmen, daß weder dein Sekretär noch irgendein Dienstbote oder Gast in diesem Haus und nicht einmal deine Frau dies Papier Emorys gesehen haben kann?«

Lorraine schrie vor Entrüstung auf. »Wirklich, Lash! Warum denn ich? Ich meine, selbst wenn ich es gesehen hätte (und ich habe es nicht gesehen, ich hatte keine Ahnung), würde ich es dann irgendwem weitererzählen?«

»Ich weiß es nicht«, antwortete Lash. »Würden Sie es tun?«

Lorraine machte eine hilflose flatternde Geste mit ihren kleinen Händen und sah ihren Mann flehend an.

»Natürlich würde sie es weitererzählen«, stellte Tyson brutal fest. »Aus dem Grund habe ich ihr ja nichts gesagt. Ich teile nie einer Frau ein Geheimnis mit, falls ich nicht will, daß es in der kürzestmöglichen Zeit die weiteste Verbreitung erfährt.«

Lorraine stieß einen kleinen Seufzer aus. »Weißt du was, Tyson, Darling? Ich verstehe nicht, wie du so gut schreiben kannst, wo du doch beim Sprechen so oft Klischees benutzt. Schizophrenie, vermute ich. Auch wenn du in meinem Fall zufällig recht hast. Wenn mir irgendwer ein Geheimnis erzählt, denke ich immer: »Wem soll ich es nun als erstem weitererzählen?«

Tyson lachte kurz auf. »Ich weiß. Aber um auf deine Frage zurückzukommen, junger Lash, die Antwort lautet: nein. Der Schlüssel zu diesem Kasten ist immer in meinem Besitz gewesen, und für den Fall, daß du jetzt sagen willst, Lorraine habe ihn eines Nachts, als ich schlief, wegnehmen können, möchte ich hinzufügen, daß ich einen sehr leichten Schlaf habe. Und außerdem glaube ich nicht eine Sekunde lang, daß irgendwer im Haus von der Existenz des Papiers auch nur gewußt hat.«

»Und was ist mit den Briefen, die du Honeywood geschrieben hast? Sie müssen ein paar wichtige Einzelheiten enthalten haben. Genug jedenfalls, um Neugier auf den Inhalt des versiegelten Umschlags zu wecken! Die Zahl und die Buchstaben und das ungefähre Datum, zu dem er bei der Anwaltsfirma hinterlegt wurde. Wer bringt deine Briefe zur Post?«

»Abdurahman, wenn er in die Stadt geht. Und er kann Englisch weder lesen noch verstehen.«

»Aber vielleicht hat er die Briefe jemandem gezeigt, der es kann.«

»Warum? Schon meine persönliche Korrespondenz hat einen ziemlichen Umfang – ganz abgesehen von dem Kram, den Nigel für mich erledigt, und das ist eine Menge. Ein Hausdiener oder ein hier ansässiger Schnüffler, der das lesen wollte, würde monatelang nichts anderes zu tun haben, als in der Hoffnung, etwas Interessantes zu finden, Umschläge über Dampf zu öffnen. Die Idee gib nur gleich wieder auf.«

Aber Tyson vergaß, dachte Dany, daß es zumindest einen anderen Menschen gab, der seine Briefe nicht nur gelesen hatte, sondern wahrscheinlich auch etwas – vielleicht nicht viel, aber genug – über den Inhalt des vergilbten alten Umschlags wußte.

Sie sagte: »Mr. Honeywood hat eine Ahnung von der Bedeutung gehabt, glaube ich. Er schien es zu mißbilligen, daß ich den Brief mitnahm. Er sagte etwas darüber, man solle schlafende Hunde nicht wekken, und es werde nichts Gutes daraus entstehen. Vielleicht wußte er, was darin war. Sein Großvater mag es ihm erzählt haben.«

»Natürlich! Und er hat darüber gesprochen!« rief Lorraine.

Tyson brach von neuem in Gelächter aus. »Was, der alte Henry Honeywood? Diese ausgetrocknete Auster? Du hast ihn nicht so gut gekannt wie Gussie und ich!«

»Mag sein, aber ich weiß, daß nicht nur die Frauen tratschen«, gab Lorraine zurück. »Jeder ausgetrocknete alte Junggeselle übertrifft sie für gewöhnlich im Klatschen. Und er hatte eine Haushälterin, diese untersetzte alte Dame mit dem Hörgerät. Sie wurde wahrscheinlich von Neugier verzehrt. Das ist bei Haushälterinnen eine Berufskrankheit. Ich nehme an, sie hat alle seine Briefe gelesen und über den Inhalt mit allen ihren Freundinnen im Frauenclub gesprochen.«

»Nicht Mrs. Broughty.« Tyson blickte nachdenklich drein. »Sie ist auch eine Auster. Aber Mrs. Porson, seine Putzfrau, ist ein ganz anderer Typ. Sie hilft gelegentlich bei Gussie aus, und sie redet ohne Punkt und Komma. Einmal, als Elf dort unten war, erzählte sie ihr umwerfende Einzelheiten über einen Fall, der... Nun, das tut nichts zur Sache. Aber da sie diese Einzelheiten nur hatte erfahren können, indem sie sich unbefugt an Henrys Korrespondenz zu schaffen machte, müssen wir wohl akzeptieren, daß es eine undichte Stelle gegeben haben mag. Tatsächlich muß es eine gegeben haben! Meiner Meinung nach sollte deshalb unser nächster Schritt sein, daß wir Scotland Yard benachrichtigen. Ich werde den Brief gleich nach dem Lunch schreiben und dafür sorgen, daß er durch Vermittlung des Vertreters Großbritanniens befördert wird. Ich bringe ihn selbst zu ihm und bitte ihn, mir einen persönlichen Gefallen zu tun und ihn mit dem nächsten Diplomaten-Postsack abzusenden. Sie müssen einen haben. Gott sei Dank kenne ich den Londoner Polizeichef persönlich. Das mag uns von Nutzen sein. Wenn er die hiesigen Polizisten auf uns hetzen will, soll er es tun. Aber da es mindestens drei und möglicherweise vier Tage dauert, bis er den Brief erhält, haben wir Zeit genug festzustellen, ob etwas Wahres an diesem phantastischen Seemannsgarn über den verlorenen Schatz ist. Wo ist der Schlüssel, Dany? Gib ihn mir.«

»Es ist ja kein Schlüssel«, antwortete Dany. »Zumindest kein gewöhnlicher – kein metallener. Das hätte ich durch den Umschlag gefühlt. Ich glaube, es ist nur ein zusammengefaltetes Stück Papier.«

»Wahrscheinlich eine Landkarte«, meinte Tyson.

»Oder verschlüsselte Hinweise wie bei einem Kreuzworträtsel!« Lorraine errötete so bezaubernd wie ein aufgeregtes Kind.

Lash dämpfte die Begeisterung. »Viel eher ist es ein konfuses Abrakadabra in der Art: *Gehe von der Hintertür von Ali Babas Haus fünfzig Schritte genau nach Süden, und wenn du den dürren Feigenbaum erreichst, warte, bis die Sonne darüber steht, und grabe da, wo der Schatten des Feigenbaums auf den Graben trifft.* Ein faszinierendes Dokument, das nicht berücksichtigt, daß Ali Babas Haus inzwischen abgerissen und von einer Fischleim-Fabrik ersetzt worden ist, der dürre Feigenbaum schon vor siebzig Jahren von der Bildfläche verschwand und irgendwer den Graben im Zuge eines Entwässerungsprogramms trockengelegt hat! So etwas hat uns gerade noch gefehlt.«

Lorraines Begeisterung blieb ungeschwächt. »Der Schatz wäre trotzdem noch da – irgendwo! Oh, Tyson, denk doch nur, wenn die Geschichte sich als wahr herausstellen sollte! Es ist so spannend! Ob es Juwelen sind? Wahrscheinlich. Smaragdschnitzereien und Taubenblut-Rubine und Dolche mit diamantbesetzten Heften und viele, viele Stränge Perlen. Wundervoll!«

»Das hängt davon ab, wie Emory und sein fürstlicher Kumpel die Beute geteilt haben.« Tyson leerte sein Glas. »Aber da er ein Bürger war, auf dem sich anscheinend bemerkenswert wenige Fliegen ausgeruht haben, wette ich, daß er auf Nummer Sicher gesetzt und das Gold genommen hat. Vorausgesetzt natürlich, daß er überhaupt etwas genommen hat und das Ganze nicht ein Streich des alten Sünders ist, den er seinen Nachkommen spielt. So etwas würde ich ihm zutrauen.«

»O nein, Darling«, protestierte Lorraine. »Das will ich nicht glauben. Es muß wahr sein. Ich will, daß es wahr ist. Wir werden das Kreuzworträtsel lösen und uns des Nachts mit Spaten hinausschleichen und viele, viele Eimer Gold ausgraben.«

»Und uns im hiesigen Gefängnis wiederfinden, weil wir versucht haben, etwas zu stehlen, das zweifellos Eigentum des Sultans von Sansibar ist«, sagte Lash, der Spaßverderber.

»Ah, darin irrst du dich, Junge.« Tyson wuchtete sich aus seinem Sessel und holte sich noch einen Drink. »Großvater Emory ist schließlich nicht durch Betrug an den Schatz gekommen. Seine Hälfte war ein

Geschenk als Dank für geleistete Dienste. Und das wurde ordnungsgemäß attestiert. Es ist ein Dokument vorhanden, das es beweist. Es steckte hinten im Einband, und ein schöner deutlicher Daumenabdruck sowie Siegel und Unterschrift des Schenkers sind beigefügt. Noch heute würde ein Gerichtshof es anerkennen. Doch wir haben das Ding noch nicht. Wo ist Honeywoods Brief, Dany?«

»In meiner Manteltasche.« Dany lächelte schwach. »Es schien mir der sicherste Ort zu sein, und ich habe ihn festgesteckt, damit er nicht gestohlen werden konnte.«

Sie hatte den Kamelhaarmantel mit ins Gästehaus genommen und über eine Stuhllehne gehängt. Jetzt griff sie nach ihm, und nach kurzem Kampf mit der Sicherheitsnadel zog sie ein zusammengefaltetes Chiffontuch heraus, in das ein kleiner gelber Umschlag mit fünf Ziffern und drei Buchstaben, geschrieben in verblaßter Tinte, gewickelt war.

Danys Finger fühlten es. Mit aufgerissenen Augen starrte sie den Umschlag an. Entsetzen und Ungläubigkeit zeichneten sich auf ihrem Gesicht ab. Dann drehte sie ihn schnell um.

Das schwere Siegel, das die Klappe geschlossen hatte, war erbrochen, und der Umschlag war leer.

11

»Es ist widersinnig!« brüllte Tyson zum vierten, wenn nicht schon zum fünften Mal. »Es ist einfach unmöglich!«

»Oh, Darling«, jammerte Lorraine, »sag das nicht immer wieder und wieder. Außerdem ist es so dumm! Wie kann es unmöglich sein, wenn es geschehen ist?«

»Es kann nicht geschehen sein, darum! Jedenfalls nicht so, wie Dany sagt. Du kannst selbst sehen, wie dies Stückchen Stoff zusammengefaltet und festgesteckt war. Ich sage dir, es war keinem Menschen möglich – falls er nicht in einem Astralkörper steckte! –, das zu tun, wenn Dany den Mantel nicht wenigstens fünf Minuten lang ohne Aufsicht gelassen hat. Zum Donnerwetter noch mal, ich habe es versucht! Und du hast mir zugesehen. Niemand konnte das Päckchen von dem Futter lösen, es herausnehmen, den Umschlag öffnen, den

Brief entfernen und das ganze Ding genauso wieder anbringen, wie er es vorgefunden hat, ganz unten in einer tiefen Schubtasche. Nicht einmal Houdini! Dany muß den Mantel unbeaufsichtigt gelassen haben.«

»Habe ich aber nicht«, widersprach Dany, den Tränen nahe. »Der Umschlag hat für den Rest der Nacht unter meinem Kopfkissen gelegen, und er war völlig in Ordnung, als ich ihn heute morgen in das Tuch wickelte. Das Siegel war nicht berührt worden. Das weiß ich genau. Ich hätte es sofort gefühlt, wenn der Umschlag leer gewesen wäre. Wie ich es vorhin auch gleich gefühlt habe.«

Tyson fragte: »Hast du dich nicht gewaschen? Oder ein Bad genommen?«

»Natürlich, aber –«

»Und du hast den Umschlag mit dir genommen?«

»Nein, aber –«

»Da haben wir's! Es muß jemand ins Zimmer gekommen sein.«

Lorraine klagte: »Tyson, Darling, unterbrich das Kind doch nicht immer. Laß sie doch ihre Sätze zu Ende sprechen.«

»Lash war da«, gestand Dany. »Er hat sich angezogen, während ich ein Bad nahm.«

»Das hört sich alles sehr intim und häuslich an«, knurrte Tyson.

Lash erklärte liebenswürdig: »Das war es auch. Allerdings ging es nicht anders, wie ich bereits dargelegt habe. Aber wenn du noch weitere derartige Bemerkungen losläßt, wirst du feststellen, daß das Leben einem Film noch mehr gleicht, als du angenommen hast.«

»Soll das heißen, daß du mich niederschlagen willst?« erkundigte sich Tyson. »Das schaffst du nicht, Junge.«

»Ein Versuch wäre für mich das höchste Vergnügen«, fuhr Lash ihn an.

»Das glaube ich gern. Aber ich habe nicht die Absicht, den Söhnen meiner College-Freunde zu erlauben, mich als Punchingball zu benutzen, um ihren Spleen abzureagieren.«

»Dann hör auf, das Kind einzuschüchtern!« verlangte Lash.

»Siehst du denn nicht, daß sie am Ende ihrer Kraft ist? Laß sie in Frieden, ja?«

Tyson sah ihn mit schiefgelegtem Kopf an und meinte sinnend: »Ich erinnere mich noch gut, wie deine Tante Maimie dich einmal beschrieben hat, und zwar zweifellos richtig. Du seist ein Schurke, der eine durchschnittliche Frau so mühelos herumbekommt wie ein Heiratsschwindler, der sich bei einer frustrierten alten Jungfer aus einer

Kleinstadt an die Arbeit macht. Das war, als du Ärger wegen der van-Hoyden-Tochter hattest – oder waren es die Töchter? Also spiel uns nicht den Sir Galahad, Junge! Hast du dich tatsächlich die ganze Zeit, die Dany im Badezimmer war, in dieser Suite aufgehalten?«

»Ja.«

»Wußtest du, wo der Brief war?«

»Ja. Willst du vielleicht andeuten, daß ich ihn genommen haben könnte?«

»Bah! Du gehst mir auf die Nerven«, sagte Tyson wütend. »Bist du ganz sicher, daß niemand anders während dieser Zeitspanne ins Zimmer kam? Kein Hotelangestellter zum Beispiel?«

»Keiner. Ich wiederhole: keiner.«

Tyson wandte sich wieder Dany zu. »Wie ich annehme, ist er nicht im Zimmer geblieben, als du dich angezogen hast?«

Dany stieg das Blut ins Gesicht. »Nein. Er war unten beim Frühstück.«

»Und es ist niemand anders hereingekommen?«

»Nein. Ich hatte beide Türen abgeschlossen. Und als ich zum Frühstück ging, nahm ich den Mantel mit mir, und seitdem habe ich ihn niemals aus der Hand gelassen, bis ich hier eintrat und ihn über die Stuhllehne da legte. Niemand konnte den Brief wegnehmen. Niemand außer mir selbst und Lash. Es ist nicht möglich!«

»Hast du ihn genommen?«

Sofort trat Lash einen Schritt vor, und Tyson sagte: »Laß sie selbst antworten, Junge! Nun, Dany?«

Dany sah ihren Stiefvater an, die Wangen gerötet und die Augen groß und blitzend. »Du bist der widerlichste, eingebildetste, egoistischste, unmöglichste Mann, den ich je gesehen habe, und ich bereue, daß ich hergekommen bin!«

»Ja, das ist er.« Lorraine schenkte ihrem Mann einen zärtlichen Blick. »Ich erinnere mich, daß ich am ersten Tag unserer Bekanntschaft das gleiche zu ihm sagte. Und er wird immer schlimmer. Aber, Baby, du hast den Brief doch wirklich nicht genommen?«

Dany fuhr zu ihr herum. Ihr Zorn wich der Verzweiflung. »Mutter, du kannst doch nicht glauben –«

»Darling«, stöhnte Lorraine, »wie oft habe ich dich schon gebeten, mich nicht so zu nennen? Ich komme mir dabei vor, als sei ich hundert Jahre alt! Nein, natürlich glaube ich nicht, daß du den Brief gestohlen hast oder so etwas – und von Lash glaube ich es auch nicht. Du hättest aber denken können – wo doch der Mord passiert ist und alles so scheußlich für dich war –, am besten wäre es, wenn du ihn einfach zerreißen würdest und das gräßliche Ding loswärst.«

»Nicht im Traum ist mir so etwas eingefallen! Und jetzt hat ihn jemand anders.«

»Meinen Sie mich?« fragte Lash.

»Warum müssen Sie so etwas sagen?« beklagte sich Dany. »Sie wissen genau, daß ich nichts dergleichen gemeint habe!«

»Eben haben Sie noch gesagt, nur Sie und ich hätten eine Möglichkeit gehabt, den Brief zu nehmen. Und wenn Sie es nicht waren, bleibe ich allein übrig. Oder kann ich nicht mehr rechnen?«

»Schüchtere das Mädchen nicht ein!« dröhnte Tyson. »Siehst du nicht, daß sie am Ende ihrer Kraft ist? Laß sie in Ruhe, ja?«

Lash lachte und hob die Hand in der Geste eines Fechters, der zugibt, getroffen worden zu sein. »*Touché!* Entschuldigen Sie, Dany. Ja, und was tun wir jetzt?«

»Essen«, erklärte Lorraine fest und stand auf. »Es muß fast ein Uhr sein, und die anderen fragen sich bestimmt, was in aller Welt mit uns passiert ist, und dabei werden sie immer hungriger. Komm, Darling, sehen wir nach, was sie treiben. Und Dany wird sich waschen wollen.«

»Einen Augenblick«, hielt Tyson sie zurück. »Stellen wir das erst einmal ganz klar. Wenn wir die Theorie unterschreiben, daß die Person, die hinter dem Brief her war, sich in dem Flugzeug von London nach Nairobi befand, dann folgt daraus, daß derjenige, der den Brief jetzt besitzt, heute morgen die Maschine von Nairobi nach Sansibar bestiegen hat. Habe ich recht?«

Lash erwiderte: »Das könnte man tatsächlich glauben, wäre da nicht eine Kleinigkeit, die die ganze Sache *ad absurdum* führt.«

»Und das wäre?«

»Was, zum Teufel, nützen einem drei Millionen – oder auch dreihundert Millionen –, wenn man sie nicht von der Insel wegbringen kann? Das ist vielleicht für dich oder jemand anders, der hier lebt, okay. Aber wie soll ein anderer es anfangen, den Schatz zu transportieren? Stellen wir uns einmal vor, ich wäre es, ich, Lashmer J. Holden junior. Was tue ich mit ein paar Zentner Gold? Packe ich es in meine Koffer und schmuggele es durch den Zoll?«

»Denk mal nach, Junge!« ereiferte sich Tyson. »Meinst du wirklich, ein Mensch, der hinter soviel Geld her und bereit ist zu morden, um es zu bekommen, hat das nicht lange im voraus geregelt? Großer Gott, es gibt heutzutage Dutzende von Möglichkeiten, illegal ein- und auszureisen, wenn du Geld hinter dir hast – oder die Aussicht auf Geld. Und kläffe jetzt nicht: ›Das ist nicht möglich!‹ Natürlich ist es möglich! Was soll dich daran hindern, eines schönen Abends zum Segeln oder Fischen hinauszufahren und eine Meile vor der Küste in eine Dhau oder ein Motorboot umzusteigen? Oder eine Privat-Jacht? – Verdammt noch mal, dein eigener Vater besitzt eine! Es gibt Hunderte von Meilen leerer Küste und kleine Buchten und Strände, wo du in dunkler Nacht abgesetzt und von einem Flugzeug aufgenommen werden könntest. Herr des Himmels, dies ist das Zeitalter der Luftfahrt! Flugzeuge haben jede Menge Landefläche in Afrika! Du wärst nicht deines Vaters Sohn, wenn du nicht fähig wärst, einen Fluchtplan auszuarbeiten, und wir können sicher sein, daß irgend jemand einen ausgearbeitet hat. Die Frage ist, wer?«

Lash zuckte die Schultern. »Jemand, der auf beiden Flügen dabei war. Ich habe die Namen nachgeprüft. Abgesehen von deinen Gästen waren es nur noch zwei. Dieser Reporter, zu dem du vor dem Flughafen so charmant warst –«

»Was für ein Reporter?« unterbrach Tyson und setzte sich mit einem Ruck gerade. »Ich erinnere mich an keinen... Doch, natürlich! Irgendein blöder Kerl mit einem Panama-Hut, der fragte, ob er mich aufsuchen dürfe. War er in der Londoner Maschine?«

»Das habe ich dir gerade gesagt. Und er wohnte in Nairobi im gleichen Hotel wie wir.«

»Ach ja?« Tyson überlegte. »Vielleicht hätte ich ihn nicht so rasch abwimmeln sollen. Nun, das läßt sich wieder gutmachen. Da es nur ein Hotel in dieser schönen Stadt gibt, wissen wir, wo er ist. Lorraine, würdest du bitte im Hotel anrufen und nach..., wie war gleich sein verdammter Name?«

»Dowling«, informierte Dany ihn. »Larry Dowling.«

»– nach Mr. Dowling fragen? Und wenn du ihn am Apparat hast, sag ihm bitte, ich wäre entzückt, ihm ein Interview zu gewähren, und ob es ihm angenehm wäre, bei uns zu wohnen. Lauf, erledige es gleich.«

»Aber Tyson –!« Lorraine riß ihre enzianblauen Augen auf. »Das können wir nicht tun. Darling, ein Reporter!«

»Er ist kein Reporter«, sagte Dany, doch sie wurde ignoriert.

»Die ganze Geschichte wird in allen Zeitungen auf der Titelseite stehen, ehe wir wissen, wie uns geschieht«, jammerte Lorraine. »Denk an

Dany… und uns alle. Denk doch nach!«

»Ich denke«, knurrte Tyson ungeduldig. »Und ich scheine der einzige zu sein, der des Denkens fähig ist. Es ist viel sicherer, alle Verdächtigen unter einem Dach beisammen zu haben.«

»Natürlich mit einem Auge auf das teure Unterpfand«, bemerkte Lash.

»Wenn das sarkastisch gemeint war, Junge, mußt du dir etwas Besseres einfallen lassen. Natürlich mit einem Auge auf das teure Unterpfand. Für was hältst du mich?«

Lorraines Hände vollführten die typische flatternde Geste. »Ich verstehe das nicht. Ich verstehe überhaupt nichts.«

»Er meint«, übersetzte Lash, »daß einer aus einem ziemlich beschränkten Kreis von Verdächtigen sich kürzlich den Schlüssel zu Großpapas Bankgewölbe angeeignet hat. Deshalb ist es eine recht gute Idee, sie alle hier zu versammeln, wo er sie beobachten kann. Der erste, der dabei erwischt wird, wie er sich einen Spaten ausleiht und hinausschleicht, um ein bißchen zu graben, ist es gewesen. Kapiert?«

»Aber natürlich!« rief Lorraine glücklich aus. »Tyson, wie klug von dir! Ich will diesen Mr. Dowling sofort anrufen.«

»Tu das«, erwiderte Tyson. »Geh schon. Nein, warte einen Augenblick. Es waren zwei weitere Passagiere. Hast du nicht von zweien gesprochen?«

»›Waren‹ ist richtig«, erklärte Lash. »Jetzt gibt es nur noch einen.«

»Was willst du damit sagen?«

»Der andere war ein Araber. Ein helles Licht in der hiesigen Sansibar-für-Mutter-Rußland-Bewegung, glaube ich. Ein gewisser Salim Abeid.«

»Oh, Jembe – ›der dünne Mann‹.«

»Genau der ist es. Oder richtiger, der war es.«

»Was meinst du damit?« fragte Tyson scharf.

»Ich meine, daß er tot ist. Er starb ziemlich plötzlich heute morgen auf dem Flughafen von Mombasa, weswegen unser Flugzeug zurückgehalten wurde. Ich dachte, vielleicht habe man euch darüber informiert, denn ihr müßt eine ganze Weile auf uns gewartet haben.«

»*Tot?*« Tysons Donnerstimme war fast zum Flüstern geworden. »Da soll doch… Woran ist er gestorben?«

»Das hat man uns nicht gesagt. Er ging mit uns übrigen vom Flugzeug in den Warteraum und sah ganz gesund aus. Als wir zur Maschine zurückgeschickt wurden, tauchte er nicht wieder auf. Wir durften nicht starten, und es gab einige Aufregung. Erst erzählte uns die Stewardeß, er sei krank geworden. Dann erschien eine Gruppe aus Polizisten und Flughafen-Angestellten und sah sich unsere Pässe und Visa noch einmal an und, soviel ich weiß, bekamen sie dabei auch unsere Fingerabdrücke. Sie wollten unbedingt wissen, wo wir in den nächsten paar Tagen zu erreichen seien.«

»Welchen Zweck verfolgten sie deiner Meinung nach damit?«

»Das kannst du ebenso gut erraten wie ich«, sagte Lash trocken.

Lorraines Blick wanderte ängstlich von Lashs Gesicht zu dem ihres Mannes. Sie kam von der Tür zurück und umklammerte Tysons Arm. In ihrer hellen, schwebenden Stimme klang plötzlich eine Spur von Panik mit. »Was erraten, Tyson? Was meint er? Was deutet ihr beide an?«

»Nichts«, antwortete Tyson brüsk. »Nur daß Jembe eine Menge politischer Feinde hatte. Wir brauchen gar nicht erst damit anzufangen, uns Einbrecher unter jedem verdammten Bett der Insel vorzustellen. Und wahrscheinlich ist er sowieso an Herzversagen gestorben.«

»Das ist so gut wie sicher«, stellte Lash gemütlich fest. »Wenige von uns sterben an einer anderen Ursache.«

»Sei ruhig, Junge!« brüllte Tyson. »Kinder soll man sehen, aber nicht hören! Es ist alles in Ordnung, Lorraine. Du läufst jetzt und rufst diesen höllischen Reporter an. Und sei nett zu ihm.«

Lorraine seufzte. Ihre Muskeln entspannten sich. »Ich bin immer nett zu den Leuten, Darling.«

Sie wandte sich von ihm ab und richtete ein bittendes Lächeln auf Lash. »Ich hoffe sehr, es macht Ihnen nichts aus, ganz allein im Gästehaus zu wohnen, Lash?«

»Warum sollte mir das was ausmachen? Es ist bezaubernd.«

»Das ist nett von Ihnen! Ich fürchtete, Sie wären sauer deswegen. In so eine Art von Flitterwochen-Häuschen gesteckt zu werden, wenn…«

»Oh, nicht schon wieder!« ächzte Lash. »Einmal war genug. Ich nehme an, dies ist das traute kleine Versteck, das Sie für die Neuvermählten hergerichtet haben, nicht wahr? Nun, das war ein netter Einfall, und ich habe gar keine Skrupel, davon zu profitieren – vorausgesetzt, daß man mir erlaubt, es strikt solo zu tun. Sie brauchen sich keine Gedanken zu machen. Es war ja nicht Ihre Schuld.«

»Doch. Das ist ja das Schreckliche«, gestand Lorraine mit tragischem Ausdruck. »Meinem Empfinden nach ist es ganz und gar meine Schuld. Elf hat mir geschrieben, wissen Sie. Unglücklicherweise hatte ich Eddie – Eduardo – gebeten, bei Elf vorzusprechen, wenn er nach London komme, denn er hatte die Absicht geäußert, uns hier unten wieder einmal zu besuchen, und ich dachte, es wäre für beide recht nett, sich zu kennen. Natürlich hätte ich mir nie träumen lassen... Aber ich rechne nicht damit, daß etwas daraus wird. Elf fängt vieles an, aus dem nichts wird, wissen Sie. Sie ist so flatterhaft offenherzig und unverantwortlich, und sie meint es sicher nie böse. Sie ist wie ein süßes, verwöhntes Kind, das nach den Dingen greift und sie wieder fallenläßt.«

Lorraine illustrierte das mit einer anmutigen, ausdrucksvollen Geste, und Lash zuckte zusammen. »Ich verstehe.«

»Oh, aber ich habe nicht Sie gemeint, Lash!« Lorraine riß entsetzt die Augen auf. »Ich meinte Eddie. Er ist nichts als ein neues Spielzeug. Und eine Neuheit außerdem. Aber wenn das vorbei ist, wird alles wieder in Ordnung kommen, nicht wahr?«

»Sicher«, sagte Lash bitter. »Und könnten wir jetzt, wenn es Ihnen nichts ausmacht, die ganze Frage meines Liebeslebens von der Tagesordnung streichen? Ich ziehe Mord vor.«

»Ja, natürlich, mein Lieber«, pflichtete Lorraine ihm hastig bei. »Ich habe so viel Mitgefühl für Sie. Und ich bin überzeugt, es wird sich alles wieder zurechtlaufen. Komm, Dany, Darling, machen wir uns hübsch. Und du wirst doch diese schrecklichen Ponyfransen beseitigen, Süßes?«

»Nein, sie bleiben!« erklärte Tyson unerwartet. »Hier, Dany...« Er nahm die weggelegte Brille und setzte sie ihr fest auf die Nase. »Es tut mir leid, wenn es deiner Mutter Kummer macht und der Marine der Vereinigten Staaten nicht gefällt, aber mir scheint, du trägst die Verkleidung weiter und bleibst für die nächsten paar Tage Miss Kitchell. Es wird uns eine Menge Erklärungen sparen. Und je weniger wir erklären müssen, wenn dieser Schreiberling einmal im Haus ist, desto besser.«

»Willst du ihn tatsächlich hier einlogieren?« erkundigte sich Lash.

»Gewiß«, knurrte Tyson gereizt. »Hast du was dagegen?«

»Überhaupt nichts. Es ist deine Beerdigung. Doch mich dünkt, du hast etwas übersehen. Wenn du diesen Dowling importierst, kannst du zwar aufpassen, daß er Großpapas Dollars nicht ausgräbt. Aber wenn er statt dessen etwas von diesem Schmutz ausgräbt, wie willst du ihn daran hindern, daß er ihn in der gesamten Presse ausbreitet?«

»Ich werde ihn ermorden!« erklärte Tyson knapp. »Und jetzt wollen wir endlich ins Haus gehen und essen.«

12

Das Haus des Schattens erhob sich zwei Stockwerke hoch auf einer breiten Steinterrasse, zu der vom Garten her in regelmäßigen Abständen angebrachte kurze Treppen hinaufführten. Jedes der Stockwerke hatte eine andere Höhe, denn das Erdgeschoß hatte einmal als Kolonnade den offenen Innenhof begrenzt, um den das Haus gebaut war, und die Räume im ersten Stock waren groß und lang gewesen und jetzt noch ungewöhnlich hoch. Tysons Vater – der eine Manie für Verbesserungen hatte – war auf die Idee gekommen, sie in Schlaf-, Bade- und Ankleidezimmer zu teilen.

Im Verleich dazu erschien der oberste Stock ungewöhnlich niedrig, und in den Zimmern war es heißer als in den darunterliegenden, denn die Sonne bestrahlte das flache Dach, und der Schatten der Bäume erreichte sie nicht. Wohl aber der Wind, und bei Nacht waren sie kühl.

Im Hof war ein Seerosenteich, wo lethargische Goldfische sich im Schatten grüner Blätter hielten. Auf jedem Stock lagen vor den Zimmern Säulenveranden, die etwas an einen Patio in Sevilla erinnerten.

Eigentümliche Wendeltreppen mit niedrigen, unproportioniert breiten Stufen stiegen aus allen vier Ecken des Hofs innerhalb der Veranden auf und führten von einem Stockwerk zum anderen. Ihre schweren Geländer aus Schmiedeeisen zeigten ein seltsames geometrisches Muster. Es wirkte gefährlich, daß die Treppen nur von Mauervorsprüngen getragen wurden, die in die dicken Wände eingebaut waren, ein Beweis dafür, daß ein längst toter arabischer Baumeister sein Handwerk ebenso gut beherrscht hatte wie Adams oder John Nash.

An der Ecke jeder Veranda standen Steinschalen, gefüllt mit süß duftenden Schlingpflanzen und Blütensträuchern, zwischen den hohen Stützpfeilern, und erweckten den bezaubernden Eindruck hängender Gärten. Von außen sah das Haus allerdings weit weniger dekorativ und ungewöhnlich aus. Da war es nur ein viereckiges, weißes, sehr hohes Gebäude mit flachem Dach, das eine Brüstung und Reihen grüngestrichener Fensterläden hatte.

Es geschah irgendwann am Nachmittag, kurze Zeit bevor Tyson wegging, um dem Vertreter Großbritanniens einen Brief zu bringen, daß Mr. Cardew, der Polizei-Superintendent der Sansibar-Division, im Haus des Schattens vorsprach.

Sein Wagen hatte bei der Ankunft wie bei der Abfahrt auf dem weißen Korallenstaub der palmengesäumten Zufahrt so wenig Geräusch gemacht, daß keiner der im Haus Anwesenden ihn hörte, und gesehen hatten ihn nur Tyson, ein Somali-Diener, ein verschlafener Gärtnerbursche und eine Katze, die auf der Mauer gegenüber dem Haupteingang döste.

Er war nicht einmal eine Viertelstunde geblieben, und erst viel später, als es schon dunkel geworden war und die Hausgäste bei Kerzenschein im Speisesaal um den Tsich saßen, erwähnte Tyson den Besuch des Superintendenten.

Das Eßzimmer in *Kivulimi* war ein langer, schmaler Raum mit einer Reihe von Bogen an der einen Längsseite. Sie waren früher offen gewesen, doch Tysons Vater Aubrey hatte sie in Fenstertüren umwandeln lassen. Heute abend standen sie weit offen. Sie ließen einen berauschenden Blütenduft ein und lockten Nachtfalter und andere Insekten in den Feuertod durch die Kerzenflammen. Von ihrem Platz zwischen Nigel Ponting und Larry Dowling konnte Dany in den Garten hinaussehen, wo Baumschatten und Mondlicht ein kompliziertes Mosaik bildeten, auf das Gold aus den erleuchteten Fenstern fiel.

Sie hatte viel Muße, den Anblick zu genießen, denn Lorraine hielt Larry Dowling der Sicherheit wegen in einer Unterhaltung fest, während Nigel leidenschaftlich ein Meisterwerk der modernen Kunst verteidigte, das kürzlich für die Nation angekauft worden war. Er ließ sich auch nicht von Gussie Bingham beirren, die das eine schockierende Verschwendung der Steuergelder nannte (womit sie ihr eigenes meinte). Man könne das Bild nicht von einer Pfütze vergossener Tinte und einer zerquetschten Tomate unterscheiden – was billiger gekommen wäre.

Larry Dowling war kurz nach dem Lunch in einem Taxi eingetroffen. Zu ihrer eigenen Überraschung hatte Dany festgestellt, daß sie sich nicht nur freute, ihn zu sehen, sondern auch mehr als nur ein bißchen erleichtert war. Sie wußte, das war dumm von ihr, denn Larrys Beruf machte ihn zu einer Gefahr für sie alle. Aber aus irgendeinem unbestimmten Grund fühlte sie sich sicherer und weniger angespannt, seit er in Reichweite war. Larry, dachte sie, würde einen nie im Stich lassen.

Lash Holden hatte Mr. Dowling mit deutlichem Mangel an Begeisterung begrüßt und das Taxi gleich beschlagnahmt, um damit zurück zum Flughafen zu fahren und sich dort zu erkundigen, ob er am morgigen Tag einen Platz in einer Maschine nach Nairobi bekommen könne. Er kam erst um halb fünf zurück. Lorraines Gäste hatten sich auf der schattigen Terrasse vor den Fenstern des Wohnzimmers zum Tee versammelt. Aber er gesellte sich erst später zu ihnen, als sie an den Strand hinuntergingen. Man erkundete die Meeresküste, stieß verwunderte Rufe über die merkwürdigen, vom Wind abgeschliffenen Formen der Korallenfelsen aus und sah zu, wie die Sonne in rosenfarbener Pracht unterging.

Mit Dany hatte Lash nicht gesprochen, ja, es hatte ganz so ausgesehen, als weiche er ihr aus. Nun saß er ihr an dem kerzengeschmückten Tisch gegenüber, und sie fragte sich, ob sie ihn jemals wiedersehen werde. Wahrscheinlich könnte ich jederzeit einen Job in Amerika bekommen, dachte sie. Tyson oder Lorraine würden es vermitteln; sie haben massenhaft Freunde dort, und Lashs Vater ist Tysons bester Freund. Dann sähe ich ihn wieder. Nur wenn Mrs. Gordon zu dem Schluß kommt, daß sie ihn doch lieber mag als Eduardo...

Danys Blick wanderte weiter zu Amalfi, die sich charmant mit Tyson unterhielt und mit Eduardo auf hübsche Art schmollte. Dany wurde das Herz schwer. Sie wußte, daß sie sich ihres Aussehens wegen nicht beklagen konnte, denn sie hatte es von ihrem Vater geerbt, der ein auffallend schöner Mann gewesen war. Aber Ada Kitchells unglückliche Frisur stand ihr nicht, und Ada Kitchells Brille auch nicht. Beides zusammen verwandelte sie von einer reizenden jungen Dame in ein unscheinbares Mädchen, und daran änderte nicht einmal das Kleid etwas, das sie sorgfältig ausgewählt hatte. Und dabei hatte sie es früher einmal hinreißend gefunden. Es war kurz und rauchgrau, der weite Rock mit zwei großen Taschen besetzt, die weiße Magnolien als Applikationen trugen. Ihre Taille erschien noch schlanker, als sie ohnehin schon war. Dany war von dem Kleid bezaubert gewesen, als sie es kaufte, doch jetzt wirkte es nichts weiter als schlicht und, wie Tante Harriet gesagt hätte, »passend für ein junges Mädchen«.

Amalfi, die alles andere als schlicht aussah, trug blaßgoldenen Chiffon, der genau zu ihrem blaßgoldenen Haar paßte, und als Schmuck eine antike Topas-Garnitur in Goldfiligran-Fassung. Die Farbe schmeichelte ihren meergrünen Nixenaugen, die sie gerade mit betäubender Wirkung auf Tyson richtete.

Ich verstehe nicht, wie Mutter das aushält! dachte Dany grollend. Sie sah zu Lorraine hin, und schon war ihre Frage beantwortet.

Lorraine war in einer zarten Schöpfung aus spinnwebfeiner schwarzer Spitze mit Diamanten, die eine funkelnde Erinnerung an die kurze Herrschaft von Dwight P. Cleethorpe waren, auf ihre eigene und völlig andere Art ebenso hinreißend wie Amalfi. Und sie goß ihren ganzen Charme über Larry Dowling aus, der ebenso betäubt wirkte wie Tyson.

Sie können einfach nicht anders, dachte Dany deprimiert und mit dem Gefühl, beklagenswert linkisch zu sein. Sie sind mit Charme geboren. Sie drehen ihn auf wie einen Wasserhahn, und meistens hat das überhaupt nichts zu bedeuten. Sie können nicht umhin, ihn zu benutzen, ebenso wie Millicent Bates nicht umhin kann, Millicent Bates zu sein.

Millicent saß ihr gegenüber zwischen Lash und Eduardo di Chiago. Für Miss Bates bedeutete »Umziehen fürs Dinner« ein langes Kleid, und sie trug eins. Ein zeitloses Kleidungsstück aus solidem, blauem Marocain, das der Frivolität keine Zugeständnisse machte und ihre flachbrüstige Figur mit den eckigen Schultern nicht verschönerte. Sie hielt Lash, in ihren Augen ein unwissender Bewohner einer britischen Kolonie, einen Vortrag über die Vorzüge eines nationalen Gesundheitssystems. Doch mittendrin wurde sie von Tyson unterbrochen, der endlich auf den nachmittäglichen Besuch des Superintendenten der Polizei von Sansibar zu sprechen kam. Seine Stimme dröhnte über die ganze Tafel hin und beendete erfolgreich eine Abhandlung über betrügerische Ausländer, die sich kostenlos falsche Zähne zu verschaffen trachteten.

»Übrigens, Lash, was deine Reservierung für die morgige Maschine betrifft, so fürchte ich, du wirst...«

Amalfi fuhr dazwischen: »Was für eine Reservierung? Lash, du reist doch nicht ab? Du bist ja gerade erst angekommen! Darling, sei nicht albern!«

Nigel gab sein kleines kicherndes Lachen von sich. »Das ist die amerikanische Hektik. Heute hier und morgen wieder fort! So richtig aufreibend.«

»Im Gegenteil«, erklärte Lash scharf. »Es ist ein gutausgebildeter Selbsterhaltungstrieb.«

»Darling, so gefährlich bin ich doch nicht«, flötete Amalfi. »Hast du Angst vor mir?«

»Schreckliche Angst!« gab Lash prompt zurück. »Aber abgesehen davon, die geschäftliche Seite dieser Reise kann in einer halben Stunde erledigt werden, vorausgesetzt, unser Gastgeber sitzt solange still. Deshalb fühle ich mich nicht berechtigt, zuviel Zeit mit Faulenzen zu verschwenden, so angenehm das auch sein mag. Ich habe eine Menge Verpflichtungen.«

Mrs. Bingham meinte: »Arme Miss Kitchell! Und ich bin sicher, Sie haben sich so darauf gefreut, etwas von Sansibar zu sehen. Was für ein Sklaventreiber Ihr Mr. Holden ist!«

Sie strahlte Dany mitfühlend an, und Lash verschlug es für einen Moment die Sprache. Daran hatte er überhaupt nicht gedacht! Wenn Dany weiterhin seine Sekretärin spielen sollte, konnte er nicht ohne sie abreisen. Und auch nicht mit ihr.

Verdammt! dachte Mr. Holden mit stiller, konzentrierter Bitterkeit. Und da kam ihm eine Erleuchtung. Er erhob sich halb und verbeugte sich vor Mrs. Bingham. »Madam, Sie beschämen mich. Sie haben vollkommen recht. Ich bin ein Sklaventreiber, und Miss Kitchell braucht unbedingt Erholung. Und sie wird sie bekommen, denn zufällig benötige ich sie die nächste Woche nicht, und sie wird hierbleiben, schöne lange Ferien genießen und später wieder mit mir zusammentreffen, wenn ich in die Staaten zurückkehre.«

Und jetzt, dachte Lash mit einiger Befriedigung, versucht einmal, dies Arrangement zu torpedieren!

Tyson torpedierte es.

»Es sieht ganz so aus«, stellte er fest, »als würdest du diese Ferien hier mit Miss Kitchell zusammen verbringen, mein Junge.«

»O nein, das werde ich nicht«, begann Lash entschlossen. »Ich beabsichtige...«

Tyson sagte ärgerlich: »Wollt ihr alle wohl die Güte haben, mich nicht dauernd zu unterbrechen, sobald ich den Mund aufmache? Dann kann ich ja wohl fortfahren... Danke! Wegen dieser Reservierung. Ich fürchte, du wirst sie annullieren müssen, Junge. Tatsächlich habe ich es in deinem Namen bereits getan. Die Polizei verlangt, daß alle Anwesenden einen oder zwei Tage lang an Ort und Stelle bleiben.«

»Die Polizei?« Amalfi ließ ihr Glas fallen. Es zersplitterte, und Rotwein ergoß sich über den Tisch. »Was für eine Polizei? Warum?«

»Josh Cardew. Er war heute nachmittag hier. Er sagt, es sei nur eine Routine-Angelegenheit, aber seine Dienststelle sei aufgefordert worden, jede Person zu überprüfen, die heute morgen mit der Maschine Nairobi-Sansibar eingetroffen ist, und besonders diejenigen, die zuvor von London nach Nairobi geflogen sind. Deshalb wäre es eine Hilfe, wenn alle ein bißchen bleiben würden. Es geht um diesen Jembe.«

»Salim Abeid?« erkundigte sich Larry Dowling. »Sie meinen den Mann, der heute morgen im Flughafen von Mombasa gestorben ist?«

»Ich meine den Mann, der heute morgen im Flughafen von Mombasa ermordet worden ist«, berichtigte Tyson. »Anscheinend hat jemand eine gehörige Dosis Zyanid in seinen Kaffee getan, und aus irgendeinem Grund glaubt man nicht, daß er es selbst gewesen ist.«

Gussie sah ihr Weinglas entsetzt an und stellte es eilends hin. »Wie schrecklich, Tyson! Ich erinnere mich recht gut an ihn. Er war ebenfalls in der Londoner Maschine. Aber warum in aller Welt möchte die Polizei uns befragen? Das ist doch lächerlich, wenn es jemand im Flughafen getan haben muß. Vermutlich der Barmann, der ihm den Kaffee gegeben hat.«

»Das wird alles nachgeprüft. Eine Suche nach der Nadel im Heuhaufen. Auf dem Flughafen ist es sicher sehr voll gewesen.«

»Und wie.« Gussie Bingham schüttelte sich. »Und dazu furchtbar heiß, trotz all dieser Ventilatoren.«

Larry Dowling überlegte: »Es kann gar nicht so leicht gewesen sein, einem Mann etwas in den Kaffee zu tun, ohne entdeckt zu werden, auch wenn der Raum überfüllt war, ein ziemliches Risiko. Sicher war es jemand, den er kannte.«

»Warum muß er ihn gekannt haben?« Nigel tupfte Rotwein mit einem sauberen Taschentuch auf. »Jeder – einfach jeder hätte ihn mit dem Ellbogen anstoßen oder sonstwie im Vorübergehen seine Aufmerksamkeit ablenken können. Zu einfach. Man fegt die Zeitung des Mannes auf den Boden oder stolpert über seine Aktentasche, und während er sie aufhebt und man sich entschuldigt – Plopp!«

Er ließ eine imaginäre Pille in ein imaginäres Glas fallen. Eduardo di Chiago sagte: »Brrr! Dies ist eine höchst unerfreuliche Konversation. Ich persönlich mag es gar nicht, über den Tod zu sprechen. Es bringt Unglück.«

»Oh, da bin ich mit Ihnen vollkommen einer Meinung«, versicherte Lorraine ernsthaft. »Es bringt ganz sicher Unglück. Und jetzt wird es einen dritten geben.«

»Was für einen dritten?« fragte Gussie Bingham verblüfft.

»Einen dritten Mord natürlich, Darling. Es geschieht immer alles dreifach. Ist dir das noch nicht aufgefallen?«

»Aber bisher hat es nur einen Mord gegeben«, wandte Millicent Bates ein.

»Meine Liebe – haben Sie denn nichts davon gehört? Ich dachte, nur wir hier hätten es so spät erfahren, weil wir die englischen Zeitungen erst nach Tagen bekommen. Doch Sie und Gussie müssen doch alles darüber gelesen haben.«

Tyson rollte die Augen gen Himmel. Doch dann erkannte er, daß es zu spät war, um noch einzugreifen, und so zuckte er die Schultern und gab die Portweinflasche weiter.

»Was sollen wir gelesen haben?« fragte Millicent scharf.

»Das über Mr. Honeywood, Tysons Anwalt. Er ist ermordet worden.«

»Honeywood – der alte Henry Honeywood?« Der dünne Stiel von Gussie Binghams Weinglas zerbrach zwischen ihren Fingern. Wieder ergoß sich im flackernden Kerzenlicht eine dunkle Pfütze. Aber Gussie schien das gar nicht zu merken. Sie beugte sich vor, starrte Lorraine über den Tisch hinweg an und fragte mit schneidender Stimme: »Woher hast du das erfahren?«

Lorraine schenkte ihr keine Aufmerksamkeit. Sie ergriff einen leeren Pokal, hob ihn hoch und ließ ihn absichtlich zu Boden fallen, wo er in Stücke zerbrach.

»Das ist das dritte«, erklärte sie zuversichtlich. »Und es war sowieso ein altes Glas, deshalb brauchen wir keine Angst mehr zu haben, noch eins aus dem Satz zu verlieren. Ich bitte um Entschuldigung, Gussie, Darling – was hast du gerade gesagt?«

Gussie fuhr so heftig zu ihrem Bruder herum, daß der fliederfarbene Satin raschelte und die Armbänder klirrten.

»Tyson, was ist das für ein Unsinn, von dem Lorraine erfahren haben will?«

»Es ist kein Unsinn.« Tyson schenkte sich eine großzügige Menge Port ein. »Ich habe auch erst heute davon erfahren. Der arme alte Knabe ist ermordet worden. Am Morgen des Tages, an dem ihr London verlassen habt, wurde er in seinem Arbeitszimmer erschossen. Euch werden die Zeitungsberichte wegen des bevorstehenden Fluges entgangen sein – Einkäufe in letzter Minute und so weiter. Und eine

Geschichte für die Titelseite war es sicher nicht.«

»Nein, ich habe das nicht gelesen. Und ich kann es immer noch nicht glauben. Aus welchem Grund sollte irgendwer den alten Henry ermorden wollen?«

Tyson zuckte die Schultern. »Frag mich was anderes. Diebstahl, nehme ich an. Der Safe war geöffnet. Von den Einzelheiten weiß ich nichts.«

»Und woher«, bohrte Millicent, »wissen Sie es überhaupt? Wenn Sie Zeitungen aus der Heimat haben, möchte ich sie sehen.«

Tyson geriet in Verlegenheit, und Lash dachte mit einer Spur von Bosheit: Das wird dich lehren, deine Zunge im Zaum zu halten!

»Sie müssen irgendwo herumliegen«, wich Tyson aus. »Aber ich habe es eigentlich aus einem Brief erfahren, der mit der Nachmittagspost kam. Möchtest du noch etwas Port, Gussie?«

»Von wem?« forschte Millicent Bates.

»Oh, von einem Mann, den Sie doch nicht kennen«, antwortete Tyson schnell.

»Was schreibt er? Wann ist es passiert? Wie...«

Tyson warf einen wilden Blick zu Lash hinüber, der sich dumm stellte, und wurde nun einem langen Verhör unterzogen, in dem er sich schlug, so gut er konnte.

»Warum interessiert Sie das so?« fragte er gereizt. »Er war schließlich nicht Ihr Familienanwalt.«

»Zufällig war er sowohl ehrenamtlicher Schatzmeister unserer Mittwoch-Frauengilde als auch Schatzmeister der Market-Lydon-Gruppe der Britischen Liga und als solcher ein persönlicher Freund von mir«, fuhr Millicent ihn an. »Was sagten Sie, wann ist es geschehen?«

»Um Gottes willen, wie soll ich das wissen? Es wird in den Zeitungen stehen.«

»Genau um elf Uhr achtundvierzig«, warf Larry Dowling liebenswürdig ein. »Man weiß die Zeit, weil der Mörder dem Opfer offenbar die Mündung der Waffe gegen den Körper gedrückt hat – das dämpfte den Schuß –, und dadurch blieb eine Repetieruhr stehen, die der alte Herr in der Brusttasche trug.«

»Großer Gott!« entfuhr es Tyson. »Die Presse! Ich hatte vergessen, daß wir einen Neuigkeitsjäger in unserer Mitte haben.« Er sah Larry Dowling so böse an, als habe er eine Schnecke in seinem Salat gefunden. »Berichten Sie zufällig über diesen Fall, Mr. Dowling? Sie scheinen verdammt viel darüber zu wissen.«

»Nein. Er liegt nicht auf meiner Linie. Aber ich habe die Zeitungen gelesen. Am 13. brachten es die meisten. Ich muß mindestens fünf Berichte darüber gesehen haben.«

»Hmm«, grunzte Tyson und widmete sich wieder seinem Portwein.

»Elf Uhr achtundvierzig«, sagte Millicent Bates und wiederholte langsam: »Elf – Uhr – acht – und – vierzig.«

»Und was hat das zu bedeuten?« fragte Nigel die gesamte Tischrunde. »Hört sich genau an wie das Mädchen mit der goldenen Stimme: *Beim dritten Ton ist es elf Uhr achtundvierzig Minuten und zwölf Sekunden.*«

Millicent Bates funkelte ihn zornig an. »Wenn Sie es wirklich wissen wollen«, erklärte sie empfindlich, »so habe ich am Morgen des 12. schnell noch bei einer Freundin von mir vorbeigeschaut. Ich hatte vergessen, ihr den Schlüssel zur Hütte der Wolfsjungen zu geben, und wir wollten am Nachmittag abreisen. Sie wohnt in derselben Straße wie Mr. Honeywood – es ist eine Sackgasse –, und ich fragte mich, ob ich nicht an dem Mörder vorübergegangen sein könnte. Er muß diese Straße hinuntergekommen sein.«

Nigel lächelte so nachsichtig, daß man ihn hätte ohrfeigen mögen. »Wissen Sie, das kann ich mir absolut nicht vorstellen, liebe Miss Bates.«

»Und warum nicht?« fragte Millicent Bates kriegerisch.

»Der gesunde Menschenverstand muß einem doch sagen, daß ein Mörder kaum eine öffentliche Straße entlangtanzt und bei hellem Tageslicht zur Haustür hineingeht! Viel wahrscheinlicher ist, das er sich durchs Gebüsch schleicht oder so etwas.«

»Was nur zeigt«, gab Miss Bates zurück, »daß Sie keine Ahnung haben, wovon Sie reden. Es kann einer möglicherweise aus Mr. Honeywoods Haus durch das Gebüsch hinausschleichen, wenn er die Tür zum Küchengarten benutzt. Aber sie hat ein Schnappschloß und kann von außen nicht geöffnet werden. Und da sich eine hohe Mauer um das Haus zieht, gibt es für jemanden, der sich nicht durch eine Klettertour verdächtig machen will, nur einen Weg hinein, und zwar durch die Vordertür. Und ich weiß, wovon ich rede, weil ich das Haus nun einmal gut kenne.«

»So gut«, bemerkte Nigel munter, »daß wir gleich alle anfangen zu zittern, weil wir uns fragen, ob Sie den Mord nicht selbst verübt haben könnten.«

Millicent Bates' wettergegerbtes Gesicht verfärbte sich zu einem häßlichen Braunrot, und Gussie eilte zornig zu ihrer Verteidigung herbei.

»Sie scheinen Mord als einen Spaß zu betrachten, Mr. Ponting. Aber der Tod eines alten Bekannten ist für uns keine Sache, über die man Witze macht.«

»O weh! O-weh-o-weh-o-weh!« jammerte Nigel. »Was kann ich sagen? Ich bitte vielmals um Entschuldigung. Liebe Miss Bates, Sie müssen doch wissen, daß ich es nicht so gemeint habe! Das ist mein schlimmer, verzerrter Sinn für Humor. Bitte, bitte, wollen Sie mir verzeihen?«

Millicent wedelte mit ihrer großen, zupackenden Hand, als verscheuche sie ein lästiges Insekt, und sagte schroff: »Reden Sie keinen Quatsch! Meine Schuld, daß ich von dem Thema nicht losgekommen bin. Ich kann allerdings nicht umhin, mich dafür zu interessieren – weil ich doch tatsächlich an dem Mann vorübergegangen sein könnte.«

»Oder an der Frau«, bemerkte Larry Dowling leise.

Millicent Bates drehte sich schnell zu ihm um. »Warum sagen Sie das?« fragte sie.

»Aus keinem besonderen Grund. Nur hätte es ja auch eine Frau sein können. Nichts weist darauf hin, daß es keine Frau war – wenn man sich auf die Zeitungsberichte verlassen kann. Sie haben sie nicht gelesen, sonst wüßten Sie, daß Honeywood an dem Tag eine Besucherin hatte. Sie traf sogar die Vorsichtsmaßnahme, ein Taschentuch zurückzulassen – komplett mit Monogramm.«

»Oh«, meinte Miss Bates zweifelnd. »Daran habe ich nicht gedacht. Ja, ich glaube... es könnte sein.«

»Irgendein Schmuckstück der Mittwoch-Frauengilde, das sich auf der Spur der Vereinskasse durch den Nebel pirscht«, kicherte Nigel. »Ach du meine Güte – ich bin schon wieder entgleist. Mein schlimmer Sinn für Humor. Ich werde kein Wort mehr sagen!«

Millicent maß ihn anstelle einer Antwort mit einem langen und bösartigen Blick. Aber ihr Gesichtsausdruck – das Stirnrunzeln und die zusammengekniffenen Augen – verriet außerdem, daß Nigels Worte sie an etwas erinnert hatten. Oder sie auf einen Gedanken gebracht hatten. Es war ganz und gar unwahrscheinlich, und doch...

Niemand sprach, und eine volle Minute lang herrschte ein merkwürdiges, angespanntes Schweigen im Raum. Dann nickte Millicent

Mr. Ponting zu. Es war das kurze, sichere Nicken eines Menschen, der von einem neuen Gesichtspunkt hört und ihn akzeptiert.

An der anderen Seite des Tisches beugte sich Larry Dowling mit einer knappen, schnellen Bewegung vor, als wolle er Millicent Bates anspringen. »Also Sie halten es für möglich, daß es eine Frau war – eine Frau, die er kannte!«

Wenn er damit gerechnet hatte, Miss Bates werde sich überrumpeln lassen, wurde er enttäuscht. Sie wandte ihm das Gesicht zu, und als sie sich davon überzeugt hatte, daß ihr nicht gefiel, was sie sah, fragte sie kühl: »Wie sagten Sie, Mr. Dowling?«

Larry Dowling wurde rot und wich zurück. »Äh, nichts.«

»Welche Erleichterung! Vielen Dank!« dröhnte Tyson. »Dieser Mord langweilt mich allmählich. Sprechen wir von etwas anderem.«

»Ja, tun wir das«, stimmte Nigel ein. »Morde sind eigentlich nicht ganz das, was man sich unter einem geistreichen Dinner-Gespräch vorstellt. So abstoßend proletarisch. Ich kann mir einfach nicht denken, warum irgendwer etwas über Morde hören möchte.«

Amalfi lachte ihr reizendes, kehliges Lachen. »Tun Sie nicht so affektiert, Nigel, Darling. Jeder schwärmt für einen guten Mord. Denken Sie doch daran, daß Morde immer in Schlagzeilen gemeldet werden und die Sonntagszeitungen füllen. Und haben Sie selbst nicht immerzu über diesen Mord geredet? Niemand sonst hatte eine Chance, ein Wort einzuwerfen!«

Sie wandte sich an den Gastgeber. »Tyson, Sie haben die Aufgabe, uns zu unterhalten. Wenn Sie Morde nicht mögen, sprechen Sie doch über etwas anderes. Über irgend etwas. Erzählen Sie uns von diesem Haus.«

»Was denn?« fragte Tyson. »Es soll vor rund hundertfünfzig Jahren von einem gepeinigten Ehemann gebaut worden sein, dessen zweite Frau sich mit der ersten nicht vertrug. Wenn Sie sich näher darüber informieren wollen: Mein verstorbener Onkel Barclay hat darüber ein außergewöhnlich langweiliges Buch geschrieben, das er Ende der neunziger Jahre auf eigene Kosten veröffentlichte und seinen Freunden aufdrängte. Wahrscheinlich haben Sie ein Exemplar bei Gussie gesehen – sie hat es in rotes Saffianleder binden lassen und stellt es auf dem Klavier zur Schau, eine Buße für die Tatsache, daß sie es nie gelesen hat. Auch hier liegen mehrere herum. Alle historischen und architektonischen Einzelheiten bis zum letzten tödlichen Detail. Als leichte Lektüre empfehle ich das Buch nicht. Doch lassen Sie sich davon nicht abhalten, wenn es Sie wirklich interessiert.«

»Es interessiert mich nicht«, antwortete Amalfi, »jedenfalls nicht in dem Maße. Ihr seid heute abend alle sehr langweilig, und ich möchte, daß man mich unterhält und mir Komplimente macht.«

Sie schenkte Eduardo ein schmelzendes Lächeln, und er nahm die Einladung hurtig an. Nicht lange danach hatten sie alle das Eßzimmer verlassen. Sie wollten draußen auf der Terrasse vor den Wohnzimmerfenstern den türkischen Kaffee trinken. Wieder fragte Gussie nach den englischen Zeitungen.

Tyson ging, angeblich um nach ihnen zu suchen, und dann kam er wieder und sagte, er könne sie nicht finden. Leider schlenderte ein paar Minuten später Nigel gemächlich über die Terrasse, in der Hand ein eingewickeltes Päckchen, das er seinem Arbeitgeber mit vielsagendem Heben der Augenbrauen überreichte. Zumindest einem Anwesenden entging das nicht.

Die Londoner Zeitungen waren mit dem gleichen Flugzeug angekommen, das die Gäste der Frosts heute morgen von Nairobi hergebracht hatte. In *Kivulimi* waren sie nicht vor dem späten Nachmittag abgeliefert worden. Die Verpackung war noch unberührt. »Hast du nicht gesagt, du hättest sie gelesen?« fragte Gussie Bingham anklagend.

Tyson tat, als habe er sie nicht gehört, und begab sich eilends auf die andere Seite der Terrasse. Dort lehnte Amalfi Gordon, im Augenblick verlassen, an der steinernen Balustrade und sah zwischen den Bäumen hindurch auf die ruhige See, über die der Mond einen schimmernden goldenen Teppich gebreitet hatte.

»Schön, nicht?« fragte Tyson und warf neben ihr Anker. »Und friedlich. Es können nicht mehr viele Orte wie dieser in der Welt übrig sein. Oder es werden bald keine mehr übrig sein. Der Fortschritt bringt Zerstörung mit sich.«

»Führen Sie keine so düsteren und feierlichen Reden, Darling«, schalt Amalfi. »Es gibt Tausende von Orten, die genauso schön sind wie dieser. Und so friedlich.«

»Darin irren Sie sich.« Tyson stützte seine Ellenbogen auf den warmen Stein. »Ich habe viel von der Welt gesehen. Aber an dieser Insel ist etwas Besonderes. Etwas, das ich nirgendwo anders gefunden habe. Wissen Sie, was auf Sansibar das vertrauteste Geräusch ist? – Lachen! Sie können zu beinahe jeder Tages- und Nachtzeit durch die Straßen der kleinen Stadt gehen, und Sie werden es hören. Menschen, die lachen. Bei ihrer Fröhlichkeit und guten Laune wird selbst mir warm um das viel strapazierte Herz. Auch ist dies der einzige Ort, den ich je kennengelernt habe, wo Schwarz und Weiß und sämtliche Zwischenschattierungen fähig sind, in Freundlichkeit und Harmonie und ohne Rassenschranke zusammenzuleben. Es ist ein schlagender Beweis und eine praktische Demonstration dafür, daß so etwas möglich ist. Sie alle sind, ganz gleich welcher Rasse oder Kaste oder Religion, treue Untertanen Seiner Hoheit des Sultans – möge er ewig leben! –, und sie kommen miteinander aus. Aber es wird nicht mehr lange so bleiben. Am Ende wird es einem von der Jembe-Art gelingen, das zu vernichten. Ja – es gibt Zeiten, wo ich bereit bin, diesem bigotten alten Langweiler, meinem seligen Onkel, beizupflichten: Fortschritt zerstört.«

Amalfi pflückte Jasminblüten ab und roch geistesabwesend daran. Sie zeigte das leere Lächeln eines Menschen, der an dem Gespräch nicht im mindesten interessiert ist. Doch der Name »Jembe« erregte ihre Aufmerksamkeit. Sie ließ die Blüten fallen und drehte sich schnell um.

»Tyson, Darling, jetzt haben Sie mich wieder daran erinnert. Es tut mir leid, daß ich noch einmal auf das Thema zurückkommen muß, aber haben Sie wirklich gemeint, keiner von uns dürfe das Haus verlassen, bis die Polizei herausgefunden hat, wer diesem nervtötenden kleinen arabischen Agitator in Mombasa Gift gegeben hat?«

»Gott behüte!« rief Tyson fromm. »Wenn dem so wäre, hätte ich euch alle unter Umständen für immer auf dem Hals, und ich bin mir nicht sicher, daß ich das verkraften würde. Oder daß Sie es verkraften würden! Nein, es handelt sich nur um einen oder zwei Tage, während ein paar Nachforschungen durchgeführt werden. Vielleicht will man euch fragen, ob ihr im Flughafen zufällig jemanden habt mit Jembe sprechen sehen. So etwas in der Art. Warum? Dachten Sie daran, Ihren Aufenthalt hier abzubrechen? Ich glaubte, Sie wollten mindestens drei Wochen bei uns bleiben?«

Amalfi lächelte ihn an und zupfte an seinem störrischen blonden Bart. »Sie wissen doch, daß ich nie tue, was man von mir erwartet, und ich kann nie im voraus sagen, wie lange ich irgendwo bleibe. Wenn ich mich wahnsinnig amüsiere, bleibe ich, und wenn nicht, ziehe ich weiter. So einfach ist das.«

»Das muß teuer kommen«, sagte Tyson.

»Oh, schrecklich teuer. Aber ich muß nicht immer für mich selbst bezahlen.«

Tyson brüllte vor Lachen. »Das gefällt mir so an Ihnen, Elf. Sie versuchen nie, jemanden zu täuschen.«

»Doch oft. Sie haben keine Ahnung, wie oft! Aber nicht auf diese Weise. Schließlich ist Geld sehr wichtig, meinen Sie nicht auch?«

»Ich arbeite für meins«, stellte Tyson trocken fest.

»Oh, aber ich auch. Man muß für sein Abendessen singen, wissen Sie, und ich singe bezaubernd.«

»Das glaube ich Ihnen gern.« Tyson grinste. »Aber ist es nicht manchmal etwas anstrengend gewesen? Bei Johnnie Leigh zum Beispiel.«

Amalfis Nixenaugen umwölkten sich. »Oh, aber Darling, wenn ich einen Mann heirate, kann ich einfach nicht an Geld denken. Es ist immer Liebe. Und erst später... wache ich auf und finde mich in der Wirklichkeit wieder.«

»Und in dem falschen Schlafzimmer, und Ihr Mann hat einen Privatdetektiv engagiert, der durch die Deckenbalken späht und sich Notizen macht«, sagte Tyson zynisch. »Trotzdem haben Sie in einer Weise Glück gehabt. Der Scheidungsgrund war immer bemerkenswert solvent und durchaus imstande – und mehr als willens! – Sie weiterhin in Nerz zu hüllen.«

»Darling!« sagte Amalfi vorwurfsvoll. »Sie reden, als hätte ich es aufs Geld abgesehen. Das habe ich aber nicht. Ich hätte Johnnie auch geheiratet, wenn er keinen Heller besessen hätte.«

»Und Robin Gratton? Und Chubby?«

»Aber natürlich! So bin ich eben. Plötzlich meine ich, ich muß etwas Bestimmtes haben. Dann ist es für mich das einzige in der Welt, das zu haben sich lohnt, und sobald ich es habe, werde ich bis an mein Lebensende glücklich sein. Und dann bin ich doch nicht glücklich. Aber ich habe Chubby angebetet. Mir ist das Herz gebrochen, als er umkam. Ehrlich, Tyson!«

»Unsinn! In eurem letzten Jahr habt ihr kaum noch miteinander gesprochen. Und ein Herz haben Sie überhaupt nicht, meine Liebe. Nur eine weiche Masse von Gefühlen. Allerdings bin ich mir nicht so sicher, was Ihren Kopf betrifft.«

»Ich fürchte, der ist ebenso weich«, seufzte Amalfi bedauernd.

»Ich weiß nicht recht. Immerhin, im Lauf des letzten Jahres oder der letzten zwei Jahre scheinen Sie Ihren wohlgemessenen Anteil an Romanzen gehabt zu haben, trotz des angeblich gebrochenen Herzens. Warum machen Sie nicht Nägel mit Köpfen und heiraten einen von ihnen?«

Amalfi lachte. »Was, schon wieder? Beim Heiraten scheine ich keine glückliche Hand zu haben.«

»Eines Tages wird der Richtige kommen.«

»So wie bei Lorraine? Vielleicht. Aber wie soll man das wissen? Ich meine immer, es zu wissen, und dann stellt sich heraus, daß ich mich geirrt habe.«

»Versuchen Sie zur Abwechslung einmal, einen armen Mann zu heiraten. Sie könnten es sich schließlich leisten.«

»Das glaube ich nicht. Geld kann man nie genug haben, stimmt's? Alle wirklich himmlischen Dinge kosten so viel. Diamanten und Dior-Kleider und Ferien auf den Bermudas.«

»Chubby muß Ihnen doch eine Menge hinterlassen haben.«

»Keine Menge, Darling. Unglücklicherweise stellte sich heraus, daß Regimenter von langweiligen Tanten und anderen Verwandten existierten. Ich hatte bis dahin nicht einmal von ihnen gehört! Und Chubby hatte sehr an seiner Familie gehangen – mein Pech. Außerdem war die Erbschaftssteuer enorm. Und auf jeden Fall, was Geld angeht, bin ich hoffnungslos. Immer gewesen. Es rinnt mir durch die Finger.«

»Das überrascht mich nicht angesichts der Diamanten und Dior-Modelle und Ferien auf den Bermudas.«

»Ja«, nickte Amalfi und seufzte tief. »Deshalb ist es einfacher, sich in einen reichen Mann zu verlieben. Aber ich möchte, daß er dazu noch gut aussieht und charmant ist. Leider gibt es von dieser Sorte nur eine begrenzte Zahl, und sie sind schrecklich verwöhnt. Sie wissen, wie begehrt sie sind, und sie können schwierig sein.«

»Was Sie meinen, ist, daß sie zurückbeißen und keine Frau für lange auf sich herumtrampeln lassen. Wissen Sie was, Elf? Ich möchte Ihnen einen weisen Rat geben. Sie werden nicht in alle Ewigkeit wie ein frischer Pfirsich aussehen, und es ist Zeit, daß Sie sich mit einem ganz anderen Typ häuslich niederlassen. Mit einem Typ, der Ihnen erlaubt, Ihr Lieblingsspiel zu betreiben: den Kuchen aufzuessen und ihn trotzdem zu behalten.«

»Ich weiß nicht recht, wie Sie das meinen, Darling.«

»Streichen Sie diese Playboys mit einer Menge Geld wie den jungen Lash oder diesen aalglatten Eddie aus Ihrem Leben. Sie mögen amüsant sein, aber für eine Frau wie Sie ist eine Ehe mit einem von ihnen die Hölle. Sie sind nicht gut darin, die andere Wange hinzuhalten –

oder beide Augen zuzudrücken! So viel sollten Sie inzwischen wirklich gelernt haben. Was Sie jetzt brauchen, ist ein netter, freundlicher Zucker-Daddy vom Fußabtreter-Typ, der Sie anbetet und Ihnen sogar einen Mord nachsehen würde.«

Amalfi erschauerte. »Huh! Darling! Wie können Sie nach all dem gräßlichen Gerede beim Dinner ein solches Bild wählen!«

»Nun, dann machen Sie durch Unverschämtheit einen Affen aus ihm, wenn Sie es lieber so ausdrücken wollen.«

»Ist es das, was Lorraine gemacht hat? Ich hätte Sie nicht gerade als Fußabtreter-Typ bezeichnet. Oder als Zucker-Daddy.«

»Lorraine«, erwiderte Tyson, »hat nicht die geringste Ähnlichkeit mit Ihnen. Oder höchstens an der Oberfläche. Sie ist nur unheilbar romantisch. Das ist ihr Problem. Sie würde mit jemandem, der ihr ein Reihenhaus und eine Tageshilfe bieten könnte, in vollkommen glücklicher Ehe leben – wenn sie ihn liebte. Sie nicht, Elf. Richtig?«

Amalfi schielte ihn unter ihren langen Wimpern hervor an, und ganz plötzlich zeigte sich eine Spur von Verachtung in ihrem süßen Gesicht und in ihrer Stimme. »Liebster Tyson. Sie lesen in uns allen wie in einem Buch. Wie klug Sie sind.«

»Sarkasmus steht Ihnen nicht, Elf. Haben Sie also wirklich vor, kurze Zeit die Marchesa zu spielen? Wenn ja, muß ich Sie warnen, daß Eddie noch unbeständiger ist als Sie. Es gibt nur einen einzigen Grund, warum er noch keine lange Liste von geschiedenen Ehefrauen aufzuweisen hat, die alle dicke Alimente beziehen. Seine Großmutter hat nämlich den Geldbeutel. Sie kann nicht nur den Nachschub abschneiden, sobald es ihr gefällt, sie tut es auch häufig. Das ist eine harte Prüfung für ihn, obwohl es ihn bis heute nicht auf die Idee gebracht hat, es einmal mit dem Arbeiten zu versuchen. Er –. Was ist los? Das müssen Sie doch gewußt haben!«

»Nein«, antwortete Amalfi kurz. »Ich dachte –« Sie brach ab und biß sich auf die Lippe. Tyson lachte.

»Sagen Sie später nur nicht, es hätte Sie niemand gewarnt! Wenn Sie wirklich das fatale Stadium erreicht haben, wo eine Frau Männer heiratet, die jünger als sie sind, sollten Sie besser Lash Holden nehmen. Amerikanische Männer lassen sich von ihren Frauen viel mehr gefallen als weniger idealistische Rassen. Und wenn es zum Bruch kommt, benehmen sie sich wie Kavaliere, lassen sich als der schuldige Teil verklagen und wie eine Kuh melken, ohne auch nur ›Muh‹ zu sagen. Aber wenn im Falle Eduardos überhaupt einer zahlen würde, wären Sie es.

Seine Familie hätte Chubbys Witwe vielleicht akzeptiert – obwohl ich in Anbetracht der Umstände meine Zweifel habe –, aber diese beiden Scheidungen schluckt sie niemals. Und was diese unglückliche Geschichte mit Douglas betrifft, also, Elf, hören Sie auf meinen Rat, verabschieden Sie Eddie und nehmen Sie den jungen Lash. Das heißt, wenn es nicht schon zu spät ist.«

Amalfi zog sich von ihm zurück und musterte ihn mit plötzlicher Feindseligkeit. »Ich glaube nicht«, sagte sie langsam, »daß mich das noch amüsiert. Tatsächlich bin ich sicher, daß es das nicht tut.«

»Weil ich Ihnen die Wahrheit über Sie selbst und zwei gutbetuchte Playboys gesagt habe?«

»Nein. Weil Sie anfangen, mich zu langweilen, Darling. Und ich ertrage es nicht, gelangweilt zu werden.«

Sie lächelte ihm süß zu, doch ihre Augen blickten kalt. Dann ging sie über die Terrasse zu den anderen zurück. Nigel war hineingegangen, hatte das Radio angestellt und den Teppich im Wohnzimmer zurückgeschlagen, und nun tanzten sie alle. Die einzigen Ausnahmen waren Tyson, der sich nichts daraus machte, und Millicent Bates, die nicht tanzen konnte.

Tyson und Millicent saßen Seite an Seite auf der steinernen Balustrade der Terrasse und beobachteten die Tanzenden durch die offenen Türen. Millicent meinte verstimmt: »Ich wünschte, Sie würden mir sagen, wo Sie diesen Sekretär gefunden und warum Sie ihn angestellt haben. Mir ist unverständlich, wie ein Mann Ihrer Art diese Affektiertheit und dies Gekicher aushält.«

»In seiner Arbeit ist er tüchtig«, antwortete Tyson friedlich, »und lassen Sie sich von dieser Affektiertheit nicht täuschen. Eine Menge abgebrühter Geschäftsleute aus dem Verlags- und Filmwesen hat deswegen schon geglaubt, sie könnten ihn übers Ohr hauen, und zum Schluß hatten sie Kopfschmerzen, weil sie mehr bezahlt hatten als ihr ursprüngliches Höchstangebot. Er handelt alle meine Verträge für mich aus, und hinter dieser kichernden Fassade hat er einen messerscharfen Verstand.«

»Das bezweifle ich nicht«, erklärte Millicent grimmig. »Ein ekelhafter Typ. In Market-Lydon hatten wir einen Hilfskassierer, der wie er war. Ein durch und durch verdorbener Mensch. Ich sagte immer, eines Tages werde es einen häßlichen Skandal geben, und natürlich gab es einen. Man kann solchen nicht über den Weg trauen.«

Tyson beschloß, das als Witz aufzufassen. Er ließ sein dröhnendes

Lachen erschallen und schlug Millicent mit seiner großen, haarigen Hand auf den Rücken.

»Bates, Sie sind perfekt! Sie sind ein Exemplar für einen Sammler. Aber das ist Nigel auch, und ich liebe Sammelstücke. Behüte mich, lieber Gott, vor allen blassen, dünnblütigen reinen Seelen!«

»Das ist Ihre Pose!« rügte Millicent Bates.

»Mag sein.« Tyson ließ sich nicht aus der Ruhe bringen. »Jeder von uns hat die seine. Nebel, um die Leute zu täuschen. Gussies Pose ist das gute Herz.«

Millicent wurde ganz steif vor Entrüstung. »Sie sind boshaft! Gussie ist das freundlichste Wesen der Welt!«

Tyson lachte von neuem und trank sein Glas leer. »Bates, meine hübsche braune Eule, ich applaudiere Ihrer Loyalität, während ich Ihre Unehrlichkeit beklage. Sie können nicht all die Jahre mit Gussie zusammengelebt haben, ohne zu merken, was ihr größtes Vergnügen ist. Sie schießt einen Pfeil mit Widerhaken in die Stelle, wo es, wie sie hofft, am meisten schmerzt, und dann versteckt sie sich hinter reizender Verwirrung und tut so, als sei es ihr nur unglücklicherweise herausgerutscht. Das ist ihr liebstes Gesellschaftsspiel. Sie müssen längst herausgefunden haben, daß Gussie nur sich selbst liebt. Und weil Sie jetzt gleich sagen werden: ›Sie sind auch nicht anders‹, beeile ich mich, es selbst zu bekennen: Ich bin auch nicht anders. Das mag egoistisch sein, aber es stimmt! Sehen wir den Tatsachen ins Auge, Bates. Wir Frosts sind keine sehr erfreulichen Menschen. Der einzige von uns, der keine Laster gehabt zu haben scheint, war der alte Onkel Barclay, und der war ein Spinner. Trinken wir auf seine Seele.«

Er stand auf und ging zu dem Tisch mit den Getränken hinüber. Millicent Bates folgte ihm, doch sie stellte ihr leeres Glas ab und schüttelte den Kopf. »Nein, danke. Für mich nichts mehr. Ich glaube, ich gehe zu Bett.«

Sie drehte sich um und blickte noch einmal zu den Tanzenden hin, die sich in dem erleuchteten Wohnzimmer drehten. Gussie und Nigel, Miss Kitchell und Larry Dowling, Amalfi und Lash Holden, Eduardo und Lorraine...

Sie stand vielleicht fünf Minuten da und beobachtete sie mit merkwürdiger Intensität.

»Es ist sehr seltsam«, sann Millicent Bates.

»Was denn?« wollte Tyson wissen.

»Alles!« sagte Millicent und ließ ihn allein.

13

Dany lehnte müde an der Fensterbank ihres Zimmers und sah über die Baumwipfel hinweg auf das silbern glänzende Meer.

Sie war vor mehr als einer Stunde heraufgekommen und hatte gleich zu Bett gehen wollen. Aber dann stellte sie fest, daß sie nicht schläfrig war. Nur zu müde, um sich die Arbeit des Ausziehens zu machen, und zu deprimiert, um die Schönheit der Nacht zu genießen. Denn es war weder ein netter noch ein friedlicher Abend gewesen.

Tyson und Millicent Bates waren beide kurz nach zehn verschwunden, und Gussie hatte sich mit Nigel gestritten, worauf dieser sich beleidigt zurückzog und Dany die Bedienung des Radios überließ. Nun hatte sich Gussie auf die Suche nach ihrem Bruder gemacht, wahrscheinlich, um sich zu beschweren. Dann ging Lash mit Amalfi, nachdem er einen besonders seelenvollen Walzer mit ihr getanzt hatte, hinunter in den Garten; angeblich, um die »Königin der Nacht« aufblühen zu sehen, die auf einem Beet ziemlich weit weg vom Haus in reicher Fülle wuchs.

Sie waren so lange weggeblieben, daß Eduardos südliches Blut offensichtlich gefährlich zu kochen begann, und obwohl sie getrennt zurückkehrten, war es ungeschickt, daß Lash als erster kam. Denn an seinem Kinn saß ein nicht zu verkennender Lippenstiftfleck.

Dem eifersüchtigen Auge des Marchese war er nicht entgangen. Seine Augen blitzten in einer Art auf, die in den Tagen des verblichenen Rudolph Valentino – dem er sehr ähnelte – zweifellos das Publikum bis zur Raserei begeistert hätte. Er zischte einen kurzen Satz auf italienisch, worauf Lash mit einem noch kürzeren, rein angelsächsischen Ursprungs, antwortete. Eine peinliche Szene wurde nur verhindert, weil Lorraine sich aufgeregt ins Zeug legte.

Amalfi war ziemlich lange nicht wieder aufgetaucht, und einen Teil der Zeit hatte sie sicher dazu verwendet, ihr Make-up zu reparieren. Sie hatte Lash demonstrativ ignoriert und sich ganz der Beschwichtigung von Eduardos verletzten Gefühlen gewidmet. Doch sie schien alles andere als guter Laune zu sein.

Der einzige Anwesende, der seine Nerven wie sein Temperament unter Kontrolle behielt, war Larry Dowling gewesen. Dany, deren eigene Nerven am Zerreißen waren, empfand nicht nur dafür Dankbarkeit, sondern mehr noch für den Impuls ihres Stiefvaters, auch Larry zu der Haus-Party einzuladen. Dabei lag etwas in Larrys emsig beobachtendem Blick, woraus sich schließen ließ, daß ihm sehr wenig entging. Dany hielt sich vor Augen, daß er Journalist war – ob nun Feature-Schreiber oder sonst etwas. Neuigkeiten waren sein Geschäft, und über die gegenwärtige komplizierte Situation würde ein sensationshungriges Publikum nur zu gern lesen. Aber das schien gar nichts zu bedeuten verglichen mit der Tatsache, daß sie sich sicherer fühlte, sobald Larry im Zimmer war, und unsicherer, wann immer er es verließ.

Dany wünschte, sie könnte sich zu dem vernünftigen Entschluß durchringen, ins Bett zu gehen. Nur ließ die frische Erinnerung an die Schrecken der vorigen Nacht sie vor Schlaf und Einsamkeit zurückschaudern, und die Lichter und die Musik und Larrys merkwürdig ermutigende Anwesenheit lieferten ihr wenigstens eine Illusion der Sicherheit. Doch dann machten sich die vielen im Flugzeug verbrachten Stunden bei allen bemerkbar. Gegen elf Uhr senkte sich lähmende Müdigkeit auf die Tanzenden herab und mit ihr ein Geist der Toleranz.

Nigel hörte auf zu schmollen und entschuldigte sich bei Gussie. Diese gähnte und versicherte ihm, natürlich sei sie nicht böse auf ihn. Sie sei niemals jemandem böse, nicht einmal auf Leute, die Kenntnis auf einem Gebiet vortäuschten, mit dem sie nur ganz oberflächlich bekannt seien, und... Ach du meine Güte! Aber natürlich hatte sie nicht Nigel gemeint...

Amalfi gab ihre Zurückhaltung auf und schenkte Lash ein verzeihendes Lächeln. Eduardos Wut war verraucht, und Lorraine, die matt und geistesabwesend dreingeblickt hatte, begann zu sprühen und zu lachen und ihren ureigenen, sehr wirksamen Charme einzusetzen. Sie erreichte das Ziel, daß ihre Gäste, ausgenommen nur ihre Tochter, sich schließlich in der besten Laune auf ihre Zimmer begaben.

Eine Fledermaus segelte an dem offenen Fenster vorbei. Dany zuckte zusammen. Sie fragte sich, warum etwas so Harmloses ihr Herz hämmern und ihren Atem stocken ließ. Vor allem, wo sie jetzt vor nichts mehr Angst zu haben brauchte, abgesehen von der Enthüllung ihrer wahren Identität, was so und so unvermeidlich war. Und trotzdem fürchtete sie sich immer noch...

Die Nacht war sehr ruhig und das Haus sehr still. Jetzt, wo die Lichter ausgelöscht waren, lag der Garten in Blau und Schwarz und Silber da. Nur der Wipfel eines Jacarandabaumes, auf den der warme Schein ihres eigenen Fensters fiel, zeigte Gold. Und ein kleines orangefarbenes Viereck, kaum sichtbar durch die dazwischenstehenden Bäume, verriet, daß auch Lash Holden in dem kleinen Gästehaus an der seewärts gelegenen Ecke der Umfassungsmauer noch wach war.

Der krächzende Schrei eines Ziegenmelkers erklang unten im Garten, und Dany erschrak fürchterlich. Ungeduldig wandte sie sich vom Fenster ab und sah sich in dem eigenartigen Zimmer mit den weißen Wänden um, dessen hohe Decke sich fast zwanzig Fuß über ihrem Kopf befand. Ein hoher, kühler Raum, bestimmt für irgendeine schöne Dame des Harems, bevor Sultan Saïd das Haus des Schattens seinem Freund Emory Frost schenkte – der Pirat, Abenteurer, das schwarze Schaf der Familie und Glücksritter gewesen war.

Was hatte das Haus in seinem langen Leben gesehen? Hatten sich hier, wie Millicent Bates meinte, »dunkle Sachen« abgespielt, und erinnerten sich die Zimmer daran? Dany ertappte sich dabei, daß sie einen schnellen Blick zurückwarf, wie sie es auch im Airlane-Hotel in London getan hatte. Aber es war nichts hinter ihr außer einem kleinen Schreibtisch in Cremefarben und Gold, auf das irgendwer Miss Ada Kitchells Reiseschreibmaschine und ein einsames Buch gelegt hatte. Es war ein Wälzer viktorianischer Prägung, der nicht so aussah, als sei er unterhaltend.

Dany nahm das Buch in die Hand. Hitze und viele Monsune hatten den muffigen Ledereinband mit Moderflecken überzogen. Der Titel war ungeachtet des Alters noch deutlich lesbar: *Das Haus des Schattens* von Barclay-Frost.

Dany lächelte. Sie dachte an Tysons Bemerkungen über den Stil des Autors, und als sie hier und da einen Satz las, stellte sie fest, daß die Kritik ihres Stiefvaters voll berechtigt war. Barclays Prosa war unerträglich pedantisch, und er hatte niemals nur ein Wort benutzt, wenn ein halbes Dutzend es auch taten. Trotzdem war es nett von Lorraine, das Buch in ihr Zimmer zu legen, und Dany wollte sich bestimmt die Zeit nehmen, einen Teil davon, wenn nicht alles, zu lesen.

Sie legte das Buch wieder hin und stellte fest, daß ein Dienstbote aus Neugier oder in der guten Absicht, gefällig zu sein, den Koffer der Reiseschreibmaschine geöffnet und dann nicht gewußt hatte, wie er wieder zu schließen war. Dany hob den Deckel ab, um die Verschlüsse richtig einzuhaken. Was war das? Die Maschine war auch benutzt worden, denn ein abgerissenes Stück cremefarbenes Papier, aus einem Fach über dem Schreibtisch genommen, steckte noch darin.

Sicher hatte einer der Diener von *Kivulimi* diesem neuen und faszinierenden Spielzeug nicht widerstehen können. Dany hoffte nur, daß es ihm nicht gelungen war, die Maschine zu beschädigen. Sie tippte eine Zeile zur Probe, und als sie feststellte, daß die Maschine noch funktionierte, zog sie den Papierfetzen heraus, warf ihn in den Papierkorb und schloß den Koffer.

Ihr Blick wanderte zu dem einladend aufgeschlagenen Bett, aber ihr war immer noch nicht nach Schlafen zumute. So setzte sie sich vor den Toilettentisch und betrachtete ihr Gesicht im Spiegel. Lorraine hatte recht. Es war eine unkleidsame Frisur, und ihr Teint hatte einen zu warmen Ton für rotes Haar.

Dany nahm die Brille ab, ergriff ihre Haarbürste und strich sich den Pony aus der Stirn. Dann bürstete sie die akkuraten Löckchenreihen aus, die zu beiden Seiten ihres Kopfes in Büscheln angeordnet waren, und drehte die weichen Haarmassen zu einem einfachen Nackenknoten. Bei Danys schöngeformtem Kopf – sie hatte ihn von ihrem Vater Daniel Ashton geerbt – verwies eine wirre und aufgedonnerte Haartracht sie in die Mittelmäßigkeit, während eine strenge ihr Vornehmheit und eine plötzliche, unerwartete Schönheit verlieh.

Ein riesiger grün-weißer Nachtfalter flog zum offenen Fenster herein und schloß sich dem Kreis geflügelter Insekten an, die das elektrische Licht umschwirrten. Dany stand auf, knipste das Licht aus und öffnete die Tür einen Spalt. Nun müßten die lästigen Viecher eigentlich hinaus ins Mondlicht fliegen. Sie wollte ihnen ein paar Minuten Zeit lassen und dann die Vorhänge zuziehen, bevor sie das Licht wieder einschaltete.

Jetzt, wo der Raum im Dunkeln lag, schien die Nacht draußen fast taghell zu sein. Dany kehrte ans Fenster zurück und sah sich von neuem den schattigen Garten und das weite, schimmernde Meer an.

Lashs Licht war verschwunden. Vermutlich schlief er. Aber nun merkte Dany, daß das Fenster direkt über ihrem noch nicht dunkel geworden war, denn immer noch fiel ein warmer Schein auf den Jacarandabaum. Also war Millicent Bates ebenfalls wach. Und außerdem hörte sie jemanden draußen im Garten...

Ein stecknadelkopfgroßes Licht bewegte sich durch die Schatten. Einen Augenblick lang dachte Dany, es sei ein Glühwürmchen. Da fing ihr Ohr das schwache Knirschen der zertretenen Muscheln und Korallen auf den sich schlängelnden Pfaden auf. Das Lichtpünktchen, das sie sah, mußte das glühende Ende einer Zigarette sein. Irgendwer wanderte durch den Garten auf das Haus zu.

Der winzige orangenfarbene Fleck geriet hinter einem Schirm aus Hibiskusbüschen außer Sicht und tauchte gleich wieder auf. Ein Mann in einem weißen Jackett stieg leise die Treppe zur Terrasse empor, ging am Haus entlang und verschwand um die Ecke.

Er hatte zu Danys Fenster hochgeblickt, als er am Kopf der Treppe angelangt war. Das Mondlicht fiel auf sein Gesicht, und sie hatte die besorgte Falte zwischen seinen Brauen erkannt. Fast hätte Dany dem Impuls nachgegeben, sich aus dem Fenster zu beugen und ihm zuzurufen, bei ihr sei alles in Ordnung. Doch wie sie zu der Annahme kam, Larry Dowling könne irgendwie an ihrer Sicherheit interessiert sein, wußte sie selbst nicht. Viel wahrscheinlicher hatte er zu dieser späten Stunde einen Spaziergang durch den Garten gemacht, weil er ebenso wie sie nicht schlafen konnte.

Irgendwo da unten zwischen den dunklen Bäumen rief wieder der Ziegenmelker. Aber diesmal fuhr Dany bei dem rauhen Schrei nicht zusammen, denn es war ihr ein tröstlicher Gedanke, daß Larry sich irgendwo in der Nähe befand und die Nacht unter demselben Dach mit ihr verbringen würde. Sie fühlte sich so beruhigt, daß Spannung und Nervosität von ihr abfielen. Ganz plötzlich überkam sie eine angenehme Schläfrigkeit. Jetzt konnte sie zu Bett gehen. Und schlafen.

Danys Zimmer war das letzte im ersten Stock. Es lag über dem Speisesaal und an einer der vier Treppen, die sich vom Hof nach oben schlängelten. Eine Tür ihres Schlafzimmers führte im rechten Winkel in ein kleines, nach Westen gehendes Bad. Dahinter lag ein weiteres, größeres Bad, das zu einem weiteren und größeren Schlafzimmer gehörte. Es war Gussie Bingham zugeteilt worden. Auf der anderen Seite von Danys Zimmer bot ein Frühstückszimmer die gleiche Ansicht, und dann kam wieder ein Schlafzimmer mit Bad wie ihr eigenes. Amalfi Gordon bewohnte es.

Alle übrigen Räume im ersten Stock – es waren die an den anderen beiden Seiten des Hofes – waren von Tyson und Lorraine besetzt. Nigel, Eduardo, Larry Dowling und Millicent Bates waren im obersten Stock untergebracht.

»Vielleicht nicht ganz schicklich, Bates zwischen all die Junggesellen zu stecken«, hatte Lorraine gesagt. »Aber jeder, der Millicent schon einmal im Nachtgewand gesehen hat – oder Millicent überhaupt gesehen hat! – muß sich klar darüber sein, daß kein Mann ihr jemals einen lüsternen Blick zuwerfen wird, dem armen Ding. Deshalb geht das wohl in Ordnung. Ich wollte erst Ada Kitchell dort einquartieren – die richtige. Nun kann dieser nette Larry Dowling das Zimmer haben. Er ist richtig süß, nicht wahr?«

Dany ertappte sich dabei, daß sie auf Larry Dowlings Schritte auf der Steintreppe vor ihrem Zimmer lauschte. Doch die Mauern von *Kivulimi* waren solide gebaut, um hohen Temperaturen, plündernden Piraten und tropischen Wirbelstürmen zu widerstehen, und die schweren Holztüren waren alt und mit Schnitzereien verziert und so gut wie schalldicht. Dany wußte nicht, ob Larry in sein eigenes Zimmer zurückgekehrt war oder nicht, kam jedoch zu dem Schluß, inzwischen müsse er es getan haben. Wahrscheinlich hatte er die Dienstbotentreppe am anderen Ende des Hauses benutzt.

Eine leichte Brise wehte vom Meer her und raschelte in den Blättern der Bäume. Zum ersten Mal vernahm Dany den Gesang der tropischen Inseln und Korallenküsten, ein Klang, der ebenso überwältigend und unvergeßlich ist wie das Seufzen des Windes in einem Nadelwald: das trockene Flüstern der Kokospalmen.

Es war ein beruhigendes, angenehmes Geräusch und eine willkommene Unterbrechung der bisherigen Stille. Dany beugte sich über das Fensterbrett und hörte ihm zu, bis ein neuer Laut sie aufschreckte. Ein merkwürdiges Scharren ertönte entweder auf der Veranda oder aus dem Zimmer über ihr. Vielleicht zerrte Millicent einen Koffer unter dem Bett hervor. Oder Larry Dowling putzte sich die Schuhe an einer Steinstufe ab. Der Wind fuhr kühl in das heiße Zimmer, blähte die Moskitonetze auf und brachte all die süßen Düfte einer tropischen Nacht mit sich. Dany hörte die Uhr die halbe Stunde schlagen. Halb eins. Es war wirklich Zeit, daß sie zu Bett ging.

Dany zog die Vorhänge zu, schloß das Mondlicht und die Nachtfalter aus und wollte sich gerade im Dunkeln zu dem Lichtschalter an der Tür vortasten, als sie einen seltsamen harten Aufschrei hörte. Ihm folgte ein dumpfer Schlag. Das schien direkt vor ihrer Tür zu sein.

Dany stand still und horchte. Ihre Schläfrigkeit war wie weggeblasen, und ihr Puls raste von neuem in panischer Angst. Dann fiel ihr eine naheliegende Erklärung ein, und sie entspannte sich. Das war nur ein Ziegenmelker im Hof gewesen, und der Wind mußte eine kopflastige, mit Schlingpflanzen gefüllte Schale in der Ecke der Veranda umgeworfen haben. Dany lächelte beschämt über ihre Furcht, setzte ihren Weg fort und tastete nach dem Schalter.

Das Licht ging an, und das Zimmer wurde hell und gemütlich, und

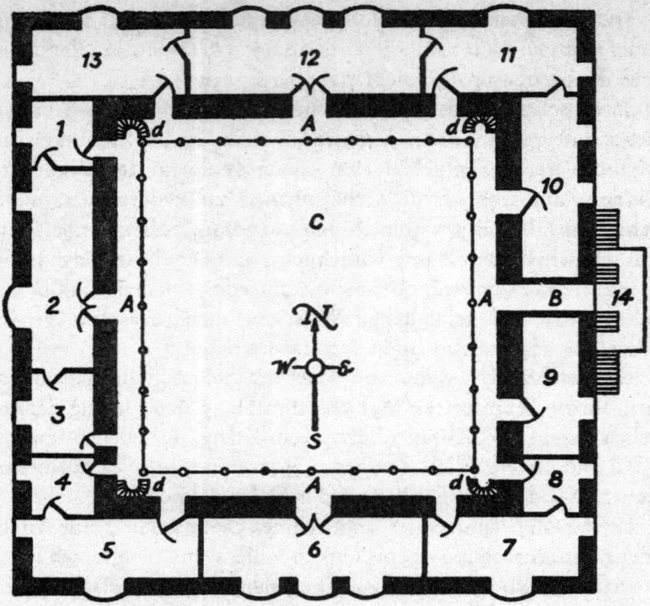

A. Veranda mit Blick auf den Innenhof
B. Durchgang zur Dienstbotentreppe
C. Innenhof
d. Treppe, die hinauf in das oberste Stockwerk und hinunter in den Innenhof führt
o. Säulen am Rand der Veranda

Gussie Binghams	1.	Ankleidezimmer
	2.	Schlafzimmer
	3.	Badezimmer
Danys	4.	Badezimmer
	5.	Schlafzimmer
	6.	Frühstückszimmer
Amalfis	7.	Schlafzimmer
	8.	Badezimmer
	9.	
	10.	von Tyson und
	11.	Lorraine be-
	12.	setzte Räume
	13.	
	14.	Dienstbotentreppe

es waren keine Schatten mehr da. Aber die Brise hatte sich gelegt, die Nacht war wieder still, und in dieser Stille hörte sie noch einmal und jetzt deutlicher das Geräusch, das sie kurz zuvor für das Scharren von Millicents Koffer auf dem Fußboden gehalten hatte. Es war ein leises, langsames, nicht zu identifizierendes Kratzen, bei dem man an das Mahlen von Stein auf Stein denken mußte, und es schien eher von der Veranda draußen als aus dem Zimmer über ihr zu kommen. Nach etwa zehn Sekunden verstummte es, aber diesmal erweckte es in Dany die Vorstellung von einem Menschen, der verletzt war und die Treppe hinaufzukriechen versuchte. Dieser Aufschrei, den sie gehört hatte – das war kein Ziegenmelker gewesen, und natürlich konnte der Wind keine der schweren Blumenschalen umwerfen! Ein Mensch hatte geschrien und war gefallen. Larry!... Wenn nun Larry sich auf Zehenspitzen die Treppe hinaufgeschlichen hatte, um sie nicht aufzuwekken, und gestolpert war...

Dany lauschte an der Tür, konnte jedoch keinen Ton mehr hören. Hatte Larry versucht, sich mit einem verrenkten Knöchel die Stufen hochzuziehen, oder lag er immer noch da draußen auf der dunklen Veranda, nach Luft ringend und in Schmerzen?

Dany vergaß jede Vorsicht, drehte den Schlüssel um und riß die Tür auf.

Der Mond stand nicht hoch genug, um die Schlucht des Innenhofs zu erhellen, und Dany sah nichts als Dunkelheit. Nur da, wo das Licht aus ihrer offenen Tür fiel, lief ein schmaler gelber Schein über den Kokosteppich und hob die Umrisse einer blumengefüllten Steinschale und eines einzelnen schlanken Pfeilers von der schwarzen Leere dahinter ab.

Unter keiner der vielen anderen Türen, die sich auf beiden Seiten des Innenhofes gegenüberlagen, schimmerte Licht hervor. Die Nacht war von neuem so still, daß das Zurückklatschen eines Goldfischs, der sich auf der Jagd nach einem Nachtfalter in dem Teich unten aufgeschwungen hatte, deutlich zu hören war.

Aus Angst, das schlafende Haus aufzuwecken, fragte Dany flüsternd: »Larry! – Larry, sind Sie da? Ist irgendwer da?«

Das Flüstern erzeugte ein leises, zischendes Echo unter dem hohen dunklen Dach der Veranda, aber niemand antwortete, und nichts regte sich. Nicht einmal die Fische im Teich.

Ein neuer Windstoß fuhr durch die Schlingpflanzen und Blütenbüsche in den Steinschalen. Danys Augen gewöhnten sich allmählich an die Dunkelheit, und nun wurden die Linien der hohen Säulen mit ihren Rundbögen, die Vierecke der Türen in den langen, weißgekalkten Mauern und die Umrisse der Steinschalen sichtbar wie ein Negativ im Entwicklerbad. Dany erkannte die leere Fläche der Veranda zu ihrer Rechten, aber zur Linken, wo es scharf um die Ecke ging, schuf die zum nächsten Stockwerk führende Treppe ein dunkles Nichts.

Dany öffnete die Tür ganz, trat zögernd einen Schritt vor und spähte in die Schatten. Da lag doch jemand...? Ja. Ein unordentlicher Haufen, hingeschleudert in die tiefe Finsternis unterhalb der Biegung der Steintreppe und der Farbe des Teppichbodens so ähnlich, daß er beinahe unsichtbar war.

Dany rannte zu ihm, bückte sich und berühte wirres Haar auf einem Kopf, der seltsam verdreht war. Aber es war nicht Larry Dowling. Wer dann? Sie faßte die schlaffen Schultern und zerrte den schweren Körper verzweifelt näher an die offene Tür und das Licht heran. Dann fiel ihr ein, daß sich die Schalter für die Lampen auf der Veranda an der Wand nahe der Treppe befanden, und sie lief hin.

Ein Schalter klickte unter ihren zitternden Fingern, und eine Sechzig-Watt-Birne in einer Hängelampe orientalischen Stils vertrieb die Schatten und warf ein Muster aus durchbrochenen Rhomben über die weiße Wand und den Kokosteppich. Und auf Millicent Bates, gekleidet in einen Pyjama und einen hafermehlfarbenen Morgenrock. Sie lag mit dem Gesicht nach unten und sehr still auf dem Boden der Veranda.

»Miss Bates!« flehte Dany, kniete neben ihr nieder und versuchte sie umzudrehen. »Miss Bates, sind Sie verletzt?«

Die dumme Frage hallte hohl von den schweigenden Veranden wider. Millicent Bates' Kopf rollte von Danys stützendem Arm hinunter. Der Wind ließ die Laterne schwanken, und die Lichtrhomben huschten hin und her und verliehen Millicents weit offenen, starrenden Augen eine Illusion von Bewegung. Aber ihr schwerer, schlaffer Körper bewegte sich nicht mehr. Es bewegte sich überhaupt nichts außer dem Licht und einem zerknüllten Stück Papier, das in der Brise flatterte. Wie ein großer heller Nachtfalter sah es auf der Kokosmatte aus.

Sie ist verletzt, dachte Dany, nicht begreifend. Schlimm verletzt... oder sie bekommt keine Luft mehr. Nein... nein, das allein ist es nicht... Gehirnerschütterung. Miss Bates war gefallen und hatte das Bewußtsein verloren. Diese flachen Stufen mit ihrem niedrigen, dekorativen, lächerlich unzureichenden Geländer! Sie mußte im Dunkeln hinuntergestiegen sein, um nachzusehen, ob Gussie für die Nacht gut versorgt war, und dann war sie ausgerutscht und gefallen.

Wie kann man etwas so Törichtes tun, dachte Dany aufgeregt. Im Dunkeln!

Das Papier flatterte von neuem. Bei dem Geräusch fuhr Dany zusammen. Sie hob es auf, steckte es in die Tasche, legte Millicent zurück auf den Teppich und stand auf. Sie zitterte, aber sie fürchtete sich nicht mehr. Sie mußte sofort Hilfe holen. Gussie Bingham, Tyson...

Dany rannte zu Gussies Tür und hämmerte dagegen. Als niemand antwortete, drückte sie auf die Klinke und stellte fest, daß auch Gussie die Vorsichtsmaßnahme getroffen hatte, sich in dieser Nacht einzuschließen. Dany schlug auf die Tür ein und rief ihren Namen, und der schweigende Hof griff die Laute auf und warf das Echo an den Bogen zurück: »Mrs. Bingham...! Mrs. Bingham... Mrs. Bingham...«

Eine Tür öffnete sich auf der benachbarten Veranda. In einem Viereck hellen Lichts erschien Tyson.

»Was, in Gottes Namen, hat dieser infernalische Krach zu bedeuten?« brüllte Tyson, kräftig selbst dazu beitragend. »Wer ist da? Was ist los?«

»Es ist Miss Bates!« rief Dany. »Tyson, komm bitte! Sie ist von der Treppe gefallen, und ich glaube, sie hat eine Gehirnerschütterung oder... oder so etwas. Und ich kann sie nicht heben. Sie ist zu schwer.«

Neben ihr ging eine Tür auf. In einem violetten Seidenkimono mit Blumenmuster, die Lockenwickler nur teilweise unter einem fliederfarbenen Tüll-Turban verborgen, trat Gussie Bingham heraus.

»Miss Kitchell! Wollten Sie zu mir? Um alles in der Welt, was ist denn geschehen? Wie, du bist auch da, Tyson?«

Tyson, der nichts als ein dürftiges Lendentuch aus einem fröhlich gemusterten Baumwollstoff trug, ging an ihr vorbei und schaltete dabei die Lampen ein.

Licht überflutete die Veranden des oberen Stocks. Köpfe tauchten auf und spähten nach unten: Nigel, Eduardo, Larry Dowling...

Lorraine kam schnell über die Veranda gerannt. Ihre kleinen bloßen Füße steckten in Pantöffelchen, die verrückt mit Federn geschmückt waren. Die Absätze klapperten laut, und das durchsichtige Nachtgewand wurde von einem ebenso durchsichtigen Negligé kaum verhüllt.

Aber niemand konnte mehr etwas tun. Millicent Bates war tot. Sie war von einer Stelle nahe dem Kopf der Treppe auf den Steinboden der Veranda gefallen und hatte sich den Hals gebrochen.

14

»Ich habe immer gesagt, die Treppen sind gefährlich.« Lorraine zitterte und war kreidebleich. »Diese dummen niedrigen Stangen, das sind doch keine Geländer! Trotzdem verstehe ich nicht, wie sie hat fallen können, auch wenn es dunkel war. Im Dunkeln ist doch jeder besonders vorsichtig, nicht wahr?«

»Vielleicht fürchtete sie, ohnmächtig zu werden«, meinte Tyson, »und wollte deshalb nach unten, um sich Aspirin oder so etwas von Gussie zu holen. Gussie hatte ihre gemeinsame Reiseapotheke in ihrem Zimmer.«

»Sollte man nicht annehmen, sie hätte Verstand genug gehabt, sich einfach hinzusetzen, wenn sie eine Ohnmacht nahen fühlte? Wirklich, manche Leute sind zu dumm!«

Lorraines Ton verriet deutlich, daß sie, so entsetzt sie war, Millicent Bates doch eines sehr rücksichtslosen Benehmens für schuldig hielt. Jetzt, wo der erste Schock der Entdeckung abgeklungen war, neigte sie mehr zu Zorn als zu Kummer.

Es war über eine Stunde her, daß Dany den schlafenden Haushalt geweckt hatte. Sie saßen alle im Wohnzimmer und warteten auf den Arzt, eine Ambulanz und die Polizei. Alle außer Gussie und Nigel Ponting. Gussie hatte einen hysterischen Anfall bekommen und lag jetzt im Bett. Man hatte ihr zwei Beruhigungstabletten und eine Wärmflasche verabreicht. Nigel war in die Stadt gefahren, um den Arzt zu holen und die Polizei zu informieren.

Man hatte Millicents Leiche in Danys Zimmer getragen, weil das zufällig das nächste war, und auf Danys Bett gelegt. Da lag sie nun allein, gekleidet in einen sittsamen Pyjama und einen ältlichen wollenen Morgenrock und starrte mit offenem Mund an die Decke.

Lash war davon wachgeworden, daß der Wagen aus der Garage gefahren wurde und die Scheinwerfer über die Wand seines Zimmers huschten. Als er das Haus hell erleuchtet sah, zog er sich einen Morgenmantel über und kam herüber, um sich zu erkundigen.

Amalfi hatte den anfänglichen Aufruhr verschlafen und war durch Gussies Kreischen hochgeschreckt. Sie schloß sich der entsetzten Gesellschaft an, gerade als Tyson und Larry Dowling Millicents reglosen Körper in Danys Zimmer trugen. Amalfi hatte mit bewundernswerter Ruhe reagiert, und ihr war es auch gelungen, Gussie durch ein einfaches Mittel zum Schweigen zu bringen. Sie ergriff den Krug mit Trinkwasser, der auf Danys Nachttisch stand, und schüttete seinen Inhalt in Mrs. Binghams scharlachrotes, schreiendes Gesicht.

Jetzt saß Amalfi auf dem Sofa. Die Kreation aus pfirsichfarbenem Satin und Spitze, die sie trug, stand ihr ausgezeichnet, und sie wirkte so gepflegt und beherrscht, als sei dies ein normales gesellschaftliches Zusammentreffen. Sie sprach mit Lash und trank schwarzen Kaffee, den Lorraine in der Maschine zubereitet hatte. Aber wenn ihre Gemütsruhe echt war, konnte sie sich ihrer als einzige im Raum rühmen.

Lash tat nicht einmal so, als höre er ihr zu. Er wirkte beunruhigt und mißgelaunt, und offenbar interessierte ihn nichts mehr als das Muster des Teppichs. Nur gelegentlich hob er den Kopf und sandte Tyson Frost einen gereizten Blick zu. Der Gastgeber stiefelte nervös im Zimmer auf und ab. Es sah aus, als habe sich ein Strandläufer vom Süd-Pazifik hierher verirrt.

Lash, der nur wünschte, Tyson würde stehenbleiben, dachte bei sich, Haare auf der Brust mochten zwar den echten Mann kennzeichnen, doch zuviel davon bringe einen nur auf den Gedanken, Darwin habe sehr recht mit seiner Behauptung, die menschliche Spezies stamme vom Affen ab. Es gab wenig Unterschied zwischen Tysons Oberkörper und einer Türmatte, und wenn er dazu noch hin und her lief wie ein Löwe im Käfig, ging das Lash schnell auf die Nerven. Konnte der Mann denn nicht fünf Minuten lang stillsitzen? Und Amalfi sollte endlich aufhören, für zehn zu reden. Lashs Blick wanderte kurz zu Dany, und er runzelte die Stirn.

Dany war als einzige im Zimmer vollständig angezogen, und diese Tatsache zu dieser Uhrzeit regte Lash unvernünftigerweise auf. Zwei Uhr morgens. Und alle hatten sich kurz vor halb zwölf auf ihre verschiedenen Zimmer begeben. Doch Dany allein war offensichtlich noch nicht im Bett gewesen, denn sie trug nicht nur das Kleid, das sie am Abend angehabt hatte, sondern auch ihre Strümpfe. Folglich war es unwahrscheinlich, daß sie das Kleid eilig übergestreift hatte, weil sie im Gegensatz zu allen anderen nicht in einem Bademantel herunterkommen wollte. Lash sah immer wieder prüfend zu Larry Dowling hin, und sein Gesicht verfinsterte sich zusehends.

Dany wiederum hatte sich in die Tiefen eines großen Sessels gekuschelt. Ihr war kalt, sie war sehr müde, und sie zerbrach sich den Kopf, wie Larry es geschafft hatte, früh genug zurück ins Haus und in sein Zimmer zu gelangen, um sich noch in den Pyjama und den Morgenmantel zu stürzen, was er jetzt trug. Dabei hatte sie ihn doch ganz kurze Zeit vor Millicents Fall in einem weißen Jackett auf der Terrasse unter ihrem Fenster gesehen! Oder war die Zeitspanne dazwischen länger gewesen, als ihr bewußt geworden war? Wie lange hatte sie am Fenster gestanden und in den Mondschein hinausgeblickt, nachdem er die Terrasse verlassen hatte? Höchstens zehn Minuten! Larry aber sah ganz wie ein Mann aus, der aus tiefem Schlaf geweckt worden ist. Sein Haar war zerzaust, und er gähnte in Abständen. Trotzdem war nichts Schläfriges an diesen ruhigen, beobachtenden Augen, und Dany glaubte ihm die gespielte Schlaftrunkenheit nicht.

Eduardo di Chiago, von dunkler Schönheit in einem roten Seidenpyjama und einem Morgenmantel, der spektakulär mit Monogramm und Krone geschmückt war, half Lorraine galant beim Servieren des Kaffees. Aber auch er war auffallend nervös und zuckte zusammen, wenn er angesprochen wurde, und man sah ihm an, daß ihn ebenso wie Lash das rastlose Herumlaufen seines Gastgebers reizte.

Lorraine merkte es und sagte bittend: »Tyson, Darling, setz dich doch! Du machst uns nervös. Warum gehen wir nicht alle wieder zu Bett?«

»Ich gehe nicht«, antwortete Tyson, »weil ich gleich wieder aufstehen müßte, wenn der Arzt und die Polizei eintreffen. Allerdings braucht ihr übrigen durchaus nicht hierzubleiben. Die Beamten werden nur mit mir und mit Miss – äh – Miss...«

»Kitchell«, half Lash ihm ärgerlich nach.

Tyson maß ihn mit einem bösen Blick. »Wenigstens hindert dich nichts daran, wieder ins Bett zu gehen. Deshalb laß dich von uns nicht aufhalten. Du warst nicht einmal hier, als es passierte, und ich habe keine Ahnung, was du überhaupt hier zu suchen hast.«

»Ich auch nicht«, erklärte Lash verdrießlich. Aber er machte keine Anstalten zu gehen und sah von neuem zu Dany hin. Es war ein langer, nachdenklicher und etwas beunruhigender Blick. Amalfi merkte es. Sie drehte sich um und folgte der Richtung seines Blickes. Ihre Augen verengten sich, und ihre bezaubernden, geschwungenen Lippen waren mit einem Mal weniger bezaubernd, da sie sie zu einer beinahe harten Linie zusammenpreßte. Sie hatte Dany während der letzten Stunde nicht direkt angesehen, und das holte sie jetzt nach.

Dany saß in einer zusammengekrümmten, kindlichen Haltung, die ungraziös hätte wirken müssen, es aber nicht war, denn sie enthüllte die Tatsache, daß sie eine schlanke Figur und lange, schöne Beine besaß. Auch mit ihrem Haar hatte sie etwas angestellt, es zurückgebürstet und sich dieser scheußlichen Locken entledigt. Und sie hatte die Brille abgenommen. Ohne sie sah sie schrecklich jung aus. Jung genug, um Amalfi zu ihrem Unbehagen ihr eigenes Alter in Erinnerung zu rufen. Eine Falte erschien auf Amalfis weißer Stirn. Sie wandte sich zurück und musterte Lash. Aber Lash studierte wieder den Teppich und schien ganz in seine eigenen Gedanken versunken zu sein, die, nach seinem Gesichtsausdruck zu schließen, nicht erfreulich waren.

Auch Eduardo hatte zu Dany – und von Dany zu Amalfi Gordon hingesehen. Seine dunklen Augen wurden plötzlich lebendig und merkwürdig wach. Er erklärte abrupt, als antworte er auf Tysons Frage:

»Ja, dann gehe ich wieder hinauf. Sie haben recht. Kein Mensch wird mir Fragen stellen wollen, und vielleicht störe ich nur. Diese Miss Bates – Sie haben sie wohl seit vielen Jahren gekannt? *Allora* – es ist sehr traurig für Sie. Meine Teilnahme. Sie entschuldigen mich, Lorraine?«

Er küßte ihr die Hand und dann Amalfi, allerdings nicht mit der bei ihm sonst üblichen Glut. Nachdem er Tyson seine Sympathie durch einen beredten Blick ausgedrückt hatte, zog er sich in sein eigenes Zimmer zurück. Doch sonst schien niemand geneigt zu sein, seinem Beispiel zu folgen, nicht einmal Larry Dowling, der sich bestimmt nicht als alten Freund der Familie betrachten konnte. Es waren immer noch alle da, als endlich Nigel mit dem Arzt und dem indischen Chefinspektor zurückkehrte.

Danach ging gnädigerweise alles schnell. Der Arzt bestätigte, was sie schon wußten, und es war ganz offensichtlich, wie der Unfall sich abgespielt hatte.

Miss Bates hatte, als sie im Dunkeln die Treppe hinunterstieg, entweder einen Schwindelanfall gehabt oder war auf einer Stufe fehlgetreten. Dann war sie über den Rand der Balustrade auf die Veranda gefallen und hatte sich den Hals gebrochen. So einfach und so erschreckend war das.

Tyson übernahm den größten Teil des Redens und zeigte, wo die

Leiche gelegen hatte. Dany brauchte nicht viel beizutragen. Der Arzt sah sich Gussie an und verordnete Ruhe und, wenn nötig, eine weitere Beruhigungstablette. Er und der Inspektor halfen, Millicents Leiche in den wartenden Krankenwagen zu tragen, drückten ihr Mitgefühl aus und fuhren davon.

Der Mond war untergegangen, und im Osten zeigte der Himmel bereits die ersten Spuren der Morgendämmerung, als Dany endlich unter ihr Moskitonetz kletterte. Ihr Bettzeug war zerknüllt, und ihr Kissen trug noch den Abdruck von Millicent Bates' Kopf. Niemand hatte daran gedacht zu fragen, ob sie woanders schlafen wolle, und sie war zu müde, um sich sonderlich daran zu stoßen, daß sie sich dahin legen mußte, wo die tote Millicent gelegen hatte. Zu müde, um sich noch über irgend etwas viel Gedanken zu machen…

Dany schlief tief und fest. Sie hörte weder das leise Klopfen des Hausdieners, der ihr um acht ein Teetablett bringen wollte, noch eine Stunde später Lorraines Stimme vor ihrer verschlossenen Tür, die fragte, ob sie schon wach sei. Schließlich war es Lash, der sie weckte.

Er klopfte an ihre Tür, mit zunehmender Lautstärke, bis Dany öffnete. Als sie schlaftrunken und verdutzt vor ihm stand, rief er mit unerklärlichem Nachdruck: »Danken Sie Gott dafür!«

»Wofür?« fragte Dany blinzelnd. »Ist irgend etwas los?«

»Offensichtlich nicht«, antwortete Lash, der seltsam blaß und erschöpft wirkte. »Aber als Sie nicht herunterkamen und Lorraine sagte, Ihre Tür sei verschlossen und sie habe keine Antwort von Ihnen bekommen, dachte ich, vielleicht sollte ich besser hinaufgehen und mich überzeugen.«

»Wovon?« fragte Dany verwirrt.

»Daß Sie wirklich nur schliefen. Möglich, daß diese scheußliche Geschichte heute nacht nichts als ein Unfall war, aber trotzdem…«

»Miss Bates –!« keuchte Dany. Die Erinnerung traf sie wie ein Schlag ins Gesicht. »Das – das hatte ich vergessen. Sie… oh, Lash! Oh, die arme Miss Bates. Arme Mrs. Bingham… Wie geht es ihr?«

»Mrs. Bingham? Ich glaube, gut. Sie scheint sich genügend erholt zu haben, um ein recht kräftiges Frühstück zu sich zu nehmen, wie das Tablett zeigte, das ihr hinaufgetragen wurde. Und wie steht es mit Ihnen? Denken Sie daran, irgendwann nach unten zu kommen?«

»Natürlich. Ist es schon spät?«

»Kurz nach zehn.«

»Zehn! Gütiger Himmel!«

Die Tür knallte ihm vor der Nase zu, und eine silberhelle Stimme auf halber Treppe zur Veranda fragte: »Bringst du deiner Sekretärin ein Ständchen, Lash, Darling?«

Amalfi kam auf ihn zu und lächelte süß zu ihm hoch. Aber die grünen Augen über dem liebreizend lachenden Mund waren kalt und hart und zeigten keine Spur von Fröhlichkeit. Lash blickte in diese Augen und empfand einen plötzlichen Schreck, als sei er im Dunkeln gegen einen festen Gegenstand gerannt.

Er hatte nicht gewußt, daß Amalfi so aussehen konnte, wenn sie so lächelte, und das schuf ihm ein Gefühl des Unbehagens und der Unsicherheit. »Das war rein geschäftlich«, verteidigte er sich.

»Ach ja?« Amalfis Stimme war so warm und süß wie ihr Lächeln. »Und ist eine Umhüllung aus Spitze und Nylon ihre normale Arbeitsbekleidung? Wieviel Spaß ihr Geschäftsleute haben müßt!«

Ihr reizendes Lachen perlte, und Lash stellte verblüfft fest, daß es ihn auf eine Weise zornig machte, wie er noch nie zuvor zornig gewesen war.

Er sah Amalfi lange an und hatte den Eindruck, daß er sie überhaupt nicht kannte. Vieles fiel ihm auf, was er bisher nie bemerkt hatte: die Jahre, die so geschickt in Schach gehalten wurden, das Eis, das in diesen kühlen Nixenaugen glitzerten und die Bosheit, die aus dieser warmen, schmeichelnden Stimme klang. Der Stahl, der sich hinter ihrer bezaubernden, verantwortungslosen, kindlichen Süße verbarg...

Amalfis lange Wimpern flatterten und senkten sich. Als sie sie wieder hob, stand in ihren Augen ein leises Flehen. »Ich bin schrecklich eifersüchtig, Darling«, flüsterte sie entschuldigend.

»Wirklich?« fragte Lash barsch. »Das muß eine nette Abwechslung sein.« Er wandte sich von ihr ab und stieg die Wendeltreppe zum Hof hinunter, ohne sich umzusehen, ob sie ihm folgte oder nicht.

Mr. Cardew von der Polizei, dessen friedlicher Sabbath rauh unterbrochen worden war, sprach an diesem Vormittag erneut im *Haus des Schattens* vor. Tyson führte ihn hinauf, damit er sich den Ort des Unfalls ansehen konnte.

Mr. Cardew sprach sich rügend über das völlig unzureichende Geländer aus, erklärte die Treppen für gefährlich und regte an, so bald wie möglich sollten eiserne Handläufe in vernünftiger Höhe angebracht werden. Er nahm Tyson, Dany und Gussie Bingham mit sich in die Stadt zurück, wo im Zusammenhang mit Millicent Bates' Tod verschiedene deprimierende Formalitäten zu erledigen waren.

Mr. Cardews Büro befand sich in einem vier Stockwerke hohen, quadratischen Gebäude mit Blick auf das Meer, herrlich geschnitzten Türen und einem Uhrturm. Das *Bet-el-Ajaib*, das *Haus der Wunder*, war früher ein von dem berühmten Sultan Seyyid Barghash-bin-Said erbauter Palast gewesen und tat jetzt Dienst als Verwaltungsgebäude.

Das *Haus der Wunder* war viele Jahre später als das *Haus des Schattens* gebaut worden, doch die Anlage war, wenn auch viel größer, ähnlich: mit Veranden versehene Zimmer um einen Innenhof. Nur war hier der Hof zum Himmel nicht offen, sondern wie ein Bahnhof mit einem Glasdach gedeckt.

Dany ließ Tyson und seine Schwester im Gespräch mit Mr. Cardew zurück, trat hinaus auf die Treppe und sah zum Hafen hinüber, wo das Gewürznelken-Schiff nach Pemba vor Anker lag. Drei alte Kanonen, die vor dem *Bet-el-Ajaib* standen, erregten ihre Aufmerksamkeit. Sie trugen das Wappen Portugals und waren ein Teil der Beute, den die Perser beim Fall von Hormuz gemacht hatten.

Sie hatte gerade die verwischten Inschriften auf dem alten, sonnendurchglühten Metall entdeckt, als ein Schatten über die Kanone fiel. Dany hob den Kopf und erkannte den Araber, der am Vortag mit ihnen in der Maschine von Nairobi gewesen war. Nigel hatte ihn als Seyyid Omar-bin-Sultan vorgestellt.

Seyyid Omars prachtvolle Zähne blitzten weiß in seinem olivfarbenen Gesicht. Er verbeugte sich. »Guten Morgen, Miss Kitchell. Wie nett, Sie so bald wiederzusehen. Sie haben wohl schon mit der Stadtbesichtigung begonnen und bewundern unsere Kanonen? Sie sind sehr alt. Vielleicht vierhundert Jahre oder mehr.«

»Ja, ich weiß«, antwortete Dany. »Ich habe von ihnen gelesen, bevor ich hierherkam. Wie lautet diese Inschrift? Das ist Arabisch, nicht wahr?«

»Persisch.« Seyyid Omar fuhr mit einem schlanken braunen Finger die anmutigen Zeichen nach.

Im Namen Gottes und durch die Gnade Mohammeds und Alis übergeben den Rechtgläubigen, die sich zum Krieg versammelt haben, um zu Ruhm und Sieg zu eilen... Während der Regierung von Schah Abbas, Sajawi, König der Erde und der Zeit, dessen Macht ständig wächst...

Sein Finger wurde langsamer und hielt an. Seyyid Omar las den Rest der langen Inschrift nicht mehr vor. Statt dessen blickte er darauf nieder und wiederholte mit leiser Stimme, in der eine merkwürdige Ehrfurcht (oder war es Neid?) mitschwang, diesen herrlichen, arroganten Titel: »König der Erde und der Zeit...«

»Das ist wundervoll«, sagte Dany, verzaubert vom Klang der Worte. »Ich danke Ihnen.«

Seyyid Omar ließ seine Hand schnell fallen und lächelte ihr zu, und seine Stimme klang wieder normal und höflich.

»Ja, das ist ein schöner Titel, nicht wahr? Aber es gibt niemanden mehr, der ihn trägt. Unsere große Zeit ist vorbei – und unsere Hofpoeten sind verschwunden. Wer weiß, wann sie wiederkehren werden? Doch was tun Sie allein hier, Miss Kitchell? Machen Sie eine Besichtigung auf eigene Faust?«

»Nein, leider nicht. Wir, das heißt Mr. Frost, Mrs. Bingham und ich, hatten, äh, eine behördliche Angelegenheit in der Stadt zu erledigen.«

»Oh?« Seyyid Omars ausdrucksvolle Augenbrauen hoben sich. »Das klingt langweilig. Ich hätte gehofft, Ihr erster Tag in Sansibar sei unterhaltsamer. Zu gern würde ich mich erbieten, Ihnen etwas von der Stadt zu zeigen, aber ich selbst bin auch nicht zum Vergnügen hier. Ich wollte zur Polizei.«

»Zur Polizei?« Dany erschrak. »Also, wir... wir auch. Mr. Cardew wollte uns sprechen.«

»Ah! Sie auch. Es ist wegen des Todes eines Bekannten von mir, nehme ich an? Salim Abeid, der gestern auf dem Flughafen von Mombasa starb. Nun, Sie werden der Polizei bestimmt nicht mehr helfen können als ich.«

Salim Abeid... Es erschütterte Dany, diesen Namen zu hören, denn Millicents Tod hatte die andere Tragödie in den Hintergrund ihrer Gedanken gedrängt. Doch jetzt wurde sie wieder daran erinnert, auch an die Tatsache, daß sie Salim Abeid knapp eine Stunde vor seinem Tod gesehen hatte, wie er mit diesem Mann im Schatten eines Seitengebäudes auf dem Flughafen Nairobi West sprach.

»Wahrscheinlich ein politischer Mord«, hatte Tyson behauptet. Jembe hatte sich viele Feinde unter den Aristokraten und den reichen Landbesitzern gemacht – solchen Leuten wie Seyyid Omar-bin-Sultan. Und Seyyid Omar war in der gleichen Maschine gewesen...

Die Mittagssonne brannte heiß auf den Eingang zum *Haus der Wunder* nieder, aber Dany lief ein kleiner kalter Schauer das Rückgrat hinunter. Unzählige Geschichten über die Grausamkeit des Ostens fielen ihr ein, von »Tausendundeine Nacht« bis zu den jüngsten Greueltaten des Mau-Mau.

Auf der Gewürznelken-Insel waren Gewalttat und Grausamkeit nicht unbekannt, wie ihre Geschichte zeigte, und die Ermordung eines Unruhestifters würde heutzutage wahrscheinlich ebenso wenig zählen wie früher der Tod Dutzender von Sklaven. Damals hatten die Dhaus der Sklavenhändler da angelegt, wo jetzt der kleine Dampfer nach Pemba Anker geworfen hatte, und ihre Mannschaften hatten unter ihrer menschlichen Fracht die Leichen aussortiert und auf diesen gleichen Strand geworfen.

Dany erschauerte. Seyyid Omar merkte es und meinte besorgt: »Für Sie war das ein böses Erlebnis. Es tut mir leid, daß Ihr erster Morgen auf unserer Insel durch den Tod dieses Mannes verdorben wird. Wahrscheinlich haben Sie ihn nicht einmal kennengelernt. Doch ich glaube, er war ein Mitreisender von Ihnen ab London, oder?«

Die Frage wurde ganz beiläufig gestellt und als sei die Sache gar nicht wichtig, aber Seyyid Omar wartete auf Antwort.

Dany sagte: »Ja. Aber kennengelernt habe ich ihn eigentlich nicht.«

»Mr. Dowling schon«, stellte Seyyid Omar freundlich fest. »Und natürlich war Mr. Ponting, der Sekretär Ihres Gastgebers, ihm früher schon begegnet. Es überrascht mich, daß Mr. Cardew Sie und Mrs. Bingham statt dieser beiden Herren hat sprechen wollen.«

»Oh, aber wir sind nicht deswegen hier«, klärte Dany ihn eilends auf. »Es hat heute nacht einen schrecklichen Unglücksfall in *Kivulimi* gegeben. Mrs. Binghams Gesellschafterin Miss Bates ist im Dunkeln eine der Treppen hinuntergefallen und hat sich den Hals gebrochen.«

»Sie meinen, sie ist tot?« fragte Seyyid Omar scharf.

»Ja.«

Diese eine Silbe hatte eine durchschlagende Endgültigkeit, und plötzlich war Millicent tot. Wirklich tot. Bis dahin war es unwirklich gewesen, eine Geschichte, die ihr irgendwer erzählt hatte, und die sie nicht ganz hatte glauben können. Jetzt war es die Wahrheit...

Dany hörte Seyyid Omar mit leisem Zischen durch die Zähne Atem holen. »Das ist furchtbar! Es tut mir leid. Es tut mir sehr leid. In der Tat, das war für Sie eine traurige Ankunft. Eine Ankunft, die unter einem schlechten Stern stand. Ich kann nur hoffen, es flößt Ihnen keinen Abscheu vor unserer Insel ein und erregt nicht den Wunsch in Ihnen, abzureisen.«

Dany hatte keine Zeit zur Antwort, denn in diesem Augenblick traten Tyson und seine Schwester zu ihnen, und Seyyid Omar sprach ihnen seine Teilnahme und sein Mitgefühl aus.

Sie standen im weißen Sonnenglanz vor einem tropischen Hintergrund aus blühenden Bäumen, harten Schatten und vorüberschlendernden weißgekleideten Männern mit ebenholzschwarzen Gesichtern, und sie sprachen von Millicent: Tyson, stämmig, bärtig und spürbar ungeduldig – Gussie, plötzlich zehn Jahre älter aussehend, ein faltiger, erschrockener Schatten der selbstsicheren und gesprächigen Dame von gestern – Dany mit ihrem gefärbten Haar und ihrer Brille – und Seyyid Omar-bin-Sultan, schicklich betroffen und voll ernster Teilnahme, *Requiem für eine britische alte Jungfer*...

Seyyid Omar lehnte die Einladung ab, sie zum Lunch in den Englischen Club zu begleiten. Tyson, Gussie und Dany kehrten zu dem Wagen zurück und wurden durch die engen Straßen zu einem hohen alten Gebäude am Strand gefahren. Es war ein Sinnbild alles dessen, was in den Worten »Vorposten des Imperiums« enthalten ist.

»Die Türen von all diesen Häusern sind so schön«, sagte Dany und blieb stehen, um auf die von weißen Mauern eingefaßte Straße zurückzublicken. »Diese Schnitzereien und diese mächtigen Messingspitzen.«

»Die sollten die Kriegselefanten daran hindern, die Türen einzurennen«, erklärte Tyson. »Ebenso nützlich wie schmückend.«

»Elefanten? Was für ein Unsinn! Man könnte doch nie einen Elefanten in eine dieser Straßen quetschen und erst recht nicht wenden und auf eine Tür richten!«

»Ja, das stimmt«, gab Tyson zu. »Trotzdem ist es eine hübsche Geschichte. Und es ist tatsächlich der Grund dafür, daß die Türen arabischer Häuser früher mit Spitzen versehen wurden. Die Zeit der Kriegselefanten ist vorbei, aber das Design hat sich erhalten. Und wegen der Straßen haben Sie recht, Miss Kitchell. Es ist die Hölle, ein Auto hindurchzusteuern. Wenn ein Auto von der einen und eine Katze von der anderen Richtung kommt, muß einer von beiden anhalten. Und da dies hier Sansibar ist, hält für gewöhnlich das Auto an. Ein liebenswertes Volk.«

Im Club gesellte sich Nigel zu ihnen. Sie saßen in einem riesigen, widerhallenden, spärlich besuchten Speisesaal unter dem unaufhörlichen Schwirren der elektrischen Ventilatoren und nahmen eine kräftige britische Mahlzeit zu sich, die keine Zugeständnisse an das Klima machte.

Weder Gussie noch Tyson hatten viel zu sagen, und so fiel Nigel und Dany die Aufgabe zu, eine Art von Gespräch in Gang zu halten.

Aber da Nigel so geschwätzig wie immer war, beschränkte sich Danys Anteil glücklicherweise auf ein gelegentliches, in passenden Abständen eingeworfenes Ja oder Nein.

Ihre Gedanken waren bei anderen Dingen als den Skandalen in der römischen Gesellschaft. Sie merkte gar nicht, wohin Nigels Anekdoten steuerten, bis er plötzlich sagte: »– die alte Marchesa, das ist Eduardos Großmutter, hat alle Fäden innerhalb ihrer Reichweite fest im Griff – und sie hat vielleicht eine Reichweite! Damit hatte es sich dann natürlich, soweit der arme Eddie betroffen war. Eine schreckliche Enttäuschung für ihn. Als nächstes bittet ihn die liebe Lorraine, Elf in London aufzusuchen, und das Spiel beginnt von neuem. Eine weitere *Grande Passion*, deren Schicksal es ist, an den gleichen alten Felsen zu zerschellen. Zu traurig für sie beide, wenn man es sich recht überlegt.«

»Warum?« fragte Dany gleichgültig.

»Oh, aber meine Liebe! Das liegt doch auf der Hand. Arme, arme Elf – so romantisch und unpraktisch! Da wirft sie eine solide Sache für einen bloßen Schatten weg – wüßte sie es nur! Eben noch war sie drauf und dran, eine Brücke über die Dollar-Lücke zu schlagen, indem sie Holden junior zum nächsten Standesamt schleppte. Wer taucht da auf? Eduardo! Ganz italienischer Charme, ein Marquis vom Scheitel bis zur Sohle und scheinbar ausgestopft mit Lire. Natürlich fiel die arme Süße um. Nun, ich meine, es hat schon etwas für sich, wenn man Krönchen in seine Unterwäsche sticken darf, und der Name ›Mrs. Holden‹ hat nicht ganz den gleichen Zauber wie ›Signora Marchesa di Chiago‹. Vorausgesetzt natürlich, die Lire und die hübschen Dollar-Scheinchen halten sich das Gleichgewicht. Und das tun sie nicht. Wirklich, irgendwer sollte die liebe Elf aufklären.«

»Irgendwer hat sie aufgeklärt«, sagte Tyson kurz und beteiligte sich damit zum ersten Mal an der Unterhaltung.

Nigel zeigte sich überrascht. »Sie? Also, das ist eine Erleichterung! Allerdings fragte ich mich schon gestern abend, ob nicht jemand vielleicht eine ganz kleine Andeutung habe fallen lassen. Ich hoffe, Sie werden dasselbe für den armen Eddie tun. Einen Hauch von einer Warnung?«

»Eddie«, erklärte Tyson, »kann für sich selbst sorgen.«

Gussie nahm sich ein großes Stück Kuchen und erkundigte sich: »Worüber redet ihr beiden? Wer soll weswegen gewarnt werden?«

»Eduardo«, antwortete Nigel, »wegen unserer lieben Amalfi. Daß sie erregend zahlungsfähig aussehen mag, aber sie täuscht. Sie trägt nichts als ausgezeichnete Imitationen – sie hat sie in Paris anfertigen lassen. Ich weiß zufällig, daß sie die Diamanten und Smaragde von Chubby abgestoßen hat. Die Familie war wütend – ach du meine Güte, sie schäumte vor Wut! Nur konnten sie natürlich nichts dagegen unternehmen. Und schließlich und endlich sympathisiert man mit der armen Süßen. Sie hatte jeden Grund zu glauben, daß sie eine sehr reiche Witwe sein würde, und es muß sie an den Rand des Wahnsinns gebracht haben, als sie sich einem ganzen Regiment von Verwandten aller Art gegenüber sah, die um ihren Anteil Schlange standen – und ihn auch bekamen! Dabei kann einem ja das Herz brechen. Man fragt sich: War es das wert? – Nein, danke, ich kann diesen Kuchen nicht riechen. Ich glaube, ich werde den Käse versuchen.«

Die Beerdigung Millicents fand am späten Nachmittag statt. Alle Hausbewohner nahmen daran teil, ausgenommen Amalfi, die über Kopfschmerzen klagte und hinzufügte, sie sei auf jeden Fall gegen Beerdigungen allergisch.

Die Zeremonie war kurz, und zumindest Dany überkam dabei ein Gefühl der Panik. Nicht weil sie eine besondere Zuneigung zu Miss Bates entwickelt hatte, die für sie fast eine Fremde gewesen war, sondern weil sie Millicent Bates' Abscheu vor allem Orientalischen nicht vergessen konnte. Und jetzt würde sie diesen Ort nie mehr verlassen. Einsam und allein mußte sie bis zum Tag des Jüngsten Gerichts in dieser heißen fremden Erde liegen, in Hörweite der Brandung und der Passatwinde und der raschelnden Palmen. Arme Miss Bates, die im Leben einer englischen Kleinstadt so fest verwurzelt gewesen war und gar nicht nach Sansibar hatte kommen wollen.

15

An diesem Abend versammelte sich eine stille und niedergeschlagene Gesellschaft zum Dinner. Nach dem Essen setzte man sich auf die Terrasse und machte verdrossen Konversation. Niemand schlug vor zu tanzen.

Amalfi schien sich von ihren Kopfschmerzen erholt zu haben. Aus Rücksicht auf den Tod von Miss Bates trug sie ein täuschend einfaches Gewand aus schwarzem Chiffon, das ihr ein zartes und sehnsüchtiges Aussehen verlieh und ihre weiße Haut durch den Kontrast noch weißer schimmern ließ.

Auch Lorraine und Gussie trugen Schwarz. Vermutlich aus dem gleichen Grund. Aber da Dany kein schwarzes Kleid besaß (Tante Harriet hatte sehr entschiedene Ansichten darüber, daß Schwarz für junge Mädchen unpassend sei), hatte sie dasselbe graue mit den Magnolien-Applikationen angezogen wie am Abend zuvor. Als Abdurahman, der Erste Hausboy, die Kaffeetassen und Likörgläser abräumte, und Nigel matt fragte, ob sonst noch jemand Lust auf eine Partie Bridge habe, steckte Dany zufällig die Hand in eine der weiten Taschen, die den Rock schmückten, und berührte ein zusammengeknülltes Stück Papier.

Dany zog es hervor und betrachtete es erstaunt. Wie mochte es in die Tasche geraten sein? Es war ein halber Bogen Schreibpapier, an der einen Seite ohne große Sorgfalt abgerissen. Dany glättete es, hielt es hoch, daß das Mondlicht voll darauf schien, und las die wenigen maschinegeschriebenen Worte, ohne ihre Bedeutung gleich zu verstehen.

Kann ich Sie bitte sprechen? Ich habe ein großes Problem und brauche Rat. Bitte, seien Sie doch so lieb und kommen Sie nach halb eins zu mir, da es sich um eine ziemlich private Sache handelt und ich nicht möchte, daß andere Leute davon erfahren. Mein Zimmer liegt unter Ihrem, und ich werde auf Sie warten. Bitte, kommen Sie. A. K.

Was in aller Welt...? dachte Dany und betrachtete den Brief mit zusammengezogenen Brauen. Sie drehte ihn um, aber mehr stand nicht da. Vermutlich hatte der Schreiber noch etwas hinzufügen wollen, es sich dann aber anders überlegt und den Rest weggeworfen. Doch wie war der Zettel in ihre Tasche gekommen, und wann?

Und dann erinnerte sie sich plötzlich. Es war ein Schock, als habe jemand Amalfis Methode angewandt, mit der sie Gussie aus ihrer Hysterie gerissen hatte, und ihr einen Liter eiskaltes Wasser ins Gesicht geschüttet.

Es war das Stück Papier, das gegen ihren Rock geflattert war, als sie vorige Nacht neben Millicents Leiche kniete. Sie hatte es, ohne nachzudenken, ergriffen und in die Tasche gestopft. Aber es war mehr als ein Stück Papier. Es war der Beweis für einen Mord.

Ein Bruchstück der gestrigen Unterhaltung hallte immer wieder und wieder durch ihr Gehirn wie eine gesprungene Grammophonplatte. *Ein dritter was? Mord natürlich, Darling. Alles geschieht dreifach...* Es war dreifach geschehen. Es hatte einen dritten Mord gegeben. Und den Versuch zu einem vierten... an ihr selbst. Denn der Brief war weder unbeendet noch unsigniert. Er war auf ihrer Schreibmaschine – Miss Kitchells Schreibmaschine – geschrieben und mit ihren Anfangsbuchstaben – Miss Kitchells Anfangsbuchstaben – unterzeichnet worden. Und wenn er gefunden worden wäre...?

Dany wurde eiskalt. Furcht und Übelkeit schüttelten sie, löschten den Mondschein und die sich müßig unterhaltenden Stimmen aus. Sie war in einem grausigen, klebrigen Spinnennetz gefangen, und so sehr sie sich auch drehte und wendete, sie konnte nicht entrinnen. Immer wieder würde sich ein neuer Faden um sie wickeln, bis sie endlich gebunden und hilflos war.

Hysterie drohte sie zu überwältigen. Sie wollte aufspringen und schreien und schreien, wie Gussie es getan hatte. Sie wollte über die Terrasse und durch das Mondlicht und hinaus auf die weiße staubige Straße laufen und weiterrennen, bis sie umfiel. Sie kämpfte den Anfall nieder, drückte sich die Fingernägel in die Handflächen und biß sich auf die Unterlippe, daß sie blutete. Und dann kam eine Hand aus dem Nebel und schloß sich über ihrer. Eine Hand aus Fleisch und Blut, fest und wirklich inmitten von bösem Dunst und Unwirklichkeit hielt die kreisende Welt an und brachte die Vernunft zurück.

Der Nebel lichtete sich, und der Mond schien wieder hell, und Lash stand vor ihr. Sein Körper bildete eine Barriere zwischen ihr und den sieben anderen Leuten auf der Terrasse.

Er sagte: »Kommen Sie, machen wir einen Spaziergang zum Strand. Ich habe den ganzen Tag noch keine Gelegenheit gehabt, ein Wort mit Ihnen zu wechseln, und es gibt da ein oder zwei Dinge, die ich gern durchgehen möchte. Sie entschuldigen uns, Lorraine?«

Er wartete nicht auf Erlaubnis, sondern riß Dany auf die Füße, zog ihren Arm durch seinen und drückte ihn fest an sich. So stieg er mit ihr über die Stufen der Terrasse in die tintenschwarzen Schatten des baumbestandenen Gartens. Dort begann er, von geschäftlichen Angelegenheiten und Namen zu sprechen, die ihr nichts bedeuteten, und fuhr damit fort, während sie die dunklen, von Blütendüften erfüllten Pfade entlanggingen. Sie verließen den Garten durch eine Tür in der seewärts gelegenen Mauer und kletterten über steile Felsen zum Strand hinunter.

Der Strand lag verlassen da. Nichts bewegte sich außer der ruhig auflaufenden Flut und einer Schar geisterhafter kleiner Sandkrabben, die so still wie Nachtfalter hin und her huschten. Zu beiden Seiten hoben sich von Wind und Wasser ausgesägte Korallenklippen dunkel vor dem mondhellen Himmel ab und warfen scharfrandige Schatten auf den weißen Sand. Lash mied sie und hielt auf den offenen Strand zu. Kurz vor dem Wasser blieb er stehen. Hier konnte sich ihnen niemand nähern, ohne gesehen zu werden, und niemand konnte sie belauschen.

Lash lockerte den Griff um Danys Arm und drehte sie so, daß sie ihn ansah. Aber er senkte die Stimme nicht und machte auch keinen Versuch, die Klangfarbe zu ändern. Jeder, der ihn aus dem Dunkel heraus beobachtete, hätte angenommen, daß er das im Garten begonnene Gespräch fortsetzte.

»Was ist passiert, Schätzchen? Was stand auf dem Stück Papier? Hat Ihnen jemand einen anonymen Brief geschrieben?«

Dany hielt ihm den Zettel wortlos hin. Sein Gesicht nahm vor ihren Augen ganz fremde, harte Züge an, als er ihn las.

Nach ein oder zwei Sekunden fragte er leise: »Hat Ihnen das jemand in die Tasche gesteckt?«

»Nein«, flüsterte Dany. »Ich habe es letzte Nacht gefunden. Es lag auf der Veranda... neben Miss Bates. Sie muß es in der Hand gehabt haben, als... Ich steckte es in die Tasche, und ich dachte nicht wieder daran, bis... bis eben, als ich es berührte und hervorzog und... las.«

Lash schwieg lange Zeit, die Augen auf das Stück Papier in seiner Hand gerichtet. Schließlich sagte Dany: »Es bedeutet, was ich vermute, nicht wahr?«

»Ja.« Lash sprach immer noch leise und tat nicht so, als verstehe er sie nicht. Seine Stimme stand in merkwürdigem Gegensatz zu der häßlichen Härte seines Gesichts und seinen verkrampften Händen.

»Was sollen wir tun? Werden Sie – werden Sie es der Polizei sagen?«

»Ich weiß es nicht. Ich muß erst darüber nachdenken. Was haben

Sie mit der Schreibmaschine gemacht? Wo ist sie?«

»In meinem Zimmer.«

»Dann ist der Brief wahrscheinlich nicht auf dieser Maschine geschrieben, was uns helfen mag.«

»Doch.« Dany schluckte schwer. »Ich dachte, einer der Diener müsse damit herumgespielt haben, der Deckel lag nicht richtig auf, und es steckte ein Fetzen Papier hinter der Walze, die andere Hälfte zu diesem Stück.«

»Wann war das?« fragte Lash scharf.

»Gestern abend, als ich nach oben ging.«

»Haben Sie die Maschine angefaßt?«

»Ja. Ich probierte aus, ob sie noch funktionierte, und das tat sie, und ich nahm das Stück Papier heraus. Es liegt im Papierkorb.«

Lash stieß den Atem in einem leisen Seufzer aus. »Also sind Ihre Fingerabdrücke drauf. Und auf diesem Brief ebenfalls. Ein sauberer, narrensicherer Trick! Lieber Gott, in was habe ich Sie hineingezogen?«

Er zerknüllte den Brief wild in einer geballten Faust, drehte sich um und starrte stur auf das schimmernde Meer hinaus. Dany sah, wie die Muskeln an seinem Unterkiefer sich anspannten und zuckten. Er sagte halblaut und wie zu sich selbst: »Ich hätte Sie direkt und unverzüglich zur Polizei bringen sollen... damals in London. Es hätte ein bißchen unangenehm werden können, mehr aber auch nicht. Statt dessen habe ich die Wahnsinnsidee eines Betrunkenen in die Tat umgesetzt und Sie...«

Er machte eine heftige, verzweifelte Handbewegung, und Dany fiel rasch ein: »Nicht, Lash! Es war nicht Ihre Schuld. Es war meine, weil ich mir nicht klargemacht habe, daß Sie... Oh, was kommt es darauf an? Wir können auch jetzt noch zur Polizei gehen.«

Lash fuhr zu ihr herum, die Augen leer vor Bitterkeit. »Nein, das können wir nicht. Das ist ja das Teuflische daran. Wir müssen es zulassen, daß der Tod von Miss Bates in den Akten weiterhin ein Unfall bleibt. Einen anderen Ausweg gibt es nicht.«

»Aber, Lash...«

»Da gibt es kein ›aber‹!« unterbrach Lash sie wild. »Ich mag mich in letzter Zeit wie ein Vollidiot benommen haben, doch ich kann immer noch zwei und zwei zusammenzählen. Diese Frau wurde umgebracht, weil sie zuviel redete, und wäre das Schicksal nicht gnädig gewesen, hätte man dies Stück Papier in ihrer Hand oder neben ihrer Leiche gefunden. Man hätte Sie nach einer Erklärung gefragt und auch nach ein paar Dingen! Zum Beispiel, wie die andere Hälfte des Bogens in Ihr Zimmer gekommen ist, wenn Sie den Brief nicht geschrieben haben, und warum, zum Henker, Sie mindestens eine Stunde, nachdem alle anderen in ihren Betten lagen, vollständig angezogen waren. Übrigens, was haben Sie denn nun gemacht? Haben Sie auf Miss Bates gewartet?«

»Lash!« Dany wich zurück, als habe er sie geschlagen.

»Ich habe nicht gemeint: ›Haben Sie sie getötet?‹« ergänzte Lash ungeduldig. »Nicht einmal: ›Haben Sie den Brief geschrieben?‹ Natürlich haben Sie das nicht getan. Aber hat Miss Bates irgend etwas darüber gesagt, sie werde später zu Ihnen kommen?«

»Nein.«

»Warum sind Sie dann nicht im Bett gewesen? Was haben Sie gemacht?«

»Nichts. Mir war nur nicht nach Schlafen zumute, das ist alles. Vielleicht fürchtete ich mich auch, das Licht auszuschalten, und deshalb schob ich das Schlafengehen hinaus. Und dann hörte ich den Ziegenmelker wieder, aber es war kein Ziegenmelker.«

Dany erschauerte bei der Erinnerung an diesen Laut. Mühsam stieß sie hervor: »Es war Miss Bates. Sie muß aufgeschrien haben, als sie fiel. Und dann hörte ich den Aufprall...«

Sie erzählte ihm, wie sie Millicents Leiche und das Stück Papier gefunden hatte und daß Larry Dowling kurze Zeit vorher durch den Garten gegangen war.

»Dowling«, sagte Lash kurz.

Er überlegte einige Zeit. Dann schüttelte er den Kopf und kam nicht mehr auf Larry Dowling zurück. »Haben Sie gar kein anderes Geräusch gehört? Keine Schritte! Nichts? Wenn jemand darauf lauerte, daß Miss Bates die Treppe herunterkam, um sie über das Geländer zu stoßen, müssen Sie doch Schritte gehört haben.«

»Nein, ich habe sonst nichts gehört. Nur einen Schrei und einen Aufprall, wie ich Ihnen gesagt habe. Ein anderes Geräusch hat es nicht... Nein. Nein, ich irre mich. Da war ein anderes Geräusch. Ein komisches leises Kratzen wie...« Sie zog die Brauen zusammen, versuchte, sich zu erinnern und die Erinnerung in Worte zu fassen. Schließlich gab sie es auf. »Ich weiß es nicht. Schritte waren es auf keinen Fall.«

Lash tat die Sache mit einem Schulterzucken ab. »Lassen wir das im

Augenblick. Doch die Tatsache bleibt, daß Sie wach und angezogen waren. Es hätte gar nicht gut ausgesehen, wäre der Brief gefunden worden. Er hätte die Theorie gestützt, daß Sie ihn geschrieben haben. Natürlich ist so etwas kein Verbrechen, und es wäre nichts weiter daraus hervorgegangen, als daß Sie Miss Bates um einen Besuch gebeten hatten und daß sie auf dem Weg nach unten ausrutschte und fiel. Aber sobald Sie geleugnet hätten, die Absenderin zu sein, wäre es problematisch geworden. Höchstwahrscheinlich hätte man Ihnen nicht geglaubt. Man hätte Sie gefragt, warum Sie es abstritten, wo doch der Beweis auf der Hand liege. Und als nächstes hätte man entdeckt, daß Sie ebensowenig Miss Kitchell sind wie ich und daß Sie England mit einem falschen Paß verlassen haben, um einer Anklage wegen Mordes zu entgehen. Es hätte sich gar nicht gut angehört. Vielleicht hätten sie sich aus der Sache mit Millicent oder aus der Sache mit Honeywood herausreden können, nur bestimmt nicht aus beiden. Und aus diesem Grund muß der Unfall der letzten Nacht genau das bleiben – ein Unfall. Alles andere ist zu gefährlich. Und jetzt: Je eher wir dieses Papier loswerden, um so besser.«

Er zog ein Feuerzeug aus der Tasche, knipste es an und hielt eine Ecke des zerknüllten Briefes in die Flamme. Dany keuchte: »Lash, das können Sie nicht tun! Es ist ein Beweisstück!«

»Sicher. Doch in einer Minute nicht mehr. Und ohne dieses hat das andere Stück Papier in Ihrem Zimmer überhaupt keine Bedeutung, und es gibt nichts, was Sie mit Miss Bates verbindet.«

Er sah zu, wie der Fetzen Papier, der Millicent in den Tod gelockt hatte, schwarz wurde, sich rollte und aufflammte. Als er ihn nicht mehr halten konnte, ließ er ihn fallen und grub die verbrannten Reste mit dem Absatz in den Sand. Er schwieg ein paar Sekunden lang und blickte finster auf die kleine dunkle Vertiefung nieder. Dann erklärte er bedächtig: »Ich wünschte, ich könnte Sie von hier wegbringen, aber das kann ich nicht. Wenn wir fliehen, machen wir es nur noch schlimmer. Und trotzdem ist es auch ein Risiko zu bleiben. Hören Sie zu, Dany, Sie müssen mir etwas versprechen.«

»Was?« fragte Dany mit unsicherer Stimme.

»Daß Sie nachts niemals und aus gar keinem Grund Ihr Zimmer verlassen werden. Daß Sie sich einschließen. Und wenn jemand an Ihre Tür klopft oder einen Zettel hineinschiebt, der Sie auffordert, irgendwohin zu gehen, dürfen Sie ihn nicht einmal berühren, auch wenn er von Ihrer Mutter unterschrieben ist und Sie ihre Handschrift erkennen. Geben Sie ihn mir am Morgen. Und machen Sie mit niemandem nächtliche Spaziergänge – außer mit mir! Verstanden?«

Er lächelte sie an. Es war jedoch ein Lächeln, das seine Augen nicht erreichte. Dany sagte mit einem Kloß im Hals: »Warum nur will mir irgendwer etwas tun? Oder warum versucht er, mir etwas in die Schuhe zu schieben? Als ich diese Karte oder diesen Schlüssel oder was es war noch hatte, war es etwas anderes. Aber das Dokument ist mir gestohlen worden. Die Person, die es haben wollte, hat es jetzt. Warum hört damit nicht alles auf? Warum mußte Miss Bates ermordet werden?«

Lash erwiderte: »Weil sie immer wieder davon anfing, sie sei in der Nähe von Honeywoods Haus gewesen, als der Mörder unterwegs zu seiner Tat gewesen sein muß. Das waren Sie ebenfalls, und dieser Kerl weiß es. Er hat sie nun eindringlich gewarnt: Wenn Sie reden, wird es Ihnen schlecht ergehen. Entweder das, oder er hält Sie als Sündenbock für den Fall bereit, daß er einen braucht. Viele Männer würden für drei Millionen jedes Verbrechen begehen, das können Sie mir glauben. Deshalb müssen Sie von jetzt an sehr vorsichtig sein. Das ist mein voller Ernst. In einem oder zwei Tagen wird sich die Polizei der Sache annehmen, und dann soll sie sich Kopfzerbrechen machen.«

Dany rang die Hände und schluchzte auf: »Lash – ich habe Angst.«

»Da sind Sie nicht die einzige!« gab Lash mit Nachdruck zurück. »In meinem ganzen Leben habe ich noch nie solche Angst gehabt. Mir graust bei dem Gedanken, daß einer von den Leuten da hinten auf der Terrasse Mord als Hobby betreibt, und ich wünschte, ich hätte eine Waffe.«

»Aber es kann keiner von uns sein! Unmöglich!«

»Seien Sie nicht töricht, Dany. Es kann niemand anders sein. Es ist einer von sechs Leuten. Sie, ich, Amalfi, Gussie Bingham, der italienische Playboy und Larry Dowling. Suchen Sie sich einen aus.«

Dany erschauerte, und plötzlich zog Lash sie in seine Arme, drückte sie an sich und fuhr ihr mit der freien Hand durch die scheußlichen roten Locken. Er sagte: »Tut mir leid, Schätzchen. Aber diese Tatsache steht nun einmal felsenfest.«

Dany schluchzte an seiner Schulter eine unverständliche Bemerkung. Er legte ihr die Hand unter das Kinn und hob es hoch. »Was haben Sie gesagt? Ich habe es nicht verstanden.«

»Ich habe gesagt: ›Vorsicht, meine Brille.‹«

»Die hat mir sowieso noch nie gefallen.« Lash nahm ihr die Brille ab und gab Dany einen flüchtigen Kuß. Wenigstens war das seine Absicht gewesen, doch es entwickelte sich ganz anders, und als er endlich den Kopf hob, war er atemlos und erschüttert.

»War das dein erster Kuß?« fragte er und hielt sie ein Stück von sich ab.

»Ja«, flüsterte Dany benommen. Ihr Gesicht war im weißen Mondlicht verwirrt und schön. »Woher weißt du das?«

»Ich habe meine Erfahrungen«, stellte Lash trocken fest. »Für heute abend soll es auch der letzte sein, denn wenn ich das noch einmal tue, kann ich für nichts mehr garantieren.«

Er bückte sich und hob die Brille hoch, die unbeschädigt auf dem Boden lag. Nachdem er den Sand abgewischt hatte, setzte er sie Dany sorgfältig wieder auf.

»Das wäre dann alles für heute, Miss Kitchell. Ich halte es für besser, wenn wir ins Haus zurückgehen und Sie für die Nacht sicher einschließen. Und bezüglich dieses letzten Punktes der Tagesordnung könnten Sie sich überlegen, ob Sie mir morgen nicht eine Kopie davon geben wollen – in dreifacher Ausfertigung.«

Er führte sie über den weißen Strand und durch die Tür in den Garten. Dort entdeckten sie Larry Dowling, der am Rand eines kleinen Teichs, umstanden von Steinvögeln und Spinnenlilien, herumschlenderte. Vielleicht wären sie vorbeigegangen, ohne etwas zu merken, hätte sich nicht eine Widerspiegelung leicht im Wasser bewegt und wäre nicht ein schwacher Zigarettenrauch wahrzunehmen gewesen.

Lash blieb stehen und fragte: »Sind Sie's Chiago?« Da trat Larry ins Mondlicht hinaus und sagte: »Nein. Aber das war clever von Ihnen. Ich rauche eine von seinen Zigaretten. Ich mag sie eigentlich nicht; muß immer danach husten. War's schön am Strand?«

»Ja, danke«, antwortete Lash kurz. »Sind Sie dahin unterwegs?«

»Nein. Ich spaziere ziellos umher«, sagte Larry.

»Dann lassen Sie sich von uns nicht aufhalten.« Lash wandte sich dem Pfad zu, der zur Terrasse führte.

Es waren nur noch zwei Personen da, Amalfi und Eduardo, und sie schienen sich zu streiten. Als sie Schritte hörten, brachen sie ab. Amalfis Stimme klang nervös. »Ach, ihr seid es. Ich hoffe, ihr habt alle eure geschäftlichen Angelegenheiten zufriedenstellend erledigt.«

»Haben wir«, antwortete Lash liebenswürdig. »Danke der Nachfrage.«

Amalfi lachte. »Gussie hat recht. Du bist nichts weiter als ein alter

Sklaventreiber. Ich glaube wirklich, dein Motto ist: ›Zuerst das Geschäft.‹ «

»Diese Amerikaner«, meinte Eduardo. »So leistungsfähig, so hart, und immer am Ball. Es ist wundervoll.«

Amalfi fiel hastig ein: »Ich soll dir von Lorraine gute Nacht sagen, Lash. Sie und Gussie dachten, es täte ihnen gut, früh zu Bett zu gehen. Lorraine möchte wissen, ob du Lust hättest, morgen früh den Fischmarkt zu besichtigen. Gussie sähe ihn gern. Sie sagt, wenn sie hier bloß herumsitzt, wird sie noch wahnsinnig, und Lorraine sagt, wenn du dich ihnen anschließen willst, mußt du dich um acht zum Frühstück einfinden. Gleich danach wird ein Wagen in die Stadt fahren. Ich habe ihr jedoch gleich gesagt, daß ich nicht glaube, so etwas sei nach deinem Geschmack.«

»Dann hast du falsch gedacht«, antwortete Lash, immer noch liebenswürdig. »Ich liebe Fische. Wo ist Tyson? Ist auch er früh zu Bett gegangen?«

»Nein. Er und Nigel sind wie du. Sie arbeiten zur Abwechslung ein bißchen.«

»Es wird Ihnen nicht schaden.« Lash wandte sich Dany zu. »Das erinnert mich, ich selbst habe auch noch ein paar Dinge zu erledigen. Am besten leihe ich mir Ihre Schreibmaschine aus, Ada. Ich gehe gleich mit Ihnen nach oben und hole sie mir. Ist Ihnen das recht?«

»Ja, natürlich«, antwortete Dany.

Sie ging zur Tür und Lash folgte ihr, als Amalfi mit leiser Stimme und ohne jemanden Bestimmtes anzusprechen fragte: »Wie ich hoffe, bedeutet das, daß Adas Mumps besser ist?«

16

»Ich habe immer geglaubt«, Nigel führte ein zart parfümiertes Taschentuch an seine Nase, »daß der Stapelplatz eines Fischhändlers im Rang nur wenig über einer Leichenhalle und knapp unter einem Metzgerladen und einem Schlachthaus steht. All diese schlüpfrigen weißen Bäuche und kalten glotzenden Augen, die einen anstarren. Zum Erbrechen! Aber sehen Sie sich nur diese Farben an! Bester Speisefisch. Kaufen wir doch ein paar von diesen türkisblauen Fischen mit den korallenroten Tupfen – oder wie wäre es mit diesen da in dem himmlischen Rosa? Wissen Sie, das hier könnte einen fast dazu verleiten, für eine ganze Woche Fisch zu kaufen.«

»Kann man denn die Dinger wirklich essen?« Gussie beäugte die zur Debatte stehenden Fische argwöhnisch. »Lorraine, du wirst doch diese rosafarbenen Kreaturen nicht kaufen?«

»Das ist *Changu*, Gussie. Schmeckt köstlich. Warte, bis du sie gekostet hast.«

»Na ja, wenn du es sagst«, meinte Gussie mit schwacher Stimme.

Der Fischmarkt war eine Orgie von Lärm und Farben. Hausfrauen verschiedener Nationalitäten kauften ein, und die Ware, um die sie feilschten, wetteiferte in Farbe und Muster mit ihren bunten Kleidern.

Es war, als habe man den exotischen Inhalt eines tropischen Aquariums über die primitiven Brettertische, auf den Fußboden und in die Holzfässer und -wannen geschüttet: Fische jeder vorstellbaren Form und Farbe, Schönheit neben garstig anzuschauenden Dingen – Stachelrochen, Hammerhaie, Tintenfische und Kraken.

Ebenso farbenprächtig und dabei von viel bessserem Geruch waren die Stände des offenen Marktes, wo Obst und Getreide und Gemüse verkauft wurden. Eine glühende, aromatische Mischung von Orangen, Limonen, Bananen, Kokosnüssen, Gewürznelken und Cayennepfefferschoten, Papayas, Süßkartoffeln, eine Unmenge grüner Gemüse und flache Körbe mit verschiedenen Getreidearten.

»Was haben Sie denn da gekauft?« erkundigte sich Lash und drängte sich zu Dany durch. Sie stand vor einem Obsttisch und hatte die Hände voll mit grünlichgelben Früchten.

»Mango. Ich sagte, ich wolle nur eine – um sie zu probieren. Aber anscheinend werden sie nicht stückweise verkauft. Nur korbweise, und so viele konnte ich unmöglich wegtragen. Glücklicherweise kam Seyyid Omar vorbei, und er... Sie kennen sich noch nicht, glaube ich? Das ist Seyyid Omar-bin-Sultan; er ist mit uns geflogen.«

»Ja, ich erinnere mich.« Lash schüttelte dem Araber die Hand. »Sehr erfreut, Sie kennenzulernen. Ich bin Lash Holden.«

»Sie sind Amerikaner?« fragte Seyyid Omar.

»Richtig. Aus dem Land der Zukunft.«

»Sicher doch das Land der Gegenwart?« korrigierte Seyyid Omar lächelnd und mit leiser Betonung des Wortes *Gegenwart.*

»Mag sein«, antwortete Lash leichthin und richtete seinen argwöhnischen Blick auf Dany. »Sagen Sie, Sie wollen diese Dinger doch nicht gleich hier an Ort und Stelle essen?«

»Wo denn sonst?«

»Nun, in der Badewanne, schlage ich vor. Sie werden sich sonst schön bekleckern. Und sechs Mangofrüchte auf einmal können Sie sowieso nicht verputzen.«

»Warten Sie's nur ab!«

»Ich denke nicht daran.« Damit konfiszierte Lash die Beute.

Seyyid Omar lachte. »Offenbar hat Miss Kitchell noch nie versucht, eine Mango zu essen. Ein Teller und ein Messer sind eine Hilfe. Wollen Sie mir erlauben, Ihnen beides zu leihen? Mein Haus steht nicht weit von hier, und ich weiß, daß meine Frau sich sehr freuen würde, Sie kennenzulernen. Wenn Sie mit mir kommen, können Sie Ihre Mangofrüchte in aller Bequemlichkeit essen.«

Dany warf Lash einen schnellen Blick zu. Seyyid Omar fing ihn auf und machte vor Lash lächelnd eine kleine Verbeugung, die ihn in die Einladung einschloß.

»Natürlich«, sagte Lash langsam. »Wir kommen sehr gern mit. Hier, würde es Ihnen etwas ausmachen, dies eine Minute lang zu halten?«

Er lud die Früchte auf Seyyid Omar ab und ging zwischen den Ständen zu der Stelle hin, wo Nigel Lorraine bei der Auswahl von Ananas half. Eine oder zwei Minuten später kam er zurück und meldete, es gehe in Ordnung, und die anderen würden später in den Englischen Club gehen und dort auf sie warten.

»Ich fahre Sie dann hin«, versprach Seyyid Omar und führte sie vom Markt weg auf den Hafen zu.

Seyyid Omars Haus stand in einer engen Straße. Sie war eine Höhle kühlen Schattens, in die gelegentlich ein Sonnenstrahl wie eine heiße, harte Lanze einbrach. Das große arabische Haus hatte vier Stockwerke und war in Safrangelb und Blau getüncht.

Eine herrliche messingbeschlagene Tür mit kunstvoll geschnitzten Fensterstürzen und Balken öffnete sich in eine steingeflieste Halle und einen Innenhof, um den sich Reihen von säulengeschmückten Veranden erhoben. Es war fast ein Duplikat von Tysons Haus, nur größer.

Seyyid Omar stieg vor ihnen die Treppe bis zu einem Zimmer im zweiten Stock hoch, dessen vergitterte Fenster jenseits der alten, aus Stein erbauten Stadt Sansibar den Anblick des im morgendlichen Sonnenschein gleißenden weiten blauen Meeres boten.

Ein weißgekleideter Diener brachte Sorbet, Obst und Zigaretten, und die hübsche Frau ihres Gastgebers unterwies Dany darin, wie man eine Mango auf die beste, beziehungsweise ungefährlichste Art ißt.

Seyyide Zuhra-binti-Salem glich auf den ersten Blick einer Gestalt aus Tausendundeiner Nacht – Scheherazade selbst oder eine von Blaubarts schönen Frauen. Eine schlanke, reizende, dunkelhäutige junge Frau mit blauschwarzem Haar und einem Teint wie helles Elfenbein. Man bekam eine Art Schock, wenn man entdeckte, daß dies bezaubernde Geschöpf nicht nur sechs Fremdsprachen beherrschte, sondern auch einen akademischen Titel trug.

Es warf alle vorgefaßten Meinungen Danys über »Haremsdamen« über den Haufen, daß die junge Frau eines Arabers in Sansibar unendlich viel gebildeter war als sie selbst oder, was das anging, als die Mehrheit europäischer Frauen, mit denen sie bisher in Kontakt gekommen war.

Der Besuch erwies sich in mehr als einer Beziehung als unterhaltend, anregend und erstaunlich. Die Zeit verflog im Nu. Zuhra lachte und plauderte von Oxford und Paris und der Sorbonne, und ihr Mann erzählte spannende Geschichten über die Insel. Er erbot sich, ihnen am Nachmittag, wenn es kühler geworden war, die unterirdischen Brunnen und die Ruinen des Spukpalastes von Dunga zu zeigen.

Die Unterhaltung verlief unbeschwert und lebhaft, bis die beiden Tragödien, die einen Schatten auf die Ankunft von Lorraines Gästen geworfen hatten, zur Sprache kamen. Lash war es, der das Thema anschnitt. Auf seine Frage, ob es etwas Neues im Zusammenhang mit dem Tod Salim Abeids gebe, folgte eine merkwürdige kleine Pause. Sie dauerte nicht so lange, daß sie Verlegenheit hervorgerufen hätte, aber doch lange genug, um das Wohlbehagen der letzten eineinhalb Stunden zu zerstören.

»Ah«, sagte Seyyid Omar nachdenklich. »Jembe, der dünne Mann.«

Er antwortete nicht auf Lashs Frage, sondern stellte selbst eine. »Haben Sie ihn gekannt?«

»Nein«, erwiderte Lash. »Aber er war mit uns im Flugzeug ab London. Wie ich hörte, war er auf Ihrer Insel ziemlich bekannt. Ein Mann des öffentlichen Interesses.«

»Das wäre er gern gewesen«, stellte Seyyid Omar trocken fest. »Und das ist nicht ganz dasselbe.«

»Sie kannten ihn also?«

»Ja. Flüchtig.«

Seyyid Omars ausdrucksvolle braune Hände vollführten eine Geste, als bitte er um Verständnis, daß er es vorzöge, dies Gespräch zu beenden. Doch Lash ging auf den Wink nicht ein. Er bat: »Erzählen Sie uns von ihm. War er Ihrer Meinung nach ein Mann, der sich Feinde geschaffen hat?«

»Er war ein Agent Moskaus – und Ägyptens«, bemerkte Zuhra leise.

Sie schenkte einem zweiten Abwinken ihres Gatten keine Beachtung, sondern fuhr fort: »Oh, nicht daß er sich selbst so nannte. Er nannte sich einen Demokraten – was der sowjetische Tarnausdruck für den gleichen Sachverhalt ist. Er wollte eine Einheitspartei auf Sansibar gründen. Mit anderen Worten, eine Diktatur. Mit sich selbst als dem Diktator natürlich. Es war sehr einfach. Er hatte eine gewisse Gefolgschaft, denn überall gibt es unzufriedene, verbitterte oder neidische Menschen, denen es Vergnügen bereitet niederzureißen, was sie nicht aufbauen können. Und auch Arme und Unglückliche und Unwissende. Man sollte ihnen helfen, nicht sie ausnutzen – aber sie sind so leicht auszunutzen. Hier auf Sansibar haben wir von ihnen vielleicht weniger als anderswo, doch genug für jemanden, der Unruhe stiften will. Der Tod Salim Abeids ist kein Verlust.«

Lash sah dem Rauch seiner Zigarette nach und bemerkte beiläufig: »Ich vermute, es war ein politischer Mord. Es hat ganz den Anschein.«

Seyyid Omar zuckte die Schultern. »Mag sein. Das ist immer eine Möglichkeit.«

»Aber Sie glauben es nicht«, sagte Lash. »Und ich frage mich: Warum nicht?«

»Das habe ich nicht gesagt.«

Lash streifte ihn mit einem Blick aus den Augenwinkeln. »Nicht mit Worten. Warum glauben Sie es nicht?«

Seyyid Omar lachte und warf die Hände hoch. »Sie sind sehr hartnäckig, Mr. Holden. Warum interessiert Jembes Tod Sie so?«

»Vielleicht, weil er Ihre hiesige Polizei in einem solchen Ausmaß interessiert, daß ich aufgefordert worden bin, ein paar Tage in Sansibar zu bleiben. So lange, wie Nachforschungen durchgeführt werden. Ich weiß nicht, auf was für Ideen Sie das bringt, aber mich bringt es auf einige.«

Seyyid Omar stand auf, um Danys Glas nachzufüllen. »Ja, davon habe ich gehört. Auch ich hatte gestern eine Unterredung mit Mr. Cardew. Man scheint anzunehmen, daß sich jemand auf dem Flughafen mit Jembe unterhalten hat, und ihm dabei das Gift in den Kaffee warf. Ich persönlich glaube, daß dazu entweder ein mutiger oder ein außerordentlich unbedachter oder aber ein sehr dummer Zeitgenosse gehört. Denken Sie an die Gefahr, dabei beobachtet zu werden! Ich kann mir nicht vorstellen, daß es so primitiv durchgeführt worden ist.« Er machte eine Pause, drückte seine Zigarette aus und setzte hinzu: »Mr. Cardew erzählte mir auch von dem tragischen Vorfall, der sich am Abend Ihrer Ankunft ereignete. Das muß für Sie alle sehr deprimierend gewesen sein.«

Sein Gesicht drückte nichts anderes als höfliche Teilnahme aus, aber der Ton seiner Stimme erweckte in Dany den Verdacht, daß er die beiden Todesfälle absichtlich miteinander in Verbindung gebracht habe. Ein Gefühl des Unbehagens beschlich sie, als habe ihr jemand eine Warnung zugeflüstert, die sie nicht verstand.

»Nigel Ponting sagte mir heute vormittag auf dem Markt«, berichtete Seyyid Omar, »daß sie viele Jahre lang mit Mr. Frosts Schwester zusammengelebt habe, diese Miss Bates. Es ist traurig für Mrs. Bingham, eine Freundin und Vertraute zu verlieren. Nigel ist noch nicht so lange bei Mr. Frost, erst ein paar Jahre, glaube ich. Trotzdem könnte er Ihnen wohl mehr über Jembe erzählen als ich. Sie sollten ihn darum bitten. Wenn er nichts weiß, wird er zumindest etwas Interessantes erfinden.«

Lash grinste. »Ja. Damit haben Sie wahrscheinlich recht. Nigel ist eine Fundgrube des Klatsches. Er müßte der Allgemeinheit zur Verfügung gestellt werden. Aber mich interessiert Ihre Meinung, nicht seine. Sie gehören hierher.«

»Haben Sie nicht ein Sprichwort, daß der Zuschauer am meisten vom Spiel sieht?« fragte Seyyid Omar mit leichtem Lächeln.

»Damit meinen Sie, daß Sie selbst mit der Mannschaft auf dem Feld sind?« gab Lash zurück.

Seyyid Omar lachte und nahm sich eine neue Zigarette. Er streckte die Hand nach der Streichholzschachtel aus. Seine Antwort klang bedächtig. »Wenn Sie wirklich meine Meinung zu hören wünschen, so glaube ich nicht, daß Jembes Gruppe groß oder bedeutend genug war, daß irgendeine andere Partei das Risiko auf sich genommen hätte, ihn zu vergiften. Er leitete nur eine Splitterpartei, und wenn sie auch viel Lärm vollführte, hatte sie doch kein Gewicht.«

»Und wenn nun jemand die Sache im Keim ersticken wollte?« regte Lash an. »Menschen mit althergebrachten Privilegien, Großgrundbesitzer und die herrschenden Klassen sehen die Saat der Revolution gar nicht gern aufgehen.«

»Das stimmt natürlich. Andererseits glauben sie nie daran, diese Saat könne gedeihen. Niemals. Und so machen sie sich nicht einmal die Mühe, nach dem Unkrautvernichtungsmittel zu greifen.«

»Da mögen Sie recht haben«, gab Lash zu. »Und was bleibt jetzt noch übrig?«

»Als mögliches Motiv für den Mord an einem Mann wie Jembe?« Seyyid Omar riß ein Streichholz an. »Wer kann das sagen? Es muß ein starkes Motiv gewesen sein, weil ein so großes Risiko eingegangen worden ist. Haß vielleicht, wenn er tief und heftig genug war. Oder Geld, wenn die Summe hoch genug war.«

»Sagen wir drei Millionen?« schlug Lash vor.

Seyyid Omar war plötzlich ganz still. Er schien nicht einmal zu atmen oder sich bewußt zu sein, daß er immer noch ein brennendes Streichholz in den Fingern hielt.

Es brannte weiter, und er ließ es mit einem schnellen, schmerzlichen Luftholen fallen und stellte seinen Fuß auf das winzige glühende Stückchen. Dany stand rasch auf und sagte ein bißchen atemlos: »Es muß schon sehr spät sein. Wir müssen sicher gehen. Wieviel Uhr ist es?«

»Gleich zwölf.« Auch Lash erhob sich. »Ja, wir sollten an den Aufbruch denken. Vielen Dank Ihnen beiden für einen sehr unterhaltsamen Vormittag. Es war uns ein Vergnügen, Sie kennenzulernen, und ich hoffe, wir werden Sie häufig wiedersehen.«

»Ich hole Sie heute nachmittag ab«, Seyyid Omar hatte sich wieder gefangen, »um Ihnen die Brunnenhöhle zu zeigen. Wenn Sie jetzt wirklich gehen müssen, wartet mein Wagen unten auf Sie, und der Chauffeur wird Sie zum Club bringen. Verzeihen Sie mir, wenn ich Sie nicht selbst hinfahre, aber ich muß einige dringende Angelegenheiten erledigen.«

Sie verabschiedeten sich von Zuhra, versprachen, wiederzukommen, traten hinaus auf die hohe, schattige Veranda und machten die Tür hinter sich zu. Hier standen keine Steinschalen mit Sträuchern und Schlingpflanzen, aber den Hof unten zierten ein Tulpenbaum und ein Springbrunnen. Dany blickte über das Geländer der Veranda hinab und fragte: »Sind alle großen Häuser in Sansibar so gebaut?«

»Nach diesem Plan? Nein, nur sehr wenige«, antwortete Seyyid Omar. »Es wundert mich allerdings nicht, daß Sie das fragen, denn dies Haus und das, in dem Sie augenblicklich wohnen, sind von dem gleichen Mann und fast sicher von dem gleichen Baumeister errichtet worden. Wahrscheinlich sind es die ältesten Häuser in Sansibar. Er war ein schlechter Mensch, dieser alte Gentleman, aber mit zahlreichen Ehefrauen geschlagen, deshalb mag ihm vieles verziehen sein. Er fand ein böses Ende, das er reichlich verdient hatte. Wer andern eine Grube gräbt, fällt selbst hinein.«

»Wie ist das geschehen?« erkundigte Dany sich interessiert. »Was ist ihm zugestoßen?«

»Ich will es Ihnen zeigen. Aber Sie dürfen es nicht weitererzählen, denn es ist ein Geheimnis, das nur wenige kennen. Versprechen Sie mir das?«

»Ja, natürlich. Es hört sich sehr aufregend an.«

»Ich hoffe, Sie werden es auch aufregend finden. Und lehrreich.«

Seyyid Omar drehte sich um und suchte mit seinen Blicken die ganze Veranda ab. Dann spähte er auch noch über die Balustrade zu dem unteren Stockwerk hinunter. Es waren zwar Stimmen und Gelächter zu hören, doch im Augenblick war niemand in Sicht. »Schnell, solange keiner hier ist«, forderte Seyyid Omar sie auf.

Er eilte an den Kopf der Wendeltreppe, die zu der unteren Veranda führte – ein Duplikat der Treppe im *Haus des Schattens* –, bat sie, gut aufzupassen, trat an die nächste Säule, bückte sich und bewegte etwas an der Basis.

Ein langsames, leises Kratzen ertönte, das Geräusch von Stein, der auf Stein mahlt. Zwei der breiten, flachen Stufen zogen sich in die Mauer zurück und schufen eine klaffende Lücke unterhalb der ersten Stufe, so daß sie auf den Steinfußboden der Veranda sechzehn Fuß unter ihnen blickten.

Dany entfuhr ein Stöhnen, das schon fast ein Aufschrei war. Lash packte sie am Arm und riß sie zurück, als fürchte er, sie werde vortreten.

Seyyid Omar bückte sich von neuem, und wieder hörten sie das leise Kratzen. Der gähnende Abgrund schloß sich so leicht, wie er sich geöffnet hatte. Die Stufen waren wieder an Ort und Stelle, fest und scheinbar sicher, und nichts unterschied sie von den anderen.

»Genial, nicht wahr?« fragte Seyyid Omar mit gedämpfter Stimme. »Und es steckt noch mehr Erfindungsgeist darin, als Sie sehen. Ich kann es Ihnen natürlich nicht zeigen, weil es zu gefährlich ist. Aber wenn die Lücke offensteht, kippt die erste Stufe, sobald ein Fuß darauf gesetzt wird. Damit ist gewährleistet, daß das Opfer mit dem Kopf voran fällt, Sie verstehen. Ist es passiert, gleiten die Stufen von selbst zurück – das ist alles eine ausgeklügelte Sache von Gewichten und Balancen –, und wenn nicht, kann man sie von Hand bewegen, wie ich es eben getan habe. Ich war überzeugt, daß es Sie interessieren würde.«

Lash fuhr herum und starrte ihn an. Sein Mund war eine gerade Linie, seine grauen Augen blitzten gefährlich. Seyyid Omar jedoch gab den Blick gelassen zurück. Er war nichts als der gefällige Gastgeber, der eine Merkwürdigkeit seines Hauses als Attraktion für seine Gäste vorführt.

»Sie werden verstehen«, sagte er mit einem Lächeln und einem Schulterzucken, »warum ich das hier nur ganz wenigen Leuten zeige. Es ist immer sehr viel sicherer, seine Gedanken für sich zu behalten, nicht wahr? Sollen wir hinuntergehen? Sie brauchen keine Angst zu haben; die Treppe ist jetzt ungefährlich.«

Über höfliche Nichtigkeiten plaudernd, ging er voran, die Wendeltreppe hinunter bis zum Erdgeschoß und hinaus auf die Straße, wo ein riesiger weißer Wagen und ein ebenholzschwarzer Chauffeur darauf warteten, Lash und Dany in den Englischen Club zu fahren.

Es war eine kurze Fahrt, während der Lash und Dany weder miteinander sprachen noch sich ansahen. Erst als sie in dem kühlen, verlassenen Foyer des Clubs standen, fragte Lash nur: »Hast du sie bewegt?«

»Ja. Ich habe bisher nicht daran gedacht, aber als ich sie fand, muß sie unter der Treppe gelegen haben. Es war dunkel, und ich versuchte, sie näher an mein Zimmer heranzuziehen. Darum sah es so aus, als sei sie...«

»Als sei sie über das Geländer gefallen«, beendete Lash. »Nun, da hätten wir den Beweis, wenn wir ihn brauchten. Aber wenigstens hätte man es dir nicht in die Schuhe schieben können. Du hattest ja keine Ahnung von dieser teuflischen Falle.«

»Doch.« Danys Stimme war nichts als ein heiseres Flüstern. »Denn ich bin Tyson Frosts Stieftochter, und es würde mir schwerfallen zu beweisen, daß ich es nicht gewußt habe. Siehst du, es steht ganz bestimmt in dem Buch.«

»In welchem Buch?«

»*Das Haus des Schattens*. Das Buch, das Tysons Onkel geschrieben hat. Tyson sprach an jenem Abend beim Dinner darüber, und er sagte, es befänden sich mehrere Exemplare im Haus. Eins liegt in meinem Zimmer. Es ist vielleicht absichtlich hingelegt worden, damit es so aussieht, als ob...«

»Geht es schon wieder ums Geschäft?« fragte eine bezaubernde Stimme von der Treppe her. Dort stand Amalfi. Sie trug einen total verrückten Hut aus regenbogenfarbenem Stroh mit Fransen, den sie in einem Laden auf der Portugiesischen Straße gekauft hatte. Auf Amalfis goldenem Kopf wirkte er so dekorativ und bezaubernd wie irgendein modischer Knüller, der gerade aus Paris gekommen ist.

»Nein«, antwortete Lash kurz. »Ums Vergnügen. Ich hoffe, wir haben euch nicht warten lassen?«

»Stunden, Darling! Wir alle haben einen Cocktail nach dem anderen getrunken. Ausgenommen Larry, der, was lauwarmes Bier angeht, britisch bis auf die Knochen ist. Hat dein faszinierender arabischer Freund dich allen üppigen Schönheiten seines Harems vorgestellt? Oder gibt es das heute nicht mehr? Nigel sagt, er habe eine ganz reizende Frau, und Eddie lechzt förmlich danach, sie kennenzulernen. Aber da sie, wie ich hörte, einen akademischen Titel hat, halte ich es für besser, wenn er ihr fernbleibt und seine Illusionen behält.«

Amalfi drehte sich um und ging ihnen voraus zu einem hohen Raum, wo die übrigen Hausbewohner von *Kivulimi* unter schwirrenden elektrischen Ventilatoren saßen, mißmutig Bier tranken und keinen Versuch zu einer Unterhaltung machten.

Gussie begrüßte sie mit einem ernsten Blick und Lorraine mit einem vagen Lächeln. Nigel sagte ärgerlich: »Hätte ich gewußt, daß Sie vorhatten, den ganzen Vormittag auf die ›Fraternisierung mit Eingeborenen‹ zu verschwenden, wie es bei Ihren Landsleuten ja wohl heißt, wäre ich nach Hause gefahren und hätte Ihnen den Wagen zurückgeschickt. Zufällig habe *ich* Pflichten, auch wenn andere Leute anscheinend keine haben. Ich hoffe, wir können jetzt gehen?«

Er nahm es auf dem ganzen Heimweg übel, doch Dany und Lash hatten zuviel zum Nachdenken, um es zu bemerken. Larry Dowling, der als vierter in ihrem Wagen mitfuhr, richtete einen langen, nachdenklichen Blick auf Dany und versank dann ebenfalls in Schweigen.

Sie trafen Tyson in guter Laune an. Nur war er so abgeneigt wie eh und je, über berufliche Dinge zu sprechen. Als er hörte, Lash und Dany würden am Nachmittag Seyyid Omar auf einer Besichtigungstour begleiten, verkündete er sofort, das sei eine verdammt gute Idee und sie könnten alle mitgehen. Dann hätte er ein paar schöne Stunden in Ruhe und Frieden.

»Willst du arbeiten, Darling?« erkundigte sich Lorraine teilnehmend.

»Nein. Schlafen! Und das wird mir sehr viel besser gelingen, wenn nicht im ganzen Haus geschnattert und gegackert wird. Als Gussie das letzte Mal zum Brunnen mitgenommen wurde, war sie acht und schrie die ganze Höhle zusammen, wenn ich mich recht erinnere. Höchste Zeit, daß sie ihn ein zweites Mal besichtigt.«

So waren sie alle gegangen, Lash, Dany und Gussie Bingham in Seyyid Omars großem weißen Wagen und Nigel, Amalfi und Larry Dowling in einem der Autos von *Kivulimi*, das Eduardo fuhr.

Sie hielten in einem Palmenwald, um Kokosmilch von den reifen Nüssen zu trinken, erkundeten eine Kopra-Fabrik und sahen sich eine Gewürznelken-Plantage an. Dann ließen sie die Wagen auf einer kleinen, staubigen Nebenstraße zurück und folgten einem sich windenden Pfad durch ein Niemandsland aus Büschen und Steinen und trokkenem Gras. Plötzlich gelangten sie an ein Loch im Boden. Ausgetretene Steinstufen führten hinunter ins Dunkel.

»Das gefällt mir gar nicht«, erschauerte Gussie und packte nervös Danys Arm. »Wenn wir nun ins Wasser fallen und im Dunkeln ertrinken? Hat niemand eine Taschenlampe dabei?«

Keiner hatte eine Taschenlampe. Es waren jedoch Steichhölzer und Feuerzeuge vorhanden, und Seyyid Omar versicherte, es bestehe nicht die mindeste Gefahr, daß man ertrinken könne. Frauen aus dem Dörfchen, wo sie die Wagen zurückgelassen hatten, kämen täglich zum Wasserholen her.

Die Stufen führten in eine große Höhle, in die kaum Licht drang. Vom Wasser geglättete Felsen fielen steil nach unten ab. Doch da war kein Brunnen, sondern eine Quelle oder ein unterirdischer Bach, der aus der Finsternis auftauchte und in einem schwarzen Felstunnel wieder verschwand.

Sie hielten sich vorsichtig aneinander fest, um auf den Steinen nicht auszugleiten und zu fallen, und wagten sich bis an den Rand der Quelle hinunter. Ihre Stimmen riefen seltsame Echos in dem düsteren Gewölbe hervor. Wie Seyyid Omar erzählte, sollte das Wasser die Fortsetzung eines Flusses sein, der aus einem der großen afrikanischen Seen abfließe, tief unter dem Meeresboden weiterlaufe, hier in Sansibar kurz an die Oberfläche dringe und dann wieder im Fels und im Indischen Ozean verschwinde.

»Ich bin überzeugt, das ist schrecklich interessant«, bemerkte

Amalfi, »aber gehen wir, ja? Ich finde es hier unheimlich und im ganzen ziemlich scheußlich, und ich persönlich möchte je eher desto lieber wieder ans Tageslicht. Was passiert, wenn die Decke einfällt?«

Ihre Stimme klang überraschend schrill, und sofort richteten alle die Augen nach oben auf die dunkle Felskuppel und rückten näher zusammen.

Eduardo beruhigte: »Die Decke wird nicht einfallen, *Cara*. Das ist nur eine große Höhle. Es gibt davon Tausende auf der Welt. Aber wenn es dir hier nicht gefällt, wollen wir sofort gehen.«

»Ja, tun wir das.« Gussie schüttelte sich. »Ich bekomme Platzangst.«

Innerhalb weniger Minuten waren sie wieder im Freien. Aber erst zwei Stunden später, als die Wagen am *Haus des Schattens* vorfuhren, entdeckte Dany, daß ihre weiße Wildledertasche mit einem scharfen Messer oder einer Rasierklinge sauber aufgeschlitzt und der ganze Inhalt gestohlen war.

17

»Ich werde dafür sorgen, daß das sofort der Polizei gemeldet wird«, sagte Seyyid Omar.

Er hatte Dany, Lash und Gussie eingeladen, das Dinner mit ihm in einem Restaurant einzunehmen. Doch Gussie entschuldigte sich, sie sei zu müde. Deshalb setzten sie sie am *Haus des Schattens* ab und fuhren unter einem grün und lavendelfarbenen Himmel, der bereits mit blassen Sternen gesprenkelt war, in die Stadt zurück.

»O bitte, tun Sie das nicht!« fiel Dany schnell ein. »Die Polizei hat von uns genug gehabt. Außerdem ist es der Mühe nicht wert. In der Tasche waren nur Kleinigkeiten wie ein Taschentuch, eine Sonnenbrille, eine Puderdose und ein Lippenstift. Und vielleicht acht Pence in englischen Pennies.«

»Da muß einer dieser malerischen Typen aus dem Dorf in der Nähe des Brunnens am Werk gewesen sein«, meinte Lash. »Eine böse Enttäuschung für ihn! Allerdings nehme ich an, seine Freundinnen werden viel Spaß daran haben, sich mit Lippenstift zu beschmieren. Nur um die Tasche ist es schade. Ich werde Ihnen morgen eine neue kaufen.

Als Andenken an Sansibar.«

Die Stadt bei Nacht unterschied sich sehr von dem, was sie in der Tageshitze gewesen war, denn die kühlere Luft lockte ganz Sansibar aus den Häusern. Vergnügte Menschenmengen schlenderten unter den Bäumen der Stadtparks und am Meeresufer dahin, und auf jedem Dach und in jeder *baraza* schien eine Familienfeier stattzufinden.

Musik und Lachen, die melodischen Rufe des Kokosnuß-Verkäufers und das unausgesetzte Tam-teram-tam von Trommeln vermischten sich zu einem fröhlichen Klang, dem sich noch all die anderen Geräusche einer orientalischen Stadt beimengten.

»Ist heute ein besonderer Tag?« erkundigte sich Dany. »Ein Festtag oder so etwas?«

»Nein. Wie kommen Sie darauf?«

»Die Menschen sind alle so guter Laune. Hören Sie, merken Sie es nicht auch? Sie machen einen so glücklichen Eindruck.«

»Es ist eine glückliche Insel«, erklärte Seyyid Omar lächelnd. »Und wenn wir fröhlich sind, lachen wir, oder wir singen oder spielen die *kinanda,* die Mandoline. Oder schlagen eine Trommel. Und wir sind, wie Sie hören, sehr oft fröhlich. Das ist etwas, das meiner Meinung nach wert ist, erhalten zu werden. Ja, man sollte es erhalten. Aber es gibt Zeiten, wo ich Angst bekomme.«

Lash drehte den Kopf und sah ihn scharf an. »Angst wovor?«

Seyyid Omar hielt den Wagen unter dem duftenden Schirm eines indischen Korkbaums an, der sich über eine hohe, weißgetünchte Mauer lehnte. Er ließ sich zurücksinken. Seine schlanken braunen Hände ruhten auf dem Lenkrad. Sein Gesicht war von den Lichtern des Armaturenbretts schwach beleuchtet.

Langsam sagte er: »Ich will offen mit Ihnen sein, Mr. Holden. Ich denke, daß Sie etwas über eine bestimmte Summe Geldes wissen, eine sehr hohe Summe Geldes, das viele Leute seit sehr vielen Jahren gesucht haben, wenn auch nur wenige an seine Existenz glaubten. Jener ungeheure legendäre Schatz, den Seyyid Saïd, der erste Sultan, bei Betel-Ras vergraben haben soll.«

Weder Lash noch Dany gaben eine Antwort. Seyyid Omar legte ihr Schweigen wohl als Eingeständnis aus, denn nach einer kurzen Pause fuhr er fort: »Ich selbst habe nicht geglaubt, daß es diesen Schatz je gegeben hat. Ich habe die Sache für eine Sage oder Legende gehalten. Aber vor kurzem erhob sich ein Gerücht. Man flüsterte, es sei kein Märchen, sondern eine Tatsache.«

Er verlagerte ein wenig sein Gewicht. Es war eine kleine Bewegung, die Unbehagen verriet, und seine Hände faßten das Lenkrad fester. »Bestimmte Leute auf dieser Insel brauchen Geld, viel Geld, um sich bei der nächsten Wahl Macht ›zu kaufen‹. Wir haben ein altes Sprichwort, das lautet: Ich will meine Religion und die Farbe meines Mantels wechseln, aber du mußt zahlen. Und leider gibt es immer Stimmen – zu viele Stimmen! – die um Geld käuflich sind, wo die Überzeugung nichts ausrichtet. Denn Geld wird immer mit lauterer Stimme sprechen als jeder Politiker. Einer von jenen, die Macht zu kaufen wünschten, reiste mit Ihnen von London ab und ist jetzt tot. Jembe. Aber da sind andere, und sie brauchen immer noch Geld.«

Er schwieg eine oder zwei Sekunden lang. Dann zuckte er kurz die Schultern und zog ein Zigaretten-Etui aus der Tasche.

»Ich glaube, Sie rauchen nicht, Miss Kitchell? Aber Sie haben nichts dagegen, wenn wir rauchen?«

Er bot Lash das Etui mit einem liebenswürdigen Lächeln an. Der Wagen füllte sich mit dem Duft türkischen Tabaks. Seyyid Omar lehnte sich zurück, als sei das Gespräch beendet und er habe nichts mehr zu sagen.

Lash meinte: »Dann werden die Jungens in die Röhre gucken. Warum erzählen Sie uns das alles?«

Seyyid Omar lachte. »Sie sind wirklich nicht dumm, Mr. Holden.«

Es war eine Feststellung, keine Frage, und Lash erwiderte: »Jedenfalls nicht ganz dumm. Nur verstehe ich nicht, was das mit mir oder mit Miss Kitchell zu tun hat.«

»Wirklich nicht? Nun, vielleicht haben Sie recht. Trotzdem, es ist ganz gut, wenn man gewarnt ist.«

»Gewarnt?« Lashs Stimme klang plötzlich scharf, und Dany spürte, daß er ungeachtet seiner lässigen Haltung erstarrte. »Das ist da, wo ich herkomme, häufig ein Kampfwort. Wovor genau warnen Sie uns? Oder habe ich Sie mißverstanden, und dies ist eine Drohung?«

»Ah, nein!« Seyyid Omar hob abwehrend die Hand. »Sie mißverstehen mich. Warum sollte ich drohen? Ich biete nur meinen Rat an.«

»Okay, lassen Sie ihn hören.«

»Sollte ein Körnchen Wahrheit an dieser Legende von dem vergrabenen Schatz stecken und sollte irgend jemand etwas über den Ort wissen, wo er gefunden werden könnte, dann hielte ich es für klug, wenn diese Person ihr Wissen Seiner Hoheit dem Sultan, den Gott erhalte, mitteilte. Oder der Polizei.«

»Warum? Weil dieses Wissen gefährlich sein könnte?«

»Das natürlich auch. Solches Wissen mag sich in der Tat als äußerst gefährlich erweisen. Es gibt da aber noch einen sehr viel wichtigeren, wenn auch weniger persönlichen Grund, solche Kenntnisse nicht für sich zu behalten. Es muß verhütet werden, daß der Schatz in die falschen Hände fällt. Ein so hoher Betrag kann zu einer zerstörenden Waffe werden, wenn er zum Schaden anderer genutzt wird. Und dazu würde er benutzt werden. Davon können Sie überzeugt sein. Es liegt ein Fluch darauf.«

Lash sagte ungeduldig: »Sie wollen mir doch nicht erzählen, daß Sie dies Altweibermärchen glauben?«

Seyyid Omar sah ihn an und lachte. »Sie haben also davon gehört? Ja, ich glaube daran, auch wenn Sie es nicht tun. Aber Sie sind auch ein junger Mann, Mr. Holden, und sie stammen aus einem sehr jungen Land. Sie haben immer noch sehr viele Dinge zu lernen, insbesondere über dieses Land.«

Er wandte sich mit entschuldigendem Lächeln an Dany. »Es tut mir leid, Miss Kitchell. Dies kann Sie nicht interessieren. Wir wollen in meinen Club gehen, uns unterhalten und ein Gläschen trinken. Sie werden meine Freunde kennenlernen, und sie werden viel unterhaltsamer sein als ich.«

Er weigerte sich, über dieses Thema noch ein weiteres Wort zu verlieren oder auch nur eine Frage zu beantworten, und brachte sie in den Arabischen Club, wo sie draußen unter dem Sternenhimmel saßen und eine angenehme Stunde verbrachten. Danach aßen sie in einem kleinen Restaurant, das in einer ruhigen Hintergasse lag. Und dann fuhren sie an den Strand vor dem Sultanspalast und hörten in Gesellschaft einer vergnügten Auswahl der Untertanen Seiner Hoheit der Kapelle des Sultans zu, die – ausgerechnet! – Stücke von Gilbert und Sullivan und Auszüge aus *The Belle of New York* spielte.

Die Lampen brannten, und die Hausbewohner waren noch auf, als sie wieder im *Haus des Schattens* eintrafen, denn es war kaum halb zehn vorüber. Seyyid Omar wollte nicht mehr mit ihnen hineingehen. Lash sah den verschwindenden Schlußlichtern des Wagens nach und meinte versonnen: »Der Junge weiß mehr, als er zugibt. Verdammt viel mehr! Die Frage ist, was hat er wirklich vor? Steht er auf der Seite der Engel, wie er behauptet, oder ist das nur ein Bluff? Er wäre nicht der erste gutbetuchte Aristokrat, der seine eigene Klasse verrät und sich den Revolutionären anschließt.«

Dany teilte ihm leise mit: »Er hat mit diesem Jembe auf dem Flughafen in Nairobi gesprochen. Ich habe sie gesehen.«

»Wann? Wo? Davon hast du mir nichts erzählt.«

»Ich habe nicht daran gedacht. Es ist inzwischen so viel geschehen. Und Schlimmeres.«

Sie berichtete ihm nun genau, und Lash überlegte: »Hmm... Das hört sich äußerst merkwürdig an. Ob er die Arbeit persönlich getan und diesem Jembe ein Stück Zyanid in die Tasse geworfen hat, weil er selbst Diktator werden möchte? Nicht ausgeschlossen, daß er sich als den hiesigen Hitler sieht. Den Führer von Sansibar.«

»König der Erde und der Zeit«, zitierte Dany halblaut.

»Was heißt das?«

Dany errötete und entschuldigte sich. »Tut mir leid. Ich mußte an etwas denken. Eine persische Inschrift, die er gestern für mich übersetzte. Ich könnte mir vorstellen, daß er von so etwas träumt. Und von der Wiederherstellung eines Königreichs dieser Art.«

»Und er will die Kohlen haben, damit er anfangen kann. Möglich ist es.«

»Aber er kann es nicht sein! Wenigstens kann er nicht der Mann sein, der mir den Brief oder die Landkarte oder was es sein mag gestohlen hat, denn dann wüßte er jetzt, wo der Schatz ist, und er weiß es nicht. Vielleicht glaubt er, daß ich das Zeug immer noch habe. Vielleicht hat er sogar angenommen, daß ich es bei mir trage. Darauf bin ich noch gar nicht gekommen!«

»Worauf? Wovon redest du?«

»Von meiner Handtasche. Du sagtest, das habe sicher einer der Araber im Dorf getan, aber so kann es nicht passiert sein. Ich habe darüber nachgedacht. Keiner ist bis auf einen Meter an mich herangekommen.«

Lash lachte kurz auf. »Hör mal, Schätzchen. Wenn du meinst, jemand bringe es fertig, einen Wagen mit einer Hand und mit der Geschwindigkeit wie heute Seyyid Omar zu fahren und währenddessen mit der anderen die Handtasche einer Mitfahrerin aufzuschlitzen und den Inhalt herauszuholen, dann spinnst du! Und dabei hast du heute nachmittag nicht einmal neben ihm gesessen. Den Platz hatte Gussie.«

»Ich denke ja nicht, daß es im Wagen geschehen ist«, erwiderte Dany ungeduldig. »Ich sage doch, ich habe darüber nachgedacht. Die Tasche war heil, als wir in die Höhle hinunterstiegen, denn ich habe meine Sonnenbrille hineingesteckt, und ich erinnere mich, daß ich sie neben das Taschentuch stopfte.«

»Na und?«

»Deshalb kann die Tasche nur an einem bestimmten Ort aufgeschlitzt worden sein, ohne daß ich es merkte. In der Höhle. Es war dunkel darin, und wir drängten uns alle zusammen und hielten uns aneinander fest, um nicht zu fallen. Und es war niemand dort unten außer uns.«

Lash blieb abrupt in einem Fleck hellen Mondlichts stehen. »Bist du sicher? Daß es nirgendwo anders geschehen sein kann?«

»Ja. Ganz sicher. Deshalb habe ich nicht weiter darüber gesprochen. Ich bereute schon, überhaupt etwas gesagt zu haben. Ich war nur so überrascht, als ich es sah, daß es mir herausrutschte. Aber als ich ein bißchen nachgedacht hatte, wurde mir klar, daß es nur geschehen sein konnte, während wir in der Höhle waren, und daß niemand, der sich bei uns befand, so etwas tun würde, nur um eine Puderdose und einen Lippenstift und vielleicht etwas Kleingeld zu stehlen. Deshalb muß der Dieb etwas Besonderes gewollt und geglaubt haben, daß ich es bei mir trage. So *muß* es gewesen sein!«

»Ja«, antwortete Lash bedächtig. »Es war wieder die gleiche Gesellschaft. Sechs von uns, die den Flug London-Nairobi mitgemacht haben, und zwei, die auf der letzten Etappe nach Sansibar dabei waren. Gussie und Elf und Larry Dowling, Nigel und Eduardo und unser gewandter arabischer Freund. Keinem ist auch nur entfernt zuzutrauen, daß er Lippenstifte und Kleingeld klaut. Ich vermute, du hast recht. Irgendwer glaubt, du hättest den Brief immer noch.«

Diese Vermutung sollte eine schnelle Bestätigung erhalten.

Die übrigen Hausbewohner spielten im Speisesaal Karten. Lash entschuldigte sich und ging ins Gästehaus hinüber. Dany zog sich in ihr Zimmer zurück und stellte fest, daß es in ihrer Abwesenheit ebenso gründlich, aber unter Hinterlassung von viel weniger Unordnung durchsucht worden war wie ihr Zimmer im Airlane-Hotel.

In jedem Schrank, jeder Schublade war gestöbert worden. Decke und Laken hatte man vom Bett genommen und wieder zurückgelegt, doch nicht ganz ordentlich. Der Eindringling hatte in einer Schachtel Gesichtspuder mit einer Nagelschere herumgestochert und in einem Töpfchen Reinigungscreme mit einer Feile. Er hatte Papiertaschentücher aus ihrem Behälter gerissen und oberflächlich wieder hineingestopft. Strümpfe waren auseinandergerollt und ein verschlossener Koffer mit Gewalt geöffnet worden.

»Aber ich habe es doch nicht!« sagte Dany laut in die Stille hinein, als spreche sie mit dem unbekannten Täter. Der Klang ihrer eigenen Stimme erschreckte sie mehr als der Anblick ihres durchwühlten Zimmers. Sie drehte sich um und rannte hinaus.

Auf jeder Veranda und im Hof brannte Licht, und auf die Treppe fiel kein Schatten. Aber Dany prüfte jede Stufe, die Hand gegen die Wand gepreßt. Das Herz schlug ihr bis zum Hals. Hinter der geschlossenen Tür des Speisesaals hörte sie Stimmen und Gelächter. Auf Zehenspitzen schlicht sie daran vorbei und hinaus in den stillen Garten.

Der Mondschein und die schwarzen Schatten waren nicht so furchterregend, wie das Haus es gewesen war. Dany lief leichtfüßig über die gewundenen Pfade zwischen den Blumenbeeten, den duftenden Rosen und Jasminbüschen und den »Königinnen der Nacht« hindurch. Sie lief um den flachen Teich mit seinen Steinvögeln und erreichte die steile, enge Treppe, die zu dem Gästehaus auf der Mauer hinaufführte.

Die Lampen brannten, aber Lash antwortete nicht auf ihr Klopfen. So öffnete sie die Tür und trat ein. Das kleine Wohnzimmer war leer. Dany nahm an, Lash sei im Schlafzimmer, und wollte gerade rufen, als ein Geräusch sie blitzartig herumfahren ließ.

Lash stand auf dem schmalen steinernen Fenstersims und hielt sich am Rahmen fest. Sie konnte nur seine Beine und einen Teil seines Körpers sehen. Der Rest von ihm befand sich außerhalb des Fensters. Es sah so aus, als versuche er, einen Trieb der purpurnen Bougainvilleen abzupflücken, die über die Mauer hingen.

Lash schwang sich ins Innere, sprang auf den Fußboden hinunter und kämmte sich mit den Fingern welke Blätter aus dem Haar. Er sagte: »Um Gottes willen! Was tust du denn hier?«

Dany, die fast die gleiche Frage hatte stellen wollen, verzichtete zugunsten dringenderer Angelegenheiten darauf. Atemlos berichtete sie: »Mein Zimmer ist wieder durchsucht worden. Jeder Winkel. Wie letztes Mal, nur daß...«

»Hier ebenso«, antwortete Lash kurz. »Sieh dich nur um.«

Dany sah sich um und entdeckte die gleiche leichte Unordnung wie in ihrem eigenen Zimmer. Mit einem bedauernden Ausruf bückte sie sich und hob das weiße flaumige Wrack auf, das halb unter den Diwan geschoben war. Asbestos, diese waschbare und nicht brennbare Katze! Das Füllmaterial war ruchlos herausgerissen. Die grünen Glasaugen enthielten einen steinernen Vorwurf.

»Alles Fleisch ist Gras«, sagte Lash. »Und alle Katzen sind Gras, so wie das da aussieht. Ja, irgendwer hat diese Behausung sehr gewissenhaft durchsucht.«

»Ist er zum Fenster eingestiegen?«

»Das weiß ich nicht. Ich weiß nur, daß ihm nicht viel entgangen ist. Sogar meine Seife hat er in zwei Stücke gebrochen, um nachzusehen, ob darin etwas verborgen war. Die meisten Gegenstände sind wieder aufgeräumt worden, aber, wie du siehst, nicht sehr sorgfältig. Hier, genehmige dir einen Schluck von deines Stiefvaters Scotch. Den wenigstens hat man in Ruhe gelassen, so hoffe ich!«

Er goß etwas Whisky aus der Flasche, die Tyson am Morgen ihrer Ankunft im Gästehaus zurückgelassen hatte, in ein Glas, roch daran und kostete mit äußerster Vorsicht.

»Scheint in Ordnung zu sein. Kein Zyanid. Jedenfalls keine bemerkbaren Spuren davon. Ich stelle am besten erst einmal fest, welche Wirkung es hat. Auf den verstorbenen Hexendoktor, der den Schatz mit einem Flucht belegte! Er hat sein Handwerk wahrscheinlich verstanden.«

Er trank, stellte das Glas ab, blickte einen Augenblick zum offenen Fenster hinaus und erklärte dann: »Nun, damit ist einer der Verdächtigen aus dem Rennen. Freund Omar war dazu nicht imstande. Er war den ganzen Abend mit uns zusammen. Es war einer von den anderen. Wenn wir nur herausfänden, wer den Trick mit der Treppe kannte, würde es uns sehr helfen. Nur scheinen mindestens vier Exemplare von diesem verdammten Buch im Haus herumzuliegen, und du hattest recht: Es steht alles drin, versteckt in einem verschimmelten Durcheinander von Architektur-Zeichnungen. Ich habe ziemlich danach suchen müssen, aber gefunden habe ich es. Jeder hätte zufällig darauf stoßen und seinen Nutzen daraus ziehen können.«

Er setzte sich auf den Fensterplatz, den nachdenklichen Blick immer noch auf das mondbeschienene Meer gerichtet. »Ich wüßte gern mehr über diesen Larry Dowling. Eine Menge mehr. Und ich bin bereit zu wetten, daß sich auch die Polizei für ihn interessieren wird, sobald Tysons Brief bei Scotland Yard eintrifft und man uns auf den Pelz rückt.«

Dany sagte tonlos: »Es ist nicht Larry. Es kann unmöglich Larry sein.«

»Warum nicht? Mit dem Jungen stimmt irgend etwas nicht. Ich habe zu meiner Zeit eine ganze Reihe von Journalisten kennengelernt, und er scheint mir nicht ganz echt zu sein.«

»Er ist ja kein Journalist! Er ist ein Feature-Schreiber. Und...«

»Was hat das damit zu tun? Er ist hinter einer Story her – Tysons Story. Warum macht er nicht voran damit? Wenn er seit seiner Ankunft hier auch nur eine Zeile geschrieben hat, bin ich Ernest Hemingway! Dann ist da Gussie...«

Dany ließ sich auf den Diwan niedersinken und streichelte die Überreste von Asbestos. Müde sagte sie: »Ja. Ich habe ebenfalls an sie gedacht. Weil sie so vieles weiß, was der Betreffende wissen muß. Aber ich glaube es nicht. Ich kann sie mir einfach nicht vorstellen, wie sie Feuerleitern hochklettert und so. Und sie hatte Millicent gern.«

»Woher weiß du das? Niemand von uns weiß im Grunde viel über einen der anderen. Wir können nur danach urteilen, was wir sehen. Ich bildete mir ein, Elf genau zu kennen. Ich wollte sie heiraten, so wahr ich hier bin! Und ich habe die Einstellung meiner hochgeehrten schottischen Vorfahren geerbt, wenn es um das Ja vor dem Altar geht. Für mich heißt das nicht ›bis die Alimente und der andere Mann uns scheiden‹. Nein, ich dachte, Elf besser zu kennen als die Männer vor mir, ich dachte, niemand habe sie so verstanden wie ich – all der alte Quatsch. Das sollte dir als Beweis genügen!«

Sein Lachen enthielt mehr als nur eine Spur von Bitterkeit. Er wandte dem Fenster und dem Mondlicht den Rücken und fuhr fort: »Millicent Bates mag ausgelöscht worden sein, weil sie der aktive Partner bei einem kleinen Plan Gussies war. Vielleicht hat sie die Arbeit in London getan und kalte Füße bekommen, als sie erfuhr, daß Gussie den Familienanwalt erschossen hat. Und dann ist da der italienische Liebhaber...«

Lash stand auf, goß sich von neuem ein und bemerkte im Konversationston: »Dein Stiefvater ist wirklich ein aufmerksamer Gastgeber. Er denkt an alles. Gin, Sodawasser-Syphon, Bitters, Scotch. Sieh dir das alles an! Wofür hält er mich? Das ist ja schon beleidigend! Willst du auch einen?«

Dany schüttelte den Kopf. Jetzt setzte sich Lash in den Sessel ihr gegenüber. Er hielt sein Glas zwischen beiden Händen und blickte angespannt in die goldene Flüssigkeit, als sei sie eine Kristallkugel, in der er die Zukunft – oder die Vergangenheit zu erkennen hoffte.

»Der Signore Marchese di Chiago«, sagte Lash leise. »Abgesehen von seiner Tätigkeit als Rennfahrer hat er auch sonst den Ruf, schnell zu sein. Und eine Schwäche für Blondinen zu haben. Er kennt Tyson und deine Mutter seit einer Reihe von Jahren, und dies ist nicht sein erster Besuch in Sansibar. Er hat früher schon in diesem Haus gewohnt. Und wenn man dem Klatsch, der hauptsächlich von Nigel stammt, wie ich zugebe, Glauben schenken will, hat er verschiedene Affären gehabt, denen seine Familie kurz vor der Heirat den Garaus machte. Sie wird es auch wieder tun, wenn sie kann. Aber vielleicht geht es bei ihm diesmal tiefer. Vielleicht muß er Elf haben, und wenn die Hölle platzt. Sie hat diese Wirkung auf manche Leute. Da hat es einen Mann gegeben, Douglas Soundso, der einen Kopfsprung aus einem hochgelegenen Fenster vollführte, als Elf mit ihm brach. Eduardo hingegen ist nicht der Typ, der ein ›Nein‹ als Antwort hinnimmt. Er kommt aus einem Land, wo einem Mann mit einem Titel alles durchgeht. Wenn er sich etwas mit Leidenschaft wünscht, wird er kaum Skrupel haben, es sich zu verschaffen. Bei Elf jedoch heißt es, mit Bargeld locken. Keine Lire – keine Elf. Vielleicht haben wir Eduardo und seinem feurigen Südländerblut nicht genug Aufmerksamkeit geschenkt.«

Lash betrachtete von neuem den Inhalt seines Glases. Dann steckte er sich eine Zigarette an. Dany beobachtete ihn ängstlich. Sie wünschte, ihre Furcht wäre nicht gar so groß und sie könnte das Ganze so betrachten, wie Lash es anscheinend tat: als ein interessantes Problem, als eine Art Gesellschaftsspiel. Aber wenn sie sich in dem kleinen Raum mit seinen stummen Hinweisen auf einen unbekannten Sucher umsah, empfand sie nichts als die drohende Gefahr.

Dies war weder ein Spiel noch ein Alptraum, aus dem sie erwachen würde. Es war die Wirklichkeit. Hier schnappte eine Falle zu, aufgestellt vor über neunzig Jahren, und sie war darin gefangen worden, als sie einen strengblickenden, ältlichen Anwalt besuchte und einen Brief abholte, den ein im vorigen Jahrhundert gestorbener Mann geschrieben hatte.

Lash meinte nachdenklich: »Es könnte Tyson sein«, und das riß Dany in die Gegenwart zurück.

»Tyson? Wovon redest du?«

»Über das hier.« Lash wies mit seiner Zigarette auf die nur oberflächlich beseitigte Unordnung im Zimmer. »Das…« Er zeigte auf die traurigen Überreste von Asbestos. »Und auch dein Zimmer. Er wollte sich vielleicht überzeugen, daß keiner von uns beiden ihn hereingelegt hat. Wie du dich erinnern wirst, deutete Tyson an, vielleicht hättest du selbst den Inhalt des Umschlags an dich genommen. Es könnte Tyson sein. Oder Ponting. Ja, warum nicht Ponting? Er war in Nairobi.

Weißt du, das ist eine Idee! Allerdings glaube ich, er hätte Ordentlicheres geleistet, wenn dies seine Arbeit wäre! Er könnte natürlich unter Zeitdruck gestanden haben, aber irgendwie kann ich mir nicht denken, daß diese elegante, geschmeidige Tulpe einen solchen Saustall zurücklassen würde. Wäre die ›Operation Haussuchung‹ von dem lieben Nigel durchgeführt worden, hätten wir bestimmt nie gemerkt, daß etwas angefaßt worden ist. Und trotzdem muß es jemand aus dem Haus sein, der wußte, daß wir eine ganze Weile nicht zurückkommen würden, und... halt! Einen Augenblick!«

Er stellte sein Glas hin und sprang auf. »Warum ist mir das nicht eingefallen!«

»Was?« fragte Dany mit schwankender Stimme.

»Seyyid Omar! Er wußte verdammt genau, wie lange wir wegbleiben würden. Er könnte sogar der ursprüngliche Wurm im Gebälk sein. Ja... warum nicht? Er ist ein großer Mann auf dieser Insel. Er ist der einzige, der mühelos seine Diener und sogar seine Verwandtschaft ins Haus einschleusen könnte. Niemand hätte auch nur den geringsten Verdacht!«

Lash machte eine schnelle Runde durchs Zimmer und stellte sich vor Dany hin.

»Paß auf! Nehmen wir einmal an, er hat alle seine Informationen von einem Diener in diesem Haus bekommen, von diesem auf geräuschlosen Pantoffeln umherschleichenden Burschen, der mit dem Kaffee ein- und ausgeht und die Briefe zur Post bringt. Nehmen wir weiter an, der Boy kann doch Englisch lesen und hat Tysons Briefe an Honeywood gelesen und vielleicht auch Lorraines Briefe an dich und die Information weitergegeben. Omar begibt sich nicht selbst auf die Jagd nach Emorys Brief. Er schickt Jembe als seinen Stellvertreter. Jembe tötet Honeywood, gelangt jedoch nicht in den Besitz der Ware. Er macht einen neuen Versuch, indem er dein Zimmer im *Airlane* filzt, und dabei...«

»Stiehlt er meinen Paß«, fiel Dany ein. »Aber das kann nicht richtig sein! Warum hätte er mich daran hindern sollen, das Land zu verlassen?«

»Ah, das habe ich mir auch überlegt. Ich bin schon vor einer Weile auf den Gedanken gekommen. Du solltest Emorys Brief mit der Post schicken. Ebenso wie im Haus mögen sie auch auf dem Postamt einen Verbündeten sitzen haben. Das wäre nicht schwierig, wenn man Seyyid Omar heißt. Für jeden anderen wohl. Nicht für ihn.«

»Ich glaube nicht...«, begann Dany zweifelnd.

»Dich hat niemand gefragt! Ich entwickle eine Theorie. Also, dieser Jembe stellt fest, daß du doch im Flugzeug bist – mit gefärbtem Haar und einer Brille oberflächlich verkleidet. Was tut er nun? Er probiert noch einmal, das Ding zu stehlen, und zwar in Nairobi, versaut die Sache und muß sein Versagen dem Boß melden – unserm Freund Omar, der ihn in Nairobi-West erwartet. Du hast selbst gesehen, wie die beiden miteinander sprachen.«

Dany sagte: »Ja. Aber warum sollte Seyyid Omar ihn vergiften? Das ist doch unlogisch?«

»Da bin ich mir nicht so sicher. Schließlich warst du angekommen und immer noch im Besitz der Ware. Jembe hatte seinen Pfeil verschossen und war nicht mehr von Nutzen und wahrscheinlich wußte er ohnehin zuviel! Deshalb war es das beste, ihn loszuwerden und den Rest einem dieser pokergesichtigen Kerle in weißen Nachthemden zu überlassen, die überall im Haus herumwimmeln und wahrscheinlich ihrer Großmutter für zehn Dollar auf die Hand und zehn danach bei lebendigem Leibe die Haut abziehen würden. Soviel wir wissen, kann jeder von ihnen den Doktor in modernen Sprachen gemacht und sich noch ein paar Titel auf die Seite geschafft haben. Wie sollte man das herauskriegen?«

»Ja...«, stimmte Dany zu, »unmöglich ist es nicht. Trotzdem hast du etwas vergessen. In dieser Angelegenheit sind zwei verschiedene Gruppen tätig. Die eine versucht immer noch, den Brief zu finden, und glaubt, ich hätte ihn in meinem Besitz. Die andere hat den Brief. Wenn Seyyid Omar ihn nicht hat, wer dann?«

Lashs Gesicht veränderte sich und wurde völlig ausdruckslos. Er blickte auf die Zigarette in seiner Hand, und dann warf er sie durch das offene Fenster. Er bemerkte leichthin:

»Ja, wer? Bestimmt nicht unser Freund Seyyid, wenn er es war, der in der Höhle deine Tasche ausräumte und uns so wirkungsvoll vom Haus fernhielt, während einer seiner komischen Helfer unsere Zimmer durchsuchte.«

Dany sagte: »Aber wenn du wirklich glaubst, daß er hinter allem steckt, warum hat er uns dann gezeigt, wie Miss Bates getötet worden ist?«

»Um uns Angst einzujagen, nehme ich an. Wir sollen die Nerven verlieren und den Kopf.«

Lash trank aus, warf das leere Glas auf das Sofa und erklärte: »Ich halte eine kurze Unterredung mit deinem Stiefvater für angezeigt. Er hat sicher keine Ahnung, in welches Hornissennest er gestochen hat, und ich beabsichtige, es ihm klarzumachen, und wenn ich dazu einen Vorschlaghammer benutzen muß!«

Er blickte auf Danys weißes Gesicht nieder und lächelte schief. »Das ist eine abscheuliche Situation, Schätzchen, aber kein Grund für dich, die Nerven zu verlieren.«

»Ich habe gar keine mehr, die ich verlieren könnte«, gestand Dany kläglich. »Nicht ein Atom!«

Lash lachte, ergriff ihre Hände und zog sie auf die Füße.

»Blödsinn, Miss Kitchell! Vielleicht im Augenblick verlegt, aber nicht verloren. Und ich weiß zwar nicht, ob deine Tante dich jemals davor gewarnt hat, einen Junggesellen zu dieser nächtlichen Stunde in seiner Wohnung zu besuchen, aber ich glaube, in den prüderen Kreisen der Gesellschaft betrachtet man so etwas mit Stirnrunzeln. Deshalb werde ich dich in etwa zwei Minuten in dein Zimmer zurückbringen.«

Fünf Minuten später flüsterte er: »Weißt du was? Es sieht ganz so aus, als könnte das zur Gewohnheit werden.«

Tatsächlich war es nicht viel mehr als eine Viertelstunde später geworden, als er Dany schließlich zurück zum Haus geleitete.

18

Am nächsten Tag ergab sich keine Gelegenheit zu einem privaten Gespräch mit Tyson, denn er hatte lange geschlafen und erhielt dann durch Boten die Nachricht, ein alter Freund sei am Morgen unerwartet mit seiner Privat-Jacht eingetroffen und bitte ihn, mit ihm zum Tiefseefischen zu fahren. Tyson folgte der Einladung.

»Das ist wirklich nervenzerfetzend!« beklagte sich Nigel. »Die Arbeit häuft sich zu Bergen, aber macht er sich vielleicht ans Werk? Pustekuchen! Vom Verleger kommen die gröbsten Telegramme; man kann nur hoffen, daß der Beamte kein Englisch kann. Außerdem hat er geschworen, heute vormittag mit Larry zu sprechen. Ist es Ihnen schon gelungen, ihn auf irgend etwas festzunageln, Holden?«

»Nein«, antwortete Lash träge und drehte sich auf den Bauch.

Sie hatten alle gebadet und schmorten jetzt auf dem Strand unterhalb des Hauses im heißen weißen Sand, wobei sie sich etwas erwarben, das sich, wie sie hofften, zu einer ebenmäßigen Bräune und nicht zu einem schlimmen Sonnenbrand auswachsen würde.

»Wer hat grobe Telegramme geschickt?« erkundigte sich Lash. »Hört sich nach meinem verehrten Papa an.«

»Nein. Unser britischer Verleger. So empfindlich«, antwortete Nigel.

Gussie, die sich die Beine mit Sonnenöl einrieb, blickte hoch. »Ich dachte, Sie sollten mit Tyson irgendein Abkommen wegen der Emroy-Frost-Papiere schließen, Mr. Holden. Eine kombinierte Geschäfts- und Vergnügungsreise. Obwohl ich fürchte, es ist kein großes Vergnügen gewesen, zu... Ach du meine Güte, ich wollte nicht taktlos sein.«

»Das waren Sie auch nicht«, versicherte Lash ihr. »Und wegen dieser Papiere haben Sie vollkommen recht. Ich hoffe, Ihren Bruder überreden zu können, daß er auf der gepunkteten Linie unterschreibt. Wenn ich ihn dazu bringen kann, solange stillzusitzen. Aber es ist schwierig, ihn festzuhalten, und im Augenblick bin ich zu faul, um ihm hinterherzujagen.«

»Wo ist Ihre amerikanische Hektik geblieben?« fragte Gussie mit strahlendem Lächeln.

Lash gähnte. »Die habe ich irgendwo hinter Neapel weggeworfen zusammen mit meinem Regenmantel. Jetzt ziehe ich ein Sonnenbad dem Geschäft vor. Aber keine Bange, irgendwann komme ich darauf zurück. Im Ernst. Was fangen wir mit dem Rest des Tages an?«

»Nichts«, erklärte Nigel bestimmt.

»Prima. Das ist ganz nach meinem Geschmack.«

»Kommt nicht in Frage!« fuhr Gussie unternehmungslustig dazwischen. »Wir machen alle einen Einkaufs- und Besichtigungsbummel durch die Stadt. Das ist schon arrangiert. Zum Tee gehen wir ins Hotel, und Lorraine erwähnte etwas von einem Mondschein-Picknick irgendwo am Strand.«

»Heiliger Strohsack!« murmelte Lash inbrünstig.

»So war es doch, Lorraine, nicht wahr?« Gussie ignorierte die Unterbrechung.

»Ja, liebe Gussie. Aber nur für solche, die gern mitmachen. Keiner muß mit, weißt du.«

»Ich halte es für dumm, einen Ort wie Sansibar zu besuchen, wenn man dann den ganzen Tag herumliegt und schläft. Das kann man auch zu Hause.«

»Aber nicht auf einem so schönen weißen Strand in der Sonne«, meinte Amalfi. »Nigel, warum ist dieser Sand weiß statt gelb?«

»Korallen, Sie reizender Ignorant. Und Bimsstein, vermute ich. Übrigens, ich habe neulich etwas höchst Faszinierendes herausgefunden. Wissen Sie, woher die niedlichen kleinen Bimssteine kommen, die man überall am Strand findet? Aus dem Krakatau!«

»Und wo«, fragte Eduardo, »liegt der Krakatau?«

Nigel legte schaudernd die Hand über die Augen. »Wie bescheiden ist unter den trinkenden Klassen doch der Anspruch auf Bildung! Der Krakatau, mein dekadenter Barbar, war ein Vulkan in der Sundastraße – einer Meerenge zwischen Java und Sumatra, falls Sie es nicht wissen –, der sich 1883 mit einem Knall selbst in die Luft jagte, wie ihn keine Atombombe je erzeugen wird. Und das sind die Überreste. Sie wurden von den Strömungen fortgetragen und hier angeschwemmt. Ich kann nicht behaupten, daß ich früher schon Bimsstein benutzt hätte, aber jetzt tue ich es. Mich berauscht der Gedanke, daß ich mir die Tintenflecken mit dem Krakatau abkratze.«

Eduardo spöttelte: »Sie sollten einen Fremdenführer schreiben, Sie kluges Kerlchen. Ich persönlich lese sie nie.«

»Sie lesen überhaupt nie etwas, wenn es sich irgendwie umgehen läßt!« stellte Nigel verärgert fest.

»Also, das ist sehr ungerecht von Ihnen, Mr. Ponting«, warf Gussie ein und bewegte strafend den Zeigefinger. »Und der Marchese hat ja nur gescherzt. Er hat doch wirklich schon an unserm ersten Nachmittag hier alles über das Haus gelesen. Das Buch meines Onkels: *Das Haus des Schattens.* So ist es doch, nicht wahr?«

»Habe ich es gelesen?« Eduardo zuckte die bronzenen Schultern. »Ich erinnere mich nicht mehr. Vielleicht habe ich es in die Hand genommen und einen Blick darauf geworfen. Und wenn, dann muß ich es sehr, sehr schnell wieder hingelegt haben.«

»Ganz und gar nicht! Sie sind zu bescheiden. Sie waren von dem Buch so gefesselt, daß Sie nicht einmal hörten, wie ich in die Bibliothek kam. Und ich versichere Ihnen, niemand braucht sich zu schämen, ein Bücherwurm zu sein. Ich selbst lese gern ein gutes Buch.«

»Der springende Punkt ist«, bemerkte Nigel, »daß *Das Haus des Schattens* wahrscheinlich das schlechteste je geschriebene Buch und bestimmt das langweiligste ist. Man kann bezweifeln, daß ein Buchliebhaber, sei er ein Wurm oder sonst etwas, sich über Seite zwei hinausquälen wird.«

»Warum bohren wir dann jetzt darin herum?« fragte Amalfi schmollend. »Werden zufällig Sie heute nachmittag bei diesem Einkaufs- und Besichtigungsbummel den Fremdenführer machen, Nigel?«

»Ich preise mich glücklich, daß ich darauf eine eindeutige Antwort geben kann«, gab Nigel zurück. »Nein! Warum? Haben Sie die Absicht, sich anzuschließen?«

»Ich denke schon. Vorausgesetzt, wir brechen nicht vor halb vier, vier Uhr auf. In der Portugisischen Straße habe ich einen Laden mit himmlischem indischem Schmuck gesehen, und der Mann sagte, er bekäme noch mehr herein, das er uns heute zeigen könne. Deshalb waren Eddie und ich so gut wie entschlossen, noch einmal hinzugehen.«

»Vergessen Sie Eddies Scheckbuch nicht«, riet Nigel gehässig.

»Nigel, Darling, Sie sind heute sehr böse«, warf Lorraine ihm vor. »Was ist denn los? Es ist ein so schöner Tag, aber alle scheinen nervös zu sein, statt sich friedlich zu entspannen.«

»Wir entspannen uns doch friedlich«, bemerkte Lash mit geschlossenen Augen. »Sehen Sie uns nur an.«

»Nein, das tun Sie nicht. Sie mögen so aussehen, aber ich spüre, daß die Atmosphäre schwirrt vor gereizten Nervenenden. Vermutlich liegt es an dieser Geschichte mit Honeywood und Jembe. Und dann die arme Millicent...«

Gussie Bingham stand abrupt auf, griff sich ihr Handtuch, ihr Sonnenöl und ihren Sonnenschirm und marschierte über den Strand davon. Sie verschwand auf dem kurzen steinigen Pfad, der zu der Tür in den Garten führte.

Amalfi setzte sich hoch und nahm ihre Sonnenbrille ab. »Jetzt hast du deine liebe Schwägerin verärgert. Zu schade. Lorraine, Darling, sei lieb und laß uns nicht mehr auf das Thema zurückkommen.«

»Aber warum sollen wir den Vogel Strauß spielen?« fragte Lorraine gekränkt.

»Und warum nicht? Ich habe nichts gegen Sträuße. Tatsächlich stehe ich völlig auf ihrer Seite, wenn sie lieber den Kopf in den Sand stecken, als mit dem Schnabel in scheußlich deprimierenden Themen herumzustochern. Willst du uns heute nachmittag wirklich durch Sansibar führen?«

»Ja, wenn du möchtest. Eigentlich ist es Gussies Idee. Sie will immerzu etwas unternehmen, ich nehme an, damit sie nicht über Millicent nachdenken muß. Gussie haßt es, aus der Fassung zu geraten. Wenn wir in die Stadt fahren, könnt ihr euch alle im Besucherbuch des Palastes und des Vertreters von Großbritannien einschreiben. Das gehört sich so.«

»Sie haben meine Erlaubnis, meinen Namenszug zu fälschen«, warf Lash ein.

»Ich werde nichts dergleichen tun. Sie werden Ihren Namen selbst schreiben, und zwar mit Vergnügen!«

»Okay, okay«, gab Lash friedlich nach. »Alles, was Sie wollen. Ich komme mit.«

Sie kamen alle mit, abgesehen von Nigel, der dabei blieb, er habe zu arbeiten, und von Dany, die in einer Hängematte im Garten eingeschlafen war.

»Lassen Sie sie schlafen.« Lorraine hielt Lash zurück, der sie aufwecken wollte. »Das ist besser für sie, als wenn sie in dieser Hitze durch ganz Sansibar läuft, und sie sieht aus, als habe sie in letzter Zeit nicht viel Schlaf bekommen. Nigel kann ein Auge auf sie haben. Ihr wird schon nichts passieren. Nein, Lash! Ich will nicht, daß sie geweckt wird.«

Sie hatte mit unerwarteter Entschiedenheit gesprochen, Lashs Arm ergriffen und ihn hinaus zum Wagen gezogen.

Lorraine hatte seit dem Ankunftstag keine Gelegenheit mehr gehabt, vertraulich mit ihrer Tochter zu sprechen, denn Tyson hatte sie davor gewarnt, Dany mit mehr Intimität zu behandeln, als der Sekretärin eines Gastes zustand. Aber sie hatte sie am frühen Nachmittag allein im Garten angetroffen. Dany hatte sich nach dem Lunch in die Hängematte gesetzt, und Lorraine erblickte sie, als sie hinausging, um als Friedensangebot für Gussie ein paar Rosen abzuschneiden.

»Darling, wie schön, daß ich dich einmal ein Weilchen für mich haben kann«, sagte Lorraine, vergaß die Rosen und nahm neben ihrer Tochter auf der Hängematte Platz. »Es ist so anstrengend, daß ich nie mit dir reden kann, ohne dabei über die Schulter zu spähen. Ich fürchte, all das ist für dich einfach scheußlich, Baby. Tyson sagt, nur noch einen oder zwei Tage, und dann hat die Polizei alles aufgeklärt und wir brauchen nicht mehr vorzugeben, du seist diese Kitchell. Gott sei Dank!«

Sie seufzte und brachte die Hängematte mit einem Fuß zum Schaukeln. Nach einer Pause begann sie ein wenig gehemmt: »Darling...

wegen Lash.« Und dann schien sie nicht weiter zu wissen.

Dany fragte erschrocken: »Was ist mit ihm?«

»Du magst ihn gern, nicht wahr, Darling?«

Dany errötete bis zu den Wurzeln des so gräßlich gefärbten Haars. Lorraine bemerkte die unglückliche Farbwirkung und meinte gedankenverloren: »Nein, das ist die falsche Farbe für dich. So ein Jammer.«

»Mutter, wovon redest du?« fragte Dany.

Lorraine warf einen gehetzten Blick über die Schulter. »Darling, nicht! Wenn dich nun einer hört?«

»Es ist kein Mensch in der Nähe«, erwiderte Dany. »Was wolltest du über Lash sagen?«

»Nun, ich dachte, ich sollte etwas sagen, denn ich habe den Eindruck, daß du ihn mehr schätzt als... sagen wir, als es einer Sekretärin zusteht. Und er ist ja auch ein sehr anziehender Mann, und...«

Sie machte eine hilflose Geste mit einer Hand, und wieder beendete sie den Satz nicht.

»Und was?« fragte Dany, in die Verteidigung gedrängt.

»Nun, Darling, zufällig ging ich gestern abend auf die Terrasse, um eine Zeitschrift zu holen, die ich dort liegengelassen hatte, und ich sah euch beide zum Haus zurückkehren. Ihr wirktet sehr freundschaftlich.«

Dany schwieg, und Lorraine gab einen kleinen, unglücklichen Seufzer von sich. »Ich fürchte, ich bin eine nutzlose Mutter«, gestand sie. »Mein Problem ist, daß ich nicht weiß, wie ich mich als Mutter zu benehmen habe. Aber ich habe das Gefühl, als Mutter sollte ich etwas sagen. Über Lash, meine ich. Du weißt doch, daß er Elf – Mrs. Gordon – heiraten wollte?«

»Ja. Das hast du mir in deinem Brief geschrieben. Und er hat es mir erzählt.«

»Oh, das ist etwas anderes.« Das klang erleichert. »Aber, Darling, du wirst ein bißchen vorsichtig sein, nicht wahr? Siehst du, du hast bisher so wenige Männer kennengelernt. Das ist meine Schuld, nehme ich an. Ich bin schrecklich selbstsüchtig gewesen und habe nicht daran gedacht, wie schnell die Zeit vergeht. Immer hatte ich vor, eines Tages eine gute Mutter zu werden, aber du schienst immer noch ein Baby zu sein. Und jetzt bist du plötzlich erwachsen. Du wirst doch nicht dein Herz an den ersten attraktiven Mann verlieren wollen, der dir über den Weg läuft. Das ist wirklich der größte Fehler, den ein Mädchen machen kann. Nicht etwa, daß ich etwas gegen Lash hätte, aber...«

»Was bedeutet, daß du doch etwas gegen ihn hast«, stellte Dany kühl fest.

»Nein, wirklich nicht, Baby. Glaub mir. Es ist nur so, daß Tyson sagt, Lash habe eine Menge Mädchen gehabt, und er hat Elf angebetet, und enttäuschte Männer tun oft etwas so Törichtes: Sie greifen nach dem ersten besten Mädchen, das ihnen das Schicksal über den Weg laufen läßt, nur um Trost für ihre verwundete Seele zu bekommen. Das hat überhaupt nichts zu bedeuten. Ich mag Lash, aber er ist so ungehalten, und ich bin mir nicht sicher, ob ich ihm sehr weit trauen kann. Elf wird mit solchen Typen fertig. Wenn man jedoch jung und romantisch und naiv ist, neigt man dazu, Dinge – und Menschen – nach dem äußeren Schein zu beurteilen. Deshalb wirst du ein bißchen nachdenken müssen, Darling. Ich meine, du brauchst nicht alles zu glauben, was er sagt, nur weil er fröhlich ist und gut aussieht und etwas Charme besitzt. Nimm das alles...«

»Etwas gelassener«, unterbrach Dany bitter. »Ich weiß!«

»Ich wollte sagen ›mit etwas mehr Vorsicht‹«, fuhr Lorraine vorwurfsvoll fort. »Oh, da kommt Larry. Er ist richtig nett, finde ich, und ich bin froh, daß wir ihn eingeladen haben, wenn auch Tyson seinetwegen ein bißchen sauer ist. Er sagt, wir sollten aufpassen, weil Larry der Typ ist, der bei allen weiblichen Wesen Vertrauen erweckt, was damit endet, daß sie sich in ihn verlieben, und alle erfolgreichen Bigamisten und Trickbetrüger seien Männer dieser Art. Weißt du, es ist erstaunlich, wie gehässig Männer gegeneinander sein können, wenn... Hallo, Larry. Suchen Sie jemanden?«

»Nein«, lächelte Larry. »Ich sehe mir nur Ihr Besitztum an, Mrs. Frost. Eine so alte und faszinierende Anlage! Die Mauer am Ende des Gartens ist gut drei Meter dick. Früher müssen sich Wachräume oder Ställe darin befunden haben. Sind sie zugemauert worden?«

»Das nehme ich an«, antwortete Lorraine unsicher. »Wenn es Sie interessiert, werden Sie bestimmt alles in Barclays Buch finden. Fahren Sie nachher mit uns in die Stadt?«

»Selbstverständlich, wenn Sie mich mitnehmen. Besteht eine Chance, daß Ihr Gatte sich uns anschließt?«

»Er wird sich mit uns im Hotel zum Tee treffen.« Lorraine stand auf. Lächelnd wandte sie sich zu Dany zurück. »Ich lasse Sie im Besitz der Hängematte, Miss Kitchell. Legen Sie doch die Füße hoch und ruhen Sie sich aus. Wir fahren frühestens in einer halben Stunde ab.«

Sie verschwand mit Larry Dowling auf dem gewundenen Pfad zwischen den Orangenbäumen und Rosen. Dany sah ihnen nach und dachte an Lash und an das, was er erst gestern abend über Amalfi Gordon gesagt hatte. Es hatte sich nicht angehört, als liebe er sie immer noch. Aber war es nichts als Bitterkeit gewesen?

Du brauchst nicht alles zu glauben, was er sagt…

War sie selbst »jung und romantisch und naiv«? Ein unerfahrenes Schulmädchen, das Dinge und Menschen nach dem äußeren Schein beurteilt? Wie sollte einer das wissen? Auf welche Weise lernte man dazu? Durch bittere Erfahrungen? Hatte Lash sie nur aus Egoismus geküßt. Wollte er Amalfi zeigen, daß er kein Interesse mehr für sie hatte?

Fast eine Stunde lang lag Dany in der Hängematte und blickte zu dem blauen Stückchen Himmel auf, das der duftende Baldachin aus Blättern und Blüten über ihr durchschimmern ließ. Ihr Kopf war so voll von persönlichen Problemen, daß sie nicht einmal an Mr. Honeywood oder Jembe oder Millicent Bates denken konnte oder an Mord. Und dann hüllte der Schlaf sie ohne Vorwarnung ein, so daß sie Lorraine und Lash, die sie holen wollten, nicht einmal hörte.

Es war kurz vor fünf, als sie erwachte. Die Schatten im Garten waren länger geworden, und die größte Tageshitze war vorbei. Das Haus war sehr ruhig, aber Dany fand Nigel im Wohnzimmer, wo er chinesischen Tee trank und eine sieben Tage alte Londoner Zeitung las.

Er bemerkte Dany, ließ die Zeitung zu Boden gleiten und stand auf. Dany warf einen Blick nach unten, und sofort sprangen ihr die bekannten Worte ins Auge: *Mann in Market-Lydon ermordet.*

Nigel folgte der Richtung ihres Blickes und lachte. »Sie haben mich auf frischer Tat ertappt, Miss Kitchell. Ich ergötze mich an einem Mordbericht. Um Ihnen die Wahrheit zu gestehen, nach all dem abstoßenden Gerede neulich war mein Interesse erwacht. Diese Bates hörte einfach nicht auf, über den Mord zu sprechen, bis man nicht umhin konnte, sich zu fragen, was sie damit bezweckte – vorausgesetzt, daß sie überhaupt etwas bezweckte. Man hatte einfach das Gefühl, irgend etwas steckte dahinter… Setzen Sie sich doch und trinken Sie eine Tasse indischen oder chinesischen Tee. Der chinesische ist himmlisch. Tyson läßt ihn sich direkt von seinem Freund, einem alten Mandarin in Kanton, schicken.«

Dany nahm eine Tasse blasser, gelblichgrüner Flüssigkeit an, die nach getrockneten Blumen schmeckte, und lauschte ziemlich geistesabwesend auf Nigels helle, melodische Stimme, die in einem Nonstop-Monolog dahinplätscherte. Es war ziemlich leicht, stellte sie fest, Nigel zuzuhören und dabei an etwas anderes zu denken. Und dann wurde sie erschreckend jäh aus ihrer Versunkenheit gerissen.

»Und nun verraten Sie mir einmal«, sagte Nigel, »wer Sie wirklich sind! Ich werde es keiner Menschenseele weitersagen. Natürlich kann ich raten. Aber ich fühle mich die ganze Zeit auf die Folter gespannt. Eine köstliche Mystifizierung!«

Dany sah ihn mit offenem Mund an und ließ ihre Tasse fallen.

»Tiens! Tiens!« Mr. Ponting sprang graziös auf und machte den Schaden wieder gut. »Tut mir das leid. Ganz und gar meine Schuld. Aber ehrlich, liebe Miss Wie-auch-immer, sie können einfach nicht Ada Kitchell sein – und wenn man die Phantasie noch so sehr anstrengt. Und Sie haben keine Ahnung, wieviel Phantasie ich habe.«

Dany fragte tonlos: »Wer könnte ich sein?«

»Oh, Darling, Ihre Stimme! Ganz Nancy Mitford. Kein Hauch der Neuen Welt darin. Und welche Frau hat jemals eine Brille getragen, wenn sie sie nicht brauchte? Das ist doch einfaches Fensterglas! Und, um nicht allzu indiskret zu werden: Ein kleines blondes Vögelchen hat mir ins Ohr gezwitschert, es gehe das Gerücht, die arme Ada liege im Augenblick mit Mumps im Islington Isolation Hospital.«

»Mrs. Gordon!« entfuhr es Dany. »Das hätte ich wissen müssen!«

»Offen gesagt, Darling, das finde ich auch. Doch lassen Sie sich davon nicht betrüben. Wahrscheinlich ist es nicht wahr, und ich werde auf keinen Fall auch nur eine Silbe verraten. Jetzt erzählen Sie es mir, ich sterbe vor Neugier. Wer sind Sie? Verraten Sie es mir, obwohl ich es ziemlich genau erraten kann, nicht wahr?«

»Ich weiß es nicht. Können Sie das?«

»Nun, selbstverständlich! Unsere süße Lorraine hat absolut nichts Subtiles an sich, und wenn sie im Haus herumläuft und jede einzelne Fotografie ihrer geliebten Tochter entfernt, neigt man dazu, sich selbst ein paar schüchterne kleine Fragen zu stellen. Nicht daß es viele Fotos gegeben hätte. Lorraine ist nicht das, was man wahnsinnig mütterlich nennen würde. Aber eine oder zwei waren da. Und wo sind sie jetzt? Vom Winde verweht, der durch Georgia blies? Lorraine vergaß allerdings, daß ein mit vielen Illustrationen geschmückter Band über Forschungsreisen herumliegt, und darin findet sich auch ein Bild ihres ersten Gatten. Ich muß gestehen, ich war neugierig genug, es nachzuschlagen. Sie sind Ihrem Vater wirklich sehr ähnlich, wissen Sie. Das mußte einem sofort auffallen, als sie neulich ohne diese Brille und ohne diesen scheußlichen Pony auftauchten. Sie hatten vergessen, sich zu maskieren.«

Dany stand auf und ging zum Fenster. Sie stellte sich mit dem Rükken zum Fenster, zupfte nervös am Saum des Vorhangs und starrte in den Garten hinaus. Die erste Woge der Panik war verebbt, und jetzt empfand sie nur noch ein Nachlassen der Anspannung und eine gewisse Erleichterung. Es war anstrengend, Miss Kitchell zu spielen, und es würde eine Erholung sein, sich wieder in Dany Ashton zu verwandeln, sich nicht mehr verstellen und nicht mehr ängstigen zu müssen. Aber sie wünschte, Lorraine wäre hier. Oder Tyson. Oder Lash. Irgend jemand, der ihr raten könnte, was sie jetzt sagen sollte und wieviel sie sagen durfte.

Hatten alle sie durchschaut? Hatten sie es alle erraten? Die Paßkontrolleure nicht! Und sie waren die einzigen, auf die es wirklich ankam und Larry Dowling, dem es unbedingt verborgen bleiben mußte.

Dany fragte: »Hat Mrs. Gordon es allen erzählt?«

»Das mit Ada? Oh, das glaube ich nicht. Vielleicht hat sie Eduardo etwas in das schöngeformte braune Ohr geflüstert, aber ihn hätte das nicht im geringsten interessiert. Und ich bin sicher, sie würde es niemand anderem verraten. Bestimmt nicht Gussie. Und ganz bestimmt nicht unserem aufdringlichen Mr. Dowling.«

Dany fuhr schnell herum. »Warum sind Sie davon überzeugt?«

»Daß Sie Larry gegenüber nichts ausgeplaudert hat? Aber meine Liebe, natürlich nicht! Der Mann schreibt für Zeitungen, und wenn er seine raubgierige Feder daran wetzte, würden Tyson und Ihre schöne Mama sehr empfindlich reagieren. Amalfi jedoch legt gar keinen Wert darauf, daß man ihr die Tür weist. Sie sind hier ganz, ganz sicher. Wenigstens für den Augenblick. Vermutlich muß es früher oder später herauskommen, aber mit etwas Glück erst dann, wenn unser kleiner Schreiberling sein Interview mit Tyson – und genug Material, um uns andere zu verleumden – bekommen hat und abgereist ist.«

Der Gedanke an Mr. Larry Dowling schien Nigels Interesse in andere Kanäle zu lenken, denn er runzelte die Stirn und sagte: »Ich kann einfach nicht verstehen, was Tyson im Sinn hat. Warum gibt er dem Mann nicht sein Interview und einen Korb voll Tatsachen und schickt ihn weg? Warum lädt er ihn ins Haus ein und hält ihn hier fest, indem er das Gespräch von Tag zu Tag verschiebt? Wirklich sehr irritierend. Ich wünschte, Sie würden mir sagen, was er vorhat. Sie wissen es doch?«

»Ich weiß gar nichts über Mr. Dowling«, versicherte Dany hastig, der Frage ausweichend.

»Und wieviel wissen Sie über Mr. Holden, frage ich mich?« Nigel gab ein boshaftes, wissendes kleines Kichern von sich. Sein Ausdruck war gleichzeitig spöttisch und verschlagen. Dany fuhr ihn hitzig an: »Was meinen Sie?«

Nigel musterte sie mit schiefgelegtem Kopf wie ein großer, glatter, wachsamer Vogel. Dann legte er den Finger an die Lippen, erhob sich schnell und geräuschlos, schlich an die Tür, die in den Flur führte, und riß sie auf.

Das ganze Manöver trug den Stempel so übertriebener Geheimnistuerei, daß Dany schon erwartete, eine geduckte Gestalt mit dem Ohr am Schlüsselloch entlarvt zu sehen. Aber der Flur war leer. Als Nigel sich überzeugt hatte, daß sich auch im Hof niemand aufhielt, kehrte er zu seinem Sessel zurück und blickte ein wenig verlegen drein.

»Verzeihen Sie das Amateur-Theater, aber mir wäre es sehr lieb, wenn wir nicht belauscht würden. Ich setze voraus, daß Sie im Grunde nicht viel über den munteren Mr. Holden wissen, abgesehen von dem Üblichen, der Tatsache, daß er wegen der bezaubernden Amalfi völlig den Kopf verloren hatte und zugunsten Eduardos den Laufpaß erhielt. Es müßte ein Gesetz gegen diese Italiener geben, finden Sie nicht auch? Aber andererseits, hat er Ihnen reinen Wein eingeschenkt? Sind Sie voll informiert?«

Dany antwortete unsicher: »Ich weiß nicht, was Sie meinen.«

»Ach nein? Sind Sie nie auf die Idee gekommen, an Lash Holden sei etwas ein wenig merkwürdig?«

»Nein. Warum ›merkwürdig‹?«

»Nun, dann ›eigentümlich‹, wenn Sie das Wort vorziehen. Und bitte, springen Sie mir jetzt nicht ins Gesicht! Wie Sie sehen, besitze ich genügend Taktgefühl und habe mich jeder Frage enthalten, warum Sie es für notwendig halten, sich als seine Sekretärin zu verkleiden. Aber ist Ihnen denn nie aufgefallen, mit welcher tödlichen Sicherheit er immer im richtigen Moment auftaucht? Es sieht alles so selbstverständlich und einfach aus. *He presto!* – und da ist das Pik-As; ja, wo in aller Welt kommt es her? Welch ein erstaunliches Glück! Aber ist es Glück?«

Dany kam zu ihrem Sessel zurück, doch sie setzte sich nicht. Sie hielt sich an der Lehne fest und starrte Nigel mit blassem Gesicht an.

»Was versuchen Sie, mir beizubringen?«

»Nichts, Darling. Ich versuche, nur, etwas anzudeuten. Das mindert die Gefahr, meinen Sie nicht auch? Sehen Sie, Lashmer Holden senior ist ein sehr alter Freund von Tyson – ein intimer Freund, könnte man sagen. Es gibt nichts in bezug auf Tyson oder sein Haus oder seine Angelegenheiten, was er nicht weiß, und außerdem hat er den Ruf, einer dieser aufrechten Typen zu sein, deren Motto ist: Wer rastet, der rostet.«

Er sah Dany zusammenzucken und fragte: »Was überrascht Sie daran so? Was habe ich denn gesagt?«

»Nichts«, stotterte Dany. »Es war nur, daß... Was sagten Sie soeben über Lashs Vater?«

»Nur, daß Papa Holden das ist, was man gemeinhin einen zähen Brocken nennt. Er macht sich aus nichts ein Gewissen, und kürzlich hat er einen seltsamen Kurs eingeschlagen.«

»Einen was?«

»Einen seltsamen Kurs, Darling. Seien Sie nicht ganz so naiv. Ich glaube, er ist haarscharf daran vorbeigekommen, wegen Hochverrat vor einen Untersuchungsausschuß zitiert zu werden. Er hat mit den Kommunisten paktiert. Nichts konnte bewiesen werden, verstehen Sie, deshalb ist man schon gefährlich nahe an einer Verleumdung, wenn man bloß davon flüstert. Aber wissen tun es alle, und ich glaube, es hat ihn Tausende von Dollar an Bestechungsgeldern und so weiter gekostet, damit die Sache nicht vor Gericht kam. Wir waren gerade drüben, als das Faß am Überlaufen war, und ich habe den Verdacht, er hat versucht, Tyson anzupumpen. Äußerst peinlich! Da drängt sich einem doch die Frage auf, ob Tyson so ungezogen war, nicht mitspielen zu wollen, und ob Holden junior sich entschlossen hat, ihm die Daumenschrauben anzulegen. Er will quasi wie ein treuer Sohn handeln, wenn dem so ist.«

Dany runzelte die Stirn und blickte bestürzt drein. »Ich weiß wirklich nicht, wovon Sie reden, Nigel, und ich glaube, Sie sollten besser damit aufhören.«

»Von Erpressung, Darling«, erklärte Nigel, ihre Bitte ignorierend. »Ich frage mich, ob da nicht ein abgekartetes Spiel im Gange ist. Hat er die Tochter des Hauses mit Absicht in eine ebenso verwickelte wie peinliche Situation gebracht und verlangt von Stiefpapa nun, daß er zahlt, andernfalls werde er die Sache an die Presse weitergeben? Tyson ist wirklich sehr gut mit Aktien und Anteilen und Bargeld ausstaffiert, und er ist Ihrer charmanten Mama völlig ergeben. Wahrscheinlich würde er Ihretwegen zahlen und zahlen. Ich frage mich, könnte es das sein?«

»Nein!« protestierte Dany stürmisch. »Ich habe noch nie etwas so Lächerliches gehört! Nicht ein wahres Wort ist daran!«

»Langsam, langsam, Darling! Regen Sie sich nicht so auf. Sie sind ja so schlimm wie Eduardo. Schon gut. Es war nur so eine Idee. Aber ich werde den Verdacht einfach nicht los, daß er irgend etwas im Schilde führt. Natürlich kann man Mitleid für ihn empfinden. Der Ruf der Familie ist ruiniert, das Familienvermögen ist verschleudert, und die schicke Freundin, die, unter uns gesagt, Wind von dem bedauerlichen Kassenstand bekommen haben muß, verläßt das sinkende Schiff und besteigt einen mit Gold beladenen italienischen Kutter. Aber zu welchem Zweck ist Holden hier? Was hat er vor? Das möchte ich gern wissen. Nennen Sie mich neugierig, wenn Sie wollen. Sie hätten ganz recht.«

Dany erklärte steif: »Sie wissen genau, warum er hier ist.«

»Oh, aber Sie irren sich! Schnüffelt er hier rum? Die Amerikaner sind heutzutage plötzlich so auffallend interessiert an den Geschehnissen im Orient. Sie können an nichts anderes mehr denken als an Einflußsphären und Raketenbasen. (Und natürlich an Frauen – es geht einfach nichts über eine Dame! Besonders, wenn sie wie Elf aussieht.) Oder verfolgt er seine eigenen Interessen, und wenn ja, welche?«

Danys Hände klammerten sich an die Sessellehne. Sie sagte wütend: »Sie wissen genau, warum er hergekommen ist! Wegen eines Gesprächs über die Veröffentlichung der Emory-Frost-Papiere... und... und um in Sansibar seine Flitterwochen zu verleben.«

»Das sagt er. Allerdings sind die Frost-Papiere vor weniger als sechs Monaten mit seinem lieben Papa in den Staaten bis zum Erbrechen diskutiert worden. Natürlich waren sie damals noch unter Verschluß, und es mag sich herausgestellt haben, daß sie eine Veröffentlichung nicht wert sind. Aber ein paar Briefe hätten die Angelegenheit regeln können. Lash ist nicht hierher eingeladen worden. Wußten Sie das schon? Er schlug es selbst vor. Und wer hat schon einmal von einem Mann gehört, der seine Flitterwochen mit einer Geschäftsreise kombiniert? Davor würde der eifrigste Dollar-Jäger unter den Yankees zurückscheuen. Sie mögen das Geld lieben (und wer liebt es nicht!), aber sie fließen einfach über vor Gefühlen wegen solcher Sachen wie Mama und Heiratsglocken. Dadurch wird alles ja so spannend. Sicher können auch Sie diesen Gesichtspunkt würdigen.«

»Nein!« fuhr Dany ihn an. »Das kann ich nicht! Sie haben nichts weiter als eine fruchtbare Phantasie.«

»Meine Liebe, sehr richtig! Und wie fruchtbar sie im Augenblick ist! Die wildesten Mutmaßungen schossen aus dem Boden, als der liebe Junge hier auftauchte und verkündete, daß er seine Flitterwochen abgeblasen hat, und Sie noch zu allem Übel uns als seine Sekretärin präsentierte. Sofort wurde man an *Crippen* erinnert.«

»*Crippen?* Warum? Wieso...?« Dany entdeckte plötzlich, daß die Sessellehne eine ungenügende Stütze war. Sie bekam langsam immer weichere Knie und beschloß deshalb, sich zu setzen.

»Sie haben doch sicher von Dr. Crippen gehört, meine Liebe? Er brachte einen sehr sauberen kleinen Mord zustande, und dann verlor er den Kopf und entfloh mit seiner Sekretärin, die unzulänglich als Junge verkleidet war, außer Landes. Das schoß mir in dem Augenblick, als ich Sie erblickte, durch den Kopf. Nun, vielleicht nicht im ersten Augenblick, aber sobald mich die Neugierde zu plagen begann. Ich gestehe, das Rätsel faszinierte mich. Köstliche Schauer gingen mir über den Rücken! Ich sagte zu mir selbst: Jetzt flieht er vor dem Gesetz, und wo hat er die Leiche der armen Ada vergraben... der richtigen? Das war natürlich, bevor ich die Zeitungen gelesen hatte.«

Mit spröder, atemloser Stimme fragte Dany: »Was meinen Sie damit?«

Nigel ließ sein kleines, kicherndes Lachen hören. Er blickte auf die Zeitung nieder, die auf dem Fußboden neben seinem Sessel lag, und dann wieder zu Dany hoch:

»Wollen Sie mir nicht wenigstens das erzählen?«

Dany stieß hervor: »Ich brauchte es Ihnen nicht zu sagen, aber ich will es dennoch tun. Wenn Sie es unbedingt wissen müssen, Mr. Holden wohnte in London zufällig mit mir im gleichen Hotel.«

»Welch glücklicher Zufall«, murmelte Nigel.

»Möchten Sie, daß ich weiterspreche?«

»Aber natürlich, Darling. Ich bin ja so gespannt! Und ich verspreche, ich werde Sie nicht wieder unterbrechen.«

»Miss Kitchell, seine Sekretärin, hatte Mumps bekommen, und ich hatte meinen Paß verloren und keine Zeit mehr, mir vor Abflug der Maschine einen neuen zu besorgen. Da schlug er vor, ich solle Miss Kitchells Paß benutzen. Zum Jux!«

»Ha, ha!« machte Nigel. »Ist der Junge schlau! Er muß viel mit diesen Universitätsstudenten gemeinsam haben, die sich die geistreichsten Streiche ausdenken, um die Ernennung eines neuen Rektors durchzusetzen. Aber im Ernst, Darling, hatte sie Mumps? Oder war das nur ein Trick?«

»Ich bin nicht...«, begann Dany wieder.

»Das Pik-As«, erklärte Mr. Ponting mit einer Spur von Ungeduld. »*He presto* – nein, ist das ein Glück! Diese Art von Trick. Im Grunde ganz einfach, wenn man weiß, wie es gemacht wird.«

»Aber es war gar kein Trick dabei«, widersprach Dany. »Natürlich hatte sie Mumps.«

»Woher wissen Sie das? Weil sie ein nettes, unerfahrenes, unschuldiges Mädchen sind, das alles glaubt, was man ihm erzählt?«

Die Worte waren ein Echo dessen, was Dany heute schon einmal gehört hatte. Lorraine hatte sich fast genauso ausgedrückt. Und auch sie hatte über Lash so gesprochen.

Nigel fuhr fort: »Es ist so leicht, das zu sagen. Und fast ebenso leicht, kann man sich vorstellen, dafür zu sorgen, daß Sie Ihren Paß verlieren! Sie sagten doch, Sie hätten ihn verloren, nicht wahr? Wie, wenn ich eine weitere neugierige kleine Frage stellen darf? Ein Paß ist ja kein Gegenstand, den man auf einem Ladentisch aus der Hand legt oder auf dem Klo liegenläßt.«

»Ja, das war so. Ich meine, ich...«

Nigel kicherte von neuem. »Sie scheinen verwirrt zu sein. Vermutlich war es ganz einfach. Wie der Kartentrick. Man hält einen Paß in der Hand, und *he presto!* Da ist ein zweiter. Welch ein glücklicher Zufall! Sie verstehen?«

»Nein! Und ich glaube kein Wort davon. Und überhaupt, warum sollte Lash – Mr. Holden – so etwas tun? Warum sollte er sich die Mühe machen, mich nach Sansibar zu bringen, wo ich auch sowieso hinfliegen wollte?«

Nigel zuckte die Schultern und warf in einer affektierten Geste die Hände hoch. »Nun, Darling, zu dem Punkt habe ich ja bereits eine kleine Theorie entwickelt. Doch da Sie sehr heftig reagiert haben, wage ich es nicht, darauf zurückzukommen. Vielleicht wollte er Sie nur im Auge behalten. Und tatsächlich, warum auch nicht? Obwohl ich gestehen muß, daß es, als die Flitterwochen abgeblasen wurden, vielleicht ein bißchen taktlos war, hinter seiner Ex-Liebe und dem neuen italienischen Liebhaber herzureisen. Man hätte vielmehr erwartet, daß er den Flug annuliert. O ja, ich nehme an, in wenigen Tagen wird alles so klar wie Vichy-Wasser sein und genauso harmlos. Es macht viel mehr Spaß, sich darüber den Kopf zu zerbrechen, nicht wahr? Ich liebe Geheimnisse! Möchten Sie noch eine Tasse Tee?«

Nigel lugte in die Teekanne, schnalzte bedauernd mit der Zunge und verkündete, es sei keiner mehr da, und das heiße Wasser sei kalt geworden. »Das macht aber nichts, denn es ist beinahe Zeit für einen Cocktail. Ich hatte keine Ahnung, daß es schon so spät ist. Heute abend diniere ich auswärts mit ein paar reizenden Parsen. Sie setzen einem die köstlichsten Curry-Gerichte vor, denen man nicht widerstehen kann, obwohl sie die Magensäfte total durcheinanderbringen. Doch das ist immer noch besser als ein Picknick im Mondschein, das für mich die reine Hölle ist. Sandige Würstchen und das Moskito-Schutzmittel in jedem Glas. Ich bemitleide Sie alle.«

Er erhob sich graziös. »Wollen Sie mir verzeihen, wenn ich Sie sich selbst überlasse, während ich mich schnell umziehe? Und machen Sie sich keine Sorgen, liebe Miss Kitchell. Ihr schuldhaftes Geheimnis ist ganz sicher bei mir. Ich verspreche, ich werde niemandem auch nur die winzigste Andeutung machen. Hand aufs Herz!«

Er nahm die am Boden liegende Zeitung auf, faltete sie akkurat zusammen, steckte sie unter den Arm und schwebte davon. Dany blieb in dem leeren Wohnzimmer mit den Teetassen und einigen sehr unerfreulichen Gedanken zurück.

19

Lash. Nein... es ist nicht möglich! Aber es war möglich. Unvorstellbar, aber nicht unmöglich.

Lash... Sie mußte mit ihm reden. Sie wollte ihn fragen...

Du brauchst nicht alles zu glauben, was er sagt.

Aber sie hatte alles geglaubt. Warum?... Weil er Lash war und sie sich in ihn verliebt hatte. Weil er fast der erste attraktive Mann war, den sie je kennengelernt hatte, und jedes Mädchen, das sich zum ersten Mal verliebt, ist überzeugt, daß das die wahre Liebe ist – und für ewig. Und dann stellt sie fest, daß beides nicht stimmt.

»War das dein erster Kuß?« – »Ja, woher weißt du das?« – »Ich habe meine Erfahrungen.«

Ihr war die Bedeutung dieser Antwort damals nicht aufgegangen, aber jetzt. Es hieß, daß er schon viele andere Mädchen geküßt hatte. Er wußte, wie man Frauen behandelt. Wie man sie herumbekommt.

Dany wurde bewußt, daß sie bereit gewesen war, in jedem anderen einen Mörder zu sehen: Gussie, Seyyid Omar, Eduardo di Chiago, Amalfi Gordon und vielleicht sogar Larry. Aber nicht in Lash.

Sie hatte im Fall der anderen Verdächtigen Mittel und Wege und Theorien ausgearbeitet und Lash zugehört, wenn er es tat. Aber nicht den Bruchteil einer Sekunde war sie auf die Idee gekommen, Lash zu verdächtigen. Und doch hatte er sich am meisten verdächtig gemacht. Er hatte sogar selbst darauf hingewiesen, und sie hatte den Gedanken verworfen, ihn sofort und voller Ungeduld beiseitegefegt.

Hatte er die Bemerkung deshalb gemacht? Um sich zu vergewissern, daß sie volles Vertrauen zu ihm hatte? War es ein Bluff gewesen? Jetzt sah Dany ein, daß Lash sehr wohl alles hätte tun können...

Sie ließ den Kopf in die Hände sinken, drückte die Finger auf die Augen und versuchte, sich zu erinnern und scharf nachzudenken.

Sein Vater kannte Tyson wahrscheinlich besser als sonst irgendwer, und Tyson konnte ihm durchaus über die Entdeckung geschrieben haben, die er unter den Frost-Papieren gemacht hatte. Vielleicht hatte er ihm auch mitgeteilt, was er beabsichtigte. Lash konnte Mr. Honeywood aufgesucht haben und von Millicent gesehen worden sein, die ihn in dem Augenblick nicht erkannte, aber später.

Er hatte sich ein Zimmer im gleichen Hotel wie Dany genommen, und alles übrige wäre für ihn sehr einfach gewesen. Er mochte sogar auf der Feuerleiter oder dem Balkon vor ihrem Zimmer gewesen sein und gesehen haben, wie sie es verließ. Dann hatte er sich durch den Raum geschlichen und die Tür hinter ihr zugeknallt und ihren eigenen Schlüssel vom Toilettentisch genommen. Er mochte das Zimmer durch das Fenster verlassen haben und über die Treppe wieder nach oben gekommen sein, den Betrunkenen spielend.

Zeit, ihr Zimmer zu durchsuchen, und als er den Umschlag nicht fand, ihren Paß zu stehlen und die Pistole einzuschmuggeln, hätte er genug gehabt, während sie in seinem Zimmer wartete. Und als Dany jetzt darüber nachdachte, fiel ihr auf, daß er tatsächlich wie auf ein Stichwort hin erschienen war, als sie die Pistole fand.... Und es war Lashs Idee gewesen, sie solle anstelle von Miss Kitchell mit ihm kommen.

War Miss Kitchell tatsächlich an Mumps erkrankt? Oder war sie nur in letzter Minute informiert worden, ihre Anwesenheit sei nicht erforderlich, weil ihr Paß benötigt wurde?

Aber da war diese Nacht in Nairobi gewesen und der Mann, der sie hatte chloroformieren wollen. Das konnte Lash nicht gewesen sein. Er hatte auf dem Sofa gelegen und fest geschlafen. Nein, das alles war Unsinn! Eine wilde Erfindung von Nigels blühender Phantasie, die einer nüchternen Prüfung nicht einen Augenblick standhielt.

Aber es gab zwei Personen, die diesen Brief haben wollten. Oder zwei Gruppen von Personen. Eine davon suchte immer noch danach, und eine hatte ihn. Der versiegelte Umschlag mit Emory Frosts Initialen war aus ihrer Manteltasche genommen, das Siegel war erbrochen und der Brief entfernt worden. Und das hatte nur ein einziger Mensch fertigbringen können – Lash Holden.

»Nein – nein – nein!« sagte Dany laut und verzweifelt. »Das würde er nicht tun. Das hat er nicht getan. Ich glaube es nicht, und ich will es nicht glauben!«

Wer anders? wisperte eine leise, erbarmungslose Stimme in ihrem Gehirn. Wie anders? *Du brauchst nicht alles zu glauben, was er sagt…*

Dany sprang auf. Mit sich selbst ringend, lief sie im Zimmer auf und ab. Sie versuchte, sich einzureden, jemand anderes habe den Umschlag stehlen können. Aber da war kein Ausweg. Kein Schlupfloch. Es mußte Lash gewesen sein.

Man konnte sich gerade eben noch vorstellen, daß ein geschickter Taschendieb das ganze Päckchen mitsamt dem Chiffontuch stahl. Aber den Umschlag auszuwickeln, den Brief herauszuholen und das Ganze zurückzustecken, das war einfach unmöglich. Nur Lash hätte es in aller Ruhe bewerkstelligen können. Entweder während sie an jenem Morgen im Bad war oder als sie ihm im Flugzeug den Mantel zum Halten gegeben hatte.

»Nein!« sprach Dany noch einmal das leere Zimmer an. Doch trotz ihres Leugnens wußte sie, daß die Antwort »ja« lauten mußte, denn ihr war soeben etwas anderes eingefallen.

Lash hatte gestern abend auf dem Fenstersims seines Zimmers gestanden und nach oben in die Bougainvilleen gegriffen, die dort wuchsen. Lashs Züge hatten sich verändert, als sie fragte: »Wenn Seyyid Omar den Umschlag nicht hat, wer dann?« Sein Gesicht war leer und ausdruckslos geworden, und er hatte den Kopf gedreht, als wolle er ihrem Blick nicht begegnen. Ja, Lash hatte den Brief. Davon war Dany plötzlich überzeugt. Wahrscheinlich hatte er ihn in der Tasche mit sich herumgetragen. Dann hatte er sich beim Anblick ihrer aufgeschlitzten Handtasche gesagt, daß das zu gefährlich sei, und sich entschlossen, ein besseres Versteck zu suchen.

Wozu wollte er den Brief verwenden? Wenn es, wie Seyyid Omar gesagt hatte, auf Sansibar Männer gab, deren oberstes Ziel eine Diktatur unter sowjetischer Oberherrschaft war, mochte Lash ein Mann vom Geheimdienst sein, dessen Aufgabe war, das zu verhindern. Oder wollte er Seyyid Saïds Schatz für sich selbst?

Jembe... Millicent Bates... Es hätte Jembe gewesen sein können, der in ihr Zimmer in Nairobi eingedrungen war, und Lash konnte es gewußt oder erraten haben. Millicent hatte behauptet, sie vergesse niemals ein Gesicht, und Lash hatte gemeint, sie sei ermordet worden, weil sie zuviel geredet hatte. Es war fast sicher, daß Lashs Vater ein Exemplar von dem Buch *Das Haus des Schattens* besaß, und die Nachricht, die Millicent in den Tod lockte, war auf Ada Kitchells Maschine geschrieben worden.

»Ein Schurke, der ein junges Mädchen so mühelos herumbekommt wie ein Heiratsschwindler, der sich bei einer frustrierten Kleinstadt-Jungfer an die Arbeit macht...« Irgendwer hatte das über Lash gesagt. War sie, Dany, eine frustrierte Kleinstadt-Jungfer? Auch Lorraine hatte sie für zu jung und unerfahren gehalten – und zu romantisch! Und Nigel hatte sie angefleht, nicht so naiv zu sein. Vielleicht war sie das alles wirklich.

Eine Träne sickerte über Danys blasse Wange. Sie wischte sie ärgerlich ab. Weinen half ihr nichts, aber es gab wenigstens etwas, das sie tun konnte. Sie konnte sich vergewissern, ins Gästehaus gehen und nach Emory Frosts Brief suchen. Nicht sofort, weil es spät wurde und die anderen bald zurückkommen würden. Aber sobald sich ihr eine Gelegenheit bot und sie genau wußte, daß Lash aus dem Weg war, wollte sie es tun.

Die Wagen fuhren fünf Minuten später vor. Da Dany keine Lust hatte, jetzt mir irgend jemandem zu sprechen, rannte sie in ihr Zimmer hoch und verschloß die Tür. Sie öffnete sie erst wieder, als Lorraine klopfte und fragte, wie es ihr gehe und ob sie gut geschlafen habe.

»Weißt du, Darling«, Lorraine betrachtete ihre Tochter mit einiger Sorge, »du siehst sehr blaß aus. Vielleicht ist es auch dieses Haar. Ich finde wirklich, wir sollten...«

»Mutter«, unterbrach Dany sie nervös, »hat Tyson Lashs Vater jemals etwas über diesen Brief von Emory Frost geschrieben? Den Brief, den ich bei Mr. Honeywood abgeholt habe?«

»Darling, ich habe keine Ahnung. Möglich ist es, sie sind immer sehr gute Freunde gewesen. Warum?«

»Ach, nichts«, sagte Dany schnell. »Ich habe nur darüber nachgedacht, ob sonst noch jemand davon gewußt haben kann.«

»Das glaube ich nicht. Das heißt, natürlich muß jemand anders davon gewußt haben. Oh, das ist alles so verworren und widerwärtig, und ich wünsche mir oft – nun ja – reden wir nicht mehr davon.«

Lorraine setzte sich auf den Hocker vor dem Toilettentisch, betrachtete ihr bezauberndes Spiegelbild und sagte: »Ich sehe schauderhaft aus. Ob ich noch Zeit genug zum Baden habe, bevor wir zu diesem Picknick aufbrechen? Nein, wohl nicht mehr. Wir hatten nicht die Absicht, so spät zurückzukommen, aber Tyson brachte einen Freund von Elf mit ins Hotel. Er ist nur einen Tag später als du nach Mombasa geflogen und an Bord von George Wallingbornes Jacht gegangen, und gestern abend spät kamen sie hier an. Tyson ist mit ihnen zum Angeln draußen gewesen. Ein Mann namens Yardley, Sir Ambrose Yardley. Und wenn du mich fragst, er ist nur Elfs wegen hier. Er hätte in Khartum irgend etwas zu erledigen gehabt, aber er ist dort nur einen und einen halben Tag geblieben und ihr dann nach hier gefolgt. Ich hätte ihn vielleicht einladen müssen, bei uns zu wohnen; er lechzte danach. Aber Eduardo reagierte ziemlich albern und unhöflich auf die ganze Sache, und ich halte ein weiteres Drama nicht mehr aus. Jedenfalls treffen wir uns alle morgen mit ihnen zum Mittagessen.«

Lorraine betupfte ihr Gesicht geistesabwesend mit Danys Puder, rieb ihn wieder ab und stand seufzend auf.

»Zieh nichts zu Hübsches an, Darling, weil das Picknick am Strand stattfindet. Tysons Idee. Er ist ganz zum Pfadfinder geworden und möchte ein Feuer aus Treibholz machen und Würstchen braten. Puh! Ich kann mir nichts weniger Verlockendes vorstellen, aber er platzt vor Tatendrang und Sehnsucht nach frischer Luft. Komm nicht so spät hinunter, ja, Baby?«

Die Sonne ging unter, der Himmel war rosen- und aprikosenfarben und das Haus voller Schatten, als Dany ins Wohnzimmer kam. Sie hatte erwartet, alle Hausbewohner dort versammelt zu finden, aber es waren nur zwei anwesend. Sie standen so dicht zusammen, daß sie in dem trüben Licht für einen Augenblick wie eine Person aussahen.

Sie traten schnell auseinander, als sie die leichten Schritte von Danys Sandalen auf den dünnen Orientteppichen hörten. Amalfi Gordon kam auf sie zu, das Gesicht und die schlanke Gestalt dunkel vor den Sonnenuntergangsfarben, die draußen vor den Fenstertüren brannten.

Ohne ein Wort zu sprechen, ging sie an Dany vorbei und hinaus in den dunklen Flur. Ihre hohen Absätze klapperten auf dem gebohnerten Stein.

Lash sagte: »Warum der altmodische Blick, Bambina? Hast du gedacht, du seist in eine große Versöhnungsszene hineingeplatzt? Wenn ja, dann hast du das falsch verstanden. Ich bin nicht so polygam, wie ich aussehe.«

Dany erwiderte kalt: »Es hat absolut nichts mit mir zu tun, wenn Ihnen danach ist, Mrs. Gordon zu umarmen.«

»Nun warte mal! Ich habe sie nicht umarmt!«

»Nicht? Für mich sah es ganz so aus. Wo sind die anderen hin?«

»Das weiß ich nicht, und ich kann auch nicht behaupten, daß es mich interessiert. Erzähl mir, was du den ganzen Nachmittag mit dir angefangen hast. Mir gefiel es gar nicht, dich allein zurückzulassen. Aber Lorraine sagte, ich solle dich schlafen lassen und Nigel werde schon auf dich aufpassen. Hat er das getan?«

»Ja«, antwortete Dany kurz.

Sie wandte sich zum Gehen. Lash kam ihr schnell nach und faßte sie am Arm. »Was ist los, Schätzchen? Du bist doch nicht böse auf mich? Sieh mal, ich kann es dir erklären.«

»Ach ja? Aber ich brauche deine Erklärungen nicht zu glauben, oder?«

Lashs Finger gruben sich schmerzhaft in ihren Arm. Er riß sie zu sich herum, und dann ließ er sie plötzlich los, da jemand leise durch die offene Tür hinter ihnen trat.

»Hallo«, grüßte Larry Dowling. Seine ruhige, angenehme Stimme stand in scharfem Widerspruch zu der Geräuschlosigkeit, mit der er sich bewegt hatte. »Komme ich zu spät? Wo sind die anderen?«

»Im Garten, nehme ich an. Warum gehen Sie nicht hinaus und suchen nach ihnen?« fauchte Lash.

»Ja, das wollen wir tun«, fiel Dany dankbar ein. »Ich komme mit Ihnen, Larry.«

Sie nahm seinen Arm. Zusammen gingen sie an Lash vorbei durch die Fenstertür auf die Terrasse, wo sich ihnen ein paar Minuten später Gussie und Tyson zugesellten.

Dany hatte gehofft, eine Gelegenheit zu finden, mit ihrem Stiefvater unter vier Augen zu sprechen. Aber offenbar sollte es heute abend nicht mehr dazu kommen. Tyson hatte einen anstrengenden Tag beim Fischen hinter sich, schien jedoch seine Energie noch lange nicht erschöpft zu haben. Er führte seine Gäste beim letzten Glühen des Abendrots zum Strand hinunter und durch den feuchten Sand bis zu einer passenden Stelle in einer kleinen Bucht, keine Viertelmeile vom *Kivulimi*-Strand entfernt. Dann schickte er sie los, Treibholz für das Feuer zu sammeln.

»Er bekommt diese Sucht nach frischer Luft von Zeit zu Zeit«, erklärte Lorraine mit resignierendem Lächeln. »Sehr anstrengend, solange sie dauert, aber glücklicherweise dauert sie nie sehr lange. Zur Entschädigung sollt ihr morgen alle ein feines Essen mit geräuchertem Lachs und Kaviar haben. Aber die Aussicht hier ist himmlisch, findet ihr nicht auch? Seht euch diese phantastischen Felsen an. Und die Dhau da draußen – ist sie nicht hinreißend? Wohin sie fahren mag? Nach Hejaz oder Samarkand...«

Gussie bemerkte gereizt: »Es würde schwierig sein, sie dahin zu steuern, falls sie kein Amphibienfahrzeug ist.«

»Oh, ich habe das nicht wörtlich gemeint. Ihre Fracht vielleicht. Das sind nur so hübsche Namen.«

Als das Abendrot verblaßte und der Himmel von Rosa in Flieder, Lavendel und Grün überging, gewann der Feuerschein an Kraft und beleuchtete die verrückten Formen der Korallenfelsen und der Pandanus-Wedel, daß die Umgebung wie ein Bühnenbild aussah. Und dann ging der Mond auf. Er hob sich wie eine verzauberte chinesische Laterne in den Himmel und erfüllte die Nacht mit Magie.

Die Würstchen waren, wie Nigel prophezeit hatte, sowohl sandig als auch nicht ganz gar, aber als der Ehre und Tyson Genüge getan war, präsentierte Lorraine eine exzellente Auswahl kalter Speisen, die einer der Hausdiener zum Strand gebracht hatte. Und später, als die Überreste wieder abgeholt waren, spielten sie auf einem tragbaren Grammophon »passende Mondschein-Musik«, wie Lorraine es nannte, und erkundeten die Küste.

Tyson und Lash wanderten, bewaffnet mit Taschenlampen und Fischspeeren, davon, um ihr Glück in den Felstümpeln weiter unten am Strand zu versuchen. Dany sah sie gehen und sagte sich, daß jetzt der richtige Augenblick gekommen sei, sich ins Gästehaus zu schleichen. Sicher würden sie für mindestens eine halbe Stunde beschäftigt sein, und sie brauchte nicht viel mehr als zehn Minuten, um zum Haus zurückzukehren. Dort hielten sich nur die Dienstboten auf, die sich zu dieser Stunde schon in ihre Betten zurückgezogen haben würden. Dany konnte wieder hier sein, bevor irgend jemand merkte, daß sie fort gewesen war, und sie ertrug den Gedanken nicht, noch eine Nacht – oder auch nur noch eine Stunde – in dieser Ungewißheit zu verbringen.

Gussie sprach mit Lorraine über Kochrezepte, während Larry Dowling auf dem Bauch im Sand lag und Schallplatten auflegte. Amalfi und Eduardo waren auf Lashs und Tysons Spuren am Strand davongeschlendert. Es würde ganz leicht sein.

Dany stand auf, klopfte sich den Sand ab, ging zu ihrer Mutter und murmelte ihr etwas ins Ohr. Lorraine meinte nur: »Ja, natürlich. Aber warum nicht einfach hinter einem Felsen, Darling? Es stehen genug herum.«

Errötend und indigniert zog sich Dany zurück. Sobald sie von dem Schein des erlöschenden Feuers nicht mehr erreicht wurde, ging sie schnell, ohne gerade in Laufschritt zu verfallen, bis zu den Felsen, die das eine Ende des Strandes begrenzten. Dort blieb sie kurz stehen und sah zurück. Sie konnte das Glühen des Treibholzfeuers und die Picknick-Teilnehmer nicht mehr erkennen, und nichts bewegte sich im Mondschein als die geisterhaften kleinen Krabben, die träge ans Ufer schwappenden Flutwellen, die sanfte Brise und das Segel einer langsamen Dhau.

Nun lag der Strand auf der anderen Seite der Felsen vor ihr, still und leer. Dany rannte über die weiße, offene Fläche und den kurzen Felspfad bis zur Tür in der Gartenmauer hinauf.

Die schwere Holztür mit der abblätternden Farbe und den dicken Eisennägeln kreischte beim Öffnen, und Dany erschrak fürchterlich. Sie blieb unter dem Steinbogen stehen und horchte angestrengt, doch sie vernahm nichts anderes als das leise Atmen der Brise, die in den Blättern des Gartens flüsterte und die Palmwedel rascheln ließ.

Im Haus brannte kein Licht, aber die weißgetünchten Mauern und die Fensterscheiben fingen den Mondschein ein und warfen ihn zurück, so daß es aussah, als sei das Haus hell erleuchtet, wach und aufmerksam. Der Eindruck war so stark, daß Dany sich fragte, ob es immer noch wie in einem vergangenen Jahrhundert aufs Meer hinausblickte und Ausschau nach den Segeln von Kaufleuten, Piraten, Walfängern, Schiffen aus Oman und den Dhaus der Sklavenhändler hielt. *Aufs weite Meer ich fahr' – bis hin nach Sansibar…*

Dany schluchzte leise auf. Dann wandte sie den Blick entschlossen ab und folgte einem Pfad zwischen den Orangenbäumen. Sie ging um den Teich und hielt sich parallel zur Mauer, bis sie die Treppe erreichte, die zum Gästehaus hinaufführte.

Die Mauerkrone lag im hellen Mondlicht, die Stufen jedoch in schwarzem Schatten. Dany war mitten auf der Treppe, als sie das Gartentor von neuem quietschen hörte.

Sie erstarrte und horchte gespannt. Kam jetzt das leise Knirschen der zerstampften Muscheln und Korallen und verriet ihr, daß ihr jemand gefolgt war? Doch es blieb still, und als die Brise ihr durchs Haar fuhr, fiel ihr ein, daß sie das Tor offengelassen hatte. Sicher bewegte der Wind es in seinen Angeln. Sie sprang die restlichen Stufen hoch. Jetzt kam es nicht auf Geräuschlosigkeit, sondern nur noch auf Schnelligkeit an.

Auch das Gästehaus lag im Dunkeln. Dany drehte den Türknopf, drückte die Tür auf und tastete nach dem Lichtschalter.

Das Licht war erschreckend grell nach der kühlen, weißen Nacht draußen, und sie schaltete es wieder aus. Es war überflüssig, denn sie wollte ja nicht im Inneren suchen. Sie sah sich in dem kleinen Wohnzimmer nicht einmal um, sondern ging geradewegs zum Fenster und spähte an der Außenmauer nach oben.

Die Bougainvilleen hingen von der Dachkante in einer Blütenmasse nieder, die im Mondlicht ihre Farbe fast verloren hatte. Es sah nicht ganz so einfach aus, wie Dany es sich gedacht hatte, auf dem schmalen Fenstersims zu stehen und nach oben zu greifen.

Die Mauer selbst war auf einer kleinen Klippe erbaut, und von dem Fenstersims ging es mindestens dreißig Fuß tief hinunter auf weiteres Felsgestein. Dany sah in den Abgrund und wurde von kaltem Schwindel erfaßt. Aber jetzt war es für einen Rückzug zu spät, und eine zweite Chance wie diese bekam sie vielleicht nie wieder.

Dany biß die Zähne zusammen und stieg vorsichtig auf den schmalen Sims, wobei sie sich krampfhaft an dem Holzrahmen festhielt. Nun stellte sie fest, daß der schwierigste Teil war, sich mit dem Gesicht zur Mauer umzudrehen. Auch das schaffte sie und hatte das Schlimmste hinter sich. Da der furchterregende Abgrund sich nun in ihrem Rücken befand, konnte sie fast ruhig hinauf in die dichten Schlingpflanzen blicken.

Sie schob eine Hand zwischen die Blätter, fand jedoch nichts. Und dann berührte ihr Handgelenk eine abgerundete Steinkante. Ein Stück über dem Fenster befand sich eine Traufe, eine enge Steinrinne, vollgestopft mit Dreck und welken Blättern. Sie stand, verdeckt von den Bougainvilleen, ein paar Zoll über die Hauswand vor.

Dany konnte gerade eben hineingreifen. Ihre Finger, die vor Schlangen und Spinnen zurückbeben wollten, spürten etwas, das kein welkes Blatt war. Die Erkenntnis, daß sie recht gehabt hatte, überfiel sie mit überwältigender Verzweiflung. Es war also doch Lash, der den Brief gestohlen hatte.

Sie zog das kostbare Schriftstück aus seinem Versteck und betrachtete es im Mondschein. Ein weißes Herrentaschentuch war sorgfältig um etwas gewickelt, das nichts anderes als ein kleines, zusammengefaltetes Stück Papier sein konnte.

Dany wurde ein bißchen übel und schwindelig. Sie taumelte gegen die Mauer, drückte ihre Wange gegen den rauhen Stein und fürchtete zu fallen. Ihre linke Hand, die den Fensterrahmen umfaßte, war verkrampft und taub. Dany sagte sich, daß sie sich zusammennehmen und ins Zimmer zurücksteigen mußte, solange sie noch die Kraft dazu hatte. Sie konnte hier nicht stehenbleiben, als scharfer Schattenriß vor dem Lampenlicht deutlich sichtbar für jeden, der am Strand vorüberkam und zufällig nach oben blickte.

Sie zog den Kopf ein, beugte die Knie, ließ ihre Hand am Rahmen entlanggleiten und trat auf den niedrigen Fenstersims.

Erst als sie ihre roten Leinensandalen auf dem lustig-bunten Bezug der Fensterbank stehen sah, erinnerte sich Dany, daß sie vor ein paar Minuten das Licht ausgeschaltet hatte. Doch jetzt brannte es.

Dany stand ganz still, nicht fähig, zu atmen oder sich zu bewegen. Nicht einmal fähig, den Kopf zu heben.

Denn irgendwer hatte sie weggehen sehen und war ihr gefolgt. Irgendwer war die Treppe herauf und ins Gästehaus gekommen. Sie hatte ihn nicht gehört, weil draußen auf dem Fenstersims die Blätter der Schlingpflanzen geraschelt hatten. Und vor Schreck über die Entdeckung des Gegenstandes, den Lash versteckt hatte, war ihr nicht einmal bewußt geworden, daß das Licht jetzt brannte. Sie hatte nichts davon gemerkt, daß ein Mann auf der Schwelle stand und sie beobachtete…

Ganz langsam und steif hob Dany den Kopf, als habe die Furcht ihre Muskeln gelähmt. Sie sah in die kalten Augen, die sie von der anderen Seite des Zimmers her musterten.

20

»Wußte ich's doch«, sagte Nigel Ponting in sich selbst beglückwünschendem Ton, »daß Sie mich zu dem Versteck führen würden, wenn ich Ihnen nur Gelegenheit dazu gäbe. Wirklich zu einfach.«

Er schwebte durchs Zimmer und streckte die schlanke, elegante Hand aus. Eine Hand, so gekrümmt und so gierig wie die Klaue eines Raubvogels.

»So ist's brav.«

Er zupfte das Taschentuch aus Danys kraftlosen Fingern und wikkelte es auf. Darin befand sich ein vergilbtes Papier, im Quadrat zusammengefaltet. Er öffnete es und bedachte es mit einem lächelnden, verstehenden Blick. »In der Tat – die Ware, wie angekündigt. Wie außerordentlich zufriedenstellend! Und jetzt, Darling, wenn Sie da stehenbleiben wollen, wo Sie sind…«

Er machte mehrere Schritte auf sie zu. Dany wich zurück und klammerte sich an den Fensterrahmen. »Nigel, was haben Sie vor? Sie dürfen es niemand sagen! Noch nicht. Er kann… es muß eine Erklärung dafür geben. Er ist sicher beim FBI oder so etwas. Das haben Sie selbst gesagt! Er kann kein Mörder sein. Unmöglich! Sagen Sie es niemandem. Geben Sie ihm erst eine Chance, es zu erklären. Oder zu fliehen…«

»Was plappern Sie da, liebes Mädchen?« fragte Nigel. »Wem soll ich was nicht erzählen? Wem soll ich eine Chance für eine Erklärung geben?«

»Lash. Oh, ich weiß, er hat den Brief genommen, und ich weiß, das sieht nach Diebstahl aus, aber das kann es nicht sein. Und selbst wenn, dann möchte ich nicht, daß die Polizei ihn kriegt, ganz gleich, was er getan hat! Nigel, bitte!«

Nigel starrte sie lange an, und dann brach er in Gelächter aus. »Mein liebes Mädchen! Oh, das ist zu köstlich! Wollen Sie damit sagen, daß Sie es immer noch nicht begriffen haben? Aber, aber! Lernt ihr in diesen teuren Schulen überhaupt nichts mehr? Vielleicht ist es ein Jammer, daß ich Ihnen die Illusionen nehmen muß. Doch sei's drum. Nicht Ihrem amerikanischen Traumboot wird die Polizei Fragen stellen wollen. O nein, der Täter bin ich, Nigel Ponting.«

»Sie? Aber das ist unmöglich, das kann nicht…«

»O doch. Ich war es! Ich habe das Dokument Emory Frosts gelesen.

Ihr verehrter Stiefvater weiß nicht, daß ich einen Zweitschlüssel zu seinem verschlossenen Safe besitze! Und ebenso kenne ich alle Briefe an Honeywood. Sogar, ich schäme mich dafür, den Brief Ihrer Mutter an Sie. Es war alles lächerlich einfach. Denn ich brauchte nur um einen freien Tag zu bitten, nach Kenia hinüberzuschlüpfen und einen lieben Freund zu veranlassen, mich nach Ägypten zu bringen, wo es Dutzende von bösen Buben gibt, die alles tun, um den Großen Weißen Radschah zu ärgern.«

»Ägypten?« flüsterte Dany benommen. »Aber Mr. Honeywood wurde nicht...«

»Tsch, tsch!« machte Nigel vorwurfsvoll. »Sie nehmen doch wohl nicht an, daß ich dort geblieben bin? Nein, dort ließ ich mich lediglich mit den notwendigen Papieren ausstatten. Ich nahm das Flugzeug nach Neapel, wo mich ein faszinierender Typ abholte, völlig skrupellos und wahnsinnig talentiert. Vor dem Krieg war er Chef-Maskenbildner bei einer Filmgesellschaft – ein schrecklicher Verlust für die Branche. Sie hätten mich niemals wiedererkannt, als ich zwei Stunden später an Bord der Maschine nach London ging. Ich spielte eine hinreißende Dame. Und so schick! Auf dem Rückflug war ich bei weitem nicht so verführerisch. Das war vielleicht ganz gut, weil wir ein paar für weibliche Reize sehr empfängliche orientalische Potentaten an Bord hatten. Diesmal ging's direkt nach Kairo und natürlich mit einer anderen Linie. Sie können gar nicht ermessen, wie raffiniert der Plan war! Die Stabsarbeit war über alles Lob erhaben. Funktionierte wie ein Sputnik. Ich war äußerst beeindruckt.«

Eine Welle hysterischer Erleichterung überflutete Dany und löschte alle anderen Gedanken aus. »Dann war es Lash gar nicht! Sie waren es, Sie waren es!«

Ihre Knie gaben nach. Sie brach auf der Fensterbank zusammen, schwach vor Tränen und Lachen.

»Natürlich war ich es«, erwiderte Nigel mit einer Spur Ungeduld. »Wer sonst hätte alles wissen können, was in diesem Haus vorging? Und alles wäre glattgegangen, hätten Sie nur getan, was Ihnen gesagt worden war. Wirklich, sehr rücksichtslos von Ihnen! Ich hatte es genau ausgearbeitet. Honeywood kannte mich, und er hätte das Päckchen zur Hand gehabt und mir wie ein Lämmchen übergeben, wenn ich ihm erklärte, Tyson schicke mich, weil Sie nicht kommen konnten. Aber Sie mußten den Termin ändern und den alten Trottel schon am Vormittag aufsuchen und damit alles durcheinanderbringen. So ärgerlich und so unnötig.«

Die Erinnerung rief ein Stirnrunzeln auf seinem Gesicht hervor, und dann erhellte sich seine Miene. Er lachte. »Macht nichts! Ende gut, alles gut. Und jetzt, Darling, da wir nicht die ganze Nacht Zeit haben...«

Dany rieb sich die Augen mit den Handrücken und sah auf. Und dann war das Entsetzen plötzlich wieder da. Ein kriechendes, eisiges Entsetzen, das ihre Augen aufriß, bis sie dunkle Teiche in ihrem weißen Gesicht waren.

Schreck und Erleichterung hatten sie so betäubt, daß sie nur einen Bruchteil von Nigels Erklärungen verstanden hatte. Jetzt, als sie zu ihm hochstarrte, wurde ihr bewußt, daß er all das nie gesagt haben würde, wenn er nicht...

Ihr Mund war so trocken, daß es sie Mühe kostete, überhaupt zu sprechen, und die Worte kamen in einem heiseren Flüstern heraus. »Was... haben... Sie vor?«

»Ich werde Ihnen nur einen einzigen kleinen Schubs geben«, erklärte Nigel fröhlich. »Es geht zehn Meter tief nach unten und auf Felsen, so daß es noch sicherer ist als mein schlauer kleiner Trick mit der Treppe. Und Holden wird imstande sein, genau zu erklären, wie es passiert sein muß. Sie standen auf dem Sims, um in sein Geheimversteck zu langen, und sie sind ausgerutscht und gefallen. So...«

Seine Hände packten sie, drückten sie nach hinten über die niedrige Fensterbank. Da fiel die fürchterliche Starre von ihr ab, und sie begann, sich zu wehren, sich zu winden und nach ihm zu kratzen. Aber der Sims war niedrig, und sie lag mit dem Rücken gegen das vorhanglose Fenster und konnte sich an nichts festhalten als an Holz und Stein.

Ihre Fingernägel brachen daran ab, und ihre Schreie waren nichts als harte, keuchende Atemzüge. Sie war Nigels Kraft nicht gewachsen, und diese dünnen weißen Hände, die sich immer so schlaff angefühlt hatten, waren erstaunlich stark und merkwürdig glatt, als seien sie von Seide umhüllt. Sie packten ihre Schultern, rissen sie nach vorn und schlugen ihren Kopf heftig gegen die Fenstereinfassung, um sie außer Gefecht zu setzen.

Ein wilder Schmerz stach durch Danys Schädel. Farbige Lichter blitzten vor ihren Augen, und sie verlor alle Kraft. Sie hörte Nigels kicherndes kleines Lachen, aber es schien von weither zu kommen, und es brach plötzlich und scharf ab. Und dann lockerte sich der Griff um ihre Schultern, und sie fiel... fiel durch Meilen widerhallender Dunkelheit aus dem Fenster... Nein, nicht aus dem Fenster... In einen Brunnen. Einen unterirdischen Brunnen. Tief und kalt und schwarz, und in dem schwarzen Wasser da unten würde sie ertrinken...

Das Wasser füllte ihr Augen, Nase und Mund und erstickte sie, und etwas verbrannte ihre Kehle und erstickte sie von neuem. Dany schlug wild um sich, versuchte zu schwimmen und den Kopf über Wasser zu halten. Ihre Hand berührte etwas, und sie klammerte sich verzweifelt daran fest.

Eine Stimme, die ihrem Kopf schrecklich weh tat, sagte: »He! Passen Sie auf! Lassen Sie mein Ohr los!« Sie öffnete die Augen unter unglaublichen Schwierigkeiten und erkannte das Gesicht Larry Dowlings über sich.

Mr. Dowling, der ebenfalls im Wasser geschwommen sein mußte, rieb vorsichtig seine eine Kopfseite. Er hielt einen tropfenden Wasserkrug, dessen Inhalt er offensichtlich verschwenderisch über Dany ausgegossen hatte.

Sie starrte ihn an, blinzelte das Wasser aus den Augen und fragte sich, warum er da war und wo sie war. Nichts ergab einen Sinn, außer daß er sie irgendwie vor dem Ertrinken gerettet hatte.

»Alles in Ordnung?« fragte Larry Dowling besorgt.

Dany versuchte, darüber nachzudenken, und nach einer Weile erklärte sie kindlich: »Ich bin naß.«

»Das kann man wohl sagen!« rief Mr. Dowling ungalant. »Sind Sie denn verrückt geworden? Da gehen Sie auf eigene Faust los, wenn...«

»Sie sind auch naß. Sind Sie mit allen Sachen ins Wasser gesprungen?«

»Ich bin in das verdammte Vogelbad gefallen, deshalb war ich nicht früher hier. Das bedauere ich sehr. Aber wenigstens sind Sie nicht tot. Es war allerdings nahe daran – puh!«

Er zog ein durchtränktes Taschentuch hervor und wischte damit über seine nasse Stirn. Dany sagte: »Ich glaube, ich muß mich übergeben.«

»Langsam! Tun Sie das nicht«, meinte Mr. Dowling beunruhigt. »Nehmen Sie noch einen Schluck hiervon.«

Er langte nach einer Flasche, die auf dem Fußboden neben ihm stand, hob Danys Kopf und goß ihr eine reichliche Menge von einer feurigen Flüssigkeit in die Kehle.

Dany würgte und hustete, aber das Zeug wärmte ihren Magen und dämpfte ein wenig die furchtbaren Schmerzen in ihrem Kopf. Larry

Dowling legte sie wieder auf den Boden, tat selbst einen tiefen Schluck aus der Flasche und erklärte: »Das habe ich gebraucht!«

Er stellte die Flasche hin, hob Dany hoch, trug sie zum Diwan und ließ sie vorsichtig darauf nieder. »Fühlen Sie sich ein bißchen besser?«

»Ich weiß nicht. Was ist passiert? War ich am Ertrinken?«

»Ertrinken? Nein. Er war dabei, Sie durch das Fenster zu zwängen, und eine Minute später... Doch daran wollen wir nicht denken. Können Sie aufstehen?«

»Wer hat mich durch ein Fenster gezwängt? Ich weiß gar nicht, was... Nigel!«

Dany versuchte aufzustehen, und wieder überfielen sie Schmerz und Übelkeit, daß ihr schwarz vor den Augen wurde.

»Immer mit der Ruhe«, redete Larry Dowling ihr zu. Er setzte sich neben sie und stützte sie mit einem triefenden Arm.

Dany lehnte sich an seine nasse Schulter und fragte, ohne die Augen zu öffnen: »Wo ist er?«

»Da drüben«, antwortete Larry kurz. »Keine Bange, er wird sich noch stundenlang nicht rühren, wenn überhaupt noch einmal. Ich habe ihm eine Ginflasche auf den Kopf gehauen.«

Dany zwang sich, ihre Augen zu öffnen und sah jetzt erst, daß Nigels schlaffer Körper mit dem Gesicht nach unten auf dem Fußboden vor dem Fenster lag. Sie konnte sein Gesicht nicht erkennen, aber an seinem Hinterkopf prangte eine Beule von der Größe einer gesunden Orange, und seine Hände waren auf dem Rücken mit Handschellen gefesselt.

Langsam und töricht sagte Dany: »Handschellen. Wo haben Sie die her?«

Larry Dowling blickte ein wenig verlegen drein. »Um die Wahrheit zu gestehen, eine Zeitlang habe ich geglaubt, ich müßte sie Ihnen anlegen.«

»Mir?«

»Ja. Ich habe Sie tagelang beschattet, junge Dame. Und was haben Sie mir für Mühe gemacht! In London hätten Sie mich doch tatsächlich einmal beinahe umgerannt, als Sie aus dem Speisesaal des *Airlane* stürzten. Ich fürchtete, Sie würden mich am nächsten Tag wiedererkennen, aber das taten Sie nicht.«

»Sie haben mich beschattet? Um eine Story zu bekommen? Aber Sie sind...«

»Nur ein einfacher Polizist, fürchte ich. Es tut mir leid, wenn das eine Enttäuschung für Sie ist. Wir wollten Sie schon in London festnehmen, doch dann sprach verschiedenes dafür, Ihnen zu folgen und zu sehen, wohin Sie uns führen würden. Die Jungens von M.I.5 hatten ihre eigenen Ideen über die ganze Situation und wünschten, daß wir bei ihrem Spiel mitmachten. Deshalb wiesen wir die zuständigen Stellen mit Funkspruch an, Sie mit diesem entliehenen Paß durchzulassen, und ich wurde ausgesandt herauszufinden, was ich konnte.«

»Oh«, sagte Dany. Sie dachte nach und setzte dann hinzu: »Das wird Lash gar nicht gefallen.«

»Lash wird selbst eine Menge zu erklären haben«, erwiderte Larry Dowling.

»So? Also ich habe etwas zu erklären?« fragte eine aufgebrachte Stimme vom Eingang her. »Dann lassen Sie sich von mir sagen, daß das gar nichts ist im Vergleich zu dem, was Sie werden erklären müssen!«

Dany rief: »Lash, o Lash!«

»Mit dir befasse ich mich später«, wütete Lash. »Wenn ich mit deinem hinterlistigen Romeo hier fertig bin!«

Er ging mit zwei schnellen Schritten durch das Zimmer, und bevor dem verblüfften Mr. Dowling noch aufgegangen war, was diese Bemerkung zu bedeuten hatte, schleuderte Lash Dany zur Seite, faßte ihren Lebensretter beim Kragen, riß ihn auf die Füße und verpaßte ihm einen gezielten Kinnhaken.

Mr. Dowling lag k. o. am Boden, und Dany begann zu lachen, brach in Tränen aus, rutschte von dem Diwan und wurde ohnmächtig. Da waren es drei.

Lorraine sagte: »...rohes Beefsteak, das ist das einzig Richtige. Ich habe das an Tyson ausprobiert, als er einmal in San Franzisco mit ein paar Männern in Streit geriet, und es hat Wunder gewirkt. Nicht wahr, Darling?«

»Ja«, antwortete eine volltönende Stimme. »Ich habe es aufgegessen. Und jetzt möchte ich nur wissen, wo du zu dieser nächtlichen Stunde rohes Beefsteak herbekommen willst?«

Dany zuckte zusammen und öffnete die Augen. Sie lag in ihrem eigenen Schlafzimmer, und es schien eine Menge von Leuten da zu sein. Lorraine, Tyson, Gussie Bingham... Sie versuchte, den Kopf zu drehen, doch es erwies sich als zu schmerzhaft. Da gab sie es auf und lag still.

Wenigstens war sie nicht mehr naß. Irgendwer hatte ihr die feuchten Kleider ausgezogen und sie in ein Nachthemd gesteckt. Ob man auch

Larry ausgezogen hatte, der sehr viel nasser gewesen war als sie? Sie mußte einen Versuch gemacht haben, sich danach zu erkundigen, denn plötzlich beugten sich alle über sie und sahen sie ängstlich an, und Lorraine fragte: »Darling, wie geht es dir?«

Tyson riet: »Nicht aufsetzen! Es bekommt dir viel besser, wenn du liegenbleibst. Flößen wir ihr etwas Brandy ein.«

»Ich glaube, Mr. Holden hat ihr welchen gegeben«, bemerkte Gussie.

»Unsinn! Wie hätte er das tun können? Sie war nicht bei Bewußtsein. Hier, Dany.«

Dany protestierte schwach, doch vergeblich. Tyson entledigte sich seiner Aufgabe sehr geschickt, ließ Dany zurück auf die Kissen sinken und meinte ermutigend: »Jetzt wirst du dich gleich besser fühlen!«

»Fühlst du dich besser, Baby?« fragte Lorraine besorgt und faßte ihre beiden Hände. »Lash hat einen der Wagen genommen, um einen Arzt und die Polizei und Medizin zu holen. Sie werden bald da sein, und dann kommst du wieder ganz auf die Beine.«

Dany sagte: »Mir geht es schon wieder ganz gut. Wo ist Larry? Er hat mich gerettet.«

»Ich weiß, Darling, Gott segne ihn! Wenn er nicht gewesen wäre! Oh, denken wir nicht mehr daran. Es ist zu gräßlich!«

»Nigel war es.«

»Ja, Darling. Das wissen wir.«

»Wir hätten es uns von Anfang an denken sollen«, brummte Tyson und setzte sich mit düsterem Gesicht auf das Fußende des Bettes. »Niemand sonst hätte jede verdammte Einzelheit wissen können, die der Täter wissen mußte. Vermutlich hat er Abdurahman die Briefe abgenommen und gesagt, er werde sie zur Post bringen. Und der alte Honeywood kannte ihn, deshalb stellte er es sich ganz leicht vor. Er wollte kurz vor dir aufkreuzen, den Brief an sich nehmen und Honeywood erschießen. Und während man dich festgehalten und vernommen hätte, wäre er entkommen.«

»Aber wie?« fragte Gussie. »Wie konnte er in England sein? Er war doch in Kenia!«

Tyson erklärte: »Offenbar ist er nach England geflogen. Wenn einer zu diesem Lager gehört, ist nichts zu schwierig.«

»Zu welchem Lager?«

»Zu den Roten natürlich. Dowling ist in diesem Punkt ziemlich verschlossen, aber die Polizei oder der Geheimdienst muß schon längst

Verdacht gegen ihn geschöpft haben. Und gegen diese Sansibar-Sache.«

»Was für eine Sansibar-Sache?«

»Eine revolutionäre Untergrundbewegung, die vor kurzem auf dieser Insel aktiv geworden ist. Dowling sagt, Nigel stecke bis zum Hals drin. Er ist einer von der fanatischen Sorte, und solche sind immer gefährlicher als diejenigen, denen es nur um den Profit geht. Er stand hinter Jembes Partei, die die Insel in eine hübsche kleine Sowjet-Festung zu verwandeln gedachte. Sie wollten erst den britischen Einfluß loswerden, dann den Sultan, eine »demokraktische« Republik ausrufen und die rote Flagge aufziehen! Der nächste Schritt wäre ein eiserner Vorhang rings um die Insel gewesen, und fortan hätte sie als Sprungbrett für alle Arten von lustigem Russischem Ballett gedient. Aber sie brauchten Geld, um Stimmen und Unterstützung zu kaufen, und als dies Dokument des alten Emory auftauchte, meinten sie, es geschafft zu haben.«

»Sie hatten das Dokument doch nicht!« protestierte Gussie.

»Sei nicht dumm, Gussie! Sie waren entschlossen, es sich anzueignen. Und das stellten sie sich ganz einfach vor. Sie brauchten Honeywood nur diesen Umschlag abzunehmen. Und da Nigel die geeignetste Person dafür war, wurden Vorkehrungen getroffen, ihn nach England und zurück zu befördern – vermutlich mit Hilfe einer sehr gut funktionierenden Untergrund-Organisation. Und dann verdarb Dany ihnen alles, als sie die Pistole entdeckte.«

Gussie klagte: »Das ist alles sehr verwirrend. Und ich verstehe immer noch nicht, was Jembe in England zu tun hatte.«

»Die Roten trauen einander doch nicht über den Weg! Wahrscheinlich wurde er ausgeschickt, ein Auge auf Nigel zu halten. Aber Nigel gelang es nicht, den Umschlag in seinen Besitz zu bekommen, deshalb beauftragte er Jembe damit, ihn zu suchen – so stelle ich es mir jedenfalls vor –, die Pistole in Danys Zimmer zu schmuggeln und auch noch ihren Paß zu stehlen. Die Polizei sollte sich eine Weile mit ihrem Verdacht gegen Dany beschäftigen, und am Ende würde Dany Emorys Umschlag mit der Post schicken.«

»Zu dumm«, sagte Lorraine. »Als er wußte, daß Dany den Umschlag hatte, brauchte er doch nur abzuwarten, bis sie hier ankam. Dann hätte er einen Weg finden müssen, ihn ihr abzunehmen.«

»Ah, nur konnte *er* nicht zusammen mit ihr reisen – Jembe aber wohl! Nigel mußte zurück nach Kenia, um Dany in Nairobi vom

Flugzeug abzuholen, und bestimmt hat er Jembe nicht getraut. Vielleicht hat er gedacht, wenn Jembe allein arbeitete und den Umschlag in die Finger bekam, würde er ihn für sich behalten und die Revolution sich selbst überlassen. Dowling sagt, offensichtlich habe auch Jembe Dany beschattet. Er wußte also sehr genau, wer sie war. Anscheinend haben dann er oder Nigel in Nairobi einen neuen Versuch gemacht, den Brief an sich zu bringen. Das Ergebnis war, daß Lash, dieser verdammte junge Idiot, es mit der Angst bekam und das Ding einsteckte.«

»Warum?« krächzte Dany.

»Oh, hallo, Kleines. Geht es dir besser? Nimm noch einen Schluck Brandy«, sagte Tyson. »Der tut dir gut.«

»Meinst du wirklich, sie sollte das trinken?« fragte Lorraine ängstlich.«

»Warum nicht? Sieh doch, wie sie sich schon erholt hat. Trink aus, Kind.«

Dany trank, blinzelte und fragte: »Warum hat Lash den Brief genommen?«

»Weil er ein impertinenter, naseweiser junger Bock... Na, lassen wir das. Er glaubte, du seist in Gefahr. Ohne den Brief seist du sicherer.«

»Warum hat... er ihn... dir... nicht gegeben?« Dany sprach langsam und sorgfältig.

»Wie er sagt, wollte er zuvor noch eine Menge aufklären. Bei einer so hohen Summe, die auf dem Spiel stand, traute er weder mir noch sonst jemandem. Verdammt sei seine Unverschämtheit!«

Gussies Stimme klang hart. »Und Millicent? Was glaubt Mr. Dowling, warum Nigel das getan hat?«

»Wahrscheinlich, weil er fürchtete, daß sie ihn tatsächlich erkannt hatte. Offiziell hielt er sich in Kenia auf; also was hatte er sich in Kent herumzutreiben? Er hat *Das Haus des Schattens* tatsächlich gelesen, was mehr ist, als ich fertiggebracht habe. Ich habe mich nie über Seite sechs hinausgekämpft. Deshalb war es für ihn eine Kleinigkeit, Millicent loszuwerden.«

»Und vermutlich hat er auch Jembe getötet«, sagte Gussie erschauernd.

»Sicher. Falls er redet, werden wir es erfahren. Dowling scheint ihm jedoch einen solchen Schlag verpaßt zu haben, daß er möglicherweise nie mehr den Mund auftut. Ich weiß wirklich nicht, warum Dowling nicht den Siphon benutzt hat. Reine Gin-Verschwendung.«

»Tyson, wie kannst du!« Lorraine ließ die Hände ihrer Tochter los und richtete sich empört auf. »Die Flasche hat Dany das Leben gerettet!«

»Sie wäre ebenso wirkungsvoll von Sodawasser gerettet worden«, stellte Tyson fest. »Oder noch besser von einer Kugel! Warum hat er bloß nicht geschossen?«

»Wegen Dany natürlich! Er fürchtete, sie zu treffen. Das hat er dir doch erklärt.«

»Das stimmt. Nun, nur gut, daß er zur Stelle war. Es war ein großes Glück, daß er sah, wie Dany sich verkrümelte.«

»Wußte er die ganze Zeit, daß es Nigel war?« erkundigte sich Gussie.

»Das glaube ich nicht. Aber er hatte einen bestimmten Verdacht. An dem Vormittag, als Honeywood ermordet wurde, war es in jenen Teilen Kents sehr neblig, und deshalb hatten zwei oder drei Züge Verspätung. Dowling sagt, Nigel habe den Nebel zweimal erwähnt, als sei er nur eine lokale Erscheinung gewesen. In den Zeitungen war nichts davon erwähnt worden. Wie konnte er so etwas also wissen – falls er nicht dort gewesen war? Dowling wußte allerdings nicht, daß Nigel hoffte, er könne Dany dazu anstacheln, ihn zu Emorys Brief zu führen, und beinahe wäre er nicht mehr rechtzeitig ins Gästehaus gekommen, weil... Oh, da sind Sie ja, Dowling. Wie geht's dem Kinn?«

»Prima«, antwortete Larry Dowling bitter, »wenn ich mir von dem Spender einen amerikanischen Ausdruck entleihen darf. Morgen um diese Zeit werde ich nicht einmal mehr sprechen können.«

»Und Ihr linkes Auge wird sich auch geschlossen haben«, ergänzte Tyson. »Der Junge muß eine kräftige Linke haben. Aber ich verstehe immer noch nicht, warum er geglaubt hat...«

»Ich auch nicht«, sagte Larry. »Zumal ich ein liebender Gatte und treusorgender Vater bin. Wie geht es Ihnen, Miss Ashton?«

»Ich bin betrunken«, erklärte Dany. »Ihr alle hört nicht auf, mir Brandy und Whisky und so etwas zu geben.«

Sie streckte ihm die Hände entgegen. »Das mit Ihrem Gesicht tut mir leid, Larry. Und ich danke Ihnen von Herzen. Für alles.«

Ihre Stimme brach, und ihre Augen füllten sich mit Tränen. Larry setzte sich auf die Bettkante und ergriff ihre Hände.

»Sie brauchen mir nicht zu danken. Wenn ich Verstand genug gehabt hätte aufzupassen, wohin ich trete, hätte ich diesen Roten gefaßt, bevor er gewalttätig werden konnte. Aber da ich nicht aufpaßte, tut Ihnen Ihr Kopf jetzt sicher weher als mir mein Kinn. Deshalb haben Sie bei mir immer noch etwas gut.«

Gussie, die am Fenster stand, meldete: »Da kommen die Wagen. Das wird die Polizei sein. Oder der Arzt.«

»Und Holden.« Larry Dowling ließ Danys Hände eilends los und stand auf. »Zeit, daß ich verschwinde. Ich gehe das Risiko nicht noch einmal ein, daß ich dabei erwischt werde, wie ich Ihre Hände halte, und einen zweiten Kinnhaken bekomme. Der Junge ist zu impulsiv. Dann bis morgen.«

Er ging hinaus und ließ die Tür halb offen. Man hörte jemanden die Treppe heraufeilen und dann Lashs Stimme auf der Veranda draußen: »Sind Sie schon wieder hier?«

»Ich und ein ganzes Aufgebot an Anstandsdamen«, erwiderte Larry. »Deshalb können Sie die Hände in den Taschen behalten! Haben Sie den Arzt mitgebracht?«

»Natürlich. Ich habe ihm auch Ihren Brief gegeben.«

»Danke. Wo steckt er jetzt?«

»Er kümmert sich um diese mörderische Laus, die wieder zu Bewußtsein gekommen ist, so ein Pech!«

»Gut. Ich werde den Arzt nach oben zu Miss Ashton schicken, sobald er unten fertig ist.«

Larrys Schritte entfernten sich. Dany setzte sich benommen auf, als die Tür sich öffnete und Lash eintrat.

Er schenkte weder Lorraine noch Gussie oder Tyson irgendwelche Aufmerksamkeit, sondern kam gleich ans Bett und nahm Dany in seine Arme.

»Laß dich von uns nicht stören«, bemerkte Tyson ironisch.

»Tue ich auch nicht«, sagte Lash. »Nicht sehr.«

Er drehte den Kopf und wandte sich über die Schulter weg an Lorraine. »Der Arzt wird gleich kommen, sobald er Ponting behandelt hat. Dann wird er, wie ich die Ärzte kenne, mich beim Ohr packen und hinauswerfen. Deshalb wäre ich euch allen tief verbunden, wenn ihr euch verziehen würdet.«

»Natürlich, mein Lieber«, sagte Lorraine. »Komm, Gussie. Tyson.« Die Tür schloß sich hinter ihnen.

Dany flüsterte: »Lash, du bist doch nicht vom Geheimdienst, oder? Oder ein Mörder? Weil du den Brief genommen hattest, und Nigel sagte... Und mir war klar, ich müßte dich hassen, wenn du ein Mörder wärst, aber das konnte ich nicht, und ich bin so froh, daß du nicht vom Geheimdienst bist! Ich wollte nicht... Es tut mir so leid, Lash. Es tut mir so leid...«

Lash beruhigte sie: »Ist ja gut, Schätzchen, ist ja gut. Es tut mir leid. Um Himmels willen, wieviel Brandy hat man dir gegeben?«

»Eine Menge«, gestand Dany. »Und immer noch etwas und noch etwas. Erst Larry, dann du, dann Tyson... Das tut dir gut. Ich hätte nicht auf Nigel hören sollen. Lash, du wirst mir verzeihen, nicht wahr? Denn ich könnte es nicht ertragen, wenn du mir nicht verzeihen würdest... ich könnte es nicht ertragen.«

»Jetzt sind wir wieder am Anfang angekommen«, meinte Lash. »Nur war ich es damals. Es ist mein Verhängnis! Darling, du bist betrunken! Gut, gut, ich verzeihe dir, aber wenn ich dich jemals dabei ertappe, daß du etwas Stärkeres als eine Cola trinkst, werde ich dich übers Knie legen! Darling – mein Darling – mein Darling...«

Der afrikanische Konstable auf Wache salutierte zackig und führte Mr. Dowling in ein kleines Zimmer, das zu ebener Erde vom Innenhof abging. Die Fensterläden waren hier durch eiserne Gitterstäbe verstärkt, und die Türen waren massiv. Ein seltsames Zusammentreffen, daß dies derselbe Raum war, in dem Rory Frost, Tysons Großvater, vor fünfundneunzig Jahren in einer wilden, regnerischen Nacht seinen Anteil an Sultan Saïds Schatz vorübergehend in Sicherheit gebracht hatte. Keiner der heute Lebenden wußte es, und trotzdem hatte der Aberglaube überlebt, das Zimmer sei aus irgendeinem obskuren Grund ein unter einem schlechten Omen stehender Ort. Vielleicht war das der Grund, warum es bis vor etwa einer Stunde verschlossen und unmöbliert gewesen war.

Jetzt jedoch hatte man es hastig von Staub und unzähligen Spinnweben befreit und mit einer schweren Messing-Bettstelle, zwei mit verblaßtem Chintz bezogenen Rohrsesseln, einem Nachttisch und einem reichverzierten viktorianischen Waschtisch mit Marmorplatte und einer imposanten, blumengeschmückten Porzellan-Garnitur ausgestattet. Das Zimmer beherbergte nun den Arzt, Nigel Ponting und Mr. Cardew. Nigel Ponting lag auf dem Bett, die rechte Hand mit einer Handschelle an den Bettpfosten aus Messing gefesselt, während Mr. Cardew auf einem der Rohrsessel saß, Notizblock und Bleistift in Händen. Er war auf einen dringenden Telefonanruf von Larry Dowling hin im *Haus des Schattens* erschienen.

Mr. Dowling stellte anerkennend fest, daß der Arzt keine Zeit verschwendet hatte. Das nasse Handtuch, das irgendeine Laienhand in Form eines unordentlichen Turbans hastig um den Kopf des Sekretärs gewickelt hatte, war zusammen mit dem Jackett entfernt worden, und ein aufgerollter Hemdärmel zeigte die Spur einer Injektion auf Nigels bloßem Arm. Eine leere Spritze lag auf dem Nachttisch. Nigels Augen standen offen. Er murmelte vor sich hin und beobachtete jemanden, den nur er, die anderen aber nicht, im Zimmer umhergehen sah.

»Wird es klappen, Doktor?« erkundigte sich Superintendent Cardew leise.

»Das weiß ich nicht«, gab der Arzt kurz zurück. »Ich habe noch nie Gelegenheit gehabt, das Zeug anzuwenden. Und wenn es klappt, garantiere ich nicht, daß Sie die Wahrheit hören werden. Viel eher ist anzunehmen, daß es ein Haufen alter Quatsch oder reine Phantastereien sind. Und vor allem bin ich mir gar nicht sicher, ob die Geschichte nicht illegal ist und für mich die Folge hat, daß man mich dafür belangt!«

»Unsinn. Außerdem, falls irgendwer davon hört – und es wird niemand davon hören –, können Sie immer sagen, Sie hätten nur auf polizeilichen Befehl gehandelt. Schieben Sie uns die Schuld zu. Wir sind daran gewöhnt.«

»Und wie!« bekräftigte Larry nachdrücklich. Er setzte ein wenig ängstlich hinzu, daß er hoffe, Qualität und Stärke des Tons würden sich noch verbessern, denn im Augenblick verstehe er kein Wort von dem, was der Gefangene sage.

»Lassen Sie ihm Zeit«, murrte der Arzt, der den entfernten Turban durch eine verwickelte und sehr professionelle Bandage ersetzte. »Sie dürfen nicht erwarten, daß die Droge mit Lichtgeschwindigkeit wirkt.«

Larry seufzte, zog sich den leeren Sessel heran, ließ sich vorsichtig in dessen quietschende Tiefen sinken, griff nach seinem eigenen Notizblock und Bleistift und hielt sich bereit, alles Wichtige mitzuschreiben, was der Gefangene sagen mochte.

Mr. Ponting fuhr fort, Unverständliches zu murmeln. Der Arzt beendete die Bandage zu seiner Zufriedenheit, fühlte dem Patienten den Puls, nahm die Spritze und wickelte sie in ein Stück Chirurgengaze ein. Er verstaute sie demonstrativ in seiner Tasche, als wolle er die Hüter des Gesetzes darauf aufmerksam machen, daß er dem Gefangenen auf keinen Fall eine zweite Injektion geben werde. In diesem Augenblick begann Nigel Ponting zu sprechen, laut und deutlich...

»... Es gibt keinen Beweis«, sagte Nigel Ponting zu der unsichtbaren Person, deren Bewegungen er im Auge behalten hatte und die jetzt offenbar am Fuß des Bettes stand. »Ich bin zu schlau für sie gewesen. Es gibt kein Atom von einem Beweis, und sie werden nie auf den Gedanken kommen, unter den Fußbodenbrettern in Tysons Zimmer nach dem Zweitschlüssel zu suchen... Direkt unter seiner Nase! Und natürlich habe ich immer, wenn es ernst wurde, vorsichtshalber Handschuhe getragen – das Paar Seidenhandschuhe im Ton meiner Haut, die Don eigens für mich in Kairo hat machen lassen. Sie haben sich als unschätzbar erwiesen. Weder auf dem Mechanismus der Treppe noch sonstwo sind Fingerabdrücke. Sie bringen einem bei, seine Spuren zu verwischen, wissen Sie. Darin sind sie besonders genau. Der alte Honeywood bemerkte die Handschuhe überhaupt nicht, obwohl es heller Tag war. Das heißt, natürlich war es ein grauer Tag, und ich muß gestehen, daß mir der Nebel zupaß kam – man könnte ihn beinahe von der Vorsehung geschickt nennen – wenn man an die Vorsehung glaubte, was ich glücklicherweise nicht tue. Nur schade, daß er nicht dichter war... Denn dann hätte die Bates mich nie erkannt, die dumme Ziege! *Ich vergesse nie ein Gesicht!* Das war wirklich Pech. Ihr Pech, nicht meines. Diese wichtigtuerische, knopfäugige alte Nervensäge! Ich erinnerte mich absolut nicht an ihr Gesicht. Aber natürlich mußte ich sie danach so schnell wie möglich loswerden... Das muß ich Ihnen erzählen. Es war lächerlich einfach, und ich bin wirklich stolz darauf... Ein Geniestreich. Ich brauchte nur auf der Schreibmaschine des Ashton-Mädchens eine dringende kleine Nachricht zu schreiben, sie unter Bates' Tür durchzuschieben, die Stufenfalle zu öffnen und darauf zu warten, daß sie hineinfiel. Was sie natürlich tat – Plumps!

...Ja. Schrecklich, das mit Jembe – ich weiß nicht, wie ich ohne ihn zurechtkommen soll. Wer mag das wohl getan haben? Wir müssen es herausfinden. Vermutlich hat die Polizei sein Gepäck durchsucht. Hoffen wir, daß er vorsichtig war. Leute seiner Art sind so oft zu sehr von sich eingenommen. Das ist unser schwächstes Glied. Nun ja, ich werde Ersatz für ihn finden müssen. Es sollte nicht zu schwierig sein, mit drei Millionen kann man beinahe alles kaufen!... Mit einem Bruchteil dieser Summe könnten wir die Wahl zu unseren Gunsten entscheiden. Problematisch wird es erst danach. Ich weiß, wir brauchen Inseln, und die hier ist eine der besten, um zu beginnen... aber der Haken sind die Bewohner. Sie sind so verdammt gemütlich. Sie müssen geschult werden... sie müssen lernen zu töten. Und zu hassen. Das ist das Wichtigste. Zu hassen... zu hassen... zu hassen. Und danach...«

Die harte, unvertraute Stimme sprach weiter und weiter. Sie enthielt keine Spur mehr von den hohen, kultivierten und flötenden Tönen, die so lange Zeit einen wesentlichen Teil seiner erfolgreichen Tarnung ausgemacht hatten. Der entsetzte Arzt (der bis jetzt nicht hatte glauben können, was man ihm über Ponting berichtet hatte) runzelte die Stirn und kramte nervös herum und murmelte Flüche. Die Herren Cardew und Dowling kritzelten eilfertig und füllten Seite um Seite ihrer amtlichen Notizbücher. Sie hielten Namen fest, deren Eigentümer später identifiziert und aufgespürt werden würden, dazu Daten und Einzelheiten, die Schuldsprüche bedeuteten. Als die heisere Stimme endlich innehielt, erklärte der Arzt, die Vorstellung sei beendet und der Gefangene werde jetzt mehrere Stunden lang schlafen. Er ging nach oben, um zu sehen, was er für Miss Ashton tun konnte. Mr. Cardew wischte sich die Stirn mit einem Taschentuch und versicherte, ihm ständen die Haare zu Berge.

»Wenn Sie mir das erzählt hätten und ich hätte es nicht mit eigenen Ohren gehört, würde ich kein Wort davon glauben«, gestand Mr. Cardew. »Und ganz gleich, welche Einwände der Doktor gegen den Gebrauch dieser Droge hatte, funktioniert hat sie! Wenn ich jemals einen Menschen die reine Wahrheit sprechen gehört habe, dann eben. Aber die Sache mit den drei Millionen, die Jembes Partei den Wahlsieg verschaffen und Sansibar in ein kommunistisches Paradies und eine Basis für russische Spionraketen und Atom-U-Boote und all das übrige verwandeln sollten, die habe ich nicht verstanden. Wessen drei Millionen?«

»Die von Tysons Großvater natürlich«, antwortete Larry. »Der alte Sünder soll ungefähr diese Summe als seinen Anteil an Sultan Saïds Schatz vergraben haben, den er und ein späterer Sultan namens Majid irgendwie in die Finger bekommen hatten. Und all diese Morde und Untaten wurden offenbar von einer Karte inspiriert, die das Versteck zeigt. Hier scheint sich ein beliebtes Kinderspiel zu einer scheußlichen Version für Erwachsene umgewandelt zu haben. Bis heute sind drei Menschen – wenn man den ›dünnen Mann‹ mitrechnet – wegen dieser Karte ermordet worden.«

»Und wer hat sie jetzt?«

»Mr. Frost, nehme ich an. Falls sie nicht noch auf dem Fußboden im Gästehaus liegt, das der junge Holden bewohnt. Ich habe vergessen, danach zu fragen.«

»Glauben Sie, sie werden die Beute finden?«

»Das denke ich doch. Das heißt, wenn sie noch an Ort und Stelle ist. Das braucht nicht zu sein. Aber wenn ja, dann wird das Geld wenigstens nicht die Taschen eines hiesigen Diktators und seiner Helfer füllen.«

»Nein, Gott sei Dank! Ja, Dowling, wo wir das jetzt hinter uns haben, werde ich den Vertreter Großbritanniens aus dem Bett holen. Wir müssen sehen, was getan werden kann, um diesen mordenden Mitreisenden unter Bewachung zurückzuschicken, damit er seinen Prozeß im *Old Bailey* bekommt. Ich wünsche Ihnen eine gute Nacht!« Die Tür knallte hinter ihm zu.

»Das wird ein frommer Wunsch bleiben«, seufzte Larry traurig. Er mußte sich damit abfinden, den Rest der Nacht in einem quietschenden und alles andere als bequemen Rohrsessel zu verbringen.

Postscriptum aus Kivulimi

...das scheint mir für Flitterwochen ein sehr langweiliger Ort zu sein, Baby, obwohl ich verstehe, daß Ihr beide von romantischen Plätzen vorerst genug habt. Zu schade, daß wir Dir keinen Regenmantel und ein Paar Sportschuhe gekauft haben. Aber ich nehme an, das kannst du dort bekommen, und sicher wird es für Euch beide eine wunderbare Zeit, auch wenn Du nur auf Ehrenwort oder gegen Kaution oder so etwas in Freiheit bist. Und übrigens, Larry sagt, ich soll Dich erinnern, wenn Du nicht am richtigen Tag und zur richtigen Uhrzeit in London aufkreuzt, wird er Euch beide verhaften lassen und nie wieder mit Euch sprechen. Deshalb werdet Ihr nicht gar zu sternenäugig werden und daran denken, nicht wahr, Darling? (Tyson sagt, wenn ich Deinen Mann damit meine, sei pfannkuchenäugig der richtige Ausdruck, aber das ist natürlich nicht meine Ansicht.)

Ich glaube, die Polizei sind wir endlich los, was ein Segen ist (abgesehen von dem lieben Larry. Ich wünschte, er hätte bleiben können). Mit Elf haben wir ein kleines Drama erlebt. Wahrscheinlich hast Du eine Anzeige in der Zeitung gesehen. Sie wird Sir Ambrose Yardley heiraten. Sie sagt, Tyson habe ihr geraten, einen Typ wie ihn zu heiraten. Sehr garstig von Tyson, da es Eduardo natürlich das Herz gebrochen hat. Es gab nervenzerfetzende Szenen, und das nach allem, was wir so schon durchgemacht hatten – ich kann es Dir gar nicht schildern! Immerhin, jetzt sind sie beide fort, und wie ich Eddie kenne, hat er sich schon wieder in eine andere verliebt.

Alles andere scheint sich aufgeklärt zu haben, ausgenommen die Sache mit Jembe. Da werden wir die Wahrheit wohl nie erfahren, aber Nigel scheint es nicht getan zu haben, und Tyson sagt, er sei ganz sicher, daß es Seyyid Omar war. Er war neulich bei uns zum Dinner und erwähnte, daß Jembe etwas mit den Nerven oder so hatte, und er habe ihm ein Mittel gegeben. Und dann sah er Tyson mit diesem unergründlichen Lächeln an und sagte: »Wie dein hochverehrter Großvater tut man, was man kann.« Und dann tranken sie beide auf Onkel Barclays Andenken. Diese Männer! Wie konnten sie so leichtfertig darüber reden! Wenn man an all das schöne Geld denkt! Oh, ich vergaß, daß Du davon noch gar nichts weißt – ich muß es Dir erzählen:

Es war längst nicht so einfach, ihn zu finden, wie sie es sich gedacht hatten, den Schatz meine ich. Denn natürlich hatte Tysons Vater die Wände alle zumauern lassen. (Tyson sagt, das Haus sei damals wegen der Verbesserungen, die er anbringen ließ, ständig in Unordnung gewesen.) Und als wir endlich an die richtige Stelle vordrangen, fanden wir nichts weiter als einen pompösen Brief von Barclay. Er war ziemlich schwer zu lesen, weil er feucht geworden war, aber wir entzifferten ihn. Anscheinend ist der törichte alte Mann auf das Gold gestoßen, als er in den Fundamenten herumstocherte, um Material für sein langweiliges Buch zu suchen, und ob Du es glaubst oder nicht, er ließ es alles hinaustragen, Stück für Stück und Nacht um Nacht, und warf es von einem dieser kleinen Fischerboote etwa eine Meile vor der Küste ins Meer. Tatsache, Darling!

Er sagt, an einem Ort wie Sansibar sei Geld eine Quelle des Bösen, da es zu nichts anderem als Fortschritt führe. Und er war gegen den Fortschritt, weil er selten Glück mit sich bringe und viel öfter nur scheußliche Gebäude, häßliche Fabriken, schmutzige Bahnhöfe und lärmende Autos bedeute, dazu Dinge wie Streiks, Aussperrungen und Ausbeutung. Er zog Kokosnüsse, Gewürznelken und Charme vor.

Tyson sagt, das sei wie eine Geschichte mit dem Titel »Der Schatz und das Gesetz«, aber ich möchte nicht, daß sie veröffentlicht wird. Übrigens, er schickt Lash ein Exemplar vom »Haus des Schattens« als eine Art Extra-Hochzeitsgeschenk, und er sagt, wenn das erste Kind ein Junge wird, sollt Ihr ihn Barclay nennen, denn seiner Meinung nach kann es gar nicht genug Barclays geben.

Auch Tyson scheint nicht viel vom Fortschritt zu halten. Er sagt, das sei eine gute Idee gewesen, aber außer Kontrolle geraten.

Und nun, Darling…«